JUDITH McNAUGHT

SCHATTEN DER LIEBE

Roman

Aus dem Englischen
von Helena Gray

PAVILLON VERLAG
MÜNCHEN

PAVILLON TASCHENBUCH
Nr. 02/0194

Titel der Originalausgabe:
PARADISE

Umwelthinweis:
Dieses Buch wurde auf
chlor- und säurefreiem Papier gedruckt.

Taschenbuchausgabe 01/2002

Der Pavillon Verlag ist ein Unternehmen der
Heyne Verlagsgruppe, München
http://www.heyne.de
Printed in Germany 2002
Umschlagillustration: IFA-Bilderteam/Förster
Umschlaggestaltung: Nele Schütz Design, München
Gesamtherstellung: Elsnerdruck, Berlin

ISBN: 3-453-20630-4

Danksagung

Robert Hyland, der mir ein Leben lang unendlich viel geholfen hat.

Dem Rechtsanwalt Lloyd Stansberry, der mir zahllose Antworten auf all die juristischen Fragen und Probleme gab, die in diesem Roman auftauchen.

Den außerordentlich hilfsbereiten Kaufhaus-Managern im ganzen Land, die ihr Wissen und ihre Erfahrungen mit mir teilten und ohne deren Hilfe dieser Roman nie hätte geschrieben werden können.

Widmung

Jeder, der irgendwie mit mir zu tun hat, während ich an einem Roman schreibe, weiß ein Lied davon zu singen, daß es alles andere als leicht ist, die Beziehung in dieser Zeit aufrecht und lebendig zu erhalten – das erfordert unter anderem nämlich ungeheure Geduld, außerordentliche Toleranz und die Überzeugung, daß ich tatsächlich arbeite, wenn ich scheinbar nur ins Leere starre.

Diesen Roman widme ich meiner Familie und meinen Freunden, die diese Fähigkeiten in hohem Maße besitzen und die mein Leben über alle Maßen bereichert haben:

Meinem Ehemann Don Smith, der Freude und Ausgeglichenheit in mein Leben bringt und der dem Wort *Verständnis* neue Inhalte gegeben hat.

Meinem Sohn Clayton und meiner Tochter Whitney deren Stolz auf ihre Mutter mir unendliche Freude bereitet. Und Erleichterung verschafft.

Und all jenen lieben Menschen, die mir ihre Freundschaft geschenkt haben und die dann vorwiegend die belastenden Seiten dieser Freundschaft zu spüren bekamen – in erster Linie Phyllis und Richard Ashley, Debbie und Craig Kiefer, Kathy und Lloyd Stansberry sowie Cathy und Paul Waldner. Niemand hätte mich wirksamer ermutigen und immer wieder aufbauen können als Ihr.

1

Dezember 1973

Ihr aufgeschlagenes Sammelalbum neben sich, saß Meredith Bancroft auf ihrem Himmelbett und schnitt sorgfältig ein Bild aus der *Chicago Tribune* aus. Die Bildunterschrift lautete: *Als Elfen verkleidet, beteiligten sich Kinder der Chicagoer Gesellschaft an einem Wohltätigkeits-Krippenspiel im Oakland Memorial Hospital.* Dann folgten die Namen. Das große Photo zeigte die »Elfen« – fünf Jungen und fünf Mädchen, darunter Meredith –, die den kleinen Patienten auf der Kinderstation Geschenke überreichten. Links von der Gruppe, das Ganze überwachend, stand ein gutaussehender junger Mann von achtzehn Jahren, laut Bildunterschrift: *Parker Reynolds III, Sohn von Mr. und Mrs. Parker Reynolds aus Kenilworth.*

Leidenschaftslos verglich Meredith ihr Abbild mit den anderen Mädchen im Elfenkostüm und fragte sich unwillkürlich, wie diese es fertigbrachten, langbeinig und grazil auszusehen, während sie schlichtweg ... pummelig wirkte. Sie schnitt eine schmerzverzerrte Grimasse: »Ich sehe aus wie ein Troll, nicht wie eine Elfe!«

Es schien einfach nicht fair zu sein, daß die anderen Mädchen, die vierzehn waren, nur wenige Wochen älter als sie, so reizend anzusehen waren, während sie wie ein flachbrüstiger Zwerg mit Zahnspange wirkte. Ihr Blick fiel wieder auf das Bild, und sie bereute erneut den Anfall von Eitelkeit, der sie bewogen hatte, für das Photo die Brille abzunehmen; wenn sie ihre Brille nicht trug, schielte sie leicht, so wie auf diesem schrecklichen Bild. »Kontaktlinsen würden eindeutig helfen«, schloß sie. Ihr Blick fiel auf Parker, und ein wehmütig-verträumtes Lächeln huschte über ihr Gesicht, während sie den Zeitungsausschnitt an ihren Busen preßte – dorthin, wo ihr Busen wäre, *wenn* sie einen hätte, was nicht der Fall war. Noch nicht. Vielleicht aber auch nie.

Die Zimmertür ging auf, und hastig riß sich Meredith das Photo vom Herzen, als die füllige sechzigjährige Haushälterin hereinkam, um das Essenstablett abzuholen. »Du hast deinen Nachtisch nicht gegessen«, schalt Mrs. Ellis.

»Ich bin zu dick, Mrs. Ellis«, sagte Meredith. Zum Beweis kletterte sie aus dem antiken Bett und marschierte zu ihrer Frisierkommode, über der ein Spiegel hing. »Sehen Sie mich doch an«, sagte sie und deutete anklagend auf ihr Spiegelbild: »Ich habe nicht einmal eine Taille!«

»Das ist nur ein bißchen Babyspeck, weiter nichts.«

»Und ich habe auch keine Hüften. Ich habe eine Figur wie eine Schuhschachtel. Kein Wunder, daß mich niemand mag...«

Mrs. Ellis, die noch nicht lange bei den Bancrofts arbeitete, blickte sie überrascht an. »Du hast keine Freunde? Warum nicht?«

In dem dringenden Gefühl, sich jemandem anvertrauen zu müssen, sagte Meredith: »Ich habe nur so getan, als ob in der Schule alles in Ordnung wäre. In Wahrheit ist es furchtbar. Ich bin ein ... totaler Außenseiter.«

»Das kann ich mir nicht vorstellen. Irgendwas stimmt mit den Kindern an deiner Schule nicht ...«

»Es liegt nicht an ihnen, es liegt an *mir*, aber ich werde das ändern«, verkündete Meredith. »Ich habe mit einer Diät angefangen, und ich werde mir eine andere Frisur machen. Mein Haar ist schrecklich.«

»Es ist *nicht* schrecklich!« betonte Mrs. Ellis und sah Merediths schulterlanges hellblondes Haar und dann ihre türkisblauen Augen an. »Du hast wunderschöne Augen und auch sehr schöne Haare. Schön und fest und ...«

»Farblos.«

»Blond.«

Meredith starrte unwillig in den Spiegel. In ihren Augen nahmen die Makel, die sie nun einmal hatte, ungeheure Ausmaße an. »Ich bin über eins siebzig groß. Bloß gut, daß ich gerade noch rechtzeitig zu wachsen aufgehört habe, bevor ich ein richtiger Riese geworden bin. Aber es besteht noch Hoffnung. Das habe ich am Samstag gemerkt.«

Mrs. Ellis runzelte verwundert die Stirn. »Was ist denn am Samstag passiert, das deine Meinung so geändert hat?«

»Nichts Weltbewegendes«, sagte Meredith. *Etwas wirklich Weltbewegendes,* dachte sie. *Parker hat mich bei dem Krippenspiel angelächelt. Er brachte mir eine Cola, ohne daß ihn jemand dazu aufgefordert hatte. Er sagte, ich solle ihm für den Eppingham-Ball am Samstag einen Tanz reservieren.* Vor fünfundsiebzig Jahren hatte Parkers Familie die große Chicagoer Bank gegründet, bei der Bancroft & Company das gesamte Firmenkapitel deponiert hatte, und die Freundschaft zwischen den Bancrofts und den Reynolds bestand schon seit mehreren Generationen. »Alles wird sich ändern, nicht nur mein Aussehen«, fuhr Meredith fröhlich fort und drehte dem Spiegel den Rücken zu. »Ich werde auch eine Schulfreundin haben! In der Schule gibt's eine Neue, die nicht weiß, daß mich keiner mag. Sie ist intelligent, so wie ich, und sie hat mich heute abend angerufen und wegen der Hausaufgaben gefragt. Wir haben dann über alles mögliche geredet.«

»Ich habe bemerkt, daß du nie Freunde mit nach Hause gebracht hast«, sagte Mrs. Ellis und rang bestürzt und nervös ihre Hände, »aber ich habe geglaubt, es sei nur deshalb, weil du so weit weg wohnst.«

»Nein, nicht deswegen«, sagte Meredith, warf sich auf das Bett und starrte ihre strapazierfähigen Pantoffeln an – die gleichen, die ihr Vater trug, nur einige Nummern kleiner. Trotz ihres Reichtums war Merediths Vater ausgesprochen sparsam. Ihre qualitativ hochwertige Garderobe wurde nur dann ergänzt, wenn es unbedingt nötig war – und immer stand die Haltbarkeit im Vordergrund. »Ich passe einfach nicht zu ihnen.«

»Als ich klein war«, sagte Mrs. Ellis, die plötzlich zu verstehen glaubte, worum es ging, »haben wir die guten Schüler auch immer ein bißchen abschätzig behandelt.«

»Das ist es nicht«, bemerkte Meredith trocken. »Es sind nicht nur mein Aussehen und meine guten Noten, was mich zum Außenseiter stempelt. Es ist – all das hier«, sagte sie und machte eine weit ausholende Geste, die das ganze große Zimmer mitsamt seinem antiken Mobiliar umfaßte – ein Zimmer, das sich nur unwesentlich von den übrigen fünfundvierzig Räumen des Bancroft-Anwesens unterschied. »Alle halten mich für völlig bescheuert, weil Vater darauf besteht, daß Fenwick mich zur Schule fährt.«

»Und darf ich fragen, was daran so schlimm ist?«

»Die anderen Kinder laufen oder kommen mit dem Bus in die Schule.«

»So?«

»Sie kommen *nicht* in einem Rolls-Royce mit Chauffeur!« Fast wehmütig fügte Meredith hinzu: »Ihre Väter sind Klempner oder Buchhalter. Einer arbeitet sogar in unserem Geschäft.«

Unfähig, ein schlagendes Argument dagegen zu finden, zugleich aber nicht bereit zuzugeben, daß sie möglicherweise recht hatte, sagte Mrs. Ellis: »Und diese Neue in deiner Schule – stört die das nicht, daß Fenwick dich fährt?«

»Nein«, Meredith unterdrückte ein Kichern, während ihre Augen hinter den Brillengläsern vor Vergnügen blitzten. »Sie denkt nämlich, daß Fenwick *mein Vater* ist! Ich habe ihr erzählt, daß mein Vater für irgendwelche reichen Leute arbeitet, die ein großes Geschäft besitzen.«

»Das hast du nicht!«

»Doch, das habe ich, und es tut mir auch nicht leid. Ich hätte diese Geschichte schon vor Jahren erzählen sollen, ich wollte bloß nicht lügen.«

»Und jetzt macht es dir auf einmal nichts mehr aus, zu flunkern?« fragte Mrs. Ellis mit einem strafenden Blick.

»Eigentlich ist es doch gar keine richtige Lüge«, entgegnete Meredith mit einem flehenden Ton in der Stimme. »Vater hat mir das schon vor langer Zeit erklärt. Bancroft & Company ist eine Aktiengesellschaft, und eine Aktiengesellschaft gehört eigentlich den Aktionären. Als Präsident von Bancroft & Company ist Vater genau genommen also ein Angestellter der Aktionäre. Klar?«

»Nicht ganz. Wem gehören die Aktien?«

Meredith blickte schuldbewußt: »Unserer Familie – größtenteils.«

Mrs. Ellis hatte keine Ahnung von der Leitung eines Konzerns wie Bancroft & Company, einem berühmten Kaufhaus im Herzen Chicagos, aber Meredith hatte schon früh ein geradezu unheimliches Interesse und Verständnis dafür entwickelt. Obwohl – wenn Mrs. Ellis an Merediths Vater dachte, war das nicht einmal verwunderlich. Der Mann zeigte anscheinend nur dann Interesse an seiner Tochter, wenn er ihr vom Geschäft erzählte. Ganz offensichtlich war es Philip Bancrofts Schuld, wenn seine Tochter nicht mit Mädchen ihres Alters zurechtkam. Er behandelte sie wie eine Erwachsene und bestand drauf, daß sie sich immer wie eine Erwachsene verhielt und auch so sprach. Wenn er gelegentlich Freunde zu Gast hatte, übernahm sie sogar die Rolle der Gastgeberin. Kein Wunder, daß Meredith sich unter Erwachsenen wohl fühlte, während ihr der Umgang mit Gleichaltrigen immense Schwierigkeiten zu bereiten schien.

»In einem haben Sie natürlich recht«, sagte Meredith. »Ich kann Lisa Pontini nicht auf Dauer vormachen, daß Fenwick mein Vater ist. Ich dachte nur, daß es – wenn sie mich erst einmal kennt und mag – vielleicht nichts mehr ausmacht, daß Fenwick in Wahrheit unser Chauffeur ist. Der einzige Grund, warum sie es noch nicht herausgefunden hat, ist der, daß sie niemand sonst in unserer Klasse kennt und daß sie immer direkt von der Schule nach Hause geht. Sie hat sieben Geschwister und muß daheim viel helfen.«

Mrs. Ellis tätschelte Merediths Arm und überlegte, was sie Tröstliches sagen könne. »Morgen früh sieht alles viel freundlicher aus«, verkündete sie im Brustton tiefer Überzeugung eine jener tröstlichen Lebensweisheiten, die ihr selbst über alles hinweghalfen. Sie nahm das Essenstablett, blieb aber unter der Tür noch einmal kurz stehen: »Denk immer daran«, belehrte sie Meredith in einem Ton, der auf eine wichtige Erkenntnis schließen ließ, »*jeder* hat irgendwann im Leben *einmal* Glück!«

Meredith wußte nicht, ob sie lachen oder weinen sollte. »Vielen Dank, Mrs. Ellis. Das ist wirklich *ungeheuer* ermutigend.« Schweigend sah sie zu, wie die Tür hinter der Haushälterin ins Schloß fiel, und griff nachdenklich wieder zu ihrem Sammelalbum. Sie klebte den Ausschnitt aus der *Tribune* sorgfältig ein, schaute ihn lange an und berührte dann vorsichtig Parkers lächelnde Lippen. Schon der Gedanke daran, tatsächlich mit ihm zu tanzen, ließ sie verzückt erschaudern. Doch heute war Donnerstag, und der Eppingham-Ball war erst übermorgen. Eine Ewigkeit entfernt.

Seufzend blätterte sie in dem Album zurück. Ganz vorne befanden sich einige sehr alte, vergilbte Ausschnitte mit verblaßten Photos. Das Album hatte ursprünglich ihrer Mutter gehört und bildete hier im Haus den einzigen greifbaren Beweis dafür, daß Caroline Edwards Bancroft jemals gelebt hatte. Alles andere, was irgendwie an sie hätte erinnern können, war auf Philip Bancrofts Geheiß hin entfernt worden.

Caroline Edwards war Schauspielerin gewesen – den Kritiken nach keine sehr gute, aber eine ausgesprochen glamouröse. Meredith betrachtete die verblaßten Bilder, las die dazugehörigen Texte aber nicht, da sie jedes Wort auswendig kannte. Sie wußte, daß Cary Grant ihre Mutter zur Verleihung des Academy Awards 1955 begleitet hatte, daß David Niven sie die schönste Frau genannt hatte, die er je gesehen habe, und daß David Selznick sie für einen Film engagieren wollte. Sie wußte, daß ihre Mutter in drei Broadway-Musicals aufgetreten war und daß die Kritiker ihre schauspielerischen Leistungen verrissen, aber ihre wohlgeformten Beine gepriesen hatten.

Die Klatschkolumnisten hatten immer wieder darauf angespielt, daß Caroline bei fast all ihren Rollen mit dem jeweiligen Hauptdarsteller ein Verhältnis begonnen hätte. Es gab Bilder, die sie in edle Pelze gehüllt auf einer Party in Rom zeigten oder in einem trägerlosen schwarzen Abendkleid beim Roulettespiel in Monte Carlo. Auf einem Photo lag sie, nur mit einem knappen Bikini bekleidet, am Strand von Monaco, auf einem anderen war sie in Begleitung eines Schweizer Goldmedaillengewinners beim Skifahren in Gstaad zu sehen. Es war offensichtlich, daß Caroline, wo immer sie sich aufgehalten hatte, von gutaussehenden Männern umgeben gewesen war. Meredith seufzte.

Der letzte Zeitungsausschnitt, den ihre Mutter aufbewahrt hatte, war ein halbes Jahr später als der über Gstaad datiert: In einem traumhaften weißen Hochzeitskleid rannte Caroline am Arm von Philip Bancroft lachend die Treppen der Kathedrale hinunter, während auf beide Unmengen von Reis herabregneten. Die Gesellschaftskolumnisten hatten sich bei der Schilderung der Hochzeit gegenseitig überboten. Zum Empfang im Palmer House Hotel war die Presse nicht zugelassen gewesen, aber die Reporter berichteten in allen Einzelheiten über all die illustren Gäste, die eingeladen waren – von den sagenhaft reichen Vanderbilts und Whitneys bis hin zu einem berühmtem Mitglied des Obersten Gerichtshofes und vier Senatoren der Vereinigten Staaten.

Die Ehe hielt zwei Jahre. Lange genug, daß Caroline schwanger werden, ein Kind zur Welt bringen und eine billige Affäre mit dem Pferdetrainer haben konnte, um dann mit einem falschen italienischen Prinzen auf und davon zu laufen, der bei ihnen zu Gast gewesen war. Darüber hinaus wußte Meredith nur, daß ihre Mutter sich nie auch nur die Mühe gemacht hatte, ihr eine Geburtstagskarte zu schicken. Merediths Vater, der auf Würde und altmodische Förmlichkeiten großen Wert legte, nannte ihre Mutter eine egoistische Hure, die von ehelicher Treue genausowenig gehalten habe wie von mütterlicher Verantwortung. Als Meredith ein Jahr alt war, hatte ihr Vater die Scheidung eingereicht und das Sorgerecht für Meredith beantragt, willens, dabei den vollen politischen und gesellschaftlichen Einfluß der Bancroft-Familie auszunützen. Doch soweit kam es gar nicht. Nach dem, was ihr Vater erzählte, hatte ihre Mutter nicht einmal die Verhandlung abgewartet, geschweige denn versucht, sich seinen Wünschen zu widersetzen.

Nachdem ihm das Sorgerecht für Meredith sicher war, hatte er sich sofort darangemacht dafür zu sorgen, daß Meredith niemals dem Beispiel ihrer Mutter folgen würde. Er war entschlossen, aus ihr eine würdige Nachfolgerin jener Bancroft-Frauen zu machen, die ihr Leben wohltätigen Zwecken gewidmet hatten und bei denen niemand wagen würde, ihren Namen auch nur im entferntesten mit irgendeinem Skandal in Verbindung zu bringen.

Als Meredith dann eingeschult werden sollte, hatte Philip entsetzt feststellen müssen, daß die Verhaltensregeln selbst innerhalb seiner gesellschaftlichen Schicht sehr viel lockerer geworden waren. Viele seiner Bekannten handhabten die Erziehung recht liberal und schickten ihre Kinder auf »progressive« Schulen wie Bently und Ridgeview. Bei der Besichtigung dieser Schulen kamen ihm Ausdrücke wie »unstrukturierte Klassen« und »Selbstverwirklichung« zu Ohren. Progressive Erziehung klang nach Disziplinlosigkeit, implizierte einen niederen Ausbildungsstandard. Nachdem jene Schulen sein Mißfallen erregt hatten, fuhr er mit Meredith nach St. Stephen's einer privaten katholischen Schule, die von Benediktinerinnen geleitet wurde – dieselbe Schule, die schon seine Tante und seine Mutter besucht hatten.

Was er hier zu sehen bekam, hatte ihm gefallen: Vierundzwanzig Erstkläßlerinnen in schlichten, grau-blau karierten Trägerkleidern und zehn Jungen in weißen Hemden mit blauen Krawatten waren unaufgefordert aufgestanden, als die Nonne ihm das Klassenzimmer gezeigt hatte. Vierunddreißig Kinderstimmen hatten im Chor »Guten Morgen, Schwester!« gerufen. Darüber hinaus entsprachen die Lehrmethoden von St. Stephen's noch seinen Vorstellungen von guter Erziehung – im Gegensatz zu Bently, wo er einige Schüler beim Malen mit Fingerfarben beobachtet hatte, während andere, die gerade *Lust* zum Lernen hatten, sich mit Matheaufgaben beschäftigten. Zusätzlich würde Meredith hier also auch eine strenge moralische Erziehung genießen.

Es war ihrem Vater nicht entgangen, daß die Wohngegend rund um St. Stephen's sehr viel schlechter geworden war, aber er war besessen von der Idee, daß Meredith in derselben moralisch properen Art erzogen werden sollte, wie schon drei Generationen der Bancroft-Frauen vor ihr. Das Problem der zweifelhafte Umgebung glaubte er dadurch lösen zu können, daß er Meredith vom Chauffeur zur Schule fahren und wieder abholen ließ.

Sehr wohl entgangen war ihm jedoch die Tatsache, daß die Mädchen und Jungen, die St. Stephen's besuchten, keineswegs die tugendhaften kleinen Damen und Herren waren, für die er sie gehalten hatte. Es waren vielmehr ganz gewöhnliche Kinder aus Familien der unteren Mittelschicht oder sogar noch ärmeren Verhältnissen. Sie spielten zusammen und gingen miteinander zur Schule, und gemeinsam war ihnen auch das Mißtrauen, das sie allem gegenüber empfanden, was einem völlig anderen gesellschaftlichen Hintergrund entstammte.

Meredith hatte nichts von alledem gewußt, als sie an ihrem ersten Schultag nach St. Stephen's kam. In ihrer properen grau-blau karierten Schuluniform und mit der nagelneuen Schulmappe unter dem Arm, die ihr Pausenbrot enthielt, war sie nervös, aber nicht direkt ängstlich in ihre zukünftige Klasse marschiert. Nachdem sie ihr bisheriges Leben fast ausschließlich allein oder in Gesellschaft ihres Vaters und zahlreicher Hausangestellter verbracht hatte, konnte sie es kaum erwarten, endlich Freunde im selben Alter zu haben.

Der erste Schultag verlief solange gut, bis die Schüler nach Unterrichtsschluß aus dem Schulgebäude in Richtung Sport- und Parkplatz strömten. Dort hatte Fenwick in seiner schwarzen Chauffeursuniform neben den Rolls gewartet. Die älteren Kinder waren überrascht stehengeblieben, hatten große Augen gemacht – und dann geschlossen, daß Meredith reich und folglich »anders« war.

Schon das hatte die Kinder mißtrauisch gemacht, aber gegen Ende der Woche hatten sie noch andere Dinge über »die Reiche« in Erfahrung gebracht, die Meredith endgültig aus der Gemeinschaft ausschlossen: Zunächst einmal sprach Meredith mehr wie ein Erwachsener als wie ein Kind; außerdem kannte sie keines der Spiele, mit denen die anderen ihre ganze Freizeit verbrachten, wenn sie sie also mitspielen ließen, dann wirkte sie durch ihre Unerfahrenheit ungeschickt und tolpatschig. Das allerschlimmste aber war, daß die Lehrer sie schon nach wenigen Tagen bevorzugten, weil sie intelligent war.

Binnen eines Monats hatten sämtliche Mitschüler Meredith als Außenseiter abgestempelt und ächteten sie wie jemanden aus einer gänzlich anderen Welt. Wenn sie hübsch genug gewesen wäre, um Bewunderung zu wecken, hätte das mit der Zeit vielleicht einiges geändert – aber sie war nicht hübsch. Mit neun Jahren bekam sie eine Brille; mit zwölf hatte sie eine Zahnspange; mit dreizehn war sie die größte in ihrer Klasse.

Letzte Woche aber, nachdem Meredith schon fast die Hoffnung aufgegeben hatte, jemals eine richtige Freundin zu finden, hatte sich alles verändert: Lisa Pontini war in die achte Klasse von St. Stephen's eingetreten. Gut zwei Zentimeter größer als Meredith, bewegte sie sich wie ein Mannequin und beantwortete schwierige Matheaufgaben mit der Miene eines gelangweilten Gelehrten. In der Mittagspause desselben Tages hatte Meredith auf einer niedrigen Steinmauer am Rande des Schulgeländes gesessen und wie jeden Tag mit einem aufgeschlagenen Buch auf dem Schoß ihre Brote verspeist. Anfänglich hatte sie sich ein Buch mitgebracht, weil dies das Gefühl der Einsamkeit und Ausgeschlossenheit minderte, seit der fünften Klasse aber war sie sowieso zu einer begeisterten Leseratte geworden.

Sie wollte gerade umblättern, als ein Paar abgewetzte College-Schuhe in ihr Blickfeld kamen – und da stand Lisa Pontini und blickte sie neugierig an. Lisa war als dunkler Typ mit einem Berg roter Haare das genaue Gegenteil von Meredith; darüber hinaus strahlte sie ein nicht näher definierbares Flair aus, eine Mischung aus Selbstbewußtsein und Elan. Anstatt ihren grauen Schulpullover ordentlich über die Schultern zu legen, wie Meredith es tat, hatte sie die Ärmel über der Brust lose verknotet.

»Mein Gott, was für ein müder Sauladen!« stöhnte sie, setzte sich neben Meredith und ließ ihren Blick über das Schulgelände schweifen. »Ich habe noch nie in meinem Leben so viele kleinwüchsige Jungen gesehen. Die mischen hier wohl etwas ins Trinkwasser, was das Wachstum hemmt. Wie ist dein Notendurchschnitt?«

Die Noten wurden in St. Stephens auf Dezimalstellen genau in Prozent angegeben. 100 Prozent war das optimal Erreichbare. »97,8«, antwortete Meredith, die über Lisas unverblümte Bemerkungen ebenso überrascht war, wie über die unerwartete Gesellschaft.

»Meiner ist 98,1«, konterte Lisa, und Meredith bemerkte, daß Lisa Ohrlöcher hatte. Ohrringe und Lippenstift waren in der Schule verboten. Während Meredith dies interessiert wahrnahm, musterte Lisa sie ihrerseits. Mit einem verwunderten Lächeln fragte sie unverblümt: »Bist du freiwillig ein Einzelgänger oder bist du so eine Art Außenseiter?«

»Darüber habe ich mir nie Gedanken gemacht«, log Meredith.

»Wie lange mußt du die Zahnspange tragen?«

»Noch ein Jahr«, sagte Meredith und entschied, daß sie Lisa Pontini überhaupt nicht mochte. Sie klappte ihr Buch zu und stand auf, froh darüber, daß es jeden Moment klingeln mußte.

Später am Tag stellten sich die Schüler wie an jedem letzten Freitag im Monat in der Kirche an, um bei den Priestern von St. Stephen's ihre Sünden zu beichten. Meredith, die sich wie üblich sehr schlecht vorkam, kniete im Beichtstuhl nieder und berichtete Pater Vickers ihre Vergehen: zum Beispiel, daß sie Schwester Mary Lawrence nicht mochte und daß sie zu viel Zeit damit zugebracht hatte, über ihr Aussehen nachzudenken. Anschließend hielt sie die Tür für den nächsten auf, kniete sich in eine Bank und sprach die ihr aufgetragenen Bußgebete.

Da die Schüler anschließend frei hatten, wartete Meredith vor der Kirche auf Fenwick. Wenige Minuten später kam Lisa die Kirchentreppen herunter und zog ihre Jacke an. Meredith, die immer noch mit Schrecken an Lisas Bemerkungen über ihre Außenseiterrolle und die Zahnspange dachte, beobachtete mißtrauisch, wie das andere Mädchen umherschaute, und dann auf sie zukam.

»Kannst du dir vorstellen«, verkündete sie, »daß Vickers mir für heute abend einen ganzen Rosenkranz aufgebrummt hat? Bloß wegen ein bißchen Rumschmuserei! Ich mag gar nicht daran denken, welche Strafe er für einen richtigen Zungenkuß vergibt!« fügte sie mit einem frechen Grinsen hinzu und setzte sich neben Meredith auf die Treppe.

Meredith, die dieses Wort zum ersten Mal hörte, wußte in ihrer Naivität nichts damit anzufangen, aber Lisas Äußerung zufolge nahm sie an, daß es etwas sein mußte, was die Schüler von St. Stephen's besser nicht machen sollten. Sie versuchte, sich weltgewandt zu geben und sagte: »Für diese Art von Küssen läßt Pater Vickers einen die ganze Kirche putzen.«

Lisa kicherte und betrachtete Meredith neugierig: »Hat dein Freund auch eine Zahnspange?«

Meredith dachte an Parker und schüttelte den Kopf.

»Wahrscheilich besser so«, sagte Lisa und grinste breit. »Ich wollte schon immer wissen, wie sich zwei Leute mit Zahnspangen küssen können, ohne sich dabei zu verhaken. Mein Freund heißt Mario Campano. Er ist groß, dunkelhaarig und sieht sehr gut aus. Wie heißt deiner? Wie ist er?«

Meredith warf einen kurzen Blick auf die Straße und hoffte inständig, daß Fenwick vergessen hätte, daß die Schule heute früher aus war. Obwohl sie sich bei dem Thema ihrer Unterhaltung alles andere als wohl fühlte, faszinierte Lisa Pontini sie, und irgendwie spürte Meredith, daß das Mädchen ernsthaft daran interessiert war, ihre Freundin zu werden. »Er ist achtzehn und sieht aus wie Robert Redford«, antwortete Meredith wahrheitsgemäß. »Er heißt Parker.«

»Wie ist sein Vorname?«

»Das ist sein Vorname. Mit Familienname heißt er Reynolds.«

»Parker Reynolds«, wiederholte Lisa und rümpfte die Nase. »Klingt nach High Society-Snob. Ist er gut?«

»Wie – gut?«

»Gut im Küssen, was sonst?«

»Ach so. Ja – natürlich. Einfach phantastisch.«

Lisa musterte sie spöttisch. »Er hat dich gar nicht geküßt. Du wirst ja rot, wenn du lügst.«

Meredith stand abrupt auf. »Hör zu«, fing sie ärgerlich an, »ich habe dich nicht gebeten, mit mir zu reden, und ich ...«

»Hey, sei doch nicht gleich so empfindlich. Küssen ist auch gar nicht so wahnsinnig toll. Ich meine, das erste Mal, als Mario mich geküßt hat, war es furchtbar peinlich.«

Merediths Ärger war verflogen, sowie Lisa von sich selbst erzählte, und sie setzte sich wieder hin. »War es peinlich, weil er dich geküßt hat?«

»Nein, es war deshalb so schlimm, weil ich mich dabei gegen unsere Haustür gelehnt habe und mit der Schulter an die Klingel kam. Mein Vater riß die Tür auf, und ich bin mit dem Rücken gegen ihn gefallen, während ich mich gleichzeitig an Mario festgeklammert habe, als hinge unser Leben davon ab. Es hat eine *Ewigkeit* gedauert, bis wir drei wieder auf die Füße kamen.«

Merediths Lachen blieb ihr im Halse stecken, als sie den Rolls um die Kurve kommen sah. »Da kommt mein ... Ich werde abgeholt«, sagte sie ausweichend und räusperte sich.

Lisa drehte sich um und schnappte nach Luft. »Jesus Maria, ist das ein Rolls-Royce?«

Unbehaglich nickte Meredith und sagte achselzuckend, während sie ihre Bücher aufhob: »Ich wohne ziemlich weit weg, und mein Vater will nicht, daß ich mit dem Bus fahre.«

»Dein Vater ist Chauffeur, was?« Lisa ging neben Meredith zum Wagen. »Ich stelle es mir toll vor, in so einem Auto herumzufahren, und so zu tun, als sei man stinkreich.« Ohne auf Merediths Antwort zu warten, fuhr sie seufzend fort: »Mein Vater ist Installateur. Seine Gewerkschaft streikt gerade, und deshalb sind wir umgezogen, weil hier die Miete noch billiger ist. Du weißt ja, wie das ist.«

Meredith hatte nicht die blasseste Ahnung, »wie das ist«, aber sie kannte die Wutausbrüche, die ihr Vater zu bekommen pflegte, wenn ein Gewerkschaftsstreik Geschäftsinhaber wie die Bancrofts betraf. Sie nickte verständnisvoll. »Es muß hart sein«, sagte sie und fügte spontan hinzu: »Sollen wir dich heimfahren?«

»Blöde Frage! Nein, warte – können wir es auf nächste Woche verschieben? Ich habe sieben Geschwister, und meine Mutter hat mindestens zwanzig Sachen für mich zum Erledigen. Ich bleibe lieber noch ein bißchen hier und gehe dann zur normalen Zeit heim.«

Das war letzte Woche gewesen, und die Freundschaft, die an jenem Tag zögernd begonnen hatte, war durch beiderseitige Bekenntnisse und unter viel Gelächter gewachsen. Jetzt, da Meredith das Photo Parkers in ihrem Album betrachtete und an den Ball am kommenden Samstag dachte, beschloß sie, Lisa morgen in der Schule um Rat zu fragen. Lisa kannte sich mit Frisuren und solchen Sachen aus. Vielleicht hatte sie eine Idee, wie sie Parkers Aufmerksamkeit auf sich ziehen könnte.

»Was denkst du?« fragte sie Lisa, als die beiden am nächsten Tag zusammen ihre Mittagspause verbrachten. »Gibt es – abgesehen von einer Schönheitsoperation – irgend etwas, was ich mit meinem Äußeren anstellen kann, um bis morgen abend eine echte Veränderung zu erzielen – irgendwas, damit ich für Parker älter und hübsch aussehe?«

Lisa unterzog ihre Freundin einem langen prüfenden

Blick, bevor sie antwortete. »Die Brille und die Zahnspange wirken nicht gerade sexy, weißt du«, scherzte sie. »Nimm die Brille ab und stell dich hin.«

Meredith gehorchte und wartete dann mit gespielter Ungeduld, während Lisa um sie herum ging und sie genau musterte. »Du tust wirklich dein Möglichstes, um fade und unscheinbar auszusehen«, schloß Lisa ihre Betrachtung. »Dabei hast du wunderschöne Augen und Haare. Wenn du ein bißchen Make-up benutzen, die Brille weglassen und etwas mit deinem Haar anfangen würdest, könnte es direkt passieren, daß der alte Parker dich morgen abend zweimal anschaut.«

»Glaubst du das wirklich?« Merediths Herz machte bei dem bloßen Gedanken daran einen Sprung.

»Ich habe gesagt, es *könnte sein*«, korrigierte Lisa mit rücksichtsloser Offenheit. »Er ist schon ein großer Junge, also ist dein Alter ein echter Nachteil. Was hast du bei der letzten Frage der Matheprüfung heute früh rausgekriegt?«

In der letzten Woche, die die beiden nun befreundet waren, hatte Meredith sich an Lisas blitzschnelle Gedankensprünge gewöhnt. Es war, als ob sie zu intelligent wäre, um sich immer nur mit einem Thema zu beschäftigen. Meredith sagte ihr das Ergebnis, und Lisa meinte: »Ich habe dasselbe rausbekommen. Und wenn wir beide dieselbe Antwort haben«, neckte sie, »ist es bestimmt richtig. Hast du gewußt, daß alle an dieser doofen Schule hier glauben, daß der Rolls deinem Vater gehört?«

»Ich habe nie das Gegenteil behauptet«, sagte Meredith wahrheitsgemäß.

Lisa biß in ihren Apfel und nickte. »Warum solltest du auch? Wenn die so blöd sind zu glauben, daß ein reiches Kind hier zu Schule gehen würde, gehört es ihnen nicht anders.«

An diesem Nachmittag ließ sich Lisa wieder von Merediths »Vater« nach Hause bringen, was Fenwick schon die ganze Woche über widerwillig getan hatte. Als der Rolls vor dem einstöckigen Backsteinhaus vorfuhr, in dem die Pontinis wohnten, registrierte Meredith das übliche Durcheinander von wimmelnden Kindern und herumliegendem Spielzeug, während Mrs. Pontini in ihrer unvermeidlichen Ärmelschürze unter der Haustür stand. »Lisa!« rief sie, und in ihrer Stimme schwang ein deutlicher italienischer Akzent mit, »Mario ist am Telephon. Er will dich sprechen. Hallo Meredith«, fügte sie mit einem Winken hinzu. »Du mußt bald mal zum Abendessen kommen. Du kannst dann auch über Nacht bleiben, damit dein Vater nicht so spät nochmal so weit rausfahren muß, um dich zu holen.«

»Danke, Mrs. Pontini!« rief Meredith und winkte vom Auto aus zurück. »Das mache ich gern.« Es war genau so, wie Meredith es sich immer gewünscht hatte – sie hatte eine Freundin, mit der sie Geheimnisse austauschen konnte, und jetzt war sie eingeladen worden, bei ihr über Nacht zu bleiben – sie war überglücklich.

Lisa schloß die Autotür und lehnte sich zum Fenster hinaus.

»Deine Mutter hat gesagt, Mario ist am Telephon«, brachte Meredith in Erinnerung.

»Es schadet nichts, wenn man einen Jungen warten läßt«, sagte Lisa, »das macht einen nur interessanter. Also vergiß nicht, mich Sonntag anzurufen und mir zu erzählen, wie es mit Parker gelaufen ist. Ich wünschte, ich könnte deine Haare zurechtmachen, bevor du zu dem Ball gehst.«

»Das wünschte ich auch«, sagte Meredith, sehr wohl wissend, daß das absolut unmöglich war. In dem Moment, wo sie die Bancroft-Villa betrat, hätte Lisa gemerkt, daß Fenwick nicht ihr Vater war. Jeden Tag nahm sie sich vor, ihr die Wahrheit zu gestehen, und jeden Tag schob sie es wieder auf, weil sie sich sagte, je länger und je besser Lisa sie kannte, desto weniger würde es ausmachen, ob Merediths Vater nun arm oder reich war. Wehmütig fuhr sie fort: »Wenn du morgen kommen würdest, könntest du über Nacht bleiben. Während ich bei dem Ball bin, hättest du Gelegenheit Hausaufgaben zu machen, und wenn ich zurück bin, könnte ich dir erzählen, wie es war.«

»Aber ich kann nicht. Ich treffe mich morgen abend mit Mario«, bemerkte Lisa überflüssigerweise. Meredith war sehr erstaunt gewesen zu hören, daß Lisas Eltern sie mit vierzehn bereits mit Jungen ausgehen ließen, aber Lisa hatte bloß gelacht und gesagt, daß Mario es nie wagen würde, ihr zu nahe zu kommen, weil er wußte, daß ihr Vater und ihr Onkel dann hinter ihm her wären. Lisa ging in Richtung Haus. »Denk nur dran, was ich dir gesagt habe! Flirte mit Parker, und schau ihm tief in die Augen. Und steck dein Haar hoch, damit du reifer aussiehst.«

Den ganzen Heimweg über versuchte Meredith sich vorzustellen, wie es wäre, mit Parker zu flirten. Übermorgen war sein Geburtstag – sie hatte sich das im letzten Jahr gemerkt, als sie das erste Mal feststellte, daß sie dabei war, sich in ihn zu verlieben. In der letzten Woche hatte sie Stunden mit der Suche nach der richtigen Geburtstagskarte zugebracht, die sie ihm morgen abend geben wollte. Aber die Karten, die das ausdrückten, was sie *wirklich* empfand, wären viel zu überschwenglich gewesen. Obwohl sie naiv genug war, ahnte sie doch, daß eine Karte mit dem Text »Für die große Liebe meines Lebens ...« Parker nicht sonderlich erfreut hätte. Mit Bedauern kaufte sie also eine mit dem Spruch »Einem besonders guten Freund die herzlichsten Glückwünsche«.

2

Freudlos betrachtete Meredith ihr Spiegelbild, während Mrs. Ellis im Hintergrund zustimmend nickte. Als sie vergangene Woche mit Mrs. Ellis beim Einkaufen gewesen war, hatte das Samtkeid die Farbe eines schimmernden Topas gehabt. Jetzt sah es aus wie einfacher dunkelbrauner Samt, und ihre Schuhe, die passend dazu eingefärbt worden waren, wirkten mit den niedrigen, klobigen Absätzen richtig matronenhaft. Meredith wußte, daß Mrs. Ellis' Geschmack zum Matronenhaften hin tendierte. Noch dazu hatten sie und Meredith den Anordnungen ihres Vaters zufolge ein Kleid wählen müssen, das »für ein junges Mädchen in Merediths Alter und gesellschaftlicher Stellung angemessen« war. Sie hatten mehrere Kleider zur Auswahl mit nach Hause gebracht, und dieses war das einzige gewesen, das ihrem Vater weder zu »offenherzig« noch zu »flippig« erschien.

Woran Meredith momentan nichts auszusetzen hatte, war lediglich ihre Frisur. Normalerweise trug sie ihre schulterlangen Haare auf einer Seite gescheitelt und mit einer Haarspange. Aber Lisas Ratschlägen folgend, hatte sie Mrs. Ellis heute abend überzeugen können, die Haare hochzustecken, so daß nur ein paar Korkenzieherlöckchen das Gesicht umspielten; Meredith fand es so ausgesprochen hübsch.

»Meredith«, sagte ihr Vater, der gerade ins Zimmer kam, eine Menge Theaterkarten in der Hand. »Park Reynolds braucht zwei zusätzliche Karten für *Rigoletto,* und ich habe ihm gesagt, daß er unsere haben könnte. Würdest du sie heute abend dem jungen Parker geben, wenn du ...« Er blickte auf, schaute sie durchdringend an und verzog das Gesicht. »Was hast du mit deinem Haar gemacht?« fragte er bissig.

»Ich dachte, ich trage es heute abend hochgesteckt.«

»Ich bin dafür, daß du es so wie immer trägst, Meredith.« Er blickte Mrs. Ellis mahnend an: »Als ich Sie einstellte, Madam, hatte ich geglaubt, daß wir uns einig darüber sind, daß Sie neben Ihrer Tätigkeit als Wirtschafterin zu bestimmten Gelegenheiten auch als Beraterin meiner Tochter fungieren. Entspricht diese Frisur Ihrer Vorstellung von ...«

»Ich habe Mrs. Ellis ausdrücklich darum gebeten, meine Haare so aufzustecken, Vater«, unterbrach Meredith als sie sah, daß Mrs. Ellis blaß wurde und zu zittern anfing.

»In diesem Fall solltest du eher ihren Rat befolgen«, sagte Philip, »anstatt *anzuordnen,* was du willst.«

»Ja, natürlich«, antwortete Meredith folgsam. Sie haßte es, ihren Vater zu enttäuschen oder zu verärgern. Er vermittelte ihr immer das Gefühl, daß es allein von ihr abhinge, ob sein

Tag gut oder schlecht verlaufen sei. Besonders dann, wenn sie ihm die Laune verdorben hatte.

»Nun, es ist ja noch nichts passiert«, lenkte er ein, als er sah, daß Meredith Reue zeigte. »Mrs. Ellis kann dein Haar ja noch richten, bevor du gehst. Ich habe dir etwas mitgebracht, meine Liebe. Eine Halskette«, fügte er hinzu und zog ein dunkelgrünes Samtetui aus der Tasche. »Du darfst sie heute abend tragen – sie wird auf deinem Kleid sehr gut aussehen.« Meredith wartete gespannt, während er an dem Schloß herumfummelte. Sie dachte an ein goldenes Medaillon oder ... »Das sind die Perlen deiner Großmutter«, verkündete er, und sie mußte sich große Mühe geben, ihre Enttäuschung zu verbergen, als er die lange Reihe dicker Perlen aus dem Etui nahm. »Dreh dich um, ich mache dir die Kette zu.«

Zwanzig Minuten später stand Meredith wieder vor dem Spiegel und versuchte verzweifelt, sich einzureden, daß sie hübsch aussah. Ihre Haare waren wieder genauso gerade und kindlich frisiert wie immer, aber die Perlen brachten das Faß zum Überlaufen. Ihre Großmutter hatte sie fast täglich umgehabt, sie hatte sie noch auf dem *Totenbett* getragen, und jetzt lagen sie wie Blei auf Merediths nicht vorhandenem Busen. »Entschuldigung, Miss.« Die Stimme des Butlers, die durch die Tür drang, ließ sie herumfahren. »Unten ist eine Miss Pontini, die angibt, eine Schulfreundin von Ihnen zu sein.«

Ertappt ließ sich Meredith auf ihr Bett fallen und versuchte verzweifelt, irgendeinen Ausweg aus dieser vertrackten Situation zu finden. Aber es gab keinen, und das wußte sie auch. »Bitte, führen Sie sie herauf.«

Eine Minute später trat Lisa ins Zimmer und sah sich um, als befände sie sich auf einem fremden Planeten. »Ich habe versucht, anzurufen«, sagte sie, »aber es war über eine Stunde belegt. Also habe ich beschlossen, einfach auf gut Glück herzukommen.« Sie verstummte, drehte sich im Halbkreis und studierte alles eingehend. »Wem gehört dieser Steinhaufen eigentlich?«

Zu jeder anderen Zeit hätte eine derart respektlose Beschreibung des Hauses Meredith zum Kichern gebracht. Jetzt konnte sie nur kleinlaut und leise antworten: »Meinem Vater.«

Lisas Miene verfinsterte sich. »Ich hatte mir schon so etwas ähnliches gedacht, als der Mann, der mir die Tür aufgemacht hat, dich Miss Meredith nannte – mit derselben Hochachtung in der Stimme, mit der Pater Vickers ›Heilige Jungfrau Maria‹ sagt.« Lisa drehte sich auf dem Absatz um und wollte gehen.

»Lisa, warte!« flehte Meredith.

»Okay, du hast deinen Spaß gehabt. Heute war wirklich ein phantastischer Tag«, fügte sie sarkastisch hinzu und wandte sich erneut ab. »Zuerst holt mich Mario zu einem Ausflug ab und versucht mir die Kleider vom Leib zu reißen – und wenn ich dann meine ›Freundin‹ besuchen will, stellt sich heraus, daß sie sich die ganze Zeit über mich lustig gemacht hat.«

»Das habe ich nicht!« rief Meredith. »Ich habe dich in dem Glauben gelassen, daß Fenwick mein Vater ist, weil ich Angst hatte, daß die Wahrheit uns auseinanderbringen würde.«

»Sicher! Bestimmt!« konterte Lisa in ungläubiger Wut. »Das reiche kleine Mädchen wollte unbedingt die Freundin des armen kleinen Mädchens werden. Ich wette, du und deine reichen Freunde, ihr habt euch köstlich darüber amüsiert, daß ich dich zum Spaghettiessen zu uns eingeladen habe und ...«

»Hör auf!« schrie Meredith. »Du willst mich wohl nicht verstehen! Ich mag deine Mutter und deinen Vater, und ich wollte deine Freundin werden. Du hast Geschwister und Onkel und Tanten und all das, was ich *mir* gewünscht habe. Warum glaubst du, daß alles einfach wunderbar sein muß, bloß weil ich in diesem blöden Haus wohne? Schau, wie es auf dich gewirkt hat! Ein Blick, und du willst nichts mehr mit mir zu tun haben. So geht das, solange ich mich erinnern kann. Und nur zu deiner Information: Ich *liebe* Spaghetti. Ich *liebe* Häuser wie eures, wo gelacht und Krach gemacht wird!«

Sie brach ab, als sie sah, daß der Ärger auf Lisas Gesicht einem sarkastischen Lächeln gewichen war.

»Du magst Krach?«

Meredith lächelte matt. »Ich denke ja.«

»Was ist mit deinen reichen Freunden?«

»Ich habe keine. Das heißt, ich kenne andere Leute in meinem Alter, und ich sehe sie hin und wieder, aber sie gehen alle auf die gleichen Schulen und sind seit Jahren miteinander befreundet. Sie betrachten mich als eine Art Außenseiter.«

»Warum schickt dein Vater dich nach St. Stephen's?«

»Er denkt wohl, es stärkt den Charakter. Meine Großmutter und ihre Schwester sind dort zur Schule gegangen.«

»Dein Vater hat komische Ansichten.«

»Wahrscheinlich hast du recht, aber er handelt in bester Absicht.«

Lisa zuckte mit den Schultern und sagte betont lässig: »In der Beziehung ist er dann wohl wie die meisten Väter.« Das war ein winziges Zugeständnis, ein zögernder Versuch, etwas Gemeinsames zu finden. Beide schwiegen. Getrennt durch ein Louis-XIV-Himmelbett und eine gewaltige soziale Kluft, betrachteten sich zwei außergewöhnlich intelligente Teenager mit einer Mischung aus enttäuschter Hoffnung und Mißtrauen.

»Ich gehe jetzt wohl besser«, sagte Lisa.

Meredith blickte freudlos auf den Nylonbeutel, den Lisa mitgebracht hatte. Offenbar hätte sie unter anderen Umständen bei Meredith übernachtet. Sie hob ihre Hand zu einer entschuldigenden Geste, ließ sie dann aber wieder fallen. Es war ja doch sinnlos. »Ich muß auch gleich weg«, sagte sie statt dessen.

»Einen – einen schönen Abend.«

»Fenwick kann dich nach Hause fahren, wenn er mich am Hotel abgesetzt hat.«

»Ich kann den Bus nehmen«, fing Lisa an, bemerkte dann

aber zum ersten Mal Merediths Kleid und rief entsetzt: »Wer sucht denn deine Kleider aus – eine Blinde? Das willst du doch nicht wirklich heute abend anziehen, oder?«

»Doch. Findest du es sehr schrecklich?«

»Willst du meine Meinung wirklich hören?«

»Lieber nicht.«

»Wie würdest *du* denn dieses Kleid beschreiben?«

Meredith zuckte die Schultern und verzog das Gesicht. »Sagt dir das Wort *tuntig* irgendwas?«

Lisa biß sich auf die Lippen, um nicht laut loszulachen. Dann runzelte sie die Stirn. »Wenn du weißt, daß es scheußlich ist, warum hast du es dann gekauft?«

»Es hat meinem Vater gefallen.«

»Dein Vater hat einen saumäßigen Geschmack.«

»Du solltest Wörter wie *saumäßig* nicht benutzen«, sagte Meredith, die wußte, daß Lisa in Hinsicht auf das Kleid recht hatte. »Das klingt, als ob du ungebildet und niveaulos wärst, und das bist du doch gar nicht. Ich weiß vielleicht nicht, wie man sich anzieht und was ich mit meinem Haar machen soll, aber ich weiß, wie man sich ausdrückt und welche Wörter man nicht benutzt.«

Lisa starrte sie mit offenem Mund an, und dann begann etwas Unerwartetes – die Verknüpfung zarter Bande zwischen zwei völlig unterschiedlichen Wesen, die plötzlich feststellten, daß jeder dem anderen etwas ganz Besonders bieten konnte. Ein unsicheres Lächeln huschte von Lisas Mund und brachte ihre braunen Augen zum Glänzen; dann legte sie den Kopf schief und musterte Merediths Kleid genau. »Zieh die Schulterpartie ein Stück runter auf deine Arme, vielleicht hilft das«, ordnete sie plötzlich an.

Meredith grinste und zog sie gehorsam tiefer.

»Dein Haar sieht einfach saumä... schrecklich aus«, ergänzte Lisa und blickte sich um. Als sie auf dem Nachttisch einen Strauß Seidenblumen stehen sah, hellte sich ihre Miene auf. »Eine Blume im Haar, oder in die Schärpe gesteckt, könnte Abhilfe schaffen.«

Mit dem Instinkt einer echten Bancroft fühlte Meredith,

daß ein Sieg in greifbare Nähe gerückt war und daß sie jetzt handeln mußte. »Wirst du über Nacht bleiben? Ich bin gegen Mitternacht zurück, und niemand kümmert sich drum, wie lange wir aufbleiben.«

Lisa zögerte einen Moment und lächelte dann. »Okay.« Dann wandte sie ihre Aufmerksamkeit wieder Merediths Aussehen zu und fragte: »Warum hast du dir Schuhe mit so klobigen, niedrigen Absätzen ausgesucht?«

»Damit sehe ich nicht so groß aus.«

»Groß sein ist *in*, Dummchen. Mußt du diese Perlen tragen?«

»Mein Vater möchte es.«

»Du könntest sie doch im Auto abnehmen, oder?«

»Wenn er es erfährt, wird er furchtbar enttäuscht sein.«

»Von *mir* erfährt er es nicht. Ich leihe dir meinen Lippenstift«, fuhr sie fort und kramte auch schon in ihrer Tasche nach ihren Make-up-Utensilien. »Was ist mit deiner Brille? Brauchst du sie unbedingt?«

Meredith unterdrückte ein Kichern. »Nur wenn ich etwas sehen will.«

Eine dreiviertel Stunde später war Meredith ausgehfertig. Lisa hatte gesagt, sie habe Talent zum Dekorieren – von Leuten ebenso wie von Räumen –, und Meredith glaubte ihr nun. Die Seidenblume, die sie hinter ihr Ohr gesteckt hatte, gab ihr das Gefühl, eleganter und wenigstens ein bißchen schicker auszusehen. Der Hauch Rouge auf ihren Wangen ließ sie lebhafter wirken, und der Lippenstift – obwohl laut Lisa etwas zu kräftig für ihren blassen Teint – machte sie älter und stärkte ihr Selbstvertrauen. Meredith drehte sich in der Tür noch einmal um und winkte Lisa und Mrs. Ellis zum Abschied zu. Dann lächelte sie Lisa an: »Warum räumst du nicht mein Zimmer um, solange ich weg bin? Natürlich nur, wenn du Lust dazu hast.«

Lisa drückte demonstrativ beide Daumen: »Laß Parker nicht warten.

3

Dezember 1973

Das Glockenläuten in Matt Farrells Kopf wurde vom zunehmenden Pochen seines Herzens übertönt, während er sich ganz in Lauras heißen, fordernden Körper vergrub. Sie saß rittlings auf ihm, und die rhythmische Bewegung ihrer Hüften zwang ihn, immer tiefer in sie einzudringen. Sie war wild ... hart am Rande ... Das Läuten wurde lauter. Es war nicht der melodische Klang der Glocken des hohen Kirchturms der Stadt, auch nicht das schrille Klingeln aus dem gegenüber gelegenen Feuerwehrhaus.

»Hey, Farrell, sind Sie da drin?« *Läuten.*

Ganz sicher war er »da drin«. In ihr, kurz vor der Explosion. *Läuten.*

»Verdammt, Farrell ...« *Läuten.* »Wo zum Teufel...« – *läuten* – »sind Sie?« Ganz allmählich dämmerte es ihm: Draußen bei den Zapfsäulen zog jemand wie verrückt an der Klingelschnur, die ins Innere der Tankstelle führte, und rief seinen Namen.

Laura erstarrte, einen unterdrückten Schrei auf den Lippen. »O mein Gott, da ist jemand draußen.« Zu spät. Er konnte nicht aufhören, wollte nicht aufhören. Er hatte das hier gar nicht erst anfangen wollen, aber sie hatte darauf bestanden und ihn verführt, und jetzt war sein Körper nicht bereit, irgendeine Störung zuzulassen. Er packte sie hart, riß sie mit sich – und dann war es soweit. Einen Augenblick lang gönnte er sich Ruhe, dann setzte er sich auf, wobei er sie zart, aber mit Nachdruck zur Seite schob. Laura zog bereits ihren Rock herunter und richtete ihre Bluse. Er drängte sie hinter einen Stapel runderneuerter Reifen und stand in dem Moment auf, als die Tür aufging und Owen Keenan finsteren Blickes das Tankstellenhäuschen betrat. »Was zum Teufel ist hier los, Matt? Ich habe mir die Seele aus dem Leib gerufen.«

»Ich habe nur eine kurze Pause gemacht«, antwortete Matt

und strich sich mit den Händen durch sein dunkles Haar, das Laura in ihrer ungestümen Leidenschaft völlig zerzaust hatte. »Was wollen Sie?«

»Ihr Vater ist total besoffen drunten bei Maxime's. Sheriff is' schon unterwegs. Wenn Sie nicht wollen, daß er die Nacht im Kittchen verbringt, sollten Sie ihn lieber da rausholen.«

Als Owen gegangen war, hob Matt den Mantel Lauras, auf dem sie gelegen hatten, vom Boden auf, schüttelte ihn aus und half ihr hinein. Sie hatte sich von einem Freund hier absetzen lassen, was hieß, daß er sie irgendwohin fahren mußte.

»Wo hast du dein Auto stehen?« fragte er.

Sie sagte es ihm, und er nickte. »Ich bringe dich hin, bevor ich meinen Vater abhole.«

Die Weihnachtsdekoration hing bereits über den Kreuzungen, als Matt die Hauptstraße hinunterfuhr. Die beleuchteten Sterne glitzerten im Schneegestöber. Am Nordende der Stadt hatte man, um das Schild »Willkommen in Edmunton, Indiana; 38 145 Einw.« eine bunte Girlande geschlungen. Aus einem Lautsprecher, den der Elks Club gestiftet hatte, dröhnte »Stille Nacht«. Die Melodie mischte sich mit Tönen von »Jingle Bells«, die aus einem Kunststoffschlitten kamen, der auf dem Dach von Horton's Eisenwarenhandlung aufgestellt war.

Der leise fallende Schnee und die Weihnachtsbeleuchtung hatten Edmunton auf wundersame Weise verändert. Die in ein schmales Tal gezwängte Kleinstadt wurde bei Tageslicht von den hohen Fabrikschornsteinen zahlloser Stahlwerke dominiert, die in regelmäßigen Abständen dunkle Rauchwolken und Dampf ausstießen. Jetzt verhüllten Schnee und Dunkelheit alles Häßliche. Sie ließen sogar das Südende der Stadt idyllisch erscheinen, wo heruntergekommene Hütten, Leihhäuser und Kneipen und schließlich das im Winter trostlos daliegende Ackerland die ordentlichen Arbeiterhäuschen ablösten.

Matt lenkte seinen Pritschenwagen in die dunkle Ecke eines Parkplatzes neben Jackson's Kurzwarenhandlung, wo sie ihr Auto stehen gelassen hatte, und Laura preßte sich an ihn. »Vergiß nicht«, sagte sie, während sie ihre Arme um seinen Hals schlang, »heute abend um sieben, unten am Hügel. Damit wir da weitermachen können, wo wir vorhin unterbrochen wurden. Und, Matt, laß dich nicht sehen. Daddy hat das letzte Mal deinen Wagen erkannt und angefangen, ein paar unbequeme Fragen zu stellen.«

Matt blickte sie an und fühlte plötzlichen Ekel aufkommen. Sie war schön, reich, verwöhnt und egoistisch, und er wußte es. Er hatte sich von ihr sexuell ausnutzen lassen, hatte sich auf heimliche Treffen und verstohlene Rendezvous eingelassen, hatte sich sogar dazu bereitgefunden, im verborgenen auf sie zu warten, anstatt sie an der Vordertür abzuholen, wie es ihre anderen – gesellschaftlich höher stehenden – Freunde zweifellos taten.

Außer jener starken gegenseitigen sexuellen Anziehungskraft verband die beiden absolut gar nichts. Laura Fredericksons Vater war der reichste Einwohner von Edmunton, und sie hatte gerade mit dem Studium an einem vornehmen College in Neuengland begonnen. Matt arbeitete tagsüber in einem Stahlwalzwerk, nachts und am Wochenende als Automechaniker; daneben machte er einen Fernkurs an der Indiana State University.

Er lehnte sich über sie, stieß die Beifahrertür seines Wagens auf, und seine Stimme klang hart und unnachgiebig: »Entweder ich hole dich heute abend an der Eingangstür ab, oder du nimmst dir besser gleich etwas anderes vor.«

»Aber was soll ich Daddy sagen, wenn er deinen Pritschenwagen in der Einfahrt sieht?«

Ohne auf ihren überraschten Blick zu reagieren, antwortete Matt kühl: »Sag ihm, daß meine Limousine gerade in der Werkstatt ist.«

4

Dezember 1973

Langsam schob sich die lange Reihe schwerer Limousinen zu dem markisenüberdachten Eingang des Chicagoer Drake Hotels vor, wo jede kurz anhielt, um ihre jugendlichen Fahrgäste abzusetzen.

Livrierte Portiers geleiteten die jungen Ankömmlinge in die Eingangshalle. Nicht ein Portier zeigte sich belustigt oder gar herablassend beim Eskortieren der jungen Gäste, die im maßgeschneiderten Smoking und Abendkleid erschienen. Schließlich handelte es sich hier nicht um gewöhnliche Kinder, die man für einen Schülerball oder Hochzeitsempfang herausgeputzt hatte und die sich von der ungewohnten Umgebung einschüchtern ließen. Es waren vielmehr die Kinder der reichsten und berühmtesten Chicagoer Familien; sie waren gelassen und traten selbstsicher auf. Lediglich die überschwengliche Begeisterung, mit der sie dem heutigen Abend entgegensahen, deutete auf ihre Jugend hin.

Aus einem der hinteren chauffeurgesteuerten Wagen beobachtete Meredith die anderen jungen Leute beim Aussteigen. Wie sie waren alle hier, um an Miss Eppinghams jährlichem Dinner und Ball teilzunehmen. Heute abend würden Miss Eppinghams Schüler, die alle zwischen zwölf und vierzehn waren, die gesellschaftlichen Fertigkeiten unter Beweis stellen müssen, die sie in dem sechsmonatigen Kurs erworben bzw. verfeinert hatten – Fertigkeiten, die nötig waren, um sich charmant und anmutig in jener abgehobenen Sphäre bewegen zu können, der sie später als Erwachsene angehören würden. Deshalb mußten alle fünfzig Schüler, die hier in Abendgarderobe erschienen waren, diesen offiziellen Galaempfang absolvieren, sich dann zu einem zwölfgängigen Staatsbankett zu Tisch begeben und schließlich an dem Ball teilnehmen.

Durch das Autofenster betrachtete Meredith die fröhlichen und erwartungsvollen Gesichter der anderen, die bereits in der Hotellobby versammelt waren. Sie war offenbar die einzige, die alleine gekommen war. Die anderen Mädchen kamen in Gruppen oder »in Begleitung« – oft eines älteren Bruders oder Cousins, der Miss Eppinghams Kurs bereits absolviert hatte. Neidisch musterte sie die eleganten Kleider der anderen Mädchen und sah, daß deren Haar kunstvoll aufgesteckt und mit Samtbändern durchflochten war oder von diamantbesetzten Spangen zurückgehalten wurde.

Miss Eppingham hatte für den heutigen Abend den großen Ballsaal reserviert, und Meredith stieg mit klopfendem Herzen die Treppe der marmorverkleideten Hotelhalle hinauf. Ihre Knie zitterten. Auf dem Treppenabsatz erblickte sie die Tür zur Damentoilette und ging zielsicher darauf zu. In der Hoffnung, dadurch ihr Selbstvertrauen zu stärken, wandte sie sich drinnen sofort dem Spiegel zu. In Anbetracht dessen, was Lisa ursprünglich vorgefunden hatte, sah sie nicht einmal so schlecht aus. Ihr blondes Haar war auf der rechten Seite gescheitelt und wurde von einer Seidenblüte zurückgehalten. Meredith beschloß zu glauben, daß die Blume ihr ein mystisches, exotisches Aussehen verlieh, griff in die Tasche, holte Lisas pfirsichfarbenen Lippenstift heraus und malte sich vorsichtig den Mund an. Zufrieden mit dem Ergebnis, öffnete sie den Verschluß der Perlenkette und steckte sie in die Tasche. Dann nahm sie die Brille ab und stopfte sie zu den Perlen. »Wesentlich besser«, entschied sie optimistisch. Wenn sie nicht schielte, und wenn die Beleuchtung nicht zu hell war, bestand durchaus die Möglichkeit, daß Parker sie für ansehnlich hielt.

Vor dem großen Ballsaal winkten sich die Eppingham-Schüler gegenseitig zu und standen in Grüppchen beisammen, aber niemand begrüßte sie oder rief ihren Namen und sagte: »Hoffentlich sitzen wir nebeneinander.« Sie konnten nichts dafür, Meredith wußte das. Schließlich kannten sich die meisten seit ihrer frühesten Kindheit; ihre Eltern waren befreundet, und sie hatten sich gegenseitig oft genug zum Geburtstag eingeladen. Die Chicagoer Gesellschaft war eine große, exklusive Clique, und die erwachsenen Mitglieder hielten es naturgemäß für ihre Pflicht, diese Exklusivität zu wahren und gleichzeitig ihre Kinder zu integrieren. Merediths Vater bildete dabei die große Ausnahme: Einerseits ging es ihm darum, daß Meredith den ihr zustehenden Platz in der Gesellschaft erhielt, andererseits aber wollte er vermeiden, daß sie von anderen Kindern »verdorben« würde, deren Eltern weniger streng waren als er.

Meredith überstand den Empfang ohne Schwierigkeiten und ging dann zu den elegant gedeckten Tischen hinüber. Da Platzkarten aufgestellt waren, holte sie heimlich die Brille aus ihrer Tasche und linste verstohlen auf jede Karte. Als sie am dritten Tisch endlich ihren Namen gefunden hatte, mußte sie feststellen, daß sie an einem Tisch mit Kimberly Gerold und Stacey Fitzhugh saß, zwei Mädchen, die mit ihr zusammen als »Elfen« bei dem Krippenspiel aufgetreten waren. »Hallo, Meredith«, sagten die beiden gleichzeitig und musterten sie so herablassend, daß Meredith sich plump und ungeschickt vorkam. Dann wandten sie ihre Aufmerksamkeit wieder den beiden Jungen zu, die neben ihnen saßen. Das dritte Mädchen am Tisch war Parkers jüngere Schwester Rosemary, die zur Begrüßung nur beiläufig in Merediths Richtung nickte und dann ihrem Tischherrn etwas ins Ohr flüsterte, woraufhin dieser das Gesicht zu einem breiten Grinsen verzog, während sein Blick wie zufällig auf Meredith haften blieb.

Verzweifelt bemüht, den Eindruck zu verdrängen, daß Rosemary über *sie* gesprochen hatte, setzte Meredith ein strahlendes Lächeln auf und gab vor, die rot-weiße Weihnachtsdekoration zu bewundern. Der Stuhl zu ihrer Rechten war und blieb leer, weil, wie sie später herausfand, der junge Mann, der hier sitzen sollte, erkrankt war. Für Meredith bedeutete dies, daß sie keinen Tischherrn hatte.

Das Dinner schritt fort, ein Gang folgte auf den anderen, und automatisch wählte Meredith die jeweils richtigen Teile des Silberbestecks. Derart förmliche Abendessen waren bei ihr zu Hause ebenso üblich wie bei vielen anderen Eppingham-Schülern, und so lenkte sie nicht einmal dies von dem schrecklichen Gefühl der Isolation ab, während sie beiläufig dem Gesprächsverlauf folgte. Die anderen sprachen über die neuesten Kinofilme.

»Hast du den gesehen, Meredith?« fragte Steven Mormont, der sich recht spät an Miss Eppinghams Weisung erinnerte, *jeden* am Tisch in die Unterhaltung mit einzubeziehen.

»Nein – leider nicht.« Sie mußte nichts weiter sagen, denn in diesem Augenblick begann das Orchester zu spielen, und die Trennwand wurde entfernt, was bedeutete, daß die jungen Herrschaften nun allmählich ihre Tischkonversation zum Abschluß bringen und dann langsam in den Ballsaal hinüberschlendern sollten.

Parker hatte versprochen, während des Balls vorbeizuschauen, und nachdem seine Schwester hier war, wußte Meredith, daß er kommen würde. Abgesehen davon feierte seine Studentenverbindung in einem der anderen Ballsaäle, also war er sicher hier im Hotel. Sie stand auf, strich sich das Haar glatt, überzeugte sich, daß sie den Bauch eingezogen hatte und ging in Richtung Ballsaal.

Die nächsten zwei Stunden kam Miss Eppingham ihrer Pflicht als perfekte Gastgeberin nach, mischte sich zwischen die Gäste und sorgte dafür, daß niemand ohne Gesprächs- oder Tanzpartner blieb. Meredith beobachtete, wie sie einen widerwilligen Jungen nach dem anderen auf sie zuschob, damit er sie zum Tanz aufforderte.

Gegen elf Uhr hatte sich die Gesellschaft in kleine Grüppchen aufgeteilt, und die Tanzfläche war noch lange nicht leer – nicht zuletzt dank der altmodischen Tanzmusik, die die Kapelle spielte. Meredith gehörte zu den vier Paaren, die noch tanzten, und ihr Partner Stuart Whitmore sprach angeregt davon, daß er eines Tages in die Anwaltskanzlei seines Vaters eintreten werde. Wie Meredith war er eher ernsthaft und klug, und Meredith mochte ihn lieber als alle anderen anwesenden Jungen, vor allem deshalb, weil er *von sich aus* mit ihr hatte tanzen wollen. Sie lauschte Stuarts Reden, die Augen auf die Eingangstür des Ballsaales geheftet, als plötzlich Parker mit zwei seiner Kommilitonen in der Tür stand. Ihr Herz machte einen Sprung, als sie feststellte, wie gut er in dem schwarzen Smoking aussah; sein dichtes, sonnengebleichtes Haar und der braungebrannte Teint taten sein Ihriges. Er stellte alle Anwesenden, seine Begleiter eingeschlossen, in den Schatten.

Stuart, der bemerkt hatte, wie Meredith plötzlich zusammengezuckt war, unterbrach seinen Diskurs über das Jurastadium und folgte ihrem Blick. »Oh, Rosemarys Bruder ist hier«, sagte er.

»Ja, ich weiß«, antwortete Meredith, ohne zu merken, wie verträumt ihre Stimme klang.

Stuart hörte es und schnitt eine Grimasse. »Ich möchte nur wissen, wie Parker Reynolds das macht, daß alle Mädchen ganz verrückt nach ihm sind?« sagte er mit trokkenem Humor. »Ich meine, nur weil er größer, älter und fünfmal schicker ist als ich, warum solltest du ihn mir vorziehen?«

»Mach dich doch nicht schlechter, als du bist«, entgegnete Meredith geistesabwesend und sah zu, wie Parker quer durch den Ballsaal schritt, um den Pflichttanz mit seiner Schwester zu absolvieren. »Du bist sehr intelligent und sehr nett.«

»Das trifft auch auf dich zu.«

»Du wirst bestimmt ein genauso guter Rechtsanwalt wie dein Vater.«

»Würdest du nächsten Samstag mit mir ausgehen?«

»Was?« Meredith schnappte nach Luft. »Ich meine«, fuhr sie rasch fort, »es ist sehr nett von dir, mich einzuladen, aber mein Vater läßt mich nicht ausgehen, bevor ich sechzehn bin.«

»Danke, daß du mir das so schonend beibringst.«

»So war das nicht gemeint!« antwortete Meredith, vergaß dann aber alles, weil einer von Rosemarys Freunden Parker abgelöst hatte und dieser sich in Richtung Ausgang bewegte. »Entschuldige mich, Stuart«, sagte sie ein wenig hilflos, »aber ich muß Parker etwas geben!« Ohne zu merken, daß zahlreiche Augenpaare sie amüsiert beobachteten, eilte Meredith quer über das Parkett und erreichte Parker gerade in dem Moment, in dem er mit seinen Freunden den Saal verlassen wollte. Die beiden blickten sie verwundert an, wie einen seltsamen Käfer, der mitten zwischen sie geraten war, dann lächelte Parker aber warm und aufrichtig: »Hallo, Meredith. Amüsierst du dich gut?«

Meredith nickte und hoffte, daß er sich an sein Versprechen erinnern würde, mit ihr zu tanzen. Als er sie jedoch nur erwartungsvoll ansah, sank ihre Stimmung auf einen neuen Tiefpunkt. Das Blut stieg ihr in die heißen Wangen, als sie mit einiger Verspätung bemerkte, daß sie ihn in ehrfurchtsvollem Schweigen anstarrte. »Ich – ich habe etwas für dich«, sagte sie mit zittriger Stimme und kramte in ihrem Abendtäschchen. »Ich meine, mein Vater wollte, daß ich dir das hier gebe.« Sie zog den Umschlag mit den Opernkarten und der Geburtstagskarte heraus, aber die Perlenkette hatte sich damit verheddert und fiel zu Boden. Hastig bückte sie sich danach – in demselben Moment wie Parker, so daß die beiden mit den Köpfen zusammenstießen. »Tut mir leid!« rief sie, während er »Autsch!« sagte. Als sie sich wieder aufrichtete, fiel Lisas Lippenstift aus ihrer offenen Tasche, und Jonathan Sommers, einer von Parkers Freunden, bückte sich, um ihn aufzuheben. »Warum schüttest du nicht gleich den ganzen Inhalt deiner Tasche auf den Boden, dann können wir alles auf einmal aufheben«, spöttelte Jonathan, dessen Atem stark nach Alkohol roch.

Mit Schrecken bemerkte Meredith das Gelächter der Eppingham-Schüler, die das Ganze neugierig beobachteten. Sie drückte Parker den Umschlag in die Hand, stopfte Perlen und Lippenstift zurück in die Tasche, drehte sich mit den Tränen kämpfend um und wäre am liebsten im Erdboden versunken. Hinter ihr stehend, erinnerte Parker sich endlich an den Tanz. »Was ist mit dem Tanz, den du mir versprochen hast?« fragte er gutmütig.

Meredith fuhr herum, und ein Leuchten flog über ihr Gesicht. »Oh, das. Das hatte ich ganz – vergessen. Willst du wirklich? Mit mir tanzen, meine ich?«

»Das ist das verlockendste Angebot des ganzen Abends«, erwiderte er galant, und während die Musiker »Bewitched, Bothered and Bewildered« spielten, lag Meredith in Parkers Armen und erlebte, wie ihr Traum Wirklichkeit wurde. Ihre Fingerspitzen fühlte den glatten Stoff seiner schwarzen Smokingjacke und seinen muskulösen Rücken. Sein Rasierwasser duftete würzig und wundervoll, und er war ein ausgezeichneter Tänzer. Meredith war so überwältigt, daß sie ihre Gedanken laut aussprach: »Du bist ein wunderbarer Tänzer«, sagte sie.

»Danke.«

»Und du siehst heute abend in deinem Smoking auch besonders gut aus.«

Er lachte leise, und Meredith, die den Kopf zurücklegte, um ihn besser ansehen zu können, sonnte sich in seinem warmen Lächeln, während er erwiderte: »Du siehst auch sehr gut aus.«

Meredith fühlte, wie ihr das Blut wieder ins Gesicht stieg und fixierte hastig seine Schulter. Durch das viele Bücken und Kopfschütteln hatte sich die Klammer gelockert, mit der Lisa die Blüte in ihrem Haar festgesteckt hatte. Von Meredith unbemerkt, war sie ins Rutschen geraten und baumelte nun an dem dünnen Drahtstengel. Verzweifelt bemüht, irgend etwas Intelligentes und Geistreiches zu sagen, legte Lisa den Kopf zurück und fragte strahlend: »Genießt du deine Weihnachtsferien?«

»Ja, sehr«, sagte er, und sein Blick blieb an der sich lösenden Blüte haften: »Und du?«

»Ich auch, sehr«, antwortete sie und kam sich schrecklich dumm vor.

Parker ließ seine Arme in dem Augenblick fallen, in dem die Musik verstummte, und verabschiedete sich mit einem höflichen Lächeln. Meredith, die wußte, daß sie nicht einfach so stehenbleiben und hinter ihm herstarren durfte, drehte sich hastig um, und ihr Blick fiel auf einen der zahlreichen großen Spiegel. Sie sah die Seidenblume, die blöde an ihrem Haar hing, und nahm sie hastig ab – in der Hoffnung, daß sie eben erst herabgerutscht war.

Während sie, die Blüte in der Hand, an der Garderobe auf ihren Mantel wartete, betete sie inständig, daß sie nicht die ganze Zeit, die sie mit Parker getanzt hatte, so herabgebaumelt war. Sie warf dem Mädchen, das neben ihr stand, einen Blick zu, und als ob sie ihre Gedanken lesen könne, sagte das andere Mädchen: »Doch, sie hat da gehangen, während du mit ihm getanzt hast.«

»Das habe ich befürchtet.«

Das andere Mädchen grinste verständnisvoll, und Meredith erinnerte sich an ihren Namen – Brooke, Brooke Morrison. Meredith hatte sie schon immer recht nett gefunden. »Auf welche High School gehst du nächstes Jahr?« fragte Brooke.

»Bensonhurst, in Vermont«, antwortete Meredith.

»Bensonhurst?« Brooke rümpfte die Nase. »Das liegt doch am Ende der Welt, und außerdem soll es das reinste Gefängnis sein. Meine Großmutter ging in Bensonhurst zur Schule.«

»Meine auch«, antwortete Meredith mit einem Seufzen und wünschte sich nur, daß ihr Vater in dieser Hinsicht doch noch mit sich reden ließe.

Lisa und Mrs. Ellis waren in Merediths Zimmer im Sitzen eingenickt, als sie zurückkam. »Na«, fragte Lisa und sprang auf. »Wie war's?«

»Einfach toll«, Meredith verzog das Gesicht zu einer Grimasse, »wenn man davon absieht, daß mir alles aus der Tasche fiel, wie ich Parker die Geburtstagskarte gab. Und daß ich ihm dauernd erzählt habe, wie phantastisch er aussieht und wie ausgezeichnet er tanzt.« Sie ließ sich auf den Sessel fallen, in dem Lisa gesessen hatte, und erst jetzt fiel ihr auf, daß die Sitzgruppe ganz woanders stand als vorher. Ihr ganzes Zimmer war umgeräumt.

»Na, wie findest du es?« fragte Lisa mit einem frechen Grinsen. Meredith blickte sich um, in ihren Zügen spiegelte sich Überraschung und Freude. Außer daß sie die Möbel umgestellt hatte, war Lisa auch auf den Gedanken gekommen, die Seidenblumen aus der Vase zu nehmen und zu kleinen Sträußen gebündelt an die Pfosten von Merediths Himmelbett zu binden. Aus anderen Teilen des Hauses waren Grünpflanzen hergebracht worden, und der vormals strenge Raum hatte jetzt etwas Feminines. »Lisa, das ist wunderbar!«

»Stimmt.« Sie grinste. »Mrs. Ellis hat mir geholfen.«

»Ich«, widersprach Mrs. Ellis, »habe nur die Pflanzen beigesteuert. Lisa hat alles andere gemacht. Ich hoffe nur, daß dein Vater nichts dagegen hat«, fügte sie unsicher hinzu und stand auf.

Als sie weg war, sagte Lisa: »Irgendwie hatte ich gehofft, daß dein Vater hereinschaut. Dafür hatte ich mir einen passenden Spruch ausgedacht. Willst du ihn hören?«

Meredith nickte.

Förmlich triefend vor guter Erziehung und untadeliger Aussprache hielt Lisa ihre Rede: »Guten Abend, Mr. Bancroft. Ich bin Merediths Freundin Lisa Pontini. Ich möchte Innenarchiktin werden, habe hier ein bißchen geübt, und hoffe sehr, daß Sie nichts dagegen haben, Sir?«

Sie machte das so perfekt, daß Meredith lachen mußte. Dann sagte sie: »Ich wußte nicht, daß du Innenarchitektur studieren willst.«

Lisa blickte sie spöttisch an. »Wenn ich Glück habe, kann ich den High School-Abschluß machen. College oder Uni ist nicht drin. Wir haben nicht genügend Geld dafür.« Mit ehrfürchtiger Stimme fügte sie hinzu: »Mrs. Ellis hat mir erzählt, daß dein Vater *der* Bancroft von Bancroft & Company ist. Ist er auf Reisen oder sowas?«

»Nein, er ist auf einer Vorstandssitzung«, antwortete Meredith, und da sie annahm, daß Lisa von dem Thema Bancroft & Company genauso fasziniert sein würde wie sie es war, fuhr sie fort: »Die Punkte, die auf der Tagesordnung stehen, sind wirklich spannend. Zwei Vorstandsmitglieder sind dafür, daß Bancroft's in andere Städte expandiert. Der Leiter des Finanzwesens hält das für unverantwortlich, aber die zuständigen Geschäftsführer sind der Ansicht, daß das zusätzliche Käuferpotential die Unkosten mehr als wettmachen wird.«

»Ich verstehe immer nur Bahnhof«, sagte Lisa, deren Aufmerksamkeit schon wieder einer großen Dieffenbachia galt, die in einer Ecke des Zimmers stand. Sie zog den Blumentopf ein Stückchen vor, und die Wirkung dieser kleinen Änderung war verblüffend.

»Auf welche Schule gehst du nächstes Jahr?« fragte Meredith, die ihr völlig verändertes Schlafzimmer bewundernd musterte, und dachte, wie ungerecht es doch wäre, daß Lisa nicht aufs College gehen könne und daß ihr Talent verkümmern würde.

»Kemmerling High School«, antwortete Lisa.

Meredith zuckte zusammen. Sie kam auf ihrem Schulweg nach St. Stephen's an Kemmerling vorbei. St. Stephen's war alt, aber sehr gepflegt. Kemmerling dagegen war eine große, häßliche und heruntergekommene staatliche Schule, deren Schüler sehr ungepflegt und ärmlich aussahen. Ihr Vater hatte immer wieder betont, daß man eine hervorragende Ausbildung nur an einer *hervorragenden* Schule erhalten könne.

Lange nachdem Lisa eingeschlafen war, nahm in Merediths Kopf eine Idee Gestalt an, die ihr nach längerem Nachdenken als durchaus realisierbar erschien. Sie würde ihr Vorgehen sehr genau planen – genauer als irgend etwas anderes, abgesehen von den Verabredungen mit Parker, die jedoch immer nur in ihrer Phantasie stattfanden.

5

Am nächsten Morgen wurde Lisa von Fenwick nach Hause gefahren, und Meredith ging hinunter ins Speisezimmer, wo ihr Vater die Zeitung las und mit dem Frühstück auf sie wartete. Unter normalen Umständen hätte sie neugierig nach dem Ergebnis des gestrigen Abends gefragt, aber heute hatte sie etwas Dringenderes im Kopf. Sie setzte sich auf ihren Stuhl, sagte Guten Morgen und startete dann ihren Angriff, solange er noch in die Zeitungslektüre vertieft war. »Hast du nicht immer gesagt, daß eine gute Erziehung unerläßlich ist?« begann sie. Als er geistesabwesend nickte, fuhr sie fort: »Und hast du nicht auch gesagt, daß viele staatliche Schulen zuwenig und vor allem schlechte Lehrer haben?«

»Ja«, antwortete er, wiederum nickend.

»Und hast du mir nicht erzählt, daß die Bancroft-Stiftung Bensonhurst seit Jahrzehnten finanziell unterstützt?«

»Mmmm«, murmelte er und blätterte um.

»Also«, Meredith versuchte, ihre wachsende Erregung nicht zu zeigen, »in St. Stephen's habe ich ein nettes Mädchen aus einer sehr gläubigen Familie kennengelernt. Sie ist außerordentlich talentiert und will Innenarchitektur studieren, aber sie muß auf die Kemmerling-Schule gehen, weil ihre Eltern es sich nicht leisten können, sie auf eine bessere Schule zu schicken. Ist das nicht traurig?«

»Mmmm«, antwortete er wieder und runzelte über einen mißliebigen politischen Artikel die Stirn. Kandidaten der Demokratischen Partei war er nicht gerade wohlgesonnen.

»Würdest du nicht auch sagen, daß es *tragisch* ist, daß so viel Begabung und Intelligenz und – und *Ehrgeiz* einfach verkümmern sollen?«

Ihr Vater hob seinen Blick von der Zeitung und sah sie überrascht an. Mit zweiundvierzig war er ein attraktiver, eleganter Mann mit stahlblauen Augen und braunem Haar, das sich an den Schläfen leicht silbrig färbte. »Was willst du damit sagen, Meredith?«

»Ich spreche von einem Stipendium. Wenn Bensonhurst

keine vergibt, könntest du sie doch bitten, einen Teil des von uns gestifteten Geldes dafür zu verwenden.«

»Und ich könnte auch gleich dazusagen, daß dieses Stipendium an jenes Mädchen zu vergeben ist, von dem du mir gerade erzählt hast – das willst du doch damit bezwecken, oder?« Aus seinem Munde klang es, als ob sie etwas Unehrenhaftes verlangt hätte, aber sie wußte, daß ihr Vater gewohnt war, seine Macht und seine Beziehungen skrupellos immer und überall einzusetzen, wenn es ihm nützlich erschien. Dazu hatte man schließlich Macht, das hatte er ihr viele hundertmal erzählt.

Sie nickte leicht, und ein Lächeln spielte um ihre Augen. »Ja.«

»Ich verstehe.«

»Du wirst niemand finden, der ein Stipendium eher verdient«, trieb sie ihr Projekt weiter voran. »Und«, sie überlegte einen Augenblick und fuhr dann, einer plötzlichen Intuition folgend fort, »wenn wir nichts für Lisa tun, wird sie sicher eines Tages von der *Fürsorge* abhängig!« Fürsorge war ein Thema, auf das ihr Vater unbedingt negativ reagierte. Meredith hätte ihm zu gerne mehr über Lisa erzählt, auch, wieviel ihr diese Freundschaft bedeutete, aber ein sechster Sinn hielt sie davon ab. Bisher war ihm noch nie ein Kind gut genug für Meredith gewesen, und es würde vermutlich viel einfacher sein, ihn davon zu überzeugen, daß Lisa das Stipendium verdiene, als daß sie Merediths Freundschaft wert sei.

»Du erinnerst mich an deine Großmutter«, sagte er nach einer Weile. »Sie hat sich auch oft für andere eingesetzt, denen es weniger gut ging.«

Schuldgefühle nagten an ihr, denn der Wunsch, Lisa in Bensonhurst unterzubringen, war eher egoistisch als edelmütig, aber seine nächsten Worte ließen sie alles andere vergessen: »Ruf morgen meine Sekretärin an. Erzähle ihr alles, was du über dieses Mädchen weißt, und bitte sie, mich daran zu erinnern, daß ich mit Bensonhurst telephoniere.«

Die nächsten drei Wochen wartete Meredith gespannt auf Antwort. Sie hatte Lisa nichts von ihren Plänen erzählt, aus Angst davor, sie letztlich doch noch enttäuschen zu müssen. Andererseits konnte sie sich beim besten Willen nicht vorstellen, daß Bensonhurst der Bitte ihres Vaters nicht nachkommen würde. Reiche Amerikaner schickten ihre Töchter heutzutage in die Schweiz oder nach Frankreich ins Internat und nicht nach Vermont – und erst recht nicht nach Bensonhurst mit seinen kasernenartigen Studentenwohnheimen, den strikten Lehrplänen und Verhaltensregeln. Die Schule war bestimmt nicht mehr so gefragt wie früher einmal und würde es folglich kaum wagen, das Anliegen ihres Vaters abzulehnen.

In der folgenden Woche kam ein Brief von Bensonhurst, und Meredith wartete gespannt neben dem Stuhl ihres Vaters, während er ihn las. »Hier steht«, sagte er endlich, »daß sie Miss Pontini aufgrund ihrer herausragenden schulischen Leistungen und der Empfehlung der Bancroft-Familie ein Stipendium gewähren.« Meredith stieß einen äußerst undamenhaften Freudenschrei aus, der ihr einen eisigen Blick ihres Vaters einbrachte. Dann fuhr er fort: »Das Stipendium wird das Schulgeld sowie Unterkunft und Verpflegung abdecken. Für die An- und Abreise sowie für Taschengeld muß sie selbst aufkommen.«

Meredith biß sich auf die Lippen. Sie hatte nicht an das Taschengeld gedacht und auch nicht daran, wie teuer ein Flug nach Vermont war. Aber nachdem sie nun schon so weit gekommen war, fühlte sie sich in der Lage, auch dieses Problem in den Griff zu bekommen. Vielleicht würde sie ihren Vater dazu bringen, sie mit dem Wagen nach Vermont zu schicken. Dann könnte Lisa einfach mitfahren.

Am nächsten Tag nahm Meredith alle Prospekte über Bensonhurst und das Schreiben über das Stipendium mit in die Schule. Der Tag schien kein Ende zu nehmen, aber dann saß sie endlich bei den Pontinis am Küchentisch, und Lisas Mutter, die mit dem Backen hauchdünner italienischer Plätzchen beschäftigt war, bot ihr selbstgemachte Canneloni an. »Du bist bald genauso mager wie Lisa«, sagte Mrs. Pontini, und Meredith knabberte gehorsam an einem Plätzchen, während sie ihre Schultasche aufmachte und die Bensonhurst-Prospekte herausholte.

Etwas unsicher in ihrer neuen Rolle als Wohltäterin, erzählte sie aufgeregt von Bensonhurst und Vermont und wie aufregend alles werden würde; dann verkündete sie, daß Lisa ein Stipendium für ebendiese Schule erhalten habe. Einen Augenblick herrschte Totenstille. Mrs. Pontini und Lisa mußten den letzten Teil erst einmal schlucken. Dann stand Lisa langsam auf. »Für was zum Teufel hältst du mich eigentlich?« schrie sie wütend. »Glaubst du vielleicht, ich nehme *Almosen* von dir an? Wer glaubst du eigentlich, daß du bist!«

Sie stürmte zur Hintertür hinaus, und Meredith rannte ihr nach. »Lisa, ich wollte dir doch bloß helfen!«

»Helfen?« Lisa holte Luft und fuhr sie an: »Wie zum Teufel kommst du auf die Idee, daß ich mit einem Haufen reicher Snobs wie dir auf eine Schule gehen will? Die mich wie einen Almosenempfänger behandeln würden! Ich sehe es direkt vor mir – eine Schule voller verwöhnter Gören, die nichts anderes zu tun haben, als darüber zu lamentieren, daß sie mit ihrem monatlichen Taschengeld von tausend Dollar nicht auskommen ...«

»Wenn du es nicht rumerzählst, wird keiner wissen, daß du nur durch ein Stipendium dort bist«, begann Meredith, fuhr dann aber ärgerlich und gleichzeitig verletzt fort: »Ich wußte nicht, daß du mich für einen ›reichen Snob‹ oder eine ›verwöhnte ... verwöhnte Göre‹ hältst.«

»Merkst du es denn nicht selber – du kannst ja nicht einmal das Wort *Göre* aussprechen, ohne halb daran zu erstikken. So verdammt wohlerzogen und vornehm bist du!«

»Wenn jemand hier ein Snob ist, dann du, Lisa, und nicht ich«, unterbrach Meredith sie ruhig. Sie war traurig und enttäuscht: »Du siehst immer nur das Geld. Dabei hättest du bestimmt nach Bensonhurst gepaßt. Ich bin diejenige, die überall der Außenseiter ist, nicht du.« Mit diesen Worten, deren ruhige Würde ihrem Vater sicherlich sehr gefallen hätte, drehte sie sich um und ging.

Fenwick wartete vor dem Haus den Pontinis. Meredith ließ sich in die weichen Polster des Rolls fallen. Irgend etwas stimmte nicht mit ihr – sie hatte etwas an sich, das andere Leute – ganz gleich welcher gesellschaftlichen Schicht sie angehörten – davon abhielt, sich in ihrer Nähe wohl zu fühlen. Auf die Idee, daß es vielleicht eine spezielle Sensibilität und Güte war, die andere Kinder dazu bewog, sie herabzusetzen oder sie zu meiden, kam sie nicht. Lisa, die zusah, wie der Wagen davonfuhr, ging dieser Gedanke durch den Kopf. Sie haßte Meredith Bancroft zwar dafür, daß die in der Lage war, die gute Fee zu spielen, sie haßte sich aber auch selbst dafür, daß sie so häßlich, so unfair reagiert hatte.

Am nächsten Tag saß Meredith in der Mittagspause, in ihren warmen Mantel gekuschelt, an ihrem alten Platz, aß ihren Apfel und las ein Buch. Aus dem Augenwinkel sah sie Lisa auf sich zukommen und versuchte, sich ganz auf das Buch zu konzentrieren.

»Meredith«, sagte Lisa, »das mit gestern tut mir leid.«

»Ist schon in Ordnung«, antwortete Meredith ohne aufzusehen. »Vergiß es.«

»Es wird mir nicht leichtfallen, zu vergessen, daß ich den nettesten, aufmerksamsten Menschen, den ich je getroffen habe, so saumäßig behandelt habe.«

Meredith blickte sie kurz an, wandte sich dann aber wieder ihrem Buch zu. Ihre Stimme klang nicht mehr hart, aber endgültig, als sie sagte: »Es spielt jetzt wirklich gar keine Rolle mehr.«

Lisa setzte sich neben sie auf das Mäuerchen. So schnell gab sie nicht auf. »Ich habe mich gestern verdammt dumm benommen, habe mich einfach selbst bemitleidet, weil du mir diese einmalige Chance geboten hast, eine wirklich gute Schule zu besuchen, obwohl ich doch genau wußte, daß ich sie nicht würde nützen können. Ich meine, meine Mutter braucht mich zu Hause, und selbst wenn sie ohne mich auskäme, so hätte ich doch weder das Geld für die Fahrt nach Vermont noch für alles andere, was ich dort haben müßte.«

Meredith hatte nie daran gedacht, daß Lisas Mutter ohne sie nicht zurechtkommen würde, und sie überlegte, wie schrecklich unfair es eigentlich war, daß Lisa als Hilfsmutter eingespannt wurde, nur weil Mrs. Pontini acht Kinder in die Welt gesetzt hatte.

»Ich hatte nicht überlegt, daß deine Eltern dich vielleicht nicht gehen lassen würden«, gab sie zu und schaute Lisa das erste Mal ins Gesicht. »Eigentlich hatte ich geglaubt, nun ja, daß Eltern für ihre Kinder *immer* die bestmögliche Erziehung wollen.«

»Damit hast du ja auch halbwegs recht gehabt«, sagte Lisa, und Meredith bemerkte erst jetzt, daß Lisa aussah, als platze sie vor Neuigkeiten. »Meine Mam ist nämlich dafür! Sie hat sich gestern, nachdem du weg warst, furchtbar mit meinem Pa gestritten. Er hat gesagt, daß ein Mädchen nicht auf eine ausgefallene Schule zu gehen braucht, weil sie ja sowieso heiratet und Kinder kriegt. Mam ist daraufhin mit dem Kochlöffel auf ihn losgegangen und hat geschrien, daß *ich* es besser haben solle, und dann hat sie meine Großmutter angerufen, und die wiederum hat meine Onkel und Tanten benachrichtigt, und die alle sind dann zu uns herüber gekommen, und jeder hat etwas Geld für mich mitgebracht. Es ist bloß geliehen. Ich denke, daß ich, wenn ich in Bensonhurst hart arbeite, auch ein Stipendium für irgendein College bekomme. Danach werde ich dann einen Super-Job kriegen und kann alles zurückzahlen.«

Mit glänzenden Augen ergriff sie Merediths Hand und drückte sie. »Wie fühlt man sich denn so«, fragte sie leise, »wenn man weiß, daß man das ganze Leben eines anderen Menschen verändert hat? Was ist das für ein Gefühl, zu wissen, daß du meine kühnsten Träume, die meiner Mutter und auch meiner Tanten hast wahr werden lassen …?«

Meredith kämpfte mit den Tränen. »Es ist ein ganz gutes Gefühl«, sagte sie.

»Glaubst du, daß sie uns zusammenwohnen lassen?«

Meredith nickte und strahlte plötzlich über das ganze Gesicht.

Aus einiger Entfernung beobachtete eine Gruppe anderer Schülerinnen überrascht, wie Lisa Pontini – die Neue – und Meredith Bancroft – die Reiche – aufsprangen, sich lachend und weinend umarmten und vor lauter Freude übermütig auf dem Schulhof herumhüpften.

6

Juni 1978

Das Zimmer, das Meredith und Lisa in Bensonhurst vier Jahre lang geteilt hatten, stand voller Bücherkisten und halbgepackter Koffer. An der Schranktüre hingen die blauen Talare, die sie gestern bei der Abschlußfeier getragen hatten, und auch die beiden Hüte mit den goldenen Quasten, Zeichen dafür, daß sie beide mit dem bestmöglichen Ergebnis abgeschnitten hatten. Lisa hockte in dem begehbaren Kleiderschrank und packte Pullover in eine Schachtel, während durch die offene Tür der ungewohnte Klang männlicher Stimmen ertönte: Väter, Brüder und Freunde der abreisefertigen Schülerinnen trugen Kisten und Koffer nach unten. Merediths Vater hatte in einem nahegelegenen Gasthof übernachtet und sollte sie in einer Stunde abholen, aber Meredith hatte jedes Zeitgefühl verloren. Sie saß über einem dicken Stapel von Photos, die sie beim Einpacken in ihrem Schreibtisch gefunden hatte, und schwelgte in Erinnerungen.

Die Jahre, die sie und Lisa in Vermont verbracht hatten, waren schön für beide gewesen. Entgegen Lisas ursprünglichen Befürchtungen, in Bensonhurst als Außenseiter zu gelten, hatte sie sich schnell einen Namen als Trendsetter gemacht; die anderen Mädchen hielten sie für avantgardistisch, und viele ahmten sie sogar nach. Bereits in ihrem ersten Jahr hatte sich Lisa bei der Planung und erfolgreichen Durchführung des Rachefeldzugs hervorgetan, mit dem sich Bensonhurst für einen Überfall revanchierte, den die Schüler des Jungeninternats Litchfield ausgeführt hatten. Im darauffolgenden Jahr hatte Lisa ein so spektakuläres Bühnenbild für das jährliche Theaterstück der Schule entworfen, daß Bilder davon in Zeitungen verschiedener Städte erschienen waren. Wieder ein Jahr später war es Lisa, die von Bill Fletcher zum Litchfield-Frühjahrsball eingeladen wurde. Bill Fletcher war nicht nur Captain der erfolgreichen Fußballmannschaft von Litchfield, sondern sah auch phantastisch aus und war außerordentlich klug. Am Tag vor dem Ball erzielte er zwei Treffer auf dem Fußballplatz und einen weiteren in einem nahegelegenen Motel, wo Lisa ihm ihre Jungfräulichkeit schenkte. Im Anschluß an dieses denkwürdige Ereignis kehrte Lisa fröhlich in ihr Zimmer zurück, das sie mit Meredith teilte, und erzählte den vier anwesenden Mädchen die Neuigkeit. Sie hatte sich auf ihr Bett geworfen und grinsend verkündet: »Ich bin jetzt keine Jungfrau mehr. Also fragt mich in Zukunft ruhig um Rat, wenn ihr etwas wissen wollt!«

Die anderen Mädchen betrachteten dies offensichtlich als weiteren Beweis für Lisas Emanzipiertheit, denn sie lachten und applaudierten, aber Meredith war besorgt und sogar ein wenig entsetzt. An jenem Abend hatten die beiden Freundinnen ihren ersten richtigen Streit, seit sie nach Bensonhurst gekommen waren. »Ich kann einfach nicht glauben, daß du das getan hast!« war Meredith herausgeplatzt. »Was ist, wenn du schwanger bist? Was glaubst du, was passiert, wenn die anderen das weitererzählen? Was ist, wenn deine Eltern davon erfahren?«

Lisa hatte nicht weniger heftig gekontert: »Du bist weder mein Kindermädchen noch für mich verantwortlich, also hör bitte auf, dich wie meine Mutter aufzuführen! Wenn du unbedingt warten willst, bis Parker Reynolds oder ein anderer Märchenprinz auf seinem weißen Roß kommt und dich in sein Schloß entführt, dann ist das deine Sache, aber erwarte nicht, daß alle anderen genauso denken! Ich habe den ganzen Keuschheits-Kram, den uns die Nonnen von St. Stephen's eingetrichtert haben, nie geglaubt«, fuhr Lisa fort und feuerte ihren Blazer in Richtung Schrank. »Wenn du so dumm gewesen bist, den ganzen Mist ernst zu nehmen, dann kannst du ja die Ewige Jungfrau werden, aber erwarte nicht von mir, daß ich mich genauso verhalte! Und außerdem bin ich durchaus nicht so lebensmüde, daß ich es riskieren würde, schwanger zu werden – Bill hat ein Kondom benutzt. Und die anderen Mädchen werden schon deshalb kein Wort darüber verlieren, was ich getan habe, weil *sie es schon längst* getan haben! Die einzige geschockte kleine Jungfrau in diesem Zimmer warst heute abend du!«

»Das reicht!« unterbrach Meredith sie kalt und setzte sich an ihren Schreibtisch. Obwohl sie äußerlich ruhig blieb, tobten in ihrem Inneren Schuldgefühle. Sie fühlte sich für Lisa verantwortlich, weil sie sie nach Bensonhurst gebracht hatte. Gleichzeitig aber war sie sich durchaus bewußt, daß ihre Moralvorstellungen sehr antiquiert waren und daß sie keinerlei Recht hatte, Lisa Beschränkungen aufzuerlegen, nur weil sie *ihr* auferlegt worden waren. »Ich wollte dich nicht verurteilen, Lisa, ich mache mir einfach nur Sorgen um dich.«

Nach einem Augenblick angespannten Schweigens drehte Lisa sich zu ihr um und sagte: »Mer, es tut mir leid.«

»Vergiß es«, erwiderte Meredith. »Du hast schon recht.«

»Nein, so war das nicht gemeint«, entgegnete Lisa und sah Meredith flehend an. »Es ist nur einfach so, daß wir zwei sehr verschieden sind – und daß ich nie so sein werde wie du. Nicht, daß ich es nicht ab und zu versucht hätte, aber …«

Dieses Geständnis rang Meredith ein bitteres Lachen ab. »Warum, bitte, solltest du so sein wollen wie ich?«

»Weil«, Lisa lächelte und imitierte Humphrey Bogart, »weil du einfach Klasse hast, Babe. Klasse mit ganz großem K.«

Ihr erster richtiger Streit wurde noch am selben Abend über einem Milchshake in Paulson's Eisdiele begraben.

Meredith dachte an jenen Abend zurück, während sie die Photos durchschaute, wurde dann aber jäh aus ihren Erinnerungen gerissen, als Lynn McLaughlin ihren Kopf zur Tür hereinsteckte und verkündete: »Nick Tierney hat heute früh unten angerufen. Er sagte, daß euer Telephon hier oben schon abgestellt ist und daß er nachher vorbeikommt.«

»Mit welcher von uns beiden Hübschen wollte er denn sprechen?« fragte Lisa. Lynn antwortete, daß er nach Meredith gefragt habe, und nachdem sie gegangen war, stemmte Lisa ihre Hände in die Hüften und drehte sich in gespielter Wut zu Meredith um: »Ich wußte es! Er konnte gestern abend seinen Blick überhaupt nicht von dir losreißen. Ich habe mich praktisch auf den Kopf gestellt, um ihn auf mich aufmerksam zu machen. Warum nur habe ich dir gezeigt, wie man Make-up benutzt und wie man sich anzieht!«

»Da haben wir's wieder«, feixte Meredith zurück, »nicht einmal einen einzigen popeligen Verehrer gönnst du mir!« Nick Tierney, der in Yale studierte, war gestern zur Abschlußfeier seiner kleinen Schwester nach Bensonhurst gekommen und hatte durch sein außergewöhnlich gutes Aussehen sämtliche Mädchen fasziniert. Wenige Minuten, nachdem er Meredith erblickt hatte, war jedoch er es gewesen, der fasziniert war, und er hatte daraus keinen Hehl gemacht.

»Einen einzigen popeligen Verehrer?« wiederholte Lisa, die sogar dann noch umwerfend aussah, wenn sie wie jetzt ihr rotes Haar nachlässig zusammengebunden hatte. »Wenn du auch nur mit der Hälfte der Jungen ausgegangen wärst, die dich in den letzten zwei Jahren eingeladen haben, hättest du leicht meinen Verabredungs-Rekord brechen können!«

Sie wollte noch weiter reden, als Nick Tierneys Schwester an die offene Tür klopfte. »Meredith«, sagte sie mit einem recht hilflosen Lächeln, »Nick ist unten mit ein paar Freunden, die eben aus New Haven angekommen sind. Er sagt, er will dir unbedingt beim Packen helfen und dir einen unsittlichen oder – wenn du durchaus darauf bestehst – einen richtigen Heiratsantrag machen.«

»Schick den armen liebeskranken Mann und seine Freunde rauf«, sagte Lisa lachend. Als Trish Tierney gegangen war, tauschten die beiden Freundinnen einen amüsierten Blick. Sie waren völlige Gegensätze und standen doch ganz und gar im Einklang miteinander.

Die letzten vier Jahre hatten in beiden große Veränderungen herbeigeführt, doch bei Meredith waren diese Veränderungen besonders auffällig. Lisa hatte schon immer umwerfend ausgesehen, sie hatte nie eine Brille gebraucht, und sie war nie mit Babyspeck geplagt gewesen. Durch die Kontaktlinsen, die Meredith sich vor zwei Jahren von ihrem Taschengeld gekauft hatte, kamen ihre Augen nun voll zur Geltung. Für den Rest hatten die Natur und die Jahre Sorge getragen: Ihre feinen Gesichtszüge waren ausgeprägter, das blonde Haar kräftiger, und ihre Figur war schlanker geworden und hatte an genau den richtigen Stellen Rundungen bekommen.

Lisa war dank ihrer flammendroten Locken und ihrer extravaganten Ausstrahlung mit achtzehn eine auffällige Schönheit. Im Gegensatz zu ihr besaß Meredith mehr Grazie und war in einem strengeren, klassischen Sinn schön zu nennen. Lisas Lebhaftigkeit provozierte die Männer, Merediths vornehme Zurückhaltung bildete eine Herausforderung. Wo auch immer die beiden Mädchen zusammen auftauchten, drehten sich die Männer nach ihnen um. Lisa genoß diese Aufmerksamkeit; sie liebte die Ungewißheit und die Aufregungen des Verliebtseins. Meredith dagegen empfand ihre neue Popularität beim anderen Geschlecht überraschend unbefriedigend. Obwohl sie die Gesellschaft der Jungen genoß, die sie zum Skifahren, zum Tanzen oder auf Partys einluden, fand sie – sobald der Reiz des Neuen, des ungewohnten Umschwärmtseins verblaßt war – Verabredungen mit Jungen, für die sie bestenfalls freundschaftliche Gefühle hegte, zwar recht amüsant, aber keineswegs so aufregend, wie sie ursprünglich erwartet hatte. Dasselbe galt auch fürs Küssen. Lisa führte das alles auf Merediths übertriebene Schwärmerei für Parker zurück, mit dessen hoffnungslos idealisiertem Bild sie nun jedes männliche Wesen verglich, das ihr begegnete. Dies trug sicherlich Merediths fehlendem Enthusiasmus Rechnung, doch lag das Hauptproblem vermutlich darin, daß sie in einem Erwachsenen-Haushalt aufgewachsen war, der noch dazu von einem energischen, dynamischen Geschäftsmann dominiert wurde. Und obwohl die Jungen von Litchfield eine angenehme Gesellschaft bildeten, fühlte sie sich unwillkürlich wesentlich reifer.

Seit ihrer frühesten Kindheit hatte Meredith gewußt, daß sie studieren wollte, um eines Tages ihren rechtmäßigen Platz bei Bancroft & Company einzunehmen. Die Jungen von Litchfield aber, und auch ihre älteren Brüder, die bereits studierten, schienen außer Sex, Sport und Saufgelagen nichts im Kopf zu haben, jedenfalls keine wirklichen Zielvorstellungen. Der Gedanke, daß sie ihre Jungfräulichkeit an einen Jungen verschwenden sollte, der es primär darauf abgesehen hatte, ihren Namen in die Liste jener Bensonhurst-Mädchen aufzunehmen, die von Litchfield-Jungen entjungfert worden waren – eine Liste, die vermutlich in Litchfield an prominenter Stelle aushing –, dieser Gedanke widerstrebte ihr nicht nur, er war geradezu erniedrigend und ekelte sie an.

Wenn sie mit jemandem intim werden würde, dann sollte es einer sein, den sie bewunderte und dem sie vertraute; sie wollte Zärtlichkeit und Verständnis, und sie wollte auch Liebe. Von einem Verhältnis erwartete sie sich mehr als eine rein sexuelle Beziehung; sie stellte sich lange gemeinsame Spaziergänge vor, händchenhaltend und in Gespräche vertieft am Strand entlang, oder auch lange Nächte vor dem offenen Kamin, gedankenverloren in die Flammen blickend – und über vieles redend. Nachdem sie sich jahrelang vergeblich darum bemüht hatte, eine enge Beziehung mit ihrem

Vater aufzubauen, hatte Meredith nun den Entschluß gefaßt, daß wenigstens ihr zukünftiger Freund jemand sein solle, mit dem sie reden und ihre Gedanken austauschen konnte. Und dieser ideale Partner war in ihren Träumen immer Parker.

In den letzten vier Jahren hatte sie Parker während der Ferien relativ häufig treffen können – nicht zuletzt dank der Tatsache, daß seine wie ihre Familie Mitglieder des Glenmoor Country Clubs waren. In diesem Club gehörte es zum guten Ton, an Bällen und größeren Sportveranstaltungen mit der ganzen Familie teilzunehmen. Seit sie vor wenigen Wochen achtzehn geworden war, durfte Meredith auch zu den »Erwachsenen«-Empfängen des Clubs erscheinen, aber schon vorher hatte sie alle Möglichkeiten voll ausgeschöpft: Jeden Sommer hatte sie Parker gebeten, mit ihr das Junior-Senior Tennisdoppel zu spielen. Dabei hatte seine Nähe Meredith so nervös gemacht, daß jedes Match mit einer vernichtenden Niederlage der beiden endete.

Sie hatte im Laufe der Jahre auch noch andere Schliche angewandt: zum Beispiel ihren Vater dazu überredet, daß er jedes Jahr mehrere Dinnerpartys gab, zu denen immer auch Parker und seine Familie eingeladen wurden. Da Parkers Familie die Bank gehörte, bei der das gesamte Kapital von Bancroft & Company deponiert war, und da Parker bereits in dieser Bank arbeitete, konnte er schon aus geschäftlichen Gründen nicht anders, als die Einladungen anzunehmen und als Merediths Tischherr zu fungieren.

In der Weihnachtszeit hatte Meredith es zweimal fertiggebracht, unter dem von ihr in der Diele aufgehängten Mistelzweig zu stehen, als Parker und seine Familie den Bancrofts ihren Weihnachtsbesuch abstatteten. Und diesem Mistelzweig-Trick hatte sie es zu verdanken, daß sie vor vier Jahren den ersten Kuß ihres Lebens erhielt, natürlich von Parker. Von der Erinnerung daran hatte sie das ganze folgende Jahr gezehrt, und sie träumte nur noch davon, wie er sich angefühlt, wie er geduftet und wie er sie angelächelt hatte, bevor er sie küßte.

Bei jedem Dinner lauschte sie gebannt, wenn er vom Geschäft und seiner Arbeit bei der Bank sprach. Besonders liebte sie die Spaziergänge, die sie anschließend gemeinsam unternahmen, während ihre Eltern über einem Brandy weiterdiskutierten. Während ihres letzten Spaziergangs im vergangenen Sommer hatte Meredith die bestürzende Entdeckung gemacht, daß Parker sich schon immer über ihre Schwärmerei im klaren gewesen war. Er hatte sie zunächst gefragt, wie der letzte Skiwinter in Vermont gewesen sei, und Meredith hatte ihn mit einer amüsanten Geschichte darüber ergötzt, die sie mit dem Captain des Skiteams von Litchfield erlebt hatte. Als Parker aufgehört hatte, darüber zu lachen, wie ihr Begleiter die gesamte Piste hinter ihrem Ski hergejagt war, sagte er lächelnd, aber mit fast feierlichem Ernst in der Stimme: »Jedes Mal, wenn ich dich sehe, bist du schöner als beim letzten Mal. Ich glaube, ich habe immer gewußt, daß irgendwann jemand meinen Platz in deinem Herzen einnimmt, aber ich hätte nicht damit gerechnet, daß es ein Kerl sein würde, der deinen Ski rettet. Ich hatte mich nämlich schon fast daran gewöhnt«, neckte er sie, »dein Märchenprinz zu sein.«

Nur ihr Stolz und ihr gesunder Menschenverstand hielten Meredith davon ab, lauthals herauszuplatzen, daß er sie völlig mißverstanden und daß *niemand* seinen Platz eingenommen habe; sie war aber auch nicht so dumm vorzutäuschen, daß er nie einen Platz in ihrem Herzen gehabt hätte. Da ihr angeblicher Treuebruch ihn offenbar nicht weiter berührte, tat sie das einzig Vernünftige: Sie versuchte, ihre Freundschaft zu retten und gleichzeitig ihre Schwärmerei als etwas längst Vergangenes abzutun, über das auch sie inzwischen nur noch lachen konnte. »Du hast gewußt, daß ich dich angehimmelt habe?« fragte sie und brachte sogar ein Lächeln zustande.

»Sicher habe ich es gewußt«, betonte er und erwiderte ihr Lächeln. »Ich habe mich immer gefragt, wann dein Vater es bemerken und mit einem Gewehr auf mich losgehen würde. Er ist außerordentlich besorgt um dich.«

»Das habe ich auch bemerkt«, ulkte Meredith, obwohl ihr nicht zum Scherzen zumute war und obwohl dieses Thema sie besonders belastete.

Parker mußte lachen, dann räusperte er sich und sagte: »Auch wenn dein Herz jetzt einem Ski-As gehört, hoffe ich doch, daß unsere gemeinsamen Spaziergänge, unsere Abendessen und Tennismatches deshalb nicht wegfallen. Ich habe sie immer sehr genossen; ganz ehrlich.«

Der Spaziergang endete mit einem Gespräch über Merediths Studienpläne und ihre Absicht, in die Fußstapfen ihrer Ahnen zu treten und schließlich ihren rechtmäßigen Platz als Präsidentin von Bancroft & Company einzunehmen. Er schien der einzige zu sein, der ihre Gefühle in dieser Richtung verstand, und er glaubte auch ehrlich daran, daß sie sie verwirklichen könne, wenn sie nur hart genug dafür arbeitete.

Nun, während Meredith hier in Bensonhurst ihre Koffer packte und darüber nachdachte, daß seit jenem Gespräch ein ganzes Jahr verstrichen war, versuchte sie sich mit dem Gedanken abzufinden, daß Parker vermutlich niemals mehr als ein Freund für sie sein würde. Diese Aussicht war deprimierend und brach ihr fast das Herz, aber immerhin fühlte sie, daß sie seiner Freundschaft sicher sein konnte, und das bedeutete ihr viel.

Hinter Merediths Rücken warf Lisa den letzten Armvoll Kleider neben einen offenen Koffer. »Du denkst schon wieder an Parker«, neckte sie. »Du hast dann immer einen so verträumten Gesichtsausdruck, daß ...« Sie verstummte, als Nick Tierney zur Tür hereinschaute.

»Ich habe diesen Jungs gesagt«, verkündete er mit einem Fingerzeig auf seine beiden hinter ihm stehenden Freunde, »daß sie in diesem Zimmer mehr Schönheit auf einmal zu sehen kriegen werden als im ganzen Staat Connecticut zusammen, aber da ich zuerst da war, habe ich auch die erste Wahl, und ich habe mir Meredith ausgesucht.« Er winkte Lisa zu und trat zur Seite. »Gentlemen«, fuhr er mit einer schwungvollen Geste fort, »lassen Sie mich Ihnen meine

›zweite Wahl‹ vorstellen.« Die beiden anderen betraten gelangweilt das Zimmer. Dann erblickten sie Lisa und blieben abrupt stehen.

Der muskulöse Blonde erholte sich als erster. »Du bist bestimmt Meredith«, sagte er zu Lisa, und die Art, wie er das Gesicht verzog, zeigte, daß er glaubte, Nick habe sich das Beste geschnappt. »Ich bin Graig Huxford, und das ist Chase Vauthier.« Er deutete auf den dunkelhaarigen Einundzwanzigjährigen neben sich, der Lisa anstarrte wie jemand, der die Perfektion in Person erblickt.

Lisa verschränkte die Arme vor der Brust und musterte die beiden amüsiert. »Ich bin nicht Meredith.«

Die beiden wandten sich gleichzeitig um und schauten in die entgegengesetzte Zimmerecke, wo Meredith stand.

»*Mein Gott* ...«, flüsterte Graig Huxford ehrfürchtig.

»*Mein Gott* ...«, ließ sich auch Chase Vauthier vernehmen, während beide von einem Mädchen zum anderen und wieder zurück blickten.

Meredith biß sich auf die Lippen, um nicht lauthals über diese absurde Reaktion herauszulachen. Lisa hob ihre Augenbrauen und sagte trocken: »Wenn ihr Jungs mit Beten fertig seid, würden wir Euch gerne eine Cola anbieten – als Gegenleistung dafür, daß ihr uns helft, diese Kisten zu pakken.«

Die beiden grinsten und wollten sich gerade in Bewegung setzen, als Philip Bancroft eine halbe Stunde früher als verabredet hinter ihnen ins Zimmer trat. Er blieb abrupt stehen, und sein Gesicht verfinsterte sich gewaltig, als er die drei jungen Männer sah. »Was zum Teufel geht hier vor?«

Die fünf jungen Leute fuhren erschrocken zusammen, dann trat Meredith vor und versuchte, die Situation zu entschärfen, indem sie ihrem Vater die drei vorstellte. Der ignorierte ihre Bemühungen jedoch und wies nur kurz mit dem Kopf zur Tür. »Raus!« brüllte er, und nachdem die drei das Zimmer verlassen hatte, nahm er sich die Mädchen vor: »Ich dachte, die Schulordnung verbietet Männerbesuche und sieht vor, daß ausschließlich Väter dieses gottverdammte Gebäude betreten dürfen.«

Er »dachte« das nicht nur, er wußte es. Vor zwei Jahren, als er Meredith an einem Sonntagnachmittag einen Überraschungsbesuch hatte abstatten wollen, war er in der Eingangshalle des Gebäudes, gleich hinter der Eingangstür, auf einige Jungen getroffen. Vor jenem Wochenende hatten männliche Besucher am Wochenende nachmittags die Eingangshalle betreten dürfen. Nach jenem Tag war sämtlichen Männern zu jeglicher Tag- und Nachtzeit der Zutritt verboten. Philip hatte die Hausordnung höchstpersönlich geändert, indem er in das Büro der Schulleiterin gestürmt war und ihr sträfliche Vernachlässigung ihrer Aufsichtspflicht und Beihilfe zur Verführung Minderjähriger vorgeworfen hatte. Außerdem hatte er damit gedroht, alle Eltern darüber in Kenntnis zu setzen und zudem die beträchtliche Summe zu streichen, die die Bancroft-Stiftung der Schule jährlich zukommen ließ.

Meredith blieb nichts übrig, als ihre Wut und die Demütigung hinunterzuschlucken. »Erstens«, sagte sie, »hat das Schuljahr gestern geendet, also gelten die Regeln nicht mehr. Zweitens haben sie uns nur dabei geholfen, diese Kisten zu packen, damit wir möglichst bald fertig sind ...«

»Ich hatte eigentlich gedacht«, unterbrach er sie, »daß *ich* heute morgen hierherkommen sollte, um das zu erledigen. Was glaubt ihr, warum ich so früh aufgestanden bin ...« Er unterbrach seine Schimpfkanonade, als er die Stimme der Schulleiterin vernahm.

»Entschuldigen Sie bitte, Mr. Bancroft«, sagte sie. »Unten ist ein dringender Anruf für Sie.«

Während er zum Telephon ging, ließ sich Meredith auf ihr Bett fallen, und Lisa knallte ihre Cola auf den Tisch. »Ich verstehe diesen Mann nicht!« sagte sie wütend. »Er ist einfach unmöglich! Er läßt dich mit niemandem ausgehen, den er nicht von Geburt an kennt, und verjagt alle anderen. Zum sechzehnten Geburtstag hat er dir den Führerschein und ein eigenes Auto geschenkt, aber er erlaubt nicht, daß du damit fährst. Ich habe vier Brüder, die *Italiener* sind, verdammt nochmal, und sie alle zusammen sind nicht halb so nervtötend wie dein Vater!« Ohne darauf zu achten, daß sie Merediths Ärger und Frustration damit eher noch verstärkte, setzte sie sich neben ihre Freundin. »Mer, du mußt unbedingt etwas unternehmen, oder dieser Sommer wird für dich noch schlimmer als der letzte. Ich bin die halbe Zeit weg, also hast du dann nicht einmal mich zur Gesellschaft.« Das Lehrerkollegium von Bensonhurst war von Lisas Leistungen und ihrem künstlerischen Talent derart beeindruckt gewesen, daß man ihr ein sechsmonatiges Stipendium an einer europäischen Universität nach Wahl verschafft hatte. Lisa hatte sich für Rom entschieden und dort für Innenarchitektur eingeschrieben.

Meredith lehnte sich resigniert mit dem Rücken an die Wand. »Um die nächsten drei Monate mache ich mir weniger Sorgen als um die Zeit danach«, sagte sie.

Lisa wußte, daß sie auf den Kampf anspielte, den sie mit ihrem Vater darüber führte, welches College sie besuchen solle. Mehrere Universitäten hatten Lisa Stipendien angeboten, und sie hatte sich für die Northwestern University entschieden, weil auch Meredith dorthin wollte. Merediths Vater jedoch hatte darauf bestanden, daß sie sich im Maryville College bewarb, einem besseren Mädchenpensionat in der Nähe von Chicago. Daraufhin hatte Meredith sich bei beiden beworben und war von beiden angenommen worden. Jetzt waren die Fronten völlig verhärtet. »Glaubst du tatsächlich, daß du ihn davon abbringen kannst, dich nach Maryville zu schicken?«

»Ich gehe einfach nicht hin!«

»Du weißt das, und ich weiß das, aber dein Vater ist derjenige, der das Studium bezahlt, und du brauchst seine Zustimmung.«

Seufzend sagte Meredith: »Er wird schon nachgeben, obwohl er schrecklich überempfindlich ist, was mich angeht. Trotzdem will er schließlich das Beste für mich, das weiß ich, und daß die Betriebswirtschaftliche Fakultät von Northwestern nun mal Spitze ist, muß auch er anerkennen. Ein Diplom von Maryville ist nicht einmal das Papier wert, auf dem es steht.«

Lisas Ärger ging wie üblich in Verwirrung über, wenn sie an Philip Bancroft dachte. Sie hatte den Mann gründlich kennengelernt und konnte ihn doch nicht verstehen. »Ich sehe ja ein, daß er das Beste für dich will«, sagte sie. »Und ich gebe zu, daß er nicht so ist wie die meisten Eltern, die ihre Kinder hierher schicken. Er kümmert sich wenigstens um dich. Er ruft jede Woche an, und er war zu jeder größeren schulischen Veranstaltung hier.« In ihrem ersten Jahr in Bensonhurst war Lisa entsetzt darüber gewesen, wie wenig Zuwendung die anderen Kinder von ihren Eltern erhielten. Die teuren Geschenke, die regelmäßig mit der Post kamen, waren lediglich der Ersatz für elterliche Besuche, Anrufe oder Briefe. »Vielleicht sollte ich noch einmal allein mit ihm reden und versuchen, ihn davon zu überzeugen, daß er dich zur Northwestern gehen läßt.«

Merediths Blick spiegelte bittere Ironie. »Und was, glaubst du, wirst du damit bewirken?«

Lisa beugte sich vor, zerrte frustriert an ihrem Söckchen und band sich den Schuh neu. »Dasselbe wie letztes Mal, als ich mich für dich eingesetzt habe – er wird wieder denken, daß ich einen schlechten Einfluß auf dich ausübe.« Um genau das zu verhindern, hatte Lisa bis auf jenes eine Mal Philip Bancroft stets wie einen liebenswerten, respektierten Wohltäter behandelt, dem sie ihren Aufenthalt in Bensonhurst zu verdanken hatte. In seiner Gegenwart war sie die personifizierte Bescheidenheit, Höflichkeit und ein Beispiel weiblicher Zierde – eine Rolle, die ihrer wahren extrovertierten Persönlichkeit so kraß entgegengesetzt war, daß Meredith sich regelmäßig zusammenreißen mußte, um nicht laut herauszuplatzen.

Anfänglich hatte Philip Lisa offenbar als eine Art Findelkind betrachtet, das er finanziell unterstützte und das ihn durch ihr positives Verhalten überraschte. Mit der Zeit aber hatte er auf seine eigene barsche Weise gezeigt, daß er stolz auf sie war und vielleicht sogar so etwas wie Zuneigung für sie empfand. Lisas Eltern konnten es sich nicht leisten, sie in Bensonhurst zu besuchen, und Philip vertrat sie nach Möglichkeit. Er lud Lisa mit zum Essen ein, wenn er Meredith ausführte, und zeigte sich auch an ihren schulischen Leistungen interessiert. Im Frühling ihres ersten Jahres in Bensonhurst hatte er sogar Mrs. Pontini durch seine Sekretärin fragen lassen, ob er Lisa etwas mitnehmen sollte, wenn er zum Elternwochenende nach Vermont flog. Mrs. Pontini hatte sein Angebot dankbar angenommen und sich mit ihm am Flughafen verabredet. Dort überreichte sie ihm eine große weiße Schachtel voller Canneloni und anderer italienischer Teigwaren sowie eine Plastiktüte mit würzig riechenden langen Salamis. Obwohl er sich, wie er Meredith später erzählte, damit vorgekommen war wie ein Stadtstreicher, der seine nächste Wochenration mit sich herumschleppte, hatte Philip nichtsdestoweniger die Pakete überbracht und in Bensonhurst auch weiterhin die Rolle eines Ersatzvaters gespielt.

Gestern abend, zur Feier ihres High School-Abschlusses, hatte er Meredith mit einem wunderschönen roséfarbenen Topas an einer schweren Goldkette überrascht, die er bei Tiffany's erstanden hatte. Lisa schenkte er ein weit weniger wertvolles, aber fraglos geschmackvolles goldenes Armband mit ihren eingravierten Initialen. Auch das stammte von Tiffany's.

Anfangs hatte Lisa nicht gewußt, wie sie mit ihm umgehen sollte, denn obwohl er zu ihr stets äußerst aufmerksam war, blieb er doch immer unnahbar und zeigte nie irgendein Gefühl – fast genauso, wie er sich Meredith gegenüber verhielt. Später dann, als Lisa seine Handlungsweise zu durchschauen glaubte, hatte sie Meredith vergnügt erklärt, daß Philip in Wahrheit ein weichherziger Teddybär sei, der viel bellte, aber nie biß. Diese völlig falsche Einschätzung hatte sie dazu verleitet, sich im folgenden Sommer bei ihm für Meredith einzusetzen. Lisa hatte Philip *sehr* höflich und mit ihrem bezauberndsten Lächeln erzählt, daß sie der Ansicht sei, Meredith verdiene ein klein wenig mehr Freiheiten während der Ferien. Philips Reaktion darauf war fürchterlich gewesen: Er nannte Lisa »undankbar«, und nur ihre geistesgegenwärtige sofortige Entschuldigung hatten ihn davon abgehalten, Bensonhurst anzurufen und vorzuschlagen, man solle ihr das Stipendium entziehen und an jemand anderen vergeben, der »dessen würdig sei«. Diese Konfrontation hatte Lisa in doppelter Hinsicht die Sprache verschlagen. Neben seiner unbeherrschten Art hatte sie seinen Worten endlich auch entnommen, daß sie ihr Stipendium nicht nur Philips Fürsprache verdankte, sondern daß es direkt von der privaten Stiftung der Bancroft-Familie finanziert wurde. Diese Entdeckung hinterließ in ihr das Gefühl totaler Unsicherheit und ärgerlicher Frustration, was ihre eigene Position anging.

In Anbetracht der neuerlichen Einschränkungen, die er Meredith aufzwang, fühlte Lisa jetzt dieselbe ohnmächtige Wut und Verwirrung in sich aufsteigen. »Glaubst du wirklich, ganz ehrlich«, fragte sie, »daß er sich nur deshalb so als dein Wachhund gebärdet, weil deine Mutter ihn mit einem anderen Mann betrogen hat?«

»Sie hat ihn nicht einmal betrogen, sie war eine richtige Nutte, die nach der Hochzeit mit jedem ins Bett gegangen ist, egal ob es der Pferdetrainer oder ein Lastwagenfahrer war. Sie machte meinen Vater absichtlich zum Gespött, indem sie mit schäbigen Herumtreibern ganz offen ein Verhältnis hatte. Parker hat mir auf meine Frage hin letztes Jahr erzählt, was seine Eltern von ihr gehalten haben. Offensichtlich wußte alle Welt, was für eine Person sie war.«

»Das hast du mir alles erzählt, aber ich verstehe trotzdem nicht«, fuhr Lisa hartnäckig fort, »warum dein Vater sich verhält, als ob mangelnde Moralvorstellungen so eine Art genetische Fehlinformation seien, die du geerbt haben könntest.«

»Aber er verhält sich ja gerade deshalb so«, erwiderte Meredith, »weil er das zum Teil *wirklich glaubt.*«

Beide fühlten sie wie ertappt, als Philip Bancroft wieder ins Zimmer kam. Ein Blick auf sein grimmiges Gesicht genügte, und Meredith vergaß ihre persönlichen Probleme: »Was ist passiert?«

»Dein Großvater ist heute morgen gestorben«, sagte er mit belegter Stimme. »Ein Herzinfarkt. Ich hole gleich meine Sachen aus dem Hotel. Für uns beide habe ich einen Flug gebucht, der in einer halben Stunde abgeht.« Er wandte sich an Lisa: »Ich verlasse mich darauf, daß du mein Auto nach Hause fährst.« Meredith hatte ihn überredet, mit dem Wagen anstatt mit dem Flugzeug zu kommen, damit Lisa mit ihnen zurückfahren konnte.

»Selbstverständlich, Mr. Bancroft«, sagte Lisa schnell. »Und mein aufrichtiges Beileid zum Tod Ihres Vaters.«

Als er gegangen war, kümmerte Lisa sich um Meredith, die leeren Blickes auf die offene Tür starrte. »Mer, geht es dir gut?«

»Ich denke schon«, sagte Meredith, aber ihre Stimme klang eigenartig.

»Ist dieser Großvater derjenige, der vor Jahren seine Sekretärin geheiratet hat?«

Meredith nickte. »Er und mein Vater haben sich nie gut verstanden. Ich habe ihn nicht mehr gesehen, seit ich elf war. Er hat aber hin und wieder angerufen und mit meinem Vater über das Geschäft gesprochen und auch mit mir geredet. Er war – er war ... Ich habe ihn sehr gern gehabt«, schloß sie hilflos. »Und er hatte mich auch gern.« Sie sah zu Lisa auf, und ihre Augen füllten sich mit Tränen. »Außer meinem Vater war er mein einziger naher Verwandter. Sonst habe ich nur noch ein paar Cousins fünften und sechsten Grades, die ich nicht einmal kenne.«

7

Im Foyer von Philip Bancrofts Haus ließ Jonathan Sommers unschlüssig seinen Blick über die zahllosen Menschen schweifen, die wie er hergekommen waren, um am Tag des Begräbnisses von Cyril Bancroft den obligaten Kondolenzbesuch abzustatten. Er hielt einen der livrierten Diener an, der ein Tablett mit Drinks trug, und griff sich zwei Gläser, die eigentlich für andere Gäste bestimmt waren. Nachdem er den Wodka hinuntergekippt hatte, deponierte er das leere Glas in einem großen eingetopften Zimmerfarn, nahm dann einen Schluck Scotch aus dem zweiten Glas und rümpfte die Nase, weil es kein Chivas Regal war. Die Mischung aus Wodka und dem Gin, den er bereits draußen im Wagen aus einem Flachmann getrunken hatte, verhalf ihm dazu, den Trauerfeierlichkeiten gefaßter ins Auge zu sehen. Neben ihm stand eine zierliche alte Dame mit einem Krückstock und musterte ihn neugierig. Da der gute Ton es zu erfordern schien, daß er sie ansprach, suchte Jon krampfhaft nach einem unverfänglichen Thema, das jedoch der Gelegenheit angemessen sein sollte. »Ich verabscheue Beerdigungen, Sie nicht?« sagte er schließlich.

»Ich mag sie eigentlich ganz gerne«, bemerkte die Dame süffisant. »In meinem Alter betrachte ich jede Beerdigung, an der ich teilnehme, als persönlichen Triumph, weil nicht *ich* die Hauptperson bin.«

Er unterdrückte ein bissiges Lachen, denn lautes Gelächter wäre in dieser feierlichen Umgebung ein ernster Verstoß gegen die Etikette gewesen, die unter allen Umständen zu beachten er erzogen worden war. Also entschuldigte er sich, stellte das halbvolle Glas Scotch auf einen kleinen Tisch und begab sich auf die Suche nach einem besseren Drink.

Kurz darauf erblickte Jon seinen Freund Parker Reynolds, der mit zwei jungen Damen und einem anderen Mann in einer Ecke des riesigen Wohnraumes stand. Am Buffet vorbei, wo er sich mit einem weiteren Drink versorgte, ging er zu seinen Freunden hinüber. »Tolle Party, was?« bemerkte er sarkastisch.

»Ich dachte, du haßt Beerdigungen und würdest nie hingehen«, sagte Parker, nachdem sich alle begrüßt hatten.

»Ich hasse sie wirklich. Aber ich bin nicht hier, um Cyril Bancroft zu betrauern, sondern um mein Erbe zu schützen.« Jon nahm einen Schluck, als ob er damit seine Verbitterung über das hinabschwemmen wollte, was ihm auf der Zunge lag: »Mein Vater hat wieder damit gedroht, mich zu enterben; und diesmal macht der alte Scheißkerl vermutlich sogar ernst.«

Leigh Ackerman, eine hübsche Brünette mit einer Traumfigur, sah ihn mit ungläubigem Erstaunen an: »Dein Vater enterbt dich, wenn du nicht auf Beerdigungen gehst?«

»Nein, meine Schöne, mein Vater will mich enterben, wenn ich mich nicht ›bessere‹ und mein Leben anders anpacke. Das heißt, ich muß auf Beerdigungen alter Freunde der Familie erscheinen, und ich muß mich auch um das jüngste Projekt des Familienunternehmens kümmern. Ansonsten bin ich sehr schnell das ganze schöne Geld los.«

»Klingt hart«, grinste Parker wenig mitfühlend. »Was für ein neues Projekt haben sie dir zugeteilt?«

»Ölquellen«, sagte er. »Neue Ölquellen. Diesmal hat mein alter Herr einen Handel mit der Regierung von Venezuela abgeschlossen, daß wir dort Probebohrungen machen können.«

Shelly Fillmore warf einen kurzen Blick in den kleinen goldgerahmten Spiegel über Jons Schulter und strich mit dem Zeigefinger leicht über ihren Mundwinkel, um einen winzigen Schmierer ihres zinnoberroten Lippenstiftes zu beseitigen. »Er will dich doch nicht etwa nach Südamerika schicken?«

»So etwas Wichtiges würde er mir nicht zutrauen«, sagte Jon bitter. »Mein Vater hat mich vielmehr in die Personalabteilung gesteckt. Ich muß die Leute aussuchen, die dorthin sollen. Und wißt ihr, was der alte Bastard außerdem getan hat?«

Jons Schimpftiraden gegen seinen Vater waren ebenso stadtbekannt wie seine ewige Trinkerei, aber diesmal warteten seine Freunde interessiert auf weitere Details.

»Was hat er getan?« fragte Doug Chalfont.

»Er hat mich kontrolliert. Als ich die ersten fünfzehn kräftigen und erfahrenen Männer ausgesucht hatte, bestand mein alter Herr darauf, jeden, den ich interviewt hatte, persönlich kennenzulernen, um sich ein Bild darüber zu machen, wie qualifiziert ich für diesen Job bin. Er hat die Hälfte der Männer, die ich ausgesucht hatte, abgelehnt. Der einzige Mann, den er für wirklich gut hielt, war ein Stahlarbeiter namens Farrell, den ich abgewiesen hatte. Dabei hat dieser Mensch noch nie einen ordentlichen Bohrturm aus der Nähe gesehen. Außerdem interessiert sich Farrell nicht einmal für Ölförderung. Das einzige, was ihn interessiert, ist der Hundertfünfzigtausend-Dollar-Bonus, den er bekommt, wenn er es zwei Jahre lang da unten aushält. Das hat er meinem Vater glatt ins Gesicht gesagt.«

»Warum hat dein Vater ihn dann eingestellt?«

»Er hat gesagt, daß ihm Farrells Art gefällt«, spottete Jon und kippte seinen restlichen Drink hinunter. »Ihm haben die Ideen gefallen, die Farrell mit dem Bonus realisieren will. Mist. Ich hatte schon fast erwartet, daß mein Vater ihn gar nicht nach Venezuela schickt, sondern ihm statt dessen mein Büro anbietet. Jedenfalls muß ich Farrell im kommenden Monat ›mit unserem Unternehmen vertraut machen und ihn überall vorstellen‹.«

»Jon«, sagte Leigh leise, »du bist betrunken, und du wirst zu laut.«

»Tut mir leid«, sagte er, »aber ich muß mir seit Tagen die Lobeshymnen anhören, die mein Vater über den Kerl zum besten gibt. Dabei ist dieser Farrell ein arroganter, ehrgeiziger Scheißkerl. Er hat keinen Stil, kein Geld, kein gar nichts!«

»Das klingt ja geradezu göttlich«, spöttelte Leigh.

Als die drei anderen stumm blieben, fügte Jon hinzu: »Wenn ihr glaubt, daß ich übertreibe, kann ich ihn ja am vierten Juli zu dem Ball im Club mitbringen. Dann werdet ihr alle sehen, was für eine Art von Mensch mein Vater gerne als Sohn hätte.«

»Sei bloß vorsichtig«, warnte Shelly. »Dein Vater schätzt ihn vielleicht als Angestellten, aber er wird dich zum Teufel jagen, wenn du so jemanden mit nach Glenmoor bringst.«

»Ich weiß«, Jon lächelte grimmig. »Aber das wäre mir der Spaß wert.«

»Aber bring ihn bloß nicht in unsere Nähe«, fuhr Shelly fort. »Wir haben nicht vor, den ganzen Abend mit irgendeinem Stahlarbeiter Smalltalk zu machen, nur damit du deinem Vater eins auswischen kannst.«

»Mach dir keine Sorgen. Ich werde Farrell sich selbst überlassen. Er soll sich nur abzappeln, und mein Vater kann ihm ja zeigen, mit welcher Gabel man was ißt. Und außerdem könnte mein Alter nicht einmal was dagegen sagen. Schließlich hat er mich beauftragt, Farrell ›in alles einzuführen‹ und mich ›um ihn zu kümmern‹, solange er in Chicago ist.«

Parker mußte über Jons wütenden Gesichtsausdruck lachen. »Gibt es denn keine bequemere Lösung für dein Problem?«

»Doch«, sagte Jon. »Ich kann eine reiche Erbin heiraten, die meinen gewohnten Lebensstil finanziert; dann kann ich meinem Vater sagen, er soll sich zum Teufel scheren.« Er drehte sich um und winkte einem hübschen Serviermädchen zu, das ein Tablett mit Drinks herumtrug. Sie eilte heran, und er grinste sie an: »Sie sind nicht nur hübsch«, sagte er zu ihr, während er das leere Glas auf ihr Tablett stellte und sich ein frisches nahm, »Sie haben mir soeben das Leben gerettet!« Die Art, wie sie ihn anlächelte und dabei errötete, verriet deutlich, daß sie seinem sympathischen Äußeren nicht gleichgültig gegenüberstand. Jon flüsterte ihr hörbar zu: »Könnte es sein, daß Sie nur so zum Spaß hier arbeiten und daß Sie in Wahrheit die Tochter eines Bankinhabers oder eines Börsenmitglieds sind?«

»Was? Ich meine, wie bitte? Nein«, stotterte sie aufgeregt.

»Kein Sitz in der Börsenaufsicht? Wie steht's mit ein paar Fabriken oder einigen Ölquellen?«

»Mein Vater ist – er ist Installateur«, platzte sie heraus.

Jonathans Lächeln schwand, und er seufzte. »Dann kann ich Sie leider nicht heiraten. Unglücklicherweise muß die Kandidatin, die meine Hand gewinnen will, gewisse finanzielle und gesellschaftliche Voraussetzungen erfüllen. Wir könnten aber wenigstens eine kleine Affäre miteinander haben. Warum treffen wir uns nicht in einer halben Stunde draußen in meinem Auto? Es ist der rote Ferrari direkt neben der Einfahrt.«

Das Mädchen ging, ebenso betreten wie fasziniert.

»Das war ganz schön gemein von dir«, sagte Shelly, aber Doug Chalfont stupste ihn an und grinste: »Ich wette fünfzig Scheinchen, daß das schöne Kind nachher in deinem Auto wartet.«

Jon wollte gerade antworten, als ihn der Anblick einer atemberaubenden Blondine verstummen ließ, die in einem hochgeschlossenen, kurzärmeligen schwarzen Kleid die Treppe herunterkam. Er starrte sie mit aufgerissenem Mund an, während sie einen Moment stehenblieb und sich mit einem älteren Ehepaar unterhielt. Als einige vorbeigehende Leute ihm die Sicht versperrten, verrenkte er sich fast den Hals, um sie nicht aus den Augen zu verlieren. »Wen starrst du denn da an?« fragte Doug und versuchte, Jons Blick zu folgen, der sagte: »Ich weiß nicht, wer sie ist, aber ich werde es herausfinden.«

»Wo ist sie?« fragte Shelly, und nun schauten alle in die Richtung, in die er stierte.

»Da!« sagte Jon und deutete mit dem Glas in der Hand auf die Blondine, die gerade wieder zwischen den Menschenmassen auftauchte.

Parker erkannte sie und grinste: »Ihr alle kennt sie seit Jahren, ihr habt sie bloß eine Zeitlang nicht gesehen.« Vier verdutzte Gesichter wandten sich ihm zu, und sein Grinsen wurde breiter. »Das, meine Freunde, ist Meredith Bancroft.«

»Du spinnst!« sagte Jon. Er konnte beim besten Willen keine Ähnlichkeit zwischen jenem ungeschickten, farblosen Mädchen und dieser strahlenden jungen Schönheit entdekken: Der Babyspeck war ebenso verschwunden wie die Brille, die Zahnspange und die unvermeidliche Klammer, mit der sie erfolglos versucht hatte, das glatte Haar zurückzuhalten. Jetzt war das helle, goldblonde Haar zu einem schlichten Knoten aufgesteckt und umrahmte ein Gesicht von klassischer, zeitloser Schönheit. In diesem Moment blickte sie auf und grüßte jemanden, der in Jons Nähe stand. Und er sah ihre Augen. Auf der anderen Seite des Raumes sah er diese großen aquamarinblauen Augen, und er erinnerte sich plötzlich, sie schon einmal gesehen zu haben.

Seltsam erschöpft hörte Meredith schweigend den Leuten zu, die sie ansprachen, und lächelte, wenn diese sie anlächelten. Noch immer konnte sie nicht fassen, daß ihr Großvater tot war und daß die vielen Leute, die das Haus bevölkerten, hier waren, um seinetwegen zu trauern.

Sie hatte Parker während des Trauerzuges gesehen und wußte, daß er irgendwo im Haus war, doch schien es ihr falsch und geschmacklos, diese Gelegenheit für ein romantisches Stelldichein auszunützen. Außerdem wurde sie es allmählich leid, daß immer sie diejenige war, die ihn aufsuchte. Es war an der Zeit, daß einmal er die Initiative ergriff. Als ob ihre Gedanken ihn angelockt hätten, hörte sie plötzlich eine schmerzlich bekannte männliche Stimme in ihr Ohr flüstern: »Dort drüben steht ein Mann, der gedroht hat, mich umzubringen, wenn ich dich nicht zu ihm bringe, damit er dich begrüßen kann.«

Ein Lächeln auf den Lippen drehte Meredith sich um, legte ihre Hände in seine und bekam ganz schwache Knie, als Parker sie an sich zog und auf die Wange küßte. »Du siehst wunderschön aus«, flüsterte er, »und sehr erschöpft. Wie wär's, wenn wir zwei einen Spaziergang machen, sobald du hier weg kannst?«

»Gerne«, sagte sie und wunderte sich, daß ihre Stimme so sicher klang.

Als sie bei den anderen ankamen, fand Meredith sich in

der seltsamen Lage, einer Reihe von Leuten vorgestellt zu werden, die sie seit ihrer Kindheit kannte – Leuten, die sie vor einigen Jahren wie Luft behandelt hatten und die jetzt eifrigst darum bemüht waren, ihre Freundschaft zu gewinnen und sie in ihre Unternehmungen miteinzubeziehen. Shelly lud sie auf eine Party am kommenden Wochenende ein, und Leigh drängte sie, beim Glenmoor-Ball am vierten Juli an ihrem Tisch zu sitzen.

Dann ließ Parker es sich nicht nehmen, sie Jon »vorzustellen«. »Ich kann einfach nicht glauben, daß du das bist«, sagte Jon mit einer vom reichlichen Alkoholgenuß etwas undeutlichen Stimme. »Miss Bancroft«, fuhr er fort, sein gewinnendstes Lächeln auf den Lippen, »ich habe diesen Leuten gerade erzählt, daß ich dringend eine passende reiche und wunderschöne Frau brauche. Würdest du mich nächstes Wochenende heiraten?«

Merediths Vater hatte ihr gegenüber Jonathans häufige Streitereien mit seinen enttäuschten Eltern erwähnt, Meredith folgerte also, daß Jons »dringendes« Bedürfnis, eine »reiche« Frau zu heiraten, vermutlich darauf zurückzuführen war, und sie fand seine Art höchst amüsant. »Nächstes Wochenende paßt wunderbar«, sagte sie mit einem strahlenden Lächeln. »Mein Vater wird mich allerdings enterben, wenn ich vor dem College-Abschluß heirate, also werden wir bei *deinen* Eltern wohnen müssen.«

»Da sei Gott vor!« Jonathan schüttelte sich, und alles lachte, er eingeschlossen.

Seine Hand auf Merediths Ellbogen legend, rettete Parker sie vor weiteren Witzeleien: »Meredith braucht etwas frische Luft. Wir machen einen kurzen Spaziergang.«

Draußen schlenderten sie über den Rasen und ein Stück die Auffahrt hinunter. »Wie geht es dir?« fragte er.

»Ganz gut – danke. Ich bin nur ein bißchen müde.« Meredith versuchte, das folgende Schweigen durch eine geistreiche Bemerkung zu brechen, gab sich dann jedoch mit etwas Schlichterem zufrieden und meinte eher ernsthaft: »Du hast im letzten Jahr bestimmt viel erlebt ...«

Er nickte und sagte dann das allerletzte, das Meredith hören wollte: »Du bist eine der ersten, die mir gratulieren dürfen. Sarah Ross und ich werden heiraten. Am kommenden Samstag geben wir unsere Verlobung offiziell bekannt.«

Meredith schwankte. Sarah Ross! Sie kannte Sarah Ross, und sie konnte sie nicht leiden. Obwohl sie außerordentlich hübsch und sehr lebhaft war, hatte Meredith sie immer für hohlköpfig und eitel gehalten. »Ich hoffe, daß ihr glücklich werdet«, flüsterte sie, und es kostete sie ihre gesamte Selbstbeherrschung, nicht zu zeigen, wie enttäuscht sie war.

»Das hoffe ich auch.«

Eine halbe Stunde lang spazierten sie durch den Garten und sprachen über seine und über ihre Zukunftspläne. Man kann sich so wunderbar mit ihm unterhalten, dachte Meredith wehmütig – er war so verständnisvoll und unterstützte sie voll in ihrer Absicht, Maryville zugunsten der Northwestern University abzusagen.

Sie waren auf dem Rückweg zum Haus, als eine dunkle Limousine vorfuhr. Eine ausgesprochen attraktive brünette Dame stieg aus, gefolgt von zwei jungen Männern Anfang zwanzig. »Sieh an. Die trauernde Witwe hat sich also doch noch entschlossen, in Erscheinung zu treten«, sagte Parker, der normalerweise nicht zum Sarkasmus neigte, beim Anblick von Charlotte Bancroft. An ihren Ohren glitzerten dikke Brillantgehänge, und trotz des schlichten grauen Kostüms wirkte sie ausgesprochen aufreizend. »Hast du bemerkt, daß sie bei der Beerdigung nicht eine einzige Träne vergossen hat? Diese Frau erinnert mich irgendwie an Lucrezia Borgia.«

Innerlich mußte Meredith ihm recht geben. »Sie ist nicht gekommen, um Beileidsbezeugungen entgegenzunehmen. Sie will, daß das Testament eröffnet wird, sobald das Haus sich etwas geleert hat, damit sie noch heute abend wieder nach Palm Beach zurückkehren kann.«

»Dabei fällt mir ein«, sagte Parker mit einem Blick auf seine Armbanduhr, »daß ich in einer Stunde eine wichtige Verabredung habe.« Er nahm sie in den Arm und drückte einen brüderlichen Kuß auf ihre Wange. »Bitte entschuldige mich bei deinem Vater.«

Wie betäubt sah Meredith zu, wie er fortging und ihre ganze romantische Jugendliebe mit sich nahm. Eine warme Sommerbrise zerzauste sein sonnengebleichtes Haar, er öffnete die Tür seines Wagens, zog das Jackett seines dunklen Anzugs aus und legte es über die Lehne des Beifahrersitzes. Dann blickte er noch einmal zurück und winkte ihr zu.

Verzweifelt bemüht, ihre Haltung zu bewahren, zwang sie sich dazu, Charlotte zu begrüßen. Während der ganzen Trauerfeier hatte Charlotte weder mit ihr noch mit ihrem Vater ein einziges Wort gewechselt. Sie hatte nur mit ausdrucksloser Miene zwischen ihren Söhnen gestanden. »Wie fühlst du dich?« fragte Meredith höflich.

»Ich fühle mich danach, möglichst schnell nach Hause zurückzukommen«, antwortete die Frau eisig. »Wie schnell können wir wohl zum Geschäftlichen kommen?«

»Das Haus ist noch immer voller Trauergäste«, sagte Meredith, die innerlich vor Charlottes Einstellung zurückschreckte. »Wegen der Testamentseröffnung mußt du meinen Vater fragen.«

Charlotte drehte sich auf den Stufen um und blickte Meredith eisig an. »Seit jenem Tag in Palm Beach habe ich mit deinem Vater kein Wort gewechselt. Ich werde erst dann wieder mit ihm sprechen, wenn er *mich* darum anfleht. Bis dahin mußt du als Vermittlerin fungieren, Meredith.« Sie ging zwischen ihren Söhnen, die sie wie eine Ehrenwache eskortierten, ins Haus.

Meredith starrte ihr nach. Der Haß, den diese Frau ausstrahlte, ließ sie bis ins Mark erschaudern. Jener Tag in Palm Beach, auf den Charlotte angespielt hatte, war ihr erschreckend klar im Gedächtnis geblieben. Vor sieben Jahren waren sie und ihr Vater auf Einladung ihres Großvaters nach Florida geflogen, wo Cyril Bancroft seit einem Herzinfarkt lebte. Bei ihrer Ankunft merkten sie, daß sie nicht nur zu Ostern eingeladen worden waren, sondern zu einer Hochzeit – Cyril Bancrofts Hochzeit mit Charlotte, die seit zwei Jahrzehnten seine Sekretärin war. Sie war achtunddreißig, dreißig Jahre jünger als er, Witwe und Mutter von zwei Söhnen im Teenageralter, kaum älter als Meredith.

Meredith hatte nie herausgefunden, warum Philip und Charlotte sich derart haßten, aber dem wenigen zufolge, das sie an jenem Tag dem erbitterten Streit zwischen ihrem Vater und Großvater entnommen hatte, bestand die Animosität bereits, als Cyril noch in Chicago gelebt hatte. Charlotte in Hörweite, hatte Philip sie eine durchtriebene, geldgierige Schlampe genannt und seinen Vater als alten Idioten bezeichnet, der sich von ihr zur Heirat hatte überreden lassen.

Bei jenem Besuch im Palm Beach hatte Meredith ihren Großvater zum letzten Mal gesehen. Er hatte seine Geschäfte von Florida aus geführt, die Leitung von Bancroft & Company jedoch gänzlich Merediths Vater überlassen. Obwohl das Kaufhaus weniger als ein Viertel des Gesamtvermögens der Bancroft-Familie bildete, erforderte seine Leitung naturgemäß die volle Aufmerksamkeit ihres Vaters. Im Gegensatz zu den übrigen Vermögenswerten war Bancroft's für die Familie weit mehr als eine bloß Aktiengesellschaft, die Dividenden abwarf; es war der Grundstock des riesigen Familienvermögens und eine Quelle nie versiegenden Stolzes.

»Dies ist der Letzte Wille von Cyril Bancroft«, begann der Anwalt ihres Großvaters die Testamentseröffnung, zu der Meredith, ihr Vater, Charlotte und deren Söhne in der Bibliothek zusammengekommen waren. Die ersten Legate umfaßten große Summen, die wohltätigen Organisationen zugute kommen sollten. Es folgten vier weitere Legate an Cyril Bancrofts Bedienstete – jeweils 15 000 Dollar für den Chauffeur, die Haushälterin, den Gärtner und die Pflegerin.

Da der Anwalt ausdrücklich auf Merediths Anwesenheit bestanden hatte, nahm sie an, daß auch sie mit einer kleineren Summe bedacht worden wäre. Dennoch zuckte sie zusammen, als Wilson Riley ihren Namen vorlas: »Meiner Enkelin, Meredith Bancroft, vermache ich die Summe von vier Millionen Dollar.« Meredith blieb der Mund offen stehen, und sie mußte sich mühsam auf Rileys nachfolgende Ausführungen konzentrieren. »Obwohl die Umstände und die räumliche Distanz verhinderten, daß ich Meredith besser kennenlernte, habe ich doch den Eindruck, daß sie ein warmherziges und intelligentes Mädchen ist und dieses Geld nicht verschwenden wird. Um dies sicherzustellen, knüpfe ich dieses Vermächtnis an die Bedingung, daß der Betrag zusammen mit Zinsen, Zinseszinsen, Dividenden etc. bis zu ihrem dreißigsten Geburtstag treuhänderisch verwaltet wird. Zu ihrem Treuhänder ernenne ich meinen Sohn, Philip Edward Bancroft, der während dieser Zeit die volle Verfügungsgewalt über das genannte Kapital hat.«

Riley machte einen Augenblick Pause, räusperte sich und blickte dann von Philip über Charlotte auf deren Söhne Jason und Joel; dann las er weiter: »Der Gerechtigkeit halber habe ich mich entschlossen, den Rest meines Vermögens möglichst gleichmäßig zwischen den übrigen Erben aufzuteilen. Meinem Sohn, Philip Edward Bancroft, vermache ich meine gesamten Anteile an Bancroft & Company, einem Kaufhaus, das in etwa ein Viertel meines gesamten Vermögens ausmacht.« Meredith hörte diese Worte, aber sie ergaben irgendwie keinen Sinn. »Der Gerechtigkeit halber« hatte er seinem einzigen Kind ein Viertel seines Besitzes vermacht? Wenn er tatsächlich alles rechtmäßig aufgeteilt haben wollte, so dürfte seine Frau nicht mehr als die Hälfte bekommen, keinesfalls drei Viertel. Dann hörte sie, wie aus weiter Ferne, die Stimme des Anwalts fortfahren: »Meiner Ehefrau, Charlotte, und meinen beiden Adoptivsöhnen, Jason und Joel, hinterlasse ich zu gleichen Teilen die restlichen drei Viertel meines Vermögens. Des weiteren ernenne ich Charlotte Bancroft zum treuhänderischen Verwalter über Jasons und Joels Anteile, bis beide das Alter von dreißig Jahren erreicht haben.«

Das Wort *Adoptivsöhne* drang wie ein Stachel tief in Merediths Brust als sie sah, wie das Gesicht ihres Vaters vor Enttäuschung und Wut aschfahl wurde. Langsam drehte er seinen Kopf und blickte Charlotte an. Sie erwiderte seinen Blick, ohne mit der Wimper zu zucken, während ein boshaftes, triumphierendes Lächeln über ihr Gesicht huschte. »Du hinterhältiges Biest!« zischte er sie an. »Du hast gesagt, du würdest ihn soweit kriegen, daß er sie adoptiert, und du hast es geschafft.«

»Ich habe dich vor Jahren gewarnt, daß es so kommen würde. Und ich warne dich jetzt. Wir sind noch lange nicht quitt«, fügte sie hinzu, und ihr Lächeln vertiefte sich angesichts der zunehmenden Wut Philips. »Vergiß das nicht, Philip. Vergiß nie, daß ich mit dir noch abrechnen werde. Ich werde dafür sorgen, daß du nachts nicht mehr schlafen kannst vor Angst, was ich dir als nächstes antun werde, daß du nicht mehr schlafen kannst vor Sorge, genau so, wie du mich vor achtzehn Jahren nächtelang hast wach liegen lassen.«

Philip biß die Zähne aufeinander, um dem Gesagten durch eine entsprechende Antwort nicht noch mehr Gewicht zu geben. Meredith riß ihren Blick von den beiden los und betrachtete Charlottes Söhne. Jasons Gesicht ähnelte stark dem seiner Mutter – triumphierend und bösartig. Joel blickte nachdenklich auf seine Schuhe. *Joel ist weich,* hatte Merediths Vater vor Jahren einmal gesagt. *Charlotte und Jason sind wie ein Paar blutrünstige Piranhas, aber wenigstens weißt du, was du von ihnen zu erwarten hast. Der Jüngere, Joel, hat irgend etwas Seltsames an sich. Bei seinem Anblick kriege ich eine Gänsehaut.*

Als ob er Merediths Blick gespürt hätte, blickte Joel auf. Seine Miene verriet keine Regung. In Merediths Augen hatte er nichts Seltsames oder gar Furchteinflößendes an sich. Ganz im Gegenteil. Als sie ihn bei der Hochzeit das letzte Mal gesehen hatte, war er ausgesprochen nett zu ihr gewesen. Damals hatte er Meredith fast leid getan, weil seine Mutter ganz klar Jason bevorzugte und weil Jason, der zwei

Jahre älter war, für seinen Bruder offensichtlich nichts als Verachtung übrig hatte.

Plötzlich schien es Meredith, als könne sie die feindliche Atmosphäre des Raumes nicht eine Sekunde länger ertragen. »Bitte entschuldigen Sie mich«, sagte sie zu dem Anwalt, der damit beschäftigt war, eine Menge Papiere auf dem Schreibtisch auszubreiten, »ich warte draußen.«

»Sie müssen diese Papiere unterschreiben, Miss Bancroft.«

»Ich werde sie unterschreiben bevor Sie gehen; nachdem mein Vater sie gelesen hat.«

Meredith beschloß, einen Moment ins Freie zu flüchten. Es wurde schon dunkel, und sie ging langsam die Stufen hinunter. Die Abendbrise kühlte ihre erhitzten Wangen. Hinter ihr öffnete sich die Tür, und sie drehte sich um, da sie dachte, der Anwalt rufe sie zurück. Aber es war Joel, der bei ihrem Anblick ebenso erschrocken innehielt wie sie. Er zögerte, so als ob er gerne bliebe, aber nicht wisse, ob er erwünscht sei.

Es war Teil ihrer Erziehung gewesen, daß man zu Gästen stets und unter allen Umständen höflich zu sein hatte, und so versuchte Meredith, ihn anzulächeln. »Es ist angenehm hier draußen, nicht?«

Joel nickte und nahm ihre unausgesprochene Einladung an, sie ein Stück zu begleiten. Er war dreiundzwanzig, ein ganzes Stück kleiner als sein älterer Bruder und auch längst nicht so attraktiv wie Jason. Schüchtern betrachtete er sie und sagte dann etwas hilflos: »Du hast dich verändert.«

»Das kann ich mir vorstellen. Als wir uns das letzte Mal gesehen haben, war ich elf Jahre alt.«

»Nach dem, was da drinnen passiert ist, wirst du dir weiß Gott wünschen, daß wir uns nie begegnet wären.«

Noch immer etwas benommen von dem Schock der Testamentseröffnung und unfähig abzuschätzen, wie sich all das auf ihre Zukunft auswirken würde, zuckte Meredith nur die Schultern. »Vielleicht denke ich morgen so. Im Moment fühle ich mich einfach nur – erschöpft.«

»Ich möchte, daß du weißt ...«, sagte er unsicher, »daß ich nichts dazu getan habe, deinem Vater die Zuneigung oder das Geld deines Großvaters wegzunehmen.«

Unfähig, ihn weder dafür zu hassen, noch ihm zu vergeben, daß ihr Vater um sein rechtmäßiges Erbe betrogen worden war, seufzte Meredith nur und blickte versonnen in den Himmel. »Was hat deine Mutter damit gemeint – daß sie mit meinem Vater noch abrechnen wird?«

»Ich weiß nur, daß sie sich gehaßt haben, solange ich zurückdenken kann. Ich habe auch keine Ahnung, was der Grund dafür ist, aber ich weiß, daß meine Mutter nicht aufhören wird, bevor sie ihre Rache gestillt hat.«

»Gott, wie furchtbar!«

»Lady«, antwortete er, und seine Stimme klang erschrekkend ernst, »es hat gerade erst *angefangen.*«

Bei dieser düsteren Prophezeiung lief es Meredith eiskalt den Rücken hinunter. Sie schaute ihm fragend ins Gesicht, aber er hob nur die Augenbrauen und schwieg.

8

Lustlos durchstöberte Meredith ihren Schrank nach dem Kleid, das sie zu dem Ball zur Feier des Unabhängigkeitstages anziehen wollte. Sie nahm es heraus, warf es über das Bett und zog ihren Bademantel aus. Dieser Sommer, der mit einem Begräbnis angefangen hatte, war zu einem fünfwöchigen Kampf mit ihrem Vater eskaliert – der Streit ging darum, welches College sie im Herbst besuchen würde –, und er war gerade gestern in einen regelrechten Krieg ausgeartet. Bislang hatte Meredith ihrem Vater immer nachgegeben. Wenn er unnötig streng gewesen war, hatte sie das mit seiner Liebe und Besorgnis entschuldigt; wenn er sie besonders barsch behandelt hatte, waren ihrer Meinung nach geschäftliche Ärgernisse darum schuld. Jetzt jedoch, da sie gerade noch rechtzeitig erkannt hatte, daß seine Pläne die ihren durchkreuzen würden, war sie fest entschlossen, nicht um des lieben Friedens willen nachzugeben.

Seit sie ein kleines Mädchen war, hatte sie angenommen, daß ihr eines Tages die Möglichkeit offen stünde, in die Fußstapfen ihrer Vorfahren zu treten und ihren rechtmäßigen Platz bei Bancroft & Company einzunehmen. Viele Generationen lang hatte ein Bancroft nach dem anderen seinen Weg durch die Geschäfts-Hierarchie angetreten: vom Abteilungsleiter über die verschiedenen Rangstufen bis zum Vizepräsidenten und schließlich zum Vorstandsmitglied. Zuletzt, wenn es so weit war, die Geschäftsleitung an den Sohn zu übergeben, wurde man Präsident des Unternehmens. Nicht ein einziges Mal in fast hundert Jahren war ein Bancroft von dieser Laufbahn abgewichen, und nicht ein einziges Mal in dieser ganzen Zeit war ein Bancroft von der Presse oder von Mitarbeitern des Hauses als unfähig bezeichnet worden oder hatte sich seines Postens unwürdig gezeigt. Meredith glaubte, nein, sie *wußte,* daß auch sie sich würdig erweisen würde, wenn man ihr nur die Gelegenheit dazu bot. Und sie wollte und erwartete diese *Gelegenheit,* nichts weiter. Der einzige Grund, warum ihr Vater ihr dies verweigerte, lag darin, daß sie nicht genügend Weitblick besessen hatte, ein Junge zu werden!

Den Tränen nahe, stieg sie in das Kleid und zog es hoch. Unter Verrenkungen schloß sie den Reißverschluß am Rükken, ging zur Frisierkommode und schaute in den darüberhängenden Spiegel. Völlig desinteressiert begutachtete sie das schulterfreie Cocktailkleid, das sie schon vor Wochen für diesen vierten Juli gekauft hatte. Das Oberteil war nach Art eines indonesischen Gewandes an den Seiten gerafft, ab der schmalen, betonten Taille fiel der regenbogenfarbige Seidenchiffon dann fließend bis zu ihren Knien. Sie nahm die Haarbürste zur Hand und fuhr automatisch durch ihr langes Haar. Ohne sonderliche Mühe auf eine bestimmte Frisur zu verwenden, bürstete sie es zurück, schlang es zu einem Knoten und zupfte nur vor den Ohren ein paar Strähnen heraus, um nicht allzu streng zu erscheinen. Der roséfarbene Topasanhänger hätte hervorragend zu dem Kleid gepaßt, aber ihr Vater würde heute abend ebenfalls in Glenmoor sein, und sie hatte nicht vor, ihm den Gefallen zu tun, sein Geschenk zu tragen. Statt dessen wählte sie ein Paar große Goldohrclips mit rosa Steinen und ließ Dekolleté und Schultern ungeschmückt. Die Frisur verlieh ihr den gewissen Schick, und ihre leichte Bräune sah zu dem trägerlosen Kleid besonders gut aus. Aber auch wenn das nicht der Fall gewesen wäre, hätte es Meredith heute abend nicht gestört und sie hätte sich auch nicht mehr umgezogen. Ihre Aussehen war ihr vollkommen gleichgültig. Daß sie überhaupt zu dem Ball ging, lag nur daran, daß der Gedanke, den Abend allein zu Hause zu verbringen, noch frustrierender war. Außerdem hatte sie Shelly Fillmore und dem Rest von Jonathans Clique versprochen, daß sie kommen würde.

Sie setzte sich an ihre Frisierkommode und schlüpfte in ein Paar altrosa Seidenpumps, die sie passend zu dem Kleid gekauft hatte. Als sie sich wieder aufrichtete, fiel ihr Blick auf die gerahmte Ausgabe einer älteren Nummer des Wirtschaftsmagazins *Business Week*, die sie aufgehängt hatte. Das Titelblatt der Zeitschrift zeigte ein Bild von Bancroft's Stammhaus, vor dessen Haupteingang livrierte Portiers standen. Das vierzehnstöckige Gebäude gehörte als Wahrzeichen zum Stadtbild von Chicago, und die Portiers symbolisierten den Wert, den man bei Bancroft's auf erstklassige Ware und beispielhaften Kundenservice legte. Die Zeitschrift enthielt einen langen überschwenglichen Bericht über das Warenhaus, dessen Grundtenor war, daß der Name Bancroft für Qualität stünde; das geschwungene B auf den Tragetüten sei das Markenzeichen eines anspruchsvollen Kunden. Der Artikel wies auch auf die bemerkenswerte Geschäftstüchtigkeit der Bancroft-Erben hin, was die Leitung des Kaufhauses anging. Es sei offenbar so, daß der Gründer, James D. Bancroft, die Fähigkeit und die Liebe zum Einzelhandel von einer Generation zu nächsten weitervererbt habe.

Als Merediths Großvater während des Interviews von dem Reporter daraufhin angesprochen worden war, hatte dieser gelacht und nur gesagt, das sei durchaus möglich. Er hatte jedoch auch darauf hingewiesen, daß James Bancroft eine Tradition begonnen habe, die jeweils vom Vater auf den Sohn weitergegeben würde – die Tradition, daß man den jeweiligen Erben von Kindesbeinen an auf seine spätere Aufgabe vorbereitete. Sobald er alt genug war, um am gemeinsamen Abendessen teilzunehmen, erfuhr er allabendlich aus den Berichten des Vaters, was sich im Geschäft ereignet hatte. Für das Kind waren diese Berichte ein Äquivalent für Fortsetzungs-Gute-Nacht-Geschichten; für Aufregung und Spannung war gesorgt, wachsende Neugier und Wissen kamen automatisch. Später wurden beiläufig Fragen gestellt und vereinfachte Probleme mit dem Heranwachsenden ernsthaft diskutiert.

Am Ende des Artikels hatte der Reporter Cyril mit der Frage nach seinen Nachfolgern konfrontiert, und wann immer Meredith sich die Antwort ihres Großvaters ins Gedächtnis rief, hatte sie das Gefühl, ein Kloß stecke ihr im Hals. »Mein Sohn ist bereits Präsident«, hatte Cyril gesagt. »Er hat ein Kind, und wenn Meredith soweit ist, ihrerseits das Geschäft zu übernehmen, bin ich mir absolut sicher, daß sie Bancroft & Company ausgezeichnet leiten wird. Ich wünschte, ich könnte das noch erleben.« Meredith wußte, daß sie, wenn es nach ihrem Vater ginge, niemals dem Vorstand von Bancroft's angehören würde. Obwohl er immer mit ihr über das Geschäft gesprochen hatte, genauso wie sein Vater früher mit ihm, weigerte er sich hartnäckig, sie jemals dort arbeiten zu lassen. Zum ersten Mal hatte sie das kurz nach der Beerdigung ihres Großvaters bemerkt. Schon vorher hatte sie immer wieder ihre Absicht angesprochen, die Tradition fortzuführen und eines Tages ihren rechtmäßigen Platz bei Bancroft's einzunehmen, aber er hatte ihr entweder nie zugehört oder sie nicht ernst genommen. An jenem Abend dann, als er das Thema nicht länger ignorieren konnte, hatte er ihr geradewegs ins Gesicht gesagt, daß er nicht erwarte, daß sie ihm nachfolge, ja, daß er es nicht einmal *wünsche.* Diesen Posten plane er für einen zukünftigen Enkel aufzusparen. Dann konfrontierte er Meredith mit einer gänzlich andersgearteten Tradition, der sie seiner Ansicht nach folgen sollte: Bancroft-Frauen arbeiteten nicht im Familienunternehmen, sie arbeiteten nämlich gar nicht. Ihre Aufgabe und Pflicht war es vielmehr, liebende Ehefrauen und Mütter zu werden und eventuelle zusätzliche Fähigkeiten und ihre Freizeit wohltätigen Zwecken und ehrenamtlichen Tätigkeiten zu widmen.

Meredith war nicht gewillt, das zu akzeptieren. Sie konnte es nicht, nicht mehr. Es war zu spät. Lange bevor sie sich in Parker verliebt oder zu verlieben geglaubt hatte, war ihr die Liebe zu »ihrem« Warenhaus klar geworden. Im Alter von sechs Jahren schon war sie mit allen Portiers und Sicherheitsbeamten auf du und du gewesen. Mit zwölf kannte sie die Namen aller Geschäftsführer und ihren jeweiligen Zuständigkeitsbereich. Mit dreizehn hatte sie darum gebeten, ihren Vater nach New York begleiten zu dürfen, wo sie einen ganzen Nachmittag bei Bloomingdale's damit zugebracht hatte, sich das Geschäft zeigen zu lassen, während ihr Vater an einer Sitzung teilnahm. Als sie New York verließen, wußte sie bereits eine Reihe von – nicht unbedingt objektiv richtigen – Gründen dafür aufzuzählen, warum Bancroft's um so viel besser war als »Bloomie's«.

Jetzt, mit achtzehn, war sie informiert über Dinge wie Entschädigungssummen, Gewinnspannen, Verkaufstechniken und Produktverbindlichkeiten. Das faszinierte sie, das *wollte* sie studieren, und sie würde die nächsten vier Jahre *nicht* damit zubringen, Vorlesungen über französische Grammatik und die italienische Renaissance zu hören!

Als sie ihrem Vater dies sagte, hatte er mit der Hand auf den Tisch gehauen, daß die Teller klirrten. »Du gehst nach Maryville, wo auch deine Großmütter waren, und du wirst bis auf weiteres zu Hause wohnen. *Zu Hause!*« tobte er. »Ist das klar? Keine weiteren Diskussionen!« Dann hatte er seinen Stuhl zurückgestoßen und den Raum verlassen.

Als Kind hatte Meredith alles getan, um ihm zu gefallen, und sie hatte ihm Freude gemacht – durch ihre Noten, ihr Benehmen, ihre Gehorsamkeit. Sie war praktisch eine Mustertochter gewesen. Jetzt jedoch merkte sie, daß der Preis für das Wohlwollen ihres Vaters und für häuslichen Frieden ihr allmählich zu hoch wurde: Sie sollte ihre Individualität aufgeben und all ihre Zukunftsträume in den Wind schreiben, von einer richtigen Jugend ganz zu schweigen!

Seine absurde Einstellung, daß sie weder Verabredungen treffen noch zu Partys gehen sollte, war momentan nicht ihr Hauptproblem, hatte jedoch bereits in den vergangenen Wochen zu zahlreichen Streitigkeiten zwischen ihnen geführt. Seit sie achtzehn war, schien er eher noch strenger zu werden. Wenn Meredith eine Verabredung hatte, öffnete er dem jungen Mann selbst die Tür und unterzog ihn dann einem längeren Kreuzverhör, wobei er ihn vorsätzlich beleidigte und derart einschüchterte, daß keiner sich je traute, sie ein zweites Mal einzuladen. Außerdem bestand er darauf, daß sie spätestens um Mitternacht wieder zu Hause war. Wenn sie bei Lisa übernachtete, erfand er irgendeinen lächerlichen Grund, um dort anzurufen. Fuhr sie für wenige Stunden weg, wollte er wissen wohin; kam sie zurück, verlangte er eine detaillierte Beschreibung, wo sie gewesen war und was sie gemacht hatte. Nach all den Jahren, die sie in den denkbar strengsten Privatschulen verbracht hatte, wollte sie jetzt aber einmal den Geschmack der totalen Freiheit kosten. Sie hatte es sich verdient. Sie *verdiente* es. Der Gedanke, die nächsten vier Jahre zu Hause unter dem zunehmend strenger werdenden Regime ihres Vaters zu verbringen, erschien ihr ebenso abschreckend wie überflüssig.

Bisher hatte sie nie offen gegen ihn rebelliert, da Widerstand ihn erst recht reizte und alles noch viel schlimmer machte. Er konnte es nicht ertragen, wenn jemand nicht nach seiner Pfeife tanzte, und zeigte dann oft noch nach Wochen seinen Ärger. Doch war es weniger die Angst vor seinen Wutausbrüchen gewesen, die Meredith in der Vergangenheit bewogen hatte, ihm nachzugeben. In erster Linie war es ihr inneres Bedürfnis nach seiner Anerkennung. Außerdem konnte sie sich gut vorstellen, wie sehr ihn das Verhalten ihrer Mutter und der darauffolgende Skandal erniedrigt haben mußten. Als Parker ihr damals alles darüber erzählt hatte, war er der Meinung gewesen, daß die übertriebene Sorge ihres Vaters vermutlich zum Teil auf die Angst zurückzuführen wäre, sie zu verlieren, zum Teil aber auch auf die Befürchtung, daß sie versehentlich etwas tun könnte, das den Skandal wiederaufleben ließe, den ihre Mutter verursacht hatte. Meredith gefiel dieser letzte Gedanke nicht sonderlich, aber sie hatte es akzeptiert und die vergangenen fünf Wochen damit verbracht, mit ihrem Vater zu diskutieren. Wenn das nicht funktionierte, hatten sie gestritten. Gestern jedoch war es zur ersten richtiggehenden Schlacht zwischen ihnen gekommen. Die Northwestern University hatte die Rechnung über eine Anzahlung des Studiengeldes geschickt, und Meredith war damit in sein Arbeitszimmer gegangen. Sehr ruhig hatte sie gesagt: »Ich gehe nicht nach Maryville. Ich gehe auf die Northwestern University und werde dort einen Abschluß machen, der in der Geschäftswelt etwas zählt.«

Als sie ihm die Rechnung gab, schleuderte er sie in die Ecke und schaute Meredith derart wütend an, daß ihr fast übel wurde. »Tatsächlich?« fragte er mit unverhohlenem Spott. »Und von was willst du das Studiengeld dort bezahlen? Ich habe dir gesagt, daß ich dafür nicht aufkomme, und von deiner Erbschaft bekommst du keinen Pfennig, bevor du dreißig bist. Es ist zu spät, dich um ein Stipendium zu bewerben, und du erhältst garantiert auch keine staatliche Unterstützung, also vergiß es lieber gleich. Du wirst hier wohnen und in Maryville studieren. Ist das jetzt endgültig klar, Meredith?«

Der Ärger und die Wut, die sie jahrelang schweigend hinuntergeschluckt hatte, ließen sich nicht länger unterdrücken. Meredith tobte. »Du bist furchtbar ungerecht!« schrie sie. »Warum verstehst du nicht ...«

Er erhob sich sehr langsam und blickte sie mit eisiger Verachtung an. »Ich verstehe vollkommen!« zischte er wütend. »Ich verstehe, daß es dort Dinge gibt, die du tun willst – und Leute, mit denen du sie tun kannst, Dinge, von denen du verdammt genau weißt, daß ich sie nicht billigen würde. *Deshalb* willst du auf eine große Universität gehen und auf dem Campus wohnen! Was reizt dich denn am meisten, Meredith – ist es die Gelegenheit, in einem gemischten Studentenwohnheim zu logieren, wo rund um die Uhr junge Männer herumlaufen und in dein Bett kriechen? Oder ist es ...«

»Du bist ja *krank!*«

»Und du bist genau wie deine Mutter! Du hast alles, was man sich nur wünschen kann, und denkst an nichts anderes, als mit billigen Typen ins Bett zu gehen ...«

»Hol dich der Teufel!« hatte Meredith gebrüllt, selbst erstaunt über den unbändigen Zorn, der sie völlig außer Kontrolle geraten ließ. »Das werde ich dir nie vergessen! Nie!« Sie hatte sich auf dem Absatz umgedreht und war gegangen.

Hinter ihr donnerte seine Stimme: »Wo zum Teufel gehst du hin?«

»Weg!« hatte sie zurückgeschrien, ohne sich umzublicken. »Und noch was: Ich werde nicht bis Mitternacht zurück sein. Ich habe deine lächerlichen Vorschriften satt!«

»Komm sofort wieder her!« brüllte er. Meredith ignorierte ihn und ging durch die Halle zur Haustür. Ihre Wut nahm zu, als sie in den weißen Porsche stieg, den er ihr zum sechzehnten Geburtstag geschenkt hatte. Ihr Vater war verrückt. Er war krank!

Sie verbrachte den Abend bei Lisa und blieb absichtlich bis fast drei Uhr früh. Ihr Vater hatte auf sie gewartet und lief wie ein Wahnsinniger in der Diele auf und ab. Er tobte und beschimpfte sie entsetzlich, aber zum ersten Mal in ihrem Leben ließ sich Meredith von seinen Wutanfällen nicht einschüchtern. Sie nahm die Schimpftiraden gelassen hin, doch ihre Entschlossenheit wuchs, an ihrer Entscheidung festzuhalten.

Durch einen hohen Eisenzaun und Wachposten vor Eindringlingen und neugierigen Blicken geschützt, erstreckte sich der Glenmoor Country Club über mehrere Hektar. Gepflegte Rasenflächen mit blühenden Hecken und sorgfältig angelegte Blumenbeete soweit das Auge reichte. Eine lange, von reich verzierten Gaslaternen erleuchtete Auffahrt führte durch die majestätische Eichenhalle zum Eingangsportal des Clubs und dann in weitem Bogen wieder zurück zur Landstraße. Das Clubhaus selbst, ein stattlicher dreistöckiger weißverputzter Backsteinbau mit dicken Säulen vor der klassizistischen Fassade, befand sich zwischen zwei 18-Loch-Golfplätzen. Die Tennisplätze lagen rechts und links gleich daneben. Zur Gartenseite hin öffneten sich große Glastüren zu den riesigen Terrassen, auf denen gelbe Sonnenschirme dekorative Kübelpflanzen und eine Reihe von einladenden Sitzgruppen überschatteten. Von der untersten Terrasse führten geflieste Stufen zu den beiden Pools hinunter. Sie waren heute abend geschlossen, doch hatte man die goldgelben Polster auf den Sonnenliegen zurückgelassen, falls jemand von hier aus das Feuerwerk betrachten oder sich zwischen zwei Tänzen ausruhen wollte. Das bestellte Orchester würde heute ebenfalls im Freien spielen.

Die Dämmerung senkte sich gerade über die hügelige Landschaft, als Meredith an dem Haupteingang vorbeifuhr, wo livrierte Diener den ankommenden Gästen aus den Wagen halfen. Sie lenkte ihren Porsche auf den bereits vollen Parkplatz neben dem Gebäude und parkte zwischen dem glänzenden neuen Rolls-Royce eines reichen Textilfabrikanten und einem acht Jahre alten Chevrolet, der einem wesentlich reicheren Bankier gehörte. Normalerweise liebte sie diese Tageszeit, aber als sie heute aus dem Wagen stieg, war sie niedergeschlagen und ganz in Gedanken versunken. Außer ihren Kleidern besaß sie nichts, das sie hätte verkaufen können, um von dem Erlös ihr Studium zu finanzieren. Ihr Auto lief auf den Namen ihres Vaters, und er kontrollierte auch ihre Erbschaft. Auf ihrem Konto waren genau 700 Dollar. Ganze 700 Dollar! Verzweifelt suchte sie nach einer Möglichkeit, das Studiengeld aufzutreiben, während sie langsam auf das Clubhaus zuging.

Bei besonderen Gelegenheiten wie dem heutigen Ball fungierten die Bademeister des Clubs als Parkplatzwächter. Einer von ihnen eilte vor Meredith die Stufen hinauf und hielt ihr die Türe auf. »Guten Abend, Miss Bancroft«, sagte er mit einem Casanova-Lächeln. Er war muskulös und sehr gutaussehend, ein Medizinstudent von der University of Illinois. Meredith wußte das alles, weil er es ihr vergangene Woche erzählt hatte, als sie zum Sonnenbaden hierher gekommen war. »Hallo Chris«, sagte sie geistesabwesend.

Der vierte Juli war nicht nur der Unabhängigkeitsfeiertag, sondern zugleich der Gründungstag von Glenmoor, und das Clubhaus war voll von lachenden, in mehr oder minder geistreiche Gespräche vertieften Mitgliedern, die mit Cocktails in der Hand von Raum zu Raum wanderten. Da heute gleich doppelter Anlaß zum Feiern bestand, waren ausnahmslos alle Gäste in festlich-eleganter Abendkleidung erschienen.

Die Einrichtung des Clubhauses war weit weniger imposant als die vieler jüngerer Country Clubs in der Umgebung von Chicago. Die Perserteppiche, die die polierten Parkettböden bedeckten, waren mit den Jahren verblaßt, und das antike Mobiliar strahlte eine eher solide Atmosphäre aus, ohne dabei auffällig elegant zu wirken. In dieser Hinsicht war Glenmoor wie die meisten erstrangigen Country Clubs des Landes. Prestige und Attraktivität des alten und ungeheuer exklusiven Clubs basierten nicht auf Einrichtung oder Ausstattung, sondern allein auf dem gesellschaftlichen Niveau seiner Mitglieder. Um hier aufgenommen zu werden, genügte es nicht, nur reich zu sein. Die begehrte Mitgliedschaft erhielt nur, wer zugleich einen gewissen gesellschaftlichen Status innehatte. In den seltenen Fällen, in denen ein Anwärter diese beiden Voraussetzungen erfüllte, war noch der einstimmige Beschluß des vierzehnköpfigen Mitglieder-Komitees nötig, bevor der offizielle Antrag auf Aufnahme in den Club gestellt werden durfte. An diesen strikten Reglements war in den letzten Jahren die Anwärterschaft diverser erfolgreicher Geschäftsleute, zahlreicher Ärzte, zahlloser Abgeordneter, einer Reihe berühmter Sportler und sogar die eines Richters vom Obersten Gerichtshof gescheitert.

Meredith jedoch beeindruckten weder die Exklusivität des Clubs noch seine Mitglieder. Es waren schlichtweg bekannte Gesichter, einige besser, andere weniger gut bekannt. Auf dem Weg durch die Halle nickte sie allen zu und lächelte automatisch. Dabei blickte sie in mehrere Räume, um die Leute zu finden, mit denen sie verabredet war. Einer der Speisesäle war für den Abend in ein Pseudo-Spielkasino umgewandelt worden, in den beiden anderen hatte man ein üppiges Buffet angerichtet. Alle waren voller Menschen. Unten, im großen Bankettsaal im Erdgeschoß, spielte ein Orchester, und nach dem heraufdringenden Lärm schloß Meredith, daß sich auch dort eine große Menschenmenge aufhielt. Im Vorbeigehen warf sie einen Blick in den Spielsalon. Ihr Vater war ein unverbesserlicher Spieler, aber weder er noch Jons Clique war hier zu sehen. Bis auf den Großen Salon hatte sie jetzt die ganze Etage durchkämmt.

Trotz seiner Größe wirkte der Salon immer einladend. Dickgepolsterte Sofas und Sessel, Schaukelstühle, Couchtische aus dunklem Holz mit Marmor und die altmodischen Messing-Wandleuchten vor der hellen Eichenholztäfelung vermittelten den Eindruck von Gemütlichkeit. Normalerweise waren die schweren Samtvorhänge am hinteren Ende des Salons zugezogen, aber heute abend standen die großen Balkontüren offen, damit die Gäste auf den Balkon hinaustreten konnten, auf dem eine Kapelle gedämpfte Musik spielte. Auf der linken Seite erstreckte sich eine Bar über die gesamte Länge des Raumes, und die Barkeeper bedienten Gäste, die mit dem Gesicht zu der indirekt beleuchteten verspiegelten Regalwand saßen, auf der Hunderte von Flaschen mit alkoholischen Getränken aller Art standen.

Heute abend war selbst der Große Salon überfüllt, und

Meredith wollte sich gerade umdrehen und ins Erdgeschoß zurückkehren, als sie Shelly Fillmore und Leigh Ackerman erblickte, die beide bei ihr angerufen hatten, um sie nochmals an ihre Zusage für den heutigen Abend zu erinnern. Sie standen zusammen mit einigen anderen jungen Leuten aus Jonathans Clique und einem älteren Ehepaar, die Meredith als Mr. und Mrs. Russell Sommers – Jonathans Onkel und Tante – identifizierte, am hinteren Ende der Bar. Meredith ging zu ihnen, ein starres Lächeln auf den Lippen, das gänzlich einfror, als sie ihren Vater in der Nähe entdeckte. »Meredith«, sagte Mrs. Sommers, nachdem Meredith alle begrüßt hatte, »Ihr Kleid ist ganz bezaubernd. Wo gibt es denn so etwas Wundervolles zu kaufen?«

Meredith mußte an sich hinunterblicken, um festzustellen, was sie anhatte. »Es ist von Bancroft's.«

»Woher sonst!« foppte Leigh Ackerman.

Mr. und Mrs. Sommers wandten sich anderen Bekannten zu, und Meredith warf einen kurzen Blick in Richtung auf ihren Vater. Sie hoffte, daß er sich heute abend gänzlich von ihr fernhalten würde. Gedankenverloren stand sie einige Zeit da, bis ihr plötzlich bewußt wurde, daß sie auf dem besten Wege war, sich von ihm den ganzen Abend verderben zu lassen. Es reizte sie, ihm zu zeigen, daß er dazu nicht in der Lage war und daß sie außerdem noch längst nicht aufgegeben hatte. Also drehte sie sich um, bestellte einen Champagnercocktail, schenkte Doug Chalfont ihr strahlendstes Lächeln und vermittelte allen, ihren Gesprächspartner eingeschlossen, den Eindruck, seinen Ausführungen fasziniert zu lauschen.

Draußen wurde es allmählich dunkel; drinnen stieg der Geräuschpegel proportional zu der konsumierten Alkoholmenge. Meredith nippte an ihrem zweiten Champagnercocktail und überlegte, ob sie sich einen Job suchen und damit ihrem Vater einen weiteren Beweis dafür liefern sollte, daß es ihr mit dem Studium an einer guten Universität wirklich ernst war. Sie warf einen Blick in den Spiegel und ertappte ihren Vater dabei, daß er sie musterte; seine Augen verengten sich zu schmalen Schlitzen. Verwundert fragte sie sich, was ihm jetzt wohl wieder mißfiel. Vielleicht ihr schulterfreies Kleid, oder – vermutlich eher das – die Aufmerksamkeit, die Doug Chalfont ihr schenkte und die zu erwidern sie sich den Anschein gab? Das Champagnerglas, das sie in der Hand hielt, war es jedenfalls nicht. Meredith hatte nicht nur von Kindesbeinen an wie eine Erwachsene gesprochen, man hatte von ihr auch erwartet, sich wie eine Erwachsene zu benehmen. Als sie zwölf war, hatte ihr Vater ihr erlaubt aufzubleiben, wenn er einige Gäste zum Abendessen hatte. Mit sechzehn hatte sie begonnen, die Rolle der Gastgeberin zu übernehmen und zuweilen in Gesellschaft der Gäste auch ein Glas Wein zu trinken.

Shelly Fillmore, die neben ihr stand, sagte, es sei jetzt wohl an der Zeit, in den Speisesaal hinüberzugehen, wenn man nicht Gefahr laufen wolle, die Tischreservierung aufs Spiel zu setzen. Meredith gab sich einen Ruck; schließlich hatte sie vor, sich heute abend zu amüsieren, und nun hing sie schon wieder ihren tristen Gedanken nach. »Jonathan wollte uns hier vor dem Essen treffen«, fügte Shelly hinzu. »Hat jemand ihn gesehen?« Sie streckte ihren Hals und blickte sich in dem allmählich leerer werdenden Raum um. »Mein Gott!« rief sie plötzlich und starrte auf die Eingangstür des Salons. »Wer ist denn das? Der sieht ja phantastisch aus!« Diese Bemerkung, etwas lauter geraten als beabsichtigt, weckte das Interesse auch außerhalb ihrer Clique.

»Von wem redest du?« fragte Leigh Ackerman und spähte umher. Meredith, die in Richtung Eingang stand, blickte auf und wußte augenblicklich *genau,* von wem die Rede war und wer für den hingerissenen Ausdruck auf Shellys Gesicht verantwortlich war. Unter der Tür, die rechte Hand lässig in der Hosentasche, stand ein fast einsneunzig großer Mann, dessen Haar fast so schwarz war wie der Smoking, der die breiten Schultern umspannte. Sein Gesicht war braungebrannt, die Augen hell, und wie er so dastand und die elegant gekleideten Mitglieder des Country Clubs musterte, fragte Meredith sich, wie Shelly auf den Ausdruck »phantastisch« verfallen war. Seine Züge wirkten eher, als habe sie ein Bildhauer in Granit gemeißelt – ein Bildhauer, dem es um die Darstellung roher Kraft und Männlichkeit ging, nicht um männliche Schönheit. Sein Kinn war eckig, die Nase gerade, der Kiefer zeigte eiserne Entschlossenheit. Meredith kam zu dem Schluß, daß er alles in allem ausgesprochen arrogant, stolz und überaus hart aussah. Aber sie hatte sich noch nie von dunklen, ausgesprochenen Macho-Typen angezogen gefühlt.

»Schaut euch bloß diese Schultern an«, schwärmte Shelly. »Und schaut euch dieses Gesicht an! Das, mein lieber Douglas«, zog sie Doug Chalfort auf, »das ist Sex-Appeal in Reinstform!«

Doug musterte den Mann und zuckte grinsend die Schultern. »Mich läßt der kalt.« Er wandte sich an einen anderen jungen Mann in ihrer Gruppe, den Meredith heute abend zum ersten Mal gesehen hatte, und fragte ihn: »Wie ist das mit dir, Rick? Stehst du auf ihn?«

»Kann ich erst sagen, wenn ich seine Beine gesehen habe«, ulkte Rick. »Ich fahre voll auf Beine ab, deshalb stehe ich auf *Meredith.*«

In diesem Moment erschien Jonathan in der Tür, blickte etwas unsicher um sich und legte dann seinen Arm um die Schultern des Neuankömmlings, während er sich suchend umsah. Meredith sah das triumphierende Lächeln, das er seinen Freunden zuschickte, sobald er sie am Ende der Bar entdeckt hatte, und erkannte augenblicklich, daß er bereits halb betrunken war. Das wiehernde Gelächter von Leigh und Shelly ließ sie zusammenfahren. »O nein!« rief Leigh und blickte mit gespielter Bestürzung von Shelly zu Meredith. »Sagt mir bloß nicht, daß dieses wundervolle Exemplar der Gattung Mann der Arbeiter ist, den Jonathan für die Arbeit auf den Ölfeldern eingestellt hat!«

Unter Doug Chalfonts Lachsalve war der größte Teil von Leighs Worten untergegangen, und Meredith lehnte sich dichter an Leigh: »Entschuldige – was hast du gesagt?«

Schnell sprechend, damit sie fertig war, bevor die beiden Männer die Gruppe erreicht hatten, erklärte Leigh: »Der Mann neben Jonathan ist tatsächlich ein Stahlarbeiter aus Indiana. Jons Vater hat Jon dazu gezwungen, ihn für die Arbeit auf ihren Ölfördertürmen in Venezuela einzustellen.«

Meredith, die von den spöttischen Blicken, die Jonathans andere Freunde austauschten, nicht weniger verwirrt war als von Leighs Erklärung, fragte weiter: »Warum bringt er ihn hierher mit?«

»Zum Spaß, Meredith! Jon ist sauer auf seinen Vater, weil der ihn gezwungen hat, den Kerl einzustellen und weil er ihn Jon außerdem noch als Musterbeispiel vorgehalten hat – wie *er* hätte werden sollen. Jon hat den Kerl mitgebracht, um seinen Vater zu blamieren – du weißt schon, damit sein Vater gezwungen ist, ihn gesellschaftlich anzuerkennen. Und weißt du, was das Komischste daran ist?« flüsterte sie, weil die beiden Männer gerade bei der Clique ankamen. »Jons Tante hat uns vorher erzählt, daß seine Eltern sich kurzfristig entschlossen haben, das Wochenende auf ihrem Sommersitz zu verbringen und heute abend gar nicht hier sind ...«

Jonathans überlaute, unartikulierte Begrüßung ließ alle in Hörweite Stehenden herumfahren und aufhorchen – darunter auch seinen Onkel, seine Tante und Merediths Vater. »Abend allerseits«, dröhnte er und beschrieb eine weite Geste, um auch wirklich alle einzuschließen. »Abend, Tante Harriet und Onkel Russell!« Er wartete einen Augenblick, bis ihm die ungeteilte Aufmerksamkeit des Saales zuteil geworden war. »Ich möchte euch meinen Kumpel Matt Terrell – nein, F-Farrell vorstellen«, stotterte er. »Tante Harriet, Onkel Russell«, er grinste breit, »begrüßt doch bitte Matt. Er ist nach Ansicht meines Vaters genau das, was ich werden soll, wenn ich erwachsen bin!«

»Guten Abend«, sagte Jonathans Tante höflich. Sie wandte den eisigen Blick von ihrem betrunkenen Neffen ab und machte einen halbherzigen Versuch, dem Mann, den er mitgebracht hatte, freundlich zu begegnen. »Wo kommen Sie her, Mr. Farrell?«

»Indiana«, antwortete er sachlich und ruhig.

»Indianapolis?« Jonathans Tante runzelte die Stirn. »Ich glaube nicht, daß wir eine Familie namens Farrell in Indianapolis kennen.«

»Ich bin nicht aus Indianapolis. Und ich bin mir ganz sicher, daß Sie niemanden von meiner Familie kennen.«

»Wo genau sind Sie zu Hause?« schnappte Merediths Vater, der jedes männliche Wesen, das auch nur entfernt in Merediths Nähe kam, genauestens musterte und einzuschüchtern suchte.

Matt Farrell drehte sich um, und Meredith beobachtete mit stiller Bewunderung, wie er dem vernichtenden Blick ihres Vaters unerschrocken begegnete. »Edmunton – südlich von Gary.«

»Was sind Sie von Beruf?« setzte er das Verhör fort.

»Ich arbeite in einem Stahlwalzwerk«, erwiderte Matt Farrell und brachte es fertig, genauso kühl und hart zu klingen wie ihr Vater.

Dieser Enthüllung folgte überraschtes Schweigen. Mehrere Ehepaare mittleren Alters, die auf Jonathans Onkel und Tante gewartet hatten, tauschten unsichere Blicke und entfernten sich. Auch Mrs. Sommers schien nun ein rascher Aufbruch angebracht: »Guten Abend, Mr. Farrell«, verabschiedete sie sich hastig und eilte neben ihrem Ehemann in Richtung Speisesaal.

Plötzlich war alles im Aufbruch. »Also!« sagte Leigh Akkerman strahlend und schaute alle an mit Ausnahme von Matt Farrell, der etwas hinter den anderen stand. »Gehn wir essen!« Sie hakte sich bei Jon unter und zog ihn mit sich in Richtung Tür. »Ich habe einen Tisch für neun Personen reserviert.«

Meredith zählte nach: Ihre Clique bestand aus neun Personen – Matt Farrell nicht eingerechnet. Voller Abneigung gegenüber Jonathan und allen seinen Freunden wandte sie sich einen Augenblick ab. Ihr Vater, der sie in der Nähe von Matt Farrell stehen sah, hielt auf dem Weg zum Speisesaal neben ihr an und packte sie am Ellbogen. »Schau, daß du ihn los wirst!« sagte er laut genug, daß Farrell es hören konnte, und stolzierte davon. In einem Anfall von Wut und Rebellion wartete Meredith, bis er außer Sichtweite war und schaute dann Matt Farrell an, ohne recht zu wissen, was sie nun tun sollte. Er hatte sich umgedreht und betrachtete die Leute auf dem Balkon – mit der unnahbaren Gleichgültigkeit eines Außenseiters, der weiß, daß er unerwünscht ist, und deshalb so tut, als kapsele er sich freiwillig ab.

Auch wenn er nicht gesagt hätte, daß er ein Stahlarbeiter aus Indiana war, hätte Meredith innerhalb weniger Augenblicke gewußt, daß er nicht hierher gehörte. Zunächst einmal saß sein Smoking nicht besonders gut, was vermutlich bedeutete, daß er nicht maßgeschneidert, sondern vielleicht sogar nur geliehen war. Außerdem sprach er nicht mit jener gelangweilten Selbstsicherheit ihrer Schicht, die automatisch erwartete, überall willkommen und gern gesehen zu sein. Darüber hinaus war da ein undefinierbarer Mangel an feinen Manieren – eine gewisse Härte und Barschheit, die sie gleichzeitig abstieß und fesselte.

In Anbetracht all dessen war es schwer verständlich, daß er Meredith an ihre eigene Vergangenheit erinnerte. Aber genau das war der Fall. Sie sah ihn da stehen, ganz alleine, so als ob es ihm nichts ausmachen würde, geächtet zu werden – und sie sah sich selbst in St. Stephen's, ein Buch auf den Knien, verzweifelt bemüht, den Anschein zu erwecken, daß es auch *ihr* nicht ausmachte, übergangen zu werden. »Mr. Farrell«, fragte sie so beiläufig wie möglich, »möchten Sie etwas trinken?«

Überrascht drehte er sich um, zögerte einen Moment und nickte dann. »Scotch mit Wasser.«

Meredith winkte einen Ober heran. »Jimmy, Mr. Farrell möchte einen Scotch mit Wasser.«

Als sie sich wieder umdrehte, ertappte sie ihn dabei, wie er sie mit einem leichten Stirnrunzeln musterte. Sein Blick wanderte über ihr Gesicht, ihre Brüste und Taille und dann wieder hinauf zu ihren Augen, so als ob er aus ihrem Verhalten nicht schlau würde und sich nun bemühte herauszufinden, warum sie sich mit ihm abgab. »Wer war der Mann, der Ihnen geraten hat, mich möglichst schnell loszuwerden?« fragte er abrupt.

Sie haßte es, ihm die Antwort geben zu müssen. »Mein Vater.«

»Mein tiefstes und aufrichtigstes Beileid«, entgegnete er ernst, und Meredith mußte laut herauslachen, weil es noch nie jemand gewagt hatte, ihren Vater auch nur indirekt zu kritisieren, und weil sie plötzlich spürte, daß Matt Farrell ein »Rebell« war, wie sie einer werden wollte. Das machte ihn zu einer verwandten Seele, und anstatt ihn zu bemitleiden oder sich von ihm abgestoßen zu fühlen, verglich sie ihn in Gedanken nun mit einer außerordentlich tapferen Promenadenmischung, die unfairerweise mitten in einen Wurf hochnäsiger Stammbaum-Inhaber geworfen worden war. Sie entschloß sich, ihm zu helfen. »Möchten Sie tanzen?« fragte sie und lächelte ihn an, als sei er ein lieber alter Freund.

Er betrachtete sie amüsiert. »Wie kommen Sie auf die Idee, daß ein Stahlarbeiter aus Edmunton, Indiana, tanzen kann, Prinzessin?«

»Können Sie?«

»Ich werde es schon irgendwie managen.«

Wenige Minuten später, als sie draußen zur langsamen Musik der Band tanzten, kam Meredith nicht umhin festzustellen, daß dies eine gelinde Untertreibung seiner Fähigkeiten gewesen war. Er tanzte nicht schlecht, nur konservativ und nicht sehr entspannt.

»Wie mache ich mich?«

»*Bisher* habe ich nur feststellen können, daß Sie ein gutes Taktgefühl haben«, antwortete sie, ohne die Doppeldeutigkeit ihrer Antwort noch mehr zu unterstreichen. »Und das ist sowieso das einzige, worauf es ankommt.« Um jede Spur von Kritik von vornherein auszuklammern, blickte sie ihm lächelnd in die Augen und fuhr fort: »Sie brauchen lediglich ein bißchen mehr Übung.«

»Und wieviel Übung empfehlen Sie mir?«

»Nicht viel. Ein Abend würde reichen, um die wichtigsten neuen Schritte zu lernen.«

»Ich wußte nicht, daß es ›neue Schritte‹ gibt.«

»Es gibt sie«, sagte Meredith, »aber vorher müssen Sie lernen, sich zu entspannen.«

»Vorher?« wiederholte er. »Ich hatte immer geglaubt, daß man sich *hinterher* entspannen soll.«

Urplötzlich dämmerte ihr, was er da eigentlich sagte. Sie blickte ihn kühl an. »Sprechen wir vom Tanzen, Mr. Farrell?«

Aus ihrer Stimme klang unzweifelhaft Tadel, und der galt ebenso unzweifelhaft ihm. Einen Augenblick lang studierte er sie mit verstärktem Interesse und taxierte sie neu. Das Ergebnis fiel äußerst schmeichelhaft für sie aus.

Seine Augen waren nicht, wie sie ursprünglich gedacht hatte, hellblau, sondern vielmehr von einem faszinierenden metallischen Grau, und sein Haar war dunkelbraun und nicht schwarz. Als er jetzt sprach, schwang in seiner tiefen Stimme ein entschuldigender Ton mit: »Jetzt ja.« Dann erklärte er ihr den Grund für die Verkrampftheit, die sie in seinen Bewegungen gespürt hatte. »Vor einigen Wochen habe ich mir am rechten Fuß eine Bänderzerrung geholt.«

»Das tut mir leid«, sagte Meredith, die sich dafür entschuldigen wollte, daß sie ihn zum Tanzen verleitet hatte. »Schmerzt es sehr?«

Ein faszinierend helles Lächeln glitt über sein gebräuntes Gesicht: »Nur beim Tanzen.«

Meredith lachte und fühlte, wie ihre eigenen Sorgen allmählich schwanden. Sie blieben noch einen weiteren Tanz lang im Freien und sprachen über so banale Dinge wie die miserable Musik und das herrliche Wetter. Als sie in den Salon zurückkehrten, brachte Jimmy ihre Drinks. Aus momentanem Übermut und aus Ärger über Jonathan sagte Meredith: »Setzen Sie diese Drinks bitte auf die Rechnung von

Jonathan Sommers, Jimmy.« Sie sah Matt kurz an und bemerkte seinen überraschten Ausdruck.

»Sind Sie denn hier nicht Mitglied?«

»Doch«, sagte Meredith mit einem verschmitzten Lächeln. »Das war nur eine bescheidene Rache.«

»Rache für was?«

»Dafür, daß ...«, sie merkte, daß das, was sie ursprünglich antworten wollte, nach Mitleid klingen oder ihm peinlich sein würde, und zuckte die Schultern. »Ich mag Jonathan Sommers nicht besonders.«

Er blickte sie verwundert an, griff nach seinem Drink und nahm einen langen Schluck. »Sie müssen Hunger haben. Ich überlasse Sie jetzt ihren Freunden.«

Es war eine gutgemeinte Geste, die sie freigeben sollte, aber Meredith hatte jetzt keine Lust auf die Gesellschaft von Jons Clique, und als sie sich im Raum umsah, wurde ihr klar, daß keiner der Anwesenden Matt Farrell freundlich behandeln würde, wenn sie ihn jetzt verließ. Die Gäste, die sich noch im Salon aufhielten, machten bereits einen großen Bogen um sie beide. »Wissen Sie«, sagte sie, »das Essen hier ist nicht so toll.«

Er betrachtete die anderen Leute im Salon und stellte sein Glas mit einer Endgültigkeit ab, die ihr bedeutete, daß er vorhatte zu gehen. »Die Leute auch nicht.«

»Die meiden Sie nicht aus Bosheit oder Arroganz«, versicherte sie ihm. »Nicht wirklich.«

Er warf ihr einen zweifelnden Blick zu: »Dann verraten Sie mir doch, warum sie sich *Ihrer* Ansicht nach so verhalten.«

Meredith sah mehrere Ehepaare mittleren Alters, die mit ihrem Vater befreundet und im Grund alle sehr nett waren. »Also, einesteils ist es ihnen vermutlich peinlich, wie Jon sich verhalten hat. Und von dem, was sie über Sie wissen – wo Sie herkommen und wie Sie Ihr Geld verdienen, meine ich –, schließen die meisten einfach, daß Sie überhaupt keine gemeinsamen Interessen haben.«

Er hatte offenbar den Eindruck, daß sie sich für ihn verantwortlich fühlte, denn er lächelte höflich und sagte: »Es wird Zeit, daß ich gehe.«

Der Gedanke, daß er gehen würde, ohne hier etwas anderes als Erniedrigung erfahren zu haben, schien ihr plötzlich unfair. »Sie können jetzt noch nicht gehen«, stellte sie mit einem entschlossenen Lächeln fest. »Kommen Sie mit, aber vergessen Sie Ihren Drink nicht.«

Seine Augen wurden schmal. »Warum?«

»Weil das«, Merediths Stimme klang heiter, »was wir jetzt tun werden, mit einem Glas in der Hand einfacher ist.«

»Was werden wir tun?« hakte er nach.

»Wir werden«, erklärte sie, »uns jetzt unter die Gäste mischen!«

»Das werden wir nicht!« Matt ergriff ihr Handgelenk, um sie zurückzuhalten, aber es war zu spät. Plötzlich war sie wild entschlossen, ihn jedermann vorzustellen und dafür zu sorgen, daß er sich gut unterhielt.

»Bitte tun Sie mir den Gefallen«, bat sie sanft und schaute ihn flehend an.

Er kämpfte gegen ein Lächeln an. »Sie haben die faszinierendsten Augen ...«

»Ich bin schrecklich kurzsichtig«, sagte sie neckisch und setzte ihr gewinnendstes Lächeln auf. »Und ich bin bekannt dafür, daß ich überall anstoße. Das ist kein schöner Anblick. Warum geben Sie mir nicht Ihren Arm und begleiten mich hinunter in die Halle, damit ich nicht falle?«

Ihrem Lächeln und ihrem Humor wußte er nichts entgegenzusetzen. »Sie sind auch sehr dickköpfig«, erwiderte er, mußte aber doch lachen und bot ihr seinen Arm.

Auf der Treppe sah Meredith ein älteres Ehepaar, das sie kannte. »Guten Abend, Mr. und Mrs. Foster«, begrüßte sie fröhlich die beiden, sie sofort stehenblieben. »Hallo, Meredith«, sagte Mrs. Foster, und sie und ihr Mann lächelten Matt mit höflicher Neugierde an.

»Ich möchte Ihnen einen Freund meines Vaters vorstellen«, verkündete Meredith und mußte sich beim Anblick von Matts ungläubigem Gesichtsausdruck mühsam das Lachen verbeißen. »Das ist Matt Farrell. Matt kommt aus Indiana und ist in der Stahlbranche tätig.«

»Es freut uns«, sagte Mr. Foster herzlich und schüttelte Matt die Hand. »Ich weiß, daß Meredith und ihr Vater nicht Golf spielen, aber sie haben Ihnen doch hoffentlich gesagt, daß wir hier in Glenmoor zwei wunderbare Golfplätze haben. Werden Sie lange genug bleiben, um ein paar Runden zu spielen?«

»Ich weiß nicht, ob ich lange genug hier sein werde, um dieses Glas auszutrinken«, sagte Matt, der offensichtlich damit rechnete, gewaltsam hinausbefördert zu werden, sobald Merediths Vater dahinterkam, daß sie ihn als seinen Freund vorstellte.

Mr. Foster nickte in völligem Mißverständnis: »Das Geschäft geht immer vor. Aber wenigstens werden Sie das Feuerwerk heute abend sehen – das größte Spektakel weit und breit.«

»Das bekommen wir hier heute abend ganz sicher zu sehen«, sagte Matt in ahnungsvoller Voraussicht, und sein Blick suchte warnend Merediths arglose Miene.

Mr. Foster kehrt zu seinem Lieblingsthema Golf zurück, während Meredith vergeblich mit dem Lachen kämpfte. »Welches Handicap haben Sie?« fragte er Matt.

»Ich fürchte, heute abend bin *ich* Matts Handicap«, mischte sich Meredith ein und warf Matt einen vergnügten Blick zu.

»Wie bitte?« Mr. Foster blinzelte.

Aber Matt antwortete nicht, und Meredith war dazu auch nicht fähig, weil sein Blick auf ihr Gesicht gerichtet blieb. Als seine grauen Augen die ihren trafen, stand darin etwas ganz und gar anderes zu lesen.

»Komm mit, mein Lieber«, sagte Mrs. Foster, die den geistesabwesenden Ausdruck auf Matts und Merediths Gesichtern bemerkte. »Die jungen Leute wollen ihren Abend bestimmt nicht damit verbringen, mit uns Alten über Golf zu reden.«

Meredith gewann mit einiger Mühe ihre Fassung zurück,

sagte sich, daß sie wohl zu viel Champagner getrunken habe, und schob ihren Arm unter Matts Ellbogen. »Kommen Sie«, sagte sie und zog ihn die Treppe hinunter zum Bankettsaal, in dem das Orchester spielte.

Eine knappe Stunde lang führte sie ihn von einer Gruppe zur nächsten, und während sie ihm ab und zu zuzwinkerte, erzählte sie phantastische Halbwahrheiten über seine Herkunft und seinen Beruf. Matt stand daneben, sagte nichts, registrierte aber ihre brillante Erfindungsgabe mit sichtlichem Vergnügen.

»Sehen Sie«, verkündete sie übermütig, nachdem sie schließlich den Lärm und die Musik hinter sich gelassen hatten und über den Rasen spazierten. »Es kommt nicht darauf an, *was* man erzählt, sondern darauf, was man *nicht* erzählt.«

»Das ist eine interessante These«, zog er sie auf. »Haben Sie noch mehr davon auf Lager?«

Meredith schüttelte den Kopf, irritiert über etwas, das ihr unbewußt schon den ganzen Abend aufgefallen war. »Sie sprechen überhaupt nicht wie jemand, der in einem Stahlwalzwerk arbeitet.«

»Wieviele Stahlarbeiter kennen Sie denn?«

»Nur einen«, mußte sie zugeben.

Sein Ton wurde plötzlich ernst. »Kommen Sie oft hierher?«

Sie hatten den ersten Teil des Abends mit einer Art albernem Spiel zugebracht, aber nun spürte sie, daß er vom Spielen genug hatte. Ihr ging es genauso, und dieser Moment markierte einen wichtigen Wendepunkt in ihrer Beziehung. Während sie durch den Rosengarten und an zahllosen Blumenbeeten vorbeischlenderten, begann er, ihr Fragen über ihr Leben zu stellen. Meredith erzählte ihm, daß sie im Internat gewesen war und eben ihre Abschlußprüfungen hinter sich hatte. Da seine nächste Frage ihren Berufsplänen galt, merkte Meredith, daß er sie mißverstanden hatte und fälschlicherweise annahm, sie habe den Collegeabschluß gemeint. Anstatt den Irrtum aufzuklären und damit zu riskieren, daß er sich vielleicht zurückzog, weil sie erst achtzehn und nicht Anfang zwanzig war, wechselte sie rasch das Thema und befragte ihn über sein Leben.

Er erzählte ihr, daß er in sechs Wochen nach Venezuela fahren und was er dort tun würde. Von da ab sprang ihr Gespräch mit erstaunlicher Selbstverständlichkeit von einem Thema zum nächsten, bis sie schließlich stehenblieben, um sich besser auf das Gesagte konzentrieren zu können. Sie standen unter einer alten Ulme auf dem Rasen. Meredith, den nackten Rücken gegen den rauhen Baumstamm gelehnt, lauschte gebannt seinen Worten. Sie hatte herausgefunden, daß Matt sechsundzwanzig war, und abgesehen davon, daß er sehr geistreich war und ausgesprochen gebildet sprach, hatte er eine Art ihr zuzuhören, als ob nichts anderes auf der Welt neben ihr existierte. Das beunruhigte sie und faszinierte sie zugleich. Es erweckte außerdem die trügerische Illusion, daß sie beide ganz allein auf der Welt wären. Sie lachte gerade über einen Witz, den er gemacht hatte, als ein dicker Käfer dicht an ihrem Gesicht vorbeiflog und um ihr Ohr herumschwirrte. Sie fuhr zusammen, zog eine Grimasse und versuchte herauszufinden, wo er hingekommen war. »Ist er in meinen Haaren?« fragte sie beunruhigt und senkte den Kopf.

Er legte seine Hände auf ihre Schultern und inspizierte ihr Haar. »Nein«, versicherte er. »Es war nur ein kleiner Marienkäfer.«

»Marienkäfer? Der hier war mindestens so groß wie ein mittlerer Spatz!« Als er lachte, lächelte sie süffisant: »In sechs Wochen werden Sie nicht mehr über mich lachen, dann können *Sie* nicht mehr ins Freie gehen, ohne dauernd über Schlangen zu stolpern.«

»Wirklich?« murmelte er, aber seine Aufmerksamkeit galt nurmehr ihrem Mund. Seine Hände wanderten langsam über ihren Hals nach oben, bis sie zart ihr Gesicht umfaßten.

»Was tun Sie da?« flüsterte Meredith überflüssigerweise, als er anfing, seinen Daumen langsam über ihre Unterlippe gleiten zu lassen.

»Ich überlege, ob ich mir erlauben soll, das Feuerwerk zu genießen.«

»Das Feuerwerk fängt frühestens in einer halben Stunde an«, sagte sie zitternd und wußte dabei genau, daß er sie gleich küssen würde.

»Ich habe so das Gefühl«, flüsterte er und senkte langsam seinen Kopf, »daß es jetzt sofort anfängt.«

Und das tat es. Sein Mund bedeckte den ihren in einem elektrifizierenden, verführerischen Kuß, der glühende Funken durch Merediths ganzen Körper jagte. Zuerst war sein Kuß leicht, sanft fordernd; sein Mund paßte sich ihrem wie von selbst an, und seine Zunge folgte dem Schwung ihrer Lippen. Meredith war schon vorher geküßt worden, aber immer von relativ unerfahrenen, übereifrigen Jungen; niemand hatte sie je mit Matthew Farrells fordernder Dringlichkeit geküßt. Seine Hände bewegten sich; eine fuhr zentimeterweise ihre Wirbelsäule hinab, um sie näher an sich zu ziehen, während die andere hinter ihren Nacken glitt, und dabei öffnete sich sein Mund langsam auf ihrem. Dahinschmelzend unter diesem Kuß, ließ sie ihre Hände unter seine Smokingjacke gleiten, über seine Brust, über seine breiten Schultern, und dann schlang sie ihre Arme um seinen Hals.

In dem Moment, als sie sich eng an ihn schmiegte, öffnete sich sein Mund weiter, seine Zunge fuhr heiß über ihre Lippen, drängte sie, sich zu öffnen, und erzwang es dann. In demselben Augenblick tauchte seine Zunge in ihren Mund, und ihre Gefühle explodierten. Seine Hand bedeckte ihre Brust und massierte sie leicht durch das Oberteil ihres dünnen Kleides hindurch. Dann glitt sie ruhelos hinter ihren Rücken und drückte sie so dicht an ihn, daß sie seine Erregung bis in die innersten Fasern ihres Körpers spürte. Für den Bruchteil einer Sekunde wollte Meredith sich gegen die erzwungene Nähe wehren, dann aber – entgegen aller Vernunft dieser Welt – fuhren ihre Finger durch sein Haar, und ihre geöffneten Lippen preßten sich gegen seine.

Stunden schienen vergangen, als er endlich seinen Mund

von ihrem löste. Mit rasendem Herzklopfen schmiegte sie sich in seine Arme, und ihr Kopf ruhte an seiner Brust, während sie versuchte, ihre verwirrten Gefühle und Gedanken zu ordnen. Irgendwo in ihrem Gehirn tauchte der Gedanke auf, daß er ihre Reaktion auf einen schließlich simplen Kuß reichlich merkwürdig finden dürfte. Diese peinliche Möglichkeit brachte sie schließlich dazu, den Kopf zu heben. In der Erwartung, einem spöttisch amüsierten Blick zu begegnen, sah sie ihn an, aber was sie in seinen Zügen entdeckte, war alles andere als Spott. Seine grauen Augen waren dunkel vor Leidenschaft, er blickte ernst auf sie herab, und seine Arme zogen sie noch näher, so als ob er sie nie mehr gehen lassen wollte. Erst jetzt bemerkte sie, daß er immer noch stark erregt war und spürte mit einem gewissen Stolz und immenser Freude, daß der Kuß ihn ebenso berührt hatte wie sie. Ohne darüber nachzudenken, was sie tat, heftete sie ihren Blick auf seinen Mund. In dem Schwung dieser festen Lippen lag pure Sinnlichkeit, und doch waren seine Küsse so unglaublich sanft und zärtlich gewesen. Qualvoll zärtlich ... Sehnsüchtig wünschend, diesen Mund wieder auf ihrem zu spüren, sah Meredith ihn an, eine unbewußt bittende Frage in den Augen.

Matt verstand diese Frage, seiner Brust entrang sich ein Ton, halb Lachen, halb Stöhnen, und schon umfaßten seine Arme sie noch fester. »Ja«, antwortete er heiser und bedeckte ihre Lippen mit einem fordernden, leidenschaftlichen Kuß, der ihr den Atem raubte und sie fast zum Wahnsinn trieb.

Einige Zeit später hörten sie leises Lachen. Meredith schrak hoch und fuhr beunruhigt herum. Dutzende von Paaren strömten aus dem Clubhaus, um das Feuerwerk anzusehen – allen voran ihr Vater, der mit langen Schritten wutentbrannt auf sie zustürmte. »O mein Gott«, flüsterte sie. »Matt, du mußt sofort weg. Dreh dich um und geh! Jetzt gleich!«

»Nein!«

»Bitte!« sie weinte fast. »Er kann mir hier vor all den Leuten nichts tun, aber ich weiß nicht, was er mit dir machen wird.« Einen Augenblick später kannte Meredith die Antwort darauf.

»Zwei Männer sind unterwegs, um Sie zum Ausgang zu begleiten, Farrell«, zischte ihr Vater mit wutverzerrtem Gesicht. Er wandte sich Meredith zu und packte ihren Arm, daß sie vor Schmerz leise aufschrie. »Du kommst mit.« Zwei Angestellte des Country Clubs kamen aus dem Haus auf sie zu. Während ihr Vater ihr den Arm nach hinten bog und sie mit sich fortzog, flehte Meredith über die Schulter Matt noch einmal an: »Bitte, bitte geh – mach keine Szene.«

Ihr Vater zog sie weiter, und Meredith, der nur die Wahl blieb, sich wegzerren zu lassen oder ihm zu folgen, brach vor Erleichterung fast in Tränen aus, als die beiden Angestellten, die auf Matt zugeeilt waren, ihren Schritt verlangsamten und stehenblieben. Matt war offensichtlich von sich aus in Richtung Straße gegangen, stellte Meredith erleichtert fest, und ihr Vater war offenbar zu demselben Schluß gelangt, denn als ihn die beiden fragend anblickten, sagte er: »Laßt den Kerl laufen, aber ruft an der Pforte an, damit er auf keinen Fall zurückkommt.«

An der Tür zum Clubhaus angelangt, wandte er sich Meredith zu: »Deine Mutter hat sich in diesem Club zum Gespött der Leute gemacht, und ich will verdammt sein, wenn du dich genauso verhältst. Hörst du?« Er stieß ihren Arm von sich, als ob ihre Haut durch Matts Berührung verseucht wäre, aber seine Stimme blieb gedämpft, weil ein Bancroft Familienangelegenheiten, ganz gleichgültig welcher Art und welchen Ausmaßes, niemals in der Öffentlichkeit diskutieren würde. »Fahr heim und bleib dort. Du bist ungefähr zwanzig Minuten unterwegs; in fünfundzwanzig rufe ich dich an, und Gott steh dir bei, wenn du dann nicht da bist!«

Damit drehte er sich auf dem Absatz um und stolzierte zurück ins Clubhaus. Zutiefst erniedrigt und gedemütigt blickte Meredith ihm nach und ging dann hinein, um ihre Tasche zu holen. Auf dem Weg zum Parkplatz sah sie im Schatten der Bäume drei Pärchen stehen, die sich küßten.

Tränen der Wut verschleierten ihr die Sicht, als sie gleich darauf die Straße entlang fuhr. Meredith hatte den Mann bereits überholt, der mit einer Smokingjacke über der rechten Schulter am Straßenrand entlangging, als sie merkte, daß es Matt war. Sie bremste ab und fühlte sich so schuldig an seinem schmählichen Abgang, daß sie ihm nicht gleich in die Augen sehen konnte.

Er kam an die Fahrertür und beugte sich zu ihr herunter. »Bist du in Ordnung?« fragte er durch das offene Fenster.

»Mir geht es gut.« Sie versuchte, sich zusammenzunehmen und schaute ihn an. »Mein Vater ist ein Bancroft, und kein Bancroft würde sich je die Blöße geben, private Meinungsverschiedenheiten in der Öffentlichkeit auszutragen.«

Er sah die Tränen, die in ihren Augen standen. Durch das offene Fenster streichelten seine rauhen Hände sanft ihre zarte Wange. »Und sie weinen auch nicht vor anderen, wie?«

»Nein«, gestand Meredith. Sie versuchte, etwas von der wunderbaren Gleichgültigkeit zu übernehmen, die er ihrem Vater gegenüber an den Tag gelegt hatte. »Ich – ich fahre jetzt heim. Kann ich dich unterwegs irgendwo absetzen?«

Sein Blick wanderte von ihrem Gesicht zu ihren Händen, die krampfhaft das Lenkrad umklammerten. »Ja, aber nur, wenn du mich dieses Ding fahren läßt.« Er redete, als ginge es ihm hauptsächlich um die Gelegenheit, einen Porsche zu fahren, aber seine nächsten Worte machten deutlich, daß er in Anbetracht ihres Gemütszustandes um ihre Fahrtüchtigkeit besorgt war. »Ich könnte dich heimfahren und mir dann von dort ein Taxi rufen.«

»Wenn du willst«, sagte Meredith mit gezwungener Fröhlichkeit. Sie stieg aus und ging um den Wagen herum auf die Beifahrerseite.

Matt fuhr sicher, und beide schwiegen. In einiger Entfernung sahen sie das große Finale eines anderen Feuerwerks mit glitzerndem Sternenregen in den amerikanischen Nationalfarben rot, weiß und blau. Meredith beobachtete, wie die strahlenden Funken langsam verglühten.

Erst jetzt besann sie sich auf ihre Erziehung und sagte: »Ich möchte mich für heute abend entschuldigen – für meinen Vater, meine ich.«

Matt warf ihr einen kurzen Seitenblick zu. »Er ist derjenige, der sich entschuldigen sollte. Es hat mich zutiefst in meiner Ehre gekränkt, als ich diese zwei schlaffen älteren Kerle sah, die mich rauswerfen sollten. Er hätte wenigstens vier schicken können – um mein Ego zu schonen.«

Meredith starrte ihn mit offenem Mund an. Es war unglaublich, aber der Zorn ihres Vaters schien ihn nicht im mindesten eingeschüchtert zu haben. Dann lächelte sie; es war ein wunderbares Gefühl, jemanden in der Nähe zu haben, dem ihr Vater keine Furcht einjagte. Mit einem Blick auf seine breiten Schultern bemerkte sie fröhlich: »Wenn er dich wirklich gegen deinen Willen hätte rauswerfen wollen, hätte er besser gleich sechs geschickt.«

»Mein Ego und ich, wir bedanken uns beide herzlich«, sagte er mit einem breiten Grinsen, und Meredith, die noch vor wenigen Minuten geschworen hätte, daß sie nie wieder lächeln würde, mußte laut herauslachen.

»Du hast ein wunderbares Lachen«, sagte er leise.

»Danke«, sagte sie. Das Kompliment war überraschend gekommen, und sie freute sich maßlos darüber. Im schwachen Licht der Armaturenbeleuchtung betrachtete sie sein Profil, seine windzerzausten Haare und überlegte, woran es lag, daß ein paar einfache Worte aus seinem Mund wie Koseworte klangen. Noch vor wenigen Stunden hatte sie Matt nicht einmal für außergewöhnlich attraktiv gehalten. Jetzt tat sie es. Sie war sich sogar sicher, daß die Frauen verrückt nach ihm waren. Kein Wunder, daß er so gut küßte. Er hatte Sex-Appeal – und verdammt viel Erfahrung im Küssen. »Fahr bitte hier rein«, sagte sie eine Viertelstunde später, als sie sich einem riesigen schmiedeeisernen Tor näherten. Sie drückte einen Knopf auf dem Armaturenbrett, und das Tor öffnete sich und gab den Weg zu ihrem Haus frei.

9

»Hier wohne ich«, sagte Meredith, als er den Wagen vor dem Haus zum Stehen brachte.

Er schaute an dem imposanten Steinbau mit den großen Bleiglasfenstern hoch, während Meredith die Eingangstür aufsperrte. »Es sieht aus wie ein Museum.«

»Wenigstens hast du nicht Mausoleum gesagt«, entgegnete sie und lächelte ihn über die Schulter an.

»Nein, aber gedacht.«

Lächelnd führte sie ihn in die Bibliothek im hinteren Teil des Hauses. Ihre Stimmung sank abrupt, als sie sah, daß er direkt auf das Telephon zuging, das auf dem Schreibtisch stand, und den Hörer abhob. Sie wollte, daß er blieb, sie wollte sich mit ihm unterhalten, sie würde *alles* tun, wenn er sie nur jetzt nicht allein ließ.

»Du brauchst noch nicht gleich zu gehen. Mein Vater wird Karten spielen, bis der Club um zwei Uhr früh schließt.«

Der verzweifelte Ton in ihrer Stimme veranlaßte ihn, sich umzudrehen. »Meredith, ich habe absolut keine Angst vor deinem Vater, was mich angeht – aber du mußt mit ihm leben. Wenn er heimkommt und mich hier antrifft ...«

»Er kommt nicht«, versicherte Meredith. »Mein Vater würde nicht einmal dann sein Kartenspiel unterbrechen, wenn die Welt untergeht. Er ist ganz besessen davon.«

»Er ist auch besessen, was dich angeht, verdammt nochmal«, sagte Matt, und Meredith hielt den Atem an, während er einen Augenblick zögerte, bevor er den Hörer zurück auf die Gabel legte. Heute war vermutlich der letzte nette Abend, den sie in den nächsten Wochen haben würde, und sie war entschlossen, ihn zu genießen. »Möchtest du einen Brandy? Ich fürchte, ich kann dir nichts zu Essen anbieten, weil das Personal schon zu Bett gegangen ist.«

»Brandy ist in Ordnung.«

Meredith ging zur Hausbar und nahm den Stöpsel von der Brandy-Karaffe. Hinter ihr fragte er: »Sperrt euer Personal abends den Kühlschrank ab?« Das Brandyglas in der Hand, antwortete sie ausweichend: »So ungefähr.«

Aber Matt ließ sich nicht täuschen – das merkte sie, als sie ihm das Glas zum Sofa hinüberbrachte und das amüsierte Zwinkern in seinen Augen sah. »Du kannst nicht kochen, nicht wahr, Prinzessin?«

»Ich bin sicher, daß ich es könnte«, lachte sie, »wenn mir jemand zeigen würde, wo die Küche ist und wie man Herd und Kühlschrank auseinanderhält.«

Seine Mundwinkel verzogen sich amüsiert, aber er lehnte sich nach vorn und stellte sein Glas auf den Tisch. Sie wußte, was er vorhatte, noch bevor er ihre Handgelenke sanft umfaßte und sie an sich zog. »Ich weiß, daß du kochen kannst«, sagte er und hob ihr Kinn mit einer Hand.

»Was macht dich so sicher?«

»Weil du«, flüsterte er, »mich vor noch nicht einmal einer Stunde in Flammen gesetzt hast.«

Sein Mund war keinen Zentimeter mehr von ihrem entfernt, als das schrille Klingeln des Telephons sie zusammenfahren ließ. Sie hob ab und die Stimme ihres Vaters kam wie ein eisiger Polarwind aus der Hörmuschel: »Es freut mich zu hören, daß du wenigstens genug Verstand besitzt, um meine Anordnungen zu befolgen. Abgesehen davon, Meredith«, fügte er hinzu, »war ich nahe daran, dich auf die Northwestern University gehen zu lassen, aber das kannst du jetzt vergessen. Dein Benehmen heute abend ist der beste Beweis dafür, daß ich recht hatte, dir nicht zu trauen.« Er legte auf.

Mit verkrampften Fingern legte auch Meredith den Hörer nieder. Ihre Arme begannen zu zittern und dann ihre Knie, und schließlich bebte sie am ganzen Leib vor Wut. Sie stützte ihre Hände auf den Schreibtisch, um sich zu beruhigen.

Matt trat hinter sie und legte seine Hände auf ihre Schultern. »Meredith?« fragte er besorgt. »Wer war das? Stimmt etwas nicht?«

Selbst ihre Stimme bebte: »Das war mein Vater, der überprüfen wollte, ob ich wie befohlen nach Hause gefahren bin.«

Er schwieg einen Moment und sagte dann leise: »Was hast du getan, daß er derart mißtrauisch ist?«

Matts kaum verhohlener Verdacht verletzte sie zutiefst und raubte ihr das letzte Fünkchen Selbstbeherrschung. »Was ich getan habe?« wiederholte sie, der Hysterie nahe, »Was ich *getan* habe?«

»Er muß doch einen Grund dafür haben, dich so zu bewachen?«

Bitterer Groll stieg in Meredith auf und steigerte sich zu ohnmächtiger Wut. Mit Tränen in den Augen drehte sie sich entschlossen zu ihm um und stieß mit ihren Händen gegen seine breite Brust. »Meine Mutter war eine Nymphomanin. Sie konnte ihre Finger nicht von anderen Männern lassen. Mein Vater bewacht mich, weil er weiß, daß ich genauso bin.«

Matts Augen wurden schmal, als sie ihre Arme fest um seinen Hals schlang.

»Was zum Teufel machst du da?«

»Du weißt genau, was ich mache«, flüsterte sie, und bevor er antworten konnte, preßte sie sich an ihn und küßte ihn lang und verführerisch.

Er wollte sie – Meredith wußte es in dem Moment, da seine Arme sie umschlangen und sie dichter an seinen harten Körper zogen. Er begehrte sie. Sein Mund verschmolz mit ihrem in einem hungrigen, fordernden Kuß, und sie gab sich redlich Mühe dafür zu sorgen, daß er seine Meinung nicht änderte – und daß sie auch ihre nicht mehr ändern konnte. Ungeduldig fingerte sie an den Knöpfen seines Frackhemdes herum, zog dann den weißen Stoff beiseite und ließ endlich ihre Hände über seine breite, braungebrannte Brust gleiten. Dann schloß sie ganz fest die Augen, griff hinter ihren Rücken und begann, an dem Reißverschluß ihres Kleides zu zerren. Sie wollte es, sagte sie sich wild entschlossen, und sie hatte es sich *verdient*.

»Meredith?«

Seine leise Frage ließ ihren Kopf herumfahren, aber sie hatte nicht den Mut, seinem Blick zu begegnen.

»Ich fühle mich verdammt geschmeichelt, aber heute ist das erste Mal, daß eine Frau sich vor mir praktisch selbst die Kleider vom Leib reißt – vor allem nach nur einem Kuß.«

Geschlagen, noch bevor sie überhaupt richtig angefangen hatte, lehnte Meredith ihre Stirn an seine Brust. Seine Hand glitt über ihre Schulter, kräftige Finger streichelten ihren Nacken, während seine andere Hand um ihre Taille faßte und sie näher zog. Dann bewegten sich seine Finger über ihren nackten Rücken abwärts bis zu ihrem Reißverschluß. Ein sehr teures Chiffonkleid glitt zu Boden.

Sie schluckte hörbar, wollte die Arme heben, um ihre ungewohnte Blöße zu bedecken, und zögerte. »Ich bin ... nicht besonders gut in so was«, sagte sie und blickte ihm zum ersten Mal wieder in die Augen.

Seine Lider senkten sich, und er schaute auf ihre Brüste. »Wirklich nicht?« flüsterte er mit belegter Stimme, bevor er seinen Kopf zwischen ihnen vergrub.

Meredith wollte an nichts mehr denken; sie suchte Vergessen in seinem nächsten Kuß und fand es. Ihre Finger streichelten seine kräftigen Rückenmuskeln.

Voll blindem Verlangen küßte sie ihn, und als seine geöffneten Lippen ihren Mund gefunden hatten, erwiderte ihre Zunge die leidenschaftliche Liebkosung. Und dann, plötzlich, verlor sie gänzlich die Kontrolle über sich. Sie war nur noch Gefühl, Begierde, Lust. Sein Mund nahm ihren stürmisch in Besitz, ihre Unterwäsche fiel zu Boden, und ein feuriger Schauer überlief sie. Ihr Haar löste sich unter seinen kundigen Händen, und der Raum begann sich um sie zu drehen, als sie sich auf das Sofa neben einen fordernden, leidenschaftlichen nackten Mann gebettet fand.

Schließlich erwachte Meredith ein wenig aus jener dunklen, süßen Welt, in der es nur seinen Mund und seine Hände gegeben hatte, die ihr Innerstes aufwühlten. Sie öffnete die

Augen und sah, daß er sich auf seinen Ellbogen stützte und im sanften Licht der Schreibtischlampe ihr Gesicht betrachtete. »Was machst du?« flüsterte sie mit einer Stimme, die nicht ihr zu gehören schien.

»Ich schaue dich an.« Sein Blick wanderte über ihre Brüste und Taille, die Schenkel und Beine hinab. Verlegen darüber, was er tat, lenkte Meredith ihn durch einen zarten Kuß auf seine Brust ab. Seine Muskeln wurden hart, als ihre Lippen über seine Haut streiften, und seine Hand vergrub sich langsam in ihrem Haar. Als sie dieses Mal ihren Blick zu seinem hob, beugte er seinen Kopf. Sein Mund senkte sich auf ihren, und seine Zunge öffnete fast gewaltsam ihre Lippen zu einem heftigen erotischen Kuß, der glühende Flammenschauer durch ihren ganzen Körper jagte. Er lehnte sich über sie, bis sie sich vor Begierde leise stöhnen hörte, und dann suchte sein Mund ihre Brüste und liebkoste sie, daß sie schmerzten, während seine Finger ihren Körper erkundeten und quälten, bis sie ihm ihr Becken entgegenhob. Er schob seinen Körper langsam über den ihren, seine Lippen fordernd und zärtlich in ihren Hals vergrabend. Sein Mund kehrte zu ihrem zurück und öffnete ihre Lippen; seine Beine drängten sich zwischen ihre, preßten ihre Schenkel auseinander, und die ganze Zeit über spielte seine Zunge mit ihrer, tauchte tief in ihren Mund, um sich gleich darauf wieder zurückzuziehen. Und dann hörte er plötzlich auf.

Ihr Gesicht zwischen seine Handflächen gebettet, befahl er heiser: »Schau mich an.« Irgendwie gelang es Meredith, aus ihrer sinnlichen Versenkung aufzutauchen. Sie zwang sich, die Augen zu öffnen und blickte in seine sengenden grauen Augen. In diesem Augenblick drang er mit solcher Wucht in sie ein, daß sie einen heiseren Schrei ausstieß und sich aufbäumte. Im Bruchteil einer Sekunde erkannte Matt, daß er ihr gerade die Jungfräulichkeit genommen hatte, und seine Reaktion fiel nicht weniger heftig aus als ihre. Er erstarrte, die Augen zusammengekniffen. Alle Muskeln angespannt, blieb er in ihr, ohne sich zu bewegen. »Warum?« verlangte er heiser zu wissen.

Sie zitterte, weil sie glaubte, in seiner Stimme einen anklagenden Ton vernommen zu haben und weil sie seine Frage völlig mißverstanden hatte. »Weil ich es vorher noch nie getan habe.«

Bei dieser Antwort öffnete er die Augen, und was sie in ihnen sah, war nicht Enttäuschung oder Anklage, sondern unendliche Zärtlichkeit und Bedauern. »Warum hast du es mir nicht gesagt? Ich hätte es dir viel leichter machen können.«

Meredith ließ ihre Finger über sein Gesicht gleiten und sagte leise, aber bestätigend lächelnd: »Du hast es mir leicht gemacht. Und wunderbar.«

Dies bewirkte, was nichts anderes erreicht hätte. Es brachte ihn zum Stöhnen. Er bedeckte ihre Lippen mit seinen und begann, sich mit unendlicher Behutsamkeit und Zärtlichkeit in ihr zu bewegen. Ganz langsam das Tempo steigernd, zog er sich fast völlig aus ihr zurück, um dann umso tiefer in sie einzutauchen. Er hörte nicht auf, bevor Meredith unter ihm wild wurde. Ihre Fingernägel gruben sich in seinen Rücken, während die Leidenschaft in ihrem Inneren zu einem Inferno anwuchs, bis sie schließlich in einem langen, nervenzerfetzenden Auflodern der Lust explodierte. Matt bettete sie in seine Arme, streichelte ihr Haar, küßte sie stürmisch und drang noch ein letztes Mal tief in sie ein. Die besinnungslose Leidenschaftlichkeit seines Kusses und der plötzliche Schwall, der aus seinem Körper in ihren strömte, führten dazu, daß Meredith sich noch dichter an ihn drängte und vor Befriedigung leise aufstöhnte.

Ihr Herz schlug wild, als er sich neben sie rollen ließ, ihr Gesicht an seiner Brust barg und sie eng umschlungen festhielt. »Weißt du eigentlich«, flüsterte er heiser, während seine Lippen ihre Wangen streiften, »wie aufregend du bist?«

Meredith antwortete nicht, weil die Realität sie langsam einholte; aber noch wollte sie nichts davon wissen. Jetzt jedenfalls noch nicht. Sie wollte das Wunderbare, das sie gefunden hatte, nicht gleich wieder verlieren, schloß ihre Augen und lauschte seinen zärtlichen Worten, während er ihre Wange sanft streichelte.

Und dann stellte er eine Frage, die nach einer Antwort verlangte, und der Zauber verfloß, war unwiederbringlich dahin. »Warum?« fragte er leise. »Warum heute nacht? Warum mit mir?«

Meredith seufzte in Anbetracht der verlorenen Idylle; sie wollte und konnte diese prüfende Frage nicht beantworten, befreite sich aus seiner Umarmung und wickelte sich in eine Wolldecke, die am Fußende des Sofas gelegen hatte. Körperliche Intimität hatte sie erwartet, aber niemand hatte sie vor dem unbequemen Nachspiel gewarnt. Sie fühlte sich gefühlsmäßig bloßgestellt, nackt, hilflos, schrecklich. »Ich glaube, wir ziehen uns besser etwas an«, sagte sie nervös, »und dann werde ich dir alles sagen, was du wissen willst. Ich bin gleich wieder da.«

Oben in ihrem Zimmer schlüpfte Meredith in einen blauweißen Bademantel, band den Gürtel fest um die schmale Taille und ging, noch immer barfuß, wieder hinunter. Im Vorbeigehen blickte sie auf die Dielenuhr. Ihr Vater würde in einer Stunde zurücksein.

Matt stand im Arbeitszimmer am Telephon. Er war vollständig angezogen, nur seine Fliege hatte er in die Smokingtasche gesteckt. »Welche Hausnummer ist das hier?« fragte er. Sie sagte es ihm, und er gab die Nummer an das Taxiunternehmen weiter, das er angerufen hatte. »Ich habe gesagt, daß sie in einer halben Stunde hier sein sollen«, sagte er, ging zurück zu dem Couchtisch, der vor dem Sofa stand, und nahm das Glas mit dem restlichen Brandy in die Hand.

»Möchtest du noch irgendwas?« Die Frage schien Meredith angemessen für eine Gastgeberin, deren Gast dabei war, sich zu verabschieden. Oder klang es nicht vielmehr nach Kellnerin? fragte sich Meredith, der Hysterie nahe.

»Ich möchte, daß du meine Frage beantwortest«, sagte er. »Was hat dich bewogen, den heutigen Abend so zu verbringen?«

Sie glaubte in seiner Stimme eine gewisse Anspannung zu vernehmen, aber sein Gesicht blieb völlig ausdruckslos. Seufzend starrte sie gedankenverloren auf die Intarsie des Schreibtischs. »Seit Jahren behandelt mein Vater mich wie ... wie eine verhinderte Nymphomanin, und dabei habe ich nie auch nur das geringste getan, das diesen Verdacht rechtfertigen würde. Als du vorhin darauf bestanden hast, daß er einen guten Grund dafür haben müsse, mich so zu bewachen, ist irgend etwas bei mir ausgehakt. Ich glaube, daß ich mir gedacht habe, wenn ich schon wie eine Nutte behandelt werde, dann sollte ich wenigstens die Erfahrung machen, wie es ist, einmal mit einem Mann zu schlafen. Und gleichzeitig hatte ich irgendwie vor, dich – und ihn – zu bestrafen. Ich wollte euch beiden beweisen, daß ihr euch geirrt habt.«

Es folgte ein bedrohliches Schweigen, dann sagte Matt förmlich: »Du hättest mich davon überzeugen können, indem du mir einfach gesagt hättest, daß dein Vater ein tyrannischer, argwöhnischer Bastard ist. Ich hätte dir geglaubt.«

In ihrem Innersten wußte Meredith, daß er recht hatte. Sie blickte ihn unsicher an und fragte sich, ob wirklich allein Wut der Beweggrund für das gewesen war, was soeben passiert war, oder ob sie nicht vielmehr ihre Wut als Ausrede benutzt hatte, um die magnetische Anziehungskraft, die er den ganzen Abend über auf sie ausgeübt hatte, bis ins Intimste auszukosten. *Benutzt.* Das war das entscheidende Wort. Irgendwie fühlte sie sich schuldig, einen Mann, der sie überaus gern hatte, dazu *benutzt* zu haben, es ihrem Vater heimzuzahlen.

Während sie schwieg, schien er zu überlegen, was sie gesagt hatte und was sie nicht gesagt hatte, und vor allem versuchte er, ihren Gedanken zu folgen. Aber zu welchem Schluß er auch immer gekommen sein mochte, er schien ihm nicht zu gefallen, denn er stellte abrupt sein Glas auf den Tisch zurück und schaute demonstrativ auf die Uhr. »Ich werde dem Taxi ein Stück entgegengehen.«

»Ich bringe dich zur Tür.« Höflichkeitsfloskeln zwischen zwei Fremden, die noch vor weniger als einer Stunde die größtmögliche Intimität geteilt hatten. Er musterte sie, während sie ihre Haltung straffte. Sein Blick fiel auf ihre nackten Füße und glitt dann gleich wieder zurück zu ihrem Gesicht und ihrem Haar, das in weichen Wellen auf ihre schmalen Schultern fiel. Barfuß, mit offenem Haar und in einem langen Bademantel, wirkte Meredith völlig anders als in einem schulterfreien Abendkleid und mit einer eleganten Frisur. Noch bevor er sprach, wußte sie, was er sagen würde: »Wie alt bist du?«

»Nicht ... ganz so alt, wie du glaubst.«

»Wie alt?« wiederholte er hartnäckig.

»Achtzehn.«

Sie erwartete irgendeine Reaktion darauf. Statt dessen blickte er sie während eines langen, schlimmen Moments an und tat dann etwas, was in ihren Augen überhaupt keinen Sinn ergab. Er drehte sich um, ging zum Schreibtisch und schrieb etwas auf ein Stück Papier. »Das ist meine Telephonnummer in Edmunton«, sagte er, während er ihr das Papier in die Hand drückte. »In den nächsten sechs Wochen kannst du mich dort erreichen. Danach wird Sommers wissen, wie und wo ich zu finden bin.«

Nachdem er gegangen war, stieg sie langsam die Treppe hinauf und betrachtete mit gerunzelter Stirn das Blatt Papier in ihrer Hand. Wenn das Matts Art war, zu sagen, sie solle ihn doch gelegentlich einmal anrufen, dann war das arrogant, unverschämt und einfach widerlich. Und ein bißchen erniedrigend.

Die ganze nächste Woche über fuhr Meredith jedesmal zusammen, wenn das Telephon klingelte – aus Angst, es könnte Matt sein. Allein bei dem Gedanken an ihn wäre sie vor Scham am liebsten in den Erdboden versunken. Sie wollte ihn und alles Geschehene vergessen.

Die Woche darauf wollte sie nichts mehr vergessen. Ihre Schuldgefühle und die Angst, entdeckt zu werden, hatten nachgelassen, und sie ertappte sich dabei, pausenlos an ihn zu denken, ganz besonders an die Momente, die sie vor allen anderen vorhatte zu vergessen. Nachts im Bett, das Gesicht ins Kissen vergraben, fühlte sie seine Lippen auf Wangen und Nacken, und mit einem wohligen Schauder rief sie sich jedes einzelne zärtliche Wort in Erinnerung, das er ihr ins Ohr geflüstert hatte. Sie dachte auch an andere Dinge, etwa an das Vergnügen, neben ihm über den Rasen zu gehen und sich mit ihm zu unterhalten – wie er gelacht hatte und was er gesagt hatte. Dann fragte sie sich, ob er wohl auch an sie dachte, und wenn ja, *warum* er dann nicht anrief.

Als er sich auch die nächste Woche nicht gemeldet hatte, kam Meredith zu dem Schluß, daß ihr Gedächtnis ihr offensichtlich einen Streich spielte und daß er sie nie »aufregend« oder »wunderbar« gefunden hatte. Immer wieder rief sie sich die Worte in Erinnerung, die sie zu Matt gesagt hatte, kurz bevor er ging, und sie überlegte, ob irgend etwas davon schuld an seinem jetzigen Schweigen sein könnte. Sie zog die Möglichkeit in Betracht, seinen Stolz verletzt zu haben, als sie ihm den wahren Grund dafür genannt hatte, warum sie mit ihm geschlafen hatte; aber eigentlich glaubte sie nicht so recht daran. Matt Farrell war sich seiner sexuellen Ausstrahlung zu sicher und zu sehr bewußt – vermutlich hatte er nicht angerufen, weil er sie für zu jung hielt, um sich mit ihr abzugeben.

Gegen Ende der darauffolgenden Woche wollte Meredith nie wieder von ihm hören. Ihre Periode war zwei Wochen überfällig, und sie wünschte bei Gott, Matt Farrell nie auch nur *begegnet* zu sein. Mit jedem Tag wuchs ihre Angst, schwanger zu sein. Lisa war in Europa, also war niemand da, den sie um Rat bitten konnte oder der ihr dabei half, die Zeit schneller herumzubringen. Sie wartete, und sie betete, und sie schwor heilige Eide, daß sie, wenn sie nicht schwanger war, nie wieder mit einem Mann schlafen würde, solange sie nicht verheiratet war.

Aber entweder hörte Gott ihre Gebete nicht, oder Er ließ

sich nicht erpressen. Der einzige, der überhaupt zu bemerken schien, daß irgend etwas mit ihr nicht stimmte, war ihr Vater. »Was hast du, Meredith?« fragte er immer wieder. Noch vor kurzem war ihr größtes Problem gewesen, daß sie nicht auf das College ihrer Wahl gehen konnte. Jetzt schien dieser Punkt völlig nebensächlich. »Gar nichts habe ich«, antwortete sie.

Sie wollte nicht mit ihm darüber diskutieren, was mit Matt in Glenmoor passiert war, und sie hatte auch keine Lust, sich wieder mit ihm zu streiten.

Sechs Wochen, nachdem sie Matt kennengelernt hatte, blieb auch ihre zweite Periode aus, und ihre Angst wandelte sich in blankes Entsetzen. Sie versuchte sich damit zu beruhigen, daß ihr weder morgens noch sonst irgendwann übel war, und sie ließ sich einen Termin für einen Schwangerschaftstest geben.

Fünf Minuten, nachdem sie den Hörer aufgelegt hatte, klopfte ihr Vater an die Tür ihres Schlafzimmers. Sie rief »Herein«, und er kam auf sie zu, einen großen Briefumschlag in der Hand. Absender Northwestern University. »Du hast gewonnen«, sagte er brüsk. »Ich ertrage es nicht länger, wenn du so herumhängst. Geh auf diese Universität, wenn es dir so verdammt wichtig ist. Ich erwarte aber, daß du jedes Wochenende nach Hause kommst. Und darüber lasse ich *nicht* mit mir handeln!«

Sie öffnete den Umschlag, der die Mitteilung enthielt, daß sie für das Herbstsemester fest eingeschrieben war, und rang sich ein müdes Lächeln ab.

Meredith ging nicht zu ihrem Hausarzt, der auch ihren Vater behandelte, sondern suchte eine Frauenklinik im Süden von Chicago auf, wo sie sicher sein konnte, daß niemand sie erkannte. Der gestreßte Arzt dort bestätigte ihre schlimmsten Befürchtungen: Sie war schwanger.

Meredith nahm den Befund schweigend und wie betäubt zur Kenntnis, aber bis sie wieder zu Hause anlangte, war ihre Benommenheit blanker Panik gewichen. Sie wollte keine Abtreibung, sie konnte sich nicht vorstellen, ihr Baby für die Adoption freizugeben, und sie konnte ihrem Vater nicht mit der Nachricht kommen, daß sie eine ledige Mutter und der jüngste Skandal der Bancroft-Familie werden würde. Es gab nur einen einzigen anderen Weg, und Meredith beschloß, ihn zu gehen: Sie wählte die Nummer, die Matt ihr gegeben hatte. Als niemand abhob, rief sie Jonathan Sommers an und log ihm vor, daß sie etwas gefunden habe, das Matt gehörte, und daß sie es ihm schicken wollte. Jonathan gab ihr Matts Adresse und sagte auch, daß er noch nicht nach Venezuela unterwegs sei. Ihr Vater war nicht in der Stadt, also packte Meredith einen kleinen Koffer, hinterließ eine Nachricht, daß sie ein paar Freunde besuchen wolle, stieg in ihr Auto und fuhr nach Indiana.

Edmunton schien nur aus Schornsteinen, Fabriken und Stahlwerken zu bestehen. Matts Adresse lag in einem Vorort, der ihr nicht weniger trostlos vorkam. Nachdem sie über eine halbe Stunde lang vergeblich nach der angegebenen Straße gesucht hatte, fuhr sie in eine heruntergekommene Tankstelle, um nach dem Weg zu fragen.

Ein fetter Tankwart mittleren Alters kam heraus. Er musterte erst Merediths Porsche und dann sie – auf eine Art und Weise, die ihr Gänsehaut einjagte. Sie zeigte ihm die Adresse, die sie suchte, aber anstatt ihr zu sagen, in welche Richtung sie fahren müsse, drehte er sich um und brüllte über seine Schulter: »Hey, Matt, ist das nicht deine Straße?«

Meredith riß die Augen auf, als ein Mann, dessen Kopf unter der Motorhaube eines uralten Lieferwagens gesteckt hatte, sich aufrichtete und umwandte. Es war Matt. Seine Hände ölverschmiert, die alte, ausgebleichte Jeans zerrissen, sah er genauso aus, wie sie sich einen heruntergekommenen Automechaniker in einer gottverlassenen Kleinstadt vorgestellt hatte. Sie war so erschrocken über sein Aussehen und so entsetzt über ihre Schwangerschaft, daß sie ihre Reaktion nicht verbergen konnte. Er sah es, und das überraschte Lächeln, daß sich auf seinem gutgeschnittenen Gesicht gezeigt hatte, gefror. Seine Stimme klang emotionslos: »Meredith«, sagte er und nickte ihr kurz zu. »Was führt dich her?«

Anstatt sie anzublicken, konzentrierte er sich darauf, seine Hände an einem alten Lappen abzuwischen, den er aus der Hosentasche zog. Meredith hatte das Gefühl, er habe den Grund ihres Hierseins erraten, und *das* sei für seinen plötzlich erstarrten Gesichtsausdruck verantwortlich. Sie wünschte, sie wäre tot oder wenigstens niemals hierher gekommen. Er war offensichtlich nicht gewillt, ihr zu helfen, und Hilfe zu erbitten, die nicht von Herzen kam, war unter ihrer Würde. »Gar nichts«, log sie mit einem nervösen Lachen, die Hand bereits wieder auf dem Schaltknüppel. »Ich wollte nur ein bißchen herumfahren und kam zufällig hier vorbei. Ich glaube, ich fahre jetzt besser weiter, und …«

Er hob seinen Blick von dem Lappen auf ihr Gesicht, und ihre Stimme versagte, als ein Paar durchdringend graue Augen die ihren trafen und festhielten … kalte, prüfende Augen. *Wissende* Augen. Er streckte den Arm aus und öffnete die Fahrertür. »Ich fahre«, sagte er kurz, und sie stieg gehorsam aus und ging um ihren Wagen herum. Dem fetten Mann, der an der Motorhaube des Autos herumwischte und das Ganze mit unverhohlener Neugier beäugte, rief Matt zu: »Ich bin in einer Stunde wieder da!«

»Teufel auch, Matt, es ist schon halb vier!« rief der andere zurück und grinste, daß eine häßliche Zahnlücke sichtbar wurde. »Nimm dir für heute frei. So ein Klasseweib verdient mehr als bloß eine Stunde.«

Merediths Demütigung war perfekt, und um ihr Unglück noch zu verschlimmern, starrte Matt ausgesprochen unfreundlich vor sich hin, während er den Porsche auf die kurvige Landstraße hinausjagte, daß der Splitt hinter den Reifen aufspritzte. »Könntest du vielleicht ein bißchen langsamer fahren?« fragte sie zittrig und entspannte sich erleichtert, als er sofort vom Gaspedal ging. Sie glaubte, irgendeine Art von Konversation beginnen zu müssen, aber das einzige, was ihr im Moment einfiel war: »Ich dachte, du arbeitest in einem Stahlwalzwerk.«

»Dort bin ich fünf Tage die Woche. Hier arbeite ich an den anderen zwei Tagen als Automechaniker.«

»Oh«, sagte sie beklommen. Wenige Minuten später schaltete er den Blinker an und fuhr dann über einen Feldweg zu einer kleinen Lichtung inmitten eines alten Buchenhains, wo ein verwitterter Picknicktisch mit Holzbänken stand.

Er stellte den Motor ab, und in dem folgenden Schweigen konnte Meredith ihr Herz klopfen hören. Sie blickte starr geradeaus und versuchte sich mit der Tatsache anzufreunden, daß der Fremde mit dem undurchdringlichen Gesichtsausdruck neben ihr derselbe Mann war, mit dem sie vor sechs Wochen gelacht und mit dem sie geschlafen hatte. Das Dilemma, das sie hergeführt hatte, hing wie ein Damoklesschwert über ihr. Unentschlossenheit quälte sie, und sie kämpfte verzweifelt gegen die Tränen an, die bereits in ihren Augen standen. Er bewegte sich, und sie fuhr zusammen – doch er stieg lediglich aus, ging um den Wagen herum und öffnete ihr die Beifahrertür. Meredith stieg aus. Interesse heuchelnd blickte sie sich um und sagte: »Hübsch hier ... aber trotzdem muß ich jetzt wieder zurück.«

Statt einer Antwort lehnte er sich mit der Hüfte an den Picknicktisch, verlagerte sein Gewicht auf das andere Bein und blickte sie, eine Augenbraue hochgezogen, erwartungsvoll an. Sein andauerndes Schweigen zerrte an ihren Nerven und raubte ihr den letzten Rest von Selbstachtung und Selbstbeherrschung. Die Gedanken, die ihr schon den ganzen Tag durch den Kopf gegangen waren, kamen wieder hoch: Sie war schwanger und auf dem besten Wege, eine ledige Mutter zu werden; ihr Vater würde vor Wut und Schmerz außer sich geraten. Sie war schwanger! Sie war *schwanger!* Sie war schwanger – und der Mann, der dafür mitverantwortlich war, stand da und betrachtete sie so emotionslos wie ein Wissenschaftler, der einem Wurm zusah, der sich unter dem Mikroskop wand. Abrupt und plötzlich wütend fuhr Meredith ihn an: »Hast du dich über irgend etwas geärgert, oder bist du nur so verstockt, daß du keinen Ton sagst?«

»Ich habe eigentlich darauf gewartet, daß du anfängst«, erwiderte er ruhig.

»Oh.« Merediths Wut wich einem Gefühl von Elend und Unsicherheit, während sie sein Gesicht nach vertrauten Zügen durchforschte. Sie würde ihn um Rat fragen, beschloß sie entgegen ihrer früheren Entscheidung. Nur um Rat. Sonst nichts. Sie mußte schließlich mit irgend jemand reden! Sie verschränkte die Arme vor der Brust, hob das Kinn, schluckte schwer und gab vor, den Himmel durch das Laub über sich zu betrachten. »Ich bin tatsächlich aus einem ganz bestimmten Grund hier.«

»Das habe ich mir gedacht.«

Sie schaute ihn kurz an und versuchte, seine Gedanken zu lesen, aber seine Miene war undurchdringlich. Wieder schaute sie nach oben auf die Blätter, während ihr die Tränen in die Augen stiegen. »Ich bin hier, weil ...« Sie konnte die Worte nicht sagen, diese häßlichen, beschämenden Worte.

»Weil du schwanger bist«, beendete er den Satz für sie mit tiefer Stimme.

»Woher weißt du das?« Sie schluckte.

»Es gibt nur zwei Dinge, die dich hergeführt haben könnten. Das war das eine.«

Sie ertrank in einsamem Selbstmitleid. »Was wäre das andere?«

»Meine phantastischen Tanzkünste?«

Er scherzte, und diese völlig unerwartete Reaktion war für Meredith zu viel. Die Tränen schossen ihr aus den Augen; sie bedeckte ihr Gesicht mit den Händen, und ihr ganzer Körper bebte vor Schluchzen. Dann fühlte sie, wie er seine Hände auf ihre Schultern legte, und ließ zu, daß er sie näher zog und eng an sich drückte. »Wie kannst du in so einem Moment Witze machen?« stammelte sie zwischen zwei Schluchzern an seiner Brust, dabei war sie unendlich dankbar für das stumme Mitgefühl, das seine Umarmung ausdrückte. Er schob ihr ein Taschentuch in die Hand, und Meredith schneuzte sich, verzweifelt bemüht, sich wieder zu fangen. »Sag schon endlich«, sie trocknete sich die Augen, »daß es dumm von mir war, jetzt zu heulen.«

»So etwas Dämliches wirst du von mir nicht zu hören bekommen.«

»Danke«, sagte sie sarkastisch und putzte sich die Nase. »Ich fühle mich schon viel besser.« Es dämmerte ihr, daß er bemerkenswert ruhig reagierte und daß nur ihre Hysterie die Lage verschlimmerte.

»Bist du ganz sicher, daß du ein Kind erwartest?«

Meredith nickte. »Ich war heute früh in der Klinik, und der Arzt sagt, daß ich in der siebten Woche schwanger bin. Ich bin auch sicher, daß das Kind von dir ist, falls du aus Höflichkeit nicht fragen willst.«

»So höflich bin ich nun auch wieder nicht«, entgegnete er ironisch. Ihre tränenverschwommenen aquamarinblauen Augen blitzten ihn an, weil sie glaubte, aus seiner Stimme Ablehnung herausgehört zu haben. Aber er schüttelte den Kopf, um ihren Verdacht zum Schweigen zu bringen. »Ich habe nicht aus Höflichkeit nichts gesagt, sondern weil ich nicht daran zweifle, daß ich derjenige bin.« Sie war auf alles mögliche gefaßt gewesen, daß er sich brüsk abwenden oder sie anbrüllen könnte, aber nicht darauf, daß er so ruhig, fast unbeteiligt logisch reagieren würde. Sie fühlte sich unglaublich erleichtert, starrte auf die Knöpfe seines blauen Hemds und wischte mit der Hand die letzten Tränen fort, als er die Frage stellte, die sie seit Stunden quälte: »Was willst du jetzt tun?«

»Mich umbringen!« gestand sie kläglich.

»Welche Möglichkeiten hast du sonst noch in Betracht gezogen?«

Sie hob den Kopf, als sie die zögernde Heiterkeit in seiner Stimme vernahm. Die Brauen vor Verwirrung zusammengezogen, schaute Meredith ihn an und war wieder von der Willenskraft und Stärke dieses harten Gesichts beeindruckt, dessen Augen sie so verständnisvoll anlächelten. Um besser nachdenken zu können, trat sie ein Stückchen zurück. Ein Gefühl der Enttäuschung durchzuckte ihren Körper, als er augenblicklich die Arme fallen ließ, die sie umfangen hatten. Doch die Ruhe, die er ausstrahlte, hatte auf sie abgefärbt, und sie fühlte sich zum erstenmal an diesem Tag in der Lage, der Situation gefaßt ins Auge zu blicken. »Die Alternativen sind alle schrecklich. Die Leute in der Klinik haben eine Abtreibung empfohlen ...«

Sie machte eine Pause, halbwegs erwartend, daß er sie eben dazu drängen würde. Hätte sie nicht das Zucken bemerkt, mit dem sich sein Kiefer verkrampfte, als er die Zähne zusammenbiß, hätte sie annehmen müssen, daß er dieser Lösung gleichgültig oder sogar positiv gegenüberstand. Aber auch so war sie sich nicht völlig sicher. Sie schaute weg, und ihre Stimme klang gebrochen. »Aber ich – ich glaube nicht, daß ich das durchstehen würde, wenigstens nicht allein. Und selbst wenn, dann weiß ich nicht, ob ich danach jemals wieder glücklich werden könnte.« Sie holte tief Luft und versuchte, ihre Stimme wieder in den Griff zu bekommen. »Ich könnte das Baby bekommen und dann zur Adoption freigeben, aber das wäre auch keine Lösung. Wenigstens nicht für mich. Ich müßte immer noch meinem Vater sagen, daß ich ein uneheliches Kind erwarte, und das würde ihm das Herz brechen. Er würde mir nie vergeben. Und – und dann muß ich immer daran denken, was mit dem Kind werden würde, wenn es später einmal erfährt, daß ich es weggegeben habe.« Sie wischte sich eine weitere Träne fort. »Ich glaube nicht, daß ich damit leben könnte.« Sie blickte in sein undurchdringliches Gesicht. »Würdest du vielleicht freundlicherweise einen Kommentar dazu abgeben?« fragte sie.

»Sobald du etwas sagst, womit ich nicht übereinstimme«, informierte er sie mit einer Autorität in der Stimme, die er ihr gegenüber noch nie gebraucht hatte, »lasse ich es dich wissen.«

Eingeschüchtert von seinem Ton, aber beruhigt durch seine Worte, sagte sie: »Oh.« Die Handflächen nervös an ihrer braunen Hose reibend, fuhr sie fort: »Mein Vater hat sich scheiden lassen, weil meine Mutter herumgehurt hat. Wenn ich jetzt heimkomme und ihm erzähle, daß ich schwanger bin, wird er mich vermutlich rauswerfen. Ich habe kein Geld, aber wenn ich dreißig bin, erbe ich etwas. Bis dahin muß ich mein Baby irgendwie allein aufziehen …«

Endlich sagte er etwas. Zwei Worte – knapp, aber endgültig. »*Unser Baby*.«

Meredith nickte. Vor Erleichterung, daß er es so sah, kamen ihr fast wieder die Tränen. »Die letzte Möglichkeit wird … dir … wird dir nicht gefallen. Mir gefällt sie auch nicht. Sie ist schamlos …« Meredith blickte hilfesuchend gen Himmel, die Erniedrigung stand ihr ins Gesicht geschrieben. Dann nahm sie all ihren Mut zusammen und begann von Neuem. Sie sprach sehr schnell: »Matt, würdest du mir helfen, meinen Vater davon zu überzeugen, daß wir uns ineinander verliebt haben und daß wir sofort … heiraten wollen? Dann könnten wir ihm in ein paar Wochen sagen, daß ich schwanger bin. Natürlich lassen wir uns wieder scheiden, sobald das Kind geboren ist. Würdest du dich dazu bereiterklären?«

»Nur ungern«, knurrte er nach einer längeren Pause.

Gedemütigt durch sein langes Zögern und die ungnädige Zustimmung, wandte Meredith sich ab. »Danke, daß du so galant bist«, erwiderte sie sarkastisch. »Ich bin gerne bereit, dir schriftlich zu geben, daß ich von dir kein Geld will und daß ich verspreche, mich sobald wie möglich von dir scheiden zu lassen. In meiner Handtasche habe ich einen Stift«, fügte sie hinzu und wollte zum Auto gehen, um ihm wütend die Vereinbarung augenblicklich schriftlich zu geben.

Seine Hand hielt ihren Arm fest, als sie an ihm vorbeigehen wollte, und sie mußte ihn anschauen. »Was zum Teufel hast du erwartet?« fuhr er sie an. »Findest du es nicht etwas unromantisch von dir, damit anzufangen, daß du die Idee, mich zu heiraten, ›schamlos‹ findest, und daß du dann das Wort Scheidung in einem Atemzug mit Heirat nennst?«

»Unromantisch?« wiederholte Meredith und starrte ihm

ins Gesicht, unsicher, ob sie über diese ungeheure Untertreibung hysterisch lachen oder über seinen Ärger weinen sollte. Als ihr jedoch der Inhalt seiner restlichen Worte klar wurde, kam sie sich vor wie ein gedankenloses Kind. »Es tut mir leid«, sagte sie und schaute ihm direkt in die magnetischen silbergrauen Augen. »Es tut mir echt leid. Ich wollte damit nicht sagen, daß ich eine Heirat schamlos finde. Ich meinte, daß die Tatsache, daß ich ein Kind bekomme, ein schamloser Grund dafür ist, etwas gezwungenermaßen zu tun, das – das zwei Menschen, die verliebt sind, eigentlich freiwillig tun sollten.«

Mit immenser Erleichterung sah Meredith, wie sich seine Miene entspannte. »Wenn wir uns beeilen, sind wir noch vor fünf am Standesamt«, sagte er, bereit, die volle Verantwortung für alles Weitere zu übernehmen. »Wir könnten uns heute eine Heiratsgenehmigung holen und am Sonntag heiraten.«

Eine Heiratsgenehmigung zu bekommen erschien Meredith entsetzlich einfach und unerträglich nichtssagend. Neben Matt stehend, legte sie die nötigen Ausweispapiere vor, sah zu, wie er seinen Namen daruntersetzte und unterschrieb dann selbst.

Dann verließen sie das alte Rathaus. Der Hausmeister wartete bereits ungeduldig darauf, die Tür hinter ihnen verschließen zu können. Verlobt. Sie waren verlobt. So einfach und emotionslos nüchtern ging das. »Wir haben es gerade noch geschafft«, sagte sie und lächelte ein wenig unsicher. »Wohin fahren wir jetzt?« fügte sie hinzu, als sie wieder ins Auto stieg. Es schien selbstverständlich, daß er fuhr.

»Ich bringe dich nach Hause.«

»Nach Hause?« wiederholte sie und bemerkte, daß er über die Situation nicht glücklicher schien als sie selbst. »Ich kann nicht nach Hause, nicht bevor wir verheiratet sind.«

»Ich habe nicht diese steinerne Burg in Chicago gemeint«, korrigierte er sie und ließ sich auf den Fahrersitz gleiten.

»Ich habe von meinem Zuhause gesprochen.« So müde und erschöpft sie sich fühlte, mußte sie über seine verächtliche Bezeichnung ihres Hauses doch ein wenig lächeln. Matt Farrell ließ sich durch nichts und niemanden einschüchtern. Er wandte sich ihr zu, legte den Arm auf die Lehne des Beifahrersitzes, und ihr Lächeln schwand in Anbetracht seines unversöhnlichen Tons: »Ich war damit einverstanden, eine Heiratsgenehmigung zu beantragen, aber bevor wir den letzten Schritt tun, müssen wir noch ein paar wichtige Dinge besprechen.«

»Was für wichtige Dinge?«

»Wir werden zu Hause darüber reden.«

Fünfundvierzig Minuten später bog Matt von der Landstraße in einen ausgefahrenen Weg ab. Der Wagen rumpelte über die Holzplanken einer kleinen Brücke, folgte einer engen Kurve, und dann konnte Meredith den ersten Blick auf das werfen, was er sein Zuhause nannte. In auffälligem Kontrast zu den gepflegten Feldern der näheren Umgebung sah das an sich idyllische hölzerne Farmhaus heruntergekommen aus. Zumindest brauchte es dringend einen neuen Anstrich. Im Vorgarten hatte Getreide den Rasen verdrängt, und die Tür der links vom Haupthaus liegenden Scheune hing schwankend in nur noch einer Angel. Trotz alledem sah man, daß einstmals jemand diesen Ort geliebt und gepflegt hatte; verwilderte Rosensträucher standen an der Hauswand in voller Blüte, und von dem dicken Ast einer uralten Eiche hing eine alte Holzschaukel.

Auf der Hinfahrt hatte Matt ihr erzählt, daß seine Mutter vor sieben Jahren nach einer langen Leidenszeit an Krebs gestorben war und daß er hier zusammen mit seinem Vater und seiner sechzehnjährigen Schwester wohnte. Der Gedanke, seine Familie kennenzulernen, machte Meredith unbeschreiblich nervös, und sie deutete mit dem Kopf nach rechts, wo ein Farmer mit dem Traktor über ein Feld fuhr. »Ist das dein Vater?«

Matt schwieg, lehnte sich über sie und blickte in die von ihr angezeigte Richtung. Dann schüttelte er den Kopf. »Das ist ein Nachbar. Wir haben den größten Teil von unserem Land schon vor Jahren verkauft, der Rest ist verpachtet. Nach dem Tod meiner Mutter hat mein Vater jegliches Interesse an der Landwirtschaft verloren.« Er sah die Spannung in ihrem Gesicht, als sie die Treppen zur Veranda hinaufgingen und legte seine Hand auf ihren Arm. »Was hast du?«

»Ich habe furchtbare Angst vor deiner Familie.«

»Du brauchst wirklich keine Angst zu haben. Meine Schwester wird sehr beeindruckt von dir sein, weil du aus der Großstadt kommst.« Nach einer zögernden Pause fügte er hinzu: »Mein Vater ist Alkoholiker, Meredith. Er hat mit Trinken angefangen, als die Ärzte ihm sagten, daß meine Mutter unheilbar krank ist, hat aber eine feste Arbeit und wird nie ausfallend. Ich sage dir das nur, damit du ihn besser verstehst und Rücksicht auf ihn nehmen kannst. Er ist seit ein paar Monaten völlig trocken, aber das kann sich jeden Moment ändern.« Das war keine Entschuldigung, sondern eine Feststellung. Matt hatte ruhig und emotionslos gesprochen.

»Ich verstehe«, sagte sie, obwohl sie in ihrem ganzen Leben noch nie mit einem Alkoholiker zu tun gehabt hatte und überhaupt nichts verstand.

Sie hatte keine Zeit, sich weitere Sorgen zu machen, denn in diesem Moment ging die Fliegentür auf, und ein schlankes Mädchen mit Matts dunklem Haar und grauen Augen kam auf die Veranda gerannt; ihr Blick klebte auf dem im Hof stehenden Wagen. »Omeingott, Matt, ein Porsche!« Ihr Haar war fast so kurz geschnitten wie seines, und ihr hübsches Gesicht wirkte dadurch fast noch lebhafter. Voll ehrfürchtiger Neugier wandte sie sich an Meredith: »Ist das Ihrer?«

Meredith nickte. Sie war erstaunt über die spontane Zuneigung, die sie diesem Mädchen gegenüber empfand, das Matt so sehr ähnelte und doch nichts von seiner reservierten Art an sich hatte. »Sie müssen unheimlich reich sein«, fuhr sie unbefangen fort. »Ich meine, Laura Frederickson ist *sehr* reich, aber sie hatte noch nie einen Porsche.«

Meredith war erstaunt darüber, welche Rolle das Geld hier zu spielen schien, und sie hätte zu gerne gewußt, wer Laura Frederickson war. Matt schien ungehalten über beide Bemerkungen. »Schluß damit, Julie!« warnte er.

»Oh, es tut mir leid«, sagte sie und lächelte ihn an. Zu Meredith gewandt, fuhr sie fort: »Hallo, ich bin Matts unglaublich schlecht erzogene Schwester Julie. Kommt ihr rein?« Sie öffnete die Fliegentür. »Dad ist vor einer Weile aufgestanden«, fügte sie in Matts Richtung hinzu. »Er hat diese Woche die Elf-Uhr-Nachtschicht, daß heißt, es gibt um halb acht Abendessen. Ist das okay?«

»Wunderbar«, sagte Matt, legte seine Hand auf Merediths Rücken und schob sie ins Haus. Meredith blickte sich um. Das Innere des Hauses sah mehr oder weniger aus wie das Äußere – idyllisch, aber etwas vernachlässigt und mit deutlichen Gebrauchsspuren, die den frühamerikanischen Charme etwas beeinträchtigten. Die Holzdielen zeigten Kratzer und Flecken, und die billigen Teppiche waren abgetreten und verschossen. Im rechten Winkel zu einem geziegelten Kamin und eingebauten Bücherregalen standen zwei abgenutzte grüne Sessel einem Sofa gegenüber, dessen Bezugsstoff einst braungrün gemustert gewesen sein mochte. Hinter dem Wohnraum lag ein Eßzimmer mit Möbeln aus Walnußholz; dahinter gab eine offenstehende Tür den Blick in die Küche frei, wo eine Emaillespüle auf Holzbeinen stand. Rechterhand führte eine Treppe vom Eßzimmer in den ersten Stock hinauf. Ein sehr großer, hagerer Mann mit grau werdendem Haar und einem zerfurchten Gesicht kam gerade herunter. In einer Hand hielt er eine zusammengefaltete Zeitung, in der anderen ein Glas mit einer bernsteinfarbenen Flüssigkeit. Unglücklicherweise hatte Meredith ihn nicht kommen hören, und die beklommene Skepsis, mit der sie die Einrichtung gemustert hatte, stand ihr noch deutlich ins Gesicht geschrieben, als sie ihn, das Glas in der Hand, erblickte.

»Was ist hier los?« fragte er, als er das Wohnzimmer betrat und sein Blick von Meredith über Matt zu Julie wanderte, die in der Nähe des Kamins herumstand und verstohlen Merediths schicke Hosen, ihre italienischen Sandalen und das khakifarbene Safarihemd bewunderte.

Als Antwort stellte Matt ihm Meredith vor. »Meredith und ich haben uns kennengelernt, als ich letzten Monat in Chicago war. Wir wollen am Samstag heiraten.«

»Ihr wollt *waaas?*« stieß sein Vater hervor.

»Phantastisch!« jubelte Julie. »Ich wollte schon immer eine große Schwester, aber ich hatte mir nie geträumt, daß sie mit ihrem eigenen Porsche kommen würde!«

»Ihrem eigenen was?« verlangte Patrick Farrell von seiner überschwenglichen Tochter zu wissen.

»Porsche«, wiederholte Julie begeistert, rannte zum Fenster und zog den Vorhang zurück, um ihn ihm zu zeigen. Merediths Wagen glänzte im Licht der tiefstehenden Sonne – sehr edel, sehr weiß und sehr teuer. Genauso fehl am Platz hier wie sie selbst. Auch Patrick schien dieser Ansicht zu sein, denn als er von dem Auto auf Meredith blickte, zog er die buschigen Augenbrauen zusammen, bis sich die Falten zwischen seinen stahlblauen Augen zu Furchen vertieften. »Chicago?« fragte er. »Du warst doch nur ein paar Tage in Chicago!«

»Liebe auf den ersten Blick«, brach Julie das allgemeine betretene Schweigen. »Wie romantisch!«

Patrick Farrell, der Merediths zweifelnden Blick bemerkt hatte, hielt ihre Reaktion für Verachtung ihm und seinem Haus gegenüber, nicht für verzweifelte Angst vor ihrer ungewissen Zukunft. Jetzt schaute er durch das Fenster wieder auf ihren Wagen, drehte sich dann um und blickte in ihr versteinertes Gesicht. »Es war also Liebe auf den ersten Blick«, wiederholte er und musterte sie mit unverhohlenem Zweifel.

»Offensichtlich«, sagte Matt in einem Ton, der die deutliche Warnung enthielt, das Thema umgehend fallen zu lassen. Dann rettete er Meredith vor weiteren Verlegenheiten, indem er sie fragte, ob sie sich vor dem Abendessen etwas ausruhen wolle. Meredith nickte. Nach ihrem erniedrigenden Geständnis Matt gegenüber, daß sie ein Kind von ihm bekam, war dies die zweitpeinlichste Konfrontation ihres Lebens. Julie bestand darauf, daß sie ihr Zimmer benutzte, und Matt ging zum Wagen, um Merediths Tasche zu holen.

Oben sank Meredith erschöpft auf Julies Himmelbett, und Matt stellte ihr einziges Gepäckstück auf einen Stuhl. »Das Schlimmste ist überstanden«, sagte er leise.

Ohne aufzublicken, schüttelte sie den Kopf und rang verzweifelt die Hände in ihrem Schoß. »Ich fürchte nicht. Ich glaube, daß es jetzt erst richtig anfängt.« Sie griff das erstbeste, noch am wenigsten gravierende ihrer zahllosen Probleme auf: »Dein Vater konnte mich vom ersten Augenblick an nicht ausstehen.«

Er lachte. »Es wäre vielleicht von Vorteil gewesen, wenn du das Glas Eistee, das er in der Hand hielt, nicht angeschaut hättest, als wäre es eine Giftschlange.«

Sie ließ sich zurückfallen, starrte die Decke an und schluckte beschämt und verstört. »Habe ich das wirklich?« fragte sie mit rauher Stimme und schloß die Augen, als ob sie damit das Geschehene auslöschen könne.

Matt blickte auf die einsame Schönheit, die wie eine welke Blüte auf das Bett gesunken war, und er dachte an das Bild, das sie vor sechs Wochen im Country Club abgegeben hatte: voll Übermut, lachend und ihr Bestes gebend, daß er sich amüsierte. Er bemerkte die Veränderung, die in ihr vorgegangen war, und ein bislang unbekanntes Gefühl machte sich in seiner Brust breit, während sein Verstand die Vertracktheit ihrer Situation zu fassen versuchte.

Eine Ehefrau und ein Kind paßten ganz und gar nicht in Matts Pläne. Am schlimmsten schien ihm jedoch, daß jegliche Freude und Hoffnung aus Meredith Bancrofts Gesicht verschwunden waren. Allein die Möglichkeit, daß aufgrund dessen, was vor sechs Wochen passiert war, dieses wunderbare Gesicht nie wieder unbeschwert lachen würde, bereitete ihm weit mehr Sorgen, als er sich je hätte vorstellen können. Deshalb lehnte er sich über sie, stützte sich rechts und links von ihren Schultern ab und befahl scherzhaft: »Lach doch bitte wieder, Dornröschen!«

Sie riß die Augen auf, schloß sie aber gleich wieder halb, und ihr trauriger Blick wanderte über seinen lächelnden Mund zurück zu seinen Augen. »Ich kann nicht«, flüsterte sie heiser. »Die ganze Idee ist Wahnsinn, das weiß ich jetzt. Eine Heirat wird alles noch viel schlimmer machen.«

»Warum sagst du das?«

»Warum?« wiederholte sie und lief vor Scham rot an. »Wie kannst du mich das fragen? Mein Gott, du wolltest mich nach jenem Abend ja nicht einmal wiedersehen. Du hast nicht einmal *angerufen*. Wie kann ...«

»Ich hätte dich angerufen«, unterbrach er. Sie blickte ihn mit großen, ungläubigen Augen an, und er fuhr fort: »In ein oder zwei Jahren – sobald ich aus Südamerika zurück gewesen wäre.« Hätte Meredith sich nicht so elend gefühlt, hätte sie laut herausgelacht, aber seine nächsten Worte klangen so ernsthaft und glaubwürdig, daß sie darüber alles andere vergaß. »Wenn ich auch nur einen Moment lang geglaubt hätte, daß du wirklich von mir hören *wolltest*, dann hätte ich dich schon längst angerufen.«

Hin und her gerissen zwischen Ungläubigkeit und schmerzlicher Hoffnung, schloß Meredith wieder die Augen und versuchte erfolglos, Herr ihrer außer Kontrolle geratenen Gefühle zu werden. Alles war ins Extreme gezerrt – extreme Verzweiflung, extreme Erleichterung, extreme Hoffnung, extreme Freude.

»Bitte lach doch!« befahl Matt wieder.

Schließlich lächelte sie und sagte: »Hast du vor, immer an mir herumzumeckern?«

»Ich dachte, das würde von mir erwartet.«

»Tatsächlich?«

»Mmmm«, gab er zu. »Eigentlich ist immer die Ehefrau die Meckerliese.«

»Und was macht der Ehemann?«

Er schaute sie absichtlich streng an: »Der Ehemann befiehlt.«

Im Gegensatz zu ihren nächsten Worten waren ihr Lächeln und ihre Stimme zuckersüß. »Möchtest du darauf wetten?«

Matt riß seinen Blick von ihren verführerischen Lippen los und schaute in ihre strahlenden Augen. Verwirrt antwortete er völlig ehrlich: »Nein.«

Und dann passierte das letzte, was er erwartet hätte. Anstatt sie aufzumuntern, hatte er sie scheinbar zum Weinen gebracht. Aber gerade als er anfing, sich die Schuld dafür zu geben, schlang Meredith die Arme um seinen Nacken und zog ihn zu sich herunter. Sie vergrub ihr Gesicht an seinem Hals und schmiegte sich in seine Arme, als er sich neben ihr auf das Bett legte. Ihre schmalen Schultern bebten. Nach einer ganzen Weile sagte sie mit tränenerstickter Stimme: »Muß die Verlobte eines Farmers Obst und Gemüse einkochen können?«

Matt lachte und streichelte ihr seidiges Haar. »Nein.«

»Gut, ich kann es nämlich nicht.«

»Ich bin auch kein Farmer«, versicherte er. »Das weißt du doch.«

Der wirkliche Grund für ihren Jammer kam in einem Schluchzer tiefer Trauer zum Ausdruck: »Ich sollte nächsten Monat aufs College gehen. Ich *muß* aufs College. Ich will schließlich Präsident werden, Matt.«

Überrascht versuchte Matt, ihr ins Gesicht zu blicken. »Das ist ein verdammt hohes Ziel«, sagte er, »Präsident der Vereinigten Staaten ...«

Diese letzte, völlig ernsthafte Bemerkung brachte die ganz und gar unberechenbare junge Frau in seinen Armen zu einem hellen Lachen. »Nicht Präsident der Vereinigten Staaten, Präsident eines Kaufhauses!« korrigierte sie ihn, und in den wundervollen Augen, die zu ihm aufblickten, standen plötzlich nicht mehr Tränen der Verzweiflung, sondern des Lachens.

»Gott sei Dank!« sagte er schmunzelnd, so froh darüber, daß sie endlich gelacht hatte, daß er dem Inhalt ihrer Bemerkung gar keine Aufmerksamkeit schenkte. »Ich habe vor, innerhalb der nächsten Jahre ein reicher Mann zu werden, aber ich weiß nicht, ob es dazu ausreichen wird, dir das Amt des Präsidenten der Vereinigten Staaten zu kaufen.«

»Danke«, flüsterte sie.

»Wofür?«

»Dafür, daß du mich zum Lachen gebracht hast. Seit ich ein Kind war, habe ich nicht mehr so viel geweint. Ich kann einfach nicht damit aufhören.«

»Ich hoffe, du hast nicht über meine Absicht gelacht, ein reicher Mann zu werden.«

Trotz seines spielerischen Tonfalls spürte Meredith, daß es ihm damit sehr ernst war, und sie hörte auf zu lachen. Sie sah die Entschlossenheit in seinen grauen Augen. Das Leben hatte ihm nichts von dem geschenkt, was für die Männer ihrer gesellschaftlichen Schicht selbstverständlich war, aber sie spürte intuitiv, daß Matt Farrell eine unglaubliche Stärke und die nötige Willenskraft besaß, seine Pläne in die Tat umzusetzen. Sie spürte aber noch etwas anderes – daß er trotz seiner entschlossenen Art und des Zynismus, den sie zu spüren bekommen hatte, im Innersten ein sehr liebevoller Mensch war. Vor sechs Wochen hatte sie ihn verführt, und ihre Schwangerschaft und die übereilte Heirat brachten sein Leben bestimmt nicht weniger durcheinander als ihres. Aber er hatte ihr nicht ein einziges Mal ihre Dummheit oder Sorglosigkeit vorgeworfen, und er hatte sie auch nicht zum Teufel gejagt, als sie ihn gefragt hatte, ob er sie heiraten würde – was sie ihm nicht einmal hätte übelnehmen können.

Matt sah ihren prüfenden Blick und wußte, daß sie seine Erfolgschancen abwog und einzuschätzen versuchte, ob er seine Behauptung würde realisieren können; er wußte auch, wie unrealistisch und anmaßend seine Behauptung aus ihrer Sicht klingen mußte – vor allem jetzt, wo sie sein Zuhause kennengelernt und ihn mit dem Kopf unter der Motorhaube eines verrosteten Lieferwagens gesehen hatte.

Endlich sprach sie, ruhig, nachdenklich und lächelnd: »Du hast vor, die Welt zu erobern, nicht wahr?«

»Und zwar ganz alleine«, entgegnete er mit Nachdruck.

Zu seiner völligen Überraschung hob Meredith Bancroft ihre Hand und berührte unsicher sein Gesicht. Ihre Finger legten sich über seine Wange. Sanft, aber voller Überzeugung flüsterte sie: »Ich bin sicher, du schaffst es, Matt.«

Matt wollte etwas sagen, aber die Worte blieben ihm im Halse stecken; die Berührung ihrer Hand, die Nähe ihres Körpers und der Blick ihrer Augen umnebelten seine Gedanken. Vor sechs Wochen hatte er sie unglaublich anziehend gefunden, und im Bruchteil einer Sekunde brach diese Anziehungskraft erneut durch, mit einer Heftigkeit, die ihn alles andere vergessen ließ. Er neigte seinen Kopf, suchte fordernd ihren Mund und spürte die Süße ihrer Lippen. Überrascht von der Heftigkeit seines Verlangens, zwang er sich zur Vorsicht und streifte über ihre Lippen, instinktiv wissend, daß sie dasselbe fühlte wie er. Und als sie ihre Lippen öffnete und den Kuß erwiderte, erschrak er über das triumphierende Gefühl, das in ihm aufkam. Sein Verstand schaltete sich aus; Matt beugte sich über sie, bedeckte sie mit seinem harten Körper und stöhnte schwer, als sie sich einige Minuten später aus seinen Armen befreite und ihre Hände gegen seine Brust stemmte, um ihn auf Abstand zu halten. »Deine Familie«, keuchte sie. »Sie sind unten ...«

Widerwillig nahm Matt die Hand von ihrer nackten Brust. Seine Familie. Er hatte sie total vergessen. Dabei war offensichtlich gewesen, daß sein Vater den richtigen Schluß gezogen hatte, was ihre plötzliche Heirat anging – aber einen völlig falschen, was Meredith betraf. Er mußte hinunter und alles klarstellen, anstatt die Meinung seines Vaters, Meredith sei eine reiche Nutte, dadurch zu bestärken, daß er noch länger hier oben bei ihr im Schlafzimmer blieb.

Matt warf den Kopf zurück, holte tief Luft und verließ das Bett, um möglichst weit von der Versuchung abzurücken. Mit einer Schulter an den Bettpfosten gelehnt, schaute er zu, wie sie sich aufsetzte. Sie warf ihm einen unsicheren Blick zu und richtete ihre Kleidung. Er grinste, als sie hastig ihren

Busen bedeckte, den er noch vor einem Moment geküßt und gestreichelt hatte. »Auf die Gefahr hin, unverschämt zu klingen«, bemerkte er wie beiläufig, »beginne ich allmählich, die Idee einer rein platonischen Ehe nicht nur absurd, sondern auch sehr unpraktisch zu finden. Es ist offensichtlich, daß wir eine starke sexuelle Anziehungskraft aufeinander ausüben. Außerdem haben wir zusammen ein Kind gemacht. Vielleicht sollten wir den Gedanken in Erwägung ziehen, eine richtige Ehe zu führen. Wer weiß«, fügte er achselzuckend und mit einem breiten Lächeln hinzu, »vielleicht gefällt uns das sogar.«

Meredith hätte nicht überraschter sein können, wenn ihm plötzlich Flügel gewachsen wären und er angefangen hätte, im Zimmer herumzuschweben. Dann merkte sie, daß er diese Idee nur als ein Gedankenspiel betrachtete und nicht als wirklich ernstzunehmenden Vorschlag. Sie wußte nicht, ob sie sich über seine nonchalante Art ärgern oder darüber freuen sollte, daß er diesen Gedanken überhaupt gefaßt hatte, und schwieg.

»Es hat keine Eile«, fügte er mit einem spitzbübischen Grinsen hinzu und richtete sich auf. »Wir haben ja noch ein paar Tage Zeit, um es uns zu überlegen.«

Als er gegangen war, starrte Meredith ungläubig hinter ihm her auf die geschlossene Tür. Sie war erschöpft und vollkommen überrumpelt von der Geschwindigkeit, mit der er Entscheidungen traf, Schlüsse zog, Befehle gab und die Richtung änderte. Und sie hatte das Gefühl, daß Matthew Farrell, was immer er sich für den Rest seines Lebens vorgenommen hatte, eines Tages ein Mann sein würde, der große Macht besaß. Mit dem Gedanken, daß er bereits jetzt jemand war, der Macht über sie hatte, schlief sie ein.

Was auch immer Matt seinem Vater erzählt hatte, bevor Meredith zum Abendessen herunterkam, hatte diesen offensichtlich überzeugt, denn Patrick Farrell schien die Tatsache, daß sie heiraten wollten, nun ohne weiteres zu akzeptieren. Trotzdem war es nur Julies fröhlichem Wesen zu verdanken, daß die Mahlzeit für Meredith halbwegs erträglich verlief. Matt schwieg fast die ganze Zeit, doch schien er allein durch seine Anwesenheit die Unterhaltung zu beherrschen.

Patrick Farrell hatte die Rolle des Hausherrn sichtlich seinem Sohn übertragen. Meredith betrachtete den schlanken, grüblerischen Mann, dessen Gesicht die Spuren alkoholischer Ausschweifungen, aber auch großer Tragik zeigte, teils mit Mitgefühl, teils ängstlich, und sie hatte nach wie vor das Gefühl, daß auch er sie nicht besonders mochte.

Julie, die den beiden Männern scheinbar gerne den Haushalt führte, sprühte vor Lebendigkeit. Jeder ihrer Gedanken wurde enthusiastisch artikuliert und sprudelte nur so aus ihr heraus. Daß sie Matt bewunderte und ihm voll und ganz ergeben war, zeigte sich in jeder Geste. Sie sprang auf, um ihm Kaffee zu holen, fragte ihn um Rat und hörte ihm zu, als ob Gott der Allmächtige durch ihn spräche. Verzweifelt bemüht, nicht an ihre eigenen Probleme zu denken, fragte Meredith sich, wie Julie in dieser Gesellschaft ihren Enthusiasmus und Optimismus hatte bewahren können. Sie fragte sich, warum ein Mädchen mit Julies Intelligenz freiwillig auf eine berufliche Karriere verzichtete, nur um sich um ihren Vater zu kümmern, was Meredith als gegeben annahm. In ihre Gedanken vertieft, merkte Meredith nicht sofort, daß Julie sie etwas gefragt hatte.

»In Chicago gibt es ein großes Kaufhaus namens Bancroft's«, sagte Julie. »Ich habe die Werbung in vielen Zeitschriften gesehen, vor allem in *Vogue.* Sie haben traumhafte Sachen. Matt hat mir von dort mal einen Seidenschal mitgebracht. Kaufst du manchmal dort ein?«

Meredith nickte. Unwillkürlich zog ein Lächeln über ihr Gesicht, als *ihr* Kaufhaus erwähnt wurde, aber sie sagte nichts weiter. Noch hatte sie keine Gelegenheit gehabt, Matt von ihrer Verbindung zu Bancroft's zu erzählen, und Patrick hatte schon auf ihren Wagen derart negativ reagiert, daß sie es so für klüger hielt. Unglücklicherweise ließ Julie ihr keine Wahl.

»Bist du mit diesen Bancrofts – den Leuten, denen das Kaufhaus gehört, meine ich – irgendwie verwandt?«

»Ja.«

»Nah verwandt?«

»Relativ nah«, sagte sie, amüsiert über das aufgeregte Leuchten in Julies großen grauen Augen.

»Wie nah?« fragte Julie, legte ihre Gabel hin und schaute sie gespannt an. Auch Matt, der gerade seine Kaffeetasse zum Mund führen wollte, hielt auf halbem Wege inne und starrte sie an. Patrick Farrell lehnte sich in seinem Stuhl zurück und runzelte die Stirn.

Mit einem leisen Seufzer gab Meredith sich geschlagen: »Mein Ururgroßvater hat das Kaufhaus gegründet.«

»Das ist phantastisch! Weißt du, was mein Ururgroßvater gemacht hat?«

»Nein, was?« fragte Meredith, die von Julies Enthusiasmus schon so angesteckt war, daß sie ganz vergaß, Matt anzuschauen, um zu sehen, wie er darauf reagiert hatte.

»Er ist aus Irland eingewandert und hat eine Pferde-Ranch aufgebaut«, erzählte Julie, während sie aufstand und anfing, den Tisch abzuräumen.

Meredith lächelte und stand ebenfalls auf, um ihr zu helfen. »Meiner hat Pferde gestohlen!« Hinter ihr nahmen die beiden Männer ihre Kaffeetassen und gingen damit ins Wohnzimmer.

»War er wirklich ein Pferdedieb?« fragte Julie und goß warmes Wasser in das Spülbecken. »Bist du sicher?«

»Absolut«, beteuerte Meredith und wandte alle Kraft auf, um sich nicht umzudrehen und Matt nachzublicken.

Einige Minuten lang betätigten sie sich schweigend, dann sagte Julie: »Dad hat die nächsten paar Tage Nachtschicht. Ich übernachte bei einer Freundin. Wir müssen lernen. Ich bin aber morgen früh zurück und mache Frühstück.«

Abgelenkt durch Julies Bemerkung über das Lernen, überhörte Meredith die Tatsache, daß sie heute nacht offensichtlich mit Matt allein sein würde. »Lernen? Jetzt sind doch Sommerferien.«

»Ich mache in den Ferien extra Kurse. Auf die Art kann ich im Dezember den High School-Abschluß machen – zwei Tage vor meinem siebzehnten Geburtstag.«

»Das ist aber jung.«

»Matt war sechzehn, als er die High School abgeschlossen hat.«

»Oh«, sagte Meredith und dachte über die Qualität dieses ländlichen Schulsystems nach, das seine Schüler nach so kurzer Zeit entließ. »Was hast du danach vor?«

»Aufs College gehen. Als Hauptfach will ich irgendwas Naturwissenschaftliches studieren. Wahrscheinlich Biologie.«

»Wirklich?«

Julie nickte und sagte stolz: »Ich habe ein Stipendium. Matt ist bis jetzt hier geblieben, weil er sichergehen wollte, daß ich allein zurechtkomme. Es war insofern nicht schlimm, weil er auf die Art sein Diplom machen konnte, solange er darauf gewartet hat, daß ich erwachsen wurde. Allerdings mußte er sowieso in Edmunton bleiben und arbeiten, um die Arzt- und Krankenhausrechnungen unserer Mutter zu bezahlen.«

Meredith fuhr herum und schaute sie mit offenem Mund an: »Matt konnte auf die Art sein was machen?«

»Sein Diplom in Betriebswirtschaft. Das ist der Universitätsabschluß«, erklärte sie, als sie Merediths verstörten Gesichtsausdruck bemerkte. »Matt hatte zwei Hauptfächer – Wirtschaft und Finanzmanagement. Wir sind recht strebsam in unserer Familie.« Sie brach ab, weil Meredith so schokkiert schaute. Zögernd sagte sie: »Du weißt so gut wie gar nichts über Matt, oder?«

Nur wie er küßt und liebt, dachte Meredith beschämt. »Nicht viel«, gab sie kleinlaut zu.

»Denk dir nichts dabei. Die meisten Leute finden es schwierig, Matt besser kennenzulernen, und ihr zwei kennt euch ja schließlich erst zwei Tage.« Das klang so erbärmlich, daß Meredith sie nicht anschauen konnte. Sie wandte sich ab, nahm einen Topf und fing an, daran herumzuwischen.

»Meredith«, sagte Julie besorgt, »das ist doch nichts, wofür du dich schämen mußt – ich meine, ich finde es wirklich nicht schlimm, daß du schwanger bist.« Meredith ließ den Topf fallen, und er rollte über den Linoleumboden unter die Spüle. »Wirklich nicht!« sagte Julie, bückte sich und hob ihn auf.

»Hat Matt dir gesagt, daß ich schwanger bin?« brachte Meredith schließlich heraus. »Oder hast du das selbst herausgefunden?«

»Matt hat es Dad unter vier Augen erzählt, und ich habe gelauscht. Obwohl ich es mir eigentlich schon vorher gedacht hatte.«

»Großartig!« sagte Meredith und wäre wieder am liebsten im Erdboden versunken.

»Ich war direkt erleichtert«, sagte Julie. »Ich meine, bevor Matt Dad alles über dich erzählt hat, hatte ich manchmal schon das Gefühl, daß *ich* die einzige lebende Jungfrau über sechzehn bin!«

Meredith schloß die Augen. »Ich kann mir vorstellen, was er alles über mich erzählt hat«, sagte sie bitter.

»Matt hat gar nichts weiter über dich erzählt! Er hat meinen Dad lediglich darüber aufgeklärt, daß du nicht die Art von Mädchen bist, für die er dich wohl gehalten hat.« Meredith fühlte sich augenblicklich besser, und als Julie das sah, gab sie dem Gespräch eine etwas andere Richtung: »Achtunddreißig der zweihundert Mädchen in meiner diesjährigen High School-Klasse sind schwanger. Ich mußte mir«, sagte sie etwas enttäuscht, »darüber eigentlich nie Sorgen machen. Die meisten Jungen haben schon Angst davor, mich zu küssen.«

Meredith hatte das Gefühl, daß Julie irgendeine Reaktion von ihr erwartete, räusperte sich und fragte: »Warum?«

»Wegen Matt«, antwortete Julie kurz und bündig. »Jeder Junge in Edmunton weiß, daß Matt Farrell mein Bruder ist. Sie wissen, was Matt mit ihnen machen würde, wenn er herausfände, daß sie bei mir irgendwas versucht hätten. Wenn es um weibliche ›Tugend‹ geht«, fügte sie mit einem Seufzer hinzu, »dann ist Matts Gegenwart mindestens so wirkungsvoll wie ein Keuchheitsgürtel.«

»Irgendwie«, sagte Meredith, ohne nachzudenken, »hatte ich nicht direkt diesen Eindruck.«

Julie lachte, und Meredith mußte plötzlich mitlachen.

Eine Stunde später saßen sie einander gegenüber auf der Verandatreppe, den Rücken gegen das Geländer gelehnt. Matt saß eine Stufe über ihr und hatte seine langen Beine ausgestreckt. Eine Stufe tiefer hockte Meredith, die Arme um die angezogenen Knie geschlungen. Sie mußten sich nicht länger bemühen, mehr über einander in Erfahrung zu bringen, weil Meredith ein Kind bekam und sie heiraten mußten. Sie waren einfach ein Paar, das einen lauen Sommerabend im Freien verbrachte und die Gegenwart des anderen genoß.

Meredith legte ihren Kopf zurück und lauschte mit halbgeschlossenen Augen dem Zirpen der Grillen.

»Was denkst du?« fragte er leise.

»Ich denke daran, daß bald Herbst ist«, sagte sie und schaute in seine Augen. »Herbst ist meine liebste Jahreszeit. Die meisten überschätzen den Frühling. Der Winter ist trist und öde, und der Sommer ist ganz schön, aber irgendwie ist alles immer dasselbe. Der Herbst ist anders. Ich meine, gibt es irgendeinen Duft auf der Welt, der es mit dem Geruch von verwelktem Laub aufnehmen kann?« fuhr sie lächelnd fort. Matt dachte bei sich, daß sie wesentlich besser duftete als verwelktes Laub, aber er ließ sie weiterreden. »Der Herbst ist irgendwie aufregend – alles ist im Wandel begriffen. Es ist wie mit der Abenddämmerung.«

»Dämmerung?«

»Die Abenddämmerung ist meine liebste Tageszeit, aus demselben Grund. Früher bin ich im Sommer oft bei Einbruch der Dunkelheit unsere Auffahrt hinuntergegangen und habe durch das Gitter die Autos beobachtet, die mit eingeschalteten Scheinwerfern vorbeifuhren. Es war kurz vor Anbruch der Nacht ...« Sie verstummte. »Das muß schrecklich dumm klingen.«

»Es klingt schrecklich einsam.«

»Ich war nicht einsam, wirklich nicht. Ich habe nur immer in meinen Tagträumen gelebt. Ich weiß, daß mein Vater in Glenmoor einen furchtbaren Eindruck auf dich gemacht hat, aber er ist nicht der Unmensch, für den du ihn hältst. Er liebt mich, und er wollte nie etwas anderes als mich zu beschützen – als das zu tun, was er das Beste für mich hielt.« Ohne Vorwarnung schwand Merediths Verträumtheit, und die Realität schlug mit grausamer Plötzlichkeit zu. »Und als Gegenleistung komme ich in ein paar Tagen heim, schwanger und ...«

»Sollten wir dieses Thema heute abend nicht lieber ausklammern?« unterbrach er sie.

Meredith nickte und versuchte zu lächeln, aber es gelang ihr nicht, ihre Gedanken so gut zu kontrollieren, wie er es offenbar konnte.

Schweigend löschten sie die Lichter im Wohnzimmer und gingen nach oben. Matts Zimmer war direkt neben der Treppe, während Julies links davon am Ende des Ganges lag. Dazwischen befand sich das Bad. Als sie bei seiner Tür ankamen, nahm Meredith die Sache entschlossen in die Hand. »Gute Nacht, Matt«, sagte sie mit unsicherer Stimme, machte einen Bogen um ihn, warf ihm über die Schulter ein gezwungenes Lächeln zu und ließ ihn unter der Tür stehen. Als er keinen Versuch unternahm, sie aufzuhalten, wußte sie nicht, ob sie darüber erleichtert oder wütend sein sollte. Offenbar, so schloß sie, als sie Julies Zimmer betrat, hatten schwangere Frauen wenig Anziehungskraft.

Hinter ihr erklang seine Stimme, leise und etwas belegt: »Meredith?«

Sie drehte sich um und sah, daß er noch immer unter seiner Tür stand, eine Schulter an den Türstock gelehnt, die Arme leicht vor der Brust verschränkt. »Ja?«

»Weißt du, was ich am allerwenigsten mag?«

Sein bitterer Ton sagte ihr, daß er diese Frage nicht nur beiläufig stellte; sie schüttelte den Kopf und überlegte, worauf er wohl hinauswollte. Er ließ sie nicht lange im Unklaren. »Allein schlafen, wenn man genau weiß, daß am Ende des Ganges jemand ist, der, das weiß ich verdammt nochmal genau, bei mir schlafen sollte.« Matt hatte vorgehabt, es wie eine Einladung, nicht wie eine Feststellung klingen zu lassen, und erschrak jetzt selbst über seinen barschen Ton. Auf ihrem Gesicht wechselte mehrfach der Ausdruck – Verlegenheit, Unsicherheit, Zweifel, Unruhe –, und dann schenkte sie ihm ein kleines Lächeln und sagte in entschiedenem Ton: »Gute Nacht.«

Matt sah ihr zu, wie sie Julies Zimmer betrat und die Tür hinter sich schloß; er blieb eine ganze Weile so stehen. Wenn er ihr jetzt nachginge, das wußte er, würden seine zärtlichen Bemühungen, sie in sein Bett zu bekommen, sicherlich Erfolg haben. Aber aus einem unerfindlichen Grund tat er es nicht. Nicht so. Er drehte sich um und ging in sein Zimmer, ließ aber die Tür offen, weil er nach wie vor davon überzeugt war, daß sie bei ihm sein wollte und daß sie zu ihm kommen würde, wenn sie sich fürs Bett fertig gemacht hatte.

In einer Schlafanzughose, nach der er lange in diversen Schubladen hatte suchen müssen, stand er am Fenster und blickte auf den mondbeschienenen Hof hinunter. Er hörte, wie Meredith nach dem Duschen das Bad verließ und erstarrte, während er ihren Schritten lauschte. Sie entfernten sich in Richtung auf Julies Zimmer, und dann fiel eine Tür ins Schloß. Sie hatte ihre Entscheidung getroffen, stellte er mit einer Mischung aus Enttäuschung, Ärger und Überraschung fest. Doch hatte keines dieser drei Gefühle etwas mit der Nichterfüllung sexueller Lust zu tun; sie gingen vielmehr wesentlich tiefer. Er hatte auf ein Zeichen von ihr gehofft, daß sie zu einer wirklichen Beziehung mit ihm bereit war. So sehr er darauf gewartet hatte, so wenig wollte er sie aber beeinflussen. Es war ihre Entscheidung, und sie mußte sie allein und freiwillig treffen.

Er wandte sich vom Fenster ab, seufzte leise und kam zu dem Schluß, daß er wahrscheinlich viel zu viel von einer Achtzehnjährigen erwartete. Das Problem war, daß es ihm schwerfiel, nicht zu vergessen, wie jung Meredith eigentlich war. Er schlug die Decke zurück, legte sich ins Bett, verschränkte die Arme hinter dem Kopf und starrte nach oben. Heute abend hatte sie ihm von Lisa Pontini erzählt und wie die beiden sich angefreundet hatten. Und er hatte aus ihren Erzählungen geschlossen, daß sie sich nicht nur in Country Clubs und herrschaftlichen Villen, sondern auch bei der Familie Pontini zu Hause fühlte. Affektiertheit und Intriganz waren ihr gänzlich fremd, dachte Matt, und doch hatte sie eine gewisse Vornehmheit, eine natürliche Eleganz, die ihn genauso faszinierte wie ihr wunderschönes Gesicht und ihr bezauberndes Lächeln.

Erschöpfung überfiel ihn, und er schloß die Augen. Unglücklicherweise schien keine dieser Eigenschaften dazu angetan, ihr die Idee, mit ihm nach Südamerika zu gehen, geschweige denn den Aufenthalt dort, annehmbarer zu machen – außer sie *empfand* etwas für ihn. Aber das tat sie offensichtlich nicht, denn sonst wäre sie jetzt hier bei ihm. Der Gedanke, eine verwöhnte Achtzehnjährige, die sichtlich keine Veranlassung sah, ihn zwei Zimmer weiter aufzusuchen, davon zu überzeugen, mit ihm nach Südamerika zu kommen, war nicht nur abwegig, er war geradezu lächerlich.

Mit gesenktem Kopf stand Meredith neben Julies Bett, hin und her gerissen zwischen Sehnsüchten und Bedenken, die sie scheinbar weder kontrollieren noch vorhersehen konnte. Vor weniger als einer Stunde hatte sie nicht bei Matt schlafen wollen, und jetzt sehnte sie sich nach ihm. Der gesunde Menschenverstand warnte sie, daß ihre Zukunft schon jetzt mehr als ungewiß war, und daß sie, wenn sie jetzt ihrer wachsenden Zuneigung zu ihm nachgab, alles noch viel schlimmer machen würde. Er war sechsundzwanzig, also viel älter und vor allem in jeder Hinsicht sehr viel erfahrener als sie. Außerdem führte er ein Leben, das ihr völlig fremd war. Vor sechs Wochen, als er einen Smoking trug und sie sich in vertrauter Umgebung aufhielt, hatte er fast wie die anderen Männer gewirkt, die sie kannte. Hier jedoch, in Jeans und offenem Hemd, zeigte er eine Art von Rauhbeinigkeit, die sie gleichzeitig faszinierte und ängstigte. Er wollte, daß sie heute nacht bei ihm schlief, und er hatte das deutlich klargemacht. Was Frauen und Sex anging, war Matt selbstsicher genug, sich hinzustellen und ihr zu sagen, was er wollte. Nicht sie zu *bitten* oder zu fragen, sondern es ihr zu sagen! Er wußte genau, wo er sie berühren und wie er sie lieben mußte, damit sie völlig außer Kontrolle geriet, und diese Sachkenntnis hat er nicht aus Büchern! Vermutlich hatte er Hunderte von Malen auf Hunderte von Arten mit Hunderten von Frauen geschlafen.

Doch während sie diesen Gedanken nachhing, sträubte sich alles in ihr gegen die Vorstellung, daß Matts Gefühle ihr gegenüber ausschließlich sexueller Natur waren. Zwar hatte er sie in den sechs Wochen, seit er Chicago verlassen hatte, nicht angerufen, aber sie war an jenem Abend schließlich derart verstört gewesen, daß sie ihm beim besten Willen nicht den Eindruck hatte vermitteln können, sie würde sich über seinen Anruf freuen. Seine Behauptung, er hätte sich bei ihr gemeldet, wenn er in zwei Jahren aus Südamerika zurück war, hatte lachhaft geklungen, als er sie äußerte. Jetzt, in der Stille der Nacht, nachdem er ihr von seinen Plänen erzählt hatte, wuchs in ihr aber das Gefühl, daß er es zu etwas gebracht haben wollte, wenn er sie das nächste Mal anrief. Sie dachte daran, was er ihr von seiner Mutter erzählt hatte ... Matt war alles andere als oberflächlich und verantwortungslos. Nicht ein einziges Mal, seit sie hergekommen war, hatte er versucht, der Verantwortung für das Baby aus dem Weg zu gehen. Darüber hinaus hatte er Julie zufolge seit Jahren die Verantwortung für die ganze Familie getragen.

Wenn Sex alles war, was er von ihr wollte, warum hatte er dann nicht versucht, sie zu verführen? Sie rief sich den zärtlichen Ausdruck seiner Augen in Erinnerung. *Warum* hatte er nicht versucht, sie dazu zu überreden, mit ihm ins Bett zu gehen?

Als ihr die Antwort mit einem Mal klar wurde, fühlte sie sich unglaublich erleichtert und seltsam beklommen. Es war offensichtlich, daß er mit ihr schlafen wollte, und er wußte eindeutig, wie er sie dazu bringen konnte, aber er hatte es nicht getan. Er wollte heute abend mehr von ihr als ihren Körper. Sie wußte es, ohne den Grund dafür zu kennen.

Vielleicht war sie aber auch nur überempfindlich, wie schon die ganze letzte Zeit? Meredith straffte sich, zitternd vor Ungewißheit. Unwillkürlich fuhr sie mit der Hand über ihren flachen Bauch. Sie hatte Angst und war verwirrt, und sie fühlte sich maßlos hingezogen zu einem Mann, den sie weder kannte noch verstand. Mit klopfendem Herzen öffnete sie leise die Tür von Julies Zimmer. Er hatte seine Tür offengelassen – das hatte sie bemerkt, als sie aus dem Bad kam. Wenn er schon schlief, so entschied sie, würde sie zurück- und zu Bett gehen. Sie würde es dem Schicksal überlassen.

Er schlief, das merkte sie in dem Moment, als sie unter seiner Tür stand. Sie betrachtete ihn im sanften Licht des Mondes, das durch die dünnen Vorhänge ins Zimmer fiel. Ihr Herz schlug wieder ruhig, und sie stand ganz still. Dann drehte sie sich leise um.

Matt hatte keine Ahnung, was ihn aufgeweckt hatte oder wie lange sie unter der Tür gestanden hatte, aber als er die Augen aufschlug, war sie im Gehen. Er hielt sie mit den erstbesten Worten auf, die ihm einfielen: »Nicht, Meredith!«

Der harsche Befehl ließ Meredith herumfahren, daß ihr Haar über die linke Schulter flog. Nicht wissend, was er damit meinte oder ausdrücken wollte, versuchte sie, in der Dunkelheit in seinem Gesicht zu lesen. Als ihr das nicht gelang, ging sie langsam auf ihn zu.

Matt betrachtete sie, wie sie näher kam. Sie trug ein kurzes Seidenhemd, das kaum ihre wohlgeformten Schenkel bedeckte. Er rückte zur Seite und schlug die Bettdecke für sie zurück. Sie zögerte und setzte sich statt dessen auf den Bettrand. Ihre Hüfte berührte seine, und sie suchte mit großen, fragenden Augen seinen Blick. Als sie sprach, zitterte ihre Stimme: »Ich weiß nicht, warum, aber ich habe diesmal mehr Angst als das letzte Mal.«

Matt lächelte verhalten und hob seine Hand an ihre Wange, dann strich er ihr sanft über ihren Nacken. »Ich auch.« Beide schwiegen und bewegten sich nicht. Nur Matts Daumen streichelte ihren Nacken. Und beide spürten, daß sie dabei waren, den ersten Schritt in eine für sie beide neue Richtung zu wagen. Meredith ahnte es instinktiv, Matt erkannte es mit vollem Bewußtsein; es war etwas unumstößlich Richtiges und Endgültiges dabei. Sie war nicht mehr die reiche Erbin aus einer anderen Welt; sie war die Frau, die er besitzen wollte, seitdem er sie gesehen hatte, und jetzt saß sie hier neben ihm, und ihr Haar fiel wie ein dichter, seidener Schleier auf seinen Arm. »Ich glaube, ich sollte dich warnen«, flüsterte er, während seine Hand ihr Genick fester umspannte und langsam begann, ihren Kopf näher an seinen heranzubringen, »daß du heute ein größeres Risiko eingehst als vor sechs Wochen.« Meredith blickte in seine vor Leidenschaft dunklen Augen und wußte, daß er sie vor einer tiefen gefühlsmäßigen Bindung warnen wollte. »Entscheide dich«, flüsterte er heiser.

Sie zögerte, und ihr Blick wanderte von seinen zwingenden Augen zu dem energischen Mund. Ihr Herzschlag setzte aus, sie erstarrte und lehnte sich zurück. Seine Hand fiel herab. »Ich ...«, sagte sie und wollte den Kopf schütteln und aufstehen, als irgend etwas sie zurückhielt. Mit einem unterdrückten Seufzer lehnte sich Meredith vor und küßte ihn, preßte ihre weichen Lippen auf seine, und Matts Arme umfingen sie und hielten sie fest, zogen sie näher und erdrückten sie fast, als er sie auf den Rücken rollte, seinen Mund hart und unnachgiebig auf ihrem.

Der Zauber begann wie schon vor sechs Wochen, aber diesmal war es anders, leidenschaftlicher, süßer, wilder.

Und tausendmal bedeutsamer.

Als es vorbei war, drehte Meredith sich erschöpft und befriedigt zur Seite. Seine Hand streichelte noch sanft ihren

Arm und kam dann auf ihrer Brust zur Ruhe. Diese besitzergreifende Geste beherrschte ihren letzten wachen Gedanken; er wollte daß sie ihn spürte, daß er ein Recht auf sie erhob. Das war typisch für ihn. Lächelnd schlief sie ein.

»Hast du ausgeschlafen?« fragte Julie am nächsten Morgen, als sie in der Küche stand und Butter auf eine Scheibe Toast strich.

»Sehr gut«, sagte Meredith und versuchte verzweifelt, sich nicht anmerken zu lassen, daß sie die Nacht damit zugebracht hatte, Julies Bruder zu lieben. »Kann ich dir irgendetwas helfen?«

»Gar nichts. Dad arbeitet die nächste Woche doppelte Schicht, von drei Uhr nachmittags bis sieben Uhr früh. Wenn er heimkommt, will er nur noch essen und schlafen. Ich habe sein Frühstück schon fertig. Matt frühstückt nie. Willst du ihm seinen Kaffee bringen? Ich bringe ihn normalerweise kurz bevor sein Wecker klingelt, das heißt« – sie warf einen Blick auf die Küchenuhr, ein Plastikding in Form eines Teekessels – »in knapp zehn Minuten.«

Meredith gefiel die Idee, Matt mit einer so hausfraulichen Geste zu wecken, und sie goß Kaffee in einen Napf; dann schaute sie fragend auf die Zuckerdose.

»Er trinkt ihn schwarz«, sagte Julie, die über Merediths Unsicherheit lächeln mußte. »Matt ist übrigens ein Morgenmuffel, also erwarte keine fröhliche Unterhaltung.«

»Ist er wirklich einer?« Meredith dachte über das neue Stückchen Information nach, das sie soeben erhalten hatte.

»Er ist nicht böse, er ist nur einfach schweigsam.«

Julie hatte teilweise recht. Als Meredith an seine Tür klopfte und hineinging, drehte sich Matt gerade auf den Rücken und bemühte sich, die Augen offenzuhalten. Sein einziger Gruß war ein dankbares Lächeln, während er sich mühsam zum Sitzen aufrichtete und die Hand nach dem Kaffee ausstreckte. Meredith stand unentschlossen neben dem Bett und sah zu, wie er den Kaffee trank. Sie wollte gerade wieder gehen, weil sie sich überflüssig vorkam, als er nach ihrem Handgelenk griff, um sie aufzuhalten. Gehorsam setzte sie sich neben ihn. »Warum bin ich eigentlich der einzige, der heute früh erschöpft ist?« fragte er endlich mit noch etwas verschlafener Stimme.

»Ich bin ein Morgenmensch«, sagte Meredith. »Wahrscheinlich werde ich heute Nachmittag zusammenklappen.«

Sein Blick wanderte über Julies Karobluse, die Meredith am Bauch zu einem Knoten gebunden hatte, und zu den weißen Shorts, die sie ebenfalls von Julie geborgt hatte. »An dir sieht das richtig schick aus.«

Es war das erste Kompliment, das er ihr machte, abgesehen von den Dingen, die er ihr ins Ohr flüsterte, wenn sie sich liebten. Meredith, die von Komplimenten in der Regel nichts hielt, prägte sich dieses ein. Nicht wegen der Worte, sondern wegen der zärtlichen Art, in der er es gesagt hatte.

Patrick kam nach Hause, aß sein Frühstück und ging zu Bett. Julie verließ das Haus um halb neun. Sie winkte Meredith fröhlich zu und sagte, daß sie nach der Schule zu ihrer Freundin ginge und dort auch wieder übernachten würde. Um halb zehn beschloß Meredith, zu Hause anzurufen und bei dem Butler eine Nachricht für ihren Vater zu hinterlassen. Albert nahm den Anruf entgegen und übermittelte ihr dann eine Nachricht von ihrem Vater: Sie solle umgehend nach Hause kommen, und er hoffe, daß sie eine sehr gute Erklärung für ihr plötzliches Verschwinden habe. Meredith bat Albert, ihrem Vater auszurichten, daß sie einen wundervollen Grund zum Wegbleiben habe und daß sie Sonntag zurückkommen werde.

Danach zog sich die Zeit hin. Ein langer Tag, den sie mit Spazierengehen, Einkaufen und schläfrigem Herumliegen verbrachte.

Endlich, um halb fünf, weckte sie das Geräusch von Autoreifen auf knirschendem Kies. Sie setzte sich schnell auf und fuhr sich mit den Fingern durchs Haar. Die Tür ging auf, und bei seinem Anblick machte ihr Herz vor Freude einen Riesensprung. »Hallo«, sagte sie und träumte plötzlich von anderen Abenden wie diesem, an denen sie Matt zu ihr heimkam. Sie überlegte, ob er wohl an sie gedacht hatte, schalt sich aber augenblicklich für ihre dummen Gedanken. Sie war diejenige, die zu viel Zeit hatte, er hatte gearbeitet und sicher anderes im Kopf gehabt. »Wie war dein Tag?«

Matt schaute sie an, wie sie neben dem Sofa stand, und sehnte sich plötzlich nach anderen Abenden wie diesem, an denen er zu einer goldhaarigen Göttin nach Hause kam, deren Lächeln ihm stets das Gefühl geben würde, als habe er gerade ganz alleine einen Drachen getötet, ein Heilmittel gegen die Grippe entdeckt und einen Weg gefunden, den Weltfrieden zu sichern. »Mein Tag war schön«, sagte er lächelnd. »Was hast du mit deinem angefangen?«

Sie hatte einen Teil damit verbracht, sich Sorgen zu machen, den restlichen damit, an ihn zu denken und von ihm zu träumen.

»Ich habe ein paar Sachen fürs Abendessen eingekauft«, sagte sie verlegen und lehnte sich in seinen Armen zurück.

Matt hatte vorgehabt, sie auszuführen. Er blickte ihr in die Augen und lächelte überrascht. »Hast du nicht gesagt, daß du nicht kochen kannst?«

»Du wirst es verstehen, wenn du siehst, was ich gekauft habe«, sagte sie und ging mit ihm in die Küche. Dort nahm sie die Hot Dogs aus dem Kühlschrank und eine Stange Weißbrot.

»Gar nicht dumm«, sagte er mit einem Grinsen. »Du hast dir etwas einfallen lassen, damit du nicht kochen mußt.«

»Glaub mir«, sagte sie ernst, »es ist sicherer so.«

Er war noch keine zehn Minuten zu Hause, und zum zweiten Mal hatte Matt das Gefühl, sein Leben sei plötzlich viel schöner geworden.

Sie trug eine Decke und das Essen nach draußen, und Matt machte ein Lagerfeuer. Sie verbrachten den Abend im Freien und verzehrten mit Genuß angebrannte Hot Dogs und lasches Brot. Dabei unterhielten sie sich über alles mögliche – über die Vegetation Südamerikas ebenso wie über Merediths ungewöhnlich angenehm verlaufende Schwangerschaft und die alte Streitfrage, ob Hot Dogs aufplatzen durften. Es dämmerte, als Meredith die Teller wegräumte und zum Abspülen in die Küche ging. Matt wartete mit angewinkelten Knien und blickte in das Feuer, in das er eine Handvoll Blätter geworfen hatte, um Meredith zu überraschen.

Als sie zurückkam, war die Luft von herbstlichem Duft erfüllt, und Matt saß auf der Decke, als ob der Geruch des Laubes im August etwas völlig Normales sei. Sie kniete sich gegenüber von ihm hin, blickte erst ins Feuer und hob dann ihren Blick zu seinem; selbst in der Dunkelheit konnte Matt sehen, wie ihre Augen leuchteten. »Danke«, sagte sie einfach.

»Gern geschehen«, erwiderte er, und die eigene Stimme klang fremd in seinen Ohren. Er streckte seine Hand nach ihr aus, und eine Woge der Begierde überkam ihn, als sie seine einladende Geste mißverstand und sich nicht neben ihn, sondern zwischen seine Beine setzte, so daß sie mit dem Rücken an ihn gelehnt das Feuer beobachten konnte. Der Begierde folgte unbeschreibliche Freude, als sie einen Moment später leise gestand: »Dies ist der schönste Abend in meinem ganzen Leben, Matt.«

Er legte seinen Arm von hinten um ihre Taille, die Hände beschützend auf ihrem flachen Bauch, und versuchte, nicht so gerührt zu klingen, wie er tatsächlich war. Mit seiner freien Hand schob er ihr Haar beiseite und küßte ihren Nacken. »Und was ist mit letzter Nacht?«

Sie beugte ihren Kopf nach vorne, damit sein Mund leichter zum Ziel kam, und verbesserte sich prompt: »Dies ist der *zweit*schönste Abend in meinem ganzen Leben.«

Lächelnd glitt Matts Mund über ihre Haut und knabberte an ihrem Ohr. Schon hatte die Leidenschaft von ihm Besitz ergriffen, breitete sich wie ein Buschfeuer in seinen Adern aus und ließ sich weder aufhalten noch eindämmen. Er drehte ihr Gesicht zu sich und nahm ihren Mund gefangen. Ihre Lippen erwiderten seinen Kuß, zuerst süß und weich, dann strich ihre Zunge immer wilder über seine Zähne. Matts Hand fuhr unter ihre Bluse, die Finger schlossen sich um ihre Brust, und ihr leises, lustvolles Stöhnen brachte ihn um den letzten Rest von Selbstbeherrschung. Er legte sie auf die Decke, sein Körper halb über ihrem, und grub seine Finger in ihr Haar. Kaum spürte er ihr kurzes Zögern, als die Wildheit seiner leidenschaftlichen Glut sie für den Bruchteil einer Sekunde erstarren ließ. Auch ihn überraschte dieser verzweifelte, fordernde Drang, sie ganz und gar zu besitzen. Seine Hände zitterten, als er sie langsam auszog. Dann küßte er sie, bis sie sich vor Begierde unter ihm wand und ihre Hände in seine heiße Haut grub. Die Berührung ihres Mundes und ihrer Hände, jeder ihrer leisen Seufzer brachte sein Blut zum Kochen, als er von einer Stufe auf die nächsthöhere führte und dabei heisere, heiße Worte der Lust flüsterte. Sie folgte ihm, ging mit ihm mit, bis sie endlich beide aufschrien und ihre Körper vor wilder Lust erbebten.

Später lagen sie in die Decke gewickelt nebeneinander. Er blickte in den sternenklaren Himmel und sog den nostalgischen Duft eines Spätsommerabends ein. In der Vergangenheit war Sex ein Akt gegenseitigen Lustgewinns gewesen; mit Meredith war es ein Akt von zauberhafter Schönheit. Wunderbarer, qualvoller Schönheit. Zum ersten Mal in seinem Leben fühlte Matt sich durch und durch befriedigt, vollkommen glücklich. Die Zukunft war unsicherer, problembeladener denn je, und doch war er noch nie so zuversichtlich gewesen, sie nach seinen Vorstellungen gestalten zu können – wenn sie ihm die Möglichkeit dazu gab und die nötige Zeit, um dieses wunderbare, zarte Band zu festigen, das sie mit jeder gemeinsam verbrachten Stunde enger aneinander fesselte. Wenn er sie dazu bringen könnte, ihn nach Südamerika zu begleiten, hätte er Zeit genug, ihre Beziehung zu vertiefen, und sie würde seine Frau bleiben. Daran glaubte er ganz fest. Morgen wollte er Jonathan Sommers anrufen, um herauszufinden, wie die Wohnverhältnisse und die medizinische Versorgung dort unten waren. Ihn selbst hatte das bisher nicht interessiert. Mit Meredith und dem Baby war es jedoch etwas anderes.

Wenn er sie nicht mitnehmen konnte ... Da lag das Problem. Er mußte auf jeden Fall nach Südamerika. Zum einen hatte er einen Vertrag unterzeichnet, und zum anderen brauchte er den 150 000-Dollar-Bonus zur Finanzierung seiner nächsten Investitionen. Diese 150 000 Dollar waren der Grundstein seines ganzen großen Zukunftsplans. Es war nicht so viel Geld, wie er sich vorgestellt hatte, aber es mußte reichen.

So neben ihr liegend, spielte er mit dem Gedanken, den ganzen Plan zu vergessen und bei ihr in den Staaten zu bleiben. Aber das war unmöglich. Meredith war nur das Beste und Feinste gewöhnt. Sie hatte ein Recht darauf, und er wollte es für sie. Und es gab nur einen Weg, es für sie zu erreichen: Er mußte nach Südamerika.

Die Konfrontation mit ihrem Vater ... das war das Nächste, was ihnen bevorstand. Der Mann war ein echter Dreckskerl, aber irgendwie hatte er das bezauberndste Wesen aufgezogen, das Matt je getroffen hatte, und dafür würde er ihm immer dankbar sein. Er war so dankbar dafür, daß er alles in seiner Macht Stehende tun würde, um das Verhältnis zwischen Meredith und ihrem Vater zu verbessern, wenn er sie am Sonntag nach Chicago brachte. Er durfte nicht vergessen, daß Meredith Philip Bancrofts einziges Kind war und daß sie diesen arroganten Bastard aus Gründen, die nur sie selbst kennen mochte, aufrichtig liebte.

10

Die Sonne schien durch die Windschutzscheibe, und Meredith beobachtete, wie sie sich auf dem goldenen Ehering spiegelte, den Matt ihr am gestrigen Tag über den Finger gestreift hatte, als sie in einer schlichten Zeremonie mit Julie und Patrick als Trauzeugen vom örtlichen Friedensrichter getraut worden waren. Im Vergleich zu den üppigen kirchlichen Hochzeiten, an denen sie teilgenommen hatte, war ihre eigene kurz und sachlich gewesen. Die »Flitterwochen« jedoch, die in Matts Bett folgten, waren alles andere als das. Sie hatten das Haus für sich alleine gehabt, und er hatte sie bis in die frühen Morgenstunden hinein wachgehalten, sie immer und immer wieder geliebt – nicht zuletzt, so vermutete sie, um sie dafür zu entschädigen, daß er ihr keine richtigen Flitterwochen bieten konnte.

Meredith dachte darüber nach, während sie ihren Ring an dem Sommerkleid blankrieb, das Julie ihr geliehen hatte. Im Bett war es Matt, der gab und gab und gab – und der es scheinbar weder wollte noch brauchte, daß sie sich auf die gleiche Weise revanchierte. Wenn er mit ihr schlief, sehnte sie sich manchmal danach, ihm dieselben Lustgefühle zu vermitteln, die er ihr spendete und die sie fast um den Verstand brachten. Aber sie traute sich nicht, die Initiative zu übernehmen, solange er sie nicht dazu ermunterte. Es machte ihr zu schaffen, daß er so viel mehr zu geben schien, als er empfing – aber wenn er sich auf sie legte und sich tief in ihren dahinschmelzenden Körper vergrub, vergaß Meredith das. Dann vergaß sie die Welt um sich herum.

Jetzt blickte sie ihn von der Seite an; in seinem energischen Kinn lag nichts Jungenhaftes, aber manchmal, wenn er lachte oder wenn er mit zerzausten Haar neben ihr schlief, wirkten seine sonst so markanten Züge weich und einfach gewinnend. Und diese Wimpern! Neulich früh hatte sie diese dichten langen Wimpern bemerkt; er hatte noch geschlafen und ausgesehen wie ein kleiner Junge, so daß sie einen unwillkürlichen Impuls verspürte, ihn in den Arm zu nehmen.

Er merkte wie sie ihn studierte und fragte: »Hab ich heute früh vergessen, mich zu rasieren?«

Sie mußte lachen, weil dies ihren Gedankengängen so völlig zuwider lief. »Nein. Ich habe gerade gedacht, daß du Wimpern hast, um die dich jedes Mädchen beneiden würde.«

»Paß bloß auf«, drohte er lachend und machte ein bitterböses Gesicht. »In der sechsten Klasse habe ich einen Jungen verprügelt, weil er gesagt hat, ich hätte Wimpern wie ein Mädchen.«

Auch Meredith lachte, aber je näher ihr Zuhause und die Konfrontation mit ihrem Vater rückten, desto mehr schwand die gute Laune, die sie beide zu wahren versucht hatten. Matt mußte in zwei Tagen nach Venezuela abreisen, und ihre gemeinsame Zeit näherte sich dem Ende. Und obwohl er sich einverstanden erklärt hatte, ihrem Vater nichts davon zu sagen, daß sie ein Kind erwartete, fand er dieses Vorgehen falsch.

Auch Meredith gefiel es nicht besonders. Aber es schien ihr der beste Weg. Bis sie Matt nach Südamerika folgen konnte, wollte sie kochen lernen. In den letzten paar Tagen war ihr der Gedanke, eine richtige Ehefrau mit Mann und eigenem Haushalt zu werden, immer reizvoller erschienen – trotz Matts abschreckender Beschreibung, wie ihr zukünftiges Zuhause vermutlich aussehen würde.

»Wir sind da«, sagte Meredith, als sie einige Minuten später in die Auffahrt einbogen.

Matt half ihr aus dem Wagen und bemühte sich, zuversichtlich zu klingen: »Wenn dein Vater dich so liebt, wie er sagt, dann wird er versuchen, das Beste aus der Situation zu machen, sobald der erste Schock überwunden ist.« Meredith hoffte inbrünstig, daß er recht hatte. Wenn er sich irrte, dann hieße das, daß sie auf der Farm leben mußte, wenn Matt weg war, und das wollte sie nicht, nicht solange Patrick Farrell ihr gegenüber derart mißtrauisch war.

»Also los«, sagte sie, holte tief Luft, und dann stiegen sie die Stufen zur Haustür hinauf. Da sie heute morgen angerufen und Albert gebeten hatte, ihrem Vater auszurichten, daß sie am frühen Nachmittag nach Hause käme, nahm sie an, ihr Vater würde bereits auf sie warten.

Sie hatte recht. Sobald sie die Tür aufsperrte, kam er aus dem Wohnzimmer. Er sah aus, als habe er eine Woche lang kein Auge zugemacht. »Wo zum Teufel bist du gewesen?« donnerte er und sah aus, als ob er sie jeden Moment packen und durchschütteln wolle. Ohne auf Matt zu achten, der ein paar Schritte hinter ihr stand, tobte er: »Hast du verdammt nochmal vor, mich ganz und gar um den Verstand zu bringen, Meredith?«

»Wenn du eine Minute lang ruhig bist, werde ich dir alles erklären«, sagte Meredith und deutete auf Matt.

»Gottverdammter Mistkerl!« schrie ihr Vater, als er sah, mit wem Meredith zusammengewesen war.

»Es ist nicht so, wie du denkst«, stieß Meredith hervor. »Wir sind verheiratet!«

»Ihr seid was?«

Matt beantwortete die Frage ganz ruhig: »Verheiratet.«

Innerhalb von drei Sekunden war Philip Bancroft klar, daß es nur einen einzigen Grund geben konnte, der Meredith veranlassen würde, jemanden zu heiraten, den sie so gut wie nicht kannte: Sie war schwanger. »Mein Gott, nein!« Sein wütender Gesichtsausdruck und der unverhohlene Zorn in seiner Stimme trafen Meredith mehr als alles andere, was er hätte sagen oder tun können. Und gerade als sie dachte, es könnte nicht mehr schlimmer kommen, erkannte sie, daß es gerade erst angefangen hatte. Schock und Empörung waren einer ohnmächtigen Wut gewichen. Auf dem Absatz kehrtmachend, beorderte er Meredith und Matt in sein Arbeitszimmer und schlug dann die Tür hinter beiden zu.

Wie ein gereizter Panther lief er im Zimmer auf und ab, ignorierte Meredith völlig, und jedesmal, wenn sein Blick auf Matt fiel, trat Mordlust in seine Augen. Er verfluchte Matt in allen Tonarten, sprach von Vergewaltigung und Notzucht und wurde immer wütender, da Matt seine Beleidigungen mit einem Schweigen aufnahm, das an Gleichgültigkeit grenzte.

Zitternd vor Furcht und Scham, saß Meredith neben Matt auf dem Sofa, auf dem sie sich geliebt hatten. Sie war so verschreckt, daß es mehrere Minuten dauerte, bis sie begriff, daß ihr Vater weniger über ihre Schwangerschaft empört war als über ihre Heirat mit einem »geldgierigen

Mitgiftjäger aus der Unterschicht«. Als ihm endlich die Worte ausgingen, ließ er sich in den Sessel hinter seinem Schreibtisch fallen und verharrte dort in grimmigem Schweigen.

Mit den Tränen kämpfend, erkannte Meredith, daß Matt sich getäuscht hatte. Dies war etwas, womit sich ihr Vater nie abfinden würde. Er würde sie aus seinem Leben verstoßen, so wie er ihre Mutter verstoßen hatte, und trotz all ihrer Differenzen erschütterte dieser Gedanke Meredith zutiefst. Matt war ihr nach wie vor relativ fremd, und vom heutigen Tag an würde auch ihr Vater ein Fremder für sie sein. Es hatte keinen Sinn, Matt zu verteidigen, denn jedesmal, wenn sie einen derartigen Versuch unternahm, hatte ihr Vater sie ignoriert oder war noch wütender geworden.

Sie stand auf und legte alle ihr verbliebene Würde in ihre Stimme: »Ich hatte vor, solange hierzubleiben, bis ich nach Südamerika fliege, aber das ist scheinbar unmöglich. Ich packe oben nur ein paar Sachen zusammen.« Sie wandte sich an Matt und bat ihn, im Auto auf sie zu warten, doch ihr Vater fiel ihr ins Wort. »Dies ist dein Zuhause, Meredith, und du gehörst hierher! Farrell und ich werden uns jetzt unter vier Augen unterhalten.«

Meredith gefiel sein Ton ganz und gar nicht, aber Matt deutete ihr an, daß sie bitte gehen solle.

Als die Tür hinter ihr ins Schloß gefallen war, erwartete Matt einen weiteren Wutausbruch, aber Bancroft schien sich jetzt unter Kontrolle zu haben. Er saß an seinem Schreibtisch, klopfte mit den Fingern auf die Tischplatte, starrte Matt einige nicht enden wollende Sekunden lang an und plante seinen nächsten Schachzug. Nachdem sein Zorn ihn nicht weitergebracht hatte, wußte Matt, daß er jetzt einen anderen Weg einschlagen würde. Er hatte jedoch nicht erwartet, daß Philip Bancroft mit tödlicher Genauigkeit seinen einzigen wunden Punkt treffen würde: seine Schuldgefühle, was Meredith betraf.

»Ich gratuliere, Farrell«, spottete Bancroft sarkastisch. »Sie haben einem unschuldigen achtzehnjährigen Mädchen ein Kind angehängt, einem Mädchen, das sein ganzes Leben noch vor sich hatte – College-Ausbildung, Reisen, das Beste von allem.« Er durchbohrte Matt mit einem stechenden Blick. »Wissen Sie, wozu Clubs wie Glenmoor da sind?« Matt schwieg, und Philip beantwortete seine Frage selbst: »Sie sind dazu da, um unsere Familien, unsere *Töchter,* vor solchem Süßholz raspelndem Drecksgesindel wie Ihnen zu schützen.«

Bancroft schien zu spüren, wie sehr er Matt mit diesen Bemerkungen getroffen hatte und bohrte weiter. »Meredith ist achtzehn, und Sie haben ihr ihre Jugend gestohlen, indem Sie ihr ein Kind angehängt und sie zur Ehe überredet haben. Und jetzt wollen Sie sie ganz zu sich herunterziehen – Sie wollen, daß sie mit Ihnen nach Südamerika kommt und sich dort wie ein Arbeitstier abschuftet. Ich kenne Südamerika, und ich kenne Bradley Sommers. Ich weiß *genau,* was er in Venezuela vorhat und wie es dort unten wirklich aussieht. Sie müssen sich ihren Weg durch den Urwald bahnen, um von der sogenannten Zivilisation an ihre Bohrstellen zu kommen. Nach dem nächsten Regen existiert dieser Weg nicht mehr. Alles muß mit dem Hubschrauber hintransportiert werden, und es gibt kein Telephon, keine Klimaanlage, kein gar nichts! Und in diese schwülheiße Hölle wollen Sie meine Tochter mitnehmen?«

Als Matt von dem 150 000-Dollar-Bonus gehört hatte, den die Fördergesellschaft aussetzte, war ihm klar gewesen, daß er als Kompensation für gewisse Entbehrungen gezahlt wurde, aber er war doch relativ sicher gewesen, daß er Meredith ein ordentliches Leben würde bieten können. So sehr er Philip Bancroft verabscheute, wußte Matt doch, daß der Mann das Recht hatte, Merediths künftiges Wohlergehen sichergestellt zu wissen. Zum ersten Mal, seit er das Haus betreten hatte, öffnete er den Mund: »Ungefähr sechzig Meilen entfernt liegt ein größeres Dorf«, begann er leise, aber bestimmt.

»Unsinn! Sechzig Meilen bedeuten acht Stunden im Jeep,

vorausgesetzt der Pfad, den Sie beim letzten Mal geschlagen haben, ist nicht bereits wieder völlig zugewachsen! Ist das das Dorf, in dem Sie meine Tochter für anderthalb Jahre unterbringen wollen? Wann wollen Sie sie sehen? Soviel ich weiß, arbeiten Sie zwölf Stunden am Tag.«

»In der Nähe der Bohrstelle gibt es Unterkünfte«, entgegnete Matt, obwohl er vermutete, daß diese zweifelhaft waren, ganz gleich, was Sommers erzählte. Er wußte auch, daß Bancroft recht hatte mit dem, was er über die Gegend und die Unannehmlichkeiten dort sagte.

»Großartiges Leben, das Sie ihr bieten wollen«, schnappte Philip zornig. »Ein Schuppen an der Bohrstelle oder eine armselige Hütte in einem gottverlassenen Dorf mitten im Urwald!« Er holte zu einem neuen Hieb aus. »Sie sind ein zäher Bursche, Farrell, das gebe ich zu. Sie haben alles, was ich bisher sagte, mit einem Achselzucken weggesteckt. Aber ich frage mich, ob Sie auch ein Gewissen haben. Sie haben meiner Tochter Ihre Träume im Tausch gegen ihr ganzes Leben verkauft. Aber auch sie hatte ihre Träume, Sie Bastard. Sie wollte studieren. Sie war seit ihrer Kindheit in den gleichen Mann verliebt – einen Bankierssohn, der ihr alles hätte bieten können. Sie hat keine Ahnung, daß ich es weiß, aber es ist so. Haben Sie es gewußt?«

Matt biß die Zähne zusammen und schwieg.

»Können Sie mir verraten, wo das Kleid herstammt, das sie anhat?« Ohne auf eine Antwort zu warten, fuhr Philip höhnisch fort: »Kaum ist sie ein paar Tage mit Ihnen zusammen, schon sieht sie nicht einmal mehr aus wie früher! Sie sieht aus, als hätte sie sich auf dem Flohmarkt eingekleidet. Das«, Philips Stimme klang jetzt geschäftsmäßig nüchtern, »bringt uns zu unserem nächsten Thema, das Ihnen sicherlich nicht gleichgültig ist: Geld. Sie werden nicht *einen Cent* von Merediths Geld bekommen. Ist das klar?« schnappte er und lehnte sich in seinem Stuhl nach vorne. »Sie haben ihr bereits ihre Jungend und ihre Träume gestohlen, aber Sie werden niemals einen Cent von ihrem Geld in die Finger bekommen. Ich habe meine Hand noch zwölf Jahre auf ihrem Vermögen. Sollte sie, was ich stark bezweifle, in zwölf Jahren immer noch mit Ihnen zusammen sein, dann werde ich jeden gottverdammten Cent vorher so anlegen, daß sie es weitere fünfundzwanzig Jahre lang weder verkaufen noch nützen kann.«

Da Matt eisern schwieg, fuhr er fort: »Wenn Sie glauben, daß ich Mitleid haben und ihr Geld zukommen lassen werde, um ihr und damit Ihnen das Leben leichter zu machen, so kennen Sie mich schlecht. Sie halten sich für einen harten Burschen, Farrell, aber Sie wissen noch gar nicht, was wirkliche Härte ist. Ich werde vor nichts zurückschrecken, um Meredith von Ihnen wegzubringen, auch wenn das bedeutet, daß ich sie in Lumpen, barfuß und schwanger herumlaufen lasse! Habe ich mich klar genug ausgedrückt?« Matts Schweigen hatte ihn für den Bruchteil einer Sekunde aus dem Konzept gebracht.

»Sehr klar«, antwortete Matt schneidend. »Aber jetzt hören Sie mir einen Augenblick zu«, fuhr er mit einer Entschlossenheit fort, die nicht ahnen ließ, welche Schuldgefühle Philip in ihm geweckt hatte. »Hier ist ein Kind im Spiel. Meredith ist bereits schwanger, also ist das meiste, was Sie gesagt haben, sowieso hinfällig.«

»Sie sollte ins College«, konterte Philip. »Das wußten alle. Ich werde sie fortschicken, und sie kann das Kind bekommen. Außerdem ist auch immer noch Zeit, um eine andere Möglichkeit in Betracht zu ziehen ...«

Ein wütendes Glitzern stieg in Matts Augen. »Diesem Kind wird nichts zustoßen!« warnte er leise.

»Okay. Sie haben es gewollt, also kümmern Sie sich auch darum.«

In der ganzen letzten Zeit hatten die beiden nie jene letzte Alternative erwogen. Es war, so wie sich alles entwickelte, nicht nötig gewesen. Als Matt jetzt sprach, klang er zuversichtlicher, als er sich fühlte: »Das alles ist völlig irrelevant. Meredith will mit mir zusammensein.«

»Natürlich will sie das!« versetzte Philip. »Sex ist eine ganz neue Erfahrung für sie.« Er musterte Matt mit einem verächtlichen Blick und fuhr fort: »Für Sie allerdings nicht, habe ich recht?«

Im Geiste umkreisten sie sich wie zwei Duellanten, aber Philip hatte die besseren Waffen, und Matt war in die Defensive gedrängt. »Wenn Sie weg sind, und Sex nicht mehr direkt im Spiel ist, wird Meredith wieder zu Sinnen kommen«, konstatierte Philip völlig überzeugt. »Sie wird ihre eigenen Träume verwirklichen wollen, nicht die Ihren. Sie wird studieren wollen und lieber mit ihren Freunden ausgehen. Und deshalb«, sagte Philip, »bitte ich um ein Zugeständnis, und ich bin bereit, großzügig dafür zu bezahlen. Geben Sie Meredith Zeit, sich alles noch einmal zu überlegen. Ich möchte, daß Sie sie überreden, diese ekelhafte Geschichte von wegen Heirat und Schwangerschaft geheimzuhalten ...«

Bevor Philip annehmen konnte, daß er mit dem Gesagten übereinstimme, sagte Matt kurz: »Wir hatten bereits entschieden, das zu tun, bis sie nach Südamerika kommt.« Philips triumphierende Miene brachte Matt erneut in Rage.

»Gut. Wenn niemand weiß, daß ihr verheiratet seid, dann macht das die Scheidung viel einfacher. Hier ist mein Angebot, Farrell: Sie lassen meine Tochter in Ruhe, und ich werde Ihnen einen größeren Betrag dafür zahlen.«

In eisiges Schweigen gehüllt, beobachtete Matt, wie Philip Bancroft ein dickes Scheckbuch aus der Schublade holte. Aber bevor Matt den Scheck ablehnte, wollte er Bancroft noch etwas hinhalten.

Nachdem er fertig war, warf Bancroft seinen Füller hin und ging auf Matt zu, der sich langsam erhob. »Sobald Sie Meredith davon überzeugt haben, diese lächerliche Farce von Ehe aufzugeben und das Kind Ihnen zu überlassen, rufe ich meine Bank an und gebe mein Okay für den Scheck. Betrachten Sie diesen Scheck – einhundertfünzigtausend Dollar – als Entgelt dafür, daß Sie das Leben eines achtzehnjährigen Mädchens nicht zerstört haben. Los, nehmen Sie ihn«, befahl er und streckte die Hand aus.

Matt ignorierte ihn.

»Nehmen Sie diesen Scheck, denn das ist das einzige, was Sie je von meinem Geld bekommen werden.«

»Ich interessiere mich nicht für Ihr gottverdammtes Geld!«

»Ich warne Sie, Farrell«, entgegnete Philip und Zornesröte stieg ihm wieder ins Gesicht. »Nehmen Sie den Scheck!«

Matt blieb ruhig und sagte eisig: »Stecken Sie ihn sich ...«

Bancrofts Faust schnellte mit überraschender Wucht nach vorn. Matt fing den Schlag ab, packte Bancroft am Arm, stieß ihn zur Seite und verdrehte ihm den Arm auf den Rükken. Sehr sanft und leise sagte er: »Hören Sie mir genau zu, Bancroft: In ein paar Jahren werde ich reich genug sein, um Sie aufzukaufen und zu ruinieren, aber wenn Sie sich in meine Ehe einmischen, dann *bringe ich Sie um!* Verstehen wir uns?«

»Lassen Sie meinen Arm los, Sie Mistkerl.«

Matt stieß ihn weg und ging zur Tür.

Hinter ihm hatte Bancroft erstaunlich schnell seine Fassung wiedergefunden. »Sonntags essen wir um sechs«, schnappte er. »Ich hoffe, Sie werden Meredith nicht unnötig aufregen, indem Sie ihr erzählen, was hier vorgefallen ist. Wie Sie ja selbst gesagt haben – sie ist schwanger.« Matt hatte die Klinke schon in der Hand, als er sich noch einmal umdrehte. Bancroft war noch nicht fertig. Überraschenderweise schien seine Wut verraucht, und er machte den Eindruck, als akzeptiere er jetzt widerwillig die Ehe, um nicht eine permanente Entfremdung zwischen sich und seiner Tochter zu riskieren. »Ich will meine Tochter nicht verlieren, Farrell«, sagte er mit steinerner Miene. »Es ist offensichtlich, daß wir beide, Sie und ich, uns nie mögen werden. Um Merediths willen jedoch schlage ich vor, daß wir versuchen, miteinander auszukommen.«

Matt überlegte, ob der andere ein doppeltes Spiel plante, aber Philips Gesicht blieb ausdruckslos. Außerdem schien sein Vorschlag logisch und wirklich zu Merediths Besten. Matt nickte kurz und akzeptierte das Angebot. »Wir können es versuchen.«

Philip Bancroft sah zu, wie er das Zimmer verließ und die

Tür hinter sich zuzog. Dann riß er den Scheck in Stücke, während ein boshaftes Lächeln um seine Lippen spielte. »Farrell«, sagte er höhnisch, »du hast soeben zwei verhängnisvolle Fehler gemacht – du hast diesen Scheck abgelehnt, und du hast deinen Gegner unterschätzt.«

Am nächsten Tag stand Meredith in der Auffahrt und gab Matt den dritten Abschiedskuß. Der Tag hatte nicht gut begonnen. Beim Frühstück hatte ihr Vater gefragt, ob irgend jemand von ihrer Heirat wisse, und das hatte Meredith an ihren Anruf bei Jonathan Sommers erinnert.

Um ihr Gesicht zu wahren, hatte sie Jonathan erzählt, sie hätte Matts Kreditkarte in ihrem Wagen gefunden, nachdem sie ihn auf dem Rückweg von Glenmoor ein Stück mitgenommen hatte. Jonathan hatte ihr darauf Matts Adresse in Edmunton gegeben. Ihr Vater wies darauf hin, wie lächerlich es wäre, wenn sie nun, kaum eine Woche nach jenem Anruf, ihre Hochzeit bekanntgeben würden. Er schlug vor, daß Meredith nach Venezuela fliegen und daß alle denken sollten, sie hätten dort geheiratet. Meredith wußte, daß er recht hatte, aber sie log ungern, und sie ärgerte sich, weil sie selbst dafür verantwortlich war.

Jetzt lastete Matts Abreise schwer auf ihrer Brust. »Ich rufe dich vom Flughafen aus an«, versprach er. »Sobald ich in Venezuela bin und die Gegebenheiten ausgekundschaftet habe, melde ich mich von dort. Aber es geht nicht per Telephon, sondern über Sprechfunk. Die Verbindung ist wahrscheinlich schlecht, und ich darf sie auch nur in Notfällen benutzen.«

»Schreib mir«, sagte sie und rang sich ein tapferes Lächeln ab.

»Natürlich. Aber die Postverbindung ist wahrscheinlich saumäßig, also mach dir keine Sorgen, wenn tagelang keine Post kommt und dann alle Briefe auf einmal eintreffen.«

Sie blieb in der Auffahrt stehen und blickte ihm nach. Dann ging sie langsam zum Haus zurück und versuchte sich darauf zu konzentrieren, daß sie mit etwas Glück in wenigen Wochen wieder bei ihm sein würde. Ihr Vater stand in der Diele und schaute sie mitleidig an. »Farrell ist ein Mann, der immer neue Frauen, neue Plätze, neue Herausforderungen braucht. Er wird dir das Herz brechen, wenn du dich an ihn hängst.«

»Hör auf«, warnte Meredith. Sie wollte nicht zulassen, daß seine Worte sie noch unglücklicher machten. »Du irrst dich. Du wirst schon sehen.«

Matt hielt sein Versprechen, vom Flughafen aus anzurufen, und Meredith verbrachte die nächsten zwei Tage damit, im Haus nach irgendwelchen Beschäftigungen zu suchen, die sie ablenkten, bis er sich aus Venezuela melden würde. Der Anruf kam am dritten Tag, aber Meredith war nicht zu Hause. Sie war bei ihrem Gynäkologen, weil sie fürchtete, das Baby zu verlieren.

»Leichte Blutungen innerhalb der ersten drei Monate sind nicht ungewöhnlich«, sagte Dr. Arledge, als sie nach der Untersuchung in seinem Sprechzimmer aß. »Es könnte gar nichts bedeuten. Andererseits passieren in den ersten drei Monaten die meisten Fehlgeburten.« Er sagte das als ob er erwartete, daß sie das erleichtern würde. Dr. Arledge war ein Freund ihres Vaters, und Meredith war überzeugt, daß auch er annahm, sie hätte nur geheiratet, weil sie schwanger war. »Im Moment«, fügte er hinzu, »besteht jedenfalls kein Grund zu der Annahme, daß Sie eine Fehlgeburt haben werden.«

Als sie ihn wegen Venezuela fragte, runzelte er die Stirn. »Ich kann Ihnen nur dann zuraten, wenn Sie sicher sind, daß eine erstklassige medizinische Versorgung gewährleistet ist.« Meredith, die den ersten Monat ihrer Schwangerschaft verzweifelt um eine Fehlgeburt gebetet hatte, war jetzt unglaublich erleichtert, daß sie Matts Baby nicht verlieren würde … ihr gemeinsames Baby.

Beim Gedanken daran lächelte sie während der ganzen Rückfahrt.

»Farrell hat angerufen«, sagte ihr Vater mit jener verächtlichen Stimme, die er immer benutzte, wenn die Rede auf Matt kam. »Er hat gesagt, daß er abends wieder anruft.«

Meredith saß neben dem Telephon, als es klingelte. Matt hatte nicht übertrieben, als er gesagt hatte, daß die Verbindung miserabel sein würde. »Sommers Vorstellung von angemessen ist ein Witz«, sagte er. »Im Moment kannst du unmöglich herkommen. Die einzige gute Nachricht ist, daß in einigen Monaten vielleicht eine der Hütten frei wird.«

»Okay«, sagte sie und versuchte, fröhlich zu klingen, weil sie nicht wollte, daß er erfuhr, warum sie beim Arzt gewesen war.

»Du klingst nicht gerade sehr enttäuscht.«

»Ich bin enttäuscht«, sagte sie mit Nachdruck. »Aber die Ärzte haben gesagt, daß die Gefahr einer Fehlgeburt in den ersten drei Monaten am größten ist. Deshalb ist es wahrscheinlich besser, wenn ich solange hierbleibe.«

»Hast du einen bestimmten Grund, eine Fehlgeburt zu befürchten?« fragte er zwischen den nächsten Störgeräuschen in der Leitung.

Meredith versicherte ihm, daß sie sich ausgezeichnet fühle. Als er ihr vor seiner Abreise gesagt hatte, daß er sie nur einmal würde anrufen können, war sie sehr enttäuscht gewesen, aber nachdem die Verbindung derart schlecht war, schien ihr das nicht mehr so schlimm. Sie würden sich eben öfter schreiben.

Als Matt zwei Wochen fort war, kam Lisa aus Europa zurück. Ihre Reaktion auf Merediths Bericht, wie sie Matt kennengelernt und geheiratet hatte, war bezeichnend. Sobald sie merkte, daß Meredith alles andere als unglücklich über das Geschehene war, teilte sie ihre Freude. »Ich kann das einfach nicht glauben!« sagte sie immer und immer wieder, und blickte Meredith, die auf ihrem Bett saß, ungläubig an. »Irgend etwas stimmt hier nicht. *Ich* war die Leichtsinnige, und du warst schon fast die Heilige von Bensonhurst, die *vorsichtigste* Person, die ich kenne«, lachte sie. »Wenn sich schon einer von uns auf den ersten Blick verliebt, schwanger wird und heiraten muß, dann hätte eindeutig ich diejenige sein müssen!«

Meredith lächelte. »Es wurde allmählich Zeit, daß ich es bin, die irgend etwas zuerst tut.«

Lisa wurde ernst. »Ist er in Ordnung, Mer? Ich meine, wenn er nicht wirklich, wirklich in Ordnung ist, dann ist er nicht gut genug für dich.«

Über Matt und ihre Gefühle für ihn zu sprechen war nicht unbedingt leicht, weil Meredith sich darüber im klaren war, wie verrückt es klingen mußte, daß sie ihn liebte, nachdem sie nur sechs Tage zusammengewesen waren. Also lächelte sie nur, nickte und sagte: »Er ist relativ in Ordnung.« Sobald sie aber angefangen hatte, von Matt zu erzählen konnte sie nicht mehr damit aufhören. Sie zog ihre Knie an und versuchte zu erklären: »Lisa, hast du jemals jemand kennengelernt und innerhalb weniger Minuten gewußt, daß er der wundervollste Mensch auf der ganzen Welt ist?«

»So geht es mir jedesmal, wenn ich das erste Date mit jemand habe – nein, ich mache bloß Spaß!« Sie lachte, als Meredith ein Kissen nach ihr warf.

»Matt *ist* etwas Besonderes – ich meine das wirklich so. Er ist brillant – ich meine buchstäblich brillant. Er ist unglaublich stark und manchmal ein bißchen diktatorisch, aber im Innersten ist er gut und zärtlich und ...«

Lisa sprang auf. »Das müssen wir feiern! Du mußt einen ausgeben!«

»Abgemacht«, lachte Meredith und war schon unterwegs zu ihrem Schrank, um sich umzuziehen.

Die postalische Verbindung mit Venezuela war wesentlich schlechter als Matt vorhergesagt hatte. Meredith schrieb vier- bis fünfmal die Woche. Von Matt jedoch kamen insgesamt nur fünf Briefe – eine Tatsache, die ihr Vater mit scheinbarem Bedauern immer wieder hervorhob. Meredith erinnerte ihn dann daran, daß die Briefe, die sie erhielt, sehr lang waren. Jeder umfaßte zehn oder mehr Seiten. Darüber hinaus tat Matt zwölf Stunden am Tag schwere körperliche Arbeit, und man konnte nicht erwarten, daß er so oft schrieb wie sie. Was sie ihrem Vater nicht erzählte war, daß die beiden letzten Briefe wesentlich unpersönlicher geklungen hatten als die vorhergegangenen. Nachdem er zuerst geschrieben hatte, wie sehr er sie vermißte, lieferte er jetzt Berichte über die Bohrarbeiten und die Urwaldlandschaft. Aber alles, was er beschrieb, war so lebhaft geschildert, daß sie sich direkt einbezogen fühlte. Sie tröstete sich mit dem Gedanken, daß er diese Dinge erwähnte, weil er wollte, daß sie das Land besser kennenlernte, und nicht, weil sein Interesse an ihr nachließ.

Tagsüber beschäftigte Meredith sich damit, Bücher über Schwangerschaft und Kindererziehung zu lesen, kaufte Babysachen ein, machte Pläne und träumte. Das Baby fing nun an, sich bemerkbar zu machen; sie litt unter Anfällen von Übelkeit und extremer Müdigkeit sowie schlimmen Kopfschmerzen, die sie nur im abgedunkelten Zimmer ertragen konnte. Dennoch war sie glücklich und betrachtete das Ganze als eine neue, ganz besondere Erfahrung. Nach einiger Zeit begann sie, mit dem Baby zu sprechen, als ob es sie hören könnte. Der Ausgewogenheit halber wechselte sie zwischen der Anrede »junger Mann« und »junge Dame«, denn sie hatte diesbezüglich keine bestimmten Wünsche.

Ende Oktober, nach viermonatiger Schwangerschaft, wurde ihre Taille langsam dicker, und die regelmäßigen Kommentare ihres Vaters, daß Matt ihre Ehe sicherlich bald beenden wolle, begannen allmählich auf fruchtbaren Boden zu fallen. »Verdammt gut, daß du keinem außer Lisa davon erzählt hast«, bemerkte er einige Tage vor Halloween. »Dir stehen immer noch alle Möglichkeiten offen. Wenn deine Schwangerschaft sich zu zeigen beginnt, werden wir allen sagen, daß du zum Wintersemester aufs College gehst.«

»Hör endlich damit auf!« schrie Meredith und rannte in ihr Zimmer. Immerhin faßte sie den Entschluß, Matts Schreibfaulheit damit zu begegnen, daß auch sie weniger

Briefe schickte. Außerdem kam sie sich allmählich etwas lächerlich dabei vor, ihm dauernd zu schreiben, wenn er nicht einmal die Zeit für eine Postkarte fand.

Am gleichen Nachmittag rief Lisa an. Sie spürte Merediths nervöse Gereiztheit sofort und erriet auch den Grund: »Keine Post von Matt heute? Und dein Vater hackt wohl auch wieder auf seinem Lieblingsthema rum, stimmt's?«

»Stimmt«, sagte Meredith. »Seit Brief Nummer fünf sind schon wieder zwei Wochen vergangen.«

»Laß uns heute abend ausgehen«, schlug Lisa vor. »Wir machen uns fein – das hebt die Stimmung – und gehen irgendwo schick essen.«

»Wie wär's mit Glenmoor?« fragte Meredith; das würde ihr die Möglichkeit geben, einen Plan auszuführen, mit dem sie in Gedanken schon seit Wochen spielte. »Vielleicht«, sagte sie, »ist Jon Sommers da. Er ißt normalerweise immer dort. Du könntest ihn über Ölbohrungen ausfragen, und vielleicht erwähnt er dabei Matt.«

Tatsächlich saß Jonathan mit ein paar anderen Männern im Salon. Als Meredith und Lisa hereinkamen, erregten sie einige Aufmerksamkeit, und es war nicht weiter schwierig, an Jons Tisch Platz zu nehmen. Fast eine Stunde lang saß Meredith keine fünf Meter von der Stelle entfernt, wo sie vor vier Monaten Matt kennengelernt hatte, und beobachtete Lisa, die eine filmreife Vorstellung gab: Sie überlegte, ob sie nicht ihr Hauptfach wechseln und Geologie – Spezialgebiet Ölsuche – studieren solle, erzählte sie Jonathan. Meredith erfuhr, in dieser Stunde mehr über Ölbohrungen, als sie hatte wissen wollen – und buchstäblich gar nichts über Matt.

Zwei Wochen später lächelte Merediths Arzt nicht mehr, als er sie nach der Untersuchung in sein Sprechzimmer bat. Sie hatte wieder Blutungen, und diesmal starke. Jegliche Art von Aktivitäten mußten unterbleiben. Mehr denn je sehnte Meredith sich nach Matt. Als sie heimkam, rief sie Julie an –

nur um mit jemandem zu sprechen, der ihm nahestand. Sie hatte Matts Schwester aus dem gleichen Grund schon vorher zweimal angerufen und jedesmal hatten Julie und ihr Vater in derselben Woche von Matt gehört.

An diesem Abend lag Meredith lange wach und betete, daß das Baby in Ordnung sei und daß Matt ihr schreiben möge. Seit seinem letzten Brief war ein ganzer Monat vergangen. Darin hatte er mitgeteilt, daß er sehr hart arbeiten müsse und abends todmüde ins Bett falle. Sie hatte dafür Verständnis, aber sie begriff nicht, daß Matt Zeit hatte, an seine Familie zu schreiben, aber nicht an sie. Meredith legte schützend die Hand auf ihren Bauch. »Dein Daddy«, flüsterte sie dem Baby zu, »wird von mir einen sehr strengen Brief bekommen.«

Das wirkte offenbar, denn Matt fuhr acht Stunden zum nächsten Telephon und rief sie an. Sie war so glücklich, seine Stimme zu hören, daß sie fast den Hörer fallen ließ, aber er war etwas kurzangebunden und klang kühl. »Die Hütte, die ich gemeint habe, ist noch nicht verfügbar«, berichtete er ihr. »Aber ich habe eine andere Wohngelegenheit gefunden, in einem kleinen Dorf nicht weit von hier. Ich werde allerdings nur am Wochenende dortsein können.«

Meredith konnte nicht kommen, nicht jetzt, da der Arzt sie jede Woche untersuchen wollte. Sie konnte nicht kommen, sie wollte Matt aber auch nicht beunruhigen, indem sie ihm sagte, daß das Baby in Gefahr war. Andererseits war sie wütend auf ihn, weil er nie schrieb, und hatte auch solche Angst um das Baby, daß sie es ihm schließlich doch erzählte. »Ich kann nicht kommen«, sagte sie. »Der Arzt besteht darauf, daß ich zu Hause bleibe und mich so wenig wie möglich bewege.«

»Ach wirklich?« höhnte er. »Sommers war letzte Woche hier und hat mir erzählt, daß ihr, du und deine Freundin Lisa, in Glenmoor allen Männern den Kopf verdreht habt.«

»Wir waren dort zum Essen, und es war, *bevor* der Arzt mir Ruhe verordnet hat.«

»So.«

»Was erwartest du von mir?« konterte sie in einem seltenen Anfall von Sarkasmus. »Daß ich Tag für Tag hier herumsitze und auf einen deiner raren Briefe warte?«

»Du könntest es versuchen«, schnappte er. »Apropos. Du bist ja auch keine große Briefeschreiberin.«

Meredith faßt dies als Kritik an ihrem Schreibstil auf und wurde so wütend, daß sie am liebsten aufgelegt hätte.

»Hast du sonst noch was zu sagen?«

»Nicht viel.«

Nach Beendigung des Gesprächs lehnte Matt sich an die Wand neben dem Telephon und schloß die Augen. Er versuchte, den Anruf und alles, was damit in Zusammenhang stand, aus seinem Kopf zu verdrängen. Er war erst drei Monate weg, und schon wollte Meredith nicht mehr zu ihm nach Südamerika kommen. Sie hatte ihm seit Wochen nicht geschrieben, hatte offensichtlich ihr altes Leben wieder aufgenommen und log ihm dann vor, daß sie im Bett bleiben müsse. Gut, sie war erst achtzehn, das sagte er sich immer wieder. Warum sollte sie nicht ab und zu ausgehen? »Mist!« flüsterte er in hilflosem Zorn, aber nach ein paar Minuten richtete er sich entschlossen wieder auf. In einigen Wochen würde die Bohrstation einigermaßen laufen, und dann würde er darauf bestehen, vier Tage freizubekommen, damit er heimfliegen und mit ihr sprechen konnte. Meredith wollte ihn, und sie wollte auch seine Frau bleiben; egal wie selten sie schrieb oder was sie tat, tief in seinem Herzen wußte er das. Er würde heimfliegen, und wenn sie zusammen waren, würde er sie davon überzeugen können, mit ihm zurückzufahren.

Nachdem sie den Hörer auf die Gabel gelegt hatte, warf Meredith sich auf ihr Bett und weinte sich die Augen aus. Matt schien sich nicht sonderlich darum zu scheren, ob sie nun kam oder nicht. Dann aber wischte sie sich entschlossen die Tränen ab und schrieb ihm einen langen Brief, in dem sie sich dafür entschuldigte, daß sie eine so »schlechte Briefschreiberin« war. Sie entschuldigte sich dafür, daß sie die Beherrschung verloren hatte, und sie überwand ihren Stolz und schrieb, wieviel seine Briefe ihr bedeuteten. Und sie erklärte in allen Einzelheiten, was der Arzt ihr gesagt hatte.

Als sie fertig war, trug sie den Brief nach unten und gab ihn Albert, dem Butler und Chauffeur, der sich während Mrs. Ellis' erstem dreimonatigem Urlaub auch um einen Teil der Haushaltsangelegenheiten kümmerte. »Würden Sie den bitte für mich zur Post bringen, Albert?« fragte sie.

»Selbstverständlich«, antwortete er. Als sie gegangen war, nahm Albert den Brief mit in Mr. Bancrofts Arbeitszimmer, sperrte einen antiken Sekretär auf und warf den Brief zu all den anderen, die sich dort türmten. Gut die Hälfte davon trug Poststempel aus Venezuela.

Meredith stieg die Treppe hinauf in ihr Zimmer und wollte sich gerade hinlegen, als die Blutung anfing.

Sie verbrachte zwei Tage im Bancroft-Flügel des Cedar Hill-Krankenhauses, einem Anbau, der aufgrund der großzügigen Spenden nach ihrer Familie benannt war. Sie betete, daß die Blutung nicht von neuem anfangen und daß Matt wie durch ein Wunder den Entschluß fassen möge, heimzukommen. Sie wollte ihr Baby, und sie wollte ihren Ehemann, und sie hatte die furchtbare Vorahnung, daß sie dabei war, beide zu verlieren.

Als Dr. Arledge sie aus dem Krankenhaus entließ, geschah dies mit der Auflage, daß sie für den Rest ihrer Schwangerschaft liegen müsse. Sobald sie zu Hause war, schrieb sie an Matt einen Brief, der ihn nicht nur darüber informierte, daß Gefahr bestand, ihr gemeinsames Kind zu verlieren, sondern der ihn darüber hinaus auch in Angst um sie versetzen sollte. Sie war soweit, alles Erdenkliche zu tun, damit er sie nicht vergaß.

Durch die strikte Bettruhe schien die Gefahr einer Fehlgeburt gebannt, aber Meredith hatte nun mehr als genug Zeit und Muße, sich die schmerzliche Wahrheit auszumalen: Matt hatte in ihr offensichtlich eine bequeme Bettgenossin gesehen, die man nach einer Weile getrost vergessen konnte.

Sie begann darüber nachzudenken, wie sie ihr Kind alleine aufziehen könne.

Das war ein Problem, über das sie sich umsonst Gedanken machte. Gegen Ende ihres fünften Schwangerschaftsmonats bekam sie mitten in der Nacht wieder Blutungen. Diesmal vermochte keine ärztliche Kunst der Welt, das winzige Mädchen zu retten, daß Meredith nach Matts Mutter Elizabeth taufen ließ. Fast hätten die Ärzte nicht einmal Meredith retten können, die drei Tage lang zwischen Leben und Tod schwebte.

Eine Woche lang lag sie an zahllosen Schläuchen und wartete verzweifelt darauf, Matts lange, energische Schritte auf dem Flur zu hören. Ihr Vater hatte versucht, ihn telephonisch zu erreichen, und als ihm das nicht gelungen war, hatte er ein Telegramm geschickt.

Matt kam nicht. Er rief auch nicht an.

In der zweiten Woche ihres Krankenhausaufenthaltes beantwortete er jedoch das Telegramm mit einem eigenen. Es war kurz, direkt und tödlich:

SCHEIDUNG HERVORRAGENDE IDEE. JE SCHNELLER DESTO BESSER.

Meredith fand diese sieben Worte vernichtend. Sie konnte sich einfach nicht vorstellen, daß er dazu fähig war, ein solches Telegramm zu schicken – nicht, wenn er sie im Krankenhaus wußte. »Lisa«, hatte sie hysterisch geschluchzt, »er müßte mich *hassen*, um mir so etwas anzutun, und ich habe nichts getan, weshalb er mich hassen sollte! Er hat dieses Telegramm nicht geschickt – er hat es nicht getan! Er brächte so etwas nicht fertig!« Sie überredete Lisa, ihre schauspielerischen Fähigkeiten noch einmal einzusetzen, um bei der Telegraphengesellschaft Western Union herauszufinden, wer dieses Telegramm geschickt hatte. Widerwillig rückte ein Angestellter die gewünschte Information heraus: Das Telegramm war tatsächlich von Matt Farrell aufgegeben und von seiner Kreditkarte abgebucht worden.

An einem kalten Dezembermorgen verließ Meredith das Krankenhaus, Lisa ging links, ihr Vater rechts neben ihr. Sie hob den Kopf und betrachtete den strahlend blauen Himmel. Er sah anders aus als früher, fremd. Die ganze Welt schien ihr fremd geworden.

Auf das Drängen ihres Vaters hin schrieb sie sich zum Wintersemester an der Northwestern University ein und richtete es so ein, daß sie mit Lisa zusammenwohnen konnte. Sie tat es nur, weil die beiden darauf bestanden. Mit der Zeit jedoch erinnerte sie sich an ihre einstigen Studienpläne. Und sie erinnerte sich auch an andere Dinge – daran, wie man lächelt, und sehr viel später auch wieder daran, wie man lacht. Ihr Arzt hatte sie gewarnt, daß eine erneute Schwangerschaft für sie und das Kind ein unverantwortliches Risiko mit sich bringen würde. Der Gedanke, daß sie nie ein eigenes Kind haben könnte, hatte ungeheuer weh getan, aber irgendwie war sie auch damit fertig geworden.

Das Leben hatte ihr eine Reihe harter Schläge versetzt, aber sie hatte sie überlebt und dadurch zu einer inneren Stärke gefunden, die sie nicht geglaubt hatte, zu besitzen.

Ihr Vater beauftragte einen Anwalt, der die Scheidung abwickelte. Von Matt hörte sie nichts, aber schließlich kam sie an einen Punkt, wo sie ohne Schmerzen und Feindseligkeit an ihn denken konnte. Er hatte sie offensichtlich geheiratet, weil sie schwanger war und weil er auf Geld aus war. Als er einsehen mußte, daß ihr Vater ihr ganzes Vermögen verwaltete, hatte er schlichtweg keinen Verwendungszweck mehr für sie. Im Laufe der Zeit hörte sie auf, ihn dafür zu hassen. Ihre Gründe für eine Heirat waren auch nicht selbstlos gewesen. Sie war schwanger geworden und hatte sich davor gefürchtet, die Folgen alleine tragen zu müssen. Und obwohl sie geglaubt hatte, ihn zu lieben, hatte er ihr nie etwas vorgemacht und gesagt, daß er sie liebe – sie hatte sich selbst etwas vorgemacht, als sie glaubte, daß er es tat. Beide hatten sie einander aus falschen Gründen geheiratet, und ihre Ehe war von Anfang an zum Scheitern verurteilt gewesen.

Zwei Jahre später, kurz vor ihrem College-Abschluß, traf Meredith in Glenmoor Jonathan Sommers. Er erzählte ihr, daß Matts Zukunftspläne seinen Vater derart beeindruckt hatten, daß er mit ihm eine zeitlich begrenzte Partnerschaft eingegangen war und Matts Projekt mit zusätzlichem Eigenkapital unterstützte.

Das Projekt zahlte sich aus. Und in den folgenden elf Jahren zahlten sich noch sehr viele andere von Matt Farrells Vorhaben aus. In verschiedenen Zeitungen und Zeitschriften erschienen immer öfter Artikel über ihn. Meredith sah sie, aber sie war mit ihrer eigenen Karriere beschäftigt und es interessierte sie auch nicht mehr, was er tat. Die Presse aber war dahinter her. Mit den Jahren rückte er immer wieder in den Mittelpunkt des Interesses, nicht nur seiner aufsehenerregenden geschäftlichen Erfolge, sondern auch seiner zahlreichen glamourösen Bettgefährtinnen wegen, zu denen auch diverse berühmte Filmstars zählten. Für den Durchschnittsbürger war Matt Farrell die Verkörperung des amerikanischen Traums – vom Fabrikarbeiter zum Milliardär. Für Meredith war er einfach nur ein Fremder, mit dem sie einmal intim gewesen war. Da sie niemals seinen Namen benutzt hatte und nur ihr Vater und Lisa davon wußten, daß sie miteinander verheiratet gewesen waren, brachte niemand ihn oder seine Affären mit Meredith in Verbindung.

11

November 1989

Heftiger Wind ließ weiße Schaumkronen auf den Wellen tanzen, bevor sie gegen die Klippen donnerten, auf denen, zehn Meter über dem sonst meist einladenden Sandstrand, Barbara Walkers neben Matthew Farrell herschlenderte. Das Auge einer Filmkamera folgte dem Paar. Den imposanten

Hintergrund der Szene bildete rechts Farrells palastartiges Anwesen, links der tosende Pazifik.

Der Wind, der Barbaras Haar zerzauste und Sand in das Objektiv der Kamera blies, trieb auch dicke Nebelschwaden heran. Auf einer vorher festgelegten Stelle blieb Barbara Walkers stehen, wandte dem Ozean den Rücken zu und richtete eine weitere Frage an Farrell. Die Kamera zeigte nun nur noch das Paar vor einem dunkelgrauen Nebelschleier. Barbara Walkers versuchte, gegen den Sturm anzukommen und sich das Haar aus dem Gesicht zu streichen. »Schnitt!« rief sie laut. Sie entschuldigte sich bei Farrell und verschwand mit der Maskenbildnerin in dem Kleinbus, der hinter den Zypressen auf der Westseite des Farrell-Anwesens geparkt war.

»Ich *hasse* Nebel!« verkündete der Kameramann und blickte mißmutig auf die graue Wand, die den herrlichen Blick über die Bucht von Carmel, Kalifornien, verdeckte, die er sich als Hintergrund für dieses Interview vorgestellt hatte. »Herrgott nochmal, ich hasse auch diesen schrecklichen Wind!«

Er hatte seine Klage direkt nach ganz oben gerichtet, und wie als Antwort blies ihm eine Handvoll Sand mitten ins Gesicht.

Sein Assistent kicherte. »Scheinbar ist der Herrgott *Ihnen* auch nicht sonderlich gewogen«, sagte er und sah zu, wie sich der erboste Kameramann den Sand aus den Augen wischte. »Wie wär's mit einem Kaffee?«

»Den hasse ich auch«, antwortete der Kameramann, aber er nahm die Tasse.

Der Assistent deutete mit dem Kopf in die Richtung des hochgewachsenen, breitschultrigen Mannes, der auf das Meer hinaus sah. »Warum bitten Sie nicht Farrell, daß er das Wetter ändert? Nach allem, was ich gehört habe, nimmt selbst Gott von Farrell Anweisungen entgegen.«

»Wenn Sie mich fragen«, wandte Alice Champion ein, die zu den beiden getreten war und auch an einem Kaffee nippte, »Matthew Farrell *ist* Gott.« Die beiden Männer blickten das Scriptgirl skeptisch an, aber sie sagten nichts, und Alice wußte, daß ihr Schweigen eine eigene Art von Hochachtung vor dem Mann beinhaltete.

Über den Rand ihrer Kaffeetasse hinweg studierte sie Farrell, wie er am Rande der Klippen stand und auf den Ozean blickte – der einsame, unnahbare Herrscher eines Finanzimperiums namens Intercorp, eines Imperiums, das er eigenhändig aufgebaut hatte. Ein hochgewachsener, urbaner Monarch, der als Stahlarbeiter in Indiana begonnen, aber inzwischen alles abgelegt hatte, was auch nur im Entferntesten an seine Herkunft erinnerte.

Jetzt, da er dort auf den Klippen stand und darauf wartete, daß das Interview weiterging, schien er Alice die Verkörperung von Erfolg, Zuverlässigkeit und Männlichkeit. Und Macht. Mehr als alles andere strahlte Matthew Farrell Macht aus. Er war braungebrannt, weltmännisch und untadelig gekleidet, doch hatte er etwas an sich, das auch Maßanzüge und ein verbindliches Lächeln nicht verdecken konnten – eine Gefährlichkeit, eine Rücksichtslosigkeit, die jedem, der mit ihm zu tun hatte, auffiel und die bewirkte, daß niemand ihn zum Feind haben wollte.

»Mr. Farrell?« Barbara Walkers kam aus dem Bus und hielt sich mit beiden Händen das Haar aus dem Gesicht. »Dieses Wetter ist unmöglich. Wir werden drinnen weiterdrehen müssen. Der Aufbau dauert in etwa dreißig Minuten. Können wir den Wohnraum benutzen?«

»Natürlich«, sagte Matt und verbarg seinen Ärger über die Verzögerung hinter einem höflichen Lächeln. Er mochte keine Reporter. Der einzige Grund, warum er diesem Interview zugestimmt hatte, war der, daß er in letzter Zeit zu viel negative Publicity erhalten hatte – seines Privatlebens und diverser Affären wegen. Für das Image von Intercorp war es wichtig, daß der Inhaber und leitende Geschäftsführer zur Abwechslung einmal als Geschäftsmann in der Presse erschien. Für Intercorp war Matt bereit, jedes Opfer zu bringen. Als er vor neun Jahren aus Venezuela zurückgekommen war, hatte er mit seinem Bonus und dem Geld, das Sommers zusätzlich zur Verfügung gestellt hatte, eine kleine Autoersatzteilfabrik gekauft, die vor dem Bankrott stand. Ein Jahr später verkaufte er sie für das Doppelte. Mit seinem Gewinnanteil und zusätzlichen finanziellen Mitteln von Banken und privaten Investoren fuhr er fort, Betriebe aufzukaufen, denen – nicht wegen schlechten Managements, sondern weil ihnen Kapital fehlte – der Bankrott drohte, sanierte sie mit Intercorp-Geld und wartete auf einen Käufer.

Später verkaufte er nicht mehr alle Firmen weiter, sondern begann mit dem Aufbau eines sorgfältig geplanten Industrieprogramms, das Intercorp binnen eines Jahrzehnts zu dem Finanzimperium machte, von dem er in jenen Tagen und Nächten geträumt hatte, die er schwitzend und verdreckt in Stahlwalzwerken und auf dem Bohrturm geschuftet hatte. Heute war Intercorp ein gigantischer Konzern mit Hauptsitz in Los Angeles, der die unterschiedlichsten Branchen umfaßte – von pharmazeutischen Forschungslabors bis hin zur Textilindustrie.

Bis vor kurzem hatte Matt ausschließlich Firmen erworben, die zum Verkauf standen. Vor einem Jahr war er mit einem Multi-Millionen-Dollar-Elektronik-Konzern in Verhandlungen getreten, dessen Hauptsitz in Chicago lag. Ursprünglich hatte ihn die Firma kontaktiert und gefragt, ob Intercorp an einer Übernahme interessiert sei.

Matt hatte der Gedanke zugesagt, aber nach langen Verhandlungen und mehrmonatiger Ausformulierung der Vertragstexte wollte die Geschäftsleitung von Haskell Electronics die vereinbarten Bedingungen plötzlich nicht mehr akzeptieren. Verärgert, über die Zeit- und Geldverschwendung hatte Matt beschlossen, Haskell zu übernehmen, ob die Firmeninhaber es nun wollten oder nicht. Es war zu einem erbitterten Kampf gekommen, an dessen Ende Haskells Geschäftsleitung und Vorstand sich geschlagen geben mußten, während Intercorp um einen profitablen Elektronikhersteller reicher war. Zusammen mit dem Sieg hatte Matt jedoch den Ruf erlangt, ein rücksichtsloser Wirtschaftshai zu sein. Das gefiel ihm ebensowenig wie seine Reputation als internationaler Playboy, die er der Presse zu verdanken hatte. Feindselige Kommentare und Verlust der Privatsphäre waren der Preis des Erfolges. Er nahm sie mit derselben philosophischen Gleichgültigkeit hin, die er für die kriecherische Scheinheiligkeit übrig hatte, die ihm auf der Gesellschaftsebene begegnete und die er den geschäftlichen Gegnern gegenüber empfand, für die Verrat zum täglichen Leben zu gehören schien.

Nichts davon störte ihn wirklich. Was ihm naheging war, daß seine Erfolge ihm keine Freude und Genugtuung mehr verschafften. Die Aufregung, die ihn zu packen pflegte, wenn sich ihm ein schwieriges Problem stellte, hatte mit den Jahren und wachsendem Erfolg nachgelassen. Jetzt, das erste Mal seit Jahren, fühlte er wieder den alten Ehrgeiz und die alte Nervosität in sich aufsteigen. Haskell Electronics war eine Herausforderung; das riesige Unternehmen mußte von Grund auf umstrukturiert werden. Der übergroße Managementapparat machte es kopflastig, die Produktionseinrichtungen waren veraltet, die Marketingstrategien völlig überholt. All das würde sich ändern müssen, und Matt konnte es kaum erwarten, nach Chicago zu kommen und mit der Arbeit anzufangen. In den letzten Jahren hatte er bei jeder Firmenübernahme sechs Männer eingesetzt, die das Wirtschaftsmagazin *Business Week* als sein »Übernahme-Team« bezeichnete. Sie überprüften Aufbau und Management des jeweiligen Unternehmens und unterbreiteten Vorschläge. Schon seit zwei Wochen waren sie jetzt bei Haskell und warteten darauf, daß Matt zu ihnen stieß. Da er damit rechnete, das folgende Jahr zum großen Teil in Chicago zu verbringen, hatte er dort eine Penthousewohnung gekauft. Alles war bereit, und er würde so bald wie möglich anfangen.

Am Abend zuvor war er aus Griechenland zurückgekommen, wo die Verhandlungen über den Kauf einer Tankerflotte vier lange Wochen in Anspruch genommen hatten. Das einzige, was ihn jetzt noch aufhielt, war dieses verdammte Interview. Die zusätzliche Verzögerung leise verfluchend, wandte sich Matt dem Haus zu. Auf der Ostwiese wartete schon sein Hubschrauber, um ihn zum Flughafen zu bringen, wo sein Lear Jet zum Abflug nach Chicago bereit stand.

Über die geflieste Terrasse kommend, betrat Matt sein Haus durch die breiten Türen seines privaten Arbeitszimmers. Er wollte gerade zum Telephon greifen und sein Büro in Los Angeles anrufen, als die Tür auf der anderen Zimmerseite aufgerissen wurde. »Hey, Matt«, Joe O'Hara steckte seinen Kopf herein. Seine barsche, unkultivierte Stimme und die ungepflegte Erscheinung standen im krassen Widerspruch zu der vornehmen Grandeur des Arbeitszimmers mit Marmorfußboden, dicken Teppichen und Glasschreibtisch. Offiziell war O'Hara Matts Chauffeur; inoffiziell war er sein Leibwächter – eine Rolle, die ihm weit besser entsprach als die eines Chauffeurs, denn wenn O'Hara hinter dem Steuer saß, fuhr er, als ob es um den Sieg beim Grand Prix ginge.

»Wann geht's endlich los nach Chicago?« fragte O'Hara.

»Sobald ich dieses verdammte Interview hinter mir habe.«

In diesem Moment klopfte das Scriptgirl an und sagte höflich, daß sie jetzt weiterfilmen könnten.

12

November 1989

Halb Chicago schien auf der Michigan Avenue unterwegs zu sein. Die meisten gingen gemäßigten Schrittes, was zum einen auf den ungewöhnlich milden Novembertag zurückzuführen war, zum anderen auf die Käufermassen, die sich vor dem Stammhaus von Bancroft & Company drängten, dessen Schaufenster bereits die spektakuläre Weihnachtsdekoration zeigten.

Seit seiner Gründung im Jahre 1891 hatte sich Brancroft's von einem malerischen zweistöckigen Backsteingebäude mit breiten gelben Markisen vor den Fenstern zu einem vierzehnstöckigen Glas-und-Marmor-Bau entwickelt, der einen ganzen Häuserblock der Chicagoer Innenstadt einnahm. Aber ungeachtet der zahlreichen Veränderungen, die Bancroft's erlebt hatte, war eines gleich geblieben: Rechts und links vom Haupteingang standen zwei livrierte Portiers. In ihren braun-goldenen Uniformen bildeten sie ein Überbleibsel aus der guten alten Zeit herrschaftlicher Eleganz – ein sichtbares Zeichen dafür, daß Kultiviertheit, Service und Eleganz bei Bancroft's nach wie vor großen Stellenwert besaßen.

Die beiden älteren Portiers, die schon seit dreißig Jahren hier gemeinsam Dienst taten und einander ebensolange eifersüchtig beäugten, beobachteten die Ankunft eines schwarzen BMWs. Insgeheim hoffte jeder, daß die Fahrerin vor seiner Seite des Eingangs halten würde.

Der Wagen fuhr an den Randstein, und Leon, der eine der beiden Livreeträger, fluchte verstohlen, als der BMW an ihm vorbeifuhr und auf dem Territorium seines Gegners zum Halten kam. Ernest eilte zum Wagen und hielt mit einer Verbeugung die Tür auf. »Guten Morgen, Miss Bancroft«, sagte er. Vor fünfundzwanzig Jahren hatte er auf dieselbe Weise ihrem Vater die Wagentüre aufgehalten, seinen allerersten Blick auf Meredith geworfen und genau dasselbe in genau demselben ehrerbietigen Ton gesagt.

»Guten Morgen, Ernest«, erwiderte Meredith, lächelte und übergab ihm die Schlüssel. »Würden Sie Carl bitten, den Wagen für mich zu parken? Ich habe heute früh so viel zu tragen und wollte nicht alles vom Parkhaus herschleppen.« Das Parken durch Angestellte war ein weiterer Service, den Bancroft's seinen Kunden bot.

»Selbstverständlich, Miss Bancroft.«

»Grüßen Sie bitte Amelia von mir«, fügte sie hinzu. Amelia war seine Frau; Meredith hatte ein sehr gutes Verhältnis mit vielen Angestellten des Hauses. Sie waren quasi ihre Familie, und in diesem Kaufhaus – dem Stammhaus einer wachsenden Kette, die inzwischen sieben Häuser in verschiedenen Städten umfaßte – war sie ebensosehr zu Hause wie in dem Herrenhaus, in dem sie aufgewachsen war, oder in ihrer eigenen Wohnung.

Sie blieb einen Moment auf dem Bürgersteig stehen und beobachtete die Menschenmassen, die sich vor dem Schaufenstern drängten. Ein Lächeln flog über ihre Lippen, und ihr Herz füllte sich mit Freude. Es war ein Gefühl, das sie fast jedesmal erlebte, wenn sie an der eleganten Fassade emporblickte, ein stolzes, enthusiastisches Gefühl, aber auch eines, das Beschützerinstinkte in ihr hervorrief. Heute war ihre Freude ungetrübt und unbeschreiblich groß, denn am vorhergegangenen Abend hatte Parker sie in die Arme genommen und mit feierlichem Ernst erklärt: »Meredith, ich liebe dich. Willst du mich heiraten, Liebling?« Und anschließend hatte er ihr einen Verlobungsring über den Finger gestreift.

»Die Schaufenster sind dieses Jahr besser denn je«, sagte sie zu Ernest, als die Menge sich kurz teilte und sie einen Blick auf das erstaunliche Ergebnis von Lisas Fähigkeiten und Fertigkeiten werfen konnte. Lisa Pontini hatte für ihre Arbeit bei Bancroft's bereits landesweit Beachtung gefunden. Im kommenden Jahr, wenn ihr Chef in den Ruhestand ging, würde sie die Leitung der Dekoabteilung übernehmen.

Meredith konnte es kaum erwarten, Lisa zu finden und ihr die Neuigkeit über Parker zu berichten. Sie öffnete die Beifahrertür ihres Wagens, nahm zwei Aktenkoffer und diverse Stapel Ordner heraus und ging damit zum Eingang. Kaum hatte sie das Geschäft betreten, eilte ein Hausdetektiv auf sie zu und fragte: »Darf ich Ihnen das abnehmen, Miss Bancroft?«

Meredith wollte schon dankend ablehnen, aber die Arme taten ihr bereits weh, und außerdem hatte sie plötzlich das Bedürfnis, noch etwas durch die Verkaufsräume zu schlendern, bevor sie Lisa aufsuchte. »Danke, Dan, das ist sehr nett«, sagte sie und lud ihm die schweren Aktenordner und die beiden Taschen auf.

Während er in Richtung Aufzug verschwand, strich Meredith sich geistesabwesend den blauen Seidenschal glatt, den sie um die Schultern ihres weißen Mantels gelegt hatte, steckte die Hände in die Taschen und schlenderte dann durch die Kosmetikabteilung. Mehrfach wurde sie von eiligen Kunden angerempelt, aber das Gedränge steigerte ihre gute Laune nur noch weiter.

Sie legte den Kopf zurück und betrachtete einen der zahlreichen hohen weißen Weihnachtsbäume, dessen lichterbesetzte Zweige mit roten Christbaumkugeln und riesigen roten Glasornamenten behangen waren. Festliche Girlanden mit Miniatur-Schlitten und Glöckchen schmückten die verspiegelten Säulen, und aus den Lautsprechern tönten Weihnachtslieder. Eine Frau, die wohl gerade eine Handtasche kaufen wollte, sah Meredith und stieß ihre Freundin an. »Ist das nicht Meredith Bancroft?«

»Das ist sie ganz sicher!« sagte die andere. »Und der Journalist, der geschrieben hat, daß sie wie die junge Grace Kelly aussieht, hat absolut recht!«

Meredith hörte sie, aber sie nahm kaum wahr, was sie sprachen. In den letzten Jahren hatte sie sich daran gewöhnt, angestarrt zu werden. Das Modejournal *Women's Wear* hatte sie »die Verkörperung kühler Eleganz« genannt, *Cosmopolitan* ihr das Adjektiv »superschick« zugestanden. *The Wall Street Journal* titulierte sie »Bancroft's regierende Prinzessin«. Hinter den verschlossenen Türen des Sitzungssaals bezeichnete sie der Vorstand von Bancroft's als »Nervensäge«.

Meredith interessierte nur das Letztgenannte; was Zeitschriften und Zeitungen über sie schrieben, war ihr gleichgültig – es war in ihren Augen nur dann von Bedeutung, wenn sich die Artikel prestigefördernd auf das Geschäft auswirkten. Aber die Meinung des Vorstands war immens wichtig, weil er die Macht hatte, die Realisierung ihrer Träume zu vereiteln, sie daran zu hindern, weitere Bancroft-Filialen in anderen Städten aufzubauen. Und der Präsident von Bancroft's behandelte sie nicht einen Deut zuvorkommender oder verständnisvoller als die anderen Vorstandsmitglieder. Dabei war er ihr Vater.

Heute jedoch konnte nicht einmal die Auseinandersetzung mit ihrem Vater und dem Vorstand Merediths gute Laune dämpfen. Sie war so überglücklich, daß sie sich Mühe geben mußte, nicht die Melodie des Weihnachtsliedes mitzusummen. Statt dessen tat sie etwas, was sie als kleines Mädchen immer gemacht hatte: Sie ging zu einer der verspiegelten Säulen, gab vor, ihr Haar zu richten und blinzelte in Wahrheit dem Detektiv zu, der sich im Inneren der Säule verbarg, um Ladendieben auf die Spur zu kommen.

Dann drehte sie sich um und ging zur Rolltreppe. Es war Lisas Idee gewesen, jede Etage in einer anderen Farbe zu dekorieren – jeweils mit Bezug auf die dort angebotenen Waren. Meredith hielt den Gedanken für ausgesprochen wirkungsvoll – gerade auch jetzt, da sie im dritten Stock (Pelze und exklusive Damenmode) ankam. Hier waren alle weißen Bäume mit mauve- und goldfarbenem Schmuck behangen. Direkt vor der Rolltreppe saß ein in Weiß und Gold gekleideter Nikolaus vor seinem »Knusper-Häuschen«, auf dem Knie eine Schaufensterpuppe – eine wunderschöne Frau in einem französischen Spitzenneglígé, die darüber einen 25 000 Dollar teuren mauvefarbenen Nerzmantel anhatte.

Merediths Lächeln vertiefte sich, als sie erneut merkte, daß die Aura exklusiver Vornehmheit, die diese Etage umgab, zahllose Kunden anlockte, die hier in Luxus und Extravaganz schwelgen wollten. Jeder der großen Modeschöpfer hatte hier seinen eigenen Salon, in dem er seine Kollektion präsentierte. Meredith ging den Hauptgang entlang und grüßte zuweilen mit einem Nicken eine Angestellte, die sie kannte. Dann blickte sie auf die Uhr; es war gleich eins, und sie ging zur Rolltreppe zurück, um Lisa aufzusuchen und ihr die wunderbare Neuigkeit mitzuteilen. Den Vormittag hatte sie im Architekturbüro über den Plänen für die neue

Filiale in Houston, Texas, verbracht, und sie hatte einen arbeitsreichen Nachmittag vor sich.

Die Dekoabteilung lag im Souterrain und war eigentlich mehr ein riesiger Lagerraum – vollgestopft mit diversen Arbeitstischen, in Einzelteilen zerlegten Schaufensterpuppen, hohen Stoffbergen und jeder Menge anderem Dekomaterial, das in den letzten zehn Jahren zur Schaufenstergestaltung verwendet worden war. Meredith bahnte sich einen Weg durch das Chaos; sie kannte sich hier aus, nicht zuletzt weil sie zu Beginn ihrer Tätigkeit bei Bancroft's in jeder Abteilung des Kaufhauses gearbeitet hatte. »Lisa?« rief sie, und die zwölf Köpfe von Lisas Helfern und Helferinnen fuhren hoch. »Lisa?«

»Hier hinten!« ertönte eine gedämpfte Stimme, dann tauchte Lisas roter Lockenkopf unter einem stoffüberhäuften Tisch auf. »Was ist denn schon wieder?« fragte sie. »Wie soll man bei diesen dauernden Störungen etwas Kreatives zustande bringen?« Dann erkannte sie Meredith, grinste und kroch auf allen Vieren unter dem Tisch hervor. »Wie war deine Verabredung mit Parker gestern abend?«

»Nett«, antwortete Meredith. »Das Übliche, du weißt schon«, schwindelte sie und blickte auffällig auf ihre linke Hand, die nun einen Verlobungsring mit einem großen Saphir trug. Sie hatte Lisa gestern gesagt, daß sie so ein Gefühl habe, als würde Parker ihr bald einen Antrag machen.

Lisa stemmte ihre Hände in die Hüften. »Das Übliche! Mein Gott, Meredith, er ist seit zwei Jahren geschieden, und ihr geht seit über neun Monaten miteinander. Du verbringst mit seinen Töchtern fast genausoviel Zeit wie er. Du bist schön und intelligent – jeder Mann, der dich sieht, verrenkt sich fast den Hals, aber Parker … Ich glaube allmählich, daß du mit ihm nur deine Zeit verschwendest. Wenn der Trottel dir einen Antrag machen will, dann hätte er das längst tun müssen …«

»Hat er«, sagte Meredith mit einem triumphierenden Lächeln, aber Lisa war bei ihrem Lieblingsthema gelandet und so in Fahrt, daß sie Merediths Worte gar nicht gleich registrierte. »Er ist sowieso nicht der Richtige für dich. Du brauchst jemand, der dich aus deinem konservativen Schneckenhaus lockt und dich dazu bringt, etwas total Verrücktes, Impulsives zu tun – zum Beispiel die Demokratische Partei wählen oder Freitag anstelle von Samstag in die Oper zu gehen. Parker ist dir viel zu ähnlich, er ist zu methodisch, zu ruhig, zu vorsichtig, zu ... Waaas? Er hat dir einen Antrag gemacht?«

Meredith nickte, und endlich fiel Lisas Blick auf den dunklen Saphir in der antiken Fassung. »Dein Verlobungsring?« fragte sie und ergriff Merediths Hand. Als sie den Ring jedoch genauer ansah, verschwand ihr Lächeln hinter einem verwirrten Stirnrunzeln. »Was ist das?«

»Es ist ein Saphir«, erklärte Meredith, die Lisas sichtlich mangelnde Begeisterung für das antike Stück nicht aus der Ruhe brachte. Zum einen hatte sie Lisas kompromißlose Ehrlichkeit immer geschätzt, zum anderen konnte selbst Meredith, die Parker aufrichtig liebte, sich nicht überwinden, den Ring wunderschön zu finden. Er war edel, alt und ein Familienstück. Damit war sie voll und ganz zufrieden.

»Ich habe mir gedacht, daß das ein Saphir ist, aber was sind diese kleineren Steine rundherum? Sie funkeln nicht wie richtige Diamanten.«

»Das ist ein antiquierter Schliff. Der Ring ist alt. Er hat Parkers Großmutter gehört.«

»Er konnte sich keinen neuen leisten, was?« neckte sie Meredith. »Du weißt doch«, fuhr sie fort, »bevor ich dich kennengelernt habe, dachte ich, daß Leute mit Geld sich tolle Sachen kaufen und daß der Preis dabei für sie keine Rolle spielt ...«

»Das ist nur bei Neureichen so«, wies Meredith sie zurecht. »Unser Reichtum ist alt und *unauffällig.*«

»Okay. Aber manchmal könnten die vornehmen Reichen etwas von den Neureichen lernen. Wenn ich mich jemals verloben sollte und mein Auserwählter würde versuchen, mich mit dem abgetragenen Ring seiner Großmutter abzuspeisen, wäre es auf der Stelle aus zwischen uns. Und aus was«, fragte sie weiter, »ist die Fassung? Sie glänzt nicht besonders.«

»Das ist Platin«, antwortete Meredith mit einem unterdrückten Lachen.

»Ich *wußte* es! Ich nehme an, das trägt sich nie ab, deshalb hat werauchimmer das Ding vor zweihundert Jahren kaufte – es wahrscheinlich daraus anfertigen lassen.«

»Genau«, sagte Meredith und ihre Schultern bebten vor Lachen.

Lisa lachte auch, aber in ihren Augen standen Tränen. Sie umarmte Meredith und drückte sie fest an sich. »Er ist einfach nicht gut genug für dich. Niemand ist das.«

»Er ist der *perfekte* Mann für mich«, argumentierte Meredith fröhlich und erwiderte Lisas Umarmung. »Morgen abend ist der Wohltätigkeitsball in der Oper. Ich werde für dich und Phil zwei Tickets besorgen«, sagte Meredith. Phil war Werbefotograph und Lisas derzeitiger Freund. »Im Anschluß daran geben wir eine Verlobungsparty.«

»Phil ist in New York«, sagte Lisa, »aber ich komme natürlich. Schließlich wird Parker jetzt ein Mitglied unserer Familie, und ich werde versuchen, ihn zu lieben.« Mit einem breiten Grinsen fügte sie hinzu: »Auch wenn er arme alte Frauen ins Verderben stürzt, weil er ihnen mit lächelndem Gesicht ihren Kredit kündigt ...«

»Lisa«, Meredith wurde ernst. »Parker findet deine Bankierswitze überhaupt nicht komisch, und du weißt das. Könntest du jetzt, wo wir verlobt sind, bitte damit aufhören, dauernd auf ihm herumzuhacken?«

»Ich werd's versuchen. Keine Hackereien und keine Bankierswitze mehr.«

»Danke.« Meredith stand auf. Lisa drehte sich abrupt um und beschäftigte sich auffällig intensiv damit, die Falten aus einem Stück roten Samt herauszustreichen.

»Stimmt irgendwas nicht?«

»Ob etwas nicht stimmt?« Lisa drehte sich um und lächelte gezwungen. »Was sollte nicht stimmen? Meine beste Freundin hat sich gerade mit dem Mann ihrer Träume verlobt. Was ziehst du morgen abend an?« wechselte sie hastig das Thema.

»Ich weiß noch nicht genau. Ich werde morgen im dritten Stock vorbeigehen und mir etwas Umwerfendes aussuchen. Vielleicht schaue ich mir auch gleich die Hochzeitskleider an. Parker plant ein große Hochzeit mit allem Drum und Dran. Nur weil er schon einmal in großem Stil geheiratet hat, wollen wir uns nicht darum bringen lassen.«

»Hast du ihm von deiner anderen – Hochzeit erzählt?«

»Ja«, sagte Meredith und wurde endgültig ernst. »Parker war sehr verständnisvoll«, begann sie, wurde dann aber durch ein Klingeln im Lautsprecher unterbrochen. Die Kunden waren daran gewöhnt und ignorierten es, aber jeder Abteilungsleiter hatte seinen eigenen Code, auf den er so schnell wie möglich antworten mußte. Meredith lauschte: Zweimal kurz, Pause, einmal lang. »Das bin ich«, sagte sie und stand seufzend auf. »Ich muß sowieso los. In einer Stunde fängt eine Sitzung der Geschäftsleitung an, und ich muß mich noch vorbereiten.«

»Gib's Ihnen!« sagte Lisa und krabbelte zurück unter den Tisch.

Meredith machte sich auf den Weg zum Konferenzraum. Mehr denn je kam es jetzt darauf an, daß ihr gesamter Arbeitsbereich glänzte. Der Kardiologe ihres Vaters bestand darauf, daß er das Präsidentenamt entweder ganz niederlegte oder zumindest einen sechsmonatigen Urlaub nahm. Er hatte sich für den Urlaub entschieden, und gestern hatte er sich mit dem Vorstand getroffen, um zu besprechen, wer für die Dauer seiner Abwesenheit den Vorsitz führen sollte. Sie wünschte sich verzweifelt, diese Chance zu bekommen. Dasselbe taten allerdings auch vier andere Vizepräsidenten. Sie hatte genauso hart – härter – dafür gearbeitet wie die anderen; nicht so *lange* wie diese, aber mit grimmigem Eifer und sichtbarem Erfolg. Darüber hinaus hatte immer ein Bancroft den Stuhl des Präsidenten innegehabt, und wenn sie keine Frau wäre, das wußte Meredith mit absoluter

Sicherheit, dann würde die Interims-Präsidentschaft automatisch ihr zufallen. Ihr Großvater war jünger gewesen als sie, als er dieses Amt übernahm, aber er hatte weder gegen seinen Vater noch gegen einen Teil des Vorstandes zu kämpfen gehabt, der beträchtliche Macht besaß. Daß es soweit gekommen war, war zum Teil Merediths eigene Schuld: Sie war diejenige gewesen, die eine Ausweitung von Bancroft's in andere Städte propagiert und dafür gekämpft hatte.

Enormes Kapital war dafür erforderlich gewesen, das nur dadurch aufzubringen war, daß Bancroft & Company an die Öffentlichkeit ging, also Anteile an der Börse verkaufte. Jetzt konnte jeder Bancroft & Company-Aktien kaufen, und jeder Anteil hatte Stimmrechte. Folglich wurden die Mitglieder des Vorstandes von den Aktionären gewählt und waren auch diesen verantwortlich – und nicht mehr wie früher Marionetten, die ihr Vater nach Belieben einsetzen und wieder entlassen konnte. Besonders von Nachteil war für Meredith die Tatsache, daß alle Vorstandsmitglieder selbst riesige Aktienpakete besaßen, mit denen sie stimmen konnten und die ihnen zusätzliche Macht verliehen. Positiv war, daß viele schon seit Jahren im Vorstand von Bancroft's saßen. Sie waren Freunde und Geschäftsfreunde ihres Vaters oder sogar Großvaters, und sie folgten bei Abstimmungen in der Regel dem Vorschlag ihres Vaters.

Meredith brauchte die sechs Monate, um ihrem Vater und dem Vorstand zu beweisen, daß sie, wenn ihr Vater sich endgültig zur Ruhe setzen würde, in der Lage wäre, die volle Verantwortung auf dem Posten des Präsidenten zu übernehmen.

Wenn ihr Vater sie als seinen Vertreter vorschlug, würde der Vorstand wahrscheinlich zustimmen. Doch gerade er hatte sich in letzter Zeit überhaupt nicht festlegen wollen, was diese Entscheidung anbelangte.

13

Die Büros der leitenden Angestellten lagen im vierzehnten Stock zu beiden Seiten eines breiten, teppichbelegten Ganges, der von dem runden Empfangsbereich aus nach rechts oder links führte. An den Wänden des Rezeptionsraums, über den Sofas und Sesseln, die für Besucher bereitstanden, hingen goldgerahmte Bildnisse aller Bancroft-Präsidenten. Links vom Schreibtisch der Empfangsdame lagen das Büro und das private Konferenzzimmer des Präsidenten, rechter Hand waren die Büroräume der Abteilungsleiter, vor denen, durch ebenso funktionale wie dekorative Mahagoni-Trennwände voneinander getrennt, die jeweiligen Sekretärinnen saßen.

Meredith trat aus dem Lift und warf einen kurzen Blick auf das Porträt von James Bancroft, ihrem Urgroßvater, dem Gründer von Bancroft & Company. *»Hallo, Urgroßvater«*, murmelte sie. Sie hatte ihn begrüßt, solange sie zurückdenken konnte, und sie wußte, daß das lächerlich war, aber irgendwie nahm der Mann mit dem dichten blonden Haar, dem Vollbart und dem steifen Kragen einen besonderen Platz in ihrem Herzen ein. Es lag an seinen blauen Augen, aus denen trotz der überaus würdevollen Haltung etwas Spitzbübisches, Übermütiges leuchtete.

Im Konferenzraum war es bei Merediths Eintritt ungewöhnlich unruhig; man konnte die Spannung, die in der Luft lag, förmlich spüren. Wie Meredith hofften alle Anwesenden, daß Philip Bancroft heute einen Hinweis darauf geben werde, wer ihn für die Zeit seiner Abwesenheit vertreten sollte. Sie ließ sich auf einen Stuhl am Ende des langen Tisches gleiten und nickte den anderen neun Männern und einer Frau zu, die alle, wie sie, Vizepräsidenten waren und zusammen die Geschäftsleitung bildeten. Die Hierarchie bei Bancroft's war einfach strukturiert und effektiv. Neben dem Leiter des Finanzwesens und dem Leiter der Rechtsabteilung gab es noch fünf weitere Vizepräsidenten, die zusammen für den Einkauf des Warenhausgiganten und all seiner

Filialen zuständig waren. Jeder von ihnen hatte ein bestimmtes Ressort unter sich. Obwohl jeder von ihnen wiederum seine eigenen Manager hatte, die ihm verantwortlich waren und denen wiederum Einkäufer und Verkäufer unterstanden, trugen letztendlich sie die Verantwortung für Erfolg oder Mißerfolg ihrer jeweiligen Abteilungen und Warengruppen.

Zwei weitere Vizepräsidenten am Tisch hatten dafür zu sorgen, daß die Waren auch verkauft wurden: der Leiter der Werbeabteilung, dessen Team die Verkaufskampagnen plante und Werbespots sowie Anzeigen schaltete, und der Leiter der Dekoabteilung, für den Lisa arbeitete und dessen Aufgabenbereich die Präsidenten der Waren innerhalb der Geschäfte umfaßte.

Meredith war als stellvertretende Geschäftsführerin für alles andere zuständig, was das Geschäft am Laufen hielt: die Sicherheits- und die Personalabteilung sowie Expansion und Vorausplanung. In letzterem war Meredith besonders ambitioniert und hatte dem Einzelhandel unwiderruflich ihren Stempel aufgedrückt. Zusätzlich zu den fünf bereits bestehenden neuen Kaufhäusern, die unter ihrer Leitung eröffnet hatten, waren die Standorte für fünf weitere ausgewählt, und zwei waren bereits in Bau.

Die einzige andere Frau am Tisch zeichnete Verantwortung für den kreativen Bereich. Ihre Aufgabe war es, Modetrends vorauszusagen und die übrigen für den Einkauf Verantwortlichen diesbezüglich zu beraten. Theresa Bishop, die diese Position innehatte, saß gegenüber von Meredith und unterhielt sich leise mit dem Leiter der Finanzabteilung.

»Guten Morgen.« Die Stimme ihres Vaters klang kräftig und brüsk, während er den Konferenzraum betrat und sich am Kopfende des Tisches niederließ. Seine nächsten Worte ließen alle Anwesenden gespannt aufhorchen: »Wenn Sie wissen möchten, ob schon eine Entscheidung betreffend meiner Vertretung gefallen ist, dann lautet die Antwort – nein. Sie werden davon in Kenntnis gesetzt, sobald es soweit ist. Können wir dieses Thema damit abschließen und zur Tagesordnung übergehen? Ted« – mit zusammengekniffenen Augen blickte er Ted Rothman an, der für die Abteilungen Kosmetik, Wäsche, Schuhe und Mäntel zuständig war – »dem jüngsten Bericht zufolge sind die Verkaufszahlen für Mäntel in sämtlichen Filialen gegenüber der gleichen Woche des Vorjahres um elf Prozent gesunken. Was haben Sie dazu zu sagen?«

»Meine Antwort auf Ihre Frage«, erwiderte Rothman lächelnd, »lautet, daß es dieses Jahr ungewöhnlich mild für die Jahreszeit ist. Es war nicht anders zu erwarten.« Während er sprach, stand er auf, ging zu einem der Computerbildschirme, die in die Wand eingebaut waren und tippte etwas in die Tastatur. Das Computersystem des Warenhauses war auf Merediths Vorschlag hin – und unter beträchtlichen Kosten – auf den neuesten Stand der Technik gebracht worden. Jetzt waren quasi auf Knopfdruck sämtliche Verkaufszahlen jeder Abteilung jedes Hauses abrufbar – mit Vergleichszahlen der Vorwoche, des Vormonats oder des Vorjahres. »In Boston, wo das Thermometer letztes Wochenende auf eine der Jahreszeit eher entsprechende Temperatur gefallen ist, sind die Verkaufszahlen« – er beobachtete den Bildschirm – »um zehn Prozent gegenüber der Vorwoche *gestiegen.*«

»Die Vorwoche interessiert mich nicht! Ich will wissen, warum die Verkaufszahlen für Mäntel gegenüber dem Vorjahr gesunken sind.«

Meredith, die am Abend zuvor mit einer Freundin telephoniert hatte, die bei dem Modejournal *Women's Wear Daily* arbeitete, sah ihren finster dreinblickenden Vater an. »Laut *WWD*«, sagte sie, »sind die Verkaufszahlen für Mäntel überall gesunken. In ihrer nächsten Ausgabe werden sie einen Artikel darüber bringen.«

»Ich will keine Entschuldigungen, ich will eine Erklärung«, sagte ihr Vater bissig. Vom ersten Tag an, da sie der Geschäftsleitung von Bancroft's angehörte, hatte ihr Vater sein Möglichstes getan, um zu beweisen, daß er seine Tochter nicht bevorzugte. Eigentlich war sogar eher das Gegenteil der Fall. »Die *Erklärung«*, sagte sie ruhig, »heißt Jacken. Die Verkaufszahlen für Winterjacken sind im ganzen Land um über zwölf Prozent gestiegen. Das deckt das Defizit bei den Mänteln mehr als ab.«

Philip hörte zu, weigerte sich aber, ihren Beitrag auch nur durch ein Nicken anzuerkennen. Statt dessen wandte er sich ungeduldig an Rothman: »Was schlagen Sie vor? Was sollen wir mit den ganzen Mänteln machen, die sich nicht verkaufen?«

»Wir haben die Aufträge für Mäntel bereits zurückgeschraubt, Philip«, antwortete Rothmann geduldig, »und wir erwarten keine Restbestände.« Als er nicht hinzufügte, daß es Theresa Bishop gewesen war, die ihm dazu geraten hatte, weniger Mäntel und mehr Jacken zu ordern, sprang Gordon Mitchell ein, der die Abteilungen Damenkleidung, Accessoires und Kinderkleidung betreute. »Wenn ich mich recht erinnere«, sagte er, »wurden die Jacken anstelle der Mäntel geordert, weil Theresa uns gesagt hat, daß der Trend zu kürzeren Röcken viele Frauen dazu bringen würde, lieber Jacken als Mäntel zu kaufen.« Meredith wußte, daß Mitchell das nicht sagte, um Theresas Verdienst hervorzuheben, sondern weil er nicht wollte, daß Rothman die Anerkennung dafür einsteckte. Mitchell war ein bösartiger Mensch, den Meredith trotz seines guten Aussehens von Anfang an nicht gemocht hatte.

»Wir alle kennen und schätzen Theresas hellseherische Fähigkeiten in Sachen Mode«, sagte Philip spöttisch. Er mochte keine Frauen in der Geschäftsleitung und machte keinen Hehl aus einer Abneigung. Theresa verdrehte die Augen, aber sie schaute nicht zu Meredith hinüber. Ein Blickkontakt zwischen ihnen hätte gegenseitige Abhängigkeit und folglich ein Eingeständnis der Schwäche bedeutet, das wußten beide, und beide hatten nicht das Bedürfnis, ihrem unfehlbaren Präsidenten etwas Derartiges in die Hand zu spielen. »Was ist mit dem Parfüm, das dieser Rockstar präsentieren soll ...?« fragte Philip mit Blick erst auf seine Notizen und dann auf Ted Rothman.

»Charisma«, Rothman lieferten den Namen des Produktes und des Stars. »Sie heißt Cheryl Aderly – ein Rockstar, ein Sexsymbol und …«

»Ich weiß, wer sie ist!« unterbrach Philip abrupt. »Wird sie nun ihr Parfüm bei Bancroft's präsentieren oder nicht?«

»Das können wir noch nicht definitiv sagen«, antwortete Rothman unsicher. Parfüm gehörte zu den Produkten des Kaufhauses, die den größten Profit abwarfen, und die Chance, das Exklusivrecht für die Einführung eines neuen Duftes zu bekommen, war unbezahlbar. Es bedeutete kostenlose Werbung von Seiten des Parfümherstellers, kostenlose Publicity durch den Rockstar, der zur Promotion in das Geschäft kam, und eine riesige Anzahl vor allem weiblicher Kunden, die dadurch angelockt wurden und das Geschäft stürmten.

»Was soll das heißen, Sie können es nicht definitiv sagen?« schnappte Philip. »Sie haben doch das letzte Mal erklärt, die Sache sei so gut wie sicher.«

»Aderly weicht unseren Anfragen noch aus«, gab er zu. »Soviel ich weiß, will sie unbedingt ihr Rockstar-Image durch ernsthafte Schaupielerei aufwerten, aber …«

Philip warf wütend seinen Füller auf den Tisch. »Herrgott nochmal! Ihre Karriere und ihre Ambitionen sind mir scheißegal! Was ich wissen will, ist, ob Bancroft's das Debüt ihres Parfüms bekommt, und wenn nicht, dann nennen Sie mir bitte den Grund dafür!«

»Ich werde mich bemühen, Ihre Frage zu beantworten, Philip«, sagte Ted sehr vorsichtig. »Aderley wollte ihre Präsentation in einem besonders vornehmen Kaufhaus starten, um sich damit ein neues Image zu verschaffen.«

»Welches Haus ist vornehmer als Bancroft's?« wollte Philip wissen. Er war wütend und sagte, ohne eine Antwort auf seine sowieso rein rhetorische Frage abzuwarten: »Haben Sie in Erfahrung gebracht, mit wem sie noch in Verhandlungen steht?«

»Marshall Field's.«

»Das ist nicht Ihr Ernst! Field's hat nicht halb so viel Klasse wie Bancroft's, und außerdem können die längst nicht so viel für sie tun wie wir!«

»Im Moment scheint gerade unsere ›Klasse‹ das Problem zu sein.« Ted Rothman hob die Hand, als Philip vor Zorn rot anlief. »Sie wissen, daß es Aderly bei Beginn der Verhandlungen in erster Linie um ihr Image ging, und jetzt haben ihr Agent und ihre Berater sie davon überzeugt, daß es ein Fehler wäre, ihr Rockstar/Sexsymbol-Image zugunsten eines anderen aufzugeben, das ihr bei weitem nicht so viele Fans bringt. Aus diesem Grund sind sie jetzt mit Field's im Gespräch – als eine Art Kompromiß.«

»Ich will diese Präsentation, Ted«, erklärte Philip tonlos. »Das meine ich ernst. Bieten Sie ihnen notfalls eine höhere Gewinnbeteiligung, oder sagen Sie ihnen, daß wir bereit sind, einen Teil ihrer hiesigen Werbekosten zu übernehmen. Bieten Sie ihnen nicht mehr als unbedingt nötig, aber sichern Sie uns diese Präsentation.«

»Ich werde mein Bestes tun.«

»Haben Sie das bisher nicht getan?«

Ohne eine Antwort abzuwarten, wandte er sich dem Vizepräsidenten zu, der neben Rothman saß, und unterzog ihn einem ähnlichen Kreuzverhör. Dann folgte der nächste und nach diesem der übernächste. Die Verkaufszahlen waren hervorragend und alle Vizepräsidenten überaus fähig. Philip wußte das, aber je schlechter sein gesundheitlicher Zustand wurde, desto schlechter wurde auch seine Laune. Gordon Mitchell war der letzte, den Philip unter Beschuß nahm: »Die Dominic Avanti-Kleider sehen schrecklich aus – sie sehen aus, als wären sie vom letzten Jahr übriggeblieben, und sie verkaufen sich auch nicht.«

»Einer der Gründe, warum sie sich nicht verkaufen«, ließ Mitchell mit einem anklagenden Seitenblick auf Lisas Vorgesetzten verlauten, »liegt in der lächerlichen Art und Weise, wie Neils Leute sie präsentieren! Wer ist denn nur auf die perverse Idee gekommen, die Schaufensterpuppen mit pailettenbesetzten Hüten und Handschuhen auszustaffieren?«

Neil Nordstrum, Lisas Chef, musterte den ärgerlichen

Kontrahenten abschätzig. »Wenigstens«, sagte er, »haben Lisa Pontini und ihr Team es fertiggebracht, das Zeug interessant aussehen zu lassen. Vorher war es ja nur scheußlich.«

»Das reicht, meine Herren«, schnappte Philip ungeduldig. »Sam«, wandte er sich an Sam Green, den Leiter der Rechtsabteilung des Kaufhauses, der links direkt neben ihm saß, »was ist mit der Klage, die diese Frau gegen uns eingereicht hat – die, die angeblich in der Möbelabteilung hingefallen ist und sich dabei den Rücken verletzt hat?«

»Das ist eine Betrügerin«, erwiderte Sam Green. »Unser Versicherungsagent hat gerade herausgefunden, daß sie vier ähnliche Klagen gegen andere Kaufhausketten eingereicht hat. Sie wird uns vor Gericht bringen müssen, und wenn sie das tut, verliert sie.«

Philip nickte und warf Meredith einen kühlen Blick zu. »Was ist mit den Kaufverträgen für das Stück Land in Houston, hinter dem du so her bist?«

»Sam und ich arbeiten gerade die letzten Details aus. Der Verkäufer ist einverstanden, das Grundstück zu teilen, und wir können den Vertrag demnächst fertigmachen.«

Er nickte kurz und wandte sich dann dem Leiter der Finanzabteilung zu, der zu seiner Rechten saß. »Allen, was haben Sie zu berichten?«

Allen Stanley war für alle finanzellen Belange der Bancroft Corporation zuständig, also auch für die Kreditabteilung. Die zwanzig Jahre, die er mit Philip immer wieder harte Auseinandersetzungen ausgefochten hatte, waren nach Merediths Ansicht schuld daran, daß Allen fast alle Haare verloren hatte und zehn Jahre älter wirkte, als er tatsächlich war. Ebenso wie die Rechts- und die Personalabteilung brachte auch die Finanzabteilung dem Kaufhaus keinen direkten Gewinn ein, weshalb sie als bloßes notwendiges Übel ansah und mehr oder minder widerwillig tolerierte.

Allen sprach betont zögerlich. »Wir hatten eine Rekordzahl bei den Neuanträgen für Kundenkarten im letzten Monat – fast achttausend.«

»Wie viele haben Sie genehmigt?«

»Gut fünfundsechzig Prozent.«

»Wie zum Teufel«, tobte Philip wutentbrannt und unterstrich jedes seiner Worte, indem er mit seinem Füller auf den Tisch klopfte, »wollen Sie es rechtfertigen, dreitausend Anträge abzulehnen? Wir bemühen uns ständig um neue Karteninhaber, und Sie lehnen die Anträge ebenso schnell ab, wie sie hereinkommen! Es ist traurig, daß ich Ihnen offenbar erklären muß, wie wichtig diese Kartenkunden für unser Geschäft sind. Und dabei rechne ich noch nicht einmal den Umsatzverlust, den wir dadurch erleiden, daß dreitausend Kunden *nicht* bei Bancroft's kaufen, weil sie hier nicht auf Kredit einkaufen können!« Plötzlich schien er sich auf sein krankes Herz zu besinnen, denn Meredith bemerkte, wie er sichtlich bemüht war, sich zu beruhigen.

»Die Anträge, die wir abgelehnt haben, stammen von Leuten, die nicht kreditwürdig sind, Philip«, sagte Allen mit Nachdruck. »Solche Leute, das wissen Sie sehr gut, sind entweder nicht willens oder nicht fähig, für ihre Einkäufe zu bezahlen, geschweige denn ein überzogenes Kundenkonto auszugleichen. Sie mögen glauben, daß die Ablehnung dieser Anträge uns Geld kostet, ich dagegen denke, daß meine Abteilung durch die Vermeidung nicht eintreibbarer Schulden Bancroft's viel Geld *gespart* hat. Ich habe eine Liste mit den wichtigsten Kriterien erstellt, die Kunden erfüllen müssen, um eine Kundenkarte unseres Hauses zu bekommen. Jene dreitausend haben diese Voraussetzungen nicht erfüllt.«

»Weil diese Anforderungen zu gottverdammt hoch sind«, meldete sich Gordon Mitchell zu Wort.

»Wie kommen Sie darauf?« hakte Philip eifrig nach. Um dem Leiter der Finanzabteilung in die Zwickmühle zu bringen, war ihm jedes Mittel recht.

»Ich sage das, weil meine Nichte mir erzählt hat, daß Bancroft's *ihren* Antrag auf eine Kundenkarte abgelehnt hat.«

»Dann war sie nicht kreditwürdig«, erwiderte Allen scharf.

»Tatsächlich?« fragte Mitchell schleppend. »Warum hat

sie dann bei Field's und bei Macy's ohne weiteres eine Kundenkarte bekommen? Meine Nichte, die noch studiert, hat mir gesagt, daß in dem Ablehnungsbescheid steht, sie könne keine ausreichende Krediterfahrung nachweisen. Ich nehme doch an, daß heißt, daß Sie nichts über sie in Erfahrung bringen konnten, weder Gutes noch Schlechtes.«

Der Finanzleiter nickte. Sein blasses Gesicht verfinsterte sich. »Wenn das in unserem Brief steht, wird es wohl so sein.«

»Was ist mit Field's und Macy's?« wollte Philip wissen und lehnte sich nach vorne. »Die haben scheinbar bessere Informationsquellen als Sie und Ihre Leute.«

»Nein. Wir benutzen alle dasselbe Auskunftsbüro. Offenbar sind ihre Auswahlkriterien weniger strikt als meine.«

»Es sind nicht *Ihre*, verdammt nochmal, dieses Kaufhaus ist nicht *Ihres* …«

Aus dem uneigennützigen Wunsch, Allen Stanley beizustehen und dem sehr eigennützigen Wunsch, eine längere Streiterei und damit unnötige Zeitverschwendung zu vermeiden, unterbrach Meredith die Schimpfkanonade ihres Vaters. Sie bemühte sich, möglichst sachlich zu klingen: »Das letzte Mal, als wir dieses Thema erörtert haben, hast du selbst gesagt, daß viele Studenten erwiesenermaßen kreditunwürdig sind. Du selbst hast Allen beauftragt, Studenten nur in ganz besonderen Ausnahmefällen Kundenkarten auszustellen.«

Schweigen senkte sich über den Konferenzraum, das unheimlich, wachsame Schweigen, das immer dann auftrat, wenn Meredith sich ihrem Vater entgegenstellte. Dabei verhielt sich Philip im wesentlichen nicht anders als jeder andere Präsident einer bedeutenden Warenhauskette, das wußte sie. Was Meredith an ihrem Vater störte, war denn auch nicht das, was er forderte, sondern die brüske, autokratische Art, in der er gegen seine Mitarbeiter vorging. Die Leute, die an diesem Tisch saßen, hatten sich ihren Beruf ausgesucht. Sie wußten, auf was sie sich dabei einließen, daß eine Sechzig-Stunden-Woche eher die Regel als die Ausnahme war und daß sie hart um ihre Position würden kämpfen müssen. Das war auch Meredith klar gewesen, und sie war sich der Tatsache bewußt, daß sie noch härter, noch länger und noch effektiver als alle anderen würde arbeiten müssen, um eines Tages den Posten des Präsidenten zu erhalten – der ihr, wenn sie als Mann geboren worden wäre, automatisch zufallen würde.

Als sie sich jetzt in die Debatte einmischte, wußte sie, daß sie vielleicht den Respekt ihres Vaters erringen konnte, daß sie aber gleichzeitig das ungleich größere Risiko einging, seinen Zorn zu erregen. Er blickte nur kurz in ihre Richtung. »Was würdest *du* vorschlagen, Meredith?« fragte er, ohne zuzugeben oder abzustreiten, daß die fragliche Regelung seine eigene Idee gewesen war.

»Das gleiche, was ich schon das letzte Mal vorgeschlagen habe – daß Studenten, über die nichts Negatives bekannt ist, eine Kundenkarte erhalten; allerdings mit einen gegrenzten Kreditrahmen, sagen wir fünfhundert Dollar, im ersten Jahr. Wenn Allens Leute am Ende dieses Jahres mit der Zahlungsmoral zufrieden sind, kann das Maximum des Karteninhabers hinaufgesetzt werden.«

Einen Augenblick lang sah er sie nur ausdruckslos an, dann wandte er sich ab, als habe sie nichts gesagt. Eine Stunde später schloß er die Hirschledermappe mit seinen Konferenznotizen und blickte die Geschäftsführer an: »Ich habe heute einen außerordentlich vollen Kalender, meine Herren – und Damen ...«, fügte er in herablassendem Ton hinzu, der Meredith wie immer fast an die Decke gehen ließ. »Wir werden für heute Schluß machen. Vielen Dank. Die Sitzung ist beendet. Allen«, setzte er, an den Finanzleiter gewandt, leise und tonlos hinzu, »bieten Sie Studenten, die nicht kreditunwürdig sind, einen limitierten Kreditrahmen in Höhe von fünfhundert Dollar an.«

Das war alles. Weder würdigte er Merediths Idee, noch zollte er ihr selbst in irgendeiner Weise Anerkennung. Damit verhielt er sich wie immer, wenn seine talentierte Tochter exzellentes Urteilsvermögen bewies: Er übernahm ihre

Vorschläge, ohne zuzugeben, daß sie für das Kaufhaus von Vorteil wären. Aber sie waren vorteilhaft. Das wußten alle. Auch Philip Bancroft.

Meredith sammelte ihre Papiere ein und verließ neben Gordon Mitchell den Konferenzraum. Mitchell und Meredith waren von allen Anwärtern auf das Amt des Interimspräsidenten die beiden aussichtsreichsten. Und beide wußten es. Mit siebenunddreißig hatte Mitchell mehr Erfahrung als sie, und das gab ihm einen gewissen Vorsprung. Andererseits war er erst seit drei Jahren für Bancroft's tätig. Meredith arbeitete seit sieben Jahren für die Firma, und außerdem, was noch viel mehr zählte, war sie diejenige gewesen, die die Expansion in andere Großstädte vorbereitet und erfolgreich durchgeführt hatte. Sie hatte erst ihren Vater und dann die Banken davon überzeugt, diese Expansion zu finanzieren, hatte selbst die Standorte ausgewählt und sich selbst um die Bauarbeiten und die Ausstattung dieser Filialen gekümmert. Meredith hatte den anderen Anwärtern und auch Mitchell noch eine weitere Eigenschaft voraus: Sie war flexibel. Und sie kannte Bancroft's durch und durch. Als Gordon sie jetzt kurz von der Seite ansah, bemerkte sie den berechnenden Ausdruck in seinen Augen. »Philip hat mir erzählt, daß er auf Anordnung der Ärzte eine Kreuzfahrt machen wird«, begann Gordon, als sie den breiten Flur an den Büros der Vizepräsidenten vorbeigingen. »Wohin wird er …« Er brach ab, als seine Sekretärin auf ihn zukam und mit leicht erhobener Stimme sagte: »Mr. Mitchell, Sie haben einen Anruf von Mr. Bender auf Ihrer Privatleitung. Seine Sekretärin sagt, es sei dringend.«

»Ich habe Ihnen schon mehrmals gesagt, daß Sie Anrufe auf meiner Privatleitung nicht entgegennehmen sollen, Debbie.« Mitchell entschuldigte sich bei Meredith und stolzierte in sein Büro. Vor seiner Tür biß Debbie Novotny sich auf die Lippen und schaute Meredith nach, die zu ihrem eigenen Büro ging. Jedesmal wenn »Mr. Benders Sekretärin« anrief, wurde Gordon unruhig und nervös und schloß dann auch immer die Türe. Seit fast einem Jahr versprach er ihr, sich von seiner Frau scheiden zu lassen, um sie zu heiraten, und jetzt hatte sie plötzlich Angst, daß der Grund für seine ewigen Vertröstungen »Mr. Benders Sekretärin« war, der Tarnname einer neuen Geliebten. Er hatte schon andere Versprechen gebrochen, wie zum Beispiel, daß er sie zur Einkäuferin befördern und ihr eine Gehaltserhöhung geben wolle. Das Herz klopfte ihr bis zum Hals, als Debbie zaghaft den Hörer abhob, um mitzuhören. Gordons Stimme klang höchst beunruhigt: »Ich habe Ihnen doch gesagt, daß Sie mich nicht im Büro anrufen sollen!«

»Beruhigen Sie sich, es dauert nicht lang«, sagte Bender. »Ich habe immer noch eine Wagenladung von diesen Seidenblusen, die Sie gekauft haben, und einen Haufen Modeschmuck. Ich zahle Ihnen das Doppelte von Ihrer üblichen Provision, wenn Sie mir das Zeug abnehmen.« Es war die Stimme eines Mannes, und Debbie war so erleichtert, daß sie schon auflegen wollte, als sie plötzlich merkte, daß das, worauf Bender da anspielte, verdächtig nach Bestechung klang.

»Ich kann nicht«, schnappte Gordon. »Ich habe die letzte Lieferung Blusen und den Modeschmuck gesehen, die Sie mir verkauft haben, und das Zeug ist minderwertig! Wir sind bisher nur deshalb noch nicht erwischt worden, weil Ihre Waren einigermaßen in Ordnung waren. Wenn aber jemand hier im Haus die letzte Lieferung näher anschaut, werden sie wissen wollen, wer das gekauft hat und warum. Und wenn sie das tun, werden meine Einkäufer mit dem Finger auf mich zeigen und sagen, daß *ich* ihnen befohlen habe, das Zeug von Ihnen zu kaufen.«

»Wenn Sie sich darüber Sorgen machen«, sagte Bender, »dann feuern Sie die beiden doch einfach. Dann wird niemand mehr mit dem Finger auf Sie zeigen.«

»Das werde ich wohl sowieso tun müssen, aber das ändert nichts. Hören Sie zu, Bender«, Gordons Stimme wurde hart, »unsere Beziehung war für uns beide sehr profitabel, aber jetzt ist Schluß. Es ist zu riskant. Außerdem glaube ich, daß man mir die Interims-Präsidentschaft anbieten wird. Und wenn das geschieht, habe ich mit dem Einkauf sowieso nichts mehr zu tun.«

Benders Stimme nahme einen drohenden Ton an. »Jetzt hören Sie mir mal genau zu, Sie feiner Pinkel, weil ich Ihnen das nur einmal sage: Sie und ich, wir haben sehr gute Geschäftchen miteinander gemacht, und Ihre Ambitionen sind mir schnurzegal. Sie haben von mir im letzten Jahr hundert Riesen bekommen ...«

»Ich sagte, das Geschäft ist vorbei.«

»Es ist erst dann vorbei, wenn ich es sage, und davon sind wir noch weit entfernt. Versuchen Sie doch, meine Pläne zu durchkreuzen, und Sie werden schon sehen. Ein kleiner Anruf beim alten Bancroft ...«

»Und was wollen Sie ihm erzählen?« triumphierte Gordon. »Daß ich mich geweigert habe, von Ihnen Bestechungsgelder anzunehmen?«

»Nein, ich werde ihm sagen, daß ich ein ehrlicher Geschäftsmann bin und daß Sie von mir einen bestimmten Anteil vom Erlös verlangt haben, bevor Sie Ihren Leuten gestatteten, meine Ware zu kaufen. Das ist keine Bestechung, das ist Erpressung.« Er schwieg einen Augenblick, um das Gesagte besser wirken zu lassen, dann fuhr er fort: »Und dann wäre da auch noch das Finanzamt. Stellen Sie sich vor, die bekommen einen anonymen Anruf und fangen an, Sie zu überprüfen. Ich wette, die finden irgendwie heraus, daß Sie hunderttausend Dollar kassiert haben, ohne sie zu versteuern. Das ist Steuerhinterziehung. Und Steuerhinterziehung ist ein Verbrechen, Freundchen. Somit wären wir bei Erpressung und Steuerhinterziehung.«

Inmitten seiner wachsenden Panik hörte Gordon ein Geräusch am Telephon – das unterdrückt klingend Geräusch, das das Schließen eines Aktenschrankes verursacht. »Warten Sie eine Sekunde«, sagte er schnell, »ich muß nur kurz etwas aus meinem Aktenkoffer holen.« Ohne seinen Aktenkoffer, der vor ihm auf dem Schreibtisch lag, auch nur die geringste Beachtung zu schenken, legte er den Hörer ab, ging leise zur Tür und öffnete sie lautlos einen Spalt: Seine

Sekretärin saß an ihrem Schreibtisch, den Hörer am Ohr, die Hand über der Sprechmuschel – und an ihrem Apparat leuchtete nur eine einzige Leitung auf. Vor Zorn und Angst totenblaß, schloß er die Tür wieder und ging zu seinem Schreibtisch zurück. »Wir müssen unser Gespräch heute abend fortsetzen«, schnappte er. »Rufen Sie mich zu Hause an.«

»Ich warne Sie, Freundchen.«

»Okay, okay! Rufen Sie mich zu Hause an. Wir werden uns schon irgendwie einigen.«

Etwas beruhigter sagte Bender nun: »Das klingt schon besser. Ich lasse ja mit mir reden. Da sie Bancroft's Angebot ablehnen müssen, werde ich Ihren Anteil erhöhen.«

Gordon legte auf und drückte den Knopf der Sprechanlage. »Debbie, bitte kommen Sie einen Moment zu mir herein«, sagte er, dann ließ er den Knopf los und fügte leise hinzu: »Blöde Ziege, neugierige!«

Einen Augenblick später öffnete Debbie die Tür. Sie fühlte sich betrogen, ihre Illusionen waren dahin. Dabei hatte sie Angst, daß ihr Gesicht sie verraten würde.

»Mach die Tür zu und schließ ab«, sagte Gordon und bemühte sich, seine Stimme heiser klingen zu lassen. Er stand auf und ging um den Schreibtisch herum zum Sofa. »Komm her«, fügte er hinzu.

Der sinnliche Unterton seiner Stimme irritierte Debbie, zumal seine Augen sehr kalt blickten. Sie ging zögernd auf ihn zu und fuhr erschrocken zusammen, als er sie abrupt in seine Arme zog. »Ich weiß, daß du den Anruf mitgehört hast«, sagte er und unterdrückte den Impuls, ihr den Hals umzudrehen. »Ich tue das für uns, Debbie. Wenn meine Frau nach der Scheidung fertig mit mir ist, bin ich blank. Ich brauche dieses Geld für uns – um dir das geben zu können, was du verdienst. Verstehst du, Liebling?«

Debbie hob den Blick, sah das Flehen in seinen Augen, und sie verstand. Sie glaubte ihm. Seine Hände öffneten den Reißverschluß ihres Kleides, zogen sie aus, und als seine Finger unter ihren BH und ihren Tangaslip fuhren, preßte sie sich an ihn und bot ihm ihren Körper. Ihre Liebe. Ihr Schweigen.

Meredith wollte gerade den Hörer abheben, als ihre Sekretärin an ihrer Bürotür vorbeiging. »Ich war am Kopierer«, erklärte Phyllis und betrat das Büro. Phyllis Tishler war siebenundzwanzig, intelligent und ausgesprochen besonnen – solange es nicht um Männer ging. Unerklärlicherweise übten nämlich unzuverlässige Männer eine magische Anziehungskraft auf sie aus. Diese Schwäche hatte sie mit Meredith in den Jahren, die sie zusammenarbeiteten, immer wieder lachend diskutiert. »Jerry Keaton von der Personalabteilung hat angerufen, während Sie weg waren«, fuhr Phyllis fort. »Er sagt, es besteht die Möglichkeit, daß eine unserer Verkäuferinnen uns auf Diskriminierung verklagt.«

»Hat er schon mit der Rechtsabteilung gesprochen?«

»Ja, aber er will sich auch mit Ihnen darüber unterhalten.«

»Ich muß wegen der Pläne für das Kaufhaus in Houston nochmal zum Architekten«, sagte Meredith. »Sagen Sie Jerry, ich werde mich gleich Montag früh bei ihm melden.«

»Okay. Mr. Savage hat auch angerufen.« Sie verstummte, als Sam Green höflich an den Türstock klopfte. »Entschuldigen Sie bitte«, sagte er zu den beiden und fügte dann hinzu: »Meredith, hätten Sie ein paar Minuten Zeit für mich?«

Meredith nickte. »Was gibt's?«

»Ich habe gerade mit Ivan Thorp gesprochen«, sagte er und runzelte die Stirn, während er auf ihren Schreibtisch zuging. »Es könnte sein, daß die Sache mit dem Grundstück in Houston einen Haken hat.«

Meredith hatte wochenlang in Houston nach einem passenden Platz gesucht, wo sie nicht nur ihr Geschäft, sondern ein ganzes Einkaufszentrum errichten konnten. Schließlich hatte sie das ideale Grundstück gefunden, und nun standen sie seit Monaten in Verhandlungen mit der Firma Thorp Development, der der Grund gehörte. »Was für ein Haken?«

»Als ich ihm erzählt habe, daß wir soweit sind, einen Vertrag abzuschließen, sagte er, daß er möglicherweise einen

Käufer hat, der seinen gesamten Besitz, und darunter auch dieses Grundstück, erwerben will.«

Thorp Development war ein Houstoner Holdinggesellschaft, die mehrere Bürogebäude und Einkaufszentren sowie diverse unbebaute Grundstücke besaß, und es war kein Geheimnis, daß die Gebrüder Thorp ihr gesamtes Unternehmen verkaufen wollten. Das hatte sogar im *Wall Street Journal* gestanden.

»Glauben Sie, daß die wirklich einen Käufer haben? Oder versucht er nur, ein höheres Anfangsangebot von uns zu bekommen?«

»Letzteres vermutlich, aber ich wollte, daß Sie wissen, saß vielleicht ein Mitbewerber im Spiel ist, mit dem wir nicht gerechnet haben.«

»Dann müssen wir uns etwas überlegen, Sam. Ich will unser nächstes Geschäft auf genau diesem Stück Land. Die Lage ist einfach perfekt. Houston ist eine aufstrebende Stadt, aber die Baupreise sind noch relativ niedrig. Die Wirtschaft dort wird boomen, wenn wir soweit sind, unsere Filiale zu eröffnen.«

Meredith warf einen kurzen Blick auf ihre Uhr und stand auf. Es war Freitag nachmittag, drei Uhr, und der Verkehr würde schon jetzt beträchtlich sein. »Ich muß los«, sagte sie und lächelte entschuldigend. »Vielleicht kann Ihr Freund in Houston herausfinden, ob Thorp wirklich einen anderen Interessenten hat, und wenn ja, wen.«

»Ich habe schon mit ihm gesprochen. Er hört sich um.«

14

Matts Limousine schob sich langsam durch den dichten Freitagnachmittagsverkehr der Chicagoer Innenstadt. Er war auf dem Weg zu dem sechzigstöckigen Wolkenkratzer von Haskell Electronics. Matt, der im Fond saß, blickte jeweils nur kurz von seinem Bericht auf, in den er sich vertieft hatte, als Joe O'Hara bei waghalsigen Manövern ein Taxi überholte, eine rote Ampel überfuhr, kontinuierlich auf die Hupe drückte und erschrockene Chicagoer Fußgänger verscheuchte. Keine fünf Meter vor der Einfahrt zur Haskell-Tiefgarage trat er voll auf die Bremse und brachte den langen Wagen direkt davor zum Stehen. »Tut mit lied, Matt«, sagte er mit einem trockenen Grinsen, als er aufblickte und im Rückspiegel Matts gerunzelte Stirn sah.

»Ich möchte wirklich wissen«, erwiderte Matt ärgerlich, »warum du am liebsten jeden Fußgänger in eine Kühlerfigur verwandeln würdest.« Seine Stimme ging in dem Quietschen der Reifen unter, als Joe die engen Kurven der Tiefgarage mit voller Geschwindigkeit nahm und die Wände rechts und links nur um Millimeter verpaßte. Ohne Rücksicht darauf, wie elegant oder teuer der Wagen war, den er lenkte – Joe O'Hara fuhr immer wie ein übermütiger Teenager in einem alten verbeulten Chevy, der eine Blondine auf dem Schoß und ein Sechserpack Bier auf dem Beifahrersitz hatte. Wäre sein Reaktionsvermögen nicht gleichfalls so gut wie das eines Teenagers gewesen, er hätte seinen Führerschein und vermutlich auch sein Leben schon vor Jahren verloren.

Aber er war ebenso loyal wie waghalsig, und diese beiden Eigenschaften hatten Matt vor zehn Jahren in Südamerika das Leben gerettet. Damals hatten die Bremsen des Lastwagens, den Matt lenkte, versagt, und der Laster war eine Böschung hinabgestürzt und explodiert. Joe hatte Matt unter Einsatz seines eigenen Lebens aus dem brennenden Fahrzeug herausgeholt, und dafür neben einer Kiste Whisky auch Matts ewige Dankbarkeit erhalten.

Unter seiner Jacke trug Joe eine 45er Automatik, die er vor Jahren gekauft hatte, als er Matt durch die Kette der Streikposten chauffiert hatte, die eine seiner ersten Firmen blokkierten. Matt hielt die Pistole für überflüssig. Joe war zwar nur wenig über einsfünfundsiebzig groß, aber er war ein einziges muskuläres Kraftpaket. Sein Gesicht wirkte fast häßlich, und sein finsterer Blick war furchterregend. Der Job eines Leibwächters paßte wesentlich besser zu ihm als der eines Chauffeuers: Er sah aus wie ein japanischer Meisterringer. Und er fuhr wie ein Verrückter.

»Wir sind da«, verkündete Joe, während er den Wagen direkt neben dem Privataufzug des Gebäudes zum Stehen brachte. »Willkommen im neuen Zuhause.«

»Für ein Jahr oder weniger«, sagte Matt und klappte seinen Aktenkoffer zu. Wenn Matt eine neue Firma kaufte, blieb er normalerweise nur zwei, höchstens drei Monate dort – lange genug, um mit seinen Leuten die Lage zu klären und das weitere Vorgehen abzusprechen. Bisher hatte er jedoch nur Unternehmen erworben, deren Management in Ordnung war und die lediglich aus dem einen oder anderen Grund finanziellen Schwierigkeiten hatten. Die Änderungen, die er in diesen Fällen vornahm, waren in der Regel gering und beschränkten sich oft darauf, die Geschäftsführung dem Stil von Intercorp anzupassen. Bei Haskell lagen die Dinge anders. Hier würden veraltete Management- und Produktionsmethoden umgestellt werden müssen. Unter anderem plante Matt eine neue Fertigungshalle, und den Bauplatz dafür hatte er bereits erworben: in Southville, einem Vorort von Chicago. Haskell mußte von Grund auf überholt werden. Die Umstrukturierung von Haskell Electronics und der gerade gekauften Tankerflotte würde Matt arbeitsreiche Tage und Nächte kosten, aber daran war er gewöhnt. Und in gewisser Hinsicht freute er sich auf die Herausforderung, die mit der Rationalisierung von Haskell verbunden war. Sein Übernahme-Team war hier seit Wochen an der Arbeit. Sie waren oben und warteten auf ihn.

In der sechzigsten Etage nahm die Empfangsdame den Telephonhörer ab und lauschte interessiert der Nachricht, die ihr der uniformierte Türsteher übermittelte, der gleichzeitig als Portier in der Erdgeschoß-Lobby fungierte. Nachdem sie aufgelegt hatte, wandte sich Valerie an die Sekretärin, die rechts von ihr saß. »Pete Duncan sagt, eben wäre eine silbergraue Stretch-Limosine in die Garage eingebogen«, flüsterte sie. »Er meint, es ist Farrell.«

»Silbergrau scheint seine Lieblingsfarbe zu sein«, erwiderte Joanna mit einem bedeutungsvollen Blick auf das neue, zwei Meter lange silberfarbene Firmenschild mit den Intercorp-Insignien, das an der Rosenholzwand hinter der Rezeption hing.

Zwei Wochen nach der Übernahme durch Intercorp war der Innenarchitekt von Intercorp mit einer Menge Handwerker hier erschienen. Als er zwei Wochen später wieder abfuhr, waren der gesamte Empfangsbereich sowie Matt Farrells zukünftiges Büro vollständig umgewandelt: Die verblichenen Teppichböden und modernen roten Ledersofas mit Glasbeistelltischen gewichen. Es war Teil von Matt Farrells Strategie, die Räumlichkeiten in allen von Intercorp neuerworbenen Unternehmen so zu renovieren, daß sie dem einheitlichen Firmenimage entsprachen.

Valerie und Joanna hatten wie alle anderen Angestellten Matt Farrells eiserne Hand bereits zu spüren bekommen. Innerhalb weniger Tage nach der Übernahme durch Intercorp war der Präsident – Mr. Vern Haskell – dazu gezwungen worden, vorzeitig in Rente zu gehen. Zwei seiner Vizepräsidenten – Haskells Sohn und Schwiegersohn – waren von selbst zurückgetreten, ein anderer Vizepräsident, der sich weigerte zu gehen, wurde gefeuert. In ihren Büros saßen jetzt drei von Farrells Leuten. Drei weitere waren an anderen Stellen des Gebäudes untergebracht, angeblich schnüffelten sie überall herum, steckten ihre Nasen in alles und fertigten Listen an – zweifellos mit den Namen derjenigen, die als nächste gefeuert werden sollten.

Aber nicht nur die obersten Führungskräfte waren aus ihren Jobs gedrängt worden, sondern auch deren Sekretärinnen. Matthew Farrell hatte seine eigene Sekretärin aus Kalifornien hergeschickt, die überall Mißfallen erregte. Eleanor Stern war eine stocksteife, dürre, kratzbürstige Person, die alle mit Adleraugen beobachtete und sich immens wichtig vorkam. Sie erschien morgens vor allen anderen im Büro und ging abends als letzte. Wenn die Tür ihres Büros offenstand, was momentan nicht der Fall war, reagierte sie auf das leiseste Lachen oder Tratschen mit der Strenge eines zornigen Feldwebels und kehrte erst dann an ihren Schreibtisch zurück, wenn jede Art privater Unterhaltung endgültig verstummt war. Nur aus diesem Grund widerstand Valerie der Versuchung, einige andere Sekretärinnen anzurufen und ihnen zu sagen, daß Farrell unterwegs war, damit sie wie zufällig vorbeikommen und einen Blick auf ihn werfen könnten.

Laut Boulevard- und Regenbogenpresse war er ein gutaussehender, niveauvoller Mann, der mit Filmstars und blaublütigen Damen ausging. Dem *Wall Street Journal* zufolge war er ein »Finanzgenie mit einer glücklichen Hand«. Mr. Haskell dagegen hatte an seinem letzten Tag im Büro gesagt, Matthew Farrell sei »ein arroganter, unmenschlicher Bastard mit dem Instinkt eines Bluthundes und der Moral eines Haifischs«.

Während Joanna und Valerie so auf die Ankunft ihres neuen Chefs warteten, waren sie bereits entschlossen, ihn auf den ersten Blick hin zu verabscheuen. Und das taten sie dann auch.

Das leise *Dinnng* der Aufzugsglocke schlug in der Empfangshalle wie ein dröhnender Gong ein. Matthew Farrell trat heraus, und im selben Moment schien sogar die Luft von der Energie seiner Ausstrahlung zu erzittern. Braungebrannt und athletisch gebaut, ging er mit ausgreifenden Schritten auf sie zu. Er blätterte in einem Bericht und trug einen Aktenkoffer und einen beigen Cashmeremantel über dem Arm. Valerie erhob sich unsicher. »Guten Tag, Mr. Farrell.« Ihre freundliche Geste wurde mit einem entmutigenden Blick aus klaren grauen Augen und einem kurzen Nikken erwidert. Dann fegte er weiter wie der Gott des Windes – mächtig, ruhelos und ohne normalen Sterblichen wie Valerie und Joanna auch nur die geringste Beachtung zu schenken.

Matt war schon einmal hiergewesen und ging mit unbeirrbarer Sicherheit auf die Privatbüros zu, in denen Haskells Präsident und seine Sekretärin residiert hatten. Erst nachdem er die Tür des Sekretariats hinter sich geschlossen hatte, riß er seinen Blick von dem Bericht los, und dies auch nur, um seine Sekretärin flüchtig anzublicken. Eleanor Stern arbeitete seit neun Jahren für ihn. Sie grüßten sich nicht, und sie verschwendeten auch keine Zeit mit Höflichkeitsfloskeln oder Smaltalk.

»Wie läuft alles?«

»Recht gut«, antwortete sie.

»Steht die Tagesordnung für die Sitzung schon fest?« fragte er, bereits unterwegs zu der hohen Rosenholz-Doppeltür, die in sein Privatbüro führte.

»Natürlich«, erwiderte sie in derselben kurzen Art wie er. Seit dem ersten Tag ihrer Zusammenarbeit bildeten sie ein ideales Team. Damals war sie zusammen mit zwanzig anderen Frauen, von denen die meisten jung und attraktiv waren, von einer Agentur zu Matts Büro geschickt worden. Am Morgen eben dieses Tages hatte er in der Zeitschrift *Town and Country*, die jemand in der Caféteria liegenlassen hatte, ein Bild von Meredith gesehen. Sie lag neben einem jungen Polospieler am Strand von Jamaica. Der Bildunterschrift zufolge machte sie dort mit Studienfreunden Urlaub. Der Anblick dieser Photographie spornte Matt zusätzlich an; er war mehr denn je entschlossen, Erfolg zu haben. In dieser Stimmung hatte er die Bewerberinnen interviewt. Die meisten waren hübsche Hohlköpfe oder flirteten offen mit ihm, und er war nicht in der Stimmung, Dummheit oder weiblichen Charme auch nur zu tolerieren. Er wollte jemanden, der klug und zuverlässig war, jemanden, der ihn auf seinem raschen Weg an die Spitze begleiten würde. Gerade hatte er den Lebenslauf der letzten Bewerberin in den Papierkorb geworfen, als Eleanor Stern hereinmaschiert kam – in Schuhen mit klobigen Absätzen, einem schlichten schwarzen Kostüm und das graue Haar zu einem schmucklosen Knoten aufgesteckt. Sie drückte ihm ihre Bewerbungsunterlagen in die Hand und wartete schweigend, bis Matt die dort aufgeführten Fakten über sie gelesen hatte. Sie war fünfzig Jahre alt, ledig, konnte 120 Wörter pro Minute tippen und 160 Wörter pro Minute stenographieren. Dann hatte Matt sie angeblickt und wollte gerade einige Fragen stellen, als sie mit eisiger Stimmer verkündete: »Ich bin mir sehr wohl bewußt, daß ich zwanzig Jahre älter bin als die anderen Bewerberinnen da draußen, und mindestens zwanzigmal unattraktiver. Ich bin niemals schön gewesen, und deshalb habe ich mich auf meine anderen Qualitäten verlassen müssen und diese gefördert.«

Überrascht hatte Matt gefragt: »Und woraus bestehen diese anderen Qualitäten?«

»Aus meinem Kopf und meinen Qualifikationen«, hatte sie geantwortet. »Neben meinen Fertigkeiten in Steno und Maschine habe ich juristische Fachkenntnisse und bin staatlich geprüfte Buchhalterin. Außerdem beherrsche ich etwas, das nur noch sehr wenige Zwanzigjährige können ...«

»Und das wäre?«

»*Rechtschreibung!*«

Diese Bemerkung, die trotz oder wegen ihrer Überheblichkeit Perfektionismus implizierte, gefiel ihm. Eleanor verfügte über einen gewissen unnahbaren Stolz, den Matt bewunderte, und er ahnte, daß sie ihre Arbeit mit derselben wütenden Entschlossenheit bewältigen würde, die ihm zueigen war. Da er plötzlich das Gefühl hatte, daß sie genau die Richtige für die Position sei, sagte er ganz unverblümt: »Die Arbeitszeiten sind lang, und die Bezahlung ist im Moment nicht besonders gut. Ich fange gerade erst an. Wenn ich es nach ganz oben schaffe, dann werde ich Sie mitnehmen. Ihr Gehalt wird entsprechend sein.«

»Einverstanden.«

»Wann können Sie anfangen?«

»Sofort.«

Er hatte seine Entscheidung nie bereut. Innerhalb einer Woche hatte er feststellen können, daß Eleanor Stern denselben unermüdlichen Arbeitseifer an den Tag legte wie er. Je mehr Verantwortung er ihr übertrug, desto mehr leistete sie.

Sie war zu einer unentbehrlichen Stütze seines Unternehmens geworden, und er hatte sein Versprechen gehalten und ihre Loyalität und ihren Arbeitseinsatz fürstlich belohnt: Miss Stern verdient 65 000 Dollar im Jahr – mehr, als viele leitende Angestellte von Intercorp erhielten.

Jetzt folgte sie ihm in sein Büro und wartete, bis er seinen Aktenkoffer auf den erst kürzlich gelieferten neuen Rosenholz-Schreibtisch stellte. Normalerweise händigte er ihr mindestens eine Mikrokasette mit Anweisungen und diktierten Briefen aus. »Ich habe nichts zum Schreiben«, erklärte er, öffnete seinen Koffer und überreichte ihr einen Stapel Akten. »Ich hatte auch keine Zeit, mich im Flugzeug mit dem Simpson-Vertrag zu befassen. Bei dem Lear hat etwas mit dem Motor nicht gestimmt, und ich mußte mit einer Linienmaschine fliegen. Die ganze Zeit über hat ein Baby schrecklich geschrien.«

Da er die Unterhaltung begonnen hatte, schien Miss Stern sich verpflichtet zu fühlen, sie fortzusetzen. »Jemand hätte sich um den armen Wurm kümmern müssen.«

»Der Mann neben mir hat sich angeboten, ihn zu erwürgen«, sagte Matt, »aber die Mutter des Babys war dafür genausowenig zu gewinnen wie für meinen Vorschlag.«

»Und was war ihr Vorschlag?«

»Ein Glas Wodka und einen Brandy.« Er schloß seinen Aktenkoffer wieder und wies mit dem Kopf in Richtung auf das Konferenzzimmer, das an sein Büro grenzte. »Sind schon alle da?«

»Selbstverständlich.«

»Und alle haben die Tagesordnung vorliegen?«

»Selbstverständlich.«

»Ich erwarte im Laufe der nächsten Stunde einen Anruf aus Brüssel«, sagte Matt, der bereits auf dem Weg in den Konferenzraum war. »Stellen Sie mir den bitte sofort durch, alle anderen können warten.«

Sechs der fähigsten Vizepräsidenten von Intercorp saßen im Konferenzzimmer zu beiden Seiten eines Glas-Marmor-Couchtisches auf zwei roten Ledersofas. Die Männer erhoben sich, als Matt eintrat und jedem von ihnen die Hand schüttelte. »Schön, daß du wieder da bist, Matt«, sagte Tom Anderson, den er als letzten begrüßte. »Spanne uns aber bitte nicht länger auf die Folter«, fügte er hinzu. »Wie war Athen?«

»Ausgesprochen positiv«, antwortete Matt, während sie alle zum Konferenztisch gingen. »Intercorp besitzt jetzt auch eine Tankerflotte.«

Die folgenden zwei Stunden lauschte Matt den Berichten der Männer, und abschließend informierte Matt sie über die Entwicklung anderer Intercorp-Firmen, die direkt oder indirekt mit dem laufenden Projekt in Verbindung standen.

Die ganze Sitzung über hatte ein Mann kein Wort geäußert, sondern nur wie ein lernbegieriger Student gelauscht. Peter Vanderwild war achtundzwanzig, ein ehemaliger Harvardprimus mit dem IQ eines Genies. Er war darauf spezialisiert, Unternehmen daraufhin zu untersuchen, ob sie sich für eine Übernahme durch Intercorp eigneten. Er analysierte ihre Profitstruktur und legte dann Matt seinen Bericht vor.

Die Übernahme von Haskell hatte er empfohlen, und es sah so aus, als würde es sein dritter großer Erfolg werden. Matt hatte ihn mit den anderen nach Chicago geschickt, weil er wollte, daß Peter aus erster Hand erfuhr, was *nach* einer Firmenübernahme passierte. Er wollte, daß er auch die Fakten kennenlernte, die nicht aus jenen Finanzberichten ersichtlich waren, auf die sich Peter bei seinen Analysen immer verließ – wie zum Beispiel Finanzchefs, die bei der Geldeintreibung zu lasch waren oder Personalchefs, die Frauen und Angehörige ethnischer Minderheiten diskriminierten.

Matt hatte ihn als Beobachter hergebeten, wollte ihn aber gleichzeitig auch selbst beobachten. Trotz seiner bisherigen außergewöhnlichen Erfolge brauchte er, das wußte Matt, noch etwas Hilfestellung. Darüber hinaus war er großspurig und überempfindlich und reagierte je nach Gegebenheit barsch oder auch ängstlich. Er war ein enormes Talent, das aber noch geschliffen und in die richtige Bahn gelenkt werden mußte.

»Peter?« sagte Matt. »Irgendwelche neuen Erkenntnisse auf Ihrem Gebiet, die wir erfahren sollten?«

»Ich habe eine Reihe potentieller Neuerwerbungen im Auge«, verkündete Peter. »Die Unternehmen sind nicht so groß wie Haskell, aber sie versprechen Profit. Eines ist eine hübsche kleine Computer-Software-Firma in Silicon Valley ...«

»Keine Sofware-Firmen, Peter«, sagte Matt mit Nachdruck.

»Aber JLH ist ...«

»Keine Sofware-Firmen«, unterbrach Matt. »Das ist augenblicklich zu riskant.« Als er sah, daß Vanderwild aus Verlegenheit rot anlief, zügelte Matt seine Ungeduld. Schließlich wollte er dem jungen Mann nicht seinen Enthusiasmus rauben. Also fügte er milder hinzu: »Das ist kein Vorwurf gegen Sie, Peter. Ich habe Ihnen nie gesagt, was ich von Sofware-Firmen halte. Was empfehlen Sie sonst noch?«

»Sie sprachen davon, daß Sie an gewerblichen Immobilien interessiert sind. Da gibt es drei interessante Gesellschaften: eine in Atlanta, eine hier in Chicago und eine dritte in Houston. Alle drei stehen zum Verkauf. Die ersten beiden haben vor allem Bürohäuser, die in Houston besitzt in erster Linie Bauland. Es ist ein Familienunternehmen, und die beiden Brüder Thorp, die seit dem Tod ihres Vaters die Leitung übernommen haben, können sich angeblich nicht ausstehen.« Eingedenk der barschen Ermahnung von eben beeilte Peter sich, auch die negativen Seiten des Projekts aufzuführen: »Houston erlebt zwar gerade einen gelinden Aufschwung, aber es gibt keinen Grund anzunehmen, daß er weiterhin anhält. Dazu kommt, daß die beiden Brüder sich vermutlich nicht einigen werden, was die Verhandlungen unnötig in die Länge ziehen und verteuern dürfte. Deshalb nehme ich an, daß das Ganze mehr Mühe und Ärger verursacht, als die Sache wert ist ...«

»Empfehlen Sie mir das Projekt oder nicht?« fragte Matt

lächelnd, um nicht wieder unwirsch zu klingen. »Ich dachte, Sie empfehlen mir nur Objekte, die Sie für gewinnträchtig halten, und ich schmettere sie dann gegebenenfalls ab. Das ist mein Job, und wenn Sie Ihren *und* meinen Job erledigen, bleibt für mich nichts mehr zu tun.«

Matts spaßige Bemerkung erntete Lacher, und Peter überreichte ihm einen Ordner mit der Aufschrift ÜBERNAHME-EMPFEHLUNGEN/GEWERBLICHE IMMOBILIEN. Er enthielt alle wichtigen Informationen über die drei genannten Unternehmen und noch ein gutes Dutzend weitere, die weniger attraktiv schienen.

Matt schlug den Ordner auf und warf einen oberflächlichen Blick auf Peters detaillierte Analysen. »Das zu lesen, meine Herren, wird einige Zeit in Anspruch nehmen. Ich will Sie nicht aufhalten. Ich denke, daß wir alle Punkte der heutigen Tagesordnung abgehakt haben. Ich werde mich mit jedem von Ihnen in der kommenden Woche zu einem ausführlichen Gespräch zusammensetzen. Bitte sagen Sie Miss Stern, wann es Ihnen paßt.« Zu Peter gewandt, bemerkte er: »Wenn Sie noch Zeit haben, würde ich das jetzt gerne mit Ihnen in meinem Büro durchgehen.«

Er hatte sich gerade an seinen Schreibtisch gesetzt, als seine Sprechanlage surrte und Miss Stern das Gespräch aus Brüssel meldete. Den Hörer zwischen Ohr und Schulter geklemmt, begann Matt, Peters Analyse der Chicagoer Immobilienfirma durchzulesen.

»Matt«, Josef Hendriks erfreute Stimme kam nur unklar über den Äther, »die Verbindung ist schlecht, mein Freund, aber meine ausgezeichneten Neuigkeiten können nicht länger warten. Meine Leute sind mit der begrenzten Partnerschaft, die ich Ihnen letzten Monat angeboten habe, mehr als einverstanden. Sie haben Ihre Bedingungen ausnahmslos akzeptiert.«

»Das ist sehr schön, Josef«, erwiderte Matt, aber sein Enthusiasmus war etwas gedämpft durch den Jetlag und die Erkenntnis, daß es schon viel später war, als er gedacht hatte. Hinter der breiten Fensterfront seines Büros war es dunkel geworden, und in den umliegenden Wolkenkratzern waren die Lichter ausgegangen. Von der Michigan Avenue, tief unter ihm, drang das gedämpfte Hupen der Autos herauf, die ihm Freitagabend-Stau standen. Matt knipste seine Schreibtischlampe an und sagte dann zu Peter, der eben das Deckenlicht anschalten wollte: »Es ist später, als ich gedacht habe, Peter, und ich muß noch ein paar dringende Telephonate erledigen. Ich nehme die Unterlagen mit nach Hause und sehe sie übers Wochenende durch. Wir sprechen dann Montag um zehn darüber.«

15

Erfrischt durch einen Saunagang und eine kühle Dusche, schlang Matt sich ein Handtuch um die Hüften und griff nach seiner Armbanduhr, die auf der Ablagefläche unter dem Spiegel seines runden, in schwarzem Marmor gehaltenen Badezimmers lag. Das Telephon läutete, und er hob ab.

»Bist du nackt?« fragte Alicia Avery temperamentvoll, noch bevor er ein Wort gesagt hatte.

»Welche Nummer rufen Sie?« fragte er mit gespielter Empörung.

»Deine, Liebster. *Bist* du nackt?«

»Halbnackt«, sagte Matt, »und sehr spät dran.«

»Ich bin so froh, daß du endlich in Chicago bist. Wann bist du angekommen?«

»Gestern.«

»Endlich hab' ich dich in meinen Fängen!« Sie lachte verführerisch. »Du kannst dir nicht vorstellen, wie ich mich auf heute abend freue, wenn wir von dem Wohltätigkeitsball in der Oper zurückkommen. Ich habe dich vermißt, Matt«, fügte sie so offen und direkt hinzu, wie es ihre Art war.

»Wir sehen uns in einer Stunde«, versprach Matt, »aber nur, wenn du mich jetzt in Ruhe läßt.«

»In Ordnung. Eigentlich wollte Daddy, daß ich anrufe. Er

hatte Angst, daß du den Ball heute abend vergessen hast. Er ist fast so ungeduldig, dich zu sehen, wie ich – aus einem ganz anderen Grund natürlich.«

»Natürlich«, lachte Matt.

»Oh, und ich wollte dich auch gleich noch vorwarnen – er hat vor, dich für die Mitgliedschaft im Glenmoor Country Club vorzuschlagen. Auf dem Ball kann er dich einer Menge Leuten vorstellen, die dort Mitglied sind, also paß auf, daß er dich nicht völlig mit Beschlag belegt. Aber du wirst sowieso die Sensation des Abends«, fügte sie hinzu. »Ooh, und die Presse wird en masse da sein, also mach dich schick. Weißt du, eigentlich ist es direkt erniedrigend, Mr. Farrell«, scherzte sie, »wenn ich daran denke, daß mein Begleiter heute abend mehr Aufsehen erregen wird als ich …«

Bei der Erwähnung des Glenmoor Country Clubs, wo er an jenem lang vergangenen vierten Juli Meredith kennengelernt hatte, biß Matt grimmig die Zähne zusammen und hörte kaum, was Alicia weiter erzählte. Er war bereits Mitglied in zwei anderen Country Clubs, beide nicht weniger exklusiv als Glenmoor. Und beide nutzte er nur selten. Wenn er wirklich einem in Chicago beitreten sollte, wozu er momentan weder Lust noch Motivation verspürte, dann ganz bestimmt nicht Glenmoor. »Sag deinen Vater, daß ich die Idee zu würdigen weiß, aber es wäre mir lieber, er würde nichts in der Richtung unternehmen.« Bevor er weiterreden konnte, schaltete sich Stanton Avery in das Gespräch ein. »Matt«, sagte er in seiner rauhen, aber herzlichen Art, »du hast doch nicht etwa das Opern-Benefiz vergessen?«

»Ich hab' drangedacht, Stanton.«

»Gut, gut. Ich dachte, wir holen dich so gegen neun ab, fahren auf ein paar Drinks im Yacht Club vorbei und anschließend dann ins Hotel. Auf die Art kommen wir um die leidige Opernaufführung herum. Oder willst du *La Traviata* unbedingt sehen?«

»Ganz bestimmt nicht. Opern sind gräßlich und einschläfernd«, scherzte Matt, und Stanton lachte zustimmend.

Trotz seiner Abneigung gegen Opernmusik und Presserummel freute sich Matt auf den heutigen Abend. Er hatte Stanton Avery vor vier Jahren in Los Angeles kennengelernt, und jedesmal, wenn Matt in Chicago oder Stanton in Kalifornien war, versuchten sie, sich zu treffen. Im Gegensatz zu den meisten anderen Angehörigen der sogenannten feinen Gesellschaft, die Matt kannte, war Stanton ein ganzer Kerl, ein richtiger Geschäftsmann, und Matt mochte ihn sehr. Er wäre auch der perfekte Schwiegervater gewesen. Alicia war ihrem Vater sehr ähnlich – gebildet und vornehm, aber genauso spontan und direkt, wenn es darum ging, etwas zu bekommen, das sie wollte. Beide hatten Matt gebeten, mit ihnen auf den Wohltätigkeitsball zu gehen, und beide hätten keine Absage akzeptiert. Schließlich hatte er nicht nur versprochen teilzunehmen, sondern auch noch 5000 Dollar gestiftet.

Als Alicia vor drei Monaten bei ihm in Kalifornien gewesen war und ganz unverfroren den Gedanken geäußert hatte, daß sie beide doch heiraten sollten, hatte Matt die Idee kurz in Erwägung gezogen, dann aber sehr schnell wieder fallen gelassen. Er war gerne mit Alicia zusammen – im Bett und außerhalb –, und er mochte ihre Art, aber er war schon einmal mit einem Mitglied der Chicagoer Schickeria verheiratet gewesen und hatte nicht die geringste Lust, diese Erfahrung zu wiederholen. Oder vielleicht eher umgekehrt: Er hatte eine zweite Heirat nie ernstlich in Erwägung gezogen, weil er niemals in der Lage gewesen war, ähnliche Gefühle für eine andere Frau zu entwickeln – jenes unglaublich starke, besitzergreifende, absolut verrückte Verlangen, Meredith zu sehen, zu berühren, mit ihr zu lachen; jene übermenschliche Leidenschaft, die damals von ihm Besitz ergriffen und die niemals nachgelassen hatte. Keine andere Frau hatte jemals so zu ihm aufgeblickt, bei keiner anderen war er sich so mächtig und so klein zugleich vorgekommen, und keine andere hatte in ihm das gleiche verzweifelte Bedürfnis geweckt, sie zu beschützen und ihr zu beweisen, daß er es noch viel weiter bringen konnte. Jemanden zu heiraten, der nicht dasselbe vermochte, hieß, sich mit der zweiten Wahl zufrieden zu geben. Und das war nicht Matts Art. Gleichzeitig hatte er jedoch absolut kein Bedürfnis danach, eben diese stürmischen, quälenden Gefühle noch einmal durchzumachen. Sie bargen ebensoviel Schmerz wie Freude, und nach dem Ende seiner unglückseligen Ehe hatte die bloße Erinnerung an sie – und an die verräterische junge Frau, die er angebetet hatte – gereicht, sein Leben jahrelang zur Hölle zu machen.

Matt schlüpfte in seine schwarze Smokingjacke und ging vom Schlafzimmer in den Wohnraum hinüber. Er hatte noch eine gute Viertelstunde Zeit, bis Stanton und Alicia ihn abholen würden, und schlenderte zu der Bar hinüber, vor der mehrere Sofas zu einer gemütlichen Sitzgruppe arrangiert waren. Er hatte dieses Gebäude und diese Penthousewohnung ausgewählt, weil die Außenwände fast durchgehend aus Glas bestanden und einen atemberaubenden Blick über den Lake Shore Drive und auf die Skyline von Chicago boten. Einen Moment verharrte er, die Aussicht genießend, dann ging er zur Bar, um sich einen Brandy einzuschenken. Unterwegs streifte er den Glasecktisch, auf den die Haushälterin die ordentlich zusammengefaltete Tageszeitung gelegt hatte, und die Zeitung fiel zu Boden, die einzelnen Teile aufgefächert.

Sofort sah er Meredith.

Ihr Bild blickte ihm von der letzten Seite des ersten Teils entgegen – perfektes Lächeln, perfekte Frisur, perfekter Ausdruck. Typisch Meredith, dachte er voller Abscheu, als er die Zeitung aufhob und ihr Photo näher betrachtete – immer ist sie in Pose. Schon mit achtzehn war sie wunderschön gewesen, aber selbst auf den Pressephotos wirkte sie jetzt wie eine junge Grace Kelly.

Sein Blick wanderte von dem Bild zu dem darunterliegenden Artikel, und für einen Augenblick erstarrte Matt vor Überraschung: Laut der Kolumnistin Sally Mansfield hatte Meredith sich gerade mit ihrer »Jugendliebe« Parker Reynolds III verlobt, und Bancroft & Company würde ihre Hochzeit im Februar mit einer landesweiten Verkaufsaktion feiern.

Matt verzog seine Lippen zu einem ironischen Lächeln, warf die Zeitung beiseite und ging zum Fenster. Er war mit dem verräterischen kleinen Biest verheiratet gewesen und hatte nicht einmal *gewußt,* daß sie eine »Jugendliebe« gehabt hatte. Aber eigentlich hatte er sie ja nie richtig gekannt. Und den Teil von ihr, den er kannte, haßte und verabscheute er.

Aber noch während er dies dachte, merkte Matt plötzlich, daß seine Gefühle nicht mit seinen Gedanken übereinstimmten. Offenbar reagierte er aus alter Gewohnheit, denn eigentlich haßte er sie gar nicht mehr. Er fühlte ihr gegenüber nur noch einen gewissen Widerwillen. Was zwischen ihnen passiert war, lag so lange zurück, und mit der Zeit waren sämtliche Gefühle, die er für sie empfunden hatte, vergangen, selbst der Haß. Meredith hatte zu wenig Charakter und Rückgrat besessen, um Haß zu verdienen. Und sie war zu abhängig von ihrem Vater. Im sechsten Monat ihrer Schwangerschaft hatte sie ihr gemeinsames Kind abgetrieben und ihm anschließend ein Telegramm geschickt, in dem stand, was sie getan hatte und daß sie die Scheidung wollte. Und trotz allem, was sie seinem Baby angetan hatte, war er so verrückt nach ihr gewesen, daß er sofort zurückgeflogen war, um ihr wenigstens die Scheidung auszureden. Im Krankenhaus erfuhr er von der Stationsschwester, daß Meredith ihn nicht sehen wolle, und ein uniformierter Beamter begleitete ihn zur Tür hinaus. Matt, der geglaubt hatte, diese Anordnungen stammten vielleicht gar nicht von Meredith, sondern von ihrem Vater, war am nächsten Tag noch einmal zurückgekommen. Diesmal traf er schon am Eingang auf einen Polizisten, der ihm eine gerichtliche Verfügung in die Hand drückte, die besagte, daß Meredith selbst ihm bei Strafe untersage, sie weiter zu belästigen.

Jahrelang hatte Matt die Erinnerung an all das mühsam verdrängt, weil er es nicht ertragen konnte, daran zu denken. Meredith aus seinem Kopf zu verbannen, war eine Herausforderung gewesen, die er bis zur Perfektion erlernt hatte. Zuerst aus Selbstschutz, später aus Gewohnheit.

Während er jetzt auf die Lichterkette des Lake Shore

Drives hinunterblickte, erkannte er, daß das alles der Vergangenheit angehörte. Meredith hatte für ihn aufgehört zu existieren. Als er den Entschluß gefaßt hatte, dieses Jahr in Chicago zu verbringen, war er sich bewußt gewesen, daß Meredith und er einander sicherlich begegnen würden, aber er hatte nicht zugelassen, daß sie seine Pläne beeinträchtigte. Jetzt wußte er, daß er sich unnötige Gedanken gemacht hatte; es spielte keine Rolle mehr. Sie waren beide erwachsen, die Vergangenheit war abgeschlossen und vorbei. Meredith war gutes Benehmen gleichsam angeboren. Sie würde die Begegnung mit ebenso höflicher Gelassenheit hinnehmen wie er.

Matt stieg in den Fond von Stantons Mercedes-Limousine und schüttelte seinem Freund die Hand, dann wandte er seinen Blick Alicia zu, die einen knöchellangen Zobelmantel trug, der dieselbe Farbe wie ihr dunkelglänzendes Haar hatte. Sie streckte ihm die Hand entgegen und versenkte ihren Blick in seinen – verführerisch, direkt und sprechend. »Es ist lange her«, sagte sie, und ihre Stimme klang so weich und dunkel wie je.

»Zu lange«, erwiderte er und meinte es auch so.

»Drei Monate«, erinnerte sie ihn. »Hast du vor, mir die Hand zu schütteln, oder bekomme ich einen ordentlichen Kuß?«

Matt warf einen amüsiert-fragenden Seitenblick auf ihren Vater, und als Stanton sein väterliches Einverständnis nickte, zog Matt Alicia ohne viel Federlesens mit einem Ruck auf seinen Schoß. »Wie ordentlich hast du ihn dir vorgestellt?«

Sie lächelte und sagte: »Ich werde es dir zeigen.«

Nur Alicia würde es wagen, unter den Augen ihres Vaters einen Mann so zu küssen, wie sie es jetzt tat. Aber andererseits hätten auch nur wenige Väter lächelnd den Blick abgewandt und höflich zum Seitenfenster hinausgeschaut, wenn ihre Töchter einen Mann mit einer so durchdringenden Leidenschaftlichkeit küßten.

Schließlich ließ sie sich von seinem Schoß gleiten, setzte

sich ihm gegenüber und schlug die langen Beine übereinander. Ihr Mantel gab den Blick auf ihr seitlich hochgeschlitztes hautenges schwarzes Abendkleid frei. »An was denkst du gerade?« fragte sie.

»Du kannst später herausfinden, was er denkt«, unterbrach Stanton. »Zunächst mußt du mir sagen, wie es deinem Vater geht, Matt. Besteht er immer noch darauf, auf der Farm zu bleiben?«

»Es geht ihm gut«, antwortete Matt, und das stimmte. Patrick Farrell war seit elf Jahren trocken. »Ich konnte ihn endlich überreden, die Farm zu verkaufen und in die Stadt zu ziehen. Er wird ein paar Wochen bei mir wohnen, dann fährt er zu meiner Schwester. Ich muß diesen Monat nochmal für ein paar Tage auf die Farm raus und einige Familienandenken zusammenpacken. Er bringt es nicht übers Herz, das selber zu tun.«

Der riesige Ballsaal des Hotels war mit seinen hochaufragenden Marmorsäulen, den glitzernden Kristallüstern und der herrlichen Stuckdecke immer eindrucksvoll, aber heute abend kam er Meredith besonders prächtig vor. Sie und Parker, der seinen Arm besitzergreifend um ihre Taille gelegt hatte, standen in der Nähe der Tanzfläche und nahmen die Glückwünsche von Freunden und Bekannten entgegen, die von ihrer Verlobung erfahren hatten. Als die letzte Gruppe sich entfernte, blickte Meredith in die Augen Parkers und mußte plötzlich kichern.

»Was ist denn so komisch?« fragte er mit einem liebevollen Lächeln.

»Das Lied, das das Orchester gerade spielt«, erklärte sie. »Es ist genau dasselbe, zu dem wir getanzt haben, als ich dreizehn war.« Da Parker sie verständnislos anblickte, fügte sie hinzu: »Auf Miss Eppinghams Ball im Drake Hotel.«

Parkers Ausdruck klärte sich, und er grinste. »O ja – Miss Eppinghams obligater Elendsabend.«

»Ich habe mich damals wirklich elend gefühlt«, stimmte Meredith zu. »Meine Abendtasche fiel herunter, und wir sind mit den Köpfen zusammengestoßen, erinnerst du dich? Dann bin ich dir beim Tanzen dauernd auf die Füße gestiegen.«

»Du hast deine Tasche fallenlassen, und wir sind auch mit den Köpfen zusammengestoßen«, sagte er mit der zarten Einfühlsamkeit, die sie lieben gelernt hatte, »aber du bist mir nicht einmal auf den Fuß getreten. Du warst anbetungswürdig. An diesem Abend habe ich zum ersten Mal bemerkt, was für wundervolle Augen du hast», fuhr er mit einem nachdenklichen Lächeln fort. »Du hast mich mit einem ganz seltsamen, ungeheuer intensiven Ausdruck angesehen ...«

Meredith lachte laut heraus. »Wahrscheinlich habe ich mir gerade überlegt, wie ich am besten um deine Hand anhalte!«

Er grinste und drückte sie enger an sich. »Wirklich?«

»Ganz ehrlich.« Ihr Lächeln schwand, als sie eine Klatschkolumnistin auf sich zukommen sah. »Parker«, sagte sie rasch, »ich gehe für ein paar Minuten in den Salon hinauf. Sally Mansfield ist auf dem Weg hierher, und ich möchte erst mit ihr sprechen, wenn ich montags herausgefunden habe, wer bei Bancroft's ihr den Unsinn von wegen Sonderverkauf zur Feier unserer Hochzeit erzählt hat. Wer immer das war, wird dafür zu sorgen haben, daß eine Gegendarstellung erscheinen wird. Bitte schau, ob du Lisa siehst«, fügte sie, schon unterwegs zu der prächtigen Treppe, hinzu. »Sie sollte schon längst hier sein.«

»Unser Timing war perfekt, Matt«, sagte Stanton, als Matt den Pelz von Alicias Schultern nahm und ihn der Garderobiere am Eingang des Ballsaales überreichte. Matt hörte ihn, aber seine Aufmerksamkeit galt momentan einzig dem gewagten Rückenausschnitt von Alicias schwarzem Samtkleid. »Tolles Kleid«, sagte er, und seine Miene spiegelte Amüsement und blanke Begierde.

Sie hielt seinem Blick stand, legte den Kopf in den Nacken, und ein wissendes Lächeln spielte um ihre zinnoberroten Lippen. »Du bist der einige Mann«, sagte sie ihm leise, »bei dem ›tolles Kleid‹ wie die unwiderstehliche Einladung klingt, mindestens eine Woche mit ihm im Bett zu verbringen.«

Matt lachte leise, während sie sich unter das illustre Publikum mischten. Nicht weit vor ihnen waren zwei Photographen beim Knipsen, ein Fernsehteam arbeitete sich durch das Gedränge, und Matt bereitete sich seelisch auf die unvermeidlichen Fragen der Presseleute vor.

»War es das?« fragte Alicia ihn, nachdem ihr Vater zurückgeblieben war, um mit ein paar Freunden zu sprechen.

»War es was?« sagte Matt und blieb einen Moment stehen, um vom Tablett eines Obers zwei Gläser Champagner zu nehmen.

»Eine Einladung für eine grandiose Woche im Bett, so wie die vor drei Monaten?«

»Alicia«, ermahnte Matt sie sanft und nickte zwei Männern zu, die er kannte, »benimm dich!« Er wollte weitergehen, aber Alicia blieb stehen und musterte ihn durchdringend. »Warum hast du eigentlich nie geheiratet?«

»Laß uns darüber ein andermal sprechen.«

»Ich habe es die letzten beiden Male versucht, wo wir zusammen waren, aber du bist immer ausgewichen.«

Verärgert über ihre Starrköpfigkeit schob Matt seinen Arm unter ihren Ellenbogen und führte sie auf die Seite. »Ich schließe daraus«, sagte er, »daß du das hier und jetzt ausdiskutieren willst.«

»Genau«, sagte sie, erwiderte seinen direkten Blick und hob stolz das Kinn.

»Was hast du im Sinn?«

»Heiraten.«

Er blieb einen Augenblick stumm, und Alicia bemerkte eine plötzliche Kälte in seinen Augen, aber was er sagte, war noch viel eisiger und schneidender als seine Miene: »Und wen?«

Das saß. Verletzt über seine beleidigende Antwort und verärgert über ihren taktischen Fehler, ihn gleichsam zu einer Ehe zu nötigen, betrachtete sie seine steinerne Miene.

Dann fiel die Spannung langsam von ihr ab. »Das habe ich vermutlich verdient«, gestand sie leise ein.

»Nein«, antwortete Matt kurz. Er ärgerte sich über seine schlimme Taktlosigkeit. »Das hast du nicht.«

Alicia starrte ihn verwirrt und unsicher an, dann lächelte sie. »Wenigstens wissen wir jetzt, woran wir sind ...«

Sein Lächeln war kurz, kühl und ausgesprochen entmutigend. Seufzend hängte Alicia sich bei ihm ein. »Du bist«, sagte sie offen, während er sie zurück zu den anderen führte, »der *härteste* Mann, den ich jemals kennengelernt habe!« In dem Versuch, die Spannung etwas aufzulockern, setzte sie ein verführerisches Lächeln auf und fügte wahrheitsgemäß hinzu: »Körperlich natürlich genauso wie seelisch.«

Lisa hielt dem Portier, der den Eingang zum Ballsaal bewachte, ihre Einladung unter die Nase. Eilig zog sie ihren Mantel aus, gab ihn der Garderobiere und suchte dann in der Menschenmenge nach Parker und Meredith. Da sie Parkers blondes Haar in der Nähe des Orchesters erblickte, eilte sie auf ihn zu, vorbei an Alicia Avery, die in Begleitung eines sehr großen, dunkelhaarigen, breitschultigen Mannes war, dessen Profil Lisa entfernt bekannt vorkam. Während sie sich durch das Gedränge schlängelte, drehten sich zahllose Männer nach Lisa um und blickten bewundernd dem sehenswerten Bild nach, das sie bot: ein gertenschlanker Rotschopf in roter Samthose und schwarzer Samtjacke mit einem perlenbestickten Stirnband – ein sehr exzentrischer und unpassender Aufzug, der aber an Lisa irgendwie geradezu perfekt aussah.

Das dachten andere Männer, nicht so Parker. »Hallo«, sagte sie und trat neben ihn, als er gerade sein Champagnerglas an die Lippen führte.

Er drehte sich um, und seine Miene drückte deutliches Mißfallen aus, als er sah, was sie anhatte. Lisa begegnete seiner unausgesprochenen Kritik mit gespielter Bestürzung: »Oh, nein«, schauspielerte sie und lachte in sein finsteres Gesicht, »sind die Aktienkurse schon wieder gefallen?«

Sein zorniger Blick wanderte von dem schmalen, aber tiefen Dekolleté ihrer Samtjacke zu ihrem spöttischen Gesicht. »Warum kannst du dich nicht anziehen wie andere Frauen?« wollte er wissen.

»Ich weiß nicht«, sagte Lisa und tat so, als denke sie darüber nach. Dann verkündete sie mit einem breiten Lächeln: »Vermutlich ist es derselbe perverse Zug, der es dich genießen läßt, Witwen und Waisen ihre Darlehen zu kündigen. Wo ist Meredith?«

»Oben.«

Nachdem sie so ihrem schon seit Jahren zur lieben Gewohnheit gewordenen gegenseitigen Mißfallen Ausdruck verliehen hatten, vermieden die beiden krampfhaft jeden Blickkontakt und konzentrierten sich auf die Menge. Im selben Moment ging rechts von ihnen eine Bewegung durch den Saal – die Presse hatte ein neues Opfer entdeckt. Blitzlichter leuchteten auf, und Lisa lehnte sich weiter nach rechts und sah, daß die Presseleute sich um den dunkelhaarigen Mann scharten, den sie mit Alicia Avery gesehen hatte. Fernsehkameras zielten auf sein Gesicht, während er sie durch eine Explosion von Blitzlichtern und die Meute der Journalisten geleitete, die ihm ihre Mikrophone entgegenstreckten. »Wer ist das?« fragte sie mit einem unsicheren Seitenblick auf Parker.

»Ich weiß nicht ...«, fing Parker an, dann, als die Menschenmasse ihm die Sicht freigab, erstarrte er. »Das ist Farrell.«

Dieser Name – in Verbindung mit einem Blick auf Matts braungebranntes Gesicht – reichte aus, um Lisa klarzumachen, daß es sich bei dem Mann neben Alicia um Merediths treulosen, herzlosen ehemaligen Gatten handeln mußte. Feindseligkeit und Wut stiegen in ihr auf, als sie zusah, wie er die Fragen der Reporter beantwortete, während Alicia Avery sich an seinem Arm lächelnd den Photographen präsentierte. Lisa erinnerte sich an alles, was er Meredith angetan hatte, und spielte eine Sekunde lang ernsthaft mit dem verlockenden Gedanken, zu ihm hinzugehen und ihm vor all den Leuten und Reportern ins Gesicht zu spucken! Meredith würde das nicht gefallen, das wußte sie; Meredith haßte Szenen, und außerdem wußte außer Parker und Lisa niemand, daß Meredith und er jemals miteinander zu tun gehabt hatten. Meredith! Der Gedanke traf beide im selben Moment. »Weiß Meredith, daß er heute abend hier ist?« frage sie in derselben Sekunde, in der Parker ihren Arm drückte und sagte: »Schau zu, daß du Meredith findest, und warne sie, daß Farrell hier ist.«

Während Lisa sich zur Treppe hin vorarbeitete, ging Matthew Farrells Name wie ein Lauffeuer durch die Menge. Bis auf Sally Mansfield hatte er die Presse abgeschüttelt und stand jetzt nahe am Fuß der Treppe im Gespräch mit Stanton Avery. Farrell im Auge behaltend, damit sie Meredith warnen konnte, wo er sich gerade aufhielt, kämpfte sich Lisa weiter nach vorn, dann hielt sie in hilfloser Bestürzung inne: Meredith war plötzlich erschienen und begann, die Treppe herabzusteigen.

Da keine Möglichkeit bestand, Meredith zu erreichen, bevor sie unten und an Farrell vorbei war, blieb Lisa stehen und stellte mit grimmiger Befriedigung fest, daß Meredith niemals schöner gewesen war als heute abend – wo ihr widerlicher Ex-Mann sie nach elf Jahren zum ersten Mal wiedersehen würde! Ohne Rücksicht auf die derzeit herrschende Mode trug Meredith ein schulterfreies weißes Satinkleid mit weit schwingendem Rock. Die enganliegende Korsage war mit Perlen, weißen Pailletten und winzigen Glaskristallen besetzt. Den Hals schmückte ein prachtvoller Rubin- und Diamanthalsband, entweder ein Geschenk von Parker, was Lisa bezweifelte, oder eine Leihgabe der Schmuckabteilung von Bancroft's, was sie für wesentlich wahrscheinlicher hielt.

Auf halber Höhe blieb Meredith stehen, um sich mit einem älteren Ehepaar zu unterhalten, und Lisa hielt den Atem an. Parker trat neben sie; sein Blick wanderte ruhelos von Farrell über Sally Mansfield zu Meredith und wieder zurück.

Während er sich mit Stanton unterhielt, schaute Matt sich nach Alicia um, die kurz hinausgegangen war, und hörte plötzlich, wie jemand seinen Namen rief – oder etwas, das wie sein Name klang. Auf der Suche nach dem Ursprung der Stimme drehte er den Kopf, blickte sich um, blickte höher in Richtung Treppe ... und erstarrte. Das Glas Champagner auf halbem Weg zum Mund, wie versteinert, starrte Matt die Frau auf der Treppe an, die ein Mädchen – und seine Frau – gewesen war, als er sie das letzte Mal gesehen hatte. Und im selben Moment begriff er, warum die Presse sie immer mit der jungen Grace Kelly verglich. Mit ihrem blonden, im Genick zu einem eleganten Knoten geschlungenen und mit weißen Rosen durchsetzten Haar verkörperte Meredith Bancroft in atemberaubender Schönheit die personifizierte Vornehmheit. In den Jahren, seit er sie zuletzt gesehen hatte, war ihre Figur reifer geworden, und ihr feingeschnittenes Gesicht strahlte ein faszinierendes Leuchten aus. Matt erholte sich rasch von seinem Schock und schaffte es, seinen Champagner zu trinken und zu allem, was Stanton ihm erzählte, zustimmend zu nicken. Dabei studierte er weiterhin die herrliche Schönheit auf der Treppe – aber jetzt mit dem distanzierten Interesse eines Experten, der ein Kunstwerk begutachtet, von dem er bereits weiß, daß es mit Makeln behaftet und eine Fälschung ist.

Trotzdem konnte auch er sich nicht gegen ihre Ausstrahlung wehren, und das Eis in seinem Herzen begann zu schmelzen. Wie sie so dastand und sich mit dem älteren Ehepaar unterhielt, mußte er unwillkürlich an jenem Abend im Country Club denken, an dem sie ihn unter ihre Fittiche genommen und vielen Leuten vorgestellt hatte. Er suchte nach Zeichen, welche die erfolgreiche Karrierefrau auswiesen, aber er fand nur ein bezauberndes Lächeln, strahlende türkisblaue Augen und eine Aura von ... Er suchte verzweifelt nach einem anderen Wort, aber alles, was ihm einfiel, war *Unberührtheit*. Es mochte an dem jungfräulichen Weiß liegen, das sie trug, vielleicht auch an der Tatsache, daß Meredith lediglich ihre Schultern entblößt hatte, während die meisten anderen Frauen verführerische Kleider trugen, die entweder hinunter bis zum Bauchnabel oder hinauf bis zur Hüfte geschlitzt waren. Trotzdem oder gerade deshalb wirkte Meredith aufreizender als alle anderen. Aufreizend und königlich und unnahbar.

Er fühlte das letzte Stückchen Bitterkeit in sich dahinschmelzen. Sie war nicht nur schön, sie hatte etwas Zartes, etwas Sanftes an sich, daß er vergessen hatte – eine Sanftheit, die man wohl nur durch blanken Terror hatte überwinden können. Bestimmt, man hatte sie gezwungen, ihr Kind abzutreiben. Sie war so jung gewesen bei ihrer Heirat, dachte Matt jetzt, und sie hatte ihn kaum gekannt. Zweifellos hatte sie ihre gemeinsame Zukunft in irgendeiner drekkigen Kleinstadt mit Edmunton vor sich gesehen, an der Seite eines Säufers, wie sein Vater einer gewesen war, und verzweifelt bemüht, mit dem gerade Allernotwendigsten ein Kind durchzufüttern. Ihr Vater hatte bestimmt keine Gelegenheit ungenutzt gelassen, ihr diese Zukunft in den tristesten Farben auszumalen. Er hätte alles getan, um ihre Ehe mit einem Habenichts zu beenden – er war ja nicht einmal vor dem Gedanken an eine Abtreibung zurückgeschreckt. Matt hatte das alles eigentlich schon kurz vor der Scheidung erkannt. Im Gegensatz zu ihrem Vater war Meredith nie ein Snob gewesen, wenigstens kein richtiger. Sie war sehr gut erzogen worden und ungeheuer behütet aufgewachsen, ja, aber sie war niemals snobistisch genug gewesen, um Matt und ihrem gemeinsamen Kind so etwas anzutun. Angst und jugendliches Alter und der Druck ihres dominanten Vaters hatten das getan. Das wußte er jetzt. Elf Jahre hatten vergehen müssen, bevor er sie wiedersah und begriff, wie sie eigentlich gewesen war. Und wie sie noch immer war.

»Sie ist wunderschön, nicht wahr?« sagte Stanton und stieß ihn an.

»Ja, wirklich.«

»Komm mit, ich werde dich ihr und ihrem Verlobten vorstellen. Ich muß sowieso mit ihrem Verlobten sprechen.

Apropos – du mußt Parker wirklich kennenlernen. Er leitet eine der größten Banken von Chicago.«

Matt zögerte eine Sekunde, dann nickte er. Meredith und er würden sich unweigerlich bei allen möglichen gesellschaftlichen Ereignissen begegnen. Es schien ihm am besten, die erste, kritische, Konfrontation möglichst rasch hinter sich zu bringen. Wenn er ihr diesmal vorgestellt wurde, würde er sich wenigstens nicht wie ein Aussätziger vorkommen.

Während sie die letzten Stufen hinunterstieg ließ Meredith ihren Blick suchend über die Menge schweifen, um Parker ausfindig zu machen. Da hielt Stanton Averys joviale Stimme sie auf: »Meredith«, sagte er und legte eine Hand auf ihren Arm, »ich möchte Ihnen jemanden vorstellen.«

Meredith lächelte bereits und streckte schon langsam die Hand aus, als ihr Blick von Stanton zu dem braungebrannten Hals eines sehr großen Mannes weiterwanderte. – und dann zu seinem Gesicht. *Matthew Farrells Gesicht.* Ihr Verstand setzte aus, Übelkeit stieg in ihr hoch. Wie aus weiter Entfernung hörte sie Averys Stimme: »Das ist mein Freund Matt Farrell ...« Und dann sah sie den Mann vor sich, der sie allein im Krankenhaus hatte liegen lassen, während sie sein Baby verlor, und der dann ein Telegramm schickte, sie solle doch schnellstmöglich in die Scheidung einwilligen. Jetzt lächelte er sie an – dasselbe unvergeßliche, intime, ekelerregende Lächeln – und streckte ihr seine Hand entgegen. Da brach irgend etwas in Meredith. Sie riß ihre Hand zurück, blickte Matt in eisiger Verachtung an und wandte sich an Stanton Avery. »Sie sollten bei der Wahl Ihrer Freunde wirklich vorsichtiger sein, Mr. Avery«, sagte sie kühl. »Entschuldigen Sie mich bitte.« Meredith drehte beiden den Rükken zu und ging davon; zurück blieben eine faszinierte Sally Mansfield, ein völlig verblüffter Stanton Avery und ein vor Wut rasender Matthew Farrell.

Es wurde drei Uhr früh, bis die letzten Gäste die Verlobungsparty in Merediths Wohnung verließen. Nur ihr Vater war noch da. »Du solltest nicht so lange aufbleiben«, sagte

Meredith zu ihm und ließ sich erschöpft auf einen chintzbezogenen Queen Ann-Stuhl fallen. Noch jetzt, Stunden nach der Begegnung mit Matthew Farrell, zitterte sie innerlich, wenn sie nur daran dachte. Inzwischen war es allerdings Wut auf sich selbst – und der ohnmächtige Zorn, der in seinen Augen aufgeblitzt war, als sie ihn einfach mit seiner ausgestreckten Hand hatte stehenlassen wie einen Idioten.

»Du weißt ganz genau, warum ich noch hier bin«, sagte Philip und goß sich ein Glas Sherry ein. Er hatte erst vor einer Stunde von Merediths Begegnung mit Farrell erfahren. Parker hatte ihm davon erzählt, aber er wollte jetzt offensichtlich genaue Details.

»Trink das bitte nicht. Die Ärzte haben es dir doch verboten.«

»Zum Teufel mit den Ärzten, ich will wissen, was Farrell zu dir gesagt hat. Parker erzählte, daß du ihn wie Luft behandelt hast.«

»Er hatte keine Gelegenheit, etwas zu mir zu sagen«, erwiderte Meredith, und sie erzählte genau, was passiert war. Als sie fertig war, beobachtete sie ihn, wie er schweigend den verbotenen Sherry hinunterkippte – ein alternder, beeindruckender Mann mit silbernen Schläfen und in einem maßgeschneiderten Smoking. Er hatte sie fast ihr ganzes Leben lang dominiert und manipuliert, bis sie endlich den Mut gefunden hatte, sich seinem eisernen Willen und jähzornigen Naturell zu widersetzen. Und trotzdem liebte sie ihn und war um ihn besorgt: außer ihm hatte sie keine Familie. Krankheit und Überarbeitung hatten sein Gesicht ausgemergelt. Sobald die Frage seiner Vertretung geregelt war, würde er als erstes für sechs Wochen auf Kreuzfahrt gehen und während dieser Zeit – das hatte er seinen Ärzten versprochen – weder Nachrichten anschauen noch Zeitung lesen und überhaupt ausschließlich Dinge tun, die dem Vergnügen und der Erholung dienten. Meredith riß den Blick von ihrem Vater los, schaute Parker an und sagte: »Ich wünschte, du hättest meinem Vater nicht erzählt, was heute abend passiert ist. Das war absolut überflüssig.«

Seufzend lehnte Parker sich in seinem Stuhl zurück und berichtete ihr widerwillig etwas, das sie bisher nicht gewußt hatte: »Meredith, Sally Mansfield hat die ganze Szene mitangesehen und wahrscheinlich auch mit angehört. Wir können von Glück sagen, wenn morgen nicht ganz Chicago darüber in ihrer Kolumne liest.«

»Ich hoffe, sie schreibt darüber«, sagte Philip.

»Ich nicht«, konterte Parker und ignorierte Philips zornige Miene mit der gewohnten Ruhe. »Ich möchte nicht, daß die Leute anfangen zu fragen, *warum* Meredith ihn so brüskiert hat.«

Ihren Kopf zurückgelehnt, stieß Meredith einen lauten Seufzer aus und schloß erschöpft die Augen. »Wenn ich Zeit zum Überlegen gehabt hätte, hätte ich es auch nicht getan – wenigstens nicht so offensichtlich.«

»Ein paar von unseren Freunden haben sich schon heute abend nach dem Grund erkundigt«, sagte Parker. »Wir müssen uns eine Erklärung dafür ausdenken«, begann er, aber Meredith unterbrach ihn.

»Bitte«, sagte sie müde, »nicht heute abend. Ich für meinen Teil will jetzt nur noch ins Bett.«

»Du hast recht«, sagte Parker, stand auf und ließ Philip damit keine andere Wahl, als sich ebenfalls zu verabschieden.

Es war schon Mittag, als Meredith am nächsten Tag unter der Dusche hervorkam. In einer roten Flanellhose und einem passenden Pulli, das Haar zu einem Pferdeschwanz zusammengebunden, ging sie in ihr Wohnzimmer und blickte mit erneuten Widerwillen auf die Sonntagsausgabe der *Tribune,* die sie auf das Sofa geschleudert hatte, nachdem sie Sally Manfields Kolumne gesehen hatte. Sally hatte gleich als erstes auf das Fiasko des gestrigen Abends verwiesen:

> Matthew Farrells legendärem Charme kann bekanntlich keine Frau der Welt widerstehen, nur Meredith Bancroft scheint dagegen immun zu sein. Auf dem Opern-Benefiz-

Ball am Samstagabend hat sie ihn vor den Augen aller Anwesenden geschnitten. Unsere liebreizende Meredith, die, wie jeder weiß, die Höflichkeit in Person ist, weigerte sich, Matt Farrell die Hand zu geben. Man ist geneigt, nach dem Grund dafür zu fragen.

Zu verspannt zum Arbeiten und zu müde zum Ausgehen, stand Meredith in der Mitte ihres hübschen Wohnzimmers und betrachtete die antiken Tische und Stühle, als wären sie ihr ebenso fremd wie ihre innere Unruhe. Der Perserteppich unter ihren Füßen zeigte ein blaßgrünes Muster auf beigem Grund. Alles war exakt so, wie sie es gewollte hatte – von den Chintz-Vorhängen vor den großen Fenstern bis hin zu dem französischen Sekretär, den sie in New York auf einer Auktion ersteigert hatte. Diese Wohnung war neben ihrem BMW-Coupé der einzige Luxus, den sie sich leistete. Heute kam ihr der Raum fremd und unordentlich vor – genauso wie die Gedanken in ihrem Kopf.

Sie beschloß, ihre Arbeit noch eine Weile aufzuschieben und ging in die Küche, um sich eine Tasse Kaffee einzuschenken. Mit dem Rücken gegen die Theke gelehnt, nippte sie an ihrem Kaffee und wartete darauf, daß ihr Kopf wieder klar wurde. Vorher würde sie nicht über den gestrigen Abend nachdenken.

Was sie zu Stanton gesagt hatte, entsprach genau ihren Gefühlen. Und eben diese unkontrollierbaren, schmerzhaften Gefühle waren es, die sie am meisten irritierten und ärgerten. Und sie hatte Angst, daß es ihr noch einmal passieren würde. Doch sie verwarf diesen Gedanken im selben Moment, in dem er auftauchte. Abgesehen von der widerwärtigen Tatsache, daß Matt besser aussah und mehr Ausstrahlung und Charme besaß, als einem Mann seines Kalibers zukam, fühlte sie jetzt nichts mehr. Scheinbar war die Gefühlsexplosion des vergangenen Abends der letzte schwache Ausbruch eines erloschenen Vulkans gewesen.

Jetzt, da sie die Situation analysiert hatte, fühlte Meredith sich erheblich wohler. Sie schenkte sich noch eine zweite

Tasse Kaffee ein, ging damit zurück ins Wohnzimmer und setzt sich an ihren Schreibtisch, um zu arbeiten. Ihre wunderschöne Wohnung schien ihr wieder aufgeräumt und vertraut – genau wie ihre Gedanken. Sie warf einen Blick auf das Telephon am Sekretär und spielte einen absurden Moment lang mit dem Gedanken, Matt Farrell anzurufen und das zu tun, was ihrer guten Erziehung entsprach: sich förmlich dafür zu entschuldigen, daß sie ihm eine Szene gemacht hatte. Mit einem leichten Schulterzucken verwarf sie die abstruse Idee wieder, öffnete ihren Aktenkoffer und entnahm ihm die Finanzierungspläne für die geplante Filiale in Houston. Matthew Farrell hatte sich einen Teufel um ihre Gedanken und Gefühle geschert, als sie noch verheiratet waren. Deshalb würde es ihm auch gleichgültig sein, was sie am gestrigen Abend getan hatte. Außerdem war er so egozentrisch und so gefühlskalt, daß ihn sowieso nichts verletzen und kränken konnte.

16

Pünktlich um zehn Uhr Montag morgen stand Peter Vanderwild vor Miss Stern, die er für sich »Die Sphinx« nannte, und wartete wie ein Bittsteller darauf, daß sie mit ihm sprechen würde. Aber erst als sie mit dem, was sie gerade tippte, fertig war, wandte sie ihm ihren stechenden Blick zu. »Ich habe um zehn Uhr einen Termin bei Mr. Farrell«, informierte er sie.

»Mr. Farrell ist in einer Sitzung. Er wird Sie in fünfzehn Minuten empfangen.«

»Soll ich hier auf ihn warten?«

»Wenn Sie in den nächsten fünfzehn Minuten nichts besseres zu tun haben«, entgegnete sie frostig.

Wie ein wegen Aufsässigkeit getadelter Pennäler schlich Peter zum Fahrstuhl und kehrte in sein Büro zurück. Das schien allemal klüger, als im sechzigsten Stock zu bleiben und ihr auf diese Art zu beweisen, daß er mit fünfzehn Minuten nichts Ordentliches anzufangen wußte.

Punkt zehn Uhr fünfzehn ließ Miss Stern ihn ins Allerheiligste vor, doch bevor Peter noch seinen Mund öffnen konnte, klingelte das Telephon auf Matts Schreibtisch.

»Setzen Sie sich, Peter «, sagte Matt. »Ich bin gleich soweit.« Den Hörer unters Ohr geklemmt, schlug Matt den Ordner mit Peters Übernahmevorschlägen auf, den er über das Wochenende durchgesehen hatte. Die Genauigkeit von Peters Arbeit hatte ihn beeindruckt, einige seiner Vorschläge jedoch überrascht. Als ein Telephonat beendet war, lehnte er sich im Stuhl zurück und wandte Peter seine ganze Aufmerksamkeit zu. Er befragte ihn zunächst noch einmal genauer zu den Unternehmen in Atlanta und Chicago, die beide sehr positiv beurteilt waren. Dann kamen sie zum nächsten Objekt. Dieses Gutachten Vanderwilds hatte Matt zu denken gegeben. Vielleicht war Peters Genius doch überschätzt worden? Mit gerunzelter Stirn blickte er ihm über den Rand der Papiere hinweg an und sagte: »Aus welchem Grund empfehlen Sie die Übernahme dieser Firma in Houston?«

»Wenn die Houstoner Wirtschaft ihren Trend zur Gesundung mit gleichbleibender Geschwindigkeit fortsetzt, werden die dortigen Baulandpreise enorm steigen und ...«

»Das ist mir klar«, unterbrach Matt ihn ungeduldig. »Ich will aber trotzdem wissen, warum Sie uns die Übernahme von Thorp Development anraten. Jeder Leser des *Wall Street Journals* weiß, daß dieses Unternehmen seit zwei Jahren zum Verkauf steht, und auch, *warum* es immer noch nicht verkauft ist: Es ist geradezu lächerlich überteuert und hat außerdem ein miserables Management.«

Peter hatte das Gefühl, als jage jemand elektrische Stromstöße durch den Stuhl, auf dem er saß. Er räusperte sich jedoch und argumentierte beharrlich weiter: »Sie haben selbstverständlich recht, aber wenn Sie mir einen Moment zuhören, könnte es sein, daß Sie Ihre Meinung über das Objekt ändern.« Farrell nickte kurz, und Peter setzte an: »Thorp

Development gehört zwei Brüdern, die die Firma beim Tod ihres Vaters vor zehn Jahren geerbt haben. Seit sie die Leitung übernahmen, gab es viele Fehlinvestitionen; um die zu finanzieren, mußten sie einen Großteil ihres Grundbesitzes beleihen. Folglich sind sie bis über beide Firmenohren verschuldet, und Hauptschuldner ist der Continental City Trust in Houston. Die beiden Brüder können sich nicht ausstehen, und sie können sich auch nie einigen. Seit zwei Jahren versucht einer der beiden, das ganze Unternehmen in einem Stück an den Mann zu bringen, während der andere die einzelnen Vermögenswerte separat an alle möglichen Interessenten verkaufen will. Jetzt bleibt ihnen jedoch nur noch Möglichkeit zwei, weil Continental dabei ist, ihnen ihre Kredite zu kündigen.«

»Woher wissen Sie das alles?« fragte Matt.

»Als ich im Oktober in Houston meine Schwester besucht habe, dachte ich, die Gelegenheit wäre nicht schlecht, um etwas über Thorp herauszufinden. Max Thorp hat mir den Namen ihres Bankiers, Charles Collins, genannt, und als ich wieder hier war, habe ich ihn angerufen. Collins war offensichtlich verzweifelt bemüht, Thorp dabei zu ›helfen‹, einen Käufer zu finden, und im Laufe des Gesprächs kam mir der Verdacht, daß er die Thorp-Kredite vom Tisch haben will. Er hat mich vergangenen Donnerstag angerufen und mir gesagt, daß Thorp an einem Geschäft mit uns sehr interessiert wäre. Wenn wir rasch handeln, schätze ich, daß wir Thorps Unternehmen für den Preis der Hypotheken bekommen können und nicht den echten Marktwert zahlen müssen, weil Collins dabei ist, den Kredit zu kündigen, und Thorp das offenbar weiß.«

»Wie kommen Sie darauf, daß Continental das plant?«

Peter lächelte leicht. »Ich habe einen befreundeten Bankier in Dallas angerufen und ihn gefragt, ob er Collins vom Continental City Trust kennt. Er sagte ja, und er hat für mich bei Collins angerufen und über die schlechten Zeiten gejammert, die die texanischen Banken im Moment durchmachen. Collins hat *ihm* erzählt, daß er Anordnung hat, einige große rückständige Hypotheken zu kündigen – darunter auch die von Thorp.« Peter schwieg triumphierend und wartete auf ein anerkennendes Wort aus dem Munde seines gestrengen Herrn. Er erhielt ein kurzes Lächeln und ein kaum wahrnehmbares anerkennendes Nicken. Und er fühlte sich, als habe Gott persönlich ihm zugenickt. Mit neuem Elan lehnte Peter sich in seinem Stuhl nach vorne. »Möchten Sie noch etwas über einige der Grundstücke erfahren, die Thorp gehören? Ein paar sind wirklich *erstklassige* Parzellen, die man – bebaut oder unbebaut – für ein Vermögen weiterverkaufen könnte.«

»Ich höre«, sagte Peter, obwohl ihn der Ankauf von Geschäftshäusern weit mehr interessierte als der von reinem Bauland.

»Das wertvollste Stück ist rund fünfzehn Acres groß und liegt zwei Blocks von The Galleria, einem riesigen Deluxe-Einkaufszentrum mit eigenen Hotels, entfernt. Neimann-Marcus hat ein Geschäft im Galleria-Komplex, Saks Fifth Avenue und eine Reihe exklusiver Designer-Boutiquen liegen in der Nähe, und der Expressway ist in Sichtweite. Thorps Grundstück hat die optimale Lage für ein weiteres exklusives Warenhaus plus Einkaufszentrum.«

»Ich kenne die Gegend«, sagte Matt.

»Dann wissen Sie sicher auch, daß es für die zwanzig Millionen Dollar, die Thorp darauf beliehen hat, geschenkt ist. Wir könnten es entweder selbst erschließen oder später mit nettem Gewinn verkaufen. Vor fünf Jahren war es über vierzig Millionen Dollar wert. Wenn der wirtschaftliche Aufschwung in Houston anhält, wird es bald wieder so viel wert sein.«

Matt kritzelte einige Notizen in die Unterlagen und wartete nur auf eine Pause in Peters Vortrag, um ihm zu erklären, daß er es vorzöge, mit Intercorp in bereits bestehende Bauten zu investieren, als Peter hinzufügte: »Wenn Sie Interesse haben, sollten wir schnell handeln, weil Thorp und Collins angedeutet haben, daß sie jeden Moment ein Angebot für dieses Land erwarten. Erst dachte ich, sie bluffen, aber dann nannten sie Namen. Scheinbar ist Bancroft & Company, hier in Chicago, ganz wild auf das Land, und das wundert mich nicht. Etwas Gleichwertiges findet man in ganz Houston nicht. Wir könnten es für zwanzig Millionen kaufen und in ein paar Monaten für fünfundzwanzig oder dreißig an Bancroft's weiterverkaufen. Soviel ist es mindestens wert.«

Peter verstummte, weil Matthew Farrells Kopf plötzlich hochgefahren war und er Peter mit einem sehr seltsamen Gesichtsausdruck anstarrte.

»Was haben Sie gesagt?« fragte er barsch.

»Ich sagte, Bancroft & Company hat vor, das Land zu kaufen«, wiederholte Peter, der ein kaltes, berechnendes Funkeln in Farrells Augen zu bemerken glaubte. Fälschlich annehmend, Farrell wolle weitere Informationen, fuhr er rasch fort: »Bancroft's ist wie Bloomingale's oder Neimann-Marcus ein altes traditionsreiches Warenhaus, dessen Kundschaft vorwiegend der Oberschicht ...«

»Ich kenne Bancroft's«, sagte Matt kurz. Er überflog noch einmal die Thorp-Akte und stellte erneut fest, daß der betreffende Grund tatsächlich zu einem Spottpreis zu erwerben war und hohen Profit abwerfen könnte. Aber im Moment ging es ihm nicht um Profite. Er dachte vielmehr mit erneut aufsteigender Wut an die Art, wie Meredith ihn Samstag abend behandelt hatte.

»Kaufen Sie es«, sagte er leise.

»Aber wollen Sie denn nichts über die anderen Grundstücke wissen?«

»Ich bin ausschließlich an dem Stück Land interessiert, das Bancroft's will. Lassen Sie von der Rechtsabteilung ein Angebot ausfertigen, fliegen Sie damit morgen nach Houston und unterbreiten Sie es Thorp persönlich.«

»Ein Angebot?« Peter stotterte fast. »Wie hoch?«

»Bieten Sie fünfzehn Millionen und vierundzwanzig Stunden Zeit zum Überlegen. Thorp wird fünfundzwanzig verlangen. Gehen Sie bis zwanzig, aber sagen Sie ihnen, daß das Geschäft nur gilt, wenn wir die Eigentumsrechte binnen drei Wochen haben.«

»Ich glaube nicht, daß ...«

»Noch eine Bedingung. Wenn Thorp unser Angebot annimmt, müssen sie die ganze Transaktion streng geheim halten. Niemand darf wissen, daß wir das Land kaufen, bevor alles perfekt ist. Lassen Sie das alles zusammen mit den üblichen Klauseln in den Vertrag einbringen.«

Plötzlich fühlte Peter sich unbehaglich. Bisher hatte Farrell niemals eine Investition allein aufgrund von Peters Empfehlung getätigt. Weit davon entfernt. Er hatte alles selbst überprüft und eine Reihe von Sicherheitsvorkehrungen getroffen. Wenn diesmal irgend etwas schief ging, würde Peter ganz alleine dafür geradestehen müssen. »Mr. Farrell, ich glaube nicht ...«

»Peter«, unterbrach Matt ihn freundlich, aber fest. »Kaufen Sie das gottverdammte Grundstück.«

Peter nickte und stand auf, aber sein Unbehagen stieg von Minute zu Minute.

Als Vanderwild gegangen war, drehte sich Matt zum Fenster und blickte über Chicago. Offenbar hielt Meredith ihn nach wie vor für minderwertig, für weit unter ihrem Status. Sie hatte das Recht dazu. Sie hatte auch das gute Recht, ihre Einstellung jedermann kund zu tun, der die Chicagoer Zeitungen las. Das hatte sie getan. Allerdings würde die Ausübung dieser Rechte sie zehn Millionen Dollar kosten – den zusätzlichen Preis, den sie für das Land in Houston würde zahlen müssen.

17

»Mr. Farrell hat gesagt, ich soll ihm diesen Vertrag sofort bringen«, informierte Peter Miss Stern am folgenden Nachmittag, und seine Stimme klang autoritär.

»Wenn das so ist«, erwiderte sie mit hochgezogenen Augenbrauen, »würde ich vorschlagen, daß Sie es auch tun.«

Irritiert und verärgert darüber, daß er schon wieder ein

Wortgefecht mit ihr verloren hatte, drehte Peter sich auf dem Absatz um, klopfte an die Tür von Matt Farrells Büro und öffnete sie. In seinem Übereifer, Farrell vor dem unüberlegten und voreiligen Kauf des Houstoner Grundstücks zu warnen, übersah er, daß Tom Anderson, einer der Vizepräsidenten von Intercorp, sich am anderen Ende des großen Büros befand und ein Gemälde studierte, das gerade eben aufgehängt worden war. »Mr. Farrell«, begann Peter gerade, »ich muß Ihnen sagen, daß ich, was den Handel mit Thorp angeht, ausgesprochene Zweifel habe.«

»Haben Sie den Vertrag?« wandte Matt sich an Peter.

»Ja.« Zögernd überreichte er die Papiere. »Aber würden Sie mir bitte einen Augenblick zuhören?«

Farrell wies mit dem Kopf auf einen der roten Ledersessel, die im Halbkreis vor seinem Schreibtisch standen. »Setzen Sie sich. Ich schaue das schnell durch, und dann höre ich Ihnen zu.«

Nervös wartete Peter, während Matt den seitenlangen Vertrag las, der Intercorp dazu verpflichtete, zwanzig Millionen Dollar zu zahlen. Farrell verzog dabei keine Miene, und plötzlich fragte sich Peter, ob dieser Mann denn überhaupt Nerven besaß – er zeigte nie irgendwelche Gefühlsregungen, keine menschlichen Schwächen wie Unsicherheit, Zweifel, Angst, Bedauern oder sonstige starke Emotionen.

Die anderen Männer, die als Mitglieder seines »Übernahme-Teams« eng mit Farrell zusammenarbeiteten, konnten die Ehrfurcht und Unsicherheit, die sie ihrem Arbeitgeber gegenüber empfanden, besser verbergen als Peter, aber er wußte, daß es ihnen im Grund nicht anders ging als ihm. Lediglich Tom Anderson schien Farrell besser zu kennen, aber niemand wußte, auf welche Weise er Matts Freundschaft und Vertrauen errungen hatte.

Peters Spekulationen fanden ein rasches Ende, als Farrell zwei kurze Korrekturen in dem Vertrag anbrachte, beide Ausfertigungen unterschrieb und sie ihm über den Schreibtisch wieder zuschob. »Der Vertrag ist in Ordnung. Was haben Sie an dem Kauf auszusetzen?«

»Eine ganze Menge, Mr. Farrell«, antwortete Peter, richtete sich in seinem Stuhl auf und bemühte sich, seine selbstsichere Haltung von vorhin zurückzugewinnen. »Zu allererst einmal habe ich das Gefühl, daß Sie sich auf dieses Geschäft deshalb einlassen, weil ich Ihnen den Eindruck vermittelt habe, es sei ein schnelles, unriskantes und profitables Unterfangen. Dieser Ansicht war ich gestern auch, aber ich habe die vergangene Nacht damit verbracht, mich genauer über Bancroft's zu informieren.«

»Und?« Farrell wurde ungeduldig.

»Und jetzt bin ich nicht mehr absolut sicher, daß Bancroft & Company finanziell in der Lage sein wird, das Land in Houston zu kaufen. Alle meine Informationen laufen darauf hinaus, daß sie dabei sind, sich zu übernehmen.«

»Inwiefern?«

»Das ist eine längere Geschichte, und ich kann auch nur Spekulationen anstellen ...«

Anstatt der erwarteten Ermahnung, warum er nicht gleich zum Thema käme, sagte Matt: »Erzählen Sie.«

Diese beiden Worte vertreiben Peters nervöse Unsicherheit, und er wurde wieder der alte selbstischere, fähige Investment-Berater, als den ihn die Fachzeitschriften bezeichneten. »Also, zunächst einmal ein grober Überblick: Bis vor einigen Jahren hatte Bancroft's nur einige Geschäfte im Chicagoer Raum und stagnierte quasi. Die Marketing-Strategie der Firma war veraltet, das Management verließ sich zu sehr auf das ›Prestige‹ des Namens, und sie waren auf dem besten Wege auszusterben – wie die Dinosaurier. Philip Bancroft, der immer noch Präsident ist, führte die Geschäfte genauso, wie sein Vater sie geführt hatte – als ein Familienunternehmen, das es angeblich nicht nötig hatte, auf die allgemeine marktwirtschaftliche Lage zu reagieren. Dann kommt seine Tochter Meredith ins Bild. Anstatt wie andere junge Damen der Gesellschaft in der Weltgeschichte herumzureisen und High-life zu feiern, beschloß sie, ihren rechtmäßigen Platz bei Bancroft's anzustreben. Sie studierte Betriebswirtschaft und machte ihr Diplom mit Auszeichnung.

Aber ihren Vater beeindruckte das alles nicht, und er versuchte, sie von der Arbeit bei Bancroft's abzubringen, indem er sie als einfache Verkäuferin in der Damenwäscheabteilung anfangen ließ.«

Peter schwieg einen Moment und erklärte dann: »Ich erzähle das alles, weil sie nur so erfahren, wer das Unternehmen wirklich leitet.«

»Sprechen Sie nur weiter«, sagte Farrell, aber seine Stimme klang gelangweilt, und er begann, in irgendwelchen Unterlagen zu blättern.

»In den folgen Jahren«, fuhr Peter hartnäckig fort, »arbeitete Miss Bancroft sich ganz langsam und allmählich nach oben vor und sammelte dabei eine immense Menge praktische Erfahrung. Als sie in den Verkauf befördert wurde, führte sie eine ausgesprochen profitable Neuerung ein: eine eigene Kollektion mit dem Namen Bancroft's. Nachdem hier große Gewinne erzielt worden waren, steckt Papa sie in die Möbelabteilung, die seit Jahren Verluste machte. Auch hier schaffte sie den Durchbruch, indem sie die Abteilung ›Museums-Möbel‹ einrichtet, die von der Presse in den Himmel gelobt wird und zahllose Kunden bringt.

Dann machte Papa sie zur Leiterin der PR-Abteilung, eine bis dahin relativ unbedeutende Position. Miss Bancroft führte hier sofort eine Reihe neuer Sonderaktionen ein, die mehr Kunden in den Laden locken – aber nicht die üblichen Modenschauen und so. Sie nutzte die gesellschaftlichen Beziehungen ihrer Familie zur Oper, dem Kunstmuseum usw. aus. So hat sie es zum Beispiel geschafft, daß das Chicagoer Kunstmuseum in ihrem Kaufhaus eine Ausstellung organisiert, und in der Vorweihnachtszeit hat die Ballettruppe im Auditorium des Hauses den *Nußknacker* aufgeführt. Natürlich haben die Medien das gierig aufgenommen, was wiederum das Image von Bancroft & Company in die Höhe schnellen ließ. Das Kaufhaus konnte Rekord-Umsatz verzeichnen. Dann versetzt ihr Vater sie in die Modeabteilung, wo sie gleichfalls brilliert. Ihren Erfolg hier verdankt sie ihrem eigenen Aussehen ebenso wie einem exzellenten Mode-

Instinkt. Ich habe Zeitungsphotos von ihr gesehen, und sie ist nicht nur hübsch, sie ist bildschön. Das haben wohl auch einige europäische Designer erkannt, als sie drüben war, um sie zu überreden, Bancroft's ihre Kollektionen führen zu lassen. Einer von ihnen, der bisher nur an Berdorf Goodman lieferte, hat mit ihr einen Exklusivvertrag abgeschlossen – mit der Auflage, daß Miss Bancroft selbst seine Kleider trägt. Dann hat er eigens für sie eine ganze Kollektion entworfen, in der sie natürlich zu allen möglichen Gelegenheiten photographiert wurde. Die Presse und das Publikum haben wie verrückt darauf reagiert, und die ganze vornehme Damenwelt kleidet sich jetzt bevorzugt in der Designer-Abteilung von Bancroft's ein. Die Designer verdienten klotzig, Bancroft's verdiente klotzig, und eine ganze Reihe anderer Modemacher sprangen auf den fahrenden Zug und nahmen ihre Kollektionen anderen Häusern weg, um sie Bancroft's zu geben.«

Farrell blickte ihn ungeduldig an. »Warum erzählen Sie mir das alles?«

»Ich bin gerade dabei, auf den Punkt zu kommen: Miss Bancroft ist ein geborener Kaufmann, so wie ihre Vorfahren, aber ihr besonderes Talent liegt auf dem Gebiet der Expansion und der Vorausplanung; dieser Sparte steht sie jetzt auch vor. Irgendwie hat sie es geschafft, ihren Vater und den nicht minder konservativ denkenden Vorstand von Bancroft's zu überzeugen, auch in anderen Großstädten Kaufhäuser einzurichten. Zur Finanzierung dieses Unternehmens benötigten sie mehrere hundert Millionen Dollar, und sie bekamen sie auf dem üblichen Weg – sie nahmen soviel wie möglich von ihrer Bank auf, und als das nicht reichte, wandelten sie das Unternehmen in eine Aktiengesellschaft um und verkauften Anteile an der New Yorker Börse.«

»Und was *ändert* das alles?« fragte Matt kurzangebunden.

»Es würde gar nichts ändern, wenn da nicht zwei Dinge wären, Mr. Farrell: Zum einen haben sie so schnell expandiert, daß sie bis über beide Ohren verschuldet sind, denn sie stecken praktisch den gesamten Gewinn in die Neueröffnung weiterer Filialen. Folglich haben sie so gut wie keine Bargeld-Reserven, und wenn auch nur die geringste Änderung auf dem Markt eintritt, sind sie dran. Ganz ehrlich gesagt, ich weiß nicht einmal wie sie das Geld für das Grundstück in Houston aufbringen wollen, oder ob sie es überhaupt können. Zum zweiten sind in der letzten Zeit mehrere Fälle bekannt geworden, in denen eine Kaufhauskette die andere einfach aufkaufte. Wenn jemand Bancroft's aufkaufen möchte, dann wäre jetzt der ideale Zeitpunkt dafür, denn sie haben nicht die finanziellen Mittel, um sich auf einen längeren Kampf einzulassen. Und«, Peter machte eine kleine Pause, um dem, was er nun zu sagen hatte, den nötigen Nachdruck zu verleihen, »ich habe den Eindruck, daß auch jemand anderer das gemerkt hat.«

Anstatt besorgt auszusehen, ging ein seltsamer Ausdruck über Matts Gesicht, den Peter zu seinem Erstaunen nur als Amüsement oder Befriedigung deuten konnte. »Tatsächlich?«

Peter nickte. Er wurde nicht schlau aus Farrells überraschender Reaktion auf eine Neuigkeit, die ihn hätte alarmieren sollen. »Ich denke, daß jemand bereits insgeheim damit angefangen hat, alle greifbaren Bancroft-Aktion aufzukaufen. Und zwar immer in kleinen Mengen, damit es weder Bancroft's noch die Wall Street oder die Börsenaufsicht bemerkt.« Er deutete auf die drei Computerbildschirme hinter Matts Schreibtisch. »Darf ich?«

Farrell nickte, und Peter ging zu dem Computertisch. Die ersten beiden Monitore zeigten Daten und Graphiken zum Geschäftsverlauf der einzelnen Konzerngruppen von Intercorp. Der dritte Bildschirm war dunkel, und Peter tippte auf der dazugehörigen Tastatur die Codes und Befehle ein, die er auch in seinem eigenen Büro benutzte. Eine Sekunde später liefen die jüngsten Aktienkurse über den Schirm. Peter unterbracht dieses Bild durch das Eintippen weiterer Befehle, und auf dem Monitor erschien die Überschrift:

GESCHÄFTSENTWICKLUNG:

BANCROFT & COMPANY HANDELSCODE B & C
NEW YORK STOCK EXCHANGE

»Sehen Sie sich das an.« Peter deutete auf die Datensäulen auf dem Bildschirm. »Bis vor sechs Monaten lagen die Anteile von Bancroft's ungefähr genauso wie die letzten zwei Jahre – um die zehn Dollar. Bis dahin lag der durchschnittliche Wochenumsatz auch immer bei einhunderttausend. Aber hier«, er deutete auf die Zahlenkolumne am linken Rand, »sieht man, daß der Kurs im letzten halben Jahr langsam bis auf zwölf Dollar geklettert ist und daß auch die Umsätze neue Rekordzahlen erreichen.«

Er drückte eine andere Taste, und der Bildschirm wurde wieder dunkel. Dann drehte er sich um und sagte zu Farrell: »Es ist nur so eine Ahnung, aber ich glaube, daß irgendwer versucht, die Gesellschaft unter seine Kontrolle zu bekommen.«

Matt stand auf und brachte das Gespräch zu einem raschen Ende. »Entweder das, oder die Investoren halten B & C einfach für eine lohnende langfristige Investition. Wir werden das Grundstück im Houston auf jeden Fall kaufen. Sie kümmern sich darum.«

Peter, der bemerkte, daß er hiermit entlassen war, nahm die unterschriebenen Papiere vom Schreibtisch und sagte zögernd: »Mr. Farrell, ich wundere mich ein wenig, warum Sie mich nach Houston schicken, um die Verhandlungen zu führen. Das ist eigentlich nicht mein Ressort ...«

»Es sollte nicht schwierig sein, zu einem Abschluß zu kommen«, sagte Matt und lächelte beruhigend. »Und es wird Ihren Erfahrungshorizont erweitern. Wenn ich mich recht erinnere, war das doch einer der Gründe, die Sie bewogen haben, zu Intercorp zu kommen.«

»Ja, Sir, das stimmt«, antwortete Peter. Stolz über Farrells Vertrauen, ihm alles weitere zu überlassen, ging er zur Tür, als Matt ihm nachrief: »Vermasseln Sie's nicht, Peter!«

»Ganz bestimmt nicht«, versicherte Peter, aber sein eben noch so gewaltiges Selbstvertrauen hatte doch einen gelinden Dämpfer erfahren. Aus Farrells Stimme hatte eine unausgesprochene Warnung geklungen.

Tom Anderson, der die ganze Zeit über schweigend in der Nähe des Fensters gestanden hatte, sprach, nachdem Vanderwild das Zimmer verlassen hatte. »Matt«, sagte er mit einem leisen Lachen und setzte sich auf einen Stuhl vor Matts Schreibtisch, »du verschreckst den Jungen zu sehr.«

»Dieser Junge«, erwiderte Matt trocken, »hat einen IQ von einhundertfünfundsechzig, und er hat Intercorp schon einige Millionen Dollar eingebracht. Er erweist sich als ausgezeichnete Investition.«

»Und ist dieses Grundstück in Houston auch eine ausgezeichnete Investition?«

»Ich denke schon.«

»Gut«, sagte Tom, lehnte sich zurück und streckte seine langen Beine aus. »Es täte mir nämlich leid, wenn du ein kleines Vermögen vergeuden würdest, nur um es einer Lady der Gesellschaft heimzuzahlen, die dich vor der Nase eines Reporters beleidigt hat.«

»Was bringt dich denn auf diesen Gedanken?« fragte Matt, aber seine Augen blitzten vergnügt.

»Nichts. Ich hab' zufällig am Sonntag in der Zeitung gelesen, daß eine Mieze namens Bancroft dir in der Oper die kalte Schulter gezeigt hat. Und heute unterschreibst du einen Kaufvertrag über ein Stück Land, das sie unbedingt haben will. Sag mal – wieviel wird dieses Grundstück Intercorp kosten?«

»Vermutlich zwanzig Millionen.«

»Und wieviel wird es Miss Bancroft kosten, wenn sie es uns abkauft?«

»Verdammt viel mehr.«

»Matt«, sagte er schleppend und betont beiläufig, »erinnerst du dich an den Abend vor acht Jahren, als meine Scheidung von Marilyn endgültig feststand?«

Matt überraschte diese Frage, aber er erinnerte sich sehr

gut daran. Einige Monate, nachdem Tom angefangen hatte, für ihn zu arbeiten, erklärte Toms Frau plötzlich, daß sie einen Geliebten habe und sich scheiden lassen wolle. Zu stolz, sie zum Bleiben zu bitten, und zu verstört, um sie zurückzugewinnen, hatte Tom seine Sachen gepackt und war ausgezogen, aber er hatte bis zuletzt gehofft, daß sie sich die Sache mit der Scheidung nochmals überlegen würde. An dem Tag, als die Sache dann endgültig war, war Tom weder zur Arbeit gekommen, noch verstand Matt auch warum – Tom rief ihn vom Polizeirevier aus an, wohin man ihn schon gegen Mittag wegen völliger Trunkenheit gebracht hatte.

»Ich weiß noch, daß wir uns zusammen besoffen haben«, gestand Matt.

»Ich war schon besoffen«, korrigierte Tom trocken. »Dann hast du mich aus dem Knast geholt, und wir haben *zusammen* weitergetrunken.« Während er fortfuhr, beobachtete er Matt genau. »Ich erinnere mich dunkel daran, daß du großen Anteil an meinem Elend genommen und daß du mir von einer Dame namens Meredith erzählt hast, die dir den Laufpaß gegeben hat oder so. Nur hast du sie damals nicht Dame genannte, sondern ein verwöhntes kleines Biest. Und kurz bevor ich endgültig weggesackt bin, haben wir beide einstimmig festgestellt, daß Frauen, deren Vornamen mit einem M anfangen, nichts als Ärger bringen.«

»Dein Gedächtnis ist offenbar besser als meines«, sagte Matt ausweichend, aber Tom hatte bemerkt, daß Matt bei der bloßen Erwähnung des Namens Meredith leicht zusammengezuckt war. Er zog den richtigen Schluß.

»Also«, fuhr er grinsend fort, »da wir hiermit festgestellt haben, daß jene Meredith tatsächlich Meredith *Bancroft* ist, würdest du mir jetzt vielleicht erzählen, was damals passiert ist und warum ihr euch noch immer so abgrundtief haßt?«

»Nein«, sagte Matt resulut. Er stand auf und ging zum Couchtisch hinüber, auf dem die Pläne für den Haskell-Neubau in Southville ausgebreitet lagen. »Wir sollten endlich die Planung für Southville abschließen.

18

Der Verkehr staute sich mehrere Blocks rund um Bancroft's. In den Straßen drängten sich die Kauflustigen, die sich trotz der bitteren Kälte und des eisigen Windes, der über den Lake Michigan und bis hinein in die Chicagoer Innenstadt fegte, in einen frühzeitigen Vorweihnachtsrummel gestürzt hatten. Eng in warme Mäntel gehüllt und die Köpfte gegen den Sturm gebeugt, kämpften sie sich ohne Rücksicht auf rote Ampeln durch den Verkehr. Hupen dröhnten, und die Autofahrer schimpften auf die Fußgänger, wegen denen sie die grünen Ampelphasen nicht nutzen konnten. Meredith saß in ihrem schwarzen BMW und sah zu, wie Menschentrauben vor den Schaufenstern von Bancroft's kurz verweilten und dann das Kaufhaus betraten. Das Wetter hatte sich plötzlich verschlechtert, und das brachte immer viele Käufer, die schon jetzt ihre Weihnachtsbesorgungen erledigen wollten. Heute jedoch weilten ihre Gedanken nicht bei den Kunden.

In zwanzig Minuten würde sie dem Vorstand ihr Konzept für die Filiale in Houston unterbreiten, und obwohl die Geschäftsleitung dem Projekt bereits zögernd zugestimmt hatte, benötigte sie für ihr weiteres Vorgehen und einen endgültigen Geschäftsabschluß die formelle Billigung. Um diese ging es heute vormittag.

Und sie schien Glück zu haben. Kein Mitglied des Vorstands brachte entscheidende Einwände vor. Nach einer Stunde beendete sie ihre Ausführungen. »Da wir die Details des Houstoner Projekts bereits in früheren Sitzungen ausführlich besprochen haben, möchte ich jetzt zum Schluß kommen. Zu betonen wäre noch, daß Bancroft's nur durch Expansion die Chance haben wird, mit den anderen führenden Warenhausketten in Konkurrenz zu treten. Ich bin sicher, daß ich keinen von Ihnen extra darauf hinweisen muß, daß jedes einzeln unserer neu eröffneten Häuser mehr Profit abwirft als ursprünglich veranschlagt. Und ich bin überzeugt, daß dieser Erfolg zum größten Teil auf die Sorgfalt zurückzuführen ist, mit der wir die Standorte ausgewählt haben.«

»Die Sorgfalt, mit der *du* die Standorte ausgewählt hast«, korrigierte ihr Vater, aber er blickte dabei so streng, daß es einen Moment dauerte, bis Meredith merkte, daß er ihr widerwillig ein Kompliment gemacht hatte. Es war nicht das erstemal, daß er sie lobte, aber die Tatsache, daß er es jetzt tat und in Anwesenheit des Vorstands, nahm Meredith als gutes Zeichen dafür, daß er nicht nur das Projekt in Houston unterstützen, sondern sie auch als Interimspräsidenten vorschlagen würde. »Danke«, sagte sie schlicht und setzte sich wieder.

Ihr Vater wandte sich nun an Parker, der an dieser Sitzung teilnahm. »Ich gehe davon aus, daß eure Bank nach wie vor gewillt ist, das Houston-Projekt zu finanzieren, sofern der Vorstand zustimmt.«

»Das haben wir vor, Philip, aber nur unter den Bedingungen, die wir in der letzten Gesellschafterversammlung vereinbart haben.«

Meredith kannte diese Bedingungen seit Wochen, aber bei jeder Erwähnung zuckte sie doch wieder zusammen. Parkers Bank – das heißt der Vorstand seiner Bank – hatte die immensen Beträge, die sie Bancroft's in den letzten Jahren geliehen hatten, zusammengerechnet und war anhand der astronomischen Summe nervös geworden. Für die Darlehen betreffend die Kaufhäuser in Phoenix und Houston hatte der Vorstand auf neuen Konditionen bestanden. In erster Linie wurde verlangt, daß Meredith und ihr Vater nicht nur mit ihrem Geschäfts-, sondern auch mit ihrem Privatvermögen bürgten und noch zusätzliche Sicherheiten einsetzten. Meredith fühlte sich dabei nicht sehr wohl.

Als ihr Vater nun sprach, klang sein Ärger über die in seinen Augen unverschämten Forderungen seines Bankiers deutlich heraus: »Du weißt, was ich von deinen Bedingungen halte, Parker. In Anbetracht der Tatsache, daß Reynolds Mercantile seit über achtzig Jahren Bancroft's einzige Bank ist, kommt mir diese plötzliche Forderung nach persönlicher Bürgschaft und zusätzlichen Sicherheiten nicht nur unangebracht, sondern geradezu als eine Beleidigung vor.«

»Ich verstehe deine Gefühle vollkommen«, sagte Parker ruhig. »Ich bin sogar deiner Ansicht, und das weißt du. Heute morgen noch habe ich mit den Mitgliedern meines Vorstands gesprochen und versucht, sie zu überreden, ihre Forderungen einzuschränken, aber leider ohne Erfolg. Allerdings«, fuhr er fort und blickte dabei in die Runde, um auch wirklich jeden anzusprechen, »hat das überhaupt nichts mit der Meinung unserer Bank über die Geschäfte von Bancroft & Company zu tun.«

»Klingt mir aber verdammt danach«, sagte Cyrus, das älteste der Vorstandsmitglieder. »Klingt mir verdammt danach, daß Ihre Bank Bancroft's für einen potentiellen Versager hält!«

»Das ist nicht wahr. Es ist in der letzten Zeit in der Branche üblich geworden, größere Sicherheiten zu verlangen. Außerdem müssen wir den Bankkontrolleuren Rechenschaft ablegen, die unsere gesamten Kredite genauer als je zuvor unter die Lupe nehmen.«

»Klingt mir danach, als sollten wir uns eine andere Bank suchen«, schlug Cyrus vor und blickte die anderen Vorstandsmitglieder fragend an. »Das würde ich jedenfalls tun! Schick Parker und seine Bank zum Teufel, und wir borgen uns unser Geld woanders!«

»Wir könnten uns einen anderen Financier suchen«, sagte Meredith zu Cyrus und bemühte sich nach Kräften, ihre persönlichen Gefühle für Parker völlig aus dem Spiel zu lassen. »Allerdings bekommen wir bei Parkers Bank einen sehr fairen Zinssatz, den uns eine neue Bank kaum bieten dürfte. Außerdem«, Meredith blickte in die Runde, »außerdem spielen die besonderen Konditionen sowieso so gut wie keine Rolle, weil Bancroft & Company alle Rückzahlungen wie vereinbart leisten wird.«

»Das ist wahr«, stimmte ihr Vater zu. Er wurde allmählich ungeduldig. »Wenn keiner etwas dagegen hat, würde ich jetzt gerne das Thema Houston abschließen. Wir werden dann am Ende der Sitzung darüber abstimmen.«

Meredith nahm ihre Unterlagen, dankte dem Vorstand förmlich für seine Aufmerksamkeit und verließ den Sitzungssaal.

»Wie ist es gelaufen?« fragte Phyllis, die Sekretärin von Meredith, die ihr ins Büro gefolgt war. »Wird es in Houston demnächst eine Bancroft's-Filiale geben oder nicht?«

»Sie stimmen gerade darüber ab«, sagte Meredith und sah die Morgenpost durch, die Phyllis auf ihren Schreibtisch gelegt hatte.

»Ich drücke die Daumen.«

Meredith lächelte zuversichtlich. »Sie werden die Filiale genehmigen«, sagte sie. Ihr Vater unterstützte das Projekt, wenn auch widerwillig, und deshalb war sie sicher, daß es durchkommen würde. »Wirklich fraglich ist nur, ob sie dem Bau des ganzen Einkaufszentrums zustimmen. Würden Sie jetzt bitte Sam Green anrufen und ihn bitten, mit den Thorp-Verträgen zu mir zu kommen?«

Fünf Minuten später stand Sam Green in ihrer Tür. Sam war nur knapp eins sechzig groß und hatte borstiges Haar, aber er strahlte eine Kompetenz aus, die jeder, der mit ihm zu tun hatte, sofort bemerkte. Hinter der Nickelbrille blitzten seine grünen, intelligenten Augen. Im Moment freilich blickten sie erwartungsvoll auf Meredith. »Phyllis hat gesagt, ich soll die Verträge mitbringen. Heißt das, daß der Antrag durch ist?«

»Ich nehme an, daß wir die Bestätigung in wenigen Minuten haben. Wie hoch, glauben Sie, sollte unser Einstiegsangebot sein?«

»Sie verlangen dreißig Millionen«, dachte er laut, während er sich in einen der Stühle fallen ließ, die vor ihrem Schreibtisch standen. »Wie wär's mit einem Einstiegsangebot von achtzehn Millionen, und wir einigen uns bei, sagen wir zwanzig? Sie haben Hypotheken auf dem Land, und sie brauchen dringend Bargeld. Vielleicht lassen sie sich auf zwanzig ein.«

»Glauben Sie das wirklich?«

»Eigentlich nicht«, grinste er.

»Wenn wir müssen, gehen wir bis fünfundzwanzig. Der Grund ist höchsten dreißig wert, aber bislang haben sie niemand gefunden, der soviel zahlt ...« Das Telephon klingelte, und Meredith hob ab, ohne ihren Satz fertig zu sprechen. Ihr Vater klang kurzangebunden: »Wir werden das Houston-Projekt starten, Meredith, aber der Bau des Einkaufszentrums wird warten müssen, bis unser Geschäft dort Gewinn abwirft.«

»Ich glaube, du machst einen Fehler«, sagte sie und versteckte ihre Enttäuschung hinter einem kurzen, geschäftsmäßigen Ton.

»Es war die Entscheidung des Vorstands.«

»Du könntest sie beeinflußt haben«, erklärte Meredith unverblümt.

»Also gut, es war *meine* Entscheidung.«

»Und die ist fehlerhaft.«

»Wenn du das Unternehmen leitest, kannst du die Entscheidungen treffen ...«

Merediths Herz machte einen riesigen Sprung. »Und wann werde ich das tun können?«

»... bis dahin werde ich sie treffen«, beendete er seinen Satz, ohne auf ihre Frage einzugehen. »Ich gehe jetzt nach Hause. Ich fühle mich heute nicht besonders. Am liebsten hätte ich die Sitzung abgesagt, aber du hast es ja so verdammt wichtig gehabt mit deinem Houston-Geschäft.«

Unsicher, ob er sich wirklich krank fühlte oder ob er nur so tat, um ihren Fragen auszuweichen, seufzte Meredith. »Paß auf dich auf. Wir sehen uns Donnerstag zum Abendessen.« Als sie den Hörer aufgelegt hatte, gönnte sie sich einen kurzen Augenblick des Bedauerns, weil nicht das ganze Einkaufszentrum gebaut werden konnte, dann nahm sie sich zusammen und tat, was sie vor Jahren, nach dem Ende ihrer unglückseligen Ehe gelernt hatte: Sie stellte sich der Realität. Lächelnd wandte sie sich an Sam Green: »Wir haben das Placet für das Houston-Projekt.«

»Das ganze Einkaufzentrum oder nur das Kaufhaus?«

»Nur das Kaufhaus. Wie bald können wir den Vertrag fertig haben und ihn Thorp vorlegen?«

»Den Vertrag habe ich bis morgen abend, aber wenn Sie wollen, daß ich persönlich nach Houston fliege, dann müssen wir es bis übernächste Woche aufschieben. Wir arbeiten momentan noch an der Anklageschrift gegen Wilson Toys.«

»Es wäre mir lieber, wenn Sie sich selbst darum kümmern«, sagte sie, weil sie wußte, daß niemand einen besseren Abschluß erzielen würde als er. Doch sie wünschte sich, daß er früher Zeit hätte. »Ich denke, übernächste Woche ist okay. Bis dahin haben wir vermutlich auch die schriftliche Zusage von Reynolds Mercantile und müssen dann nicht über Zwischenfinanzierungen sprechen.«

»Das Land steht seit Jahren zum Verkauf«, sagte er lächelnd. »Es wird auch in zwei Wochen noch zu haben sein. Abgesehen davon: Je länger wir warten, desto eher dürfte Thorp mit dem Preis heruntergehen.« Als er sah, wie besorgt sie dreinschaute, fügte er hinzu: »Ich werde sehen, daß wir die Wilson-Klage früher fertig bekommen. Sobald wir das haben, bin ich schon unterwegs nach Houston.«

Das erste, was Parker sagte, als er abends in ihre Wohnung kam, war: »Meredith, wenn du sauer auf mich bist, weil ich dir und deinem Vater zusätzliche Sicherheiten für den Houston-Kredit verlangt habe, dann sag es mir bitte. Wenn ich dich damit enttäuscht habe, sag es, aber schieb es nicht auf andere Sachen.«

»Darum geht es nicht«, versicherte Meredith ernst. »Ich habe dir die Aktien und die anderen Wertpapiere schon hergerichtet. Sie sind da drüben in dem dicken Kuvert auf meinem Schreibtisch.«

Er ignorierte das Kuvert und sah ihr statt dessen prüfend ins Gesicht. Und sie fügte hinzu: »Ich gebe zu, daß es irgendwie beängstigend ist, so alles herzugeben, was ich besitze, aber ich glaube dir, wenn du sagst, daß du deinen Vorstand nicht davon überzeugen konntest, auf zusätzliche Sicherheiten zu verzichten.«

»Ist das wirklich wahr?« fragte er und sah besorgt aus.

»Ganz bestimmt«, beteuerte sie mit einem strahlenden Lächeln und reichte ihm einen Drink. »Warum schaust du sie dir nicht an und prüfst, ob alles in Ordnung ist? Ich decke inzwischen den Tisch und sehe nach, was Mrs. Ellis zum Essen vorbereitet hat.« Mrs. Ellis arbeitete schon seit einigen Jahren nicht mehr für ihren Vater, aber sie kam jeden Mittwoch zum Saubermachen in Merediths Wohnung und richtete immer ein Abendessen her.

Parker ging zu ihrem Schreibtisch, während Meredith auf dem Eßzimmertisch blaßrosa Sets verteilte.

»Sind sie da drin?« fragte er, einen Umschlag aus festem Papier hochhaltend.

Sie warf einen Blick darauf. »Nein. Das ist mein Paß, Geburtsurkunde und ein paar andere Papiere. Die Aktien sind in einem größeren Kuvert.«

Er hielt eines hoch, blickte auf den Absenderstempel und runzelte verwundert die Stirn: »In dem hier?«

»Nein«, sagte sie nach einem weiteren kurzen Blick über die Schulter. »Das sind meine Scheidungspapiere.«

»Dieser Umschlag ist nie geöffnet worden. Hast du sie den nie angeschaut?«

Achselzuckend nahm sie die Stoffservietten aus einer Schublade der Anrichte. »Nicht, seit ich sie unterschrieben habe. Ich weiß aber noch genau, was drinsteht: daß Matthew Farrell gegen eine Abfindung von zehntausend Dollar, zahlbar durch meinen Vater, in die Scheidung einwilligt und damit auf alle Ansprüche mir gegenüber verzichtet.«

»Ich bin sicher, daß das nicht der genaue Wortlaut ist«, sagte Parker lachend und drehte den Umschlag in der Hand. »Hast du was dagegen, wenn ich mal reinschaue?«

»Nein, aber warum?«

Er grinste. »Rein berufliche Neugier. Ich bin doch Anwalt. Nicht bloß der langweilige, pingelige Bankier, für den deine

Freundin Lisa mich so gerne hält. Sie stichelt unentwegt in dieser Richtung, weißt du.«

Es war nicht das erste Mal, daß Parker eine Bemerkung machte, die darauf schließen ließ, daß ihm Lisas Hänseleien nahegingen, und Meredith beschloß, Lisa nochmals darauf anzusprechen und sie mit Nachdruck zu bitten, das ein für allemal sein zu lassen. Parker hatte viel, worauf er stolz sein konnte. In Anbetracht all dessen unterließ sie die spitze Bemerkung, die ihr auf der Zunge lag, nämlich daß er schließlich Steuerrecht und nicht Zivilrecht studiert hatte. »Schau alles an, was dich interessiert«, antwortete sie, lehnte sich nach vorn und drückte einen Kuß auf seine Schläfe. »Ich wünschte, du müßtest nicht in die Schweiz fliegen. Ich werde dich sehr vermissen.«

»Es ist doch nur für zwei Wochen. Du könntest außerdem mitkommen.«

Er sollte auf dem dort stattfindenden Weltbank-Kongreß einen Vortrag halten, und sie hätte ihn gerne begleitet, aber es war unmöglich. »Du weißt, wie gerne ich mitkäme, aber gerade jetzt ...«

»Läßt dich deine Arbeit nicht weg«, beendete er ihren Satz mit wirklichem Verständnis. »Ich weiß.«

Im Kühlschrank fand Meredith eine wunderschön angerichtete Platte mit kaltem Hähnchen und diverse Salate. Wie immer mußte sie weiter nichts tun, als die Platten auf den Tisch stellen und eine Flasche Wein öffnen. Aber damit waren ihre Kochkünste auch bereits erschöpft. Kochen war etwas, das sie zwar ein paarmal versucht hatte, nachdem das Ergebnis aber nie befriedigend ausgefallen war und sie es sowieso nur ungern tat, war sie zu dem Entschluß gelangt, ihre Zeit lieber im Büro zu verbringen und die häuslichen Pflichten Mrs. Ellis zu überlassen. Was nicht direkt – via Mikrowelle oder Backofen – auf den Tisch gebracht werden konnte, war nichts für Meredith.

Der Regen schlug gegen die Fensterscheiben. Sie zündete die Kerzen in dem antiken Silberleuchter an und trug Hähnchen, Salate und Wein herein. Dann trat sie ein paar Schritte zurück und betrachtete den gedeckten Tisch. Die frischen roséfarbenen Rosen in der fein ziselierten Silberschale in der Mitte des Tischs und das glänzende Tafelsilber harmonisierten wunderbar mit den blaßrosa Sets.

»Abendessen ist fertig«, verkündete sie und ging zu Parker hinüber. Einen Augenblick dachte sie, er hätte sie nicht gehört, dann aber riß er seinen Blick von den Papieren los und sah sie besorgt an.

»Stimmt was nicht?« fragte sie ihn.

»Ich bin mir nicht sicher«, entgegnete er, aber es klang, als ob etwas sehr Gewichtiges ganz und gar nicht stimmte. »Wer hat damals deine Scheidung gehandhabt?«

Neugierig streckte sie sich und spähte über die Sessellehne und seine Schulter auf die Dokumente mit der Überschrift: Scheidungsurteil: Meredith Alexandra Bancroft vs. Matthew Allan Farrell. »Mein Vater hat sich damals um alles gekümmert. Warum fragst du?«

»Weil ich den Eindruck habe, daß diese Papiere ganz und gar nicht den gesetzlichen Vorschriften entsprechen.«

»Inwiefern?« fragte Meredith und bemerkte, daß der Anwalt Matts zweiten Vornamen falsch geschrieben hatte – Allan statt Allen.

»In so gut wie jeder Hinsicht«, sagte Parker und blätterte die Unterlagen aufgebracht durch. Sie setzte sich auf die Sessellehne.

Seine Anspannung übertrug sich auf sie, und da sie jeden Gedanken an Matt und die Scheidung verabscheute, bemühte sie sich nach Kräften, Parker und sich zu beruhigen, daß alles in Ordnung sei. »Ich bin sicher, daß alles legal und korrekt vonstatten gegangen ist. Mein Vater hat damals alles erledigt, und du weißt doch, wie pingelig und genau er in allem ist.«

»Er vielleicht schon, aber dieser Anwalt – Stanislaus Spyzhalski, wer immer das ist – war alles andere als pingelig und genau. Hier zum Beispiel«, sagte er, einen an ihren Vater adressierten Brief herausziehend. »In diesem Brief steht, daß er sämtliche Unterlagen beilegt und daß die Sache gerichtlich abgeschlossen ist.«

»Und was ist daran auszusetzen?«

»Daran auszusetzen habe ich, daß bei den ›sämtlichen Unterlagen‹ ganz essentielle Papiere fehlen – zum Beispiel die Mitteilung, daß Farrell die Scheidungsklage erhalten hat, daß er vor Gericht erschienen ist, oder wenigstens ein Bescheid, daß er darauf verzichtet, vor Gericht zu erscheinen. Und das ist nur ein kleiner Teil von dem, was mich beunruhigt.«

In Meredith stieg langsam eine unerklärliche Panik auf, aber sie ignorierte sie nach Kräften. »Aber das alles ist jetzt doch völlig irrelevant«, sagte sie. »Wir sind geschieden, das ist da einzige, was zählt, oder?«

Statt einer Antwort schlug Parker noch einmal die erste Seite des Scheidungsurteils auf und begann, sehr langsam und sorgfältig zu lesen. Mit jedem Paragraphen vertieften sich die Falten auf seiner Stirn. Als Meredith die Spannung nicht länger aushielt, stand sie auf. »Was beunruhigt dich denn jetzt wieder?« fragte sie betont gleichgültig.

»Das ganze Dokument beunruhigt mich«, antwortete er mit unbeabsichtigter Schärfe. »Ein Scheidungsurteil wird von den Anwälten aufgesetzt und vom Richter unterschrieben, aber dieser Wisch hier klingt ganz und gar nicht danach, als ob ihn ein halbwegs fähiger Anwalt jemals in Händen gehalten hätte. Schau dir diese Formulierung an!« sagte er und deutete mit dem Finger auf den letzten Paragraphen der letzten Seite. Er las vor:

»Für eine Summe von US-Dollar 10 000 und weitere kleinere Gegenleistungen, sämtlich gezahlt an Matthew A. Farrell, verzichtet Matthew Farrell auf jegliche zukünftige Ansprüche gegenüber Meredith Bancroft Farrell. Darüber hinaus stellt das Gericht Meredith Bancroft Farrell hiermit ein gültiges Scheidungsurteil aus.«

Allein die Erinnerung daran, wie sie sich damals vor elf Jahren gefühlt hatte, als sie erfuhr, daß Matt Geld von ihrem Vater angenommen hatte, ließ Meredith innerlich zusammenzucken. Er war ein so verdammter Lügner, ein so hinterhältiger Heuchler gewesen, als sie geheiratet und er geschworen hatte, niemals auch nur einen einzigen Cent von ihrem Geld anzurühren.

»Ich kann diese Formulierung einfach nicht fassen!« Parkers ärgerliche Stimme holte sie in die Gegenwart zurück. »Für eine Summe von 10 000 Dollar und weitere kleinere Gegenleistungen ...«, wiederholte er. »Wer zum Teufel *ist* dieser Kerl eigentlich?« fragte er Meredith barsch. »Schau dir diese Adresse an! Warum sollte dein Vater einen Anwalt beauftragen, dessen Kanzlei praktisch in den Slums liegt?«

»Geheimhaltung«, sagte Meredith, froh, wenigstens auf eine Frage eine Antwort zu wissen. »Er hat mir damals erzählt, daß er absichtlich einen völlig unbekannten Anwalt ausgesucht hat – einen, der weder mich noch meinen Vater kennen würde. Er war damals wirklich sehr aufgebracht. Was hast du vor?« fragte sie, als er nach dem Telephon auf ihrem Schreibtisch griff.

»Ich rufe deinen Vater an«, sagte er und fügte, wie um ihrem Protest zuvorzukommen, mit einem kurzen, harten Lächeln hinzu: »Keine Sorge, ich werde ihn nicht beunruhigen.« Getreu seinem Versprechen verwickelte Parker ihren Vater zunächst in ein nichtssagendes Gespräch, dann bemerkte er beiläufig, daß er Merediths Scheidungsurteil gesehen habe. Als wolle er ihn damit aufziehen, einen Anwalt aus den Slums angeworben zu haben, fragte er Philip, wer ihm denn eigentlich diesen Mr. Stanislaus Spyzhalski empfohlen habe. Er lachte über Philips Antwort, aber als er aufgelegt hatte, verschwand das Lächeln aus einem Gesicht.

»Was hat er gesagt?«

»Er sagt, er hat den Namen aus dem Branchenbuch.«

»Na und?« Meredith war verzweifelt bemüht, die aufkommende Panik zu ignorieren. »Wen rufst du denn jetzt an?« fragte sie, als Parker sein elegantes schwarzes Telephonverzeichnis aus der Jackentasche holte.

»Howard Turnbill.«

Hin und her gerissen zwischen Besorgnis und Verärgerung über seine uninformativen Antworten, sagte sie: »*Warum* rufst du Howard Turnbill an?«

»Wir haben in Princeton zusammen studiert«, gab er nur zur Antwort.

»Parker, wenn du es darauf anlegst, mich wirklich wütend zu machen, bist du auf dem besten Weg«, warnte sie ihn, während er die Tasten ihres Telephons betätigte. »Ich will wissen, *warum* du deinen ehemaligen Kommilitonen jetzt anrufst.«

Unerklärlicherweise grinste er sie an. »Ich liebe diesen ganz gewissen Ton in deiner Stimme. Er erinnert mich so an mein Kindermädchen. Ich war furchtbar verliebt in sie.« Bevor sie ihn erwürgen konnte, was ihr Gesichtsausdruck sehr deutlich anzeigte, fügte er hastig hinzu: »Ich rufe Howard an, weil er der Präsident der Anwaltskammer von Illinois ist, und ...« Er brach ab, da Howard antwortete. »Howard, hier ist Parker Reynolds«, begann er, dann verstummte er, während der andere Mann etwas sagte. »Du hast recht, ich hatte ganz vergessen, daß ich dir noch eine Revanche für das letzte Squash-Spiel schulde. Ruf mich morgen im Büro an, damit wir etwas ausmachen.« Er hörte lachend zu, wie Howard irgend etwas erzählte, dann sagte er: »Hast du zufällig eine Liste der Mitglieder der Anwaltskammer da? Ich bin im Moment nicht zu Hause, und ich möchte wissen, ob ein Mr. Spyzhalski Mitglied ist. Könntest du das schnell für mich nachsehen?« Offenbar hatte Howard die Liste zur Hand, denn Parker fuhr fort: »Der Mann heißt Stanislaus Spyzhalski. Ich buchstabiere S-p-y-z-h-a-l-s-k-i. Ich warte.«

Die Sprechmuschel mit der Hand zuhaltend, lächelte Parker Meredith zuversichtlich an. »Ich rege mich wahrscheinlich ganz umsonst auf. Nur weil der Mensch inkompetent ist, muß das ja nicht heißen, daß er kein zugelassener Anwalt ist.« Einen Moment später jedoch, als Howard an den Apparat zurückkehrte, gefror Parker das Lächeln im Gesicht. »Er steht nicht drauf? Bist du sicher?« Einen Augenblick lang überlegte er, dann bat er Howard, gelegentlich zu überprüfen, ob Spyzhalski Mitglied *irgendeiner* amerikanischen Anwaltskammer sei oder gewesen war. Mit gespielter Nonchalanche beendete er das Gespräch: »Nein, es eilt nicht.

Bis morgen reicht es. Ruf mich im Büro an, dann machen wir auch eine Zeit für das Squash-Match aus. Vielen Dank, Howard. Grüße Helen von mir.«

Gedankenverloren legte Parker langsam den Hörer zurück auf die Gabel.

»Ich verstehe immer noch nicht, worüber du dir solche Sorgen machst«, sagte Meredith.

»Ich glaube, ich möchte noch einen Drink«, verkündete er, stand auf und ging in Richtung Hausbar.

Meredith ließ nicht locker. »Parker«, sagte sie, »da dies schließlich mich betrifft, denke ich doch, daß ich ein Recht habe zu wissen, was du denkst.«

»Im Moment denke ich an einige bekannte Fälle, in denen sich Leute als Anwälte ausgegeben haben, die gar keine waren, und die Geld von Klienten annahmen, ohne etwas dafür zu tun. Einer war sogar ein richtiger Anwalt, hat aber die Gerichtskosten selber kassiert, indem er seinen Klienten ein Scheidungsurteil ›ausstellte‹, das er selbst unterschrieben hatte.«

»Wie konnte er das machen?«

»Er hat einfach die Unterschrift des Richters gefälscht.«

»Aber – wieso ist das niemandem aufgefallen?«

»Weil er – und auch all die anderen – nur Fälle behandelt hat, von denen er wußte, daß sie nicht angefochten werden würden. Das gilt besonders für Scheidungen.«

Meredith stürzte die Hälfte ihres Drinks hinunter, dann hellte ihre Miene sich auf. »In den Fällen, wo beide Parteien in gutem Glauben gehandelt haben, erkannten die Gerichte dann aber doch sicher solche Scheidungen nachträglich als rechtskräftig an?«

»Das haben sie mit Sicherheit nicht.«

Meredith fühlte sich ein bißchen beschwipst von dem ungewohnt starken Drink. »Wie haben die Gerichte denn dann in solchen Fällen entschieden?«

»Wenn die Betroffenen wieder geheiratet hatten, wurden sie nicht der Bigamie angeklagt.«

»Phantastisch.«

»Aber die zweite Ehe wurde für ungültig erklärt, und die erste mußte rechtskräftig gelöst werden.«

»Du lieber Himmel!« Meredith sank in einen Stuhl. Sie *wußte* doch, daß ihre Scheidung rechtskräftig und gültig war. Das mußte sie schon aus dem Grund sein, weil die Alternative einfach undenkbar war.

Jetzt erst schien Parker zu bemerken, wie sehr sie das alles belastete. Er streckte seine Hand aus und streichelte ihr sanft über das seidige Haar.

»Selbst wenn Spyzhalski kein Mitglied der Anwaltskammer ist und nie Jura studiert hat, kann deine Scheidung trotzdem gültig sein – solange er das absurde Papier einem Richter vorgelegt und irgendwie unterschrieben bekommen hat.« Sie blickte zu ihm auf. »Ich werde morgen jemand zum Gericht schicken und versuchen herauszufinden, ob die Scheidung registriert ist. Wenn das der Fall ist, brauchst du dir überhaupt keine Gedanken zu machen.«

19

»Schlecht geschlafen?« fragte Phyllis am nächsten Morgen, als Meredith geistesabwesend an ihr vorbei lief.

»Nicht besonders. Was steht heute früh an?«

Der Tag nahm den gleichen nervenaufreibenden Verlauf wie immer, doch gelegentlich hatte sie einen Moment Ruhe, und dann ertappte sie sich dabei, wie sie das Telephon anstarrte und sehnsüchtig wünschte, daß Parker anrief und ihr sagte, daß mit ihrer Scheidung alles in Ordnung sei.

Es war fünf, als Phyllis endlich meldete, daß Parker am Apparat sei. In plötzlicher Ahnung riß Meredith den Hörer von der Gabel. »Was hast du herausgefunden?« fragte sie ihn.

»Noch nichts Endgültiges«, antwortete er, aber seine Stimme klang unruhig. »Spyzhalski ist nicht Mitglied einer amerikanischen Anwaltskammer. Ich warte noch auf Nachricht aus dem Gericht. Innerhalb der nächsten Stunden haben wir dann Gewißheit. Bist du heute abend daheim?«

»Nein.« Sie seufzte. »Ich bin bei meinem Vater. Er gibt eine kleine Geburtstagsparty für Senator Davies. Ruf mich dort an.«

»Mach ich.«

»Sobald du Bescheid hast?«

»Versprochen.«

»Die Party wird nicht lang dauern, weil Senator Davies mit der Mitternachtsmaschine nach Washington fliegt; wenn ich also schon weg bin, ruf mich daheim an.«

»Ich finde dich schon. Mach dir keine Sorgen.«

Sich keine Sorgen zu machen wurde für Meredith zunehmend schwieriger. Sie schimpfte sich selbst hysterisch und lächelte die Gäste ihres Vaters höflich an, aber ihre Panik wuchs. Das Essen war bereits seit über einer Stunde vorbei, und Parker hatte sich noch immer nicht gemeldet. Sie versuchte, sich abzulenken und wanderte durch das Haus, beaufsichtigte das Personal beim Abräumen der Tafel und ging schließlich in die Bibliothek, wo die Gäste sich auf einen Abschiedsdrink zusammengefunden hatten.

Jemand hatte den Fernseher eingeschaltet, und ein paar Männer standen herum und schauten die Nachrichten an. »Was für eine entzückende Party, Meredith«, sagte die Frau von Senator Davies, aber der Rest des Satzes schien sich in Luft aufzulösen, da Meredith hörte, wie der Fernsehkommentator sagte: »Ein weiterer berühmter Mann, der zur Zeit in Chicago weilt, ist Matthew Farrell. Barbara Walters hat ihn vor kurzem besucht. Einige von Ihnen haben das Interview, das heute abend ausgestrahlt wurde, vielleicht gesehen. Für alle übrigen Zuschauer bringen wir nun einen kurzen Ausschnitt ...«

Die Gäste, die ausnahmslos Sally Mansfields Kolumne gelesen hatten, nahmen automatisch an, daß es Meredith interessieren würde, was Farrell zu sagen hatte. Aller Augen wandten sich interessiert dem Fernsehgerät zu.

»Wie fühlen Sie sich in Anbetracht der ständig wachsenden Zahl unerwünschter Firmenübernahmen?« fragte Barbara Walters gerade, und Meredith stellte angewidert fest, daß sogar die Journalistin sich in ihrem Stuhl nach vorne beugte, als sei sie von ihm fasziniert.

»Ich denke, daß dieser Trend solange anhalten wird, bis Maßnahmen getroffen werden, die dem Einhalt gebieten.« Matt lächelte gelangweilt.

»Ist irgend jemand vor einer erzwungenen Fusion mit Ihnen sicher – befreundete Unternehmen vielleicht? Ich meine«, fügte sie mit gespielter Besorgnis hinzu, »wäre es möglich, daß Sie schon unsere ABC als nächste Beute vorgesehen haben?«

»Das Objekt einer Firmenübernahme wird Ziel genannt«, entgegnete er ausweichend, »nicht Beute. Dennoch«, das kam jetzt mit einem entwaffnenden Lächeln, »kann ich Ihnen versichern, wenn Sie das beruhigt, daß Intercorp im Augenblick kein übernahmegieriges Auge auf ABC geworfen hat.« Die Männer im Raum lachten über Matts schlagfertige Antwort, aber Meredith verzog keine Miene.

»Könnten wir jetzt noch ein wenig über ihr Privatleben sprechen? In den letzten Jahren haben Sie, wenn man der Presse glaubt, zahlreiche heiße Affären mit diversen Filmstars, einer Prinzessin und erst kürzlich auch mit Maria Clavaris, der griechischen Reederei-Erbin gehabt. Waren diese Affären echt, oder haben die Klatschkolumnisten sie erfunden?«

»Zweimal ja.« Wieder füllte amüsiertes Lachen die Bibliothek, und Meredith wurde blaß vor Wut, als sie merkte, wie er mit seiner charmanten Gelassenheit die Sympathie aller Anwesenden gewann.

»Sie haben nie geheiratet, und ich würde gerne wissen, ob Sie vielleicht Heiratspläne für die Zukunft haben.«

»Das ist nicht völlig ausgeschlossen.«

Sein kurzes Lächeln verdeutlichte die Impertinenz der Frage, und Meredith biß die Zähne zusammen, wenn sie daran dachte, daß dieses Lächeln einst ihr Herz hatte höher schlagen lassen. Der Bildschirm zeigte jetzt wieder Lokalnachrichten, aber Merediths Erleichterung war nur von kurzer Dauer, denn der Senator kam freundlich lächelnd auf sie zu. »Ich denke, daß alle Anwesenden Sally Mansfields Kolumne gelesen haben, Meredith. Wären Sie vielleicht so freundlich, unsere Neugier zu stillen und uns zu erzählen, warum Sie Farrell nicht mögen?«

Meredith brachte es fertig, Matts gelangweiltes Lächeln zu imitieren. »Zweimal nein.«

Alles lachte, aber sie bemerkte die gesteigerte Neugier in ihren Gesichtern und wandte ihre Aufmerksamkeit den Sofakissen zu, die dringend aufgeschüttelt werden mußten. Währendessen sagte der Senator zu ihrem Vater: »Stanton Avery hat Farrell als neues Mitglied für den Country Club vorgeschlagen.«

Meredith verfluchte Matt im stillen dafür, daß er nach Chicago gekommen war, warf ihrem Vater jedoch einen warnenden Blick zu. Aber es war zu spät. Philips Wut hatte seine Urteilsfähigkeit bereits getrübt. »Ich bin sicher, daß die hier anwesenden genügend Einfluß haben, um ihn dort rauszuhalten – selbst wenn alle anderen dafür sind, ihn aufzunehmen – was kaum der Fall sein dürfte.«

Richter Northrup hörte das und unterbrach sein Gespräch mit einem anderen Gast. »Ist es das, was Sie von uns erwarten, Philip? Daß wir gegen ihn stimmen?«

»Sie haben verdammt recht. Genau das erwarte ich.«

»Wenn Sie davon überzeugt sind, daß er ein unerwünschtes Element ist, dann brauche ich keine weiteren Beweise«, sagte der Richter und blickte sich im Kreis um. Langsam, aber entschlossen gaben alle Gäste ihres Vaters durch einstimmiges Nicken ihre Zustimmung, und Meredith wußte, daß Matts Chancen, in Glenmoor aufgenommen zu werden, nun gleich null waren.

»Er hat ein riesiges Grundstück draußen in Southville gekauft«, erzählte der Richter ihrem Vater. »Will die Bebauungsvorschriften geändert haben, damit er einen großen High-Tech-Industrie-Komplex bauen kann.«

»Stimmt das?« fragte ihr Vater, und Meredith ahnte aus seinen nächsten Worten, daß er vorhatte, Matt wenn möglich auch hier einen Strich durch die Rechnung zu machen. »Kennen wir jemanden vom Bauordnungsamt in Southville?«

»Diverse Leute. Da ist Paulson und ...«

»Du lieber Himmel!« unterbrach sie mit einem erzwungenen Lachen die Diskussion und schickte ihrem Vater einen flehenden Blick. »Nur weil ich Matt Farrell nicht ausstehen kann, müßt ihr doch nicht gleich mit schwerem Geschütz gegen ihn auffahren.«

»Ich bin überzeugt, Sie und Ihr Vater haben gute Gründe dafür, ihn nicht zu mögen«, sagte Senator Davies.

»Da haben Sie verdammt recht ...«

»Ganz und gar nicht!« fiel Meredith ihrem Vater ins Wort und versuchte vergeblich, die Vendetta aufzuhalten, die ihr Vater ins Rollen gebracht hatte. Mit einem verzweifelten Lächeln erzählte sie laut: »Die Wahrheit ist, daß Matt Farrell sich vor langer Zeit, ich war damals achtzehn, Hoffnungen auf mich gemacht hat, und mein Vater hat ihm das bis heute nicht verziehen.«

»Jetzt weiß ich auch wieder, wo ich ihm schon begegnet bin!« rief Mrs. Foster und schaute ihren Mann an. Zu Meredith gewandt, sagte sie: »Es war vor Jahren in Glenmoor! Ich erinnere mich, weil er ein so außerordentlich gutaussehender junger Mann war ... und Sie, Meredith, *Sie* haben ihn uns damals vorgestellt!«

Mag es Zufall oder Absicht gewesen sein – der Senator enthob Meredith der peinlichen Pflicht einer Antwort, indem er sagte: »Es tut mir ungeheuer leid, meine eigene Geburtstagsparty beenden zu müssen, aber ich muß die Mitternachtsmaschine nach Washington erreichen ...«

Eine halbe Stunde später waren die letzten Gäste gegangen, und Meredith stand neben ihrem Vater vor dem Haus, um ihnen nachzuwinken, als sie einen Wagen in die Auffahrt einbiegen sah. »Wer zum Teufel ist das?« fragte ihr Vater und blickte auf die näherkommenden Scheinwerfer.

Sie versuchte angestrengt, das Auto zu erkennen und identifizierte es schließlich als einen hellblauen Mercedes. »Das ist Parker!«

»Um elf Uhr nachts?«

Noch bevor sie Parkers finstere Miene sah, hatte Meredith ein mehr als ungutes Gefühl. »Ich habe gehofft, daß die Party inzwischen vorbei ist. Ich muß mit euch beiden sprechen.«

»Parker«, setzte Meredith an, »denk bitte dran, daß mein Vater krank war ...«

»Ich werde ihn nicht unnötig aufregen«, versprach Parker und schob sie beide buchstäblich durch die Diele ins Haus, »aber er muß die Fakten erfahren, damit wir gemeinsam etwas unternehmen können.«

»Hört endlich auf über mich zu sprechen, als ob ich nicht hier wäre«, sagte Philip, als sie die Bibliothek erreicht hatten. »Fakten? Was zum Teufel geht hier vor?«

Parker schloß die Türen der Bibliothek und sagte: »Ich glaube, es ist besser, wenn ihr beide euch erst einmal hinsetzt.«

»Verdammt nochmal, Parker, nichts regt mich mehr auf als Ungewißheit.«

»Also gut, Philip. Gestern abend habe ich zufällig einen Blick auf Merediths Scheidungspapiere geworfen und einige Unstimmigkeiten bemerkt. Vielleicht erinnerst du dich: Vor ein paar Jahren war die Presse voll von Geschichten über einen angeblichen Anwalt, der in über fünfzig Fällen für schuldig erklärt wurde, Rechnungen gestellt zu haben, ohne daß die jeweiligen Fälle vor Gericht verhandelt wurden.« Philip gab keinen Kommentar dazu ab, also fuhr Parker fort: »Dieser angeblich Rechtsanwalt hatte nie fertig studiert, aber er richtete sich eine Kanzlei ein – und zwar in einer ärmlichen Gegend mit relativ ungebildeter Bevölkerung. Über zehn Jahre lang betrog er dann seine ›Klienten‹, indem er ausschließlich Fälle annahm, die keinen Prozeß erforderten und in die auch kein gegnerischer Anwalt verwickelt sein durfte – Scheidungen, Testamente usw. Da er seine Papiere natürlich keinem Gericht vorlegen konnte, unterschrieb er sie einfach selbst ...«

Meredith sank auf das Sofa, noch immer nicht willens, die grausame Wahrheit zu akzeptieren, die Parker ihrem Vater gerade klarzumachen versuchte.

»Willst du mir damit sagen«, sagte Philip mit fast zur Unkenntlichkeit verzerrter Stimme, »daß dieser Anwalt, den ich vor elf Jahren angeheuert habe, gar kein Anwalt war?«

»Ich fürchte, so ist es.«

»Das glaube ich einfach nicht!« brüllte Philip, als könne er durch seine Wut Tatsachen aus der Welt schaffen.

»Es hat keinen Sinn, daß du deshalb einen zweiten Herzinfarkt bekommst, das ändert nämlich überhaupt nichts.« Parkers ruhige und logische Art ließ Meredith aufatmen, denn ihr Vater setzte sich tatsächlich und versuchte, sich zu beruhigen.

»Sprich bitte weiter«, sagte er nach einer kurzen Pause.

»Nachdem ich festgestellt hatte, daß Spyzhalski nicht Mitglied der Anwaltskammer ist, habe ich einen Detektiv beauftragt – einen sehr *diskreten* Detektiv, der normalerweise Ermittlungen für unsere Bank durchführt«, versicherte er Philip, dessen Hände eine Stuhllehne umklammert hielten. »Er war bis eben im Archiv des Gerichtshofs und hat leider feststellen müssen, das Merediths Scheidung nirgendwo registriert ist.«

»Den Hundesohn bring' ich um!«

»Wenn du damit Spyzhalski meinst, dann mußt du ihn erst finden. Er ist untergetaucht. Wenn du aber Farrell meinst«, fuhr Parker leicht resigniert fort, »würde ich dir sehr raten, deine Absicht noch einmal zu überdenken.«

»Den Teufel werd' ich! Meredith wird einfach nach Reno oder sonstwohin fliegen und sich dort ganz schnell und problemlos scheiden lassen.«

»Daran habe ich auch schon gedacht, aber das bringt nichts.« Er hob die Hand, um Philips Wutausbruch zuvorzukommen. »Hör mir bitte zu, Philip, weil ich mir heute abend sehr viel Gedanken über die ganze Angelegenheit gemacht habe. Auch wenn Meredith sich irgendwo scheiden läßt, ändert das nichts an den komplizierten Anspruchsrechten. Darüber müßte in jedem Fall ein Gericht in Illinois entscheiden.«

»Er bräuchte von dem Ganzen ja überhaupt nicht zu erfahren!«

»Abgesehen davon, daß mir das moralisch und ethisch sehr verwerflich vorkommt, wäre es auch ausgesprochen dumm.« Mit einem frustrierten Seufzer erklärte Parker: »Der Anwaltskammer liegen bereits zwei Klagen gegen Spyzhalski vor, und er wird polizeilich gesucht. Wenn Meredith jetzt deinem Vorschlag folgt, und Spyzhalski wird festgenommen und packt aus, dann wird Farrell von den Behörden umgehend informiert, daß seine Scheidung nicht rechtskräftig ist – vorausgesetzt, er hat es nicht schon vorher aus der Zeitung erfahren. Kannst du dir vorstellen, was ihm das gegen euch in die Hand gäbe? In gutem Glauben handelnd, hat er dir und Meredith gestattet, die Scheidung durchzuführen, und ihr habt fahrlässig gehandelt; darüber hinaus war er wegen euch die ganzen Jahre über der Gefahr ausgesetzt, zum Bigamisten zu werden und ...«

»Du scheinst ja alles genau durchdacht zu haben«, schnappte Philip. »Was sollen wir deiner Ansicht nach jetzt also tun?«

»Was immer nötig ist, um Farrell zu versöhnen und zu beruhigen und ihn dazu zu bringen, in eine rasche und unkomplizierte Scheidung einzuwilligen«, antwortete Parker erbittert. Dann wandte er sich an Meredith. »Ich fürchte, das wird *deine* Aufgabe sein.«

Meredith hatte die ganze Zeit wie gelähmt dagesessen, jetzt aber fuhr sie hoch. »Warum muß er bitte von mir oder sonstwem versöhnt und beruhigt werden?«

»Weil die ganze Angelegenheit äußerst prekär ist und enorme finanzielle Auswirkungen haben könnte. Ob es uns gefällt oder nicht: Du bist eine reiche Frau, und Farrell als dein gesetzlich angetrauter Ehemann könnte einen Teil deines Vermögens beanspruchen ...«

»Bitte nenn ihn nicht so!«

»Es ist aber wahr«, bestätigte Parker, diesmal jedoch sanfter. »Farrell könnte sich weigern, in die Scheidung einzuwilligen. Er könnte dich auch wegen Nachlässigkeit verklagen ...«

»Du lieber Himmel!« rief sie, sprang auf und begann im Zimmer auf und ab zu laufen. »Ich kann das einfach nicht glauben! Nein, warte – wir müssen das Ganze logisch betrachten. Wenn das, was ich über ihn gelesen habe, stimmt, dann ist Matt wesentlich reicher als wir ...«

»Wesentlich reicher«, bestätigte Parker. »Deshalb hätte er bei einem Streit um Besitzrechte auch wesentlich mehr zu verlieren als du.«

»Also brauchen wir uns darüber keine Sorgen zu machen«, schloß sie, »weil er an einer schnellen Scheidung genauso interessiert sein dürfte wie ich. Er wird vermutlich sogar erleichtert sein, daß ich kein Geld von ihm will. In diesem Fall haben wir die Oberhand ...«

»Das stimmt leider nicht ganz«, unterbrach Parker. »Wie ich gerade erklärt habe, habt ihr beide, du und dein Vater, damals die volle Verantwortung für die Scheidung übernommen, und da ihr eurer Verpflichtung nicht nachgekommen seid, könnten Farrells Anwälte das Gericht vermutlich davon überzeugen, daß die Schuld bei euch liegt. Und in einem solchen Fall könnte das Gericht ihm sogar eine Entschädigung zusprechen. Ihr andererseits hättet große Schwierigkeiten, wenn ihr Geld von Farrell bekommen wolltet, weil ihr für die Scheidung verantwortlich wart. Seine Anwälte hätten gute Karten, das Gericht davon zu überzeugen, daß ihr sie absichtlich vermasselt habt, weil ihr damals schon gehofft habt, auf diese Art später Geld aus ihm herauszupressen.«

»Er soll in der Hölle verschmoren, bevor er noch einen einzigen Cent mehr von uns bekommt«, schnappte Philip. »Ich habe dem Bastard zehntausend Dollar dafür bezahlt, aus unserem Leben zu verschwinden und auf alle weiteren Ansprüche zu verzichten.«

»Wie hast du ihm die Summe bezahlt?«

»Ich ...« Philip fiel der Kiefer herunter. »Ich habe getan, was Spyzhalski mir geraten hat – ich habe einen Scheck ausgeschrieben, zahlbar an Farrell und ihn.«

»Spyzhalski«, bemerkte Parker sarkastisch, »ist ein Schwindler. Glaubst du wirklich, daß er irgendwelche Skrupel hatte, Farrell seine Abfindung vorzuenthalten und den Scheck selbst einzulösen?«

»Ich hätte Farrel an dem Tag umbringen sollen, an dem Meredith ihn hier ins Haus gebracht hat!«

»Hör auf!« schrie Meredith. »Du kriegst nur wieder einen Herzinfarkt. Wir werden einfach einen Anwalt zu *seinem* Anwalt schicken ...«

»Das glaube ich nicht«, unterbracht Parker. »Wenn du willst, daß der Mann kooperativ ist und daß das ganze Dilemma nicht an die Öffentlichkeit dringt – was wir ja wohl alle nicht wollen –, dann solltest du versuchen, die Sache geradezubiegen und dich gütlich mit ihm zu einigen.«

»*Was* geradebiegen?« fragte Meredith wütend.

»Ich würde damit anfangen, mich für die Bemerkung zu entschuldigen, die Sally Mansfield in ihrer Kolumne abgedruckt hat ...«

Die Erinnerung an den Benefiz-Opernball traf sie mit voller Wucht, und Meredith sank kraftlos in einen Stuhl vor dem offenen Kamin. Sie starrte in das Feuer. »Ich kann das alles einfach nicht fassen«, flüsterte sie heiser. Ihr Vater jedoch fuhr Parker dröhnend an: »Ich fange an, mich über dich zu wundern, Parker. Was bist du für ein Mensch, daß du ernsthaft vorschlägst, sie solle sich bei dem Hundesohn entschuldigen! *Ich* werde die Sache selbst in die Hand nehmen und mit dem Kerl schon fertig werden.«

»Nun, ich bin ein praktisch denkender, zivilisierter Mensch, das bin ich«, antwortete Parker, ging zu Meredith und legte eine Hand auf ihre Schulter. »Und du bist ein impulsiver Mensch, deshalb fände ich es sehr ungünstig, wenn du mit ihm verhandeln würdest. Ich bin überzeugt, daß Meredith alles in Ordnung bringt. Sie hat mir die ganze Geschichte erzählt. Er hat sie geheiratet, weil sie schwanger war. Als sie das Baby verlor, hat er sich alles andere als liebevoll verhalten, aber andererseits war seine Reaktion durchaus praktisch und vermutlich sogar angenehmer für alle Betroffenen, als eine Ehe fortzusetzen, die von Anfang an unter einem unglücklichen Stern stand ...«

»Angenehm?« stieß Philip giftig hervor. »Er war ein sechsundzwanzigjähriger Mitgiftjäger, der eine achtzehnjährige reiche Erbin verführt hat, sie geschwängert hat und dann ›freundlicherweise‹ eingewilligt hat, sie zu heiraten?«

»Hör endlich auf!« wiederholte Meredith, diesmal mit Nachdruck. »Parker hat recht. Und du weißt verdammt genau, daß er mich nicht ›verführt‹ hat. Ich habe dir doch erzählt, was passiert ist, und auch warum es so kam.« Mühsam brachte sie sich unter Kontrolle. »Aber das alles ist jetzt völlig nebensächlich. Ich werde mit Matt sprechen, sobald ich mir überlegt habe, wie ich es am besten anstelle.«

»Braves Mädchen«, lobte Parker. Er wandte sich an Philip, dessen giftige Miene ignorierend. »Meredith muß nichts weiter tun als ihm – wie zwischen zwei zivilisierten Menschen üblich – das Problem zu erklären und eine rasche Scheidung vorzuschlagen, bei der keine der beiden Parteien irgendwelche finanziellen Ansprüche stellt.« Mit einem trockenen Lächeln musterte er ihr blasses Gesicht. »Du bist schon mit schlimmeren Gegnern und schlimmeren Problemen fertig geworden, Liebste, nicht wahr?«

Meredith las die Aufmunterung und den Stolz in seinen Augen und blickte ihn hilfesuchend an. »Nein.«

»Natürlich hast du schon Schlimmeres gemeistert«, argumentierte er. »Morgen um diese Zeit hast du das Gröbste vielleicht schon hinter dir, wenn er damit einverstanden ist, dich morgen zu treffen ...«

»Zu treffen!« entfuhr es ihr. »Warum kann ich nicht einfach am Telephon mit ihm darüber reden?«

»Würdest du eine wichtige geschäftliche Besprechung am Telephon erledigen?«

»Nein, natürlich nicht«, seufzte sie.

20

»Guten Morgen«, begrüßte Phyllis ihre Chefin und folgte Meredith in ihr Büro.

»Dieser Morgen ist alles mögliche«, erwiderte Meredith, während sie ihren Mantel in den Schrank hängte, »aber *gut* ganz bestimmt nicht.« Um den Anruf bei Matt möglichst lange aufzuschieben, fragte sie: »Hat irgend jemand angerufen?«

Phyllis nickte. »Mr. Sanborn von der Personalabteilung wollte wissen, warum Sie Ihren neuen Versicherungsbogen noch nicht zurückgeschickt haben. Er sagt, er braucht ihn dringend.« Sie gab Meredith das Formular und wartete im Stehen neben Merediths Schreibtisch.

Seufzend setzte Meredith sich, nahm einen Stift zur Hand und füllte Namen und Anschrift aus. Bei der nächsten Frage hielt sie einen Augenblick erschrocken inne: »Familienstand«, stand da. »Zutreffendes ankreuzen: Ledig. Verheiratet. Verwitwet.« Fast hätte sie gelacht, als sie die mittlere Antwort las. Sie war *verheiratet*. Seit elf Jahren war sie mit Matt Farrell *verheiratet*.

»Geht es Ihnen nicht gut?« erkundigte sich Phyllis besorgt, als Meredith ihre Stirn in die Hand stützte und das Formular wie gelähmt anstarrte.

Den Blick hebend, fragte sie Phyllis: »Was kann einem passieren, wenn man einen Versicherungsbogen absichtlich unkorrekt ausfüllt?«

»Ich schätze, daß die Versicherung sich dann weigert, Ihrem legalen Erben die Versicherungssumme auszuzahlen, falls Sie sterben.«

»Das ist durchaus fair«, erwiderte Meredith mit bitterem Humor und kreuzte energisch »Ledig« an. Ohne auf Phyllis verwunderten Blick zu reagieren, übergab sie ihr das ausgefüllte Formular und sagte: »Bitte machen Sie die Tür zu, wenn Sie gehen, und stellen Sie ein paar Minuten lang keine Anrufe durch.«

Als Phyllis das Zimmer verlassen hatte, nahm Meredith

das Telephonbuch aus dem Schrank, suchte die Nummer von Haskell Electronics und notierte sie auf einem Block. Dann stellte sie das Telephonbuch zurück an seinen Platz und saß einfach nur da – der Augenblick, vor dem ihr die ganze Nacht gegraut hatte, war gekommen. Sie schloß einen Moment lang die Augen und versuchte, ihren Plan noch einmal zu rekapitulieren: Wenn Matt über ihr Verhalten bei dem Ball verärgert war, würde sie sich schlicht und würdevoll entschuldigen. Eine einfache Entschuldigung, keine Rechtfertigungsversuche, gefolgt von der höflichen, unpersönlich vorgebrachten Bitte, sich einer dringenden Angelegenheit wegen mit ihr zu treffen. Das war ihr Plan. Langsam hob sie ihre zitternde Hand und griff nach dem Telephon. ...

Das dritte Mal innerhalb einer Stunde unterbrach der Summer seiner Sprechanlage Matts hitzige Debatte mit seinen Geschäftsführern. Verärgert über die permanenten Störungen blickte er die Männer entschuldigend an und erklärte, während er die Hand nach dem Knopf der Sprechanlage ausstreckte: »Miss Sterns Schwester ist krank, und sie mußte dringend zurück nach Kalifornien.« Er drückte den Knopf und fuhr die Sekretärin, die Miss Stern vertrat, barsch an: »Ich habe Sie doch gebeten, keine Anrufe durchzustellen!«

»Ja, Sir, ich ... ich weiß« – Joanna Simons Stimme klang hektisch –, »aber Miss Bancroft sagt, es sei ausgesprochen dringend, und sie bestand darauf, daß ich Ihre Besprechung störe.«

»Fragen Sie, was sie will«, schnappte Matt und wollte die Sprechtaste gerade loslassen, als er stutze: »Wer, sagten Sie, ist am Apparat?«

»Meredith Bancroft«, betonte die Sekretärin, und ihre Stimme verriet, daß auch sie Sally Mansfields Kolumne über seine Konfrontation mit Meredith gelesen hatte. Das hatten offenbar auch die anderen Herren, die im Halbkreis um seinen Schreibtisch saßen, denn die Erwähnung von Merediths

Namen löste einen Augenblick peinlichen Schweigens aus, dem sofort eine übertrieben hektische und laute Konversation folgte, als könnten sie damit den kritischen Moment überdecken.

»Ich bin mitten in einer wichtigen Sitzung«, sagte Matt höflicher. »Richten Sie ihr aus, sie soll in einer Viertelstunde wieder anrufen.« Er wußte, daß es höflicher gewesen wäre, *Meredith* zurückzurufen, aber das kümmerte ihn nicht; sie hatten sich nichts mehr zu sagen. Sofort konzentrierte er sich wieder auf das Geschäftliche, blickte Tom Anderson an und setzte die Unterhaltung dort fort, wo Merediths Anruf sie unterbrochen hatte.

Zehn Minuten später begleitete er die Herren aus seinem Büro, schloß die Tür und setzte sich wieder an seinen Schreibtisch. Als Meredith nach einer halben Stunde noch immer nicht angerufen hatte, lehnte er sich in seinem Stuhl zurück und starrte das schweigende Telephon feindselig an. Sein Ärger stieg mit jeder Minute. Typisch Meredith, dachte er: Zum ersten Mal in über zehn Jahren rief sie ihn an, bestand darauf, daß seine Sekretärin ihn mitten in einer wichtigen Unterredung störte, und ließ ihn dann, weil er ihr Gespräch nicht annahm, dasitzen und warten. Sie hatte sich schon immer so verhalten, als sei sie Ihre Majestät persönlich und war wohl dazu erzogen worden zu denken, daß sie etwas Besseres als der Rest der Menschheit sei ...

In ihrem Stuhl zurückgelehnt, trommelte Meredith nervös mit den Fingern auf den Schreibtisch und blickte ab und zu ärgerlich auf die Uhr. Absichtlich würde sie eine Dreiviertelstunde verstreichen lassen, bevor sie ihn wieder anrief. Typisch Matt, dachte sie zornig: Der arrogante, angeberische Wichtigtuer ließ *ihr* ausrichten, *ihn* wieder anzurufen! Offensichtlich waren auf seinem Weg nach oben die Manieren auf der Strecke geblieben. Doch dann beschloß sie, ihren verletzten Stolz abzulegen und dem Kommenden gefaßt ins Auge zu sehen. Die Zeiger ihrer Uhr wanderten langsam auf 10:45, und sie griff zum Telephon.

Beim Summen seiner Sprechanlage fuhr Matt zusammen. »Miss Bancroft ist am Apparat«, sagte Joanna.

Er nahm den Hörer ab. »Meredith?« sagte er scharf und ungeduldig. »Das ist eine unerwartete Überraschung.«

Mit Besorgnis registrierte Meredith, daß er nicht »freudige Überraschung« gesagt hatte und daß seine Stimme tiefer und voller klang, als sie sie in Erinnerung hatte.

»Meredith!« Seine Verärgerung drang deutlich durch die Leitung und riß sie aus ihrer nervösen Erstarrung. »Wenn du angerufen hast, um mir ins Ohr zu atmen, fühle ich mich natürlich geschmeichelt, aber auch etwas irritiert. Was erwartest du jetzt von mir?«

»Ich sehe, daß du immer noch genauso eingebildet und ungehobelt bist wie ...«

»Ah – du hast angerufen, um meine Manieren zu kritisieren«, knurrte Matt.

Meredith rief sich in Erinnerung, daß sie schließlich anrief, um ihn günstig zu stimmen, nicht um ihn noch weiter gegen sich aufzubringen. Sorgfältig ihre Stimme kontrollierend, sagte sie ernst: »Eigentlich rufe ich an, weil ich – weil ich das Kriegsbeil begraben möchte.«

»In welchem Teil meines Körpers?«

Das kam der Wahrheit so nahe, daß sie lachen mußte, und als Matt dies hörte, erinnerte er sich plötzlich daran, wie sehr er einst ihr Lachen und ihren Sinn für Humor geliebt hatte. Er biß die Zähne zusammen, und sein Ton wurde härter. »Was willst du, Meredith?«

»Ich will ... ich möchte ..., das heißt, ich muß mit dir reden – persönlich.«

»Letzte Woche hast du mir vor fünfhundert Leuten ostentativ den Rücken zugekehrt«, erinnerte er sie eisig. »Woher der plötzliche Sinneswandel?«

»Es ist etwas passiert, und wir müssen ruhig und vernünftig darüber sprechen«, sagte sie und versuchte verzweifelt, keine näheren Angaben zu machen. »Es betrifft, nun ja, uns ...«

»Es gibt kein uns«, sagte er unpersönlich, »und in Anbetracht dessen, was in der Oper geschehen ist, scheint ruhiges und vernünftiges Verhalten nicht gerade deine Stärke zu sein.«

Eine ärgerliche Antwort lag ihr auf der Zunge, aber Meredith schluckte sie hinunter. Sie wollte keinen Krieg, sie wollte einen Friedensvertrag. Schließlich war sie eine fähige Geschäftsfrau und hatte gelernt, mit sturen und dickköpfigen Männern umzugehen. Matt war ein harter Brocken, aber sie mußte ihn irgendwie weich bekommen. Wenn sie sich mit ihm stritt, würde sie das nicht weiter bringen. »Ich wußte nicht, daß Sally Mansfield in der Nähe war, als ich mich so verhielt«, erklärte sie, »und ich entschuldige mich für das, was ich gesagt habe, und vor allem dafür, daß ich es in ihrer Gegenwart gesagt habe.«

»Ich bin beeindruckt«, spottete er. »Offenbar bist du Diplomatin geworden.«

Meredith verzog das Gesicht, aber sie behielt ihre Stimme unter Kontrolle. Sanft sagte sie: »Matt, ich möchte Frieden schließen, könntest du nicht ein klein wenig kooperativ sein?«

Der Klang ihrer Stimme, als sie seinen Namen aussprach, rüttelte ihn auf, und er zögerte volle fünf Sekunden, bevor er abrupt antwortete: »Ich fliege in einer Stunde nach New York und komme erst Montag abend zurück.«

Meredith lächelte triumphierend. »Donnerstag ist Thanksgiving. Könnten wir uns vorher sehen, vielleicht Dienstag, oder bist du an dem Tag voll ausgebucht?«

Matt warf einen kurzen Blick auf seinen Terminkalender, der für die kommende Woche vollgestopft mit wichtigen Terminen war. Wirklich er war mehr als voll ausgebucht. »Dienstag ist okay. Warum kommst du nicht um dreiviertel zwölf in mein Büro?«

»Wunderbar«, erklärte Meredith sich sofort einverstanden. Der fünftägige Aufschub erleichterte sie.

»Übrigens«, sagte er, »weiß dein Vater, daß wir uns treffen?«

Der schneidende Ton seiner Stimme zeigte, daß seine Abneigung gegen ihren Vater keinesfalls nachgelassen hatte. »Er weiß es.«

»Dann überrascht es mich, daß er dich nicht eingesperrt und in Ketten gelegt hat, um es zu verhindern. Er wird offenbar alt und senil.«

»Er ist nicht senil, aber er wird nicht jünger, und er war sehr schwer krank.« Um Matts unvermeidliche Animosität gegen ihren Vater nach Möglichkeit zu besänftigen, zumal er demnächst davon erfahren würde, daß Philip versehentlich einen unechten Anwalt mit der Scheidung beauftragt hatte, fügte sie hinzu: »Er kann jeden Moment sterben.«

»Wenn das geschieht«, konterte Matt sarkastisch, »dann hoffe ich bei Gott wirklich, daß jemand genügend Geistesgegenwart besitzt, ihm einen Holzpfahl durch das Herz zu stoßen.«

Meredith verschluckte ein entsetztes Kichern und verabschiedete sich höflich. Als sie aufgelegt hatte, verschwand das Lachen aus ihrem Gesicht, und sie lehnte sich zurück. Matt hatte impliziert, daß ihr Vater ein Vampir war, und es hatte Zeiten gegeben, in denen er tatsächlich versucht hatte, ihr das Leben auszusaugen. Zumindest hatte er ihr jegliche Freuden der Jugend gestohlen.

21

Bis Dienstag hatte Meredith sich soweit im Griff, daß sie überzeugt war, Matt bei einem höflichen, leidenschaftslosen Treffen dazu bringen zu können, daß er in eine rasche Scheidung einwilligte. Wenigstens hoffte sie das, als sie im sechzigsten Stock des Geschäftsgebäudes aus dem Lift trat. Sie fand sich in einem weitläufigen, mit silbergrauem Teppichboden ausgelegten privaten Empfangsbereich und ging zu der Empfangsdame, einer schicken Brünetten, die hinter einem halbrunden Tisch saß und Meredith mit unverhohlener Faszination ansah. »Mr. Farrell erwartet Sie, Miss Bancroft«, sagte sie. Offenbar kannte sie Meredith von Pressephotos. »Er ist im Augenblick noch in einer Besprechung, aber er wird in wenigen Minuten da sein. Bitte nehmen Sie doch Platz.«

Verärgert darüber, daß Matt sie warten ließ wie ein König irgendeinen gewöhnlichen Bittsteller, blickte Meredith ostentativ auf die Uhr. Sie war zehn Minuten zu früh dran.

Ihr Ärger verschwand ebenso rasch, wie er gekommen war, und sie setzte sich auf einen der Leder-und-Chrom Stühle. Gerade hatte sie eine Zeitschrift zur Hand genommen und aufgeschlagen, als ein Mann aus einem Eckzimmer eilte und die Tür hinter sich offen ließ. Über den Rand des Heftes blickend, entdeckte Meredith, daß sie einen ausgezeichneten Blick in den Raum – und auf ihren Ehemann hatte. Sie studierte ihn mit zögernder Faszination.

Matt saß hinter seinem Schreibtisch, die dunklen Brauen gedankenschwer zusammengezogen, während er sich in seinem Stuhl zurücklehnte und den Männern zuhörte, die mit ihm sprachen. Trotz der entspannten Haltung wirkte er energisch und entschlossen, und selbst in Hemdsärmeln strahlte er eine Aura von Autorität und Dynamik aus, die Meredith überraschte und irgendwie verunsicherte.

Mit wachsendem beruflichen Interesse bemerkte Meredith, daß Matts Art, eine Besprechung mit seinen Geschäftsführern zu leiten, völlig von der ihres Vaters abwich. Ihr Vater berief eine Sitzung ein, um Anordnungen zu erteilen, und er reagierte überaus unwirsch, wenn irgend jemand es wagte, einen Einwand dagegen vorzubringen. Matt dagegen schien ein lebhaftes Hin und Her, einen Austausch unterschiedlicher Meinungen und differierender Vorschläge vorzuziehen. Er hörte aufmerksam zu und wog schweigend den Wert jedes Einwands, jedes weiterführenden Gedankens ab. Anstatt von seinen Mitarbeitern Gehorsam zu verlangen, wie ihr Vater es tat, zog Matt Profit aus den Talenten und Begabungen jedes einzelnen und würdigte ihre Beiträge. Meredith erschien Matts Art ungleich einfühlsamer und auch wesentlich produktiver.

Sie saß da, ganz offen beobachtend, und ein winziges Korn der Bewunderung schlug in ihrem Inneren Wurzeln und wuchs zusehends. Sie hob den Arm, um die Zeitschrift beiseite zu legen, als Matt plötzlich aufblickte, den Kopf wandte und sie direkt ansah.

Meredith erstarrte, das Heft noch in der Hand, als diese durchdringenden grauen Augen die ihren suchten und fanden. Abrupt riß er den Blick wieder von ihr los und richtete sich an die Männer, die vor seinem Schreibtisch saßen. »Es ist später, als ich dachte«, sagte er. »Wir werden das Gespräch nachmittags fortsetzen.«

Daraufhin verließen die Männer den Raum, und Meredith schluckte, um den Kloß zu vertreiben, der in ihrem Hals zu stecken schien. *Ruhig, taktvoll, geschäftsmäßig,* sagte sie sich immer wieder. *Keine anklagenden Worte ... langsam das Problem angehen, nichts überstürzen.*

Matt sah zu, wie sie zögernd aufstand und auf ihn zukam. Als er sprach, spiegelte seine Stimme die Unpersönlichkeit der Gefühle wider, die er ihr gegenüber empfand. »Es ist lange her«, sagte er, das unerfreuliche kurze Treffen auf dem Opernbenefiz absichtlich unter den Tisch fallen lassend. Sie hatte sich am Telephon dafür entschuldigt, und er war gewillt, ihr auf halbem Wege entgegenzukommen. Immerhin war er seit Jahren über dies alles hinweg, und es wäre dumm, sich über jemanden zu ärgern, der in seinem Leben längst keine Rolle mehr spielte.

Durch seinen offensichtlich nicht feindseligen Empfang ermutigt, streckte Meredith ihm ihr schwarzbehandschuhte Rechte entgegen und bemühte sich, ihre Nervosität zu verbergen. »Hallo, Matt«, brachte sie heraus, und ihre Stimme klang gefaßter, als sie sich fühlte.

Sein Händedruck war kurz und geschäftsmäßig. »Nur einen Augenblick; ich muß noch kurz telephonieren, bevor wir gehen.«

»Gehen?« fragte sie. »Was meinst du mit ... gehen?«

Matt griff nach dem Telephon auf seinem Schreibtisch. »Ein neues Kunstwerk für mein Büro ist angekommen, und sie werden das Bild in ein paar Minuten hier aufhängen. Außerdem dachte ich, daß wir uns beim Essen besser unterhalten könnten.«

»Beim Essen?« wiederholte Meredith und suchte verzweifelt nach einem Weg, das zu umgehen.

»Erzähl mir jetzt bitte nicht, daß du bereits gegessen hast, weil ich dir das nämlich nicht abnehme«, sagte er und drückte die Wähltaste seines Apparates. »Du hast es doch immer für unzivilisiert gehalten, vor zwei Uhr nachmittags zu Mittag zu essen.«

Meredith erinnerte sich, etwas derartiges gesagt zu haben, als sie damals die paar Tage mit ihm auf der Farm verbracht hatte. Was für ein selbstgefälliges Ding sie doch mit achtzehn gewesen war. Inzwischen aß sie mittags meist nur ein oder zwei Sandwiches an ihrem Schreibtisch – sofern sie überhaupt dazu kam, etwas zu essen. Wenn sie es sich recht überlegte, war die Idee, in einem Restaurant zu speisen, gar nicht so übel. Auf diese Art würde er wenigstens nicht losbrüllen oder ihr sonst eine Szene machen können, wenn er die Neuigkeit erfuhr.

Nachdem er telefoniert hatte, holte er seinen Mantel aus dem Schrank. Meredith bemerkte währenddessen das gerahmte Photo auf seinem Schreibtisch, das eine sehr hübsche junge Frau zeigte, die auf einem umgestürzten Baumstamm saß, die Knie an die Brust gezogen. Ihr Haar flog im Wind, und sie hatte ein bezauberndes Lächeln. Entweder war sie ein professionelles Photomodell, oder aber – das schloß Meredith aus dem Lächeln – sie war in den Photographen verliebt.

»Wer hat diese Aufnahme gemacht?« fragte sie, als Matt auf sie zukam.

»Ich, warum?«

»Nur so.« Die junge Frau war kein bekanntes Starlet und gehörte auch nicht der High Society an. Sie war von einer frischen, unverdorbenen Schönheit, und Meredith sagte: »Ich kenne sie nicht.«

»Sie verkehrt nicht in deinen Kreisen«, sagte er sarkastisch und schlüpfte erst in sein Jackett und dann in seinen Mantel. »Sie arbeitet als Chemikerin in einem Forschungslabor in Indiana.«

»Und sie liebt dich«, schloß Meredith, die sich über den verborgenen Sarkasmus in seiner Stimme wunderte.

Matt warf einen Blick auf das Bild seiner Schwester. »Sie liebt mich.«

Meredith spürte instinktiv, daß dieses Mädchen ihm viel bedeutete, und wenn das wahr war – wenn er möglicherweise daran dachte, sie zu heiraten –, dann würde er an einer raschen und unkomplizierten Scheidung genauso interessiert sein wie sie selbst. Und das würde ihr alles sehr viel leichter machen.

Als sie durch das Büro seiner Sekretärin gingen, sagte Matt zu ihr: »Tom Anderson ist bei der Bauausschußsitzung in Southville. Wenn er sich meldet, während ich weg bin, soll er mich bitte in dem Restaurant anrufen.«

22

Eine silbergraue Limousine wartete vor dem Eingang auf sie, und ein bulliger Chauffeur, dessen Nase unverkennbar mehrere Male gebrochen gewesen war, hielt Meredith die Tür auf. Als sie losfuhren, hielt Meredith sich erschrocken an der Armlehne fest und schaffte es kaum, ihre Angst zu verbergen, während der Chauffeur den Wagen mit quietschenden Reifen durch die Straßen manöverierte. Nachdem er eine rote Ampel überfahren und einen Bus gefährlich geschnitten hatte, wanderte ihr Blick nervös zu Matt.

Er antwortete ihre unausgesprochene Frage mit einem Achselzucken: »Joe hat seinen Traum, einmal in Le Mans zu starten, noch nicht aufgegeben.«

»Aber hier ist nicht Le Mans«, sagte Meredith und klammerte sich fester an die Armlehne, als der Wagen um die nächste Ecke raste.

»Und er ist kein Chauffeur.«

Wild entschlossen, seine nonchalante Haltung zu imitieren, lockerte Meredith ihren Griff. »Ach nein? Was ist er denn?«

»Ein Leibwächter.«

Ihr Magen verkrampfte sich bei dem Gedanken, daß Matt offenbar Dinge getan hatte, die es erforderlich machten, daß er sich einen Leibwächter hielt. Gefahr hatte sie noch nie gereizt, sie liebte Ruhe und Frieden, und einem Leibwächter haftete in ihren Augen etwas Barbarisches an.

Beide schwiegen, bis der Wagen vor dem markisenüberdachten Eingang zu Landry's, einem der elegantesten und exklusivsten Restaurants von Chicago, ruckartig zum Stehen kam.

John, der Maître, der auch Mitbesitzer des Restaurants war, begleitete sie an üppigen Blumentrögen und einem hohen weißen Spalier vorbei zu einem Tisch, der weit genug von dem in der Mitte des Raumes stehenden Flügel entfernt war, um die Musik zu genießen, ohne daß sie die Unterhaltung gestört hätte. Einen so guten Tisch erhielten bei Landry's normalerweise nur Stammgäste, und auch sie nur nach längerer Vorbestellung. Meredith überlegte, wie Matt es wohl angestellt hatte, diesen Tisch so kurzfristig zu erhalten.

»Möchtest du einen Aperitif?« fragte er, nachdem sie Platz genommen hatten.

»Nein, danke, nur Eiswasser ...«, begann Meredith, änderte aber gleich wieder ihre Meinung. Ein Drink würde ihre Nerven stärken. »Doch«, korrigierte sie sich. »Ich möchte einen.«

»Was möchtest du?«

»Etwas Starkes«, sagte Meredith und überlegte krampfhaft, was sie trinken wollte. »Einen Manhattan.« Dann schüttelte sie den Kopf, diese Idee sofort wieder zurückweisend. Zu viel Alkohol würde sie nur noch mehr verwirren. Ohnehin war sie das reinste Nervenbündel und wollte einfach etwas, das ihre Anspannung löste, etwas, an dem sie langsam nippen konnte, bis der Zweck erfüllt war. »Einen Martini«, beschloß sie und nickte entschieden.

»Alles?« fragte er, ohne mit der Wimper zu zucken. »Ein Glas Wasser, einen Manhattan und einen Martini?«

»Nein ... nur den Martini«, sagte sie mit einem unsicheren Lächeln, und ihr Blick bat ihn unbewußt um Nachsicht.

Die seltsame Kombination der krassen Gegensätze, die Meredith in diesem Moment in sich vereinigte, faszinierte Matt wider Willen: In dem eleganten, hochgeschlossenen schwarzen Kleid wirkte sie ebenso vornehm wie bezaubernd. Das allein hätte ihn seine Meinung nicht so schnell ändern lassen, aber zusammen mit der leichten Röte, die in ihre Wangen gestiegen war, dem hilflosen Ausdruck ihrer großen meerblauen Augen und ihrer mädchenhaften Verwirrung sah sie einfach unwiderstehlich aus. Zusätzlich besänftigt durch die Tatsache, daß sie ihn um das Treffen gebeten hatte, faßte er kurzerhand den Entschluß, die Vergangenheit ruhen zu lassen. »Werde ich dich noch mehr in Verwirrung bringen, wenn ich frage, was für eine Art Martini du möchtest?«

»Gin«, sagte Meredith. »Wodka«, verbesserte sie sich. »Nein, Gin – einen Dry Martini.«

Das Blut schoß ihr erneut in die Wangen, und sie war viel zu nervös, um das amüsierte Lächeln in seinen Augen zu bemerken, als er feierlich fragte: »Trocken oder süß?«

»Trocken.«

»Beefeater's, Tanqueray oder Bombay?«

»Beefeater's.«

»Oliven oder Zwiebel?«

»Oliven.«

»Eine oder zwei?«

»Zwei.«

»Valium oder Aspirin?« fuhr er mit derselben Höflichkeit fort, aber seine Mundwinkel zuckten merklich, und sie merkte, daß er sie die ganze Zeit über nur aufgezogen hatte.

Dankbarkeit und Erleichterung durchströmten sie, und sie

blickte ihn an und erwiderte sein Lächeln. »Es tut mir leid. Ich bin, nun, ein bißchen nervös.«

Als der Ober die Bestellung der Drinks aufgenommen hatte, dachte Matt über das Eingeständnis ihrer Nervosität nach. Er sah sich in dem wunderschönen Restaurant um, in dem eine einzige Mahlzeit mehr kostete, als er seinerzeit für einen ganzen Tag Arbeit in dem Stahlwerk bekommen hatte. Ohne es eigentlich beabsichtigt zu haben, gestand er seinerseits etwas ein: »Ich habe früher oft davon geträumt, dich einmal in ein solches Restaurant einzuladen.«

Meredith, die gerade überlegt hatte, wie sie das Gespräch am besten in die gewünschte Richtung lenken könnte, ließ ihren Blick über die prachtvollen roséfarbenen Blumengestecke in den großen, massiv silbernen Gefäßen und über die vornehm gekleideten Ober schweifen, die sich unauffällig um die weißen, mit glänzendem Porzellan, Tafelsilber und schimmerndem Kristall gedeckten Tische bewegten. »Was für ein Restaurant?«

Matt lachte kurz. »Du hast dich kein bißchen verändert, Meredith; der extravaganteste Luxus ist für dich nach wie vor etwas ganz Selbstverständliches.«

Darum bemüht, das mühsam errungene Einverständnis nicht zu gefährden, beschloß Meredith, der Vernunft den Vorrang zu geben, und sagte: »Wie kannst du wissen, ob ich mich verändert habe oder nicht – wir haben nur sechs Tage zusammen verbracht.«

»Und sechs Nächte«, betonte er nachdrücklich, weil er sie verdammt gerne dazu gebracht hätte, noch einmal zu erröten, weil er ihre Selbstsicherheit erschüttern und wieder das unsichere junge Mädchen sehen wollte, das sich nicht entscheiden konnte, was es trinken wollte.

Meredith überhörte diese Anspielung geflissentlich und sagte: »Es ist schwer vorstellbar, daß wir einmal miteinander verheiratet waren.«

»Das ist kein Wunder, weil du nie meinen Namen geführt hast.«

»Ich bin sicher«, konterte sie, verzweifelt um einen gleichgültigen Ton bemüht, »daß es *Dutzende* von Frauen gibt, die mehr Anrecht darauf haben, als ich jemals hatte.«

»Du klingst ja eifersüchtig.«

»Wenn ich eifersüchtig klinge«, erwiderte Meredith scharf, mühsam ihre Wut unterdrückend, und lehnte sich über den Tisch näher zu ihm hin, »dann solltest du zum Ohrenarzt gehen, weil dein Gehör nicht in Ordnung sein kann!«

Ein zögerndes Lächeln hellte seine Züge auf. »Ich hatte ganz vergessen, wie herrlich wohlerzogen du dich ausdrückst, wenn du dich ärgerst.«

»*Warum*«, fauchte sie, »legst du es gezielt darauf an, dich mit mir zu streiten?«

»Eigentlich«, sagte er trocken, »war letzteres als Kompliment gemeint.«

»Oh«, sagte Meredith.

Wütend auf sich selbst, weil er sie geärgert hatte, griff Matt nach seinem Glas und fragte mit höflichem, aber ehrlichem Interesse: »In den Gesellschaftsnachrichten steht, daß du in einem halben Dutzend wohltätiger Vereine aktiv bis – für das Symphonieorchester, für die Oper und die Ballettgruppe. Womit verbringst du den Rest deiner Zeit?«

»Ich arbeite fünfzig Stunden die Woche bei Bancroft's«, antwortete Meredith, etwas enttäuscht darüber, daß er über ihre beruflichen Erfolge offenbar nichts gelesen hatte.

Matt wußte alles über ihre Verdienste um das Warenhaus, aber es interessierte ihn, wie gut sie in ihrem Job wirklich war, und er wußte, daß er das am einfachsten erfahren würde, wenn er ihr zuhörte. Also begann er ihr Fragen über ihre Arbeit zu stellen.

Meredith antwortete – zögernd zunächst, dann aber immer freier und mit wachsendem Engagement. Erstens war sie froh, den Grund für ihr Treffen noch etwas verheimlichen zu können, und zweitens war ihre Arbeit ihr Lieblingsthema. Seine Fragen waren so kompetent und er schien an ihren Antworten so ernstlich interessiert, daß sie ihm binnen kurzem über ihre Erfolge und Mißerfolge, über ihre Errungenschaften und Ziele berichtete. Er hatte eine Art zuzuhören, die sie ermutigte, ihm alles anzuvertrauen – er konzentrierte sich ganz und gar auf das, was sie ihm erzählte, so als sei jedes einzelne Wort von Interesse und von ungeheurer Bedeutung. Bevor sie es merkte, hatte Meredith ihm sogar von den Problemen erzählt, die ihre Stellung als Tochter des Präsidenten mit sich brachte, und wie schwierig es war, sich einerseits mit dem chauvinistischen Verhalten ihres Vaters fertigzuwerden.

Als der Ober die leeren Teller abräumte, hatte Meredith all seine Fragen beantwortet und eine halbe Flasche von dem Bordeaux getrunken, den er zum Essen bestellt hatte. Es dämmerte ihr, daß sie so gesprächig gewesen war, weil sie die unerfreuliche Neuigkeit möglichst lange aufschieben wollte, aber obwohl das nun nicht weiter möglich war, fühlte sie sich wesentlich entspannter als am Anfang des Gesprächs.

In freundschaftlichen Schweigen sahen sie sich über den Tisch an. »Dein Vater kann sich glücklich schätzen, dich zu seinen Mitarbeitern zu zählen«, sagte Matt, und er meinte es ernst. Er hatte keine Zweifel mehr, daß sie eine verdammt gute Geschäftsfrau war – möglicherweise eine seltene Begabung. Während ihrer Unterhaltung war ihm nicht nur ihre Art der Geschäftsführung klar geworden, er hatte auch ihre Motivation und ihre Intelligenz, ihren Enthusiasmus und vor allem ihren Mut und ihre Einsatzbereitschaft erkannt.

»Ich bin diejenige, die sich glücklich schätzen kann«, sagte Meredith und lächelte ihn an. »Bancroft's ist mein ein und alles. Das wichtigste in meinem Leben.«

Matt lehnte sich in seinem Stuhl zurück und dachte über diese neue Seite an ihr nach, die er gerade entdeckt hatte. Mit gerunzelter Stirn blickte er in sein Weinglas und überlegte, warum zum Teufel sie über diese verdammten Kaufhäuser mit einer Begeisterung sprach, als seien es Menschen, die sie liebte. Warum war ihre Karriere ihr das Wichtigste im Leben? Warum war ihr nicht Parker Reynolds – oder irgendein anderes prominentes Mitglied der Gesellschaft – wichtiger? Aber noch während er sich diese Fragen stellte, kannte Matt bereits die Antwort: Ihr Vater hatte letztendlich doch noch gesiegt; er hatte sie so brutal und rücksichtslos dominiert, daß sie sich schließlich kaum noch für Männer interessierte. Welche Gründe sie auch immer dafür haben mochte, Reynolds zu heiraten, in ihn verliebt war sie sicherlich nicht. Nach allem, was sie erzählt hatte, und nach ihrem Gesichtsausdruck zu schließen, wenn sie von Bancroft's sprach, war sie voll und ganz dem Warenhaus zugetan und kannte keine andere Liebe als ihre Arbeit dort.

Den Stiel seines Weinglases in den Fingern drehend, blickte er ihr ins Gesicht und machte ihr ein förmliches Kompliment: »Wie es aussieht, bist du eine erstklassige Geschäftsfrau geworden. Wenn wir noch verheiratet wären, würde ich vermutlich versuchen, dich abzuwerben und für mein Unternehmen zu gewinnen.«

Unwissentlich hatte er ihr ein Stichwort gegeben, und Meredith nutzte die Chance. Sie bemühte sich, in diesem ernsten Moment humorvoll zu klingen und sagte mit einem nervösen, halberstickten Lachen: »Dann kannst du gleich damit anfangen, mich abzuwerben.«

Seine Augen wurden schmal. »Was soll das heißen?«

Meredith lächelte nicht mehr. Sie lehnte sich nach vorne, verschränkte ihre Arme auf dem Tisch und holte tief Luft. »Ich – ich muß dir etwas sagen, Matt. Bitte, reg dich nicht auf.«

Mit einem gleichgültigen Achselzucken hob er sein Glas zum Mund. »Wir fühlen doch nichts mehr füreinander, Meredith. Deshalb wird auch nichts, was du sagst, mich aufregen.«

»Wir sind immer noch verheiratet«, verkündete sie.

Er zuckte zusammen. »Ich hätte sagen sollen – nichts, außer dieser Neuigkeit!«

»Unsere Scheidung war nicht rechtskräftig«, fuhr sie schnell fort, innerlich zutiefst erschrocken über seinen finsteren Blick. »Der – der Anwalt, den mein Vater beauftragt hat, war kein richtiger Anwalt; er war ein Betrüger, der jetzt von der Polizei gesucht wird. Kein Richter hat unser Scheidungsurteil je zu Gesicht bekommen, geschweige denn unterschrieben!«

Mit beängstigender Langsamkeit setzte er sein Glas ab und lehnte sich nach vorn; seine tiefe, dunkle Stimme klang wütend: »Entweder du lügst, oder du bist dümmer als erlaubt sein sollte! Vor elf Jahren hast du mich eingeladen, mit dir zu schlafen, ohne dich um Empfängnisverhütung zu kümmern. Als du schwanger warst, kamst du angerannt und hast mir dein Problem aufgehalst. Jetzt erzählst du mir, daß du nicht genug Verstand besessen hast, einen richtigen Anwalt zu engagieren und daß wir immer noch verheiratet sind. Wie zum Teufel kannst du eine wichtige Abteilung einer Warenhauskette leiten und trotzdem so dumm sein?«

Jedes seiner mit tiefster Verachtung gesprochenen Worte traf ihren Stolz wie ein Peitschenhieb, aber seine Reaktion war nicht schlimmer als sie befürchtet hatte, und so nahm sie die verbalen Schläge hin. Vor Wut und Schock war er momentan verstummt, und sie fuhr mit einer möglichst beruhigenden Stimme fort: »Matt, ich kann verstehen, wie du dich fühlst ...«

Matt wünschte sich sehnlichst, daß sie log, daß dies nur ein dummer Scherz war, ein lächerlicher Versuch, um ihm Geld abzuknöpfen, aber alle seine Instinkte sagten ihm, daß sie die Wahrheit sprach.

»An deiner Stelle«, fuhr sie fort, bemüht, ruhig und logisch zu bleiben, »wäre ich genauso entsetzt ...«

»Wann hast du das herausgefunden?« unterbrach er sie barsch.

»An dem Abend, bevor ich dich anrief, um dieses Treffen auszumachen.«

»Angenommen, du erzählst die Wahrheit – daß wir immer noch verheiratet sind –, was genau willst du dann von mir?«

»Die Scheidung. Eine hübsche, ruhige, unkomplizierte, *sofortige* Scheidung.«

»Keine Unterhaltszahlungen?« fragte er höhnisch und beobachtete, wie ihr die Zornesröte in die Wangen stieg. »Keine Abfindungszahlung, keine Eigentumsübertragung, nichts Derartiges?«

»Nein!«

»Gut. Du wirst auch keinen müden Cent von mir bekommen!«

Verärgert darüber, daß er sie so nachdrücklich und unsanft daran erinnerte, wieviel größer sein Vermögen war als ihres, blickte Meredith ihn mit hochnäsiger Verachtung an: »Geld ist das einzige, woran du denkst – das einzige, worum es dir jemals gegangen ist. Ich wolle dich nie heiraten, und ich will auch dein Geld nicht! Ich wäre lieber tot, als daß jemand erfährt, daß wir jemals verheiratet waren!«

Der Maître hatte diesen unpassenden Moment gewählt, um sie zu fragen, ob das Essen in Ordnung gewesen war und ob sie noch irgend etwas wünschten.

»Ja«, sagte Matt barsch. »Ich nehme einen doppelten Scotch on the Rocks, und meine *Gattin* hier«, er betonte das Wort und zog eine ungeheure Befriedigung daraus, genau das zu tun, was sie eben als das Schlimmste bezeichnet hatte, das ihr je passieren könne, «nimmt noch einen Martini.«

Meredith, die noch nie in eine öffentliche Szene verwickelt gewesen war, warf dem Maître, den sie gut kannte, einen finsteren Blick zu und sagte: »Und ich zahle Ihnen tausend Dollar, wenn Sie seinen Drink vergiften!«

John verneigte sich leicht, lächelte und sagte höflich: »Ganz wie Sie wünschen, Mrs. Farrell.« Dann wandte er sich dem wütenden Matt zu und frage mit gespieltem Ernst: »Ist Ihnen Arsen recht, oder wünschen Sie etwas mehr Exotisches, Mr. Farrell?«

»Wagen Sie es nicht, mich noch einmal als Mrs. Farrell anzureden!« warnte Meredith den Maître. »Ich heiße nicht so.«

Der Humor verschwand aus Johns Gesicht, und er verbeuge sich nochmals leicht. »Ich bitte um Vergebung, wenn ich mir unangemessene Freiheiten herausgenommen habe, Miss Bancroft. Ihr Drink geht selbstverständlich auf Kosten des Hauses.«

Meredith blieb mit einem schlechten Gewissen zurück,

weil sie ihren Ärger an John ausgelassen hatte. Mißmutig blickte sie seinem geraden Rücken nach und dann zurück auf Matt. Sie wartete noch einen Augenblick, in der Hoffnung, daß sich ihre Gemüter weiter beruhigen würden, dann holte sie tief Luft: »Matt, es bringt uns nicht weiter, wenn wir uns gegenseitig Beleidigungen an den Kopf werfen. Könnten wir nicht vielleicht versuchen, uns wenigstens höflich zu unterhalten? Das würde alles ein wenig leichter machen.«

Er wußte, daß sie recht hatte, und nach kurzem Zögern entgegnete er kurz: »Ich denke, wir könnten es versuchen. Wie sollen wir deiner Meinung nach die Sache jetzt anpacken?«

»Ruhig!« sagte sie und lächelte ihn erleichtert an. »Und *rasch.* Geheimhaltung und Eile sind wichtiger, als du annimmst.«

Matt nickte; er hatte seine Gedanken endlich wieder unter Kontrolle. »Dein Verlobter«, vermutete er. »Den Zeitungsberichten zufolge willst du ihn im Februar heiraten.«

»Ja, das auch«, stimmte sie zu. »Parker weiß bereits alles. Er ist derjenige, der entdeckt hat, daß der Mann, den mein Vater engagiert hat, kein Anwalt ist und daß unsere Scheidung nicht rechtskräftig war. Aber da ist noch etwas anderes – etwas, das mir sehr wichtig ist und das ich verlieren könnte, wenn es herauskommt.«

»Und was ist das?«

»Ich brauche eine diskrete – völlig geheimgehaltene – Scheidung, so daß die Presse nichts darüber erfährt. Du mußt wissen, daß mein Vater krankheitsbedingt einen längeren Urlaub antritt, und ich will unbedingt die Chance wahrnehmen, ihn als Interimspräsident zu vertreten. Ich brauche diese Chance, um dem Vorstand zu zeigen, daß ich sehr wohl fähig bin, das Unternehmen zu leiten – damit ich, wenn mein Vater endgültig in den Ruhestand geht, seine Nachfolgerin werden kann. Die Vorstandsmitglieder zögern noch, mich zum Interimspräsidenten zu ernennen – wie ich dir vorhin erzählt habe, sind sie überaus konservativ und haben schon jetzt mir gegenüber Vorbehalte, weil ich relativ jung für den Posten und weil ich eine Frau bin. Diese zwei Fakten sprechen gegen mich, und daß die Presse mich als frivole Jet-Setterin hinstellt, was sie gerne tut, hilft mir auch nicht gerade. Wenn die Medien jetzt alles über uns erfahren, werden sie ein Festessen daraus machen. Ich bin bekanntlich mit einem sehr korrekten bedeutenden Bankier verlobt, und du solltest mindestens ein halbes Dutzend Starlets heiraten, aber sieh einer an – wir sind immer noch miteinander verheiratet. Als potentielle Bigamistin kommt man vielleicht in die Schlagzeilen, aber ganz bestimmt nicht auf den Präsidentenstuhl von Bancroft's. Ich bin völlig sicher, daß meine Chancen gleich null sind, wenn das herauskommt.«

»Das denkst du«, sagte Matt, »aber ich glaube nicht, daß es deine Chancen tatsächlich beeinträchtigen würde.«

»Glaubst du nicht?« meinte sie bitter. »Erinnere dich bitte bloß daran, wie du reagiert hast, als ich dir erzählt habe, daß der Anwalt ein Betrüger ist. Du hast automatisch daraus geschlossen, daß ich unfähig bin, mein eigenes Leben zu managen, geschweige denn etwas so Großes und Anspruchsvolles wie eine Warenhauskette. Ganz genau so wird der Vorstand reagieren, denn die haben nicht einen Deut mehr für mich übrig als du.«

»Könnte dich denn dein Vater nicht einfach einsetzen?«

»Eigentlich schon, aber gemäß den Vorschriften muß der Vorstand den Präsidenten einstimmig wählen. Und selbst wenn mein Vater ihn beeinflussen könnte – ich bin mir nicht sicher, daß er sich für mich einsetzen würde.«

Matt blieb eine Antwort erspart, da ein Ober in diesem Moment ihre Drinks brachte und ein anderer mit einem schnurlosen Telephon in der Hand auf ihren Tisch zukam. »Hier ist ein Anruf für Sie, Mr. Farrell«, sagte er. »Der Herr am Telephon sagte, Sie hätten hinterlassen, daß er Sie anrufen sollte.«

Matt wußte, daß der Anruf von Tom Anderson kam, entschuldigte sich bei Meredith, nahm den Hörer und sagte ohne weitere Einleitung: »Wie steht's mit der Baugenehmigung für Southville?«

»Schlecht, Matt«, sagte Tom. »Sie haben abgelehnt.«

»Warum zum Teufel sollten sie einen Bauantrag ablehnen, der ihrer Gemeinde nur Vorteile bringt?« fragte Matt mehr erstaunt als ärgerlich.

»Nach dem, was mir mein Informant aus dem Bauausschuß mitteilte, hat jemand ausgesprochen Einflußreiches sich dafür eingesetzt, uns abzuweisen.«

»Irgendein Hinweis, wer?«

»Ja. Ein Mensch namens Paulson, der den Ausschuß leitet, hat mehreren Mitgliedern erzählt, daß *Senator Davies* es als persönlichen Gefallen betrachten würde, wenn sie unseren Antrag abblocken.«

»Das verstehe ich nicht«, sagte Matt, runzelte die Stirn und versuchte sich zu erinnern, ob er Davies oder dessen Gegenkandidaten Wahlgelder hatte zukommen lassen. Bevor ihm dazu etwas einfiel, fuhr Anderson mit einer vor Sarkasmus geradezu triefenden Stimme fort: »Hast du zufällig den Zeitungsbericht über die Geburtstagsparty gelesen, die letzte Woche zu Ehren des reizenden Senators stattfand?«

»Nein, warum?«

»Weil sie von einem gewissen Mr. Philip A. Bancroft ausgerichtet wurde. Besteht irgendeine Verbindung zwischen ihm und jener Meredith, über die wir letzte Woche gesprochen haben?«

Tödliche, weißglühende Wut stieg in Matt auf. Sein Blick traf Meredith, deren plötzliche Blässe er auf die Erwähnung der Baubehörde von Southville zurückführte. Zu Anderson sagte er mit einer gefährlich klingenden Sanftheit: »Da besteht eine Verbindung. Bist du im Büro?« Anderson bejahte, und Matt sagte: »Bleib dort. Ich bin bis drei Uhr zurück, und dann besprechen wir die nächsten Schritte.«

Ganz langsam legte Matt das Telephon beiseite und sah dann Meredith an, die plötzlich das dringende Bedürfnis verspürte, mit ihrem Fingernagel nicht existierende Falten aus dem Tischtuch zu streichen. Schuldbewußtsein stand ihr ins Gesicht geschrieben, und er haßte sie in diesem Augenblick, verabscheute sie mit einer nahezu unerträglichen Heftigkeit. Sie hatte ihn um dieses Treffen gebeten, nicht um »das Kriegsbeil zu begraben«, wie sie behauptet hatte, sondern weil sie etwas wollte – genaugenommen wollte sie drei Dinge: Ihren vornehmen Bankier heiraten, Präsident von Bancroft's werden, und eine rasche und stille Scheidung. Er war froh, daß ihr diese Dinge derart wichtig waren, denn er würde dafür sorgen, daß sie sie nicht bekam. Was sie und ihr Vater erhalten sollten, war ein Krieg, ein Krieg, den sie verlieren würden ... zusammen mit allem anderen, das sie besaßen. Er winkte dem Ober wegen der Rechnung.

Meredith ahnte, was er vorhatte, und die Unruhe, die in ihr aufgestiegen war, als er den Bauausschuß von Southville erwähnte, steigerte sich zu regelrechter Panik. Sie hatten sich bislang noch nicht geeinigt, und plötzlich brach er die Unterredung vorzeitig ab. Der Ober brachte die Rechnung in einem geschlossenen Lederetui, und Matt zog einige Hundert-Dollar-Noten aus seiner Brieftasche und legte sie, ohne auch nur einen Blick auf die Rechnung geworfen zu haben, darauf. Dann stand er auf. »Gehen wir«, schnappte er, bereits den Tisch umrundend, um ihren Stuhl zurückzuziehen.

»Aber wir haben doch noch gar nichts ausgemacht«, flehte Meredith verzweifelt, während er sie unsanft am Ellbogen packte und in Richtung Tür schob.

»Wir sprechen im Wagen weiter.«

Der Regen trommelte auf die rote Markise vor dem Restauranteingang, und der uniformierte Portier öffnete seinen großen Schirm und hielt ihn über sie, während sie in die Limousine stiegen, die am Randstein vorgefahren war.

Matt wies seinen Chauffeur an, zu Bancroft's Warenhaus zu fahren, dann wandte er ihr seine volle Aufmerksamkeit zu. »Also«, sagte er sanft, »was hast du vor?«

Seine Stimme ließ die Vermutung zu, daß er zu einer Kooperation bereit war, und eine Mischung aus Erleichterung und Beschämung erfüllte sie – Beschämung deshalb, weil sie wußte, warum der Bauausschuß seinen Antrag abgelehnt hatte, genauso wie ihm die Mitgliedschaft im Glenmoor Country Club verweigert werden würde. Sie schwor sich, ihren Vater irgendwie dazu zu bringen, den Schaden wiedergutzumachen, den er hier angerichtet hatte, und sagte: »Ich möchte, daß wir uns sehr schnell und unauffällig scheiden lassen – am besten in einem anderen Bundesstaat oder sogar im Ausland –, und ich will, daß die Tatsache geheim bleibt, daß wir jemals verheiratet waren.«

Er nickte, als wolle er ihren Vorschlag einer ernsthaften Erwägung unterziehen, aber seine nächsten Worte machten ihre Hoffnungen zunichte. »Und wenn ich darauf nicht eingehe? Ich nehme an«, spekulierte er, und kaltes Amüsement klang aus seiner Stimme, »daß du mich dann weiterhin schneidest und daß dein Vater dafür sorgt, daß ich in keinem Chicagoer Country Club aufgenommen werde.«

Er wußte bereits, daß ihr Vater in Glenmoor interveniert hatte! »Es tut mir leid, was er getan hat. Wirklich.«

Er lachte über ihre Ernsthaftigkeit. »Euer hochgeschätzter Country Club kann mir gestohlen bleiben. Jemand hat mich nominiert, obwohl ich ihm gesagt hatte, daß ich nicht interessiert bin.«

Trotz seiner Worte glaubte Meredith nicht, daß es ihm wirklich gleichgültig war. Schuldgefühle und Scham wegen der bösartigen Handlungsweise ihres Vaters ließen sie zu Boden blicken. Sie hatte Matts Gesellschaft während des Essens genossen, und ihm schien es nicht anders zu gehen. Es hatte so gut getan, mit ihm zu sprechen, als ob es die häßliche Vergangenheit nie gegeben hätte. Sie beide führten jetzt ein neues Leben – jeder hatte seines selbständig aufgebaut. Sie war stolz auf das, was sie erreicht hatte, und er hatte jeden Grund, auf seine Leistungen stolz zu sein. Sein Unterarm lag auf der Armlehne, und Meredith betrachtete erst die elegante, flache goldene Uhr an seinem Handgelenk, dann seine Hand. Er hat wunderbare, kräftige, männliche Hände, dachte sie. vor langer, langer Zeit hatte sie Schwielen gehabt, jetzt waren sie manikürt …

Plötzlich hatte sie den absurden Impuls, seine Hand in ihre zu nehmen und zu sagen: *Es tut mir leid. Es tut mir leid, daß wir uns so weh getan haben. Es tut mir leid, daß wir uns nie verstanden haben.*

»Schaust du nach, ob ich noch immer ölverdreckte Fingernägel habe?«

»Nein!« Meredith schluckte und blickte ihm abrupt in die rätselhaften grauen Augen. »Ich wünschte, daß alles anders abgelaufen wäre ... daß wir jetzt zumindest Freunde sein könnten.«

»Freunde?« wiederholte er mit beißender Ironie. »Das letzte Mal, als ich freundlich zu dir war, hat mich das sehr viel gekostet.«

Es hat dich mehr gekostet als du ahnst, dachte Meredith betrübt. *Es hat dich eine Fabrik gekostet, die du in Southville bauen willst, aber irgendwie werde ich das wieder in Ordnung bringen. Ich werde meinen Vater dazu zwingen, den Schaden, den er dir zugeführt hat, wiedergutzumachen, und ich werde dafür sorgen, daß er dir nie wieder in die Quere kommt.*

»Matt, hör mir bitte einen Augenblick zu«, sagte sie, plötzlich verzweifelt bemüht, zwischen ihnen alles ins Lot zu bringen. »Ich bin gewillt, die Vergangenheit zu vergessen und ...«

»Wie großzügig«, spottete er.

Meredith fuhr zusammen und war nahe daran zu sagen, daß schließlich *sie* die gekränkte, die verlassene Ehefrau war, aber sie unterdrückte den Impuls und fuhr unbeirrt fort: »Ich sagte, daß ich gewillt bin, die Vergangenheit ruhen zu lassen, und das bin ich wirklich. Wenn du dich zu einer Scheidung im gegenseitigen Einverständnis bereit erklärst, werde ich alles in meiner Macht Stehende tun, um dir hier in Chicago alle Schwierigkeiten aus dem Weg zu räumen.«

»Und wie glaubst du, daß du mir hier in Chicago alle Schwierigkeiten aus dem Weg räumen kannst, Prinzessin?« Seine Stimme klang ebenso sarkastisch wie amüsiert.

»Nenn mich nicht Prinzessin! Ich bin nicht herablassend, ich versuche nur, fair zu sein.«

Matt lehnte sich zurück und betrachtete sie mit halbgeschlossenen Augen. »Es tut mir leid, wenn ich grob geworden bin, Meredith. Was hast du vor, für mich zu tun?«

Erleichtert, weil er seine feindselige Haltung offenbar aufgegeben hatte, sagte sie schnell: »Als erstes könnte ich dafür sorgen, daß die Gesellschaft dich nicht mehr wie einen Aussätzigen behandelt. Ich weiß, daß mein Vater deine Mitgliedschaft in unserem Club verhindert hat, aber ich werde ihn dazu bringen, das rückgängig zu machen …«

»Vergiß das«, schlug er ruhig vor. Er hielt sie für scheinheilig, und es wäre ihm lieber gewesen, wenn sie offen und ehrlich geredet hätte, wie damals auf dem Opernbenefiz. Jetzt aber wollte sie etwas von ihm, und Matt war froh, daß es ihr so ungeheuer wichtig war. Denn sie würde es nicht bekommen. »Du willst eine nette, ruhige Scheidung, weil du deinen Bankier heiraten und eines Tages Präsidentin von Bancroft's werden willst, richtig?« Als sie nickte, fuhr er fort: »Und die Position als Präsidentin bedeutet dir sehr, sehr viel?«

»Es bedeutet mir mehr als alles andere in meinem Leben«, beteuerte Meredith eifrig. »Du bist doch einverstanden, oder?« sagte sie und suchte in seiner undurchdringliche Miene nach irgendeiner Gefühlsregung, während der Wagen vor dem Eingang des Kaufhauses anhielt.

»Nein.« Er sagte das mit einer derartig höflichen Endgültigkeit, daß Meredith einen Moment lang glaubte, schlecht gehört zu haben.

»Nein?« wiederholte sie ungläubig. »Aber die Scheidung ist …«

»Du kannst die Scheidung vergessen!« schnappte er.

»Vergessen? Meine ganze Zukunft, alles, was ich mir erträumt habe, hängt davon ab!«

»Das ist *dein* Problem.«

»Dann lasse ich mich eben *ohne* dein Einverständnis scheiden!« erwiderte sie halsstarrig.

»Versuch's nur, und ich werde einen Wirbel machen, daß du dich nicht mehr auf die Straße traust. Als erstes werde ich deinen charakterlosen Bankier wegen Gefühlsentfremdung verklagen.«

»Gefühlsent ...« Zu überrascht, um überlegt zu handeln, lachte sie bitter auf. »Hast du den Verstand verloren? Wenn du das tust, stehst du als kompletter Trottel da, wie ein eifersüchtiger verlassener Ehemann.«

»Und *du* wirst als Ehebrecherin erscheinen«, konterte er.

Ungläubiger Zorn stieg in Meredith auf und erfüllte sie mit einer ohnmächtigen Wut. »Hol dich der Teufel!« tobte sie, während ihr die Zornesröte ins Gesicht stieg. »Wenn du es wirklich wagen solltest, Parker öffentlich zu brüskieren, erwürge ich dich eigenhändig. Du bist es nicht wert, ihm die Füße zu küssen. Er ist zehnmal mehr Mann als du! Er hat es nicht nötig, jede Frau, die er trifft, gleich ins Bett zu zerren. Er hat Prinzipien, er ist ein Gentleman, aber das wirst du nie verstehen, weil unter deinem maßgeschneiderten Anzug immer noch derselbe dreckige Stahlarbeiter aus einer dreckigen Kleinstadt steckt, der einen dreckigen Säufer zum Vater hat!«

»Und du«, schrie er wütend, »bist immer noch dasselbe bösartige, eingebildete kleine Miststück!«

Meredith holte mit der offenen Hand zum Schlag aus, schrie dann aber vor Schmerz auf, als er ihr Handgelenk abfing und unsanft festhielt. Mit samtweicher Stimme warnte er sie: »Wenn der Bauausschuß in Southville seinen Entschluß nicht widerruft, brauchen wir über eine Scheidung gar nicht erst zu *reden*. Und *wenn* ich mich entschließen sollte, in eine Scheidung einzuwilligen, dann stelle *ich* die Bedingungen, und du und dein Vater, ihr werdet euch danach richten.« Er verstärkte den Druck auf ihr Handgelenk und zog sie rüde nach vorn, bis ihre Gesichter nur noch wenige Zentimeter voneinander entfernt waren. »Hast du verstanden, Meredith? Du und dein Vater, ihr könnt mir nichts anhaben. Aber wenn du dich noch ein einziges Mal in meine Geschäfte einmischt, dann wirst du dir weiß Gott wünschen, daß deine Mutter *dich* abgetrieben hätte!«

Meredith riß ihren Arm los. »Du bist ein Unmensch!«

fauchte sie. Der Regen schlug ihr ins Gesicht. Sie griff nach ihren Handschuhen und ihrer Tasche und warf dem Chauffeur – Leibwächter, der ihr die Tür aufgehalten und ihren Streit mit gespanntem Interesse verfolgt hatte, einen giftigen Blick zu.

Als sie aus dem Wagen stieg, kam Ernest angelaufen, der Meredith erst jetzt erkannt hatte. »Haben Sie den Mann in dem Wagen gesehen?« fragte sie den Bancroft-Portier. Als er bejahte, sagte sie: »Gut. Wenn er jemals in die Nähe unseres Hauses kommt, rufen Sie bitte die Polizei.«

23

Joe O'Hara hatte den Wagen vor dem Haupteingang von Intercorp kaum zum Stehen gebracht, als Matt schon die Fondtür aufriß und ausstieg.

»Sagen Sie Tom Anderson, daß ich ihn erwarte«, wies er Miss Stern an, während er an ihr vorbei in sein Büro stürmte. »Und dann besorgen Sie mir ein Aspirin.«

Zwei Minuten später stand sie mit einem Glas Wasser und zwei Tabletten vor seinem Schreibtisch. »Mr. Anderson ist auf dem Weg«, sagte sie und studierte sein Gesicht, während er die Tabletten schluckte. »Sie haben viele wichtige Termine. Hoffentlich werden Sie nicht krank. Mr. Hursh liegt mit Grippe zu Bett, und auch zwei der Vizepräsidenten und die halbe Textverarbeitungsabteilung sind ausgefallen. Es fängt mit starken Kopfschmerzen an.«

»Ich habe keine Grippe«, betonte Matt gereizt. »Ich aber hundsordinäre Kopfschmerzen.«

Sie erstarrte bei seinem unfreundlichen Ton, drehte sich auf dem Absatz um und marschierte hinaus. Unter der Tür stieß sie fast mit Tom Anderson zusammen.

»Was hat Miss Stern denn?« fragte Tom und blickte fragend über seine Schulter.

»Sie hat Angst, daß sie meine Termine umverlegen muß«,

antwortete Matt ungeduldig. »Reden wir über den Bauausschuß.«

»Okay. Was hast du vor?«

»Im Moment können wir nur Aufschub beantragen.«

»Und dann weiter?«

Anstelle einer Antwort griff Matt zum Telephon und wählte Vanderwilds Nummer. »Wie hoch stehen die Bancroft-Aktien?« fragte er Peter, und als der antwortet hatte, sagte er: »Fangen Sie an, sie aufzukaufen. Machen Sie es genauso wie bei Haskell. Niemand soll etwas davon merken.« Er legte auf und blickte Tom an. »Ich will, daß du jedes einzelne Mitglied des Vorstand von Bancroft's überprüfst. Vielleicht ist einer von ihnen käuflich. Finde das bitte heraus und sag mir dann seinen Preis.«

Nicht ein einziges Mal in all den Jahren ihrer Zusammenarbeit, nicht ein Mal in all den Konzernkämpfen, die sie ausgefochten und gewonnen hatten, hatte Matt so etwas Niedriges wie Bestechung auch nur in Erwägung gezogen. »Matt, was du da vorhast, ist schlicht Bestechung ...«

»Was ich vorhabe, ist, Bancroft's mit seinen eigenen Waffen zu schlagen. Wenn er seinen Einfluß gebraucht, um die Entscheidungen der Baubehörde zu beeinflussen, können wir jemanden kaufen, der die Entscheidungen seines Vorstands beeinflußt. Der einzige Unterschied zwischen uns ist die Art des Zahlungsmittels. Wenn ich mit diesem lausigen alten Bastard fertig bin, wird er seine Anordnungen von mir in seinem eigenen Sitzungssaal entgegennehmen!«

»In Ordnung«, sagte Tom nach einer kurzen Pause. »Aber dabei müssen wir mehr als diskret vorgehen.«

»Aber es gibt noch mehr zu tun.« Matt ging in den Konferenzraum hinüber, der an sein Büro grenzte. Er drückte einen Knopf an der Wand, und die Spiegelfläche, die die Bar verdeckte, glitt lautlos zur Seite. Matt nahm eine Flasche Scotch heraus, goß etwas in ein Glas und nahm einen kräftigen Schluck. »Ich will alles wissen, was es über Bancroft's zu wissen gibt. Setz dich mit Vanderwild zusammen. Bis übermorgen will ich alle Informationen über Bancroft's-Finanzen und die Geschäftsführung. Vor allem will ich wissen, wo sie am verletzlichsten sind.«

»Ich schließe daraus, daß du sie aufkaufen willst.«

Matt nahm noch einen weiteren kräftigen Schluck. »Das entscheide ich später. Im Augenblick geht es mir darum, genügend Aktien zu bekommen, um das Unternehmen zu kontrollieren.«

»Was ist mit Southville? Wir haben ein Vermögen in das Land investiert.«

Ein unfrohes Lächeln ging über Matts Gesicht. »Ich habe Pearson und Levinson vom Auto aus angerufen«, sagte er – das war die Anwaltskanzlei, die im Chicagoer Raum für ihn tätig war. »Sie werden sich darum kümmern. Außerdem wird uns Bancroft's eine Menge Geld bringen.«

»Wie?«

»Da ist dieses Grundstück in Houston, das sie so dringend haben wollen.«

»Und?«

»Und das jetzt uns gehört.«

Anderson nickte, ging zwei Schritte auf die Tür zu, blieb stehen und drehte sich wieder um. Zögernd sagte er: »Da ich in dieser Schlacht gegen Bancroft's in der vordersten Reihe kämpfen werde, würde ich wenigstens gern wissen, wie es eigentlich dazu kam.«

Hätte irgendein anderer seiner Mitarbeiter diese Frage gestellt, Matt hätte ihn zum Teufel gejagt. Vertrauen war etwas, das ein Mann in Matts Position sich nicht leisten können. Er hatte gelernt, daß es riskant, ja sogar gefährlich war, irgend jemand zu viel anzuvertrauen. In den meisten Fällen wurde solches Vertrauen auf die eine oder andere Weise schändlich ausgenutzt. Matt kannte zahllose Menschen, aber es gab nur vier, denen er wirklich vertraute: seinen Vater, seine Schwester, Tom Anderson und Joe O'Hara. Tom war von Anfang an dabei gewesen; damals, als er außer seinen Plänen, seinem Mut und seiner Einsatzbereitschaft noch nicht viel zu bieten hatte. Matt vertraute Anderson und O'Hara, weil sie ihre Loyalität *bewiesen* hatten. Und, bis zu einem gewissen Grade, vielleicht auch deshalb, weil sie, wie er, keinen privilegierten Background aufzuweisen hatten. »Vor über zehn Jahren«, antwortete Matt nach einer kurzen Überlegungspause, »habe ich etwas getan, das Bancroft nicht gepaßt hat.«

»Jesus, das muß aber etwas verdammt Schlimmes gewesen sein, wenn er heute noch so schlecht auf dich zu sprechen ist. Was hast du getan?«

»Ich habe es gewagt, meine Grenzen zu überschreiten und in seine kleine elitäre Welt einzudringen.«

»Wie?«

Matt nahm einen weiteren tiefen Zug aus seinem Glas, um die Bitterkeit hinunterzuspülen. »Ich habe seine Tochter geheiratet.«

»Du hat seine ... *Meredith Bancroft?* Die Tochter?«

»Eben diese«, antwortete Matt grimmig.

Als Anderson ihn in verblüfftem Schweigen anstarrte, fügte Matt hinzu: »Da ist noch etwas, das du auch gleich wissen solltest. Sie hat mir heute erzählt, daß die Scheidung, die sie vor elf Jahren eingereicht hat, nicht gültig ist. Der Anwalt war ein Schwindler, der das Scheidungsurteil nie einem Gericht vorgelegt hat. Ich habe Levinson beauftragt, das nachzuprüfen, aber ich habe das Gefühl, daß sie die Wahrheit sagt.«

Nach einem weiteren Moment erstaunten Schweigens begann Andersons Kopf wieder zu arbeiten. »Und jetzt verlangt sie eine satte finanzielle Abfindung, richtig?«

»Sie verlangt die Scheidung«, korrigierte Matt, »und sie und ihr Vater würden mich gern ruinieren, aber darüber hinaus will sie angeblich nichts.«

Toms Kommentar war ein bitteres, sarkastisches Lachen. »Wenn wir mit ihnen fertig sind, werden sie sich bei Gott wünschen, nie einen Krieg gegen uns angefangen zu haben«, versprach er, schon wieder auf dem Weg zur Tür.

Es war schon fast sieben, als Matt das Gebäude verließ. Joe hielt ihm die Wagentür auf, und Matt stieg ein. Er war ungewöhnlich müde und erschöpft, lehnte sein schmerzendes

Genick gegen die weichen Polster und versuchte vergeblich, den schwachen Duft von Merediths Parfum zu ignorieren, der noch in der Luft hing.

Der Wagen machte einen plötzlichen Schlenker, und Matt öffnete abrupt die Augen und ertappte Joe dabei, wie er ihn durch den Rückspiegel beobachtete.

»Das heute mittag«, schnitt Joe abrupt ein Thema an, das ihn beschäftigte, seit er die Auseinandersetzung zwischen Matt und Meredith im Auto verfolgt hatte, »war also deine Frau, oder?« Er warf einen kurzen Blick auf die Straße, sah dann aber sofort wieder in den Rückspiegel. »Ich meine, ihr habt euch über eine Scheidung gestritten, daraus schließe ich, daß ihr verheiratet seid. Richtig?«

»Richtig«, schnappte Matt.

»Sie ist eine ganz schöne Giftnudel«, kicherte Joe, Matts finstere Miene ignorierend. »Sie hat nicht viel für dich übrig, was?«

»Nein.«

Als Joe klar wurde, daß aus seinem Arbeitgeber keine weiteren Informationen herauszuholen waren, wechselte er widerwillig das Thema. »Brauchst du mich nächste Woche auf der Farm in Indiana? Wenn nicht, dann haben dein Vater und ich gedacht, daß wir uns eine zweitägige Schach-Orgie leisten.«

»Nein. Bleib ruhig bei ihm.« Obwohl sein Vater seit über zehn Jahren trocken war, nahm die Tatsache, daß die Farm endlich verkauft wurde, Patrick doch mehr mit als erwartet – obwohl er selbst den Entschluß gefaßt hatte, sich davon zu trennen. Deshalb war es Matt lieber, wenn sein Vater nicht ganz allein zurückblieb, während er selbst nach Indiana fahren wollte, um die letzten Sachen zu packen.

»Was ist mit heute abend? Gehst du aus?«

Matt hatte eine Verabredung mit Alicia. »Ich nehme den Rolls«, sagte er. »Du kannst dir frei nehmen.«

»Wenn du mich brauchst …«

»Verdammt, ich sagte, ich nehme den Rolls.«

»Matt?«

»Was?«

»Deine Frau ist schon ein echtes Klasseweib«, kicherte Joe. »Bloß schade, daß sie aus dir einen richten Miesepeter macht.«

Matt streckte den Arm aus und schloß wütend die Trennscheibe.

Meredith öffnete ihrem Vater die Tür und bereitete sich seelisch auf die Konfrontation vor, die ihr jetzt bevorstand.

»Also?« fragte ihr Vater, während er ihre Wohnung betrat. »Wie war's mit Farrell?«

Meredith ignorierte das kurzerhand. »Was hat der Arzt über die Testergebnisse gesagt? Was sagt er über dein Herz?«

»Er sagt, daß es nach wie vor in meiner Brust ist«, erwiderte Philip sarkastisch, zog seinen Mantel aus und warf ihn über einen Stuhl. Er haßte Ärzte im allgemeinen und seinen eigenen ganz besonders, weil Dr. Shaeffer weder mit Gewalt noch mit guten Worten dazu gebraucht werden konnte, Philip das zu geben, was er wollte – ein kräftiges Herz und eine eiserne Gesundheit. »Das ist jetzt auch egal. Ich will genau wissen, was Farrell gesagt hat.« Er ging zur Hausbar und schenkte sich ein Glas Sherry ein.

»Das wirst du *nicht* trinken!« warnte sie, dann blieb ihr der Mund offen stehen, als sie sah, daß er ein Zigarillo aus der inneren Jackettasche holte. »Willst du dich umbringen? Leg sofort die Zigarre weg!«

»Meredith«, schnappte er eisig, »du verursachst meinem Herz wesentlich mehr Streß, wenn du nicht sofort meine Frage beantwortest, als dieser Tropfen Alkohol und ein mickriges Zigarillo es tun könnten. Ich bin der Vater, nicht das Kind – würdest du ich bitte entsprechend verhalten.«

Nach einem derart frustierenden Tag gab diese unfaire Attacke Meredith den Rest. Sie wurde wütend. Er sah besser aus als die ganze Woche über, was hieß, daß die Untersuchung vermutlich erfreuliche Ergebnisse gebracht hatte, zumal er jetzt auch den Sherry und die Zigarre riskierte.

»Okay!« antwortete sie. Er wollte einen genauen Bericht, und Meredith gab ihm genau das. Als sie ausgeredet hatte, wirkte er seltsamerweise direkt erleichtert.

»Ist das alles? Hat Farrell sonst nichts gesagt? Hat er nichts gesagt, was irgendwie« – er blickte nachdenklich auf das Zigarillo und versuchte, das richtige Wort zu finden – »was dir irgendwie *merkwürdig* vorkam?«

»Ich habe dir alles erzählt«, antwortete Meredith. »Und jetzt erwarte ich einige Antworten.« Sie blickte ihm fest in die Augen und sagte ruhig, aber unnachgiebig: »Warum hast du Matts Mitgliedschaft in Glenmoor verhindert? Warum hast du dafür gesorgt, daß sein Bauantrag abgelehnt wird? Warum führst du nach all den Jahren diesen Rachefeldzug immer noch fort? *Warum?*«

Philip klang ärgerlich, aber seltsamerweise irgendwie unsicher. »Ich habe ihn aus dem Club herausgehalten, damit du ihn dort nicht über den Weg laufen mußt. Und seinen Bauantrag habe ich scheitern lassen, damit er verdammt nochmal endlich wieder aus Chicago verschwindet. Abgesehen davon – was geschehen ist, ist geschehen.«

»Du wirst es *ungeschehen* machen müssen, Vater«, informierte ihn Meredith kühl.

Philip ignorierte diese Bemerkung. »Ich will nicht mehr über ihn sprechen. Mit dem heutigen Treffen war ich nur einverstanden, weil ich mich von Parker habe überreden lassen, daß es nicht anders ging. Er hätte dich begleiten sollen. Ehrlich gesagt, ich fange langsam an zu glauben, daß Parker schwach ist. Und ich mag keine schwächlichen Männer.«

Meredith lachte bitter. »Erstens ist Parker durchaus nicht schwächlich. Er war nur intelligent genug, um zu wissen, daß seine Gegenwart alles noch zusätzlich verkompliziert hätte. Und zweitens: Wenn du jemals jemandem begegnen würdest, der genauso stark ist wie du, würdest du ihn hassen.«

Er war bereits dabei, seinen Mantel von der Stuhllehne zu nehmen, über die er ihn geworfen hatte, als er innehielt und sie über die Schulter anschaute. »Warum sagst du das?«

»Weil«, antwortete Meredith, »der einzige Mann, der es an Stärke und Furchtlosigkeit mit dir aufnehmen kann, Matthew Farrell ist! Das ist wahr, und du weißt«, ihre Stimme wurde sanft, »daß er dir in gewisser Weise sehr ähnlich ist – genauso hart, unverwundbar und gewillt, für sein Ziel über Leichen zu gehen. Zuerst hast du ihn gehaßt, weil er ein Niemand war und weil er es gewagt hat, mit mir zu schlafen. Aber du hast ihn noch viel mehr gehaßt, weil du ihn nicht einschüchtern konntest – weder an jenem ersten Abend im Country Club, als du ihn hinauswerfen ließest, noch später, nachdem wir geheiratet hatten und ich ihn mit nach Hause brachte.« Sie lächelte, ein trauriges, freudloses Lächeln, und fuhr leise fort: »Du verabscheust ihn, weil er der einzige Mann ist, der es mit dir aufnehmen kann.«

Als hätte er ihr gar nicht zugehört, stellte er kühl fest: »Du magst mich nicht, Meredith, wie?«

Meredith dachte einen Augenblick über seine Worte nach. Sie war seine Tochter – und er hatte versucht, jeden ihrer Atemzüge zu überwachen, jeden einzelnen Tag ihres Lebens für sie zu vorauszuplanen. Niemand hätte sagen können, daß er sich nicht um sie gekümmert oder sie vernachlässigt habe, denn er hatte seit ihrer Kindheit wie ein Adler über sie gewacht. Soviel hatte er dabei zerstört, und doch hatte er nur aus Liebe gehandelt – aus einer besitzergreifenden, sie erdrückenden Liebe heraus. »Ich liebe dich«, antwortete sie ausweichend und lächelte ihn sanft an, um die Schärfe aus den folgenden Worten zu nehmen: »Aber vieles, was du tust, gefällt mir nicht. Du verletzt Menschen, ohne darüber nachzudenken, genauso wie Matt es tut.«

»Ich tue nur, was nötig ist«, erwiderte er und zog seinen Mantel an.

»Im Moment ist es nötig«, erinnerte Meredith und stand auf, um ihn zur Tür zu begleiten, »daß du umgehend den Schaden wiedergutmachst, den du in Glenmoor und bei der Baubehörde von Southville angerichtet hast. Wenn das geschehen ist, kann ich wieder mit ihm reden und alles in Ordnung bringen.«

»Und du glaubst wirklich, daß er sich damit zufrieden gibt und in die Scheidung einwilligt?« erwiderte er sarkastisch.

»Doch, das glaube ich. Matthew Farrell will die Ehe mit mir ebensowenig aufrechterhalten wie ich. Im Moment will er seine Rache, aber er ist bestimmt nicht so dumm, sein eigenes Leben durcheinanderzubringen, nur um mich und dich zu ärgern. Hoffe ich. Also«, schloß sie, »versprichst du mir jetzt, daß du dich morgen ans Telephon setzt und den Bauausschuß dazu bringst, Matts Antrag stattzugeben?«

Er sah sie an, offensichtlich nicht bereit, ihrem Wunsch zu entsprechen. »Ich werde darüber nachdenken.«

»Das reicht nicht ...«

»Mehr kann ich dazu jetzt nicht sagen.«

Er blufft, entschied Meredith nach einer eingehenden Studie seines Gesichtsausdrucks und drückte ihm erleichtert einen Kuß auf die Wange. Als er gegangen war, setzte sie sich aufs Sofa. Über eine Viertelstunde starrte sie gedankenverloren auf die verendende Glut im Kamin, dann fiel ihr plötzlich ein, daß sie von Parker, dem sie vorher telefonisch alles erzählt hatte, informiert worden war, daß der Vorstand von Bancroft's morgen über den Interimspräsidenten abstimmen würde. Er selbst wollte sich in dieser Angelegenheit der Stimme enthalten – seiner Beziehung zu Meredith wegen. Heute abend war sie jedoch zu erschöpft, um sich darüber noch weitere Gedanken zu machen.

24

Am folgenden Nachmittag verließ Meredith gegen halb zwei die Werbeabteilung und machte sich auf den Weg zurück in ihr Büro. Seit heute morgen drehten sich alle Leute, denen sie begegnete, nach ihr um, und sie kannte den Grund dafür sehr genau. Wütend drückte sie den Knopf für den

Aufzug und dachte an Sally Mansfields unverschämtes Geschwätz, das in der heutigen Morgenausgabe der *Tribune* zu lesen war:

Für die Freunde und Bekannten von Meredith Bancroft, die sehr erstaunt waren, als sie auf dem Opernbenefiz vor zwei Wochen Matthew Farrell, den begehrtesten Junggesellen Chicagos, eiskalt schnitt, gibt es eine schockierende Neuigkeit: Das Paar speist gemeinsam an einem der intimen hinteren Tische von Landry's. Matthew Farrell ist weiß Gott ein begehrte Mann – am selben Abend begleitete er die hinreißende Alicia Avery zur Premiere von *Der Widerspenstigen Zähmung* im Little Theater.

In ihrem Büro angekommen, öffnete Meredith ihre Schreibtischschublade mit einem ärgerlichen Ruck und verfluchte innerlich erneut die Klatschkolumnistin, die eine enge Freundin von Parkers Ex-Frau war. Hinter diesem Bericht über ihr Treffen mit Matt stand nichts anderes als die Absicht, Parker wie einen Trottel dastehen zu lassen, der demnächst von seiner Verlobten betrogen würde.

»Meredith«, unterbrach Phyllis' gespannte Stimme ihre Gedanken. »Die Sekretärin von Mr. Bancroft hat angerufen. Er läßt Sie bitten, sofort in sein Büro zu kommen.«

Meredith und Phyllis blickten sich an: Das konnte nur bedeuten, daß die Entscheidung gefallen war, wer ihren Vater während seiner Abwesenheit vertreten würde.

Ihre Vermutung bestätigte sich, als sie vor dem Büro ihres Vaters alle anderen Vizepräsidenten versammelt sah – darunter auch Allen Stanley, der die letzten Wochen in Urlaub gewesen war.

»Miss Bancroft«, sprach die Sekretärin ihres Vaters sie an. »Mr. Bancroft möchte Sie sofort sehen.« Merediths Herz schlug bis zum Hals. Sie mußte einfach nominiert worden sein. Wie ihr Vater und vor ihm sein Vater würde Meredith Bancroft den Platz bei Bancroft's einnehmen, der ihr durch Geburt bestimmt war. Oder anders, richtiger ausgedrückt:

Die nächsten sechs Monate würde sie die Chance bekommen, ihre Fähigkeiten unter Beweis zu stellen.

Den Freudentränen nahe, klopfte Meredith an die Tür und betrag das Büro ihres Vaters. Niemals hatte jemand anderer als ein Bancroft in diesem Büro gesessen und diesen Schreibtisch benutzt. Wie hatte sie je befürchten können, daß ihr Vater diese Tradition ignorieren würde!

Die Arme hinter dem Rücken verschränkt, stand ihr Vater am Fenster. »Guten Morgen«, begrüßte sie ihn ungeduldig.

»Guten Morgen, Meredith«, sagte er und drehte sich um. Seine Stimme und seine Miene waren ungewohnt freundlich. Er setzte sich an seinen Schreibtisch und beobachtete sie, wie sie näher kam. Zwar gab es in dem riesigen Büro eine gemütliche Sitzecke, aber Philip hatte sie noch nie benutzt. Er empfing jeden Besucher von dem hochlehnigen schwarzen Ledersessel aus, den großen antiken Schreibtisch wie eine breite Barriere zwischen sich und dem anderen. Meredith war sich nicht sicher, ob er dies unbewußt tat, oder ob es aus der Absicht heraus geschah, die Leute einzuschüchtern.

Er stand nicht auf, um sie zu begrüßen, so wie er nie aufstand, wenn eine Angestellte – gleich welcher Rangstufe – den Raum betrat, selbst wenn sich alle anderen Anwesenden erhoben. Meredith wußte, daß dies ein schweigender Protest gegen weibliche Führungskräfte war. Außerhalb des Kaufhauses verhielt er sich jedoch auch ihr gegenüber wie ein perfekter Gentleman. Sie hatte in den letzten Jahren begriffen, daß er die beiden Sphären strikt trennen wollte. Abends war er ganz der liebevolle Vater, am nächsten Morgen im Büro lief er mit einem kurzen, unhöflichen Nicken an ihr vorüber.

»Du hast ein hübsches Kleid an«, sagte er mit einem Blick auf ihr beiges Cashmere-Ensemble.

»Danke.« Meredith war überrascht.

»Das steht dir wesentlich besser als die strengen Kostüme, die du meistens trägst. Frauen sollten Kleider tragen.« Ohne ihr Gelegenheit zu einer Antwort zu geben, deutete er mit dem Kopf auf einen der Stühle vor seinem Schreibtisch, und Meredith setzte sich, verzweifelt bemüht, ihr Nervosität zu verbergen. »Ich habe die ganze Geschäftsleitung hergebeten, weil ich etwas bekanntgeben will. Aber ich wollte zuerst mit dir sprechen. Der Vorstand hat über einen Interimspräsidenten abgestimmt.« Er machte eine Pause, und Meredith lehnte sich gespannt nach vorne. »Sie haben Allen Stanley gewählt.«

»Was?« stieß sie erschrocken und ungläubig hervor.

»Ich sagte, sie haben Allen Stanley gewählt. Und – ich will dich nicht anlügen – sie haben es auf meine Empfehlung hin getan.«

»Allen Stanley?« unterbrach Meredith und sprang empört auf: »Allen Stanley ist seit dem Tod seiner Frau das reinste Nervenbündel. Er hat weder die Fähigkeiten noch die Erfahrung, eine Kaufhauskette zu leiten ...«

»Er arbeitet seit zwanzig Jahren in der Finanzabteilung«, knurrte ihr Vater, aber Meredith ließ sich nicht einschüchtern. Ihre Wut basierte nicht allein auf der Tatsache, daß sie um ihre Chance betrogen worden war, sondern vor allem auf der unglaublichen Dummheit der Wahl gerade dieses Stellvertreters. Sie stemmt die Hände auf seinen Schreibtisch: »Allen Stanley ist der perfekte Buchhalter! Du hättest keine schlechtere Wahlt treffen können, und das weißt du auch! Jeder andere, *jeder* andere wäre geeigneter gewesen ...« In diesem Moment dämmerte ihr die Wahrheit, und sie mußte sich am Schreibtisch festhalten, weil ihre Knie den Dienst versagten. »Deshalb hast du Allen Stanley vorgeschlagen, nicht wahr? Weil er Bancroft's unmöglich besser leiten kann als du. Du setzt absichtlich die Existenz unseres Unternehmens auf Spiel, nur weil deine Eigensucht ...«

»Ich verbiete dir, so mit mir zu reden!«

»Komm mir jetzt bloß nicht mit väterlicher Autorität!« warnte Meredith zornig. »Du hast mir tausendmal gesagt, daß im Geschäft unsere Verwandtschaft nicht existiert. Ich bin kein Kind mehr, und ich spreche hier auch nicht als deine Tochter. Ich bin Vizepräsident und Hauptaktionär dieser Firma.«

»Wenn einer der anderen Vizepräsidenten es wagen würde, so mit mir zu sprechen, würde ich ihn auf der Stelle entlassen ...«

»Dann entlasse mich doch!« schleuderte sie ihm entgegen. »Nein, diesen Triumph werde ich dir nicht gönnen! Ich trete zurück. Mit sofortiger Wirkung lege ich sämtliche Ämter ab. In einer Viertelstunde hast du es schriftlich auf deinem Schreibtisch!«

Bevor sie sich umdrehen konnte, befahl er ihr: »Setz dich hin! Da du dir diesen unpassenden Moment ausgesucht hast, um das auszudiskutieren, sollten wir *alle* Karten offen auf den Tisch legen.«

»Das wäre eine erfreuliche Abwechslung«, erwiderte Meredith scharf und setzte sich.

»Nun«, sagte er mit bitterem Sarkasmus in der Stimme, »die Wahrheit ist, daß du dich nicht darüber ärgerst, daß ich Allen Stanley ausgewählt habe, sondern du bist wütend, weil ich nicht *dich* vorgeschlagen habe.«

»Ich ärgere mich über *beides.*«

»Auf jeden Fall hatte ich gute Gründe, nicht dich als Stellvertreter zu wählen, Meredith. Erstens bist du weder alt genug noch hast du genügend Erfahrung, um die Zügel hier in die Hand zu nehmen.«

»*Wirklich?*« schoß Meredith zurück. »Wie bist du denn zu dem Schluß gekommen? Du warst nicht einmal ein Jahr älter als ich, als Großvater dich zum Präsidenten machte.«

»Das war etwas anderes.«

»Sicherlich war es das«, stimmte sie zu, und ihre Stimme zitterte vor Wut. »Deine Verdienste um das Geschäft waren damals weit weniger eindrucksvoll als meine, das einzige, was du wirklich gekonnt hast, war pünktlich zur Arbeit zu erscheinen!« Sie sah, wie er seine Hände auf die Brust legte, als ob er Schmerzen habe, aber das machte sie im Moment nur noch wütender. »Du brauchst mir gar keinen Herzanfall vorzuspielen. Du wirst dir jetzt anhören, was ich dir schon vor Jahren hätte sagen sollen.« Seine Hand rutscht von der Brust nach unten, und er starrte sie mit totenblassem Gesicht an. »Du bist ein bigotter *Chauvinist!* Der einzige Grund, warum du mir nicht die Chance gibst, mich zu beweisen, ist der, daß ich eine Frau bin!«

»Das kommt der Wahrheit recht nahe.« Er spuckte fast vor Wut. »Da draußen stehen fünf *Männer,* die diesem Kaufhaus Jahrzehnte ihres Lebens gewidmet haben. Nicht nur ein paar Jahre, *Jahrzehnte!*«

»Wirklich?« konterte sie sarkastisch. »Wie viele von ihnen haben vier Millionen ihres persönlichen Vermögens investiert? Außerdem bluffst du nicht nur, du lügst! Zwei dieser Männer haben in demselben Jahr hier angefangen wie ich; und zwar für ein wesentlich höheres Gehalt, das möchte ich noch hinzufügen.«

Er ballte die Hände zu Fäusten. »Diese Diskussion ist absolut fruchtlos.«

»Ganz meine Meinung«, stimmte sie bitter zu und stand auf. »Meine Kündigung steht.«

»Und wo willst du hin?« Sein Ton implizierte, daß sie nie eine entsprechende Stelle finden würde.

»Zu irgendeiner Kaufhaus-Kette!« antwortete Meredith, zu empört, um über die Folgen einer solchen Entscheidung nachzudenken. Bancroft's war ihr Leben, ihre Liebe. »Marshall Field's würde mich jederzeit nehmen, dasselbe gilt für die May Company und Neiman ...«

»Jetzt bluffst *du!*« schrie er.

»Du wirst schon sehen!« warnte sie, aber der Gedanke daran, für eine Konkurrenzfirma von Bancroft's zu arbeiten, brach ihr fast das Herz. Sie machte einen letzten Versuch: »Könntest du vielleicht wenigstens einmal völlig aufrichtig zu mir sein?«

Als er in eisigem Schweigen verharrte, fuhr sie fort: »Du hast nie vorgehabt, mir das Unternehmen zu übergeben, oder? Nicht jetzt, und auch nicht in der Zukunft – ganz egal wie lange, wie hart und wie erfolgreich ich hier gearbeitet habe.«

»Das ist richtig.«

In ihrem Inneren hatte sie das immer gewußt, aber der

Schock, daß er es so offen zugab, traf sie mit unverminderter Härte. »Weil ich eine Frau bin«, konstatierte sie.

»Das ist ein Grund. Diese Männer da draußen würden nicht für eine Frau arbeiten.«

»Das ist absoluter Unsinn«, entgegnete Meredith wie betäubt. »Und es ist gesetzeswidrig. Außerdem stimmt es nicht, und das weißt du auch. Dutzende von Männern arbeiten direkt oder indirekt unter mir in meinen Abteilungen. Es ist einzig und allein dein egoistischer Chauvinismus, der dich zu der Überzeugung gelangen läßt, daß ich dieses Unternehmen nicht leiten soll.«

»Zum Teil stimmt das vielleicht.« Er war nicht weniger gereizt als sie. »Zum Teil liegt es aber auch daran, daß ich mich weigere, deinen blindwütigen Entschluß zu unterstützen, dein ganzes Leben diesem Kaufhaus zu widmen. Überhaupt werde ich alles in meiner Macht stehende tun, um dich davon abzuhalten, dein Leben für eine Karriere in *irgendeinem* Unternehmen zu opfern! Deshalb bin ich dagegen, daß du dieses Amt übernimmst, Meredith. Und ob dir meine Motive gefallen oder nicht, ich wenigstens stehe dazu. Du dagegen weißt ja nicht einmal, warum du unbedingt der nächste Präsident von Bancroft's werden willst.«

»W-was?!« Sie stotterte vor Ärger und Überraschung. »Ich nehme an, du kannst mir meine Gründe nennen.«

»Gerne, wenn du willst. Vor elf Jahren hast du einen Hundesohn geheiratet, der hinter deinem Geld her war und der dir ein Kind angehängt hat; du hast das Baby verloren, und man hat dir gesagt, daß du keine Kinder mehr bekommen kannst. Und plötzlich«, schloß er triumphierend, »plötzlich hast du eine glühende Liebe zu Bancroft & Company entwickelt, einen geradezu krankhaften Ehrgeiz, das Unternehmen zu bemuttern!«

Meredith starrte ihn ungläubig an. Der Schmerz, der sie bei seinen Worten durchdrang, schnürte ihr fast die Kehle zu. Mühsam behielt sie ihre Stimme unter Kontrolle: »Ich habe diesen Ort geliebt, seit ich ein kleines Mädchen war. Ich habe ihn geliebt, bevor ich Matthew Farrell traf, und ich habe Bancroft's geliebt, als Matt längst wieder aus meinem Leben verschwunden war. Ich kann dir sogar genau sagen, wann ich mich entschlossen habe, hier zu arbeiten und eines Tages Präsident zu werden. Ich war sechs Jahre alt, und du hast mich hier im Büro warten lassen, während du eine Vorstandssitzung hattest. Und du hast mir gesagt«, fuhr sie hartnäckig fort, »daß ich hier, auf deinem Stuhl, sitzen dürfte, bis du zurückkommst. Und das habe ich dann auch getan. Ich bin dagesessen, habe deine Füller angefaßt und die Sekretärin über die Sprechanlage hereingebeten. Und sie ist gekommen, und ich habe ihr einen Brief diktiert. Es war ein Brief an *dich*«, sagte sie – und daran, daß er plötzlich blaß wurde, erkannte sie, daß er sich an diesen Brief erinnerte. »In dem Brief stand« – sie hielt kurz inne und holte tief Luft, damit er nicht merkte, daß Tränen ihre Stimme erstickten: »›Lieber Vater, ich werde brav lernen und sehr hart arbeiten, damit du eines Tages so stolz auf mich bist, daß du mich hier arbeiten läßt. Und wenn ich das tue, darf ich dann wieder auf diesem Stuhl sitzen?‹ Du hast den Brief damals gelesen und gesagt ›Natürlich‹«, schloß Meredith und blickte ihn mit stolzer Verachtung an. »Ich habe mein Wort gehalten. Du hast nie vorgehabt, deines zu halten. Andere kleine Mädchen spielen mit Puppen«, fügte sie mit einem erstickten Lachen hinzu. »Das habe ich nie. Ich habe immer Kaufhaus gespielt!« Trotzig hob sie das Kinn. »Stets habe ich geglaubt, daß du mich liebst. Ich wußte, daß du lieber einen Sohn gehabt hättest, aber ich habe nie gedacht, daß du dich keinen Deut um mich scherst, nur weil ich ein Mädchen geworden bin. Mein ganzes Leben hast du mich glauben lassen, daß meine Mutter uns im Stich gelassen hat. Jetzt frage ich mich, ob du sie nicht vielleicht *fortgejagt* hast, genauso wie du jetzt mich fortjagst. Morgen hast du meine Kündigung vorliegen.« Sie sah, wie er in Anbetracht des Aufschubs innerlich triumphierte, und sie hob ihr Kinn noch höher. »Ich habe Besprechungen auf dem Terminplan, und ich komme nicht eher dazu.«

»Wenn du nicht hier bist, wenn ich den anderen die Entscheidung mitteile«, warnte er, als sie zu der Nebentür ging, die zum Konferenzraum und durch diesen wieder auf den Gang führte, »werden sie glauben, daß du heulend rausgerannt bist, weil du den Posten nicht bekommen hast.«

Meredith blieb gerade lang genug stehen, um ihm einen verächtlichen Blick zuzuwerfen: »Mach dir nichts vor, Vater. Auch wenn du mich wie einen Klotz am Bein behandelst, so hält dich doch keiner von denen für so herzlos, wie du wirklich bist, und alle nehmen mit Bestimmtheit an, daß du deine Entscheidung deiner Tochter schon vor mehreren Tagen mitgeteilt hast.«

»Dann werden sie die Wahrheit erkennen, wenn du kündigst«, warnte er, und für den Bruchteil einer Sekunde klang Angst aus seiner Stimme.

»Sie werden viel zu beschäftigt sein, dem armen Allen Stanley zu helfen, diese Firma zu leiten, um sich darüber Gedanken zu machen.«

»*Ich* leite diese Firma und gebe Allen meine Anweisungen.«

Die Hand auf der Türklinke, hielt sie noch einmal inne und blickte ihn über die Schulter an. Sie fühlte sich so leer, daß sie sogar lachen konnte. »Das weiß ich. Hast du mich wirklich für so arrogant gehalten zu glauben, daß ich dieses Unternehmen alleine managen könnte – ohne deinen Rat – solang du weg bist? Oder hast du Angst davor gehabt, ich könnte es versuchen?« Ohne eine Antwort abzuwarten, öffnete Meredith die Tür zum Konferenzraum und ließ ihn schweigend zurück.

Doch auf dem Weg zu ihrem Büro zögerte Meredith, und ihr Blick wanderte über das geschäftige Treiben um sie herum, da sie so sehr liebte. Sie konnte nicht einfach so gehen – nicht, ohne das Houston-Projekt unter Dach und Fach gebracht zu haben, nicht, ohne so viele andere Dinge geregelt zu haben. Wenn sie die nächsten zwei Wochen hart arbeiten würde, könnte sie einen Großteil ihrer Projekte fertigstellen und den Rest gut vorbereitet ihrem Nachfolger übergeben.

Alles einfach stehen und liegen zu lassen, das hätte ihrem Kaufhaus geschadet. Ihrem Kaufhaus! Was Bancroft's verletzte, verletzte sie. Gleichgültig, wohin sie in Zukunft ging und was sie tun würde – Bancroft's würde immer ein Teil von ihr bleiben.

25

Parker blickte auf das klingelnde Telephon in Merediths Wohnzimmer und dann auf sie. Sie stand am Fenster und sah blaß und mitgenommen aus. »Das ist bestimmt wieder dein Vater.«

»Soll er auf den Anrufbeantworter sprechen«, erwiderte Meredith achselzuckend. Sie hatte ihr Büro um fünf Uhr verlassen und schon vorher zwei Anrufe ihres Vaters ebensowenig beantwortet wie die Anfragen zahlreicher Reporter, die wissen wollten, wie sie sich fühlte, da man sie bei der Wahl des Interimspräsidenten übergangen hatte.

Parker legte von hinten den Arm um sie und zog sie an sich. »Ich verstehe, daß du nicht mit ihm sprechen willst«, sagte er voll Anteilnahme, »aber er ruft jetzt zum fünften Mal innerhalb einer Stunde an. Warum sprichst du nicht mit ihm und bringst die Sache hinter dich?«

Parker hatte darauf bestanden, Meredith heute abend zu sehen, um sie moralisch zu unterstützen, aber sie wollte nur allein sein. »Ich will im Moment mit gar niemand sprechen, und mit ihm zu allerletzt. Bitte versteh mich doch. Ich möchte jetzt wirklich einfach nur ... allein sein.«

»Ich weiß«, sagte er seufzend und schien dann plötzlich einen Entschluß zu fassen: »Ich sage meinen Flug nach Genf ab, damit du an Thanksgiving nicht allein bist. Jemand anderer kann meinen Vortrag auf der Banken-Konferenz halten. Zum Teufel, die werden es nicht einmal merken ...«

»Nein!« fuhr Meredith dazwischen. Energisch erhob sie sich. Bedingt durch die ganzen Ereignisse hatte sie völlig vergessen, daß Parker am morgigen Tag für drei Wochen in die Schweiz fliegen sollte, wo er sich mit Bankiers-Kollegen aus aller Welt zu einem Symposion treffen würde. »Ich stürze mich schon nicht aus dem Fenster«, versprach sie mit einem müden Lächeln, schlang ihren Arm um seinen Hals und gab ihm einen zärtlichen Gute-Nacht-Kuß. »Thanksgiving werde ich mit Lisas Eltern verbringen, und bis du zurück bist, habe ich mein Leben wieder im Griff und Pläne für eine neue Karriere. Außerdem kümmere ich mich um die Hochzeitsvorbereitungen. Komm gesund wieder!« flüsterte sie abschließend und drückte einen Kuß auf seine Wange.

Sie hatten den halben Weg zur Tür zurückgelegt, als jemand unten in der Lobby die Klingel in einem fröhlichen, vertrauten Rhythmus drückte. »Das ist Lisa«, sagte Meredith und drückte den Knopf für die Sicherheitstür im Erdgeschoß. Eine Minute später marschierte Lisa in die Wohnung. »Ich habe gehört, was heute passiert ist«, verkündete sie und drückte Meredith kurz, aber fest an ihre Brust. »Und ich finde, du solltest heute abend auf keinen Fall allein sein, also bin ich da – ob du willst oder nicht.« Sie machte eine kurze Pause, einen Blick über die Schulter werfend. »Tut mir leid, Parker. Ich wußte nicht, daß du hier bist.«

»Parker ist im Gehen«, informierte Meredith sie und hoffte inständig, daß die beiden wenigstens heute abend ihr übliches Hickhack unterlassen würden. »Er fliegt morgen zur Weltbank-Konferenz.«

»Wie schön für dich!« äußerte Lisa und schenkte Parker ein bezauberndes Lächeln. »Da kannst du mit Bankleuten aus aller Welt darüber diskutieren, wie man Witwen und Waisen am brutalsten ihre Kredite kündigt.«

Meredith sah, wie sein Gesicht versteinerte, sah, wie seine Augen vor Wut schmal wurden, und war seltsam überrascht, wie tief Lisas spöttische Bemerkung ihn offenbar traf. Doch im Augenblick überwogen ihre eigenen Probleme alles andere. »Bitte, ihr zwei!« warnte sie und betrachtete die beiden Menschen, die sie liebte und zwischen denen beständig die Funken folgen. »Laßt wenigstens heute abend die Sticheleien. Und außerdem«, fuhr Meredith entschlossen fort, »wäre ich jetzt wirklich gern allein – ehrlich.«

»Keine Chance. Als ich heraufkam, ist gerade dein Vater vorgefahren.« Wie zur Bestätigung läutete es.

»Von mir aus kann er da unten übernachten«, sagte Meredith und machte Parker die Wohnungstür auf.

Parker drehte sich um. »Um Himmels willen, ich kann jetzt nicht gehen, wenn er da unten ist. Er erwartet bestimmt, daß ich ihn rauflasse.«

»Tu es bloß nicht«, warnte Meredith.

»Und was zum Teufel soll ich ihm sagen, wenn er mich bittet, ihm die Sicherheitstür aufzuhalten?«

»Darf ich einen Vorschlag machen, Parker?« erwiderte Lisa mit ihrem süßesten Lächeln, hakte sich bei ihm ein und zog ihn zur offenen Tür. »Warum behandelst du ihn nicht genauso wie einen armen Kerl, der ein Dutzend Kinder durchzufüttern hat und der dich um einen Kredit angeht – und sagst ganz einfach *nein!*«

»Lisa.« Er knirschte mit den Zähnen und schüttelte ihre Hand ab. »Du machst es einem wirklich schwer, dich nicht zu hassen.« Zu Meredith gewandt, fügte er hinzu: »Sei bitte vernünftig. Der Mann ist nicht nur dein Vater, er ist auch einer meiner wichtigsten Geschäftspartner.«

Die Hände in die Hüften gestemmt, schenkte Lisa ihm ihr bezauberndstes Lächeln. »Parker, wo ist dein Rückgrat, dein Charakter, dein Mut?«

»Kümmere dich verdammt nochmal um deine eigenen Angelegenheiten. Wenn du auch nur ein klein bißchen Taktgefühl hättest, würdest du erkennen, daß dich das hier überhaupt nichts angeht, und würdest in der Küche warten.«

Dieser Tadel übte eine eigenartige Wirkung auf Lisa aus. Ihr, die normalerweise genausoviel einstecken konnte, wie sie austeilte, schoß bei Parkers Worten das Blut ins Gesicht. »Mistkerl«, murmelte sie, machte auf dem Absatz kehrt und ging in Richtung Küche. Als sie an Meredith vorbeikam, sagte sie: »Ich bin hergekommen, um dich zu trösten, nicht um dich aufzuregen, Mer. Also, ich bin in der Küche.« Dort wischte Lisa sich die Tränen ab, die ihr in die Augen getreten waren, und griff nach dem Radio. »Okay, Parker, jetzt kannst du loslegen!« rief sie und drehte energisch an dem Lautstärkeregler. »Ich werde kein Wort hören.«

Im Wohnzimmer wurde das unterdrückte Wimmern des Küchenradios durch ein weiteres langes, schrilles Klingeln übertönt. Parker holte tief Luft und überlegte, was er zuerst tun sollte: das Radio in der Küche gegen die Wand schleudern oder Lisa Pontini erwürgen. Er blickte seine Verlobte an, die kaum zwei Meter entfernt stand und so in ihrem Kummer gefangen war, daß sie den ohrenbetäubenden Lärm kaum wahrnahm. »Meredith«, sagte er sanft, als die Klingel verstummte, »willst du das wirklich – daß ich ihn daran hindere, heraufzukommen?«

Sie schaute ihn an, schluckte und nickte.

»Dann werde ich es tun.«

»Danke«, flüsterte sie.

Die wutentbrannte Stimme ihres Vaters ließ sie beide zusammenfahren. Er war hereingekommen, ohne daß sie es bemerkt hatten. »Zum Donnerwetter! Es geht wirklich zu weit, daß ich mich hinter einem anderen Mieter durch die Sicherheitstür schleichen muß! Was ist hier los, eine Party?« fragte er ungehalten und sprach lauter, um die Musik, die aus der Küche dröhnte, zu übertönen. »Ich habe heute nachmittag zweimal eine Nachricht bei deiner Sekretärin hinterlassen und fünfmal auf deinen Anrufbeantworter gesprochen!«

Der Zorn über sein ungebetenes Eindringen ließ Meredith endlich ihre Erschöpfung überwinden. »Wir haben einander nichts zu sagen.«

Er schleuderte seinen Hut auf das Sofa und zog eine Zigarre aus seinem Jackett. Ungerührt sah Meredith zu, wie er sie anzündete. »Ganz im Gegenteil«, schnappte er, die Zigarre zwischen die Zähne geklemmt und sie finster anstarrend. »Stanley hat die Präsidentschaft abgelehnt. Er sagt, es sei ihm zuviel.«

Zu verletzt von ihrem früheren Treffen, um irgend etwas

zu fühlen, entgegnete Meredith nüchtern: »Und folglich hast du beschlossen, mir den Posten anzubieten?«

»Nein, das habe ich *nicht!* Ich habe ihn der Person meiner bzw. des Vorstands zweiter Wahl angetragen, Gordon Mitchell.«

Auch diese schmerzliche Information berührte sie kaum. Sie zuckte mit den Schultern. »Warum bist du dann hier?«

»Auch Mitchell hat abgelehnt.«

Parker reagierte genauso überrascht wie Meredith. »Mitchell ist verdammt ehrgeizig. Ich hätte gedacht, er würde sich dafür die Hand abhacken lassen.«

»Das hätte ich auch gedacht. Aber er hat gesagt, daß er das Gefühl habe, dem Unternehmen auf seinem jetzigen Posten bessere Dienste leisten zu können. Das Wohlergehen der Firma ist *ihm* offenbar wichtiger als persönlicher Ehrgeiz«, fügte er mit einem Seitenblick auf Meredith hinzu. Brüsk schloß er: »Du bist die dritte Wahl. Deshalb bin ich hier.«

»Und jetzt erwartest du, daß ich vor Freude hochspringe?« erwiderte sie, noch immer so verletzt über alles vorher Gesagte, daß sie die gute Nachricht gar nicht zu fassen vermochte.

»Ich erwarte«, sagte er, und sein Gesicht lief gefährlich rot an, »daß du dich wie die Geschäftsfrau benimmst, für die du dich zu halten beliebst; das heißt, daß du die Gelegenheit, die dir geboten wird, auch nützt!«

»Anderswo gibt es auch Gelegenheiten.«

»Sei kein Dummkopf! Du wirst nie eine bessere Chance bekommen, dein Können auf die Probe zu stellen.«

»Das ist es also, was du mir anbietest – eine Chance, mein Können auf die Probe zu stellen?«

»Ja!« Er spuckte es ihr fast vor die Füße.

»Und wenn ich es schaffe, was dann?«

»Wer weiß?«

»Unter diesen Umständen bin ich nicht interessiert. Such dir jemand anderen.«

»Gottverdammt nochmal! Es gibt niemand, der genauso qualifiziert ist wie du, und das weißt du genau!«

Diese Worte, die er in einem Anfall von Ärger, Frustration

und Verzweiflung hervorgestoßen hatte, bedeuteten Meredith mehr als irgendein gewöhnliches Lob. Die Aufregung, die sie zunächst unterdrückt hatte, überwältigte sie jetzt fast, aber sie bemühte sich, nonchalant zu klingen: »In diesem Fall nehme ich an.«

»Gut. Alles weitere besprechen wir morgen beim Abendessen. Uns bleiben noch fünf Tage, bevor ich abreise.« Er wollte seinen Hut nehmen, aber Meredith hielt ihn auf. »Nicht so schnell. Erstens, wenn auch nicht an erster Stelle, wäre da noch die Frage der Gehaltserhöhung.«

»Hundertfünfzigtausend im Jahr, beginnend einen Monat, nachdem du in mein Büro umgezogen bist.«

»Hundertfünfundsiebzigtausend im Jahr, ab *sofort*«, forderte sie.

»Unter der Voraussetzung«, willigte er ärgerlich ein, »daß dein Gehalt auf den jetzigen Betrag zurückgeht, wenn ich von meiner Kreuzfahrt zurück bin.«

»Einverstanden.«

»Und«, fügte er hinzu, »keine – ich wiederhole *keine* – größeren Veränderungen in der Geschäftsführung ohne mein Einverständnis.«

»Einverstanden«, sagte sie wieder.

»Dann ist alles klar.«

»Noch nicht ganz. Da ist noch etwas, was ich von dir erwarte. Ich werde meine ganze Arbeitskraft in die Firma stekken, aber es gibt zwei persönliche Probleme, um die ich mich außerdem kümmern muß.»

»Und was ist das?«

»Eine Scheidung und eine Heirat. Letzteres ist ohne ersteres nicht möglich.« Als er schwieg, trat sie einen Schritt vor. »Ich glaube, daß Matt scheiden läßt, wenn ich ihm einen Ölzweig.– die Genehmigung seines Bauvorhabens in Southville – und die Zusicherung bieten kann, daß von unserer Seite nichts mehr gegen ihn unternommen wird. Ich bin so gut wie sicher, daß er darauf eingeht.«

Ihr Vater lächelte sie bitter an. »Glaubst du das allen Ernstes?«

»Ja, aber du scheinbar nicht. Warum?«

»Warum?« Es klang amüsiert. »Ich will dir verraten, warum. Du hast gesagt, wir beide wären uns ähnlich ... Nun, *ich* würde mich an seiner Stelle auf einen solchen Handel nicht einlassen. Nicht jetzt. Jetzt nicht mehr. Ich würde dafür sorgen, daß mein Gegner den Tag verflucht, an dem er auch nur versucht hat, mich in die Enge zu treiben. Und wenn ich das erreicht hätte, dann würde ich einen Handel unter *meinen* Bedingungen vorschlagen – Bedingungen, an denen der Kontrahent erstickt!«

Diese Worte jagten ihr einen Schauer über den Rücken. Doch sie blieb fest. »Trotzdem – bevor ich endgültig annehme, will ich dein Wort, daß sein Bauantrag durchgeht, wenn er ihn das nächste Mal einreicht.«

Er zögerte, dann nickte er. »Ich werde dafür sorgen.«

»Und du gibst mir auch dein Wort, daß du ihm in Zukunft nichts mehr in den Weg legst, wenn er jetzt in eine schnelle Scheidung einwilligt?«

»Du hast mein Wort«, sagte er, während er sich bückte und seinen Hut vom Sofa nahm. »Gute Reise, Parker.«

Nachdem er gegangen war, sah Meredith ihren Verlobten an. »Mein Vater kann sich nicht entschuldigen oder zugeben, daß er sich geirrt hat. Aber daß er allen meinen Forderungen zugestimmt hat, war doch auch eine Art von Zugeständnis. Findest du nicht?«

»Vermutlich ja«, antwortete Parker ohne rechte Überzeugung.

26

In der folgenden Woche widmete Meredith ihre ganze Kraft ihrer neuen Rolle als Interimspräsident von Brancroft's. Sie traf Entscheidungen mit der nötigen Sorgfalt; sie berief Sitzungen der Geschäftsleitung ein, hörte den Vorschlägen der Vizepräsidenten zu und trug selbst innovative Ideen bei –

und innerhalb weniger Tage arbeiteten die Männer bereitwilligst und gerne für sie. Gleichzeitig schaffte sie es, ihr bisheriges Aufgabengebiet weiter zu betreuen – eine Arbeit, die ihr durch Phyllis' Kompetenz, Loyalität und Bereitschaft zu unzähligen Überstunden wesentlich erleichtert wurde.

Nachdem sie sich binnen weniger Tage erfolgreich in ihre Doppelrolle eingearbeitet hatte, gönnte Meredith sich etwas mehr Ruhe, und die anfängliche Erschöpfung wich einer ständig wachsenden Begeisterung. Sie brachte es sogar fertig, sich um die Hochzeitsvorbereitungen zu kümmern; in Bancroft's Schreibwarenabteilung bestellte sie Einladungskarten, und als die Leiterin des Brautkleidersalons anrief und sagte, sie hätte einige neue Entwürfe, ging sie hinunter, um einen Blick darauf zu werfen. Eines der Modelle, ein Traum aus perlenbestickter eisblauer Seide mit einem tiefen V-Ausschnitt im Rücken, war genau das, was sie sich vorgestellt, aber nirgendwo gefunden hatte. »Das ist absolut perfekt!« rief sie begeistert, lachte und drückte zum Entzücken der gesamten Brautkleiderabteilung die Skizze an die Brust.

Mit dem Entwurf in einer Hand und einem Muster der Hochzeitseinladungen in der anderen saß sie an dem reich verzierten Schreibtisch, der ihrem Vater und Großvater gehört hatte. Die Verkaufszahlen sämtlicher Häuser waren mehr als zufriedenstellend, sie wurde mit allen Problemen, auch den kompliziertesten, spielend fertig, und sie würde den besten Mann der Welt heiraten, den Mann, den sie geliebt hatte, seit sie ein kleines Mädchen war.

Nachdenklich lehnte sie sich in dem Chefsessel zurück und betrachtete liebevoll das Porträt des Firmengründers, das in einem breiten Goldrahmen an der gegenüberliegenden Wand hing. In einem plötzlichen Anfall von Sentimentalität und guter Laune zwinkerte sie dem bärtigen Mann mit den lachenden blauen Augen zu und flüsterte: »Na, wie mach ich mich, Urgroßvater? Bist du mit mir zufrieden?«

Auch die folgenden Tage fühlte sie sich weiterhin gefordert, aber glücklich. Alle ihre Unternehmungen waren von Erfolg gekrönt ... bis auf eine: Bevor ihr Vater abgereist war, hatte er sein Versprechen betreffend Matts Bauantrag eingelöst, aber sie kam nicht durch, um Matt diese Neuigkeit zu berichten. Gleichgültig, zu welcher Zeit sie ihn anrief – seine Sekretärin informierte sie höflich, aber kurz, daß er entweder nicht im Hause oder nicht in der Stadt sei. Als er bis Donnerstag nachmittag nicht zurückgerufen hatte, versuchte sie es erneut. Diesmal hatte seine Sekretärin eine Nachricht von Matt zu übermitteln: »Mr. Farrell«, verkündete sie mit eisiger Stimme, »hat mich beauftragt, Ihnen auszurichten, daß Sie mit seinen Anwälten, Pearson & Levinson, verhandeln sollen, nicht mit ihm. Er wird weder jetzt noch in Zukunft mit Ihnen sprechen. Außerdem läßt er Ihnen sagen, daß er Sie, wenn Sie nicht aufhören, ihn hier anzurufen, wegen Belästigung verklagen wird.« Und dann legte diese Person einfach auf!

Meredith hielt den Telephonhörer ein Stück weg und blickte ihn verblüfft an. Einen Augenblick lang spielte sie mit dem Gedanken, Matt in seinem Büro aufzusuchen und darauf zu bestehen, ihn persönlich zu sprechen. Aber es bestand durchaus die Möglichkeit, daß er sie von seinen Sicherheitsleuten würde hinauswerfen lassen. Es blieb ihr nichts übrig, als die Sache kühl und logisch anzugehen – genau wie ein geschäftliches Problem. Sie würde einen Anwalt brauchen, um ihr Friedensangebot Matts Anwälten zu unterbreiten.

Aber sie konnte nicht irgendeinen beliebigen Anwalt wählen, nicht, wenn Matt von einer so mächtigen und prestigeträchtigen Kanzlei wie Pearson & Levinson vertreten wurde. Sie mußte jemanden finden, der seinen Anwälten gewachsen war, gleichzeitig jedoch ihre Privatsphäre schützen konnte; jemanden, der ihren Fall nicht im Club mit befreundeten Anwälten diskutieren würde ... jemanden, dem sie blind vertrauen konnte.

Es gab nur einen Mann, der ihre Anforderungen erfüllte, obwohl sie ihm nur ungern das Ganze erzählen würde. »Stuart«, seufzte sie mit einer Mischung aus Zögern und Zuneigung. Stuart Whitmore war der einzige Junge gewesen, der sie gemocht hatte, als sie noch eine farblose Dreizehnjährige war; der einzige, der auf Miss Eppinghams Ball freiwillig mit ihr getanzt hatte. Er war jetzt dreiunddreißig und noch immer nicht gerade attraktiv – mit schmalen Schultern und braunem Haar, das sich bereits deutlich lichtetet. Er war aber auch ein brillanter Anwalt, ein faszinierender Gesprächspartner und – das war das wichtigste – ihr Freund. Vor zwei Jahren hatte er seinen letzten und kühnsten Versuch unternommen, sie in sein Bett zu bekommen. Er tat es auf typische Stuart-Art: So wie er dem Gericht perfekt ausgearbeitete Unterlagen präsentierte, hatte er alle Gründe einzeln aufgezählt, die dafür sprachen, mit ihm zu schlafen; seine Schlußworte waren: »... eingeschlossen, aber nicht auf dieselbe beschränkt, die zukünftige Möglichkeit einer Eheschließung.«

Überrascht und gerührt, daß er sie heiraten wollte, hatte Meredith ihn behutsam zurückgewiesen, während sie gleichzeitig versuchte ihm klarzumachen, daß seine Freundschaft ihr sehr viel bedeutete. Er hatte ihr intensiv zugehört und dann trocken erwidert: »Würdest du mir dann wenigstens erlauben, dich in einer rechtlichen Angelegenheit zu vertreten? Auf diese Art kann ich meinen verletzten Ego weismachen, daß ethische Gründe, nicht mangelnde Erwiderung meiner Gefühle unser Zusammenkommen verhindern.« Meredith war noch bemüht, die Bedeutung dieses Satzes zu ergründen, als ihr der hintersinnige Humor aufging. Ihre lächelnde Antwort war von Dankbarkeit und freundschaftlicher Zuneigung bestimmt: »Ganz sicher. Ich werde gleich morgen früh eine Tube Zahnpasta aus dem Drugstore stehlen, dann kannst du mich aus dem Gefängnis holen.«

Stuart hatte sich grinsend verabschiedet und ihr seine Geschäftskarte überreicht: »Berufe dich auf Paragraph fünf, bis ich da bin.«

Meredith griff zum Telephon und bat ihre Sekretärin: »Bitte verbinden Sie mich mit Stuart Whitmore von Whitmore & Northridge.«

Kurz darauf ließ der kurze Ton der Sprechanlage sie hochfahren.

»Mr. Whitmore ist auf Leitung eins, Meredith.«

Meredith holte tief Luft und nahm den Hörer ab. »Stuart, vielen Dank, daß du mich so rasch zurückrufst.«

»Ich war auf dem Weg zu einem eidesstattlichen Verhör, als ich hörte, wie meine Sekretärin deinen Anruf entgegennahm«, sagte er, und seine Stimme klang geschäftsmäßig, aber höflich.

»Ich brauche deinen juristischen Rat für ein kleines Problem«, erklärte sie. »Das heißt, eigentlich ist es ein recht großes Problem. Nein, ein riesiges.«

»Ich höre«, sagte er, als sie zögerte.

»Willst du, daß ich es dir jetzt erkläre? Am Telephon, wenn du in Eile bist?«

»Nein, nicht ganz. Aber du könntest mir einen Tip geben um meinen juristischen Appetit etwas anzuregen.«

Da hörte sie ihn – den trockenen Humor in seiner Stimme – und atmete erleichtert auf. »Um mich kurz zu fassen: Ich brauche juristischen Beistand für – für meine Scheidung.«

»In diesem Fall« – seine Antwort kam ohne Zögern und klang ausgesprochen ernst – »würde ich dir empfehlen, Parker erst einmal zu heiraten. Auf die Art können wir bessere Konditionen aushandeln.«

»Das heute ist kein Scherz, Stuart«, warnte sie, aber selbst durch das Telephon strahlte er soviel Zuversicht aus, daß sie lächeln mußte. »Ich bin in einer ganz dummen Zwickmühle. Und ich will so schnell wie möglich da raus.«

»Normalerweise ziehe ich solche Sachen gern in die Länge – das erhöht die Rechnung«, erwiderte er scherzhaft. »Aber ich denke, für eine alte Freundin werde ich meine Habgier ausnahmsweise einmal hintenanstellen. Hast du heute abend Zeit? Wir könnten zusammen essen.«

»Du bist ein Engel!«

»Tatsächlich? Gestern erst hat der Anwalt der Gegenpartei dem Richter erzählt, ich sei ein hinterlistiger Scheißkerl.«

»Das bist du nicht!« protestierte Meredith energisch.

Er lachte leise. »Doch, meine Schöne, da bin ich.«

27

Weit davon entfernt, ein Urteil über sie zu fällen oder gar ihr Verhalten als Achtzehnjährige zu tadeln, lauschte Stuart ihrer Geschichte schweigend und aufmerksam. Selbst als Meredith ihm enthüllte, wer der Vater ihres Babys war, verzog er keine Miene. Seine Emotionslosigkeit und sein andauerndes Schweigen verunsicherten sie, und sie sagte zögernd: »Stuart, habe ich mich klar genug ausgedrückt? Oder hast du noch Fragen?«

»Keine weiteren Fragen«, entgegnete er und wiederholte noch einmal die wichtigsten Punkte, darunter die Tatsache, daß Philip Bancroft dafür gesorgt hatte, daß der Bauantrag in Southville auf keine weiteren Schwierigkeiten stoßen würde.

»Pearson und Levinson vertreten Farrell?« fragte er schließlich nochmals.

»Ja.«

»Das wäre dann alles«, schloß er und winkte nach der Rechnung. »Ich werde Bill Pearson gleich morgen früh anrufen und ihm sagen, daß sein Klient meine Lieblingsklientin völlig ungerechtfertigten psychischen Belastungen aussetzt.«

»Und weiter?«

»Dann werde ich ihn bitten, daß er seinen Klienten ein paar hübsche Papierchen unterschreiben läßt, die ich vorbereiten und ihm zusenden werde.«

Meredith lächelte mit einer Mischung aus Hoffnung und Unsicherheit. »Ist das dann wirklich alles?«

»Möglicherweise.«

Am späten Nachmittag des folgenden Tages rief Stuart endlich an.

»Hast du mit Pearson gesprochen?« fragte Meredith, die vor Aufregung schon Magenschmerzen hatte.

»Ich habe soeben aufgelegt.«

»Und?« erkundigte sie sich ungeduldig, als er nicht weitersprach. »Hast du ihm vom Angebot meines Vaters erzählt? Was hat er gesagt?«

»Er hat gesagt«, erwiderte Stuart tonlos, »daß die ganze Angelegenheit zwischen dir und Farrell eine sehr *persönliche* sei, weshalb sein Klient die Sache in Ruhe angehen wolle. Erst später – wenn sein Klient den Zeitpunkt für gekommen hielte – werde *sein Klient* die Bedingungen diktieren, unter denen er zu einer Scheidung bereit sei.«

»Mein Gott.« Sie mußte tief durchatmen. »Was bedeutet das? Ich verstehe das nicht.«

»In diesem Fall werde ich versuchen, die höfliche Juristensprache für dich zu übersetzen«, bot Stuart freundlich an. »Pearson hat mir bedeutet, daß ich ihn am Arsch lecken kann.«

Der krasse Ausdruck, der ganz und gar nicht zu Stuart paßte, zeigte Meredith, daß Stuart ärgerlicher war, als er zugab, und das beunruhigte sie fast noch mehr als die unverständliche Haltung von Matts Anwalt. »Ich verstehe es immer noch nicht!« sagte sie und lehnte sich in ihrem Stuhl nach vorn. »Als wir uns getroffen haben, war Matt ausgesprochen kooperativ – bis er den Anruf wegen Southville erhielt. Jetzt habe ich angeboten, das in Ordnung zu bringen, aber er will nicht einmal *zuhören.*«

»Meredith«, sagte Stuart entschieden. »Hast du irgend etwas ausgelassen, als du mir dein Verhältnis zu Farrell geschildert hast?«

»Nein, nichts. Warum fragst du?«

»Weil Farrell nach allem, was ich über ihn gelesen und gehört habe, ein logischer, intelligenter Mann ist – manchen Leuten zufolge kalt, fast unmenschlich logisch. Logisch denkende Geschäftsleute verschwenden ihre Zeit nicht mit billigen Rachefeldzügen. Und gerade Farrells Zeit ist eine Menge Geld wert. Aber jeder Mensch hat ein gewisses Limit, wieviel er zu schlucken bereit ist. Und ich habe den Eindruck, daß dieser Punkt bei Farrell jetzt irgendwie erreicht ist. Wenn er einen Krieg *will,* dann wird er es darauf anlegen, Streit zu suchen. Und das beunruhigt mich ganz gewaltig.«

Meredith beunruhigte das noch viel mehr. »Warum sollte er einen Krieg wollen?«

»Ich nehme an, er plant eine Art Rachefeldzug.«

»Rache für was?« rief Meredith bestürzt. »Wie kommst du überhaupt darauf?«

»Durch etwas, das Pearson gesagt hat – er hat mich gewarnt, daß jeder Versuch von deiner Seite, diese Scheidung ohne Farrells vorheriges völliges Einverständnis durchzuführen, dich in noch wesentlich größere Unannehmlichkeiten stürzen würde.«

»Noch größere Unannehmlichkeiten?« wiederholte sie verblüfft. »Warum denn nur? Als ich letzte Woche mit ihm zum Lunch war, hat er wirklich versucht, nett zu sein. Er hat es ehrlich versucht, obwohl er mich wirklich verabscheut ...«

»Warum?« unterbrach er sie resolut. »Warum sollte er dich verabscheuen? Wie kommst du darauf, daß er das tut?«

»Ich weiß nicht. Ich spüre es einfach.« Ohne auf dies unbeantwortbare Frage weiter einzugehen, fuhr sie fort: »Er ist verständlicherweise wütend wegen der Southville-Angelegenheit, und das, was ich am Schluß zu ihm im Auto gesagt habe, hat ihn sicherlich tief verletzt. Könnte es sein, daß ich damit den Punkt ›überschritten‹ habe?«

»Könnte sein«, antwortete Stuart, aber er klang nicht überzeugt.

»Was sollen wir jetzt tun?«

»Ich werde am Wochenende darüber nachdenken. In einer Stunde fliege ich nach Palm Beach, um das Wochenende mit Teddy und Liz Jenkins auf ihrer Jacht zu verbringen. Wir werden uns einen Schlachtplan ausdenken, wenn ich zurück bin. Bitte reg dich nicht zu sehr auf.«

»Ich werde es versuchen«, versprach Meredith und stützte sich mit voller Wucht in die Arbeit, um Matthew Farrell aus ihren Gedanken zu verbannen. Als Sam Green sie zwei Stunden später dringend zu sprechen wünschte, war ihr dies auch recht gut gelungen. Wie versprochen hatten Sam und seine Leute den Fall, der ihn davon abhielt, nach Houston zu fliegen, möglichst schnell zum Abschluß gebracht. Vor drei Tagen hatte Sam mit Ivan Thorp telephoniert und einen Termin für die kommende Woche vereinbart.

Lächelnd begrüßte sie ihn, als er nun auf sie zukam. »Haben Sie alles fertig für Houston?«

»Eben hat Thorp angerufen und unser Treffen abgesagt«, sagte er und sank in den Stuhl gegenüber von ihr. Er wirkte ärgerlich und gestreßt. »Es scheint, daß sie das Land bereits für zwanzig Millionen verkauft haben. Der Käufer wollte, daß die Verhandlungen bis zum endgültigen Abschluß geheim bleiben, deshalb ist Thorp auch auf das Treffen mit mir eingegangen. Das Grundstück ist jetzt im Besitz eines großen Konzerns.«

Tief enttäuscht, doch keineswegs willens, aufzugeben, sagte Meredith: »Kontaktieren Sie die neuen Besitzer, und finden Sie heraus, ob sie bereit sind zu verkaufen.«

»Das habe ich bereits, und sie werden sehr gern an uns verkaufen.« Sams Stimme triefte vor Sarkasmus.

Sein Ton überraschte Meredith. »Dann sollten wir keine Zeit verlieren und gleich mit ihnen in Verhandlungen treten.«

»Das habe ich bereits versucht. Sie verlangen dreißig Millionen, und sie sind *nicht* bereit, über die Summe zu verhandeln.«

»Dreißig Millionen! Das ist doch lächerlich!« rief Meredith und sprang auf. »Es ist verrückt! Das Grundstück ist beim derzeitigen Wirtschaftsstand allerhöchstens siebenundzwanzig Millionen wert, und sie haben nur zwanzig dafür bezahlt!«

»Das habe ich dem Direktor der Immobilienabteilung auch gesagt, aber er vertritt die Haltung: Take it or leave it.«

Meredith stand auf, lief rastlos zum Fenster und überlegte verzweifelt, was sie als nächstes tun sollte. Das Grundstück in Houston war der ideale Standort für die neue Filiale von Bancroft's. Sie wollte ihr Kaufhaus dort errichtet haben, und sie würde nicht so rasch aufgeben. »Haben die Leute vor, den Grund selbst zu erschließen?« fragte sie, an ihren Schreibtisch zurückkehrend.

»Nein.«

»Sie haben gesagt, es gehört jetzt einem großen Konzern. Welchem?«

Sam Green war nicht entgangen, daß Merediths Name in letzter Zeit mehrfach in Verbindung mit dem Matthew Farrells genannt worden war, und er zögerte einen Moment, bevor er antwortete. »Intercorp.«

Wütend und ungläubig starrte sie ihn an. »Das ist ein schlechter Witz!«

»Sehe ich aus wie ein Mann, der Witze macht?«

Meredith zitterte vor Wut am ganzen Leib und starrte Sam immer noch zornig an. Es gab keinen Zweifel, daß Intercorp das Grundstück nicht zufällig erworben hatte. Dies war offensichtlich eine jener Unannehmlichkeiten, vor denen Pearson Stuart heute gewarnt hatte.

»Was werden Sie als nächstes tun?«

Ihre wütenden blauen Augen trafen seinen Blick. »Als nächstes, nachdem ich ihn umgebracht habe? Ich werde ihn den Fischen zum Fraß vorwerfen! Diesen bösartigen, hinterlistigen ...« Sie brach ab und nahm sich zusammen. Wieder hinter ihrem Schreibtisch sitzend, sagte sie: »Ich muß darüber nachdenken, Sam. Wir werden Montag darüber sprechen.«

Als Sam gegangen war, begann Meredith erneut im Zimmer auf und ab zu laufen und versuchte, ihrer Wut Herr zu werden, um wieder logisch denken zu können. Daß Matt ihr Privatleben zu einem Alptraum machte, war eine Sache. Damit würde sie mit Stuarts Hilfe schon irgendwie fertig werden. Aber jetzt griff er Bancroft & Company an, und das traf sie tiefer und schlimmer als jeder persönliche Affront. Sie mußte ihn aufhalten, und zwar sofort. Wer wußte, was er sonst noch plante – oder schlimmer, was für weitere Teufelspläne er bereits in Gang gesetzt hatte.

Ärgerlich fuhr sie sich durchs Haar und lief noch eine Weile auf und ab, bis sie sich beruhigt hatte. »Warum *macht* er das?« fragte sie laut in den leeren Raum. Die Antwort lag auf der Hand – es mußte seine Rache dafür sein, daß ihr Vater sein Bauprojekt in Southville blockiert hatte.

Aber das war ja inzwischen erledigt. Irgendwie mußte sie ihn dazu bringen, ihr zuzuhören. Sie würde ihm klar machen, daß er seine Schlacht gewonnen hatte und daß ihr Vater klein beigab. Matt brauchte nichts weiter zu tun, als seine Pläne dem Ausschuß noch einmal vorzulegen! Da Stuart momentan nicht erreichbar war, tat Meredith das Nächstliegende: Sie marschierte zu ihrem Schreibtisch und wählte Matts Büronummer.

Als seine Sekretärin antwortete, verstellte Meredith ihre Stimme: »Hier spricht – Phyllis Tishler«, log sie, den Namen ihrer Sekretärin benutzend. »Ist Mr. Farrell da?«

»Mr. Farrell ist nach Hause gegangen. Er kommt erst Montag nachmittag wieder ins Büro.«

Meredith blickte auf ihre Uhr und war überrascht, daß es bereits fünf war. »Ich habe nicht bemerkt, daß es schon so spät ist. Ich habe seine Privatnummer im Moment nicht bei mir, könnten Sie sie mir bitte geben?«

»Ich bin nicht befugt, Mr. Farrells Privatnummer herauszugeben«, sagte sie. »Das sind Mr. Farrells Anweisungen.«

Meredith legte auf. Sie konnte nicht bis Montag warten. Und selbst dann war es fraglich, ob seine Sekretärin sie trotz falschem Namen durchstellen würde, ohne zu fragen, worum es ging. Und wenn sie selbst in sein Büro kam, lief sie Gefahr, hinausgeworfen zu werden. Eigentlich war es wesentlich günstiger, wenn sie ihn zu Hause erreichte. Sie wählte die Auskunft, mußte aber erwartungsgemäß erfahren, daß Matt eine Geheimnummer hatte.

Doch Meredith ließ sich nicht so leicht entmutigen. Wenn es darum ging, einen einmal gefaßten Entschluß in die Tat umzusetzen, hatte sie einen eisernen Willen, der in auffälligem Kontrast zu ihrem zarten Wesen und ihrer sanften Stimme stand. Sie zermarterte sich das Hirn, ob ihr nicht jemand einfiel, der Matts Privatnummer hatte und bereit war, sie ihr zu geben. Umsonst.

Dann biß sie sich auf die Lippen. Gut, ihr blieb nichts übrig, als zu Matts Wohnung zu fahren. Die Aussicht, einem zornigen Matthew Farrell gegenüberzustehen, und das auch noch auf seinem eigenen Grund und Boden, jagte ihr zwar Furcht ein, aber Selbstmitleid würde ihr Problem nicht lösen. Also öffnetet sie die Augen und wappnete sich für das, was zu tun war. Sie wußte genau, wo Matt wohnte. Jeder Leser der *Chicago Tribune* wußte das. In der letzten Sonntagsbeilage waren vier Farbseiten der Wohnung gewidmet gewesen, die sich Chicagos jüngster und reichster Unternehmer gekauft und eingerichtet hatte – in den Berkeley Towers am Lake Shore Drive.

28

Der Verkehr am Lake Shore Drive war um diese Tageszeit so dicht, daß Meredith nur langsam vorankam. Sie hoffte, daß das Wetter, das zusehens schlechter wurde, kein schlechter Vorbote für ihr Vorhaben war. Graupelschauer hatten den Regen abgelöst, als sie aus dem Parkhaus kam, und der eisige Wind heulte gespenstisch. Vor sich sah sie nur eine lange Schlange roter Bremslichter.

In der Wärme ihres Autos versuchte Meredith sich darauf zu konzentrieren, was sie Matt als erstes sagen wollte – es mußte etwas sein, das seine Wut besänftigen und ihn dazu bringen würde, sie anzuhören. Etwas Diplomatisches. Sehr Diplomatisches. Ihr Sinn für Humor, der in letzer Zeit viel zu kurz gekommen war, setzte sich durch, und einen Augenblick lang sah sie sich an seine Tür klopfen, ein weißes Taschentuch in der Hand, das sie als Friedenszeichen vor seinem Gesicht schwenken würde, sobald er öffnete.

Diese Vorstellung war so absurd, daß sie lächeln mußte, aber ihr nächster Gedanke ließ sie laut seufzen: Bevor sie Gelegenheit haben würde, an seine Tür zu klopfen, würde sie an der unvermeidlichen Sicherheitskontrolle vorbei müssen, mit der alle Luxusapartmenthäuser zum Schutz ihrer Bewohner ausgestattet waren. Wenn ihr Name nicht auf einer Liste erwarteter Gäste stand, würde das Wachpersonal sie bestimmt nicht durchlassen.

Als sie zwanzig Minuten später ihren Wagen vor Matts Apartmenthaus zum Stehen brachte, hatte sie einen Plan entworfen, von dem sie allerdings nicht mit Sicherheit sagen konnte, ob er funktionieren würde.

Der Pförtner kam ihr mit einem großen Regenschirm entgegen, und sie übergab ihm die Autoschlüssel. Dann nahm sie einen großen, dicken Umschlag aus ihrem Aktenkoffer, der Post für ihren Vater enthielt.

In dem Augenblick, in dem sie die luxuriöse Lobby betrat und an den Empfang trat, wußte sie, daß ihre Befürchtungen nicht unbegründet gewesen waren. Der uniformierte Wachmann fragte sie nach ihrem Namen und verglich ihn mit einer Liste auf seinem Pult. »Ihr Name steht leider nicht auf der heutigen Liste, Miss Bancroft. Wenn Sie Mr. Farrell bitte von diesem Apparat aus anrufen würden? Ohne seine Genehmigung darf ich Sie nicht hinauflassen. Es tut mir leid, daß ich solche Umstände machen muß.«

Er war erst Anfang Zwanzig, wie sie erleichtert feststellte, und würde vermutlich eher auf ihre Vorstellung hereinfallen als ein älterer Sicherheitsbeamter. Meredith schenkte ihm ein Lächeln, das einen Stein erweicht hätte. »Das ist doch kein Grund, sich zu entschuldigen.« Sie warf einen kurzen Blick auf das Namensschild an der Brusttasche seiner Uniform. »Ich habe vollstes Verständnis dafür, Craig. Die Nummer steht in meinem Adreßbuch.«

Während er sie bewundernd anstarrte, wühlte Meredith in ihrer Hermès-Handtasche – augenscheinlich auf der Suche nach ihrem kleinen Adreßbuch. Sie warf ihm einen entschuldigenden Blick zu und durchsuchte ihre Tasche erneut, dann klopfte sie auf die Taschen ihres Mantels und sah schließlich noch in den großen Umschlag. »O nein!« rief sie erschrocken und blickte ihn hilfesuchend an. »Mein Adreßbuch. Ich habe es nicht bei mir. Craig, Mr. Farrell wartet auf diese Papiere.« Sie wedelte mit dem dicken Kuvert. »Sie *müssen* mich einfach zu ihm hinauflassen.«

»Ich verstehe«, murmelte Craig, während seine Augen über ihr wunderschönes, erschrockenes Gesicht wanderten, dann fing er sich wieder. »Aber ich darf leider nicht. Es ist gegen die Vorschriften.«

»Ich muß wirklich dringend zu ihm«, flehte sie, und dann tat sie aus Verzweiflung etwas, was sie unter normalen Umständen niemals getan hätte. Meredith Bancroft, die ihre Privatsphäre über alles schätzte und Leute verachtete, die mit ihren Namen angaben, blickte dem jungen Mann direkt ins Gesicht und sagte mit einem plötzlichen Lächeln: »Kenne ich Sie nicht irgendwoher? Ich weiß, daß ich Sie schon irgendwo gesehen habe. Ja, natürlich – im Kaufhaus!«

»Was – was für ein Kaufhaus?«

»Bancroft & Company! Ich bin Meredith Bancroft«, verkündete sie und wand sich innerlich vor Scham über den ethusiastischen Klang ihrer Stimme. Aufgeblasen. Widerlich wichtigtuerisch, dachte sie.

Craig schnalzte mit den Fingern. »Ich *wußte* es! Ich wußte, daß ich Sie kenne. Ich habe Ihr Bild in Zeitungen und in den Nachrichten gesehen. Ich bin ein großer Fan von Ihnen, Miss Bancroft.«

Ihre Lippen zuckten in Anbetracht der überschwenglichen, naiven Bewunderung, die er ihr entgegenbrachte, als sei sie ein berühmter Filmstar. »Nachdem wir nun festgestellt haben, daß ich kein kriminelles Element bin, könnten Sie doch dies eine Mal eine Ausnahme machen und mich rauflassen?«

»Oh – es würde Ihnen nichts nützen. Die Türen vom Fahrstuhl gehen nur auf, wenn man einen Schlüssel hat oder wenn jemand im Penthouse den Drücker betätigt.«

»Ich verstehe.« Meredith war plötzlich mutlos und frustriert, aber seine nächsten Worte ließen sie vor Schreck fast ohnmächtig werden.

»Wissen Sie was«, sagte er, griff zum Telephon und drückte eine Reihe von Tasten. »Mr. Farrell hat uns angewiesen, ihn nicht wegen unangemeldeter Gäste zu belästigen, aber in Ihrem Fall mache ich eine Ausnahme. Ich rufe selber an und sage ihm, daß Sie hier sind.«

»Nein!« rief sie entsetzt, das sie sich denken konnte, was er von Matt zu hören bekommen würde. »Ich – ich meine, Vorschriften sind Vorschriften, und Sie sollten sich nicht meinetwegen darüber hinwegsetzen.«

»Für Sie mache ich das gerne«, sagte er grinsend und sprach schon in den Hörer. »Hier ist der diensthabende Wachmann in der Lobby, Mr. Farrell. Miss Meredith Bancroft ist hier und möchte Sie sprechen. Ja, Sir, Miss Meredith Bancroft ... Nein, Sir, nicht Banker. Bancroft. Wie das Warenhaus Bancroft's.«

Unfähig, ihm ins Gesicht zu blicken, während Matt ihm befahl, sie hinauszuwerfen, machte sie ihre Handtasche zu und beschloß zu gehen.

»Ja, Sir«, sagte Craig. »Natürlich, Sir. Miss Bancroft«, wandte er sich an sie, gerade als sie sich umdrehen wollte. »Mr. Farrell sagt, Sie ...«

Sie schluckte. »Ich kann mir vorstellen, was er gesagt hat.«

Craig zog die Fahrstuhlschlüssel aus der Tasche und nickte. »Er hat gesagt, Sie sollen raufkommen.«

Matts Chauffeur-Leibwächter öffnete auf Merediths Klopfen hin die Tür. Er trug eine zerknitterte schwarze Hose und ein weißes Hemd, dessen aufgekrempelte Ärmel die kräftigen Unterarme freiließen. »Hier entlang, Ma'am«, sagte er mit einer Stimme, die besser in einen Gangsterfilm aus den dreißiger Jahren gepaßt hätte. Zitternd vor Spannung folgte sie ihm durch das weitläufige, säulengestützte Foyer einige Stufen hinunter und durch einen riesigen Wohnraum mit weißem Marmorboden zu einem Alkoven mit drei lichtgrünen Sofas, die U-förmig um einen großen gläsernen Couchtisch standen.

Merediths Blick wanderte unruhig von dem Schachbrett und den teils danebenstehenden Figuren, die sich auf dem Tisch befanden, zu dem weißhaarigen Mann, der auf einem der Sofas saß, und dann zurück zu dem Chauffeur, von dem sie annahm, daß er mit dem anderen Mann Schach gespielt hatte. Ihre Vermutung bestätigte sich, als der Chauffeur um den Couchtisch herumging, sich auf eines der Sofas setzte, beide Arme auf die Lehne legte und sie mit amüsiertem Interesse musterte. Unsicher blickte Meredith erst den Chauffeur und dann den weißhaarigen Mann an, der sie frostig ansah. »Ich – ich bin gekommen, um mit Mr. Farrell zu sprechen«, erklärte sie.

»Dann mach die Augen auf, Mädchen!« knurrte er und erhob sich. »Ich stehe direkt vor dir.«

Meredith starrte ihn völlig verwirrt an. Er war schlank und durchtrainiert, hatte dichtes weißes Haar, einen gepflegten Schnurrbart und durchdringende blaue Augen. »Das muß ein Irrtum sein. Ich wollte mit Mr. Farrell sprechen ...«

»Ich glaube, du hast ein Problem mit Namen, Mädchen«, unterbrach sie Matts Vater verächtlich. »Mein Name *ist* Farrell, und deiner *ist nicht* Bancroft, sondern ebenfalls *immer noch* Farrell, soviel ich gehört habe.«

Plötzlich wußte Meredith, wer er war, und ihr Herz setzte einen Moment aus, als sie die Feindseligkeit in seinen Augen entdeckte. »Ich – ich habe Sie nicht erkannt, Mr. Farrell«, stammelte sie. »Ich wollte Matt sprechen.«

»Warum?« fragte er hart. »Was zum Teufel willst du?«

»Ich – ich will mit Matt sprechen«, beharrte sie. Sie konnte kaum fassen, daß dieser hochgewachsene, robuste, wütende Mann derselbe war, den sie damals auf der Farm kennengelernt hatte.

»Matt ist nicht hier.«

Meredith hatte an diesem Nachmittag schon viel durchgemacht, und sie hatte keine Lust mehr, mit irgend jemand zu streiten. »In diesem Fall«, erwiderte sie, »werde ich hierbleiben, bis er zurückkommt.«

»Da kannst du lange warten«, sagte Patrick sarkastisch. »Er ist in Indiana auf der Farm.«

Sie wußte, daß er log. »Seine Sekretärin hat gesagt, daß er zu Hause ist.«

»Das ist sein Zuhause!« Er kam näher und fuhr verächtlich fort: »Du erinnerst dich doch, oder, Mädchen? Du solltest es wirklich, so hochnäsig wie du damals dort herumstolziert bist.«

Meredith bekam plötzlich Angst vor dem Zorn, der hinter seinen harten Zügen sichtbar wurde. Sie wich zurück, als er noch näher an sie herantrat. »Gut, ich habe es mir anders überlegt. Ich – ich werde ein andermal mit Matt sprechen.« Sie wollte gehen, aber Patrick Farrell packte sie am Arm und riß sie herum, so daß sein zorniges Gesicht nur Zentimeter von ihrem entfernt war.

»Du wirst Matt in Ruhe lassen, hörst du! Du hast ihn einmal fast umgebracht, und ich werde nicht zulassen, daß du dich noch einmal in sein Leben drängst und ihn wieder fertigmachst!«

Meredith versuchte, sich loszureißen, und als ihr das nicht gelang, wurde ihre Wut stärker als die Angst. »Ich will doch nicht Ihren Sohn haben«, informierte sie ihn verächtlich, »ich will eine *Scheidung,* aber er weigert sich.«

»Ich habe nie verstanden, warum er dich überhaupt heiraten wollte, und ich weiß bei Gott nicht, warum er jetzt mit dir verheiratet bleiben will!« stieß Patrick Farrell hervor und schob ihren Arm weg. »Du bist nicht einmal davor zurückgeschreckt, ein unschuldiges Baby zu ermorden, nur weil du keinen Farrell in deinem vornehmen Leib tragen wolltest!«

Schmerz und Wut durchzuckten Meredith, tausend Messer zerschnitten ihr das Herz. »Wie können Sie es wagen, mir das zu sagen! Ich hatte eine *Fehlgeburt!«*

»Du hattest eine *Abtreibung!«* brüllte er. »Du hast sein Kind im sechsten Monat *abgetrieben,* und dann hast du Matt ein Telegramm geschickt. Ein gottverdammtes Telegramm, nachdem alles vorbei war!«

Meredith biß die Zähne zusammen, um den Schmerz, den sie so viele Jahre in ihrem Inneren verschlossen gehalten hatte, nicht laut herauszuschreien. Aber sie konnte sich nicht länger zurückhalten. Sie explodierte, und ihr Vorwurf ging direkt gegen den Vater des Mannes, der die Schuld an ihrem ganzen Leid trug: »Ich habe ihm ein Telegramm geschickt, ja – ein Telegramm, in dem stand, daß ich eine Fehlgeburt hatte, und Ihr werter Herr Sohn hat es nicht einmal für nötig befunden, mich auch nur anzurufen!« Zu ihrem Entsetzen merke sie, wie ihr die Tränen in die Augen schossen.

»Ich warne dich, Mädchen«, begann er mit eisiger Stimme, »glaub ja nicht, daß du mit mir spielen kannst. Ich weiß, daß Matt zurückgekommen ist, um mit dir zu reden, und ich weiß, was in dem Telegramm stand, weil ich *ihn* gesehen habe und weil ich das *Telegramm* gesehen habe!«

Meredith bekam nicht gleich mit, was er über das Telegramm gesagt hatte. »Er – er ist zurückgekommen, um mit mir zu reden?« Ein seltsames, süßes Gefühl stieg in ihrem Herzen auf, aber genauso schnell war es wieder erloschen. »Das ist eine Lüge«, sagte sie tonlos. »Ich weiß nicht, warum er zurückgekommen ist, aber bestimmt nicht, um mit mir zu sprechen – das hat er nämlich nicht getan.«

»Nein, das hat er nicht«, tobte er. »Und du weißt ganz genau, warum er es nicht getan hat. Du warst in dem Bancroft-Flügel des Krankenhauses, und du hast verboten, daß er diesen Teil auch nur betritt.« Als hätte sein Zorn ihn plötzlich verlassen, ließ er die Schultern hängen und blickte sie in hilfloser Verzweiflung an. »Ich schwöre bei Gott, ich verstehe nicht, wie du so etwas tun konntest! Nachdem du sein Baby umgebracht hast, ist er vor Kummer fast verrückt geworden, aber als du dich geweigert hast, ihn auch nur zu sehen, hat ihn das fast getötet. Er ist zurück auf die Farm gekommen und hat gesagt, daß er nicht mehr nach Südamerika zurückging. Wochenlang mußte ich zusehen, wie er seinen Kummer im Alkohol ertränkte. Er war auf dem besten Wege, sich zu Tode zu saufen – so wie ich früher. Aber ich habe ihn wieder zur Vernunft gebracht und zurück nach Südamerika geschickt, um über dich wegzukommen.«

Meredith hörte den letzten Teil kaum. Ihr Kopf dröhnte. Der Bancroft-Flügel war nach *ihrem Vater* benannt, weil er das Geld dafür gestiftet hatte. Ihre Privatschwester war von *ihrem Vater* angestellt worden; ihr Arzt war der Freund *ihres*

Vaters gewesen. Alle, mit denen sie im Krankenhaus zu tun gehabt hatte, waren ihrem Vater irgendwie verpflichtet, und ihr Vater haßte Matt. Deshalb wäre es durchaus denkbar ... durchaus möglich, daß er ... Eine heftige Freude durchzuckte sie. Doch noch hatte sie Angst, Matts Vater zu glauben, und gleichzeitig Angst, ihm *nicht* glauben zu dürfen. Unsicher hob sie ihr tränenüberströmtes Antlitz und blicke in seine steinerne Miene. »Mr. Farrell«, flüsterte sie zitternd. »Ist Matt wirklich heimgekommen, um mich zu sehen?«

»Du weißt verdammt gut, daß er gekommen ist!« sagte Patrick hart, aber als er ihr schmerzerfülltes Gesicht sah, entdeckte er Verwirrung, nicht Schadenfreude, und eine Vorahnung überkam ihn, daß er sich vielleicht doch irrte; daß sie *wirklich* nichts von all dem gewußt hatte.

»Und Sie haben dieses – dieses Telegramm gesehen, das ich ihm angeblich geschickt habe – daß ich eine Abtreibung hatte? Was genau stand drin?«

Patrick zögerte und suchte, hin- und hergerissen zwischen Zweifel und Schuldgefühlen, ihre Augen. »Darin stand, daß du eine Abtreibung vorgenommen hast und daß du die Scheidung einreichst.«

Die Farbe wich aus Merediths Gesicht, das Zimmer begann sich zu drehen, und sie griff nach der Sofalehne, um sich daran festzuhalten. Tödlicher Zorn auf ihren Vater erfüllte sie. Sie dachte an diese furchtbaren, einsamen Monate nach der Fehlgeburt und an den unterdrückten Schmerz aller folgenden Jahre, den Schmerz darüber, daß Matt sie verlassen hatte. Am meisten aber erfüllte sie eine tiefe Trauer; dumpfe Traurigkeit befiel sie bei dem Gedanken an ihr totes Baby und bei dem Gedanken an alle, die Opfer der Manipulationen ihres Vaters geworden waren. Der Schmerz zerriß ihr fast das Herz, und heiße Tränen liefen ihr über die Wangen. »Ich hatte keine Abtreibung, und ich habe auch dieses Telegramm nicht geschickt ...« Ihre Stimme brach, und sie sah Patrick durch einen Schleier von Tränen an. »Ich schwöre es bei allem, was mir heilig ist!«

»Wer hat es dann geschickt?«

»Mein Vater«, stieß sie mühsam hervor. »Es muß mein Vater gewesen sein!« Ihr Kopf fiel nach vorne, und ihre Schultern bebten unter heftigen Schluchzern.

Patrick starrte das weinende Mädchen an, das sein Sohn einmal bis zum Wahnsinn geliebt hatte. Qualen zeichneten jede Faser ihres Körpers, Qualen und Ärger und Trauer. Er zögerte, erschüttert von ihrem Anblick, dann zog er seine Schwiegertochter in die Arme. »Vielleicht ist es dumm von mir«, murmelte er und hielt sie fest, »aber ich glaube dir.«

Anstatt bei seiner Berührung zurückzuzucken, wie er es halbwegs erwartet hatte, legte seine Schwiegertochter ihre Arme um seinen Hals und klammerte sich an ihn, während leise, herzerreißende Schluchzer ihren schlanken Leib schüttelten. »Es tut mir leid«, weinte sie schmerzerfüllt, »es tut mir alles so furchtbar leid ...«

»Ist ja gut«, flüsterte er immer wieder, »ist ja gut«. Er hielt sie fest und tätschelte ihr hilflos die Schulter. Auch ihm stiegen Tränen der Rührung in die Augen, und er drücke sie fester. »Weine nur«, flüsterte er ihr zu und versuchte, seine ohnmächtige Wut auf ihren Vater zu unterdrücken, »weine dich nur richtig aus.« Das schluchzende Mädchen im Arm, starrte Patrick ins Leere und versuchte nachzudenken. Als sie sich langsam beruhigt hatte, wußte er, was er wollte. Er war sich nur noch nicht ganz sicher, wie er es erreichen würde. »Fühlst du dich jetzt besser?« fragte er und senkte den Kopf, um ihr ins Gesicht zu sehen. Als sie verlegen nickte und sein Taschentuch akzeptierte, fuhr er fort: »Gut. Wisch dir die Tränen ab, und ich hole dir was zu trinken. Dann können wir darüber reden, was du als nächstes tust.«

»Ich weiß genau, was ich als nächstes tue«, sagte Meredith bitter und putzte sich die Nase. »Ich werde meinen Vater eigenhändig umbringen.«

»Nicht, wenn ich in zuerst in die Finger kriege«, erwiderte Patrick schroff. Er drehte sie sanft um, drückte sie aufs Sofa und verschwand in Richtung Küche, um kurz darauf mit einer dampfenden Tasse heißer Schokolade wiederzukommen.

Meredith fand diese Geste sehr rührend und lächelte, als er ihr die Tasse in die Hand drückte und sich neben sie setzte.

»Also«, fragte er, als sie ausgetrunken hatte, »hast du dir schon überlegt, was du Matt sagen willst?«

»Ich werde ihm die Wahrheit sagen.«

Patrick versuchte vergeblich, seine Freude über diese Antwort zu verbergen und nickte energisch. »Das finde ich auch. Du bist schließlich immer noch seine Frau, und er hat ein Recht darauf, die Wahrheit zu erfahren. Und weil er dein Mann ist, hat er auch die Pflicht, dir zuzuhören und dir zu glauben. Ihr beide habt auch noch andere Verpflichtungen – zu vergeben und zu vergessen und euch gegenseitig zu trösten. Und euer Ehegelübde einzulösen …«

Bei diesen Worten merkte sie, worauf er hinauswollte. Patrick Farrell war der Sohn irischer Einwanderer. Offensichtlich war die Ehe in seinen Augen etwas Heiliges, und nachdem er nun die Wahrheit darüber erfahren hatte, was mit seinem Enkelkind passiert war, ging er aufs Ganze. »Mr. Farrell, ich …«

»Nenn mich Dad.« Als Meredith zögerte, wich die Wärme aus seinem Blick. »Vergiß es. Es ist wahrscheinlich zu viel erwartet, daß jemand wie du jemand wie ich …«

»Das ist es nicht!« unterbrach Meredith. Sie wurde rot bei dem Gedanken daran, wie sehr sie ihn früher verachtet hatte. »Es ist nur, daß Sie – du – dir keine falschen Hoffnungen machen sollst, was Matt und mich betrifft.« Sie mußte ihm klarmachen, daß es viel zu spät war, um ihre Ehe zu retten, aber nach all dem, was er durchgemacht hatte, brachte sie es nicht übers Herz, ihm schlichtweg zu sagen, daß sie seinen Sohn nicht mehr liebte. Was sie wollte, war eine Chance, Matt von der Fehlgeburt zu erzählen. Sie wollte ihn bitten, zu vergessen und zu verzeihen, und ihm sagen, daß auch sie vergeben und vergessen wollte. »Mr. Farrell – Dad – ich weiß, was du dir wünscht, aber es geht nicht. Es kann nicht funktionieren. Matt und ich haben uns kaum eine Woche gekannt, bevor wir getrennt wurden, und daß ist einfach nicht genug Zeit, um – um …«

»Um zu wissen, ob man jemanden liebt?« beendete Patrick den Satz, da Meredith hilflos verstummt war. Seine buschigen Brauen hoben sich in gutmütigen Spott. »Ich wußte in dem Moment, wo ich meine Frau das erste Mal sah, daß sie die Richtige für mich ist.«

»Nun ja, so impulsiv bin ich nicht«, sagte Meredith, wäre dann aber am liebsten im Erdboden versunken, weil Patrick Farrell sie wissend und amüsiert betrachtete. »Vor elf Jahren mußt du aber doch recht impulsiv gewesen sein«, erinnerte er sie. »Matt war nur einen einzigen Abend mit dir zusammen, und du warst schwanger. Er hat mir selber erzählt, daß er dein erster Mann war. Es sieht also so aus, als ob du damals recht schnell gemerkt hast, daß er der Richtige für dich ist.«

»Laß uns über etwas anderes reden«, flüsterte Meredith schwach und hob die Hand, wie um seine Worte abzuwehren. »Du kannst nicht wissen, was ich empfinde – was ich Matt gegenüber die ganze Zeit empfunden habe. In letzter Zeit ist einiges zwischen Matt und mir passiert. Es ist alles so furchtbar kompliziert ...«

Patrick warf ihr einen empörten Blick zu. »Es ist überhaupt nicht kompliziert. Es ist alles ganz einfach. Du hast meinen Sohn geliebt. Er hat dich geliebt. Ihr habt zusammen ein Baby gemacht. Ihr seid verheiratet. Ihr werdet einige Zeit brauchen, um die Gefühle, die ihr hattet, wiederzufinden, aber ihr werdet sie wiederfinden. So einfach ist das.«

Meredith mußte über diese krasse Untertreibung fast lachen, und er runzelte die Stirn, als er sah, daß sie seine Worte nicht ernst nahm. »Du solltest dich bald entscheiden, was du tun willst«, sagte er, um sie zu raschem Handeln zu bewegen, »denn es gibt da ein Mädchen, das ihn sehr liebt; und es könnte durchaus sein, daß er sich entschließt, sie zu heiraten.«

Sie nahm an, daß er das Mädchen meinte, dessen Photo auf Matts Schreibtisch stand, und fühlte einen seltsamen Stich in der Herzgegend. »Das Mädchen in Indiana?« Er zögerte einen Augenblick, dann nickte er, und sie schenkte ihm ein halbherziges Lächeln, während sie aufstand und nach ihrer Tasche griff. »Matt weigerte sich, mit mir zu sprechen. Aber ich muß mit ihm reden, jetzt nötiger denn je«, sagte sie, seine Hilfe erbittend.

»Die Farm ist der optimale Platz dafür«, verkündete Patrick grinsend und erhob sich gleichfalls. »Während der Fahrt hast du genug Zeit, dir zu überlegen, wie du ihm alles am besten sagst. Du bist in ein paar Stunden dort.«

»Was?« Sie blinzelte. »Nein, wirklich nicht. Ganz bestimmt nicht. Matt allein auf der Farm gegenüberzutreten ist wirklich keine gute Idee.«

»Du meinst, du brauchst ein Kindermädchen?« fragte er ungläubig.

»Nein«, erwiderte Meredith lächelnd, »aber ich glaube, wir brauchen einen Vermittler. Ich hatte gehofft, daß du das übernimmst und daß wir drei uns hier treffen, wenn er wieder zurück ist.«

Als Antwort legte er seine Hände auf ihre Schultern und sagte eindringlich: »Meredith, fahr auf die Farm. Du kannst ihm dort alles Nötige sagen. Eine bessere Chance wirst du nie kriegen«, fuhr er fort, als sie zauderte. »Die Farm ist verkauft. Deshalb ist Matt jetzt dort, um unsere restlichen Sachen zusammenzupacken. Das Telephon ist abgemeldet, also kann euch keiner stören. Er kann nicht ins Auto steigen und wegfahren, weil sein Wagen kaputt ist und Joe ihn erst Montag früh wieder abholen soll.« Er sah, daß sie unsicher wurde, und bohrte hocherfreut weiter: »Elf Jahre sind Haß und verletzte Gefühle zwischen euch gestanden, und du könntest dem noch heute ein Ende setzen! Heute abend noch! Willst du das nicht? Ich kann mir vorstellen, wie du dich gefühlt hast, als du glauben mußtest, daß Matt sich weder für das Baby noch für dich interessiert, aber überlege doch, wie *er* sich die ganze Zeit gefühlt hat! Heute abend um neun könnte das ganze Elend hinter euch liegen. Ihr könntet wieder Freunde sein.« Sie war nahe daran, einzuwilligen, aber noch zögerte sie. Patrick erriet den Grund und fügte schlau hinzu: »Wenn ihr euch ausgesprochen habt, kannst du ins Demunton Motel fahren und dort übernachten.«

Je länger Meredith über seine Argumente nachdachte, desto richtiger erschien ihr sein Vorschlag. Ohne Telephon konnte Matt nicht die Polizei rufen, um sie wegen unerlaubten Betretens fremden Eigentums verhaften zu lassen. Ohne Auto konnte er nicht einfach wegfahren, ohne sie angehört zu haben. Er würde ihr zuhören *müssen*. Sie dachte daran, wie Matt sich gefühlt haben mußte, als er jenes Telegramm erhielt, und plötzlich hatte sie das dringende Bedürfnis, Patricks Ratschlag zu folgen und umgehend die ganzen Mißverständnisse aus der Welt zu schaffen. Sie würden als Freunde auseinandergehen. »Ich muß nur kurz in meiner Wohnung vorbei und ein paar Sachen einpacken«, sagte sie.

Er lächelte sie mit solcher Zärtlichkeit und Zustimmung an, daß ihr ganz warm ums Herz wurde. »Ich bin sehr stolz auf dich, Meredith«, flüsterte er, und ihr wurde klar, daß er wußte, daß die Konfrontation mit einem wütenden Matt bei weitem nicht so einfach sein würde, wie er es dargestellt hatte.

»Ich fahre jetzt besser«, sagte sie, und dann stellte sie sich auf die Zehenspitzen und drückte ihm einen Kuß auf die Wange. Seine Arme umfingen sie, und er drückte sie väterlich fest an sich. Diese Geste gab ihr fast den Rest. Sie konnte sich nicht erinnern, daß ihr Vater sie jemals auch nur in den Arm genommen hatte.

Nachdem Meredith gegangen war, schwieg Patrick einige Minuten, dann drehte er sich um und blinzelte Joe zu, der, an den Türstock zur Küche gelehnt, den zweiten Teil der Szene belauscht hatte. »Nun«, fragte er mit einem jungenhaften Grinsen, »was hältst du von meiner Schwiegertochter?«

Joe kam langsam ins Wohnzimmer geschlendert, musterte Patricks zufriedenen Gesichtsausdruck und runzelte die Stirn. »Du hoffst, daß Matt sie nicht mehr gehen läßt, wenn sie ihm erst einmal die ganze Geschichte erzählt und er sich wieder beruhigt hat, wie?«

»Darauf zähle ich.«

»Fünf Dollar, daß er es nicht tut.«

Patricks Miene verdüsterte sich. »Du wettest dagegen?«

»Nun, normalerweise würde ich das nicht. Normalerweise würde ich zehn Scheinchen, nicht fünf, darauf setzen, daß Matt nur einen Blick auf ihr wunderschönes Gesicht werfen und die Tränen in ihren Augen sehen muß, um dann auf schnellstem Wege mit ihr ins Bett zu gehen.«

»Und warum, glaubst du, daß er es nicht tut?«

»Weil er krank ist, deshalb.«

Patrick entspannte sich und grinste süffisant. »*So* krank ist er bestimmt nicht.«

»Er ist verdammt krank!« beharrte Joe stur. »Er hat schon die ganze Woche die Grippe und ist trotzdem nach New York geflogen. Als ich ihn gestern am Flughafen abgeholt habe, hat er so gehustet, daß mir ganz übel geworden ist.«

»Erhöhst du die Wette um zehn Dollar?«

»Sicher.«

Sie setzten sich, um das Schachspiel zu beenden, aber Joe zögerte. »Patrick, ich trete von der Wette zurück. Es ist nicht fair, dir die zehn Scheinchen abzuknöpfen. Du hast Matt die Woche über kaum gesehen. Ich garantiere dir, er ist zu krank und zu sauer, um sie bei sich auf der Farm behalten zu wollen.«

»Er ist vielleicht sauer, aber so krank ist er bestimmt nicht.«

»Wieso bist du dir da so sicher?«

»Zufällig weiß ich«, sagte Patrick und gab vor, sich auf seinen nächsten Zug auf dem Schachbrett vorzubereiten, »daß Matt beim Arzt war, bevor er nach Indiana gefahren ist, und daß der ihm etwas verschrieben hat. Er hat mich von unterwegs angerufen und gesagt, daß er sich schon viel besser fühlt.«

»Du bluffst – du zwinkerst ja!«

»Erhöhst du die Wette nun oder nicht?«

29

Als Meredith mit ihrer Reisetasche in der Hand ihre Wohnung verließ, schneite es kaum, aber sie war noch keine Stunde unterwegs, als ein schlimmer Schneesturm einsetzte. Räum- und Streufahrzeuge waren auf dem Highway unterwegs, ihre gelben Signallichter blinkten in der Dunkelheit.

Nach einer langen, beschwerlichen Fahrt hielt sie endlich vor der kleinen Holzbrücke, die sie zuletzt im August vor elf Jahren gesehen hatte; sie lag jetzt unter einer fast zwanzig Zentimeter hohen Schneedecke. Mit durchdrehenden Rädern schlitterte der BMW darüber hinweg, dann faßten die Reifen wieder, und bald hatte sie den Hof vor dem Farmhaus erreicht. In dem fahlen Mondlicht, das die schneebedeckten Felder reflektierten, kamen ihr die kahlen Bäume vor wie gespenstische, verzerrte Versionen jenes lang vergangenen, wundervoll üppig-grünen Sommers. Sie warfen ihren düsteren Schatten auf das weißgestrichene Haus, als ob es sie warnen wollten. Meredith schauert, während sie die Scheinwerfer ausschaltete und den Motor abstellte. Durch ein Fenster im oberen Stock drang ein blasser Lichtstrahl ins Freie. Matt war hier, und er war noch wach. Und er würde einen Tobsuchtsanfall bekommen, wenn er sie sah.

Sie lehnte sich in ihrem Sitz zurück und schloß die Augen, um den nötigen Mut zu fassen. Und in diesem Augenblick, allein im Auto, eine ungeheure Aufgabe vor sich, bat Meredith zum ersten Mal seit elf Jahren eine höhere Instanz um Hilfe. »Bitte, lieber Gott«, flüsterte sie, »mach, daß er mir glaubt.«

Dann öffnete sie die Augen, setzte sich auf, zog den Zündschlüssel ab, griff nach ihrer Handtasche und stieg aus. Plötzlich ging die Außenbeleuchtung an. Das Herz schlug ihr bis zum Hals, als sie sah, wie die Haustür aufging. Vor Schreck darüber ließ sie die Autoschlüssel in den Schnee neben dem rechten Reifen fallen. Sie bückte sich danach, dachte dann aber daran, daß sie einen Ersatzschlüssel in der Handtasche hatte, und sah keinen Grund, jetzt lange danach zu suchen. Nicht jetzt, wo die wichtigste Konfrontation ihres Lebens vor ihr lag.

Das Außenlicht beleuchtete den Hof, und Matt stand unter der Tür und starrte ungläubig auf die Szene, die sich vor seinen Augen abspielte: Soeben war eine Frau aus ihrem Auto gestiegen, eine Frau, die Meredith unglaublich ähnlich sah, und dann hatte sie sich gebückt und war verschwunden. Sie tauchte wieder auf und stapfte durch das Schneegestöber um das Auto herum. Matt griff nach dem Türstock, um sich daran festzuhalten, weil Schwäche und Schwindel sich erneut seiner bemächtigten. Er starrte sie an, halbwegs überzeugt, daß er unter fieberhaften Wahnvorstellungen litt. Als die Frau sich dann aber auf eine schmerzlich vertraute Weise das Haar aus der Stirn strich, fühlte er ein Stechen tief in seiner Brust.

Sie kam auf ihn zu und sah ihm ins Gesicht. »Hallo, Matt.«

Matt entschied, daß er tatsächlich unter Halluzinationen litt. Oder er träumte. Vielleicht lag er auch sterbend oben in seinem Bett? Er wußte nicht, was der Fall war, aber er merkte, daß der Schüttelfrost, der ihn schon im Haus gequält hatte, immer häufiger kam. Die Erscheinung vor ihm lächelte – ein süßes, vorsichtiges Lächeln. »Darf ich hereinkommen?« fragte sie. Sie sah aus und sprach wie ein engelhafte Version von Meredith.

Ein eisiger Windstoß trieb ihm Schneeflocken ins Gesicht und riß ihn aus seiner Erstarrung. Das war keine himmlische Erscheinung, das *war* Meredith, und diese Entdeckung sandte einen heißen Adrenalinstoß durch seine Adern. Zu schwach und krank, um sie zu ihrem Auto zurückzuschikken, trat er ins Haus zurück und kehrte ihr den Rücken zu. Wenn sie wollte, konnte sie ihm folgen. Dankbar dafür, daß der Schock, sie hier zu sehen, ihm wieder etwas Kraft gab, betrat er den dunklen Wohnraum. »Du mußt den Spürsinn eines Bluthundes und die Zähigkeit eines Bulldozers haben, um mich bis hierher zu verfolgen«, sage er, während er das Licht anknipste. Seine Stimme klang selbst in seinen eigenen Ohren heiser und ungewohnt.

Meredith war auf Schlimmeres vorbereitet gewesen, auf einen wesentlich unfreundlicheren Empfang. »Ich habe einen hilfreichen Tip bekommen«, sagte sie voll Wehmut, unterdrückte den Drang, sein abgespanntes Gesicht in ihre Hände zu nehmen und ihm etwas Liebevolles zu sagen, zog statt dessen ihren Mantel aus und wollte ihn ihm in die Hand drücken.

»Der Butler hat heute Ausgang«, sagte er bissig und ignorierte den Mantel. »Häng ihn selber auf.« Statt der erwarteten scharfen Antwort drehte sie sich um und legte den Mantel über einen Stuhl. Seine Augen wurden schmal vor Haß und Verwirrung, da er ihr sanftmütiges Schweigen mit seiner letzten Begegnung verglich. »Also?« schnappte er. »Schieß los. Was willst du?«

Zu seiner Überraschung lachte sie – ein seltsames, atemloses Lachen. »Ich glaube, ich will einen Drink. Ja, ich will einen Drink.«

»Der Champagner ist alle«, informierte er sie. »Du kannst Scotch oder Wodka haben. Was anderes gibt's nicht.«

»Wodka bitte«, sagte sie ruhig.

Matts Knie waren wie aus Watte, als er in die Küche ging, etwas Wodka in ein Glas schüttete und wieder ins Wohnzimmer zurückkam. Sie nahm das Glas, das er ihr ungeduldig hinhielt, und blickte sich um. »Es – es ist irgendwie komisch, dich nach all den Jahren hier wieder zu sehen ...«, begann sie stockend.

»Warum? Hier komme ich gern her – und hier gehöre ich deiner Ansicht nach ja auch immer noch hin. Ich bin doch bloß ein dreckiger Stahlarbeiter, du erinnerst dich?«

Zu Matts größter Verwunderung lief sie puterrot an und fing an, sich zu entschuldigen. »Es tut mir wirklich leid, daß ich so etwas auch nur gedacht habe ...«

»Was zum Teufel willst du?« explodierte Matt, aber im gleichen Augenblick war ihn ein stechender Schmerz in seinem Kopf fast zu Boden. Der Raum begann sich zu drehen, und er stützte sich mit der Hand an der Wand ab, um nicht hinzufallen.

»Was hast du?« rief Meredith. »Bist du krank?«

Matt hatte plötzlich das Gefühl, daß er jeden Moment wie ein hilfloses Baby vor ihr zusammensacken würde. »Verschwinde, Meredith.« Sein Kopf dröhnte, und Übelkeit stieg in ihm hoch, als er sich umdrehte und in Richtung Treppe ging. »Ich muß ins Bett.«

»Du *bist* krank«, stieß sie hervor und lief auf ihn zu, während er sich am Geländer festklammerte. Schon auf der zweiten Stufe kam er gefährlich ins Wanken. Sie griff nach seinem Arm, um ihn zu stützen, und er stieß sie fort, aber sie hatte die glühende Hitze seiner Haut bereits gespürt. »Mein Gott, du brennst ja!«

»Verschwinde!«

»Sei still und stütz dich auf mich«, befahl sie, und er hatte nicht die Kraft, sich dagegen zu wehren, daß sie seinen Arm nahm und um ihre Schultern legte.

Als Meredith ihn zu seinem Schlafzimmer gebracht hatte, wankte er vorwärts und brach mit geschlossenen Augen über seinem Bett zusammen. Er rührte sich nicht mehr. Voller Angst nahm sie seinen schlaffen Arm und fühlte seinen Puls, konnte ihn aber in ihrer Panik nicht finden. »Matt!« schrie sie, packte ihn bei den Schultern und schüttelte ihn. »Matt, du *kannst* jetzt nicht sterben!« Sie war fast hysterisch. »Ich bin den ganzen Weg hierher gekommen, um dir etwas zu sagen, was du unbedingt wissen mußt, und um dich um Verzeihung zu bitten und ...«

Die blanke Panik in ihrer Stimme und die verzweifelte Art, wie sie ihn schüttelte, belebten endlich Matts benebelte Sinne; in seinem geschwächten Zustand war er nicht mehr fähig, ihr gegenüber irgendwelche Haßgefühle aufrecht zu erhalten. Alles, was zählte, war, daß sie bei ihm war. Und daß er sich entsetzlich krank fühlte. »Hör auf«, flüsterte er mit letzter Kraft, »mich zu schütteln! Verdammt!«

Meredith ließ ihn los und weinte fast vor Erleichterung. Dann riß sie sich zusammen: Matt war jung und kräftig. Er hatte Fieber, aber sein Herz war bestimmt in Ordnung. Unsicher, was sie für ihn tun konnte, blickte sie sich im Zimmer um und sah die beiden Tablettenröhrchen auf dem Nachttisch. Auf beiden stand, daß er alle drei Stunden je eine nehmen sollte. »Matt«, sagte sie eindringlich, »wann hast du die Tabletten zuletzt genommen?«

Er fühlte, wie sie sich neben ihn auf das Bett setzte und glaubte einen Augenblick lang tatsächlich, daß ihre Fingerspitzen ihm zärtlich das Haar aus der Stirn strichen. Offenbar war er nahe am Delirium, und die ganze Szene, die sich jenseits seiner geschlossenen Lider abspielte, war nur ein seltsamer Traum: Meredith, sich besorgt über ihn lehnend, seine Stirn berührend, sein Haar zurückstreichend. Ein sehr seltsamer, unwirklicher Traum.

»Bist du sicher, daß es nichts Schlimmeres ist – nur Grippe und Bronchitis?« kam ihre Stimme von der anderen Seite seine geschlossenen Lider.

Sein Mund verzog sich zu einem Lächeln. »Wieviel schlimmer hättest du es denn gerne?«

»Ich glaube, ich sollte einen Arzt holen.«

»Ich brauche nur eine liebevolle Frau.«

Sie antwortete mit einem beunruhigten Lachen. »Ob ich da aushelfen kann?«

»Sehr witzig«, flüsterte er.

Merediths Herz machte einen kleinen Sprung, weil das fast so geklungen hatte, als solle sie *mehr* als nur eine Aushilfsfunktion erfüllen. »Ich lasse dich jetzt schlafen«.

»Danke«, murmelte er, drehte sich auf die Seite und war auch schon eingeschlafen.

Meredith deckte ihn zu und bemerkte erst jetzt, daß er barfuß herumgelaufen war, abgesehen davon war er voll angezogen. Sie ging zur Tür und wollte das Licht ausschalten, überlegte es sich dann aber anders und lief noch einmal zurück. Sein Atem ging ruhig, aber sein Gesicht war blaß. Trotz seiner Krankheit wirkte er kraftvoll. »Wie kommt es nur«, fragte sie den schlafenden Mann leise, »daß jedesmal, wenn wir uns begegnen, alles anders kommt, als ich es mir vorgestellt habe?«

Ihr Lächeln verschwand, und sie löschte das Licht. Sie

haßte Chaos und Unsicherheit in ihrem Privatleben, haßte das Gefühl der Hilflosigkeit, der drohenden Gefahr, das sie in seiner Nähe verspürte.

Unten zog Meredith ihren Mantel an und ging zum Auto, um ihre Reisetasche zu holen. Zurück im Haus, blickte sie sich im Wohnzimmer um und betrachtete den Raum mit einer Mischung aus Nostalgie und Traurigkeit. Er sah noch immer gleich aus. Das alte Sofa und die beiden Sessel vor dem offenen Kamin, die Bücher im Regal, die Lampen ... Genau gleich, nur noch etwas kleiner als in ihrer Erinnerung und irgendwie trister – vielleicht, weil überall offene Umzugskartons standen, einige bereits mit Büchern und in Zeitungspapier eingewickeltem Krimskrams gefüllt.

30

Es schneite noch immer, als Meredith am nächsten Morgen in Matts Zimmer schlich, um nach ihm zu sehen. Er war noch etwas fiebrig, aber seine Stirn fühlte sich schon wesentlich kühler an.

Bei Tageslicht betrachtet, nach einer ruhigen Nacht und einer heißen Dusche, belustigten sie die Ereignisse des gestrigen Abends eher, als daß sie sie beunruhigten.

Sie zog eine blaue Flanellhose und einen hellgelb-blau gestreiften Pullover mit V-Ausschnitt an, ging zum Spiegel, um ihr Haar zu bürsten – und mußte lächeln. Je mehr sie über den gestrigen Abend nachdachte, desto komischer schien ihr alles. Nach all der Nervosität und der Entschlossenheit, nach ihrer grauenhaften Fahrt durch den Schneesturm hatten sie nicht einmal ein Dutzend Sätze gewechselt, bevor Matt buchstäblich vor ihr zusammenbrach und beide zu Bett gingen! Scheinbar, so entschied sie mit unterdrücktem Kichern, waren jedesmal, wenn sie in Matts Nähe kam, seltsame übernatürliche Kräfte am Werk.

Eigentlich war die Tatsache, daß er zu krank war, um sie

hinauszuwerfen, ein richtiger Segen. Obwohl sie ihm natürlich noch nicht ihre ganzen Neuigkeiten hatte auftischen können. Aber heute nachmittag würde er vermutlich so weit wiederhergestellt sein, daß sie vernünftig über alles sprechen konnten – und doch noch so schwach, daß er zuhören mußte. Wenn er trotzdem darauf bestand, daß sie abfahren sollte, würde sie mit einer halben Notlüge Zeit gewinnen – daß sie ihre Autoschlüssel im Schnee verloren hatte und nicht weg konnte.

Zufrieden mit ihrem Plan bürstete sie ihr Haar, bis es lokker und wellig auf ihre Schultern fiel. Dann trug sie Lippenstift und Wimperntusche auf und trat ein paar Schritte zurück, um ihr Gesamtbild zu mustern. Ihr Haar brauchte einen neuen Schnitt, dachte sie, aber davon abgesehen sah sie ganz passabel aus.

Auf der Suche nach Aspirin und einen Thermometer, um sein Fieber zu messen, ging sie den Gang hinunter ins Badezimmer. Der Spiegelschrank enthielt das Gesuchte sowie eine Reihe von Medizinflaschen, deren vergilbte Schilder ihr unbekannte Namen trugen. Nun das Aspirin würde seine Kopfschmerzen lindern, aber vermutlich die Übelkeit verstärken. Sie brauchte etwas anderes. »Eis«, sagte sie laut. Ein Eisbeutel würde ihm bestimmt guttun.

Sie ging hinunter in die Küche, öffnete das Gefrierfach und stellte erleichtert fest, daß jede Menge Eis vorhanden war. Da sie in der Küche nichts Geeignetes fand, würde der rote Gummibeutel herhalten müssen, den sie auf der Suche nach einem Handtuch im Bad in einem Schrank entdeckt hatte. Ein seltsamer Beutel allerdings, mit einem roten Schlauch an einem Ende.

Das einzige Problem, das jetzt noch zu meistern war, bildete Matts Frühstück. Glücklicherweise war die Auswahl erfreulich gering. Es mußte leicht verdaulich sein, und unter diesem Aspekt blieb lediglich die Packung Weißbrot übrig, die auf dem Küchentisch lag. Im Kühlschrank fand sie Schinken, Speck, ein Pfund Butter und eine Schachtel Eier. Das Gefrierfach enthielt zwei große Steaks. Cholesterinarme

Nahrung war offensichtlich nicht Matts Sache. Sie nahm die Butter heraus und steckte zwei Scheiben Brot in den Toaster. Dann ging sie noch einmal die Vorräte durch und überlegte, was sich als Mittagessen eignen würde. Außer ein paar Dosensuppen gab es nur schwere oder stark gewürzte Sachen: Gulasch, Spaghetti, Thunfisch – und eine Dose Kondensmilch. Milch!

Begeistert suchte sie einen Dosenöffner und schüttete etwas davon in ein Glas. Es war schrecklich dickflüssig. Auf dem Etikett stand, daß man sie direkt aus der Dose oder mit Wasser verdünnt verwenden könne. Da sie nicht wußte, wie Matt es lieber hatte, steckte sie den Finger hinein und kostete. Gräßlich! Verdünnt würde es kaum besser schmecken, und sie konnte sich beim besten Willen nicht vorstellen, warum Matt dieses Zeug mochte. Aber augenscheinlich tat er es. Als der Toast fertig war, lud sie Medizin, Gummibeutel und Frühstück auf ein Tablett und trug es nach oben.

Rasende Kopfschmerzen weckten Matt, der dank der Medikamente wie betäubt geschlafen hatte. Er zwang sich, die Augen auszumachen und war kurzfristig irritiert, als sein Blick auf einen altmodischen weißen Plastikwecker mit schwarzen Zeigern anstatt auf die gewohnte Digitaluhr fiel, die in seinem Schlafzimmer stand. Es war halb neun. Langsam kehrte die Erinnerung zurück. Er war in Indiana, und er war krank gewesen. Da es ihn eine immense Mühe kostete, sich auf die Seite zu drehen und auf den Ellbogen zu stützen, schloß er, daß er *noch immer* krank war. Um einen klareren Kopf zu bekommen, schüttelte er ihn, stieß aber augenblicklich einen Fluch aus, weil es in seinen Schläfen wie wild zu hämmern begann. Immerhin war sein Fieber gesunken. Während er ein Glas Wasser vom Nachttisch nahm und Tabletten schluckte, überlegte er, ob er aufstehen, duschen und sich anziehen sollte. Aber er fühlte sich so schwach und erschöpft, daß er beschloß, noch eine Stunde liegenzubleiben und erst dann das Bett zu verlassen. Auf einem der Tablettenröhrchen stand: VORSICHT. VER-

URSACHT MÜDIGKEIT; vermutlich waren die Tabletten an seinem schweren Kopf schuld. Er legte sich wieder zurück in die Kissen und schloß die Augen, doch eine seltsame Erinnerung spukte in seinem Hirn herum und hinderte ihn daran, wieder einzuschlafen. Meredith. Hatte er wirklich diesen bizarren Traum gehabt, daß sie durch den Schneesturm gekommen war und ihm die Treppe herauf ins Bett geholfen hatte? Unverständlich war ihm nur, wie sein Unterbewußtsein ihm ein so abstruses Bild vorgaukeln konnte. Meredith würde ihn bestimmt liebend gern eine Treppe hinunter, von einer Brücke oder in den Bankrott stürzen, aber etwas weniger Destruktives anzunehmen war einfach lächerlich.

Er war gerade wieder am Einnicken, als er Schritte auf der alten Holztreppe hörte. Erschrocken fuhr er hoch, setzte sich auf, fiel aber, von der plötzlichen Bewegung schwindelig, gleich wieder in die Kissen zurück. Jemand klopfte an die Tür. »Matt?« rief eine sanfte Stimme, eine wunderbare, musikalische, vertraute Stimme.

Merediths Stimme.

Er erstarrte, fixierte irritiert die weiße Wand vor sich und wußte einen verrückten Moment lang überhaupt nicht mehr, was eigentlich geschah.

»Matt, ich komme jetzt rein!« Die Türklinke bewegte sich, und die Realität traf ihn mit voller Wucht – es war kein bizarrer Traum gewesen. Meredith war hier.

Mit der Schulter die Tür aufstoßen, trat Meredith rückwärts ins Zimmer. Sie bewegte sich bewußt langsam, um ihm Zeit zu geben, wieder unter die Decke zu schlüpfen, falls er aufgestanden war und nichts anhatte. Nachdem er am vorigen Abend so überraschend vernünftig reagiert hatte, wiegte sie sich in trügerischer Sicherheit und ließ vor Schreck fast das Tablett fallen, als eine ärgerliche Stimme sie anfuhr: »Was machst denn *du* hier?«

»Ich bringe dir ein Tablett«, erklärte sie, drehte sich zu im um und ging auf das Bett zu. Sein wütender Gesichtsausdruck überraschte sie. Aber dieser Ausdruck war nichts im

Vergleich mit der drohenden Miene, die er einen Augenblick später aufsetzte, als sein Blick auf den Gummibeutel fiel.

»Was in drei Teufels Namen«, explodierte er, »hast du denn *damit* vor?«

Entschlossen, sich nicht einschüchtern zu lassen, hob Meredith das Kinn und erwiderte ruhig: »Das ist für deinen Kopf.«

»Ist das deine Art, einen *schmutzigen Witz* zu machen?« fragte er gehässig und blickte sie mordgierig an.

Völlig aus der Fassung geraten, stellte Meredith das Tablett neben ihn auf das Bett und sagte beruhigend: »Ich habe für dich Eis …«

»Das paßt zu dir«, spuckte er ihr entgegen und fuhr dann drohend fort: »Du hast genau fünf Sekunden, um dieses Zimmer zu verlassen, und wenn du nicht binnen einer Minute aus dem Haus bist, werfe ich dich eigenhändig hinaus.« Er lehnte sich vor, und Meredith erkannte, daß er vorhatte, die Decke zurückzuschlagen und das Tablett vom Bett zu fegen.

»Nein!« rief sie, und in ihrer Stimme lag ebensoviel Flehen wie Protest. »Es hat keinen Sinn, mich wegzujagen, weil ich nicht fort kann. Ich habe meine Autoschlüssel im Schnee verloren, und außerdem habe ich dir noch einiges zu sagen.«

»Kein Interesse«, sagte Matt wutentbrannt und schob die Decke weg. Er war wütend auf sich selbst, weil ihn Schwindel und Müdigkeit davon abhielten, rascher zu handeln.

»Gestern abend warst du nicht so widerborstig«, argumentierte sie verzweifelt und nahm rasch das Tablett vom Bett, bevor er es auf den Boden kippen konnte. »Ich hätte nicht gedacht, daß du so wütend wirst, nur weil ich einen Eisbeutel für deinen Kopf gemacht habe!«

Er hielt inne, seine Hand am oberen Ende der Zudecke erstarrte, und ein Ausdruck absoluter Ungläubigkeit überzog sein Gesicht. »Du hast was?« stotterte er mit einem halberstickten Flüstern.

»Ich habe es dir doch gerade gesagt. Ich habe einen Eisbeutel für deinen Kopf …«

Meredith brach erschrocken ab, als er plötzlich die Hände

vors Gesicht schlug und rückwärts in die Kissen fiel. Sein ganzer Körper bebte, und gedämpfte Laute kamen hinter seinen Händen hervor. Er zitterte und bebte so heftig, daß die Bettfedern quietschten und Meredith glaubte, er haben einen Anfall oder huste sich zu Tode.

»Was hast du?« schrie sie erschrocken. Aber ihre Frage schien das Schütteln und die erstickten Laute nur noch heftiger werden zu lassen. »Ich rufe den Notarzt!« schluchzte sie, setzte das Tablett ab und rannte zur Tür. »Von meinem Autotelephon aus ...« Sie war bereits an der Treppe angekommen, als Matts Lachen hinter ihr explodierte: laute, stürmische Lachsalven; ein unbeschreiblicher, nicht endenwollender Heiterkeitsausbruch ...

Meredith blieb stehen, drehte sich um und lauschte – der Anfall, dessen Zeuge sie geworden war, hatte nichts mit Matts Krankheit zu tun, es war ein Anfall brüllenden Gelächters. Auf der obersten Stufe wie festgenagelt, die Hand am Geländer, stellte sie Spekulationen über den möglichen Grund seines Gelächters an. Dieser Gummibeutel war ihr von Anfang an verdächtig erschienen, aber das seltsame Ding hatte auch nicht die *mindeste* Ähnlichkeit mit den Sanitärartikeln, die man in Krankenhäusern sah und in Drogerien kaufen konnte. Und die man für Einläufe bei Verstopfung und ähnlichem benutzte ...

Langsam ging sie zurück, stoppte aber vor seiner Tür, weil sie sich furchtbar lächerlich vorkam. Trotzdem war ihr Ungeschick die Sache vermutlich wert gewesen, denn schließlich hatte der Heiterkeitsausbruch ihn von seinem Vorhaben abgelenkt, sie auf dem schnellsten Wege hinauszubefördern. Sogar wenn er krank zu Bett lag, war Matthew Farrell der bedrohlichste Feind, mit dem sie je zu tun gehabt hatte. Aber ganz unabhängig davon, was er sagen oder tun, wie ärgerlich oder uneinsichtig er auch sein würde, es war Zeit, daß sie versuchte, mit ihm Frieden zu schließen.

Entschlossen steckte Meredith die Hände in die Taschen und betrat mit einem, wie sie hoffte, verständnislosen Gesichtsausdruck sein Schlafzimmer.

Als Matt sie hereinkommen sah, mußte er sich auf die Lippen beißen, um nicht erneut laut herauszulachen. Trotz der Röte, die ihr Gesicht überzog, schlenderte sie, die Hände in den Hosentaschen, auf ihn zu und versuchte auszusehen, als ob sie nicht *leiseste* Ahnung hätte, warum er in Gelächter ausgebrochen war.

Mitten hinein in diese Gedanken dämmerte ihm plötzlich, warum sie wirklich hier war, und das Lächeln, das um seine Mundwinkel gezuckt hatte, verschwand abrupt. Offensichtlich hatte Meredith erfahren, daß er das Grundstück in Houston gekauft hatte, das sie wollte und das sie jetzt zehn Millionen Dollar teurer kommen würde. Sie war ihm so schnell wie möglich hierher gefolgt, um ihn irgendwie dazu zu bringen, seine Meinung zu änderen – selbst wenn das bedeutete, daß sie ihm Frühstück ans Bett bringen mußte. Abgestoßen von ihrem durchsichtigen Versuch, ihn umzustimmen, wartete er darauf, daß sie etwas sagte, und als sie schwieg, fragte er kurz: »Wie hast du mich gefunden?«

Meredith hatte seinen abrupten Stimmungswechsel sofort bemerkt. »Ich bin gestern abend zu deiner Wohnung gefahren«, gab sie zu. »Und wegen des Tabletts ...«

»Lenk nicht ab«, knurrte er ungeduldig. »Ich habe dich gefragt, wie du mich gefunden hast.«

»Dein Vater war in deiner Wohnung, und wir haben uns unterhalten. Er hat mir gesagt, daß du hier bist.«

»Du mußt eine ganz schöne Schau abgezogen haben, um ihn dazu zu bringen, dir zu helfen«, sagte er mit unverhohlener Verachtung. »Mein Vater würde dir sonst nicht einmal guten Tag sagen.«

Meredith war so verzweifelt, daß sie sich ohne weiteres Nachdenken auf die Bettkante setzte und zu sprechen anfing: »Dein Vater und ich haben uns unterhalten, und ich habe ihm einige Dinge erklärt. Und er hat mir geglaubt. Nachdem wir – einander verstanden hatten, hat er mir gesagt, wo ich dich finde, damit ich herkommen und auch dir alles erklären kann.«

»Dann schieß los«, sagte er knapp und lehnte sich in die

Kissen zurück. »Aber mach es kurz«, fügte er hinzu. Daß sie es geschafft hatte, seinen Vater einzuwickeln, erstaunte ihn so sehr, daß er plötzlich neugierig war zu erfahren, welchen Trick sie angewandt hatte.

Meredith blickte in sein kaltes, versteinertes Gesicht und holte tief Luft, um genügend Mut zu fassen, ihm in die Augen zu sehen. Noch vor wenigen Minuten hatten diese Augen warm und herzlich gelacht; jetzt waren sie wie blankes Eis. »Willst du mir etwas erklären«, schnappte er, »oder dasitzen und mich anstarren?«

Bei seinem giftigen Ton zuckte sie zusammen, wich seinem Blick aber nicht aus. »Die Erklärung ist ein bißchen kompliziert ...«

»Aber hoffentlich einleuchtend«, höhnte er.

Anstatt so hochnäsig zu kontern, wie er es von ihr gewohnt war, nickte sie nur und lächelte zaghaft. »Hoffentlich.«

»Dann sprich endlich! Aber beschränke dich auf die Hauptpunkte: was ich dir glauben soll, was du mir bieten willst und was du von mir dafür als Gegenleistung erwartest. Das heißt, den letzten Punkt kannst du weglassen. Ich *weiß,* was du willst. Mich interessiert nur, wie du vorhast, es zu bekommen.«

Seine Worte trafen ihr angeschlagenes Selbstbewußtsein wie Peitschenhiebe, aber sie blickte ihm weiter in die Augen und begann ernst und ruhig: »Was du mir glauben sollst, ist die Wahrheit; was ich dir bieten will, ist eine Friedensofferte; und was ich von dir als Gegenleistung erwarte«, fuhr sie fort, seine bissige Bemerkung ignorierend, »ist ein Waffenstillstand. Eine Übereinkunft zwischen uns und gegenseitiges Verständnis. Das ist es, was ich will.«

Belustigung zeigte sich in seinen Zügen. »Und mehr willst du nicht – nur eine Übereinkunft und gegenseitiges Verständnis?« Die bissige Ironie in seiner Stimme ließ sie ahnen, daß er das Houstoner Grundstück im Hinterkopf hatte. »Ich höre«, sagte er ungeduldig, als sie zauderte. »Nun, da ist deine ganz und gar altruistischen Motive kenne, würde ich gerne hören, was du zu bieten hast.«

Das klang so, als ob er nicht nur die Uneigennützigkeit ihrer Beweggründe bezweifelte, sondern auch daß sie irgend etwas bieten könnte, was ihn auch nur im geringsten interessieren würde. Meredith spielte ihren Trumpf aus und präsentierte ihm das wichtigste Zugeständnis, das sie machen konnte und von dem sie wußte, daß es ihm sehr viel bedeutete: »Ich biete dir die Genehmigung deines Bauantrages durch den Ausschuß von Southville«, sagte sie und bemerkte, daß er überrascht darüber war, daß sie die für sie heikle Situation so offen ansprach. »Ich weiß, daß mein Vater ihn blockiert hat, aber ich möchte, daß dir klar ist, daß ich damit *nie* einverstanden war. Ich habe mit ihm darüber schon gestritten, bevor wir zusammen zum Lunch waren.«

»Wie sehr du auf einmal um Gerechtigkeit bemüht bist«, spöttelte er.

Ihre Lippen wölbten sich zu einem leichten Lächeln. »Ich habe mir gedacht, daß du so reagierst. An deiner Stelle würde ich genauso handeln. Du kannst mir aber wirklich glauben, denn ich kann es beweisen: Der Bauausschuß in Southville wird deinen Antrag stattgegeben, sobald du ihn erneut einreichst. Mein Vater hat mir sein Wort gegeben, daß er nicht nur aufhört, dir Steine in den Weg zu legen, sondern daß er sich im Gegenteil dafür einsetzen wird, daß der Antrag durchgeht. Und ich verspreche dir, dafür zu sorgen, daß er sein Wort auch hält.«

Er lachte kurz und unfreundlich. »Wie kommst du darauf, daß ich auf dein Wort oder auf seines irgendwas gebe? Jetzt mache ich *dir* ein Angebot«, fügte er mit gefährlich leiser Stimme hinzu. »Wenn mein Bauantrag bis Dienstag, siebzehn Uhr, angenommen ist, *ohne* neu eingereicht zu werden, rufe ich die Klage zurück, die meine Anwälte Mittwoch früh bei Gericht einreichen sollen – eine Klage gegen deinen Vater und Senator Davies wegen illegaler Beeinflussung öffentlicher Dienststellen, und eine weitere Klage gegen den Bauausschuß von Southville wegen absichtlicher Mißachtung der Interessen ihrer Gemeinde.«

Meredith dreht sich der Magen um, als sie erfuhr, was er

vorgehabt hatte – und mit welch unglaublicher Geschwindigkeit er die Kräfte mobilisiert hatte, die seine Rachepläne in die Tat umsetzen sollten. Wie hatte das Wirtschaftsmagazin *Business Week* ihn charakterisiert? *Ein Mann, der noch heute nach dem antiquierten unmenschlichen Motto handelt: Auge um Auge, Zahn um Zahn – und das mit Gerechtigkeit gleichsetzt.* Meredith unterdrückte ein ängstliches Schaudern und beschloß, daran zu denken, daß Matt ihr zunächst – obwohl er weiß Gott allen Grund gehabt hatte, sie zu verachten – freundlich gegenübergetreten war und sogar noch bei ihrem Lunch willens gewesen war, Frieden zu schließen. Erst als sie das Faß zum Überlaufen gebracht hatten, war er soweit gegangen, seine Macht gegen ihren Vater und sie auszuspielen. Diese Erkenntnis stärkte nicht nur ihren Mut, sondern sie bewirkte noch mehr: Sie löste in Meredith ein Gefühl schmerzlicher Zärtlichkeit für diesen zornigen, energischen Mann aus, der soviel Zurückhaltung bewiesen hatte.

»Und weiter?« schnappte Matt ungeduldig und war verblüfft über den zärtlichen Ausdruck ihrer Augen, als sie ihn anblickte und sagte: »Mein Vater wird sich nicht mehr in deine Angelegenheiten einmischen und dir nichts mehr in den Weg legen.«

»Soll das etwa heißen«, fragte er mit gespielter Begeisterung, »daß ich sogar in eurem vornehmen kleinen Country Club Mitglied werden kann?«

Die Schamesröte stieg ihr ins Gesicht, als sie nickte.

»Daran bin ich nicht interessiert. Und war es auch nie. Was hast du sonst noch zu bieten?« Als sie schwieg und die Hände im Schoß verkrampfte, verlor er die Geduld. »Du willst doch nicht behaupten, daß das alles war? Mehr hast du nicht vorzubringen? Und jetzt soll ich vergeben und vergessen und dir das schenken, weswegen du wirklich gekommen bist?«

»Was meinst du damit – weswegen ich wirklich gekommen bin?«

»Houston!« stellte er mit eisiger Stimme klar. »Als du eben die selbstlosen Beweggründe für deinen Besuch hier aufgezählt hast, fiel dir eine winzige Kleinigkeit nicht ein: das Dreißigtausend-Dollar-Motiv nämlich, das dich gestern abend so eilig in meine Wohnung getrieben hat. Oder schätze ich deinen Edelmut falsch ein, Meredith?«

Sie überraschte ihn erneut, indem sie nur den Kopf schüttelte und leise eingestand: »Ich habe gestern erfahren, daß du das Grundstück in Houston gekauft hast, und du hast recht – das war der auslösende Moment für meinen Besuch in deiner Wohnung.«

»Und dafür, daß du mir auf dem schnellsten Wege hierher gefolgt bist«, fügte er sarkastisch hinzu. »Und jetzt, wo du hier bist, bist du bereit, alles zu sagen oder zu tun, um mich dazu zu bewegen, dir das Land um denselben Preis weiterzuverkaufen, den ich dafür bezahlt habe. Ich möchte nur wissen, wie weit du dafür wirklich gehen würdest.«

»Wie meinst du das?«

»Ich meine, ob das wirklich alles ist. Diese läppischen Zugeständnisse können doch nicht alles sein, was du mir anzubieten hast?«

Sie öffnete den Mund, um zu antworten, aber Matt hatte genug von dem ganzen Schauspiel. »Ich werde dir die Mühe ersparen, darauf zu antworten«, sagte er böse. »Nichts, was du jetzt oder in Zukunft tust oder sagst, wird mich umstimmen. Du kannst dienstfertig um mein Bett herumstreichen, du kannst mir auch anbieten, zu mir ins Bett zu steigen – das Grundstück in Houston wird dich auch dann noch dreißig Millionen kosten, sofern du es willst. Ist das klar?«

Ihre Reaktion brachte ihn völlig aus dem Konzept. Er hatte sie mit jedem Wort beleidigt und erniedrigt, ihr mit öffentlichen Klagen und einem vernichtenden Skandal gedroht. Kurz, er hatte sie auf eine Weise behandelt, die jeden hartgesottenen Geschäftsmann ins Schwitzen oder in Rage gebracht hätten, sie aber hatte er damit nicht aus der Fassung bringen können. Ja, sie blickte ihn jetzt sogar mit einem Ausdruck an, der Matt, wenn er es nicht besser gewußt hätte, wie Zärtlichkeit und Bußfertigkeit vorgekommen wäre.

»Völlig klar«, antwortete sie sanft und stand langsam auf.

»Du gehst, nehme ich an?«

Sie schüttelte den Kopf und lächelte leise. »Ich werde dir jetzt dein Frühstückstablett bringen und dann dienstfertig um dein Bett herumstreichen.«

»Zum Donnerwetter!« Matt fuhr hoch und war nahe daran, die Kontrolle über sich und die Situation zu verlieren. »Hast du denn nicht verstanden, was ich eben gesagt habe? Nichts, was du tust, wird meinen Entschluß hinsichtlich des Grundstücks in Houston ändern!«

Ihr Lächeln schwand, aber ihr Blick blieb sanft auf seine zornigen Augen gerichtet. »Ich glaube dir.«

»Und?« Er schob es auf die Wirkung der Tabletten, daß sein Ärger völliger Verwirrung wich. Er konnte sich nur noch schwer konzentrieren.

»Und ich akzeptiere deinen Entschluß als – als eine Art Sühne für vergangene Missetaten. Du hättest übrigens keine bessere finden können, Matt«, gestand sie ohne Bitterkeit ein. »Ich wollte dieses Land für Bancroft's, und es wird mich sehr treffen, wenn es jemand anderer bekommt. Aber wir können keine dreißig Millionen bezahlen.« Er starrte sie in ungläubigem Schock an, während sie mit einem traurigen Lächeln fortfuhr: »Du hast mir etwas fortgenommen, das ich wirklich unbedingt haben wollte. Vielleicht sind wir jetzt, wo dir das gelungen ist, endlich quitt und können Frieden schließen?«

Sein erster Impuls war, sie zum Teufel zu schicken, aber das war eine rein gefühlsmäßige Reaktion, und Matt hatte schon vor langer Zeit gelernt, niemals Gefühlen den Vorrang vor einer logischen Entscheidung zu geben. Und wenn er logisch dachte, mußte er zugeben, daß eine zivilisierte Beziehung zu ihr genau das war, was er ursprünglich angestrebt hatte und was ihm nach wie vor wünschenswert erschien. Jetzt bot sie ihm eben dies an – und gestand ihm gleichzeitig den Sieg zu, und zwar mit einer Würde und Anmut, die er bewunderswert fand. Und fast unwiderstehlich. So wie sie dastand und auf seine Entscheidung wartete, das Haar natürlich locker auf ihre Schultern fallend und die

Hände in den Hosentaschen, erinnerte Meredith Bancroft ihn jetzt eher an ein reuiges Schulmädchen, das in das Büro des Direktors gerufen worden war, als an eine erfolgreiche Geschäftsfrau. Und sie brachte es tatsächlich fertig, gleichzeitig stolz und jugendlich zu wirken – majestätisch, unnahbar und verführerisch schön.

Wie er sie so betrachtete, wurde Matt plötzlich klar, warum sie einst eine solche Macht über ihn besessen hatte. Meredith Bancroft war der Inbegriff einer Frau – unberechenbar und doch logisch, hochmütig und doch anziehend, zuverlässig und doch flatterhaft, unbeschreiblich korrekt ... und unbewußt provokativ aufreizend.

Was für einen Sinn konnte es haben, den lächerlichen Krieg zwischen ihnen weiterzuführen, fragte er sich. Wenn er auf ihr Angebot einging, würden sie beide ihrer Wege gehen können, ohne sich weiter Vorwürfe zu machen. Sie hätten die Vergangenheit schon vor Jahren begraben sollen; jetzt war es höchste Zeit dafür. Er hatte seine Rache gehabt – in Höhe von zehn Millionen Dollar, denn er zweifelte keine Sekunde daran, daß sie einen Weg finden würde, den fehlenden Betrag aufzutreiben. Schon wollte er zustimmen, als ihm das Bild wieder einfiel, wie sie mit dem Tablett auf ihn zugekommen war, und er mußte sich das Lachen verkneifen. In dem Moment, in dem sich seine Stimmung änderte, spürte sie intuitiv, daß er nahe daran war, einzuwilligen. Sie entspannte sich ein wenig, und ihre Augen leuchteten vor Erleichterung. Die Tatsache, daß sie offensichtlich seine Stimmung erahnen konnte, war ihm aber Grund genug, sie noch etwas länger zappeln zu lassen. Matt verschränkte die Arme vor der Brust und sagte: »Ich schließe keine Abmachungen, wenn ich flach auf dem Rücken liege.«

Er konnte sie nicht täuschen. »Glaubst du, daß ein ordentliches Frühstück deine Lage verbessert?«

»Ich bezweifle es«, erwiderte er, aber ihr Lächeln war so ansteckend, daß er widerwillig selbst grinsen mußte.

»Ich auch«, scherzte sie, dann hielt sie ihm die Hand hin. »Friede?«

Matt reagierte automatisch und wollte gerade seine Hand ausstrecken, als sie die ihre plötzlich außer Reichweite zog und mit einem gewinnenden Lächeln sagte: »Bevor du einschlägst, sollte ich dich noch vor etwas warnen.«

»Und das wäre?«

Ihre Stimme klang halb ernst, halb scherzhaft. »Ich habe daran gedacht, dich wegen des Grundstücks in Houston zu verklagen, weil du weit mehr als den derzeitigen Marktwert verlangst. Ich erwähne das, damit du nicht denkst, daß meine Bemerkung von vorhin bedeutet, daß ich freiwillig und kampflos darauf verzichten will. Ich habe damit nur gemeint, daß ich es nicht persönlich nehmen werde, wenn das Gericht sich zu deinen Gunsten entscheidet. Ich hoffe, du verstehst, daß alles, was in dieser Angelegenheit weiter passiert, rein geschäftlich und nicht persönlich ist.«

Matts Augen leuchteten, als er ein Lachen unterdrückte. »Ich bewundere deine Ehrlichkeit und Hartnäckigkeit«, sagte er wahrheitsgemäß. »Trotzdem schlage ich vor, daß du deinen Entschluß, mich vor Gericht zu bringen, noch einmal in Ruhe überdenkst. Es wird dich ein Vermögen kosten, mich wegen Betrugs oder was du sonst planst, zu verklagen, und du wirst aller Wahrscheinlichkeit nach verlieren.«

Meredith wußte, daß er recht hatte, doch der Verlust des Houstoner Grundstücks bedeutete ihr im Moment nicht besonders viel. Eigentlich war sie überglücklich, weil sie etwas gewonnen hatte, das mindestens genauso wichtig war wie ein Gerichtsprozeß: Irgendwie hatte sie es geschafft, den Zorn dieses stolzen, dynamischen Mannes in Lachen zu verwandeln. Sie hatte es geschafft, daß er ihr Friedensangebot annahm. Entschlossen, diesen Frieden zu festigen und die Atmosphäre weiter zu verbessern, vertraute sie ihm scherzend an: »Eigentlich hatte ich vor, dich wegen Geschäftsschädigung oder etwas ähnlichem zu verklagen. Wie, glaubst du, stünden meine Chancen?«

Er gab vor, darüber nachzudenken, dann schüttelte er den Kopf. »Das wird das Gericht auch nicht überzeugen. Wenn du mich unbedingt vor Gericht zerren willst, würde ich geheime Absprache und Konspiration als Anklagepunkte vorschlagen.«

»Würde ich *dann* gewinnen?« fragte sie mit einem breiter werdenden Lächeln.

»Nein, aber der Prozeß wäre unterhaltsamer.«

»Ich werde darüber nachdenken«, sagte sie mit gespieltem Ernst.

»Tu das.«

Er grinste sie an. Meredith lächelte zurück. Und in diesem langen Augenblick warmen Einvernehmens begann die Mauer aus Haß und Trauer, die elf Jahre zwischen ihnen gestanden hatte, abzubröckeln – dann stürzte sie in sich zusammen. Ganz langsam, unsicher, hob Meredith die Hand und streckte sie ihm in einer Geste der Freundschaft und des Friedens entgegen. Überwältigt vom tieferen Sinn dieses Moments beobachtete sie, wie Matts Hand ihrer entgegenkam, fühlte seine langen, kräftigen Finger über ihre Finger gleiten, spürte seine Handfläche an ihrer, und dann bogen sich seine Finger warm und fest und umschlossen ihre Hand. »Danke«, flüsterte sie und hob ihren Blick zu seinem.

»Bitte«, erwiderte er leise und hielt ihre Hand noch einen Moment länger in seiner. Dann ließ er sie los. Ließ die Vergangenheit los.

Wie zwei Fremde, die der Zufall enger zusammengeführt hatte, als beiden lieb war, hatten sie plötzlich das Bedürfnis, sich irgendwie zurückzuziehen. Matt lehnte sich in die Kissen, und Meredith wandte ihre Aufmerksamkeit auffällig rasch dem vernachlässigten Tablett zu. Aus den Augenwinkeln beobachtete Matt, wie sie den Stein des Anstoßes, das rote Gummiding, mit spitzen Fingern aufhob und außer Sichtweite auf dem Boden plazierte. Als sie sich ihm wieder zuwandte und das Tablett auf den Nachttisch stellte, hatte sie sich wieder gefangen. »Ich wußte nicht, wie du dich heute früh fühlst, und ich habe nicht erwartet, daß du besonders hungrig bist, aber ich habe dir etwas zum Frühstück gemacht.«

»Das sieht alles ausgesprochen lecker aus«, log Matt und

betrachtete mißtrauisch die Dinge auf dem Tablett. »Aspirin ist eines meiner Lieblingsnahrungsmittel – als Vorspeise natürlich.«

Meredith mußte laut auflachen. »Ich habe nicht angenommen, daß du hungrig bist«, sagte sie und blickte sein Gesicht mit derselben Zärtlichkeit an, die schon den ganzen Morgen ihre leuchtenden türkisblauen Augen zum Strahlen gebracht hatte. »Aber du mußt trotzdem etwas essen.«

»Warum?« fragte er etwas unwirsch, gleichzeitig aber dämmert ihm, daß Meredith ihm tatsächlich ein Frühstückstablett gerichtet hatte – Meredith, die vor elf Jahren nicht einmal gewußt hatte, wie man einen Herd anstellte. Gerührt über ihre Aufmerksamkeit, setzte er sich mühsam nochmals auf, entschlossen zu essen, was immer sie vorbereitet hatte.

Sie setzte sich neben ihn auf die Bettdecke. »Du mußt essen, damit du bald wieder ganz gesund bist«, erklärte sie, griff nach einem Glas mit weißer Flüssigkeit und reichte es ihm.

Er nahm es, drehte es in der Hand und betrachtete es mißtrauisch. »Was ist das?«

»Ich habe eine Dose davon in der Küche gefunden. Es ist warme Milch.«

Er verzog das Gesicht, hob das Glas aber gehorsam an die Lippen und nahm einen Schluck.

»Mit Butter darin«, fügte Meredith hinzu, als er hustete.

Matt drückte ihr das Glas in die Hand, lehnte sich zurück und schloß die Augen. »Warum?« flüsterte er heiser.

»Ich weiß nicht – mein Kindermädchen hat mir das immer gemacht, wenn ich krank war.«

Aus einen grauen Augen blitzte der Humor: »Und ich habe immer die Kinder reicher Leute beneidet …«

Meredith schenkte ihm einen fröhlichen Blick und hob langsam die umgestürzte Schale von dem Teller, auf dem der Toast lag.

»Was ist da drunter?« fragte er vorsichtig.

Meredith lüftete die Abdeckung weiter. Beim Anblick der beiden Scheiben kalten Toasts seufzte Matt erleichtert auf, glaubte aber nicht, daß er sich lange genug würde wachhalten können, um ihn zu kauen. »Ich esse ihn nachher – ganz bestimmt«, sagte er und versuchte verzweifelt, die Augen offenzuhalten. »Im Moment will ich nur schlafen.«

Er sah so müde und mitgenommen aus, daß Meredith widerwillig zustimmte. »Okay, aber nimm wenigstens noch ein Aspirin. Wenn du es mit Milch schluckst, verträgt es dein Magen besser.« Sie reicht ihm die Tablette und das Glas mit der fetten Milch. Matt verzog beim Anblick der warmen weißen Flüssigkeit das Gesicht, nahm aber gehorsam das Aspirin und spülte es hinunter.

Zufrieden stand Meredith auf. »Kann ich dir sonst noch etwas bringen?«

Das Fieber schüttelte ihn wieder. »Einen Priester«, keuchte er.

Sie lachte. Und ihr musikalisches Lachen klang noch nach, als sie das Zimmer bereits verlassen hatte und begleitete seinen tiefen Schlaf wie eine leise Melodie.

31

Bis Mittag hatte die Wirkung der Tabletten nachgelassen, und Matt fühlte sich wesentlich besser. Es überraschte ihn jedoch, wie schwach er war, obwohl er nichts weiter getan hatte als zu duschen und eine Jeans anzuziehen. Das Bett hinter ihm winkte einladend, aber er ignorierte es. Unten war Meredith wohl gerade dabei, das Mittagessen zu richten; er hörte sie in der Küche herumwirtschaften. Er nahm den kleinen Elektrorasierer, den er in Deutschland gekauft hatte, aus dem Etui, steckte ihn in den Adapter, blickte in den Spiegel – und vergaß den Rasierapparat, der leise in seiner Hand surrte. Meredith war dort unten …

Unmöglich. Unvorstellbar. Aber doch wahr. Wenn er, jetzt bei vollem Bewußtsein, darüber nachdachte, wie ruhig sie seine Entscheidung betreffs Houston hingenommen hatte und wie gut sie sich jetzt verstanden, schien es ihm fast zu schön, um wahr zu sein. Er würde besser daran tun, dachte er, während er sich rasierte, ihr Verhalten nicht allzu genau unter die Lupe zu nehmen, da er sicher war, anderenfalls doch noch irgend etwas höchst Unerfreuliches zu entdekken. Und dazu hatte er im Moment einfach keine Lust. Draußen schneite es wieder, und nach den Eiszapfen zu urteilen, die draußen hingen, herrschte auch eine arktische Kälte. Aber im Haus war es warm, und er hatte unerwartet Besuch bekommen. Wenn er ehrlich war, mußte er zugeben, daß Merediths Gesellschaft eine willkommene Ablenkung war – zumal er sich zu krank zum Weiterpacken, aber nicht krank genug fühlte, um oben teilnahmslos im Bett zu liegen und die Wände anzustarren.

Unten in der Küche hörte Meredith, wie er oben herumlief, goß lächelnd die Dosensuppe, die sie warm gemacht hatte, in eine Suppentasse und legte das extra für ihn zurechtgemachte Sandwich auf einen Teller. Von dem Augenblick an, in dem Matts Hand ihre umschlossen hatte, war ein seltsames Gefühl der Ruhe über sie gekommen. Sie hatte Matthew Farrell nie richtig gekannt, das wußte sie jetzt, und sie fragte sich, ob es überhaupt jemanden gab, der das wirklich tat.

Sie nahm das Tablett und ging nach oben. Heute abend oder morgen früh würde sie ihm berichten, was mit ihrem Baby passiert war, aber noch nicht jetzt sofort. Einerseits konnte sie es kaum erwarten, ihm die Wahrheit zu erzählen, um endlich und endgültig all die verletzten Gefühle, den Zorn und die Verwirrung aus der Welt zu schaffen, die zwischen ihnen bestanden hatten. Wenn sie reinen Tisch gemacht hatte, würden sie *echten* Frieden schließen, vielleicht sogar richtige Freunde werden, und dann könnten sie endlich und in gegenseitigem Einverständnis diese unglückselige Ehe beenden. Aber so sehr Meredith sich danach sehnte, alles offen zu legen, so sehr fürchtete sie die eigentliche Aussprache – sie fürchtete sich davor so, wie sie noch nie in ihrem Leben etwas gefürchtet hatte. Heute morgen hatte Matt sich bereit erklärt, die Vergangenheit Vergangenheit sein zu lassen, aber sie wollte nicht daran denken, wie er reagieren würde, wenn er das wahre Ausmaß des verräterischen Doppelspiels erfuhr, das ihr Vater getrieben hatte.

Vor seiner Tür blieb sie stehen und klopfte. »Bist du angezogen?«

Zwischen Belustigung und Schrecken hin- und hergerissen, ahnte Matt instinktiv, daß sie wieder ein Tablett hergerichtet hatte. »Ja. Komm rein.«

Meredith öffnete die Tür und sah ihn mit nacktem Oberkörper vor dem Spiegel stehen und sich rasieren. Betroffen von der überraschenden Vertrautheit dieses Anblicks, wandte sie ihren Blick ruckartig von seinem gebräunten, muskulösen Rücken ab. Im Spiegel hoben sich seine Brauen. »Nichts, was du nicht schon gesehen hättest«, bemerkte er trocken.

Sie verfluchte sich, weil sie sich wie eine unerfahrene, naive Jungfer verhalten hatte, wollte etwas Geistreiches darauf antworten und platzte mit der erstbesten Banalität heraus, die ihr einfiel: »Stimmt, aber ich bin jetzt eine verlobte Frau.«

Seine Hand hielt in der Bewegung inne. »Du hast da ein ganz schönes Problem am Hals«, sagte er nach sekundenlangem Schweigen leichthin. »Einen Ehemann *und* einen Verlobten.«

»Dabei war ich früher so farblos und bei den Jungs so unbeliebt«, scherzte sie und setzte das Tablett ab. »Jetzt muß ich eben versuchen, die verlorene Zeit aufzuholen und möglichst viele Männer zu sammeln.« Sie drehte sich zu ihm um und fügte ernsthafter hinzu: »Aus dem zu schließen, was dein Vater sagt, bin ich nicht die einzige, die in dieser Richtung ein Problem hat. Er meint, du denkst daran, das Mädchen zu heiraten, dessen Bild auf deinem Schreibtisch steht.«

Matt gab sich gewollt lässig, legte den Kopf in den Nacken und fuhr mit dem Rasierapparat über sein Kinn. »Das hat mein Vater gesagt?«

»Ja. Ist es wahr?«

»Spielt das eine Rolle?«

Sie zögerte. Die Richtung, die ihr Gespräch nahm, gefiel ihr nicht, aber sie antwortete ehrlich: »Nein.«

Matt zog das Kabel des Rasierers aus der Steckdose. Er fühlte sich körperlich schwach und hatte nicht die geringste Lust, jetzt über die Zukunft nachzudenken. »Darf ich dich um einen Gefallen bitten?«

»Ja, natürlich.«

»Ich habe zwei anstrengende Wochen hinter mir und habe mich eigentlich auf ein ruhiges und friedliches Wochenende hier gefreut ...«

Meredith hatte das Gefühl, eine Ohrfeige erhalten zu haben. »Es tut mir leid, daß ich deinen Frieden gestört habe.«

Ein leichtes Lächeln spielte um seine Lippen. »Du hast meinen Frieden schon *immer* gestört, Meredith. Jedesmal, wenn wir uns begegnen, kommt irgendwie die ganze Welt ins Wanken. Ich wollte damit nicht sagen, daß es mir leid tut, daß du hier bist. Ich habe nur gemeint, daß ich gerne einen geruhsamen Nachmittag mit dir verbringen möchte und momentan nicht mit schwerwiegenden Problemen konfrontiert werden will.«

»Das geht mir ganz genauso.«

In vollkommenem Einverständnis standen sie einander gegenüber und sahen sich an, dann wandte Meredith sich ab und hob einen flauschigen dunkelblauen Bademantel auf, der über einer Stuhllehne hing. »Warum ziehst du nicht den Morgenmantel an und setzt dich hin und ißt etwas?«

Er schlüpfte willig in den Mantel, verknotete den Gürtel um die Taille und nahm Platz. Meredith bemerkte, daß er unbehaglich auf die zugedeckten Teller blickte. Vorsichtig fragte er: »Was ist da drunter?«

»Eine Knoblauchschnur«, log sie schamlos, »du solltest sie dir um den Hals hängen.« Er lachte noch, als sie die Deckel abhob. »Sogar ich kann eine Dosensuppe warm machen und Schinken zwischen zwei Scheiben Brot legen«, informierte sie ihn und lächelte zurück.

»Danke«, sagte er ernst. »Das ist wirklich lieb von dir.«

Nachdem er aufgegessen hatte, gingen sie hinunter und

nahmen vor dem Feuer Platz, das anzuzünden er sich nicht hatte nehmen lassen. Eine Zeitlang sprachen sie über so unverbindliche Themen wie das Wetter, seine Schwester und das Buch, das er gerade las. Matt erholte sich offensichtlich erstaunlich schnell, aber Meredith sah, daß er wieder müde wurde. »Möchtest du nicht wieder ins Bett?« fragte sie.

»Nein, ich bleibe lieber hier«, antwortete er und streckte sich bereits auf dem Sofa aus.

Als Matt eine gute Stunde später aufwachte, ging es ihm wieder genauso wie am Morgen – er glaubte, nur geträumt zu haben, daß Meredith hier war. Aber er brauchte seinen Kopf nur ein bißchen zur Seite zu drehen und auf den Stuhl zu blicken, auf dem sie gesessen hatte, um zu sehen, daß es kein Traum war. Sie war hier – eifrig damit beschäftigt, auf einen gelben Notizblock zu schreiben,den sie auf den angezogene Knien hielt. Das flackernde Kaminfeuer schickte goldene Lichter in ihr Haar, überzog ihre zarten Wangen mit einem rosigen Schimmer und warf Schatten von ihren langen Wimpern. Er beobachtete sie bei der Arbeit und lächelte in sich hinein, weil sie viel eher wie ein junges Mädchen bei den Schularbeiten aussah als wie der Interimspräsident einer großen Kaufhauskette. Je länger er sie betrachtete, desto unwahrscheinlicher kam ihm die Wahrheit vor. Leise fragte er: »An was arbeitest du?«

Die junge Frau lächelte ihn an und sagte: »Ich schreibe eine Zusammenfassung der Markttrends, die ich den Vorstandsmitgliedern bei der nächsten Sitzung vortragen will und mit er ich sie hoffentlich davon überzeugen kann, mehr Waren mit eigenem Etikett einzuführen. Kaufhäuser«, erklärte sie, als er sie mit aufrichtigem Interesse ansah, »besonders solche wie Bancroft's, können durch den Verkauf von Waren mit ihrem eigenen Etikett beträchtliche Gewinne erzielen. Bisher haben wir diese Möglichkeit allerdings noch längst nicht so ausgeschöpft wie etwa Neimann-Marcus oder Bloomingdale's.«

Wie schon vergangene Woche bei ihrem gemeinsamen Mittagessen, war Matt augenblicklich von dieser ihrer geschäftsmäßigen Seite fasziniert, nicht zuletzt, weil sie in so auffälligem Widerspruch zu ihren anderen Seiten stand, die er in der Vergangenheit kennengelernt hatte. »Warum hat euere Firma diesen Markt bisher ignoriert?« fragte er.

Mehrere Stunden später, nachdem ihr Unterhaltung vom Warenangebot über Produkthaftung und Finanzplanung zu den Expansionsplänen von Bancroft & Company geführt hatte, war Matt nicht mehr lediglich fasziniert, sondern sehr beeindruckt von ihren Fähigkeiten und – verrückterweise – irgendwie unheimlich stolz auf sie.

Meredith, die ihm gegenüber saß, ahnte vage, daß sie seine Achtung errungen hatte, aber sie war so in das Gespräch vertieft, so hingerissen von seinem unmittelbaren Verständnis für selbst kompliziertesten Konzepte, daß sie jedes Zeitgefühl verloren hatte. Eine ganze Seite hatte sie bereits mit Notizen über die Vorschläge gefüllt, die Matt gemacht hatte und die sie unbedingt weiterverfolgen wollte. Die Realisation seines letzten Vorschlags kam jedoch nicht in Frage: »Das ist unmöglich«, blockte sie ab, als er sie zu überreden versuchte, doch eigene Produktionsstätten in Taiwan oder Korea zu kaufen.

»Warum? Wenn ihr eure eigenen Fabriken habt, seid ihr alle Probleme mit Qualitätskontrollen und einem eventuellen Verlust des Kundenvertrauens auf einen Schlag los.«

»Das stimmt, aber ich kann es mir nicht leisten. Nicht jetzt und auch nicht in absehbarer Zeit.«

Er runzelte die Stirn, weil sie offenbar nicht verstand, worauf er abzielte. »Ich meine doch nicht, daß ihr das mit eurem eigenen Geld tun sollt! Leiht es euch von der Bank – dafür sind Banken ja schließlich da«, fügte er hinzu, momentan vergessend, daß ihr Verlobter ja Bankier war. »Bankiers leihen dir dein eigenens Geld, sofern sie sicher sein können, daß das, wofür sie es herleihen, ein sicheres Geschäft ist, und dann verlangen sie Zinsen dafür, daß man es sich von ihnen zurückleiht – und wenn du deinen Kredit zurückgezahlt hast, erzählen sie dir, was für Glück du gehabt hast, daß sie das ganze Risiko alleine getragen haben. Du weißt inzwischen doch bestimmt, wie das abläuft.«

Meredith mußte laut lachen. »Du bist wie meine Freundin Lisa – sie hält nicht besonders viel vom Berufsstand meines Verlobten und ist der Ansicht, daß Parker mir immer, wenn ich es brauche, Geld geben soll, ohne auf den üblichen Sicherheiten zu bestehen.«

Matts Lächeln verschwand, als er so an die Existenz ihres Verlobten erinnert wurde, aber bei ihren nächsten Sätzen verwandelte sich seine amüsierte Miene in blankes Entsetzen. »Du kannst mir glauben, daß ich auf dem besten Wege bin, Experte für Geschäftskredite zu werden. Bancroft's hat seinen Kreditrahmen bereits überzogen, und, um ehrlich zu sein, ich auch.«

»Was soll das heißen, du auch?«

»Wir haben extrem schnell expandiert. Wenn wir uns in ein bereits bestehendes Einkaufszentrum einkaufen, sind die Unkosten etwas geringer, aber die Gewinne auch, also sind wir dazu übergegangen, selbst Einkaufszentren zu bauen und einen Teil davon an andere Geschäfte zu vermieten. Das kostet ein Vermögen, und wir haben das nötige Geld aufgenommen.«

»Das verstehe ich, aber was hat das mit dir persönlich zu tun?«

»Um einen Kredit zu erhalten, muß man Sicherheiten bieten«, erinnerte sie ihn. »Bancroft & Company hat bereits alle Sicherheiten ausgeschöpft. Mit dem Bau des Kaufhauses in Phoenix haben wir die Grenze überschritten. Ich wollte unbedingt Filialen in New Orleans und Houston, deshalb habe ich mein Privatvermögen als zusätzliche Sicherheit eingesetzt. Nächste Woche werde ich dreißig, und dann kann ich über das Geld, das mein Großvater mir vererbt hat, frei verfügen.«

Sie sah, daß er die Stirn runzelte und fügte schnell hinzu: »Das ist wirklich kein Grund, sich Sorgen zu machen. Das Geschäft in New Orleans wirft bereits mehr ab als die nötigen Zinsen, genau wie ich erwartet habe. Und solange wir pünktlich zahlen können, habe ich überhaupt nichts zu befürchten.«

Matt saß wie erstarrt. »Du willst mir doch nicht erzählen, daß du nicht nur deinen eigenen Geschäftsanteil als Sicherheit eingesetzt hast, sondern auch noch mit deinem Privatvermögen für das Kaufhaus in New Orleans haftest?«

»Es blieb mir nichts anderes übrig«, erklärte sie ruhig.

Ohne rechten Erfolg versuchte Matt, nicht wie ein erzürnter Professor zu klingen, der vom Katheder herab einen zurückgebliebenen Schüler abkanzelt. »Tu das nie wieder«, warnte er sie. »Nie und unter gar keinen Umständen darfst du dein Privatvermögen für eine geschäftliche Transaktion riskieren. Dafür gibt es schließlich Banken. Sie verdienen an den Zinsen, also sollen sie auch das Risiko tragen. Wenn aus irgendwelchen Gründen der Umsatz in New Orleans zurückgeht, dann müßtest du die Zahlungen leisten, und wenn du das nicht kannst, wird die Bank dich pfänden.«

»Es war der einzige Weg ...«

»Wenn dir deine Bank das gesagt hat, dann war das ein übler Trick«, unterbrach er sie. »Bancroft & Company ist ein etabliertes, profitables Unternehmen. Eine Bank hat nur dann das Recht, eine persönliche Haftung für einen Geschäftskredit zu verlangen, wenn du unbekannt bist und keine kreditwürdige Vergangenheit aufzuweisen hast.« Sie öffnete den Mund, um ihm zu widersprechen, aber Matt kam ihr zuvor, indem er seine Hand hob. »Ich weiß, daß sie es immer wieder *versuchen*, einen dazu zu bringen, mit dem Privatvermögen zu haften«, gab er zu. »Und am liebsten wäre ihnen, wenn sie für jede stinknormale Hypothek fünfzig Mitschuldner bekommen könnten, weil das ihr Risiko mindert. Aber du darfst niemals und unter keinen Umständen jemals wieder deinen Namen unter einen Bancroft-Kredit setzen. Glaubst du denn, daß die Geschäftsführer von General Motors mit ihrem Privatvermögen für die Kredite bürgen, die GM aufnimmt?«

»Nein, natürlich nicht. Aber in unserem Fall ist das etwas anderes.«

»Das sagen die Banken immer. Wer zum Teufel ist denn überhaupt der Bankier, mit dem Bancroft's arbeitet?«

»Mein Verlobter ... Reynolds Mercantile Trust«, stellte sie klar und beobachtete, wie seine Miene im Licht des Kaminfeuers erst Entsetzen und dann Verärgerung spiegelte.

»Da hat dir dein Verlobter ja ein großartiges Geschäft ausgehandelt«, murmelte er sarkastisch.

Meredith überlegte, ob er diese Bemerkung aus männlicher Eitelkeit heraus gemacht hatte. »Du bist nicht fair«, informierte sie ihn sachlich. »Auch *du* hast etwas vergessen. Es gibt Bankprüfer, die die Kredite kontrollieren, die eine Bank vergibt, und jetzt, wo überall auf der Welt Privatbanken schließen müssen, haben diese Kontrolleure alle privaten Banken im Visier, die einem einzelnen Schuldner zu viel Kredit gewähren. Bancroft & Company steht bei Reynolds Mercantile mit mehreren hundert Millionen in der Kreide. Gerade weil wir verlobt sind, konnte Parker uns keine weiteren Kredite genehmigen, ohne zusätzliche Sicherheiten zu verlangen.«

»Ich bin sicher, es hätte einen anderen Weg gegeben. Hast du denn alle deine Firmenanteile eingesetzt?«

»Ja, und mein Vater seine auch. Es gibt nur noch einen weiteren Hauptaktionär von B & C, der seine Anteile nicht riskiert hat.«

»Wer ist das?«

Meredith, der die Wendung, die ihr Gespräch genommen hatte, allmählich unangenehm wurde, ergriff die Gelegenheit, das Thema zu wechseln. »Meine Mutter.«

»Deine Mutter?«

»Auch ich hatte eine«, erinnerte sie ihn trocken. »Bei der Scheidung erhielt sie ein großes Aktienpaket, mußt du wissen.«

»Und warum ist deine Mutter nicht bereit, ihre Anteile bei der Bank einzusetzen? Das wäre nicht zuviel verlangt, da sie schließlich auch von den wachsenden Gewinnen profitiert.«

Meredith legte den Notizblock beiseite und blickte ihn an. »Sie hat es nicht getan, weil niemand sie darum gebeten hat.«

»Würde es dir etwas ausmachen, mir zu erzählen, warum

nicht?« fragte Matt und hoffte, daß sie nicht den Eindruck gewann, er wolle sie ausspionieren, anstatt ihr zu helfen.

»Sie wurde nicht gefragt, weil sie irgendwo in Italien lebt und weder mein Vater noch ich irgend etwas mit ihr zu tun hatten, seit ich ein Jahr alt war.« Als er daraufhin keine Miene verzog, beschloß sie, ihm etwas zu erzählen, was sie normalerweise verdrängte. Lächelnd beobachtete sie seine Reaktion und sagte: »Meine Mutter war – ist – Caroline Edwards.«

Seine dunklen Brauen zogen sich zu einem verständnislosen Stirnrunzeln zusammen. Also fuhr sie fort: »Denk an den alten Cary Grant-Film, wo er an der Riviera ist und einer Prinzessin begegnet, die vor ihrem Vater davongelaufen ist …«

Sein Lächeln zeigte ihr, daß er jetzt wußte, von welchem Film – und welchem Filmstar – sie sprach. An die Sofalehne gelehnt, betrachtete er sie mit einem überraschten Lächeln. »Das ist deine Mutter?«

Meredith nickte.

Schweigen verglich Matt die Anmut von Merediths Zügen mit dem, was er von dem Film im Gedächtnis behalten hatte. Merediths Mutter war sehr schön gewesen, aber Meredith war noch schöner. Dieses innere Leuchten, diese natürliche Eleganz war keiner Schauspielschule zu verdanken. Sie hatte eine perfekte Nase, feine, hohe Backenknochen und einen romantischen Mund, der *jeden Mann* zum Küssen einlud, während jede andere Faser an ihr ihn gleichzeitig ermahnte, Distanz zu halten.

Selbst wenn *dieser Mann* ihr Ehemann war …

Matt schob den Gedanken sofort wieder beiseite. Sie waren nur auf dem Papier miteinander verheiratet. In Wirklichkeit waren sie Fremde. *Intime* Fremde, flüsterte ein kleiner Teufel in seinem Kopf, und Matt mußte sich plötzlich zwingen, nicht auf das breite gelbe V ihres Ausschnitts zu starren. Er brauchte auch gar nicht hinzusehen. Einst hatte er mit seinen Lippen jeden Millimeter der Brüste erkundet, die ihren Pullover jetzt so provokativ ausfüllten. Er erinnerte sich noch ganz genau daran, wie er sie gestreichelt hatte, wie zart ihre Haut war, wie fest die Brustwarzen – an ihren Duft … Verärgert über die Hartnäckigkeit, mit der seine Gedanken in die eine Richtung gingen, versuchte Matt sich einzureden, daß diese lediglich die natürliche Reaktion eines Mannes war, der einer jungen Frau gegenübersaß, die in einem schlichten Pullover und dunkler Hose gleichzeitig unschuldig und verführerisch aussah. Als er merkte, daß er sie nur angesehen hatte, ohne ein Wort zu sagen, kehrte er zu dem nächstliegenden Thema zurück. »Ich habe mich immer gefragt, woher du dieses wunderschöne Gesicht hast – von deinem Vater hast du dein Aussehen weiß Gott nicht.«

Verblüfft über das unerwartete Kompliment und froh darüber, daß er ihr Gesicht auch jetzt, wo sie schon fast dreißig war, noch immer bemerkenswert schön fand, nahm Meredith sein Kompliment mit einem Lächeln und einem leichten Achselzucken entgegen. Ihr fiel beim besten Willen nichts ein, was sie hätte antworten können.

»Wie kommt es, daß ich erst heute erfahre, wer deine Mutter ist?«

»Wir hatten früher nicht viel Zeit zum Reden.«

Weil wir zu beschäftigt damit waren, uns zu lieben, erwiderte der kleine Teufel in seinem Kopf und erinnerte ihn schmerzhaft an jene heißen, endlosen Nächte, in denen er sie im Arm gehalten hatte, mit ihr verschmolzen war, in dem ständigen Bedürfnis, sie zu befriedigen und ihr nahe zu sein.

Meredith ihrerseits entdeckte zu ihrer Überraschung, wie überaus angenehm es war, sich ihm anzuvertrauen, und so beschloß sie, ihm noch mehr zu erzählen: »Hast du jemals von Seaboard Consolidated Industries gehört?«

Matt ließ in Gedanken Namen und Fakten vorbeiziehen, die er in den letzten Jahren zusammengetragen hatte. »Irgendwo im Südwesten gibt es eine Seaboard Consolidated – ich glaube in Florida. Es ist eine Holdinggesellschaft, die ursprünglich aus einer Reihe großer Chemiefabriken bestand, dann aber in Bergbau, Luft- und Raumfahrt, Computer-Hardware und eine Drugstore-Kette diversifizierte.«

»Supermärkte, nicht Drugstores«, korrigierte Meredith ihn mit jenem kecken Lächeln, auf das hin er sie früher immer in seine Arme gezogen hatte, um es von ihren Lippen zu küssen. »Mein Großvater hat Seaboard gegründet.«

»Und jetzt gehört es dir?« fragte Matt, dem plötzlich einfiel gehört zu haben, daß Seaboard von einer Frau geleitet wurde.

»Nein, es gehört meiner Stiefgroßmutter und ihren beiden Söhnen. Sieben Jahre vor seinem Tod hat mein Großvater seine Sekretärin geheiratet und später auch ihre beiden Söhne adoptiert. Als er starb, habe sie Seaboard geerbt.«

Matt war beeindruckt. »Sie muß eine glänzende Geschäftsfrau sein – sie hat aus Seaboard einen großen und sehr profitablen Konzern gemacht.«

Merediths Abneigung gegen ihre Stiefgroßmutter ließ nicht zu, daß diese Frau ein unverdientes Lob erhielt, aber im Eifer des Gefechts erzählte sie Matt mehr, als sie ursprünglich vorgehabt hatte. »Charlotte hat das Unternehmen gut geführt, aber es war schon vorher sehr vielseitig. Es ist sogar so, daß Seaboard das eigentliche Hauptunternehmen unserer Familie war. Alles, was die Familie im Laufe der Generationen erreicht hat, hat mein Großvater unter dem Namen Seaboard zusammengefaßt, und Bancroft & Company – das Kaufhaus – bildete nicht einmal ein Viertel vom Gesamtwert. Du siehst also, nicht sie hat Seaboard aufgebaut.«

Meredith sah Matts überraschte Miene und erkannte, daß ihm die unausgewogene Aufteilung des Nachlasses ihres Großvaters aufgefallen war. Unter normalen Umständen hätte sie ihm nie soviel anvertraut, aber heute war irgendwie ein besonderer Tag. Da er sich höflicherweise weiterer Fragen enthielt, fuhr Meredith von sich aus fort. »Charlotte und mein Vater haben sich gehaßt, und als mein Großvater sie geheiratet hat, führte das zu einem Bruch zwischen den beiden Männern, der nie wieder ganz verheilte. Später – vielleicht sogar als Revance dafür, daß mein Vater ihn bewußt mied – hat er dann Charlottes Söhne adoptiert. Wir erfuhren das erst bei der Testamentseröffnung. Er hatte seinen Besitz in vier gleichgroße Viertel aufgeteilt und hinterließ eines meinem Vater und den Rest Charlotte und ihren Söhnen, wobei Charlotte natürlich deren Anteil kontrollierte.«

»Höre ich da eine Spur von Zynismus in deiner Stimme, wenn du von dieser Frau sprichst?«

»Ist durchaus möglich.«

»Weil sie drei Viertel vom Erbteil deines Großvaters erhalten hat anstatt nur die Hälfte, was eher zu erwarten gewesen wäre?«

Meredith blickte auf ihre Uhr und stellte fest, daß es Zeit fürs Abendessen geworden war. Folglich beeilte sie sich mit dem Rest ihrer Erklärungen. »Das ist nicht der Grund, warum ich sie nicht ausstehen kann. Charlotte ist die härteste, kälteste und berechnendste Frau, der ich je begegnet bin, und ich glaube, daß sie absichtlich einen Keil zwischen meinen Vater und meinen Großvater getrieben hat. Nicht daß es sie viel Mühe gekostet hätte, das zu tun«, schloß Meredith mit einem zaghaften Lächeln. Mit einem entschuldigenden Blick auf die Uhr stand sie auf und sagte: »Es ist spät geworden, und du hast bestimmt Hunger. Ich richte dir was zum Essen.«

Matt bemerkte, daß er tatsächlich am Verhungern war und folgte ihr auf dem Weg in die Küche. Dort ging er direkt zum Gefrierfach und nahm die beiden Steaks heraus. »Wie wär's damit?«

»Steaks? Willst du wirklich etwas so Schweres?«

»Warum nicht. Ich habe seit Tagen nichts ordentliches mehr gegessen.« Während er das Fleisch auswickelte, beobachtete er, wie sie sich ein Küchenhandtuch um die schmale Taille band. In der Hoffnung, sie wieder zum Sprechen zu bringen, fragte er: »Ist dein Vater mit deiner Geschäftsführung eigentlich zufrieden?«

Das Brot in der Hand, lächelte sie ihn herzlich an, aber ihr Lächeln reichte nicht in ihre ausdrucksvollen Augen. »Nur wenn er außergewöhnlich gute Laune hat.«

Meredith bemerkte ein mitleidiges Flackern in seinen Augen und setzte sofort nach, um ihm zu zeigen, daß dies völlig überflüssige war. »Es ist peinlich, wenn er mich in Anwesenheit der ganzen Geschäftsleitung beschimpft, aber inzwischen haben sich alle daran gewöhnt. Außerdem macht er sie genauso nieder, nur nicht so oft und nicht auf dieselbe Weise wie mich. Du siehst, mein Vater ist ein Mann, der – der es einfach nicht akzeptieren kann, daß auch andere in der Lage sind, etwas auf die Beine zu stellen. Er stetzt kompetente und fähige Leute mit guten Ideen ein, nur um sie dann niederzubrüllen und sie dazu zu bringen, seinen eigenen Ideen zuzustimmen. Wenn die Idee erfolgreich ist, nimmt er den Verdienst dafür in Anspruch, wenn nicht, sind sie die Sündenböcke. Wer sich ihm beugt und gute Ideen einbringt, wird befördert, erhält aber nie ein Wort des Dankes oder der Anerkennung. Und das nächste Mal, wenn sie ein Neuerung einbringen wollen, fängt das ganze Theater wieder von vorn an.«

»Und du«, fragte Matt und lehnte sich neben ihr mit der Schulter an die Wand, »wie packst du die Sache an, jetzt, da du das Ruder in der Hand hältst?«

Meredith, die gerade das Besteck aus der Schublade nehmen wollte, hielt in der Bewegung inne und blickte ihn an. Ihre Gedanken wanderten zurück zu jener Besprechung, die er in seinem Büro abgehalten hatte. »Ich handhabe die Dinge genauso wie du«, sagte sie leise, ohne die Bewunderung zu verstecken, die sie empfand.

Er zog verwundert eine Augenbraue hoch. »Woher weißt du, wie ich sie handhabe?«

»Ich habe dich beobachtet – an dem Tag, als ich in dein Büro gekommen bin. Ich habe immer gewußt, daß es auch einen anderen Weg geben muß, mit den Geschäftsführern zu verhandeln, als den meines Vaters, aber ich war mir nicht sicher, ob man mich nicht für schwach und weichlich halten könnte, wenn ich einen offeneren Dialog befürworten würde.«

»Und?« drängte er grinsend.

»Und du hast an jenem Tag genau *so* mit deinen Mitarbeitern verhandelt – und kein Mensch würde *dich* jemals für schwach oder weichlich halten. Und deshalb« – sie beendete den Satz ein wenig atemlos und wandte sich wieder der Besteckschublade zu – »habe ich beschlossen, so zu werden wie du, wenn ich einmal groß bin!«

Schweigen füllte den Raum – Meredith fühlte sich etwas unsicher, und Matt hatte ihr Lob weit mehr gefreut, als er zuzugeben bereit war. »Ich fühle mich sehr geschmeichelt«, sagte er förmlich. »Vielen Dank.«

»Bitte sehr. Warum setzt du dich nicht hin? Ich mache inzwischen das Essen fertig.«

32

Noch um Mitternacht lag Matt wach. Der Gedanke, daß Meredith am anderen Ende des Ganges schlief, ließ ihn nicht zur Ruhe kommen. Um halb eins drehte er sich auf den Rükken und nahm aus reiner Verzweiflung eine der Tabletten, die Müdigkeit verursachen sollten. Um Viertel nach eins nahm er eine zweite.

Die Tabletten versetzten ihn in einen betäubungsähnlichen Schlaf, und er träumte von ihr ... einen endlosen, heißen Traum, in dem Meredith sich in seinen Armen wand, nackt und leidenschaftlich, ihn berührte, umklammerte und ihn vor Begierde aufstöhnen ließ. Er liebte sie immer und immer wieder, bis sie schließlich Angst bekam, weil er einfach nicht aufhören konnte ... *»Matt, hör auf, ich habe Angst!«*

Er drang tiefer und immer tiefer in sie ein, während sie ihn anflehte, aufzuhören ... *»Matt, bitte hör auf!«*

Jemand flüsterte ihm zärtlich ins Ohr: »Hör auf zu träumen. Es gibt Kaffee. *Wach jetzt endlich auf,* verdammt.«

Ihr Fluchen war es, das ihn schließlich wachrüttelte. Meredith fluchte nie, folglich konnte etwa mit seinem Traum nicht stimmen. Irgend etwas stimmte nicht ...

Gewaltsam öffnete er die Augen und blickte in das wunderschöne Gesicht, versuchte, sich zurechtzufinden. Sie beugte sich über ihn, ihre Hände lagen auf seinen Schultern, und sie sah besorgt aus. »Was ist los?« fragte er.

Meredith lockerte ihren Griff und ließ sich mit einem Seufzer der Erleichterung neben ihn auf das Bett sinken. »Du hast so unruhig geschlafen und im Schlaf so laut gesprochen, daß ich dich draußen auf dem Gang gehört habe. Als du nicht aufgewacht bist, habe ich Angst bekommen, aber dein Kopf fühlt sich ganz kühl an. Hier, ich habe dir Kaffee gemacht«, fügte sie hinzu und deutete mit dem Kopf auf die Tasse, die auf dem Nachttisch stand.

Gehorsam setzte Matt sich im Bett auf. Er fuhr sich mit der Hand durch das Haar und versuchte, den restlichen Schlaf abzuschütteln. »Das sind die Tabletten«, erklärte er. »Zwei davon hauen den stärksten Mann um.«

Sie las die Beschreibung: »Hier steht, daß man höchstens eine nehmen soll.«

Ohne zu antworten, griff Matt nach der Tasse und trank den Kaffee. Dann lehnte er den Kopf zurück und schloß ein paar Minuten lang die Augen, um das Koffein wirken zu lassen.

Meredith, die sich daran erinnerte, daß er ein Morgenmuffel war, stand auf und ordnete die Sachen auf dem Nachttisch, dann hob sie seinen Bademantel auf und legte ihn über das Fußende des Bettes. Als sie sich wieder zu ihm umdrehte, blickten seine Augen wacher, sein Gesicht wirkte entspannt und fast jungenhaft. »Fühlst du dich jetzt besser?« fragte sie und lächelte ihn an.

»Viel besser. Dein Kaffee ist hervorragend.«

»Jede Frau sollte *eine* außergewöhnliche kulinarische Stärke haben – etwas, mit dem sie aufwarten kann, wenn immer die Gelegenheit es erfordert.«

Er grinste. »Wer sagt das?«

»Eine Frauenzeitschrift, die ich beim Zahnarzt im Wartezimmer gelesen habe«, erwiderte sie kichernd. »Meine außergewöhnliche kulinarische Stärke ist Kaffee. Willst du jetzt dein Frühstück?«

»Das hängt davon ab, ob du mir dasselbe wie gestern auftischen willst.«

»Ich an deiner Stelle wäre vorsichtiger und würde den Koch nicht so einfach beleidigen. Unter der Spüle steht eine Dose mit Scheuerpulver, das auf deinen Cornflakes ganz genau wie Zucker aussehen würde.«

Er schüttelte sich vor Lachen und trank den letzten Schluck Kaffee.

»Also ernsthaft«, sagte sie und lächelte ihn vom Fußende seines Bettes aus an – eine goldene Göttin in Bluejeans; ein Engel mit teuflischen Augen. »Was möchtest du zum Frühstück?«

Dich, dachte er, und Wellen der Begierde durchliefen seinen ganzen Körper. Er wollte *sie* zum Frühstück. Er wollte sie zu sich ins Bett ziehen, mit den Händen ihr goldseidenes Haar zerzausen und seinen ausgehungerten Körper mit ihrem vereinen. Er wollte ihre Hände auf seiner Haut spüren, wollte sich in sie versenken und sie unter sich stöhnen hören. »Ich bin sicher, du findest etwas Passendes«, sagte er unwirsch und verschob die Bettdecke, um seine Erregung zu verbergen. »Ich dusche und komme dann runter.«

Als sie das Zimmer verlassen hatte, schloß Matt die Augen und biß, hin- und hergerissen zwischen Wut und Ungläubigkeit die Zähne zusammen. Trotz allem, was in der Vergangenheit vorgefallen war, hatte sie immer noch diese Wirkung auf ihn! Wenn es wenigstens nur blanke Lust gewesen wäre, was er empfand – aber daß er sich plötzlich danach sehnte, wieder ein Teil von ihr zu sein, von ihr geliebt zu werden ... das konnte er sich nicht verzeihen.

Unschlüssig ging Matt ins Badezimmer, um zu duschen. Bevor seine Begierde ihn zu etwas verleitete, was ihn den letzten Rest Selbstachtung kosten würde, mußte er Meredith aus dem Haus schaffen! Ihre Autoschlüssel ... Vage erinnerte er sich daran, wie sie ausgestiegen war und sich in der Nähe des linken Vorderreifens gebückt hatte. Dort würde er die Schlüssel suchen und finden. Draußen im Schnee herumzugraben war ihm weit weniger zuwider als die Vorstellung, einen weiteren Tag mit ihr unter einem Dach zu verbringen. Oder eine weitere Nach. Wenn er die verdammten Schlüssel nicht fand, würde er ihr Auto kurzschließen. Er drehte das Warmwasser an und überlegte, ob sie wohl eine elektronische Alarmanlage hatte, die den Wagen fahruntüchtig machte, wenn er das versuchte. Wenn ja, würde er sich etwas anderes einfallen lassen. Aber ganz gleich auf welche Weise, er würde sie aus dem Haus schaffen.

Noch dabei, sein Hemd zuzuknöpfen, ging er entschlossen die Treppe hinunter. Meredith wirbelte herum, als sie ihn an der Küchentür vorbeigehen hörte und sah, wie er nach einer dicken Lederjacke griff und auf die Haustür zumarschierte. »Wo willst du hin?«

»Raus, deine Schlüssel suchen. Weißt du noch, wo sie dir runtergefallen sind?«

Die eiserne Entschlossenheit, die er an den Tag legte, traf sie völlig unvorbereitet. »Sie – sie sind mir runtergefallen, als ich vorne um das Auto herumgegangen bin, aber es besteht überhaupt keine Veranlassung, daß du jetzt in die Kälte …«

»Doch«, sagte er. »Es besteht Veranlassung. Dieses Spielchen hier hat lang genug gedauert. Schau nicht so überrascht. Dir geht dieses scheinheilige Eheglück doch genauso auf die Nerven wie mir.« Sie mußte tief durchatmen, als ob er sie geschlagen hätte. Eisig fuhr Matt fort: »Ich bewundere deine Hartnäckigkeit, Meredith. Du willst dieses Grundstück in Houston für zwanzig Millionen, und du brauchst eine schnelle Scheidung, ohne daß die Presse davon Wind bekommt. Du bist mir zwei Tage lang um den Bart gegangen, um mich soweit zu kriegen, beidem zuzustimmen. Du hast es versucht, aber ohne Erfolg. Jetzt fahr zurück in die Stadt und benimm dich wie die clevere Geschäftsfrau, die du bist. Verklage mich wegen dem Houstoner Grundstück und reiche die Scheidung ein, aber mach in Gottes Namen Schluß mit dieser widerlichen Farce! Die Rolle der unterwürfigen, liebenden Gattin paßt nun einmal nicht zu dir, und du mußt sie ebenso satt haben wie ich.«

Er drehte sich auf dem Absatz um und verließ das Haus. Meredith starrte auf den Platz, wo er gestanden hatte, und ihr Herz zog sich vor Angst, Enttäuschung und Erniedrigung zusammen.

Zehn Minuten lang stapfte Matt durch den Schnee und versuchte, die verdammten BMW-Schlüssel zu finden. Er grub und stocherte so lange, bis seine Handschuhe völlig durchweicht und seine Hände halb erfroren waren. Dann gab er auf und blickte durch das Fenster, um zu sehen, was für eine Art von Alarmanlage sie hatte. Unglücklicherweise schien es tatsächlich eine zu sein, die den Wagen fahruntüchtig machte, wenn man versuchte, ihn ohne Schlüssel zu starten.

»Frühstück ist fertig!« rief Meredith beklommen und ging ins Wohnzimmer, als sie die Haustür hörte. »Hast du die Schlüssel gefunden?«

»Nein«, bellte Matt, bemühte sich aber, nicht die Beherrschung zu verlieren. »In der Stadt gibt es einen Schlosser, aber sonntags arbeitet er nicht.«

Meredith holte die Rühreier, die sie für ihn gemacht hatte, dann setzte sie sich ihm gegenüber. Verzweifelt bemüht, die Harmonie des vergangenen Tages zumindest teilweise wiederherzustellen, fragte sie ruhig und sachlich: »Würdest du mir freundlicherweise erklären, warum du auf einmal beschlossen hast, daß das ganze Wochenende ein hinterlistiges Komplott von mir sein soll?«

»Sagen wir einfach, mit meiner Gesundheit ist auch mein Verstand zurückgekehrt«, antwortete er kurz. Zehn Minuten lang versuchte Meredith immer wieder, ein Gespräch in Gang zu bringen, aber es scheiterte an seinen knappen Antworten; dann aßen sie schweigen. Sobald er aufgegessen hatte, stand er auf und sagte, er werde jetzt die Sachen im Wohnzimmer einpacken.

Mutlos und enttäuscht blickte Meredith ihm nach, dann begann sie automatisch damit, die Küche sauberzumachen. Als der letzte Teller gespült und weggeräumt war, ging sie ins Wohnzimmer. »Hier gibt es eine Menge zu packen«, sagte sie, entschlossen, ihn irgendwie freundlicher zu stimmen. »Kann ich dir irgendwie helfen?«

Matt hörte die leise Bitte in ihrer Stimme, und sein Körper reagierte mit einer neuen Woge von Begierde, als er sich aufrichtete und sie ansah. *Du könntest mit mir nach oben gehen und mir deinen köstlichen Körper anbieten.* »Mach, was du willst«, knurrte er.

Meredith ging nach oben, um dort aufzuräumen, und verbrachte Stunden damit, Bücher und Kleinkram in Kartons zu verstauen, während er in den unteren Räumen und im Keller herumhandierte.

Irgendwann gegen Mittag kam er schließlich zu ihr in Julies Zimmer, wo Meredith alte Fotoalben in einen Karton legte. »Pack deine Sachen. Irgendwie werde ich deinen Wagen starten.«

Meredith fuhr herum. Sein eisiger Ton macht ihre Hoffnungen auf eine Rückkehr zur gestrigen harmonischen Stimmung endgültig zunichte. Ihren ganzen Mut zusammennehmend, wickelte sie langsam das letzte Album in Zeitungspapier ein. Jetzt, da es Zeit war, ihm von der Fehlgeburt zu berichten, erwartete sie von ihm nichts anders mehr als ein nonchalantes: »Ehrlich gesagt, meine Liebe, ist mir das völlig gleichgültig.« Nachdem sie einen halben Tag lang seinen Sarkasmus und sein frostiges Schweigen über sich hatte ergehen lassen müssen, waren ihre Nerven bis zum Zerreißen gespannt. Mit großer Sorgfalt legte sie das Album zu den anderen in die Schachtel, dann richtete sie sich auf und blickte ihm ins Gesicht. »Bevor ich fahre, muß ich dir noch etwas sagen.«

»Ich bin nicht interessiert«, entgegnete er bissig und kam näher. »Beeil dich.«

»Ich gehe nicht, bevor ich dir erzählt habe, warum ich wirklich gekommen bin!« sagte sie, schrie dann aber leise auf, als er sie am Arm packte.

»Meredith«, schnappte er, »laß das und verschwinde!«

»Es geht nicht«, stieß sie hervor, während sie ihren Arm losriß. »Ohne Schlüssel kann ich nicht fahren!« Und da sah er ihn: den kleinen Koffer neben dem Bett. Matt wußte nicht mehr viel über den Abend, an dem sie gekommen war, aber eines wußte er mit absoluter Sicherheit: das sie keinen Koffer getragen hatte, als sie aus dem Auto gestiegen war. Der Schock bei diesem Augenblick wäre ihm garantiert in Erinnerung geblieben. Ihr Wagen war angeblich verschlossen, und doch hatte sie es fertig gebracht, einen Koffer herauszuholen! Er machte auf dem Absatz kehrt, nahm ihre Handtasche von der Kommode und leerte sie kurzerhand aus. Direkt auf ihrer Brieftasche, neben dem Lippenstift und Taschenspiegel, landete ein Satz Reserveschlüssel. »So«, sagte er mit samtweicher Stimme, »du hast also keine Schlüssel?«

Vor lauter Verzweiflung legte Meredith unbewußt ihre Hand auf seine Brust. »Matt, bitte hör mir zu ...« Sie sah, wie sein Blick auf ihre Hand fiel und sich dann langsam zu ihrem Gesicht hob, und als seine Augen die ihren trafen, veränderte sich ihr Ausdruck. Sie ahnte nicht, daß es die Intimität ihrer Geste war, die dies bewirkt hatte. Er blickte weniger frostig, sein Körper entspannte sich; seine Augen waren nicht länger hart und unnachgiebig, sondern wirkten fast grüblerisch; sogar seine Stimme hatte sich verändert – sie klang jetzt glatt und sanft, wie Seide über blankem Stahl. »Also, Herzchen, schieß los. Ich lausche jedem deiner Worte.«

Merediths sechster Sinn warnte sie, als sie in diese halbgeschlossenen grauen Augen blickte, aber sie war zu entschlossen, endlich die Wahrheit loszuwerden, als daß sie darauf geachtet hätte – oder auch nur bemerkt hätte, daß seine Hände langsam ihre Arme auf und ab glitten. Sie holte kurz Luft und begann dann mit ihrer Rede, die sie den ganzen Vormittag über geübt hatte: »Freitag abend bin ich zu deiner Wohnung gefahren, um mit dir zu reden ...«

»Das weiß ich bereits«, unterbrach er.

»Aber du weißt nicht, daß dein Vater und ich eine hitzige Auseinandersetzung hatten.«

»Ich bin sicher, daß du nicht aus der Rolle gefallen bist,

Herzchen«, meinte er mit schlecht verhülltem Sarkasmus. »Eine wohlerzogene und vornehme Frau wie du würde sich niemals so erniedrigen.«

»Nun, ich bin es aber«, sagte Meredith, durch seine Haltung etwas aus dem Konzept gebracht, aber wild entschlossen, fortzufahren. »Weißt du, dein Vater hat mir befohlen, mich von dir fernzuhalten – er hat mir vorgeworfen, daß ich unser Baby umgebracht und fast dein Leben zerstört hätte. Ich – ich wußte erst überhaupt nicht, wovon er sprach.«

»Ich bin sicher, daß die Schuld dafür nicht an ihm lag …«

»Hör auf, so herablassend mit mir zu sprechen«, warnte Meredith in einer Mischung aus Panik und Verzweiflung. »Ich bemühe mich, dir etwas zu erklären!«

»Entschuldige bitte. Was möchtest du mir erklären?«

»Matt, ich hatte keine Abtreibung – ich hatte ein Fehlgeburt. Eine Fehlgeburt«, wiederholte sie und suchte in seinen Zügen nach irgendeiner Reaktion.

»Eine Fehlgeburt. Ich verstehe.« Sein Blick wanderte zu ihren Lippen, und seine Hand glitt ihren Arm hinauf und legte sich hinter ihren Nacken. »So schön bist du …«, flüsterte er heiser. »Du bist so verdammt schön …«

Seine Worte und die Tiefe seiner Stimme ließen sie unbeweglich verharren, und sie starrte ihn an, unfähig zu glauben, daß er ihre Erklärung so einfach und ruhig geschluckt hatte. »So schön«, wiederholte er, und sein Griff um ihren Nacken verstärkte sich, *»und so verlogen!«* Bevor sie einen einzigen klaren Gedanken fassen konnte, senkte sich sein Mund auf ihren und nahm ihre Lippen mit einem brutal sinnlichen Kuß in Besitz. Seine Hände fuhren über ihr Haar und hielten ihren Kopf gefangen, während seine Zunge hart in ihren Mund eindrang.

Der Kuß war als Bestrafung und Erniedrigung gedacht, und Meredith war sich dessen bewußt, aber anstatt dagegen anzukämpfen, wie er es von ihr erwartete, schlang sie ihre Arme um seinen Hals, preßte ihren Körper gegen seinen und erwiderte seinen Kuß mit all der Zärtlichkeit und Reue, die sich in ihrem Herzen angesammelt hatte, um ihn auf diese Art davon zu überzeugen, daß sie die Wahrheit gesagt hatte. Ihre Reaktion überraschte ihn; er verkrampfte sich, als wollte er sie wegstoßen, dann aber nahm er sie mit einem langen Seufzer in die Arme und küßte sie so durchdringend und hungrig, daß ihre Widerstandskraft vollständig dahinschmolz und sie vor hilfloser Begierde fast verrückt wurde. Der Kuß wurde immer tiefer, sein Mund immer drängender, und Meredith fühlte den harten Druck seines erregten Körpers.

Als er endlich den Kopf hob, war sie zu benommen, um die Bedeutung seiner bissigen Frage sofort zu erfassen: »Nimmst du die Pille? Bevor wir ins Bett gehen, damit du mir zeigen kannst, wie viel dir dieses Grundstück in Houston wirklich wert ist, möchte ich doch ganz sicher gehen, daß daraus nicht wieder ein Kind resultiert – oder wieder eine Abtreibung.«

Meredith fuhr zurück und starrte ihn entsetzt und wütend an.

»Abtreibung!« keuchte sie. »Hast du nicht gehört, was ich dir eben gesagt habe? Ich hatte eine *Fehlgeburt!*«

»Lüg mich nicht an, du kleines Miststück!»

»Du mußt mich anhören ...«

»Ich will jetzt nicht reden«, sagte er brüsk, und sein Mund senkte sich zu einem weiteren verletzenden Kuß auf ihren.

Wild entschlossen, ihm alles zu erzählen, bevor es zu spät war, kämpfte Meredith verzweifelt und schaffte es endlich, ihre Lippen von seinen loszureißen. »Nein!« schrie sie, stemmte die Hände gegen seine Brust, barg aber ihr Gesicht an seinem Hemd. Seine Hand umfaßte ihren Nacken, als ob er vorhabe, ihren Kopf wieder nach oben zu zwingen, doch Meredith riß sich mit aller Kraft der Angst und Verzweiflung los, stieß seine Hände weg und blickte ihm zornig in die Augen. »Ich hatte keine Abtreibung!« schrie sie und wich einen Schritt zurück, während ihre Brust sich in kurzen, abgehackten Atemzügen hob und senkte. Ihre Worte quollen jetzt mit all der aufgestauten Pein und Wut, die sie erfüllte, aus ihr heraus. Vergessen war die wohlüberlegte Rede, vergessen alle Vernunft. »Ich hatte eine Fehlgeburt, und ich bin fast gestorben! Eine Fehlgeburt! Eine Abtreibung im sechsten Monat wäre Wahnsinn. Das macht kein Arzt ...«

Vor wenigen Minuten noch hatten seine Augen vor Begierde geglitzert, jetzt funkelten sie in zorniger Verachtung. »Augenscheinlich muß man dem Krankenhaus nur einen ganzen Flügel stiften, und schon geht es.«

»Es ist keine Frage der Legalität, es ist einfach zu gefährlich!«

»Das war es offenbar wirklich, schließlich warst du ja fast zwei Wochen drin.«

Meredith erkannte, daß er über all das bereits früher nachgedacht und schon vor langer Zeit seine eigenen logischen, wenn auch falschen Schlüsse gezogen hatte, und daß nichts, was sie tun oder sagen könnte, seine vorgefaßte Meinung ändern würde. Diese Erkenntnis war niederschmetternd. Sie wandte den Kopf und wischte sich die Tränen ab, die ihr in die Augen stiegen, konnte aber nicht aufhören, mit ihm zu sprechen. »Bitte, Matt«, flehte sie gebrochen, »hör mir doch zu. Ich bekam Blutungen und habe unser Baby verloren. Ich habe meinen Vater gebeten, dir ein Telegramm zu schicken, in dem stand, was passiert war und daß du doch bitte heimkommen solltest. Nie hätte ich geglaubt, daß er dich anlügen oder dich daran hindern würde, zu mir ins Krankenhaus zu kommen, aber dein Vater hat gesagt, daß er genau das getan hat ...« Helle Tränen stürzten ihr jetzt aus den Augen, und ihre Stimme brach. »Ich war damals so verliebt in dich! Ich habe so darauf gewartet, daß du mich im Krankenhaus besuchst. Ich habe gewartet und gewartet«, schluchzte sie, »aber du bist nie gekommen.«

Sie ließ den Kopf sinken, und ihre Schultern bebten hilflos. Matt sah, daß sie weinte, aber er war zu keiner Reaktion fähig, weil seine Gedanken bei der Erwähnung ihres Vaters eine Erinnerung heraufbeschworen – das Bild Philip Bancrofts, der mit vor Wut verzerrtem Gesicht in seinem Arbeitszimmer stand: *Sie halten sich für einen harten Burschen,*

Farrell, aber Sie wissen noch gar nicht, was wirkliche Härte ist. Ich werde vor nichts zurückschrecken, um Meredith von Ihnen wegzubringen! Danach schien Philip Bancrofts Zorn verraucht, und er hatte Matt gebeten, daß sie versuchen sollten, im Hinblick auf Meredith miteinander auszukommen. Bancroft schien es ernst zu meinen. Er schien die Heirat als gegebene Tatsache akzeptiert zu haben. Aber hatte er das wirklich? *Ich werde vor nichts zurückschrecken, um Meredith von Ihnen wegzubringen ...*

In diesem Moment hob Meredith ihre Augen, tieftraurige, blaugrüne Augen. In einem Zustand lähmender Ungewißheit blickte Matt in diese Augen, und was er darin sah, ließ ihn fast taumeln: Sie waren gefüllt mit Tränen und flehendem Bitten. Und Wahrheit. Der nackten, unfaßbaren unerträglichen Wahrheit. »Matt«, flüsterte sie schmerzlich, »wir – wir hatten ein kleines Mädchen.«

»Oh, o mein Gott!« stöhnte er und zog sie an seine Brust. *»Mein Gott!«*

Meredith klammerte sich an ihn, die tränenüberströmte Wange an sein Hemd gepreßt, unfähig, ihren Tränenfluß zu stoppen, jetzt, da er sie in seinen Armen hielt. »Ich – ich habe sie Elizabeth genannt, nach deiner Mutter.«

Matt hörte kaum, was sie sagte; alles in ihm zerriß unter der Qual, Meredith allein in einem Krankenhauszimmer liegen zu sehen – umsonst auf ihn wartend. »Oh, nein«, flehte er und zog sie noch dichter an sich, rieb sein Kinn an ihrem Haar. »Bitte, nein.«

»Ich konnte nicht zu ihrer Beerdigung gehen«, flüsterte sie heiser, »weil ich zu krank dafür war. Mein Vater hat gesagt, daß er dort war ... du glaubst doch nicht, daß er mich auch da angelogen hat?«

Die Qualen, die Matt durchmachte, als sie von dem Begräbnis und ihrem Leid sprach, waren fast mehr, als er ertragen konnte. »Oh, Gott!« stöhnte er, hielt sie noch fester, streichelte ihre Schultern, ihren Rücken und versuchte hilflos, die Wunden zu heilen, die er ihr vor Jahren unwissentlich und unwillentlich zugefügt hatte. Flehend hob sie ihr tränenüberströmtes Antlitz zu seinem. »Ich habe ihm gesagt, daß ich will, daß Elizabeth unendlich viele Blumen bekommt. Ich wollte rosa Rosen ... Du – du glaubst doch nicht, daß er mich angelogen hat, als er mir gesagt hat, daß er sie schicken würde?«

»Er hat sie geschickt«, versicherte Matt. »Ich bin sicher, daß er es getan hat.«

»Ich könnte – könnte es nicht ertragen, wenn sie keine Blumen gehabt hätte ...«

»Bitte, Liebling«, flüsterte Matt gebrochen, »hör auf. Ist ja alles gut.«

Durch den Schleier ihrer eigenen Trauer und Erleichterung hörte Meredith seine heisere Stimme, sah sein von Trauer gezeichnetes Gesicht, und tiefe Zärtlichkeit erfüllte sie, eine fast schon schmerzhafte Süße durchzog ihr Herz. »Du darfst nicht weinen«, flüsterte sie, und während ihr selber die Tränen über die Wangen liefen, hob sie die Hand und streichelte sanft sein Gesicht. »Jetzt ist ja alles vorbei. Dein Vater hat mir die Wahrheit gesagt. Deshalb bin ich hergekommen ... Ich mußte dir einfach erzählen, was wirklich passiert ist. Ich mußte dich einfach um Verzeihung bitten ...«

Matt lehnte den Kopf zurück, schloß die Augen und schluckte, um den Kloß zu beseitigen, der ihm im Hals saß. »Um Verzeihung bitten?« wiederholte er abgehackt. »Wofür denn?«

»Dafür, daß ich dich all die Jahre gehaßt habe.«

Er zwang sich, die Augen zu öffnen und blickte hinunter in ihr wunderschönes Gesicht. »Du kannst mich unmöglich mehr gehaßt haben, als ich mich in diesem Moment selbst hasse.«

Meredith schlug das Herz höher, als sie die Reue in seinen Augen sah; er war ihr immer so unverwundbar erschienen, daß sie ihn keiner tieferen Gefühle für fähig hielt. Vielleicht waren auch ihre Jugend und Unerfahrenheit dafür verantwortlich gewesen. Aber gleichgültig, was es auch gewesen war, jetzt ging es nur darum, ihn zu trösten. »Es ist vorbei.

Denk nicht mehr daran«, sagte sie sanft und schmiegte sich an seine breite Brust. Aber das war ein unsinniger Vorschlag, denn während des Schweigens, bevor er wieder sprach, konnten beide an nichts anderes denken. »Hattest du große Schmerzen, als es passierte?« fragte er schließlich.

Meredith wollte ihn schon bitten, doch nicht mehr davon zu sprechen, aber unbewußt merkte sie, daß er sie auf diese Art bat, ihn jetzt an dem teilhaben zu lassen, was er schon vor Jahren mit ihr hätte teilen sollen. Gleichzeitig bot er ihr so eine verspätete Chance, sich bei ihm den Trost zu holen, den sie damals so dringend gebraucht hätte. Und Meredith erkannte, daß sie sich auch jetzt noch danach sehnte. Sie schmiegte sich in seine Arme und spürte, wie er beruhigend ihren Rücken streichelte – und auf einmal war sie nicht mehr neunundzwanzig; sie war achtzehn, und er war sechsundzwanzig, und sie war in ihn verliebt. Er bot ihr Stärke, Sicherheit und Hoffnung. »Ich schlief, als es anfing«, begann sie. »Irgend etwas weckte mich, ich fühlte mich so komisch und knipste das Licht an. Als ich auf das Bett blickte, sah ich, daß die Laken blutdurchdrängt waren, und ich schrie.« Sie hielt inne und zwang sich dann fortzufahren. »Mrs. Ellis war gerade an diesem Tag aus Florida zurückgekommen. Sie hörte mich und weckte meinen Vater, und irgend jemand hat einen Krankenwagen gerufen. Und dann fingen die Schmerzen an, und ich bat meinen Vater, dich anzurufen, doch da kamen schon die Sanitäter. Ich erinnerte mich, wie sie mich auf einer Bahre aus dem Haus trugen. Sie rannten. Und ich erinnere mich an das Sirenengeheul. Ich wollte mir die Ohren zuhalten, um es nicht hören zu müssen, aber sie gaben mir eine Spritze, und der eine Sanitäter hielt meine Arme fest.« Meredith holte tief Luft; sie war sich nicht sicher, ob sie weitersprechen konnte, ohne wieder in Tränen auszubrechen, aber Matts Hand fuhr ihren Rücken entlang und preßte sie gegen seinen Körper, und so fand sie die Kraft, fortzufahren. »Das nächste, an das ich mich erinnere, ist das rhythmische Piepsen einer Maschine, und als ich die Augen aufmachte, sah ich, daß ich in einem Krankenhausbett lag mit allen möglichen Plastikschläuchen am Körper und an einen Apparat angeschlossen, der meinen Herzschlag auf einem Monitor wiedergab. Es war Tag, und jede Menge Ärzte und Schwestern standen um das Bett herum. Ich fragte sie nach dem Baby, und sie antworteten, daß mein Arzt schon auf dem Weg zu mir sei und daß alles wieder in Ordnung käme. Ich *wußte,* daß sie mich belogen. Und ich bat ... nein«, verbesserte sie sich mit einem traurigen Lächeln, legte den Kopf in den Nacken und sah ihn an, »ich *befahl* ihnen, daß sie dich zu mir lassen sollten, weil ich wußte, daß sie es nicht wagen würden, dich anzulügen.«

Er versuchte zurückzulächeln, aber seine gequälten grauen Augen blieben ernst, und sie schmiegte ihre Wange an seine Brust. »Sie sagten mir, du seist nicht da, und dann kam mein Arzt, und dann mein Vater, und alle anderen verließen das Zimmer ...«

Meredith hielt inne; die Erinnerung an das, was nun kam, war zu schmerzhaft. Als ob er ihre Gefühle ahnte, legte Matt seine Hand auf ihre Wange und drückte ihren Kopf gegen seine Brust. »Erzähl es mir«, flüsterte er, und seine tiefe Stimme klang belegt vor Zärtlichkeit und Trauer. »Ich bin ja hier, und es darf diesmal nicht mehr so weh tun.«

Meredith glaubte ihm. Ihre Hände glitten hinauf zu seinen Schultern, intinktiv klammerte sie sich an ihn, doch neue Tränen schossen ihr in die Augen und raubten ihr fast die Stimme. »Dr. Arledge sagte mir, daß wir ein kleines Mädchen gehabt hätten und daß alles Menschenmögliche getan worden sei, um es zu retten, aber es war unmöglich – weil sie zu klein war.« Die Tränen liefen ihr nun in hellen Strömen übers Gesicht. »Zu *klein!*« wiederholte sie nach einem herzzerreißenden Schluchzer. »Ich dachte immer, kleine Mädchen müßten klein sein. Klein ist ein so – schönes Wort ...«

Sie spürte, wie Matts Finger sich in ihren Rücken gruben, und irgendwie gab ihr die Stärke seiner Reaktion wieder Kraft. Mit einem tiefen Atemzug schloß sie: »Weil sie so klein war, konnte sie nicht richtig atmen. Dr. Arledge fragte mich, was ich machen wolle, und als ich merkte, daß er wissen wollte, ob ich die Absicht habe, sie taufen und – beisetzen zu lassen, flehte ich ihn an, mich mit dir sprechen zu lassen. Mein Vater war unglaublich wütend auf ihn, weil er mich so aufgeregt hatte, und er erzählte mir, daß du ein Telegramm geschickt hättest, aber nicht da seist. Dr. Arledge sagte, daß ich mich rasch entscheiden müsse. Und deshalb beschloß ich « – sie sah ihm in die Augen –, »sie Elizabeth zu nennen, weil ich mir gedacht habe, daß dir das gefällt, und ich habe meinem Vater gesagt, daß man viele rosa Rosen auf ihr Grab legen soll. Und ich wollte eine Karte, auf der stand ›Wir haben dich geliebt‹.«

Matts Stimme klang rauh. »Danke«, flüsterte er, und plötzlich bemerkte sie, daß die Nässe ihrer Wangen nicht nur von ihren Tränen herrührte, sondern auch von seinen.

»Und dann habe ich gewartet«, sagte sie mit einem traurigen Seufzen. »Dann habe ich auf dich gewartet, weil ich dachte, daß alles irgendwie besser werden würde, wenn du bei mir bist.« Binnen weniger Sekunden, nachdem sie alles erzählt hatte, kam es Meredith bereits so vor, als sei eine riesige Bürde von ihrer Seele genommen, und eine ungewohnte Ruhe überkam sie.

Als Matt endlich sprach, hatte auch er seine Gefühle wieder unter Kontrolle. »Das Telegramm deines Vaters kam drei Tage, nachdem er es abgeschickt hatte. Darin stand, daß du eine Abtreibung vorgenommen hättest und von mir nur noch die Scheidung wolltest, die auch bereits eingereicht worden wäre. Ich bin trotzdem heimgeflogen, und eines eurer Dienstmädchen hat mir erzählt, wo du warst, aber als ich zum Krankenhaus kam, sagten sie mir, daß du mich nicht sehen wolltest. Am nächsten Tag kam ich wieder, mit der Absicht, mich an den Wachleuten des Bancroft-Flügels vorbeizuschmuggeln, aber ich kam gar nicht so weit. Vor dem Krankenhaus fingen mich Polizeibeamte ab, die mir eine gerichtliche Verfügung zeigten, die es mir bei Strafe verbot, auch nur in deine Nähe zu kommen.«

»Und die ganze Zeit über«, flüsterte sie, »war ich drinnen und habe auf dich gewartet.«

»Ich schwöre dir«, sagte er beklommen, »wenn ich gewußt hätte, daß auch nur die geringste Chance bestand, daß du mich sehen wolltest, dann hätte mich kein Haftbefehl und keine irdische Gewalt daran hindern können, zu dir zu kommen!«

Sie versuchte, es ihnen beiden leichter zu machen und konstatierte: »Du hättest mir auch nicht helfen können.«

Er schien sich zu verkrampfen. »Hätte ich nicht?«

Sie schüttelte den Kopf. »Alles Menschenmögliche war für mich bereits getan worden – wie auch für Elizabeth. Es gab nichts, was du hättest tun können.« Meredith war so erleichtert darüber, daß die Wahrheit endlich ans Tageslicht gekommen war, daß sie ihren Stolz einen Augenblick lang vergaß und noch einen Schritt weiter ging. »Siehst du, trotz der Worte, die ich auf die Karte drücken ließ, wußte ich doch in meinem Innersten, was das Baby – und ich – dir wirklich bedeutet haben.«

»Erzähl es mir«, sagte er knapp, »was habt Ihr mir bedeutet?«

Überrascht von der plötzlichen Barschheit seiner Worte, legte Meredith den Kopf zurück. Mit einem leichten Lächeln, um zu beweisen, daß sie ihm daraus keinen Vorwurf machen wollte, sagte sie: »Die Antwort darauf ist denkbar einfach. Du hattest uns beide auf dem Hals. Du hast ein einziges Mal mit einer dummen Achtzehnjährigen geschlafen, die sich alle Mühe gab, dich zu verführen und nicht genug Verstand besaß, an Empfängnisverhütung zu denken, und schon war es passiert.«

»Was war passiert, Meredith?« fragte er unwirsch.

»Was passiert ist? Du weißt, was passiert ist. Ich kam dir nachgerannt, um dir die frohe Botschaft zu verkünden, und du warst so edelmütig und hast ein Mädchen geheiratet, das du nicht wolltest.«

»Das ich nicht *wollte?*« explodierte er, und seine wehmütige Stimme stand in krassem Gegensatz zu den barschen Worten. »Jeden gottverdammten Tag meines Lebens habe ich dich gewollt.«

Meredith starrte ihn an – überrascht, ungläubig, beglückt, erschüttert.

»Und du hast dich noch in etwas anderem getäuscht«, sagte er, und seine Miene wurde unbeschreiblich zärtlich, während er ihr Gesicht in beide Hände nahm und ihr liebevoll mit den Fingern die Tränen abwischte. »Wenn sie mich im Krankenhaus zu dir gelassen hätten, wäre es mir sehr wohl möglich gewesen, dir zu helfen.«

Ihre Stimme war nur ein heiseres Flüstern. »Wie denn?«

»So«, sagte er und streifte, während er ihren Kopf weiter in seinen Händen hielt, langsam mit den Lippen über ihren Mund. Unter der Sanftheit seines Kusses, der Behutsamkeit, mit der er ihr Gesicht streichelte, verlor Meredith den letzten Rest Selbstbeherrschung. Wieder stiegen die Tränen in ihr auf. »Und so ...« Sein Mund liebkoste ihre Augenwinkel, und sie spürte die Berührung seiner Zunge auf ihren tränennassen Wangen. »Ich hätte dich vom Krankenhaus abgeholt und mit nach Hause genommen und dich in meinen Armen gehalten – so ...«, flüsterte er und zog sie dichter an sich, während sein Atem an ihrem Ohr lustvolle Schauer über ihren Rücken jagte. »Wäre es dir später wieder besser gegangen, dann hätte ich mit dir geschlafen, und noch später, wenn du es gewollte hättest, wäre wieder ein Baby unterwegs gewesen ...«

Er schob sie rückwärts zum Bett hin, und Meredith wußte, was er wollte. Sie wußte auch, daß es nicht richtig war, sich von ihm den Pullover und die Jeans ausziehen zu lassen, genauso sicher wie sie wußte, daß sie nie wieder ein Baby bekommen würde. Aber, oh, diese Süße des Verlangens, nur dieses eine Mal so zu tun, als ob all das Realität wäre und die Vergangenheit nur ein Traum, den man ändern konnte.

Ihr Gefühl sagte vollen Herzens Ja, aber ihr Verstand warnte sie, daß es falsch wäre. »Das ist nicht richtig ...«, flüsterte sie, als er sich über sie beugte, Brust und Arme nackt.

»Das *ist* richtig«, sagte er fest, und seine Lippen fanden ihre und öffneten sie mit vertrauter, süßer Hartnäckigkeit.

Meredith schloß die Augen und versank in einem Traum.

Aber in diesem Traum war sie nicht nur Beobachterin; sie nahm aktiv teil – zögernd zuerst, so schüchtern und vorsichtig wie immer, wenn sie mit seiner unverfroren-kraftvollen Sexualität und zielbewußten Erfahrungen konfrontiert wurde. Sein Mund quälte und verlockte, seine Zunge streifte ihre Lippen, umkreiste spielerisch ihre Mundwinkel, während seine Hände ihre Hüften, ihr Schenkel entlangfuhren, um sich mit quälender Langsamheit wieder aufwärts zu bewegen, auf ihre Brüste zu. Meredith stöhnte und ließ ihre Hände zaghaft über seine beharrte, muskulöse Brust gleiten. Sein Mund wurde fordernder, seine Hände waren ihren schmerzenden Brüsten so nahe, aber sie berührten sie nicht. Gerade als sie glaubte, vor Verlangen sterben zu müssen, stieß er seine Zunge in ihren Mund und nahm ihre Brüste mit festem Griff in Besitz, spielerisch knetend, die harten Brustwarzen reibend ... Mit dem leisen Aufschrei, den Meredith bis jetzt hatte unterdrücken können, brach ihr Widerstand gänzlich, und sie verlor die letzten Hemmungen. Ihr Leib hob sich seinem entgegen, fieberhaft glitten ihre Hände über seine muskulösen Arme, ihre Zunge erwiderte seinen tiefen Kuß, und sie rollte sich mit ihm auf die Seite. Er riß seinen Mund von ihrem los, was sie zunächst seufzen, dann aber lustvoll aufstöhnen ließ, als er ihr Ohr küßte und seine Lippen über ihren Hals nach unten wanderten, bis sie sich fest um ihre Brustwarzen schlossen. Verloren in dunklem, unstillbaren Verlangen spürte sie, wie seine Hand sich auf das Dreieck zwischen ihren Beinen zubewegte, suchend und findend, die heiße, feuchte Stelle berührend und streichelnd, bis sie sich unter ihm wand.

Matt erkannte den Moment, in dem sie sich ihm völlig ergab; er fühlte, wie die Anspannung ihren Körper verließ, wie ihre Schenkel sich entspannten und für ihn öffneten, und die schmerzliche Süße ihres Nachgebens jagte unkontrollierbare Schauer der Leidenschaft durch seinen Körper. Sein Herz schien zu zerspringen, und er zitterte am ganzen Leib, während er auf sie glitt. Vergessen war die flüchtige Hoffnung, diesen unglaublichen Moment gegenseitigen

Verlangens länger festhalten zu können. Das einzige, was jetzt für ihn zählte, war der Wunsch, wieder ein Teil von ihr zu werden. Langsam ließ er sich in sie hineingleiten, mit aller Kraft gegen das übermächtige Verlangen ankämpfend, sich vollständig in ihrer unfaßbaren Warmheit zu versenken, sie mit seinen Händen und seinem Mund zu verschlingen.

Seine Selbstbeherrschung schien dahin, als sie ihm ihr Becken entgegenwölbte, mit den Händen über seine Schultern fuhr und seinen Namen flüsterte; er öffnete seine Augen, sah sie an – und war vollends verloren: Dies war keine bloße Einbildung, kein Trugbild seiner fiebernden Phantasie – das Mädchen, das er geliebt hatte, war die Frau, die er in seinen Armen hielt; das wunderschöne Gesicht, das ihn bis in seine Träume hinein verfolgt hatte, war nur Zentimeter von seinem entfernt, gerötet von Leidenschaft, ihr glänzendes Haar über sein Kopfkissen gebreitet. Sie hatte im Krankenhaus auf ihn gewartet; sie hatte nie versucht, ihn oder ihr gemeinsames Baby loszuwerden. Sie war zu ihm gekommen, hatte seinen Haß erduldet und seinen Zorn über sich ergehen lassen – und dann hatte sie *ihn* um Verzeihung gebeten. Diese Erkenntnis war überwältigend, und doch hätte Matt sich vielleicht noch länger zurückhalten und weiterhin nur langsam und gleichmäßig bewegen können – hätte Meredith nicht gerade diesen Augenblick gewählt, ihre Finger durch seine Nackenhaare gleiten zu lassen, ihm ihren Unterleib entgegenzuheben und zu flüstern: »Bitte, Matt …« Die Süße, die sein Name auf ihren Lippen annahm, das Erregende ihres hochgewölbten Körpers entriß ihm ein langgezogenes leises Stöhnen, dann drang er tief in sie ein, immer und immer wieder, heftig und heftiger, bis sie beide außer sich gerieten, zusammen danach verlangten … im gleichen Moment Erfüllung fanden, gemeinsam explodierten und sich dann bebend aneinander klammerten. Arme und Beine ineinander verschlungen, mit stürmisch klopfenden Herzen, schloß er sie in eine feste Umarmung, setzte aber seine wilden Bewegungen fort, wollte elf Jahre verzweifelter Sehnsucht wettmachen, und Meredith klammerte sich an ihn, während das beseligende Pochen von neuem ihren Körper durchzuckte und ihn anschließend erneut verströmen ließ, so daß nichts außer einem Gefühl überschwenglicher Freude und Befriedigung in ihm zurückblieb. Er ließ sich auf sie fallen, drehte sich dann aber, um sie nicht mit seinem Gewicht zu erdrücken, mit ihr zusammen auf die Seite, den Arm um ihren Rücken geschlungen, die Finger in ihr seidiges Haar vergraben. Schweigend, noch immer in ihr, ließ er seine Hand ihre Wirbelsäule auf und ab gleiten in dem genußvollen Bewußtsein, von ihrer feuchten Warmheit festgehalten zu werden und die Berührung ihrer zarten Lippen auf seinem Schlüsselbein zu spüren.

Er schloß die Augen, genoß es, war voller Dankbarkeit für alles, was sie war, und für alles, was er durch sie erfahren durfte. Vor elf Jahren war er um sein Glück betrogen worden. Dieses Wochenende hatte er es wiedergefunden, und es gab nichts, was er nicht tun würde, um es diesmal festzuhalten. Damals hatte er ihr nichts bieten können außer sich selbst. Jetzt konnte er ihr die Welt zu Füßen legen – und sich selbst. Er spürte, wie ihr Atem gleichmäßiger wurde, ahnte, daß sie eingeschlafen war und lächelte, ein wenig beschämt über seine mangelnde Selbstbeherrschung, die sie beide so schnell und so völlig erschöpft hatte ... Eine Stunde würde er sie schlafen lassen. Dann wollte er sie aufwecken und sie wieder lieben, diesmal aber länger und gründlicher. Und danach würden sie reden. Sie würden gemeinsame Pläne schmieden. Obwohl er nicht erwartete, daß sie nach nur einem Nachmittag im Bett mit ihm ihre Verlobung lösen konnte, war Matt sich sicher, daß er sie von der simplen Wahrheit würde überzeugen können: Sie gehörten zusammen. Sie waren füreinander geschaffen ...

Durch ein Geräusch irgendwo im Haus aus dem Schlaf gerissen, öffnete Matt die Augen und blickte leicht verwundert auf das leere Kopfkissen neben sich. Es war dunkel im Zimmer, und er rollte sich auf die Seite, um seine Uhr besser sehen zu können. Fast sechs. Er stützte sich auf seinen Ellbogen, überrascht, daß er fast drei Stunden geschlafen hatte. Einen Moment lang lag er still und horchte, versuchte herauszufinden, wo Meredith war, aber das erste Geräusch, das er hörte, war das letzte, das er erwartet hatte: Es kam von draußen – der Anlasser eines Autos, dann ein laufender Motor.

Einen glückliche, schläfrigen Augenblick lang nahm er an, sie habe nur prüfen wollen, ob ihr Wagen noch ansprang. Dann schlug er die Decke zurück, stand auf und trat ans Fenster. Er strich sich das Haar aus der Stirn und wollte das Fenster öffnen, um ihr zuzurufen, daß er sich darum kümmern würde – aber er sah nur noch die roten Rücklichter ihres BMW, der sich rasch in Richtung Hauptstraße entfernte.

Er war so überrascht, daß sein erster Gedanke ihrer deutlich überhöhten Geschwindigkeit galt – dann aber traf ihn die schmerzhafte Wahrheit. Sie war weg! Den Bruchteil einer Sekunde lang schien dieser Schock unfaßbar. Sie hatte sich aus dem Bett geschlichen und war auf und davon gefahren! Fluchend knipste er das Licht an und schlüpfte in seine Hose. Dann stand er da, die Hände in die Hüften gestemmt, und starrte wie gelähmt auf das leere Bett. Er konnte nicht glauben, daß sie weggelaufen war – so als hätten sie etwas getan, wofür sie sich schämen mußte und das sie möglichst schnell vergessen wollte.

Da sah er es – den Zettel auf dem Nachttisch, ein Stück Papier von demselben Block, auf den sie ihre Notizen für die Vorstandssitzung gemacht hatte. Er griff danach wie nach einem rettenden Strohhalm – vielleicht war sie nur weggefahren, um Lebensmittel oder etwas ähnliches einzukaufen.

»Matt«, hatte sie geschrieben, »was heute nachmittag passiert ist, hätte nie geschehen dürfen. Es war falsch – verständlich vielleicht – aber schrecklich falsch. Wir haben beide ein eigenes Leben und eigene Pläne für die Zukunft. Und es gibt Menschen, die uns lieben und uns vertrauen. Wir haben sie betrogen. Ich schäme mich dafür. Trotzdem werde ich dieses Wochenende immer in wunderbarer Erinnerung behalten. Es war etwas Unvergeßliches. Und ich danke dir dafür.«

In ungläubiger Wut starrte Matt auf ihre Worte und kam sich absurderweise vor, als wäre er vergewaltigt worden! Nein, nicht vergewaltigt, benutzt, wie ein Gigolo, mit dem sie ins Bett gehen konnte, wenn sie »etwas ganz Unvergeßliches« erleben wollte – und den sie dann fortschickte wie irgendeinen unbedeutenden Söldner, weil sie sich schämte, in seiner Gesellschaft gesehen zu werden.

Sie hatte sich in all den Jahren überhaupt nicht verändert! Sie war noch immer verwöhnt und egoistisch und so von ihrer eigenen Überlegenheit überzeugt, daß sie die Möglichkeit, sich mit jemandem aus einer weniger privilegierten Klasse einzulassen, nicht einmal *in Erwägung* zog. Nein, sie hatte sich nicht geändert. Sie war immer noch die arrogante Lady, dieselbe …

Matt hielt mitten in seinem Gedankengang inne, verblüfft, daß sein Ärger tatsächlich die Erinnerung an alles heute Entdeckte auszulöschen vermochte. Die letzten paar Minuten hatte er sie nach dem beurteilt, was er irrtümlich elf Jahre lang geglaubt hatte. Das war Gewohnheit; die Realität war anders. Realität war, was er hier in diesem Zimmer erfahren hatte, eine Wahrheit so schmerzlich, so wunderbar – daß es wehtat. Meredith war kein Feigling, sie war nie vor ihm davongelaufen, nicht einmal ihr tyrannischer Vater hatte sie einschüchtern können. Sie war achtzehn gewesen, und sie hatte sich damals in ihn verliebt. Ein leises Lächeln huschte über sein Gesicht, als er an ihr überraschendes Geständnis dachte – aber es verging sofort wieder, wenn er sich vorstellte, wie sie im Krankenhaus gelegen und auf ihn gewartet hatte. Sie hatte ihrem toten Kind Blumen geschickt und es nach seiner Mutter Elizabeth getauft … Und als er nie zu ihr zurückkehrte, hatte sie die Scherben ihres Lebens zusammengeklaubt, war aufs College gegangen und hatte sich mit der Realität arrangiert. Noch jetzt drehte sich ihm der Magen um, wenn er daran dachte, was er ihr in den letzten Wochen alles gesagt und angetan hatte. Jesus, wie mußte sie ihn gehaßt haben!

Er lehnte sich mit der Schulter an einen der Bettpfosten und blickte auf die leeren Laken. Seine Frau, so stellte Matt mit wachsendem Stolz fest, rannte nicht vor Dingen davon, die die meisten Leute ängstlich meiden würden.

Aber heute abend war sie vor ihm weggerannt.

Was, so fragte er sich, konnte Meredith veranlassen, wie ein verschrecktes Karnickel auf und davon zu laufen, wenn, zum ersten Mal seit Jahren, völlige Harmonie zwischen ihnen hätte herrschen können?

Auf der Suche nach einer Antwort überschlug er in Gedanken die letzten zwei Tage. Er sah, wie sie ihm ihre Hand hinhielt und ihn um Frieden bat, und er erinnerte sich daran, wie ihre Finger gezittert hatte, als er ihre Hand in seiner hielt. Er sah, wie sie mit diesen blaugrünen Augen zu ihm auflächelte – *ich habe beschlossen, so zu werden wie du, wenn ich einmal groß bin.* Vor allem aber erinnerte er sich daran, wie sie in seinen Armen geweint hatte, als sie ihm von dem Verlust ihres Baby erzählte ... wie sie ihre Arme um ihn gelegt hatte, als sei es die natürlichste Sache der Welt ... wie sie unter ihm gestöhnt und ihre Fingernägel in seinen Rücken gegraben hatte, und wie sie seinen Körper mit derselben leidenschaftlichen Glut empfangen hatte, die ihn schon fesselte, als sie achtzehn war.

Langsam richtete Matt sich auf, die naheliegendste Antwort traf ihn wie ein Blitz: Meredith war höchstwahrscheinlich davongelaufen, weil das, was heute zwischen ihnen geschehen war, sie genauso erschüttert hatte wie ihn. Wenn das stimmte, dann waren alle ihre Zukunftspläne in Gefahr geraten durch das, was hier in diesem Haus und vor allem in diesem Bett passiert war.

Sie war kein Feigling, aber sie war vorsichtig. Das hatte Matt bemerkt, als sie über das Warenhaus sprachen. Sie nahm kalkulierbare Risiken in Kauf, aber nur, wenn der zu erwartende Gewinn groß und die Gefahr des Scheiterns relativ gering war.

In Anbetracht dessen war sie sicherlich nicht bereit, ihr Herz und ihre ganze Zukunft wieder auf Matthew Farrell zu setzen, wenn es sich irgendwie vermeiden ließ. Die Probleme, die damit verbunden wären, ihn zu lieben, mit ihm zusammenzubleiben, waren in ihren Augen zu schwerwiegend. Als sie es das letzte Mal getan hatte, war ihr Leben zur reinsten Hölle geworden. Er erkannte, daß Meredith die Gefahr des Scheiterns einer Beziehung mit ihm unbeschreiblich hoch erschien, und daß die Gewinnaussichten …

Matt lachte leise – der Gewinn lag jenseits ihrer kühnsten Träume. Also mußte er sie vom Gegenteil überzeugen. Aber dazu würde er Zeit brauche, Zeit, die sie ihm freiwillig nicht zugestehen würde. Wenn er überlegte, wie schnell sie heute abend die Flucht ergriffen hatte, würde es ihn nicht einmal überraschen, wenn sie nach Reno oder sonstwohin flöge, um alle Bindungen zu ihm auf dem schnellsten Wege zu lösen. Je länger er darüber nachdachte, desto mehr war er davon überzeugt, daß sie genau das tun würde.

Es gab eigentlich nur zwei Dinge, deren er sich *noch* sicherer war: daß Meredith nämlich noch immer etwas für ihn empfand und daß sie weiterhin – und zwar in jeder Hinsicht – seine Frau bleiben würde. Um das zu erreichen, war Matt bereit, Himmel und Erde in Bewegung zu setzen. Er war sogar bereit, darauf zu verzichten, ihren Bastard von Vater aufzuspüren und umzubringen. Plötzlich fiel ihm etwas Furchtbares ein: Die Straßen, auf denen Meredith jetzt unterwegs war, waren bestimmt stellenweise vereist und sehr gefährlich. Und sie fuhr heute abend vermutlich nicht besonders vorsichtig.

Er drehte sich um und ging rasch hinunter in sein Zimmer.

Dort nahm er seinen Aktenkoffer, holte das Funktelephon heraus und tätigte drei Anrufe. Der erste galt dem neuen Polizeichef von Edmunton. Matt bat ihn, einen Streifenwagen abzustellen, der Merediths schwarzen BMW abpassen und dem Wagen unauffällig nach Chicago folgen solle, um sicherzustellen, daß die Fahrerin heil zu Hause ankam. Der Polizeichef war gerne bereit, dieser ungewöhnlichen Bitte nachzukommen; Matthew Farrell hatte eine beträchtliche Summe zu seiner Wahlkampagne beigesteuert.

Sein nächster Anruf ging an die Privatadresse von David Levinson, Seniorpartner von Pearson & Levinson. Matt bat Levinson, zusammen mit Pearson am nächsten Morgen pünktlich um acht Uhr in seinem Büro zu erscheinen. Auch Levinson entsprach dieser Anordnung gerne; Matthew Farrell bezahlte der Anwaltskanzlei einen jährlichen Vorschuß in Höhe von 250 000 Dollar, damit sie seine Interessen vertraten – wann immer und wo immer er wollte.

Als letztes rief Matt Joe O'Hara an und trug ihn auf, ihn sofort auf der Farm abzuholen. Joe O'Hara weigerte sich. Matt Farrell zahlte ihm sehr viel Geld dafür, daß er jederzeit zu seiner Verfügung stand, aber Joe betrachtete sich als Matts Beschützer und Freund. Er glaubte nicht, daß es zu Matts Bestem sei, wenn er von der Farm floh, während Meredith ihn dortbehalten wollte. Statt einer weiteren Erklärung fragte Joe: »Ist zwischen dir und deiner Frau jetzt alles in Ordnung?«

Matt runzelte die Stirn; er war nicht gewohnt, daß man seinen Anordnungen nicht sofort nachkam. »Nicht ganz«, antwortete er unwirsch.

»Ist deine Frau noch da?«

»Nein, sie ist weggefahren.«

Die Enttäuschung in O'Haras Stimme ließ Matts Ärger verschwinden und machte ihm wieder einmal deutlich, wie sehr sein Chauffeur ihm verbunden war. »Du hast sie also gehen lassen, Matt?«

Matts Lächeln hörte man in seiner Stimme. »Ich werde sie mir zurückholen. Setz deinen dicken Hintern in Bewegung und hol mich endlich hier ab, O'Hara.«

»Bin schon unterwegs!«

Als er aufgelegt hatte, blickte Matt zum Fenster hinaus und plante seine Strategie für den morgigen Tag.

33

»Guten Morgen«, sagte Phyllis und runzelte besorgt die Stirn, als Meredith am Montag morgen ohne den üblichen Gruß und zwei Stunden später als gewöhnlich ins Büro kam. »Ist irgendwas nicht in Ordnung?« fragte sie, stand von ihrem neuen Schreibtisch vor dem Büro des Präsidenten auf und folgte Meredith hinein. Miss Pauley, die seit zwanzig Jahren Philip Bancrofts Sekretärin war, hatte beschlossen, ihren lang überfälligen Urlaub anzutreten, solange ihr Chef abwesend war.

Meredith setzte sich an ihren Schreibtisch, stützte die Ellbogen auf und massierte sich die Schläfen. Nichts war in Ordnung. »Alles bestens. Wirklich. Ich habe nur Kopfschmerzen. Hat jemand für mich angerufen?«

»Ich habe einen ganzen Stapel von Telephonnotizen draußen«, antwortete Phyllis. »Ich hole sie und bringe Ihnen eine Tasse Kaffee mit. Sie sehen aus, als ob Sie welchen vertragen könnten.«

Meredith blickte Phyllis nach und lehnte sich dann in ihrem Stuhl zurück. Eine Ewigkeit – hundert Jahre mindestens – schienen vergangen, seit sie am Freitag dieses Büro verlassen hatte. Nicht nur, daß sie das aufschlußreichste Wochenende ihres Lebens hinter sich hatte, sie hatte auch ihre Würde verloren, indem sie mit Matt ins Bett gegangen war, ihren Verlobte betrogen hatte und dann zur Krönung ihrer Fehler auch noch davongerannt war und Matt nur einen Zettel hinterlassen hatte. Gefühle der Schuld und der Scham hatten sie die ganze Heimfahrt über geplagt, und um alles noch schlimmmer zu machen, hatte sie sich tatsächlich eingebildet, daß ihr irgendein verrückter Polizist aus Indiana bis fast vor die Haustür gefolgt war. Endlich zu Hause, hatten Schuld, Scham und Furcht aus ihr ein einziges Nervenbündel gemacht – und das war, *bevor* sie ihren Anrufbeantworter zurückgespult und die Nachrichten von Parker abgehört hatte.

Er hatte Freitag abend angerufen, um ihr zu sagen, daß er

sie vermisse und Sehnsucht danach habe, ihre Stimme zu hören. Die Nachricht, die er Samstag früh hinterließ, klang leicht irritiert, weil sie ihn nicht zurückgerufen hatte. Samstag abend hatte ihr Schweigen ihn beunruhigt, und er fürchtete, daß vielleicht ihrem Vater etwas zugestoßen war. Sonntag früh war er so verstört, daß er sagte, er werde jetzt Lisa anrufen. Unglücklicherweise hatte Lisa – die von Meredith über ihre Absicht informiert worden war – offenbar erzählt, daß Meredith Freitag abend zu Matt gefahren war, um ihm die Wahrheit zu sagen und alles zu erklären. Die Nachricht, die Parker Sonntag abend hinterließ, klang wütend und verletzt: »Ruf mich endlich an, verdammt nochmal!« hatte er gesagt. »Ich bin ja bereit zu glauben, daß du einen vernünftigen Grund dafür hast, das Wochenende mit Farrell zu verbringen, sofern du das wirklich getan hast, aber langsam gehen mir die Entschuldigungen für dich aus.« Meredith war dieser Teil jedoch angenehmer als seine nächsten Worte, die voller Verwirrung und Zärtlichkeit waren. »Darling, wo bist du nur? Ich weiß, daß du nicht bei Farrell bist. Es tut mir leid, daß ich das gesagt habe, meine Phantasie ist mit mir durchgegangen. Ist er mit der Scheidung einverstanden? Hat er dich umgebracht? Ich mache mir furchtbare Sorgen um dich.«

Meredith schloß die Augen und versuchte, das Gefühl drohenden Unheils aus ihren Gedanken zu verbannen und sich auf ihre Arbeit zu konzentrieren.

Phyllis kam herein. »Ich mußte warten, bis die Kaffeemaschine durchgelaufen war«, entschuldigte sie sich, als sie mit einer dampfenden Tasse in der einen und einen Stoß rosaroter Zettel in der anderen Hand an Merediths Schreibtisch trat. »Hier sind Ihre Anrufe. Bitte vergessen Sie nicht, daß Sie für heute elf Uhr eine Sitzung der Geschäftsleitung einberufen haben.«

Meredith bemühte sich, sich nicht anmerken zu lassen, wie elend und gestreßt sie sich fühlte. »Danke, Phyllis. Würden Sie mich bitte mit Stuart Whitmore verbinden? Und versuchen Sie, Parker in seinem Hotel in Genf zu erreichen.

Wenn er nicht in seiner Suite ist, hinterlassen Sie ihm bitte eine Nachricht.«

»Wen soll ich zuerst anrufen?« fragte Phyllis in ihrer gewohnten effektiven Art.

»Stuart Whitmore«, sagte Meredith. Zuerst würde sie Stuart ihre Entscheidung mitteilen. Dann würde sie mit Parker sprechen und versuchen, ihm alles zu erklären. Erklären? Sie fühlte sich miserabel.

Um sich abzulenken, nahm sie die Zettel mit den Telephonnotizen zur Hand und blätterte sie lustlos durch. Der fünfte riß sie aus ihrer Lethargie auf und brachte ihr Herz wie wild zum Klopfen: Mr. Matthew Farrell hatte um 9:10 Uhr heute morgen angerufen.

Das schrille Geräusch ihrer Sprechanlage ließ Meredith zusammenfahren. Sie sah, daß beide Leitungen blinkten.

»Ich habe Mr. Whitmore auf Leitung eins«, sagte Phyllis, »und Matthew Farrell ist auf Leitung zwei. Er sagt, es sei dringend.«

Merediths Puls raste. »Phyllis«, sagte sie zittrig, »ich möchte nicht mit Matt Farrell sprechen. Bitte richten Sie ihm aus, daß wir von jetzt ab über unsere Anwälte miteinander verkehren. Und bitte sagen Sie ihm auch, daß ich für ein oder zwei Wochen wegfahre. Seien Sie höflich«, fügte sie nervös hinzu, »aber bleiben Sie hart.«

»Ich versteh.«

Meredith legte auf, beobachtete, wie das Licht von Leitung zwei zu Blinken aufhörte, drückte die Sprechanlage und bat Phyllis herein. »Was hat er gesagt?« fragte Meredith sie.

Phyllis verbiß sich ein Lächeln über Merediths offensichtliche Nervosität. »Er hat gesagt, daß er es verstehe.«

»Sonst nichts?«

»Dann hat er mich gefragt, ob Ihre Reise kurzfristig anberaumt worden sei, und ich habe bejaht. War das richtig?«

»Ich weiß nicht«, sagte Meredith hilflos. »Hat er daraufhin noch irgendwas gesagt?«

»Eigentlich nicht.«

»Was soll *das* denn bitte heißen?«

»Er hat gelacht, aber nicht laut. Es war ein leises, kehliges Lachen. Dann hat er sich bedankt und verabschiedet.«

Aus irgendeinem Grund fühlte Meredith sich durch Matts Reaktion stark verunsichert.

»Ist sonst noch etwas?« fragte sie, als Phyllis unter der Tür stehen blieb.

Phyllis nickte und blickte auf das Telephon. »Haben Sie vergessen, daß Stuart Whitmore auf Leitung eins ist?«

Entsetzt griff Meredith nach dem Hörer und bat Phyllis, die Tür zu schließen. »Stuart, es tut mir leid, daß ich dich habe warten lassen«, begann sie und strich sich nervös das Haar aus der Stirn. »Der heutige Tag ist nicht gerade erfreulich.«

Stuarts Antwort war heiter. »Dafür habe ich dank dir einen *phantastischen* Tag.«

»Was meinst du damit?«

»Ich meine, daß Farrells Anwälte plötzlich eine Aussprache wollen. David Levinson hat mich um halb zehn angerufen und so zuckersüß und wohlwollend geklungen, daß man glauben könnte, der arrogante Bastard hätte am Wochenende eine tiefreligiöse Wandlung erfahren.«

»Was genau hat er gesagt?« fragte Meredith. Ihre Unruhe wuchs.

»Nun, zuerst hielt Levinson mir einen Vortrag über die heilige Unantastbarkeit der Ehe, vor allem zwischen Katholiken, und zwar in höchst frommen Tönen. Meredith«, klärte Stuart sie mit unterdrücktem Lachen auf, »Levinson ist ein orthodoxer Jude; er war viermal verheiratet und ist zur Zeit mit seiner sechsten Geliebten liiert! Jesus, ich konnte das einfach nicht fassen.«

»Was hast du dann gesagt?«

»Ich habe ihm gesagt, daß ich das einfach nicht fassen könne«, antwortete Stuart, gab es dann aber auf, sie von der Komik der ganzen Angelegenheit überzeugen zu wollen, weil er spürte, daß sie dafür heute keinen Sinn hatte. »Okay, ist ja auch egal. Jedenfalls ist Levinsons Klient angeblich plötzlich willens, einer Scheidung zuzustimmen, was mir irgendwie komisch vorkommt und mich ausgesprochen beunruhigt.«

»Es ist nicht so ungewöhnlich, wie du glaubst«, sagte Meredith leise und verdrängte den schmerzlichen und völlig irrationalen Gedanken, daß Matt sie offenbar nun, nachdem sie mit ihm geschlafen hatte, mit direkt beleidigender Schnelligkeit loswerden wollte. Schließlich tat er das einzig Anständige und beendete die Feindseligkeiten. »Ich habe am Wochenende mit Matt gesprochen.«

»Worüber?« Als sie zögerte, sagte er: »Keine Geheimnisse vor deinem Rechtsanwalt! Levinsons plötzliches Drängen beunruhigt mich wirklich. Ich wittere eine Falle.«

Da Meredith wußte, daß es weder fair noch klug war, Stuart die Geheimnisse des Wochenendes vorzuenthalten, erzählte sie ihm, was passiert war – von ihrer Entdeckung, daß Matt das Grundstück in Houston gekauft hatte, bis zu ihrer stürmischen Konfrontation mit Matts Vater. »Als ich zur Farm kam, war Matt zu krank, um mir zuzuhören«, fuhr sie fort, »aber gestern habe ich ihm die Wahrheit darüber erzählt, was mein Vater getan hat, und er hat mir geglaubt.« Sie erzählte Stuart nicht, daß sie mit Matt ins Bett gegangen war; das war etwas, was niemand etwas anging – außer, vielleicht, Parker.

Als sie ausgeredet hatte, schwieg Stuart so lange, daß sie fürchtete, er habe die Wahrheit erraten, dann aber sagte er nur: »Farrell hat mehr Selbstbeherrschung als ich. Ich würde deinen Vater umbringen.«

Meredith, die mit ihrem Vater abrechnen würde, sobald er von seiner Kreuzfahrt zurück war, ging auf diese Bemerkung nicht ein. »Auf jeden Fall«, sagte sie, »erklärt das, warum Matt auf einmal so kooperativ ist.«

»Er ist mehr als nur kooperativ«, erwiderte Stuart trocken. »Nach dem, was Levinson sagt, ist Farrell um dein Wohlergehen überaus besorgt. Er will dir eine finanzielle Absicherung bieten und ist außerdem bereit, dir das Land in Houston zu sehr günstigen Bedingungen zu überlassen – dabei wußte ich zu der Zeit noch gar nicht, worum es dabei eigentlich geht.«

»Ich will keine finanziellen Zuwendungen von ihm und habe auch keinen Anspruch darauf«, entgegnete Meredith hektisch. »Wenn Matt uns den Grund in Houston verkaufen will, ist das wunderbar, aber deshalb brauchen wir uns doch nicht mit seinen Anwälten zu treffen. Ich habe beschlossen, nach Reno oder sonstwohin zu fliegen und mich ganz schnell scheiden zu lassen. Deshalb habe ich dich eigentlich angerufen – ich wollte dich fragen, wo man am schnellsten eine legale Scheidung bekommt.«

»Keine Chance«, sagte Stuart kategorisch. »Wenn du das versuchst, zieht Farrell sein Angebot zurück.«

»Wie kommst du darauf?« rief Meredith, die sich vorkam, als schnüre ihr eine unsichtbare Hand die Luft ab.

»Weil Levinson sich in dieser Hinsicht sehr klar ausgedrückt hat. Wie es scheint, will sein Klient die Sache ordentlich durchziehen oder gar nicht. Wenn du dich weigerst, dich morgen mit ihm zu treffen, oder versuchst, eine schnelle Scheidung zu kriegen, ist Farrells Angebot, dir das Land in Houston zu verkaufen, hinfällig. Levinson hat deutlich gemacht, daß sein Klient das als persönliche Kränkung ansehen würde. Es verblüfft mich, festzustellen«, schloß Stuart ironisch, »daß Farrells Ruf als kaltblütiger und harter Geschäftsmann scheinbar nur ein Deckmantel für sein weiches und empfindsames Herz ist. Wie siehst du das?«

Meredith sank zurück in ihren Stuhl; ihre Aufmerksamkeit wurde kurzzeitig dadurch abgelenkt, daß die Mitglieder der Geschäftsleitung nach und nach den angrenzenden Konferenzraum betraten. »Ich weiß nicht, was ich glauben soll«, gestand sie. »Ich habe Matt jahrelang so hart beurteilt – und jetzt weiß ich nicht, wer er wirklich ist.«

»Okay«, informierte Stuart sie fröhlich, »das werden wir ja morgen um vier herausfinden. Farrell will, daß das Treffen in seinem Büro stattfindet und daß seine Anwälte nebst uns beiden anwesend sind. Ich kann einen Termin absagen. Treffe ich dich dort, oder ist es dir lieber, wenn ich dich abhole?«

»Nein! Ich will nicht hin.«

»Selbst wenn du die Scheidung in Reno durchziehst«, erinnerte Stuart sie, »wäre die Regelung der Finanzen damit nicht erledigt. Wenn Farrell es darauf anlegt, kann sich eine diesbezügliche Auseinandersetzung über Jahre hinziehen.«

»Gott, wie furchtbar«, sagte sie gebrochen. »In Ordnung, ich treffe dich um vier in der Lobby von Intercorp. Ich möchte nur ungern allein hinaufgehen.«

»Verstehe ich vollkommen«, sagte Stuart höflich. »Bis morgen. Lenk dich inzwischen ab.«

Meredith tat ihr bestes, seinem Rat zu folgen, als sie am Kopfende des Konferenztisches Platz nahm. »Guten Morgen«, sagte sie mit einem fröhlichen, gekünstelten Lächeln. »Mark, würden Sie bitte anfangen? Gibt es in der Sicherheitsabteilung irgend etwas Besonderes?«

»Einen ganz dicken Brocken«, sagte er. »Vor fünf Minuten hatte das Geschäft in New Orleans eine Bombendrohung. Sie räumen das Kaufhaus, und ein Sonderkommando der Polizei ist bereits unterwegs.«

Alle Anwesenden fuhren hoch.

»Warum wurde ich nicht informiert?« frage Meredith barsch.

»Ihre beiden Leitungen waren belegt, also hat der Geschäftsführer den Anweisungen folgend mich angerufen.«

»Ich habe auch eine direkte Privatleitung.«

»Ich weiß, und Michaelson weiß es auch. Unglücklicherweise ist er in Panik geraten und konnte die Nummer nicht finden.«

Um halb sechs desselben Tages, nach einem anstrengenden Tag und nervenaufreibender Warterei, erhielt Meredith endlich den Anruf, auf den sie sehnlichst gehofft hatte: Der Bombensuchtrupp der Polizei von New Orleans hatte die Arbeit abgeschlossen und keine Spuren von Sprengstoff gefunden. Das war die gute Nachricht. Die schlechte war, daß der Laden einen ganzen Tag der umsatzstärksten Jahreszeit hatte geschlossen bleiben müssen.

Völlig erschöpft gab Meredith die Neuigkeit an Mark Braden weiter, dann packte sie ihren Aktenkoffer voll mit Arbeit und ging nach Hause. Parker hatte sich noch nicht gemeldet, aber sie wußte, daß er sie zurückrufen würde, sobald er ihre Nachricht erhielt.

In ihrer Wohnung angekommen, ließ sie Mantel, Handschuhe und Aktentasche auf einen Stuhl fallen und ging zu ihrem Anrufbeantworter, um nachzusehen, ob Parker sich vielleicht hier gemeldet hatte. Das war nicht der Fall, und sein andauerndes Schweigen begann Meredith zunehmend zu beunruhigen.

Sie duschte und war gerade dabei, sich die Seidenbluse in den Rockbund zu stecken, als ein heftiges Klopfen gegen die Wohnungstür sie überrasche. Wer immer es war, mußte einen Schlüssel für die Sicherheitstür unten haben, und da Parker in der Schweiz war, konnte es nur Mrs. Ellis sein. Sie öffnete die Tür und erstarrte verblüfft beim Anblick von Parkers grimmigem Gesicht.

»Ich habe mich gefragt, ob du vielleicht vergessen hast«, sagte er kühl, »daß du verlobt bis?«

Von Schuldgefühlen geplagt und überwältigt von der Tatsache, daß er tatsächlich ihretwegen heimgeflogen war, warf Meredith sich in seine Arme, bemerkte aber sein leichtes Zögern, bevor er sie an sich drückte. »Ich habe dich nicht vergessen«, sagte sie und küßte seine unrasierte Wange. »Es tut mir leid!« damit zog sie ihn in die Wohnung. Sie erwartete, daß er seinen Mantel auszog, aber er blieb einfach stehen und musterte sie mit einem kühlen, unschlüssigen Blick. »Was tut dir leid, Meredith?« fragte er endlich.

»Daß du dir so viel Sorgen um mich gemacht hast, daß du deshalb die Konferenz verläßt und heimfliegst! Hast du denn nicht die Nachricht erhalten, die ich heute früh in deinem Hotel hinterlassen habe?«

Auf ihre Antwort hin wurde sein Gesichtsausdruck etwas milder, aber er wirkte abgespannter und verhärmter, als sie ihn jemals gesehen hatte. »Nein. Ich möchte einen Drink«, sagte er und zog endlich seinen Mantel aus. »Egal was, aber bitte stark.«

Meredith nickte, aber sie zögerte, als sie die tiefen Falten sah, die Sorgen und Übermüdung in sein Gesicht gekerbt hatten. »Ich kann einfach nicht glauben, daß du zurückgeflogen bist, weil du mich nicht erreichen konntest.«

»Das war einer von zwei Gründen.«

Sie legte den Kopf auf die Seite. »Was war der andere Grund?«

»Morton Simonson wird morgen bei Gericht Konkurs anmelden. Das habe ich gestern abend in Genf erfahren.«

Meredith verstand nicht ganz, warum die Tatsache, daß ein Industriefarben-Fabrikant pleite gegangen war, Parker nach Hause locken konnte, und sie sagte das auch, während sie seinen Drink mixte.

»Unsere Bank hat ihm über hundert Millionen Dollar geliehen«, sagte Parker. »Wenn seine Firma baden geht, verlieren wir den größten Teil davon. Da ich außerdem fürchten mußte, meine Verlobte zu verlieren«, fügte er hinzu, »beschloß ich heimzufliegen und zu sehen, was ich tun könnte, um eines oder beides zu retten.

Trotz seines Versuchs, ungezwungen zu klingen, verstand Meredith nun den Ernst des Falls Simonson und fühlte sich fast noch elender, weil sie Parkers Sorgen noch vergrößert hatte. »Es bestand nie Anlaß zu der Sorge, mich zu verlieren«, sagte sie schmerzlich.

»Warum, zum Teufel, hast du mich nicht an gerufen? Wo warst du? Was ist mit Farrell los? Lisa hat mir gesagt, daß du Freitag abend nach Indiana gefahren bist, um Farrell die Wahrheit zu erzählen und ihn dazu zu bringen, in die Scheidung einzuwilligen.«

»Ich habe ihm die Wahrheit erzählt«, sagte Meredith sanft und gab ihm den Drink, »und er wird in die Scheidung einwilligen. Stuart Whitmore und ich treffen uns morgen mit Matt und seinen Anwälten.«

Er nickte, beobachtete sie aber in grüblerischen Schweigen. Seine nächste Frage hatte sie kommen sehen – und befürchtet. »Warst du das ganze Wochenende bei ihm?«

»Ja. Er – er war zu krank, um Freitag abend irgend etwas

verstehen zu können.« Erst jetzt fiel Meredith ein, daß Parker ja gar nicht wußte, daß Matt als Rache für den abgewiesenen Bauantrag das Grundstück in Houston gekauft hatte, und sie erzählte ihm die ganze Geschichte. Danach erklärte sie ihm, warum sie das Gefühl gehabt hatte, Matt um Frieden bitten zu müssen, *bevor* sie ihm von der Fehlgeburt berichtete. Als sie fertig war, starrte sie auf ihre Hände – voller Schuldgefühle für das, was sie Parker nicht erzählt hatte, weil sie nicht sicher war, ob ein Geständnis lediglich ein egoistischer Akt der Schuldbefreiung oder tatsächlich moralisch und ethisch das Richtige sei. Wenn letzeres der Fall war, schien jetzt einfach nicht der richtige Zeitpunkt, es ihm zu beichten – jetzt nicht, wo er bereits wegen Morton Simonson solche Sorgen hatte.

Sie war immer noch am Überlegen, als Parker sagte: »Farrell muß eine irrsinnige Wut bekommen haben, als er erfuhr, wie dein Vater ihn wegen deiner Fehlgeburt angelogen hat.«

»Nein«, sagte Meredith und dachte an den Ausdruck tiefer Trauer und unendlichen Bedauerns auf Matts Gesicht. »Wahrscheinlich ist er jetzt unheimlich wütend auf meinen Vater, aber gestern war er es nicht. Ich fing an zu weinen, als ich ihm von Elizabeths Begräbnis erzählte, und ich hatte das Gefühl, daß Matt sich sehr anstrengen mußte, um nicht ebenfalls zu weinen. Irgendwie war es kein Augenblick, um wütend zu werden.«

Die Schuld, die sie über das empfand, was anschließend passiert war, stand in ihren Augen, und Parker sah es.

»Nein, vermutlich nicht.« Er hatte bisher leicht nach vorn gelehnt dagesessen, die Unterarme auf die Oberschenkel gestützt, das Glas zwischen den Knien haltend, und sie angesehen. Jetzt mied er ihr Gesicht und begann, das Glas zwischen den Handflächen hin und her zu rollen. Seine Miene verhärtete sich. Und in den folgenden endlosen Momenten des Schweigens erkannte Meredith – erkannte sie, daß er erraten hatte, daß sie mit Matt ins Bett gegangen war.

»Parker«, sagte sie unsicher, zum Geständnis bereit, »wenn du überlegst, ob Matt und ich …«

»Erzähl mir nicht, daß du mit ihm ins Bett gegangen bist, Meredith!« stieß er bissig hervor. »Lüg mich an, wenn du mußt, aber sag mir nicht, daß du mit ihm geschlafen hast. Ich könnte es nicht ertragen!«

Er hatte bereits einen Urteilsspruch gefällt und ihr ihre Buße auferlegt – und Meredith, die ihre Schuldgefühle durch eine Beichte hatte mindern wollen, erschien es wie eine Verurteilung zu lebenslänglichen Höllenqualen. Er wartete eine Minute, wie um ihnen beiden Zeit zu geben, das Thema damit endgültig abzuschließen. Dann stellte er das Glas ab, legte seinen Arm um ihre Schultern, zog sie an sich, hob ihr Kinn an und bemühte sich, sie anzulächeln. »Nach dem, was du mir von deinem heutigen Telephonat mit Stuart erzählt hast, klingt es ja so, als ob Farrell jetzt zu einer vernünftigen Lösung bereit wäre.«

»Das ist er bestimmt«, sagte Meredith, aber ihr zuversichtliches Lachen war nicht echt.

Parker gab ihr einen Kuß auf die Stirn. »Dann haben wir ja alles bald hinter uns. Morgen abend können wir auf deine erfolgreichen Scheidungsverhandlungen anstoßen und vielleicht auch schon auf den Erwerb dieses Grundstücks in Houston, das dir so am Herzen liegt.« Er räusperte sich, und seine folgenden Worte machten Meredith deutlich, wie ernst es um seine Bankgeschäfte wirklich stand. »Vielleicht muß ich mich nach einem anderen Geldgeber umsehen, der euer Projekt in Houston finanziert. Morton Simonson ist unser dritter großer Kreditnehmer, der innerhalb der letzten sechs Monate Bankrott gemacht hat. Wenn wir kein Geld einnehmen, können wir keines verleihen, außer wir nehmen unsererseits Staatsanleihen auf, und auch dieses Potential haben wir bereits ausgeschöpft.«

»Ich hatte keine Ahnung, daß zwei von euren Großkrediten geplatzt sind.«

»Die wirtschaftliche Entwicklung kann einem wirklich Angst einjagen. Aber mach dir keine Sorgen«, fügte er hinzu, während er aufstand. »Unsere Bank wird nicht zusammenbrechen. Wir stehen besser da als die meisten anderen Privatbanken. Würdest du mir aber trotzdem einen Gefallen tun?« fragte er halb im Spaß.

»Jeden«, antwortete sie ohne zu zögern.

Er zog sie an sich, um ihr einen Gutenachtkuß zu geben. »Könntest du dafür sorgen, daß Bancroft & Company auch weiterhin pünktlich seine Rückzahlungen an Reynolds Mercantile Trust leistet?«

»Absolut kein Problem!« antwortete Meredith und lächelte ihn zärtlich an. Dann küßte er sie, gab ihr einen langen, erschöpften, liebevollen Kuß, den Meredith feuriger erwiderte als je zuvor. Als er gegangen war, bemühte sie sich, seinen Kuß nicht mit Matts hungrigen, heißen, sinnlichen Küssen zu vergleichen. Was Matts Küsse boten, war Leidenschaft. Parkers boten Liebe.

34

Die Hände in die Hüften gestemmt, stand Matt in der Mitte des riesigen Konferenzraumes, der an sein Büro grenzte, und musterte alles mit überaus kritischen Blicken. In einer halben Stunde würde Meredith hier sein, und er war nervös wie ein Teenager vor seinem ersten Rendezvous, weil er sie unbedingt beeindrucken wollte.

Er seufzte; einerseits konnte er es kaum erwarten, die Schlacht zu eröffnen, andererseits sah er dem Kommenden doch mit einer gewissen Unsicherheit entgegen. Dann erinnerte er sich an die beiden Sekretärinnen, die hinter ihm standen und abwarteten, ob er noch etwas wünsche. »Vielen Dank Ihnen beiden. Sie haben mir sehr geholfen«, sagte er und widmete sich wieder dem Raum. Er warf beiden Frauen ein ungewohnt warmes Lächeln zu, in dem sie sich sonnten, machte diesen Eindruck aber sofort wieder zunichte, indem er die eine fragte: »Würden Sie diesen Raum ansprechend finden, wenn Sie eine Frau wären?«

»Ich finde ihn ansprechend«, sagte Joanna steif, »selbst als Ihr ergebener Roboter, Mr. Farrell.«

Es dauerte einen Augenblick, bis Matt den Hintersinn ihrer eisigen Antwort erkannt hatte, aber als er sich umwandte, sah er nur noch die Rücken der beiden, die an Eleanor Stern vorbei durch die breite Doppeltür hinausgingen. »Warum ist sie beleidigt?« wollte er von seiner Sekretärin wissen, deren Interesse, wie sein eigenes auch, einzig der zu erledigenden Büroarbeit galt und die während der Arbeit weder die Absicht hatte zu flirten noch sich zu amüsieren.

Miss Stern strich ihr strenges graues Flanellkostüm glatt und griff zu einem Bleistift. »Ich nehme an«, sagte sie mit hörbarer Verachtung für die andere Sekretärin, »daß sie gehofft hatte, Sie hätten bemerkt, daß sie eine Frau ist. Darauf wartet sie eigentlich schon, seit Sie hier angekommen sind.«

»Sie verschwendet ihre Zeit«, konstatierte Matt. »Vor allem ist sie eine Angestellte. Nur ein Dummkopf läßt sich mit seinen eigenen Angestellten ein.«

»Vielleicht sollten Sie heiraten«, erwiderte Miss Stern nüchtern, blätterte aber schon wieder in ihrem Notizblock, um einige Zahlen zu finden, die sie mit ihm durchsprechen wollte. »Zu meiner Zeit hat das weiblichen Annäherungsversuchen einen deutlichen Riegel vorgeschoben.«

Auf Matts Gesicht machte sich ein allmähliches Lächeln breit, und in dem plötzlichen Bedürfnis, jemanden an seiner neuesten Erkenntnis teilhaben zu lassen, lehnte er sich mit der Hüfte gegen den Konferenztisch und sagte leise: »Ich bin verheiratet.«

Miss Stern blätterte weiter in ihrem Block und sagte ohne aufzublicken: »Herzlichen Glückwunsch Ihnen beiden.«

»Das ist kein Scherz«, sagte Matt, die Brauen zusammengezogen.

»Soll ich diese Information an Miss Avery weiterleiten?« fragte sie mit todernster Miene. »Sie hat heute schon zweimal angerufen.«

»Miss Stern«, sagte Matt trocken, und zum ersten Mal in ihrer sterilen, rein auf die Arbeit beschränkten Beziehung, bedauerte er aufrichtig, daß er nie ein freundschaftliches Verhältnis zu ihr entwickelt hatte. »Ich bin seit elf Jahren mit Meredith Bancroft verheiratet, und sie kommt heute nachmittag hierher.«

Sie blickte ihn über den Rand ihrer Hornbrille hinweg an. »Sie haben heute abend eine Verabredung mit Miss Avery, und ich habe einen Tisch für Sie bei Renaldo's bestellt. Wird Miss Bancroft Sie und Miss Avery zum Essen begleiten? Wenn ja, soll ich dann die Reservierung in einen Tisch für drei ändern lassen?«

»Die Verabredung mit Miss Avery habe ich abge...«, begann Matt, dann fiel ihm das Kinn herunter, und ein breites Grinsen zog über sein Gesicht. »Entdecke ich da etwa einen leichten *Tadel* in Ihrer Stimme?«

»Mit Sicherheit nicht, Mr. Farrell. Sie haben von Anfang an klargestellt, daß es nicht meine Aufgabe sei, Ihr Verhalten zu beurteilen. Soweit ich mich erinnere, haben Sie wörtlich gesagt, daß Sie an meiner persönlichen Meinung nicht interessiert wären. Sie wollten lediglich meine Fähigkeiten und meine Arbeitskraft. Möchten Sie, daß ich bei der Besprechung anwesend bin und mitschreibe?«

Bei der Entdeckung, daß seine vor vielen Jahren gemachte Bemerkung sie scheinbar immer noch wurmte, mußte Matt sich zurückhalten, um nicht laut loszulachen. »Ich halte es für eine ausgezeichnete Idee, wenn Sie mitschreiben. Bitte achten Sie besonders auf alles, was Miss Bancroft und ihr Anwalt sagen. Ich habe vor, sie auf jedes Zugeständnis festzunageln.«

»Wie Sie wünschen«, sagte sie und wandte sich zum Gehen.

Matts Stimme ließ sie innehalten. »Miss Stern?« Sie drehte sich um, mit sehr geradem Rücken und den Bleistift in der Hand, bereit, weitere Instruktionen entgegenzunehmen. Schmunzelnd fragte Matt: »Haben Sie einen Vornamen?«

»Sicherlich«, antwortete sie, und ihre Augen wurden schmal.

»Darf ich ihn benutzen?«

»Natürlich. Allerdings bin ich der Ansicht, daß Matthew weit besser zu Ihnen paßt als Eleanor zu mir.«

Matt blieb der Mund offen stehen, als er ihre unbewegliche Miene sah und konnte sich nur mit Mühe das Lachen verbeißen. Unsicher, ob sie es ernst meinte oder scherzte, sagte er langsam: »Meinen Sie, daß Sie und ich etwas ... etwas weniger formell miteinander verkehren könnten?«

»Ich nehme an, Sie denken an ein ungezwungeneres Verhältnis, so wie es im allgemeinen zwischen Sekretärin und Chef üblich ist?«

»Ja, genau das.«

Nachdenklich hob sie eine graue Augenbraue, aber diesmal sah Matt es – das leicht amüsierte Aufleuchten in ihren hellen Augen. »Heißt das, daß ich Ihnen in Zukunft einen Geburtstagskuchen backen muß?«

»Ich denke schon«, antwortete er mit einem verlegenen Grinsen.

»Ich werde es mir notieren«, erwiderte sie, und als sie es tatsächlich tat, lachte Matt laut los. »Wünschen Sie sonst noch etwas?« fragte sie, und zum ersten Mal in all den Jahren lächelte Eleanor Stern ihn an. Das Lächeln machte ihr Gesicht direkt sympathisch.

Stuart wartete schon, den Aktenkoffer in der Hand, als Meredith die Lobby des Intercorp-Hochhauses betrat. »Du siehst großartig aus«, sagte er und nahm Merediths Hand. »Einfach perfekt. Ruhig und gelassen.«

Nach einstündigem Überlegen hatte Meredith sich am Morgen für ein honiggelbes Kleid mit passendem marineblauem, honiggelb paspellierten Mantel entschieden – und zwar nur aus dem Grund, weil sie irgendwo gelesen hatte, daß Männer gelb als bestimmend und selbstbewußt, aber nicht feindlich empfänden. Um den Eindruck der kühlen Selbstsicherheit noch zu unterstreichen, hatte sie ihr Haar hochgesteckt, anstatt es lose zu tragen.

»Farrell wird nur einen Blick auf dich werfen und uns alles zugestehen, worum wir ihn ersuchen«, fuhr Stuart galant fort, während sie zum Lift gingen. »Wie könnte er dir widerstehen?«

Die Empfangsdame im sechzigsten Stock stand auf, sobald Stuart ihre Namen genannt hatte. »Hier entlang bitte, Mr. Farrell erwartet Sie beide. Die anderen sind bereits hier.«

Merediths mühsam erkämpfte Gelassenheit erlitt einen leichten Schlag, als sie Matts Büro betrat und es nicht wiedererkannte. Die linke Wand war zurückgeschoben worden, so daß sein Büro in einen Konferenzraum von der Größe eines Tennisplatzes überging. Am Konferenztisch saßen zwei Männer und unterhielten sich zwanglos mit Matt. Er blickte auf, sah sie und erhob sich sofort, um ihr mit langen Schritten entgegenzugehen. »Darf ich dir aus dem Mantel helfen«, sagte er und ignorierte Stuart, der mit seinem eigenen Mantel zu tun hatte, völlig.

Zu nervös und zu unsicher, um seinem Blick zu begegnen, drehte Meredith sich gehorsam um und versuchte, die Gänsehaut zu unterdrücken, die ihr über den Rücken lief, als er den Mantel anhob und seine Finger ihre Schultern streiften. Stuart war zum Konferenztisch hinübergegangen, um die gegnerischen Anwälte zu begrüßen, und Meredith eilte ihm nach. Bevor er sie jedoch mit den beiden bekanntmachen konnte, war Matt plötzlich an ihrer Seite, faßte sie leicht am Ellbogen und begann sie vorzustellen, als wäre das Ganze ein intimes geselliges Beisammensein, das Matt zu Ehren von Meredith arrangiert hatte. »Meredith«, sagte er, ein zärtliches Lächeln in den Augen, während er sie anblickte, »ich möchte, daß du Bill Pearson und Dave Levinson kennenlernst.«

Meredith war sich des Besitzergreifenden und zugleich Beschützenden von Matts Geste überaus bewußt und riß ihren Blick mühsam von seinem los, um den Männern ihre Hand hinzustrecken. Beide waren fast einsneunzig groß, untadelig in maßgeschneiderte Anzüge gekleidet und von einer Aura selbstbewußter Eleganz und Entschlossenheit umgeben. Neben ihnen wirkte Stuart klein und unbedeutend. Eigentlich, dachte Meredith nervös, als Stuart sich mit Matt bekanntmachte, sah er gegenüber den anderen direkt unterlegen aus.

»Wir wollen gerade etwas trinken, als ihr gekommen seid«, sagte Matt. Ostentativ wandte er sich an seine Anwälte: »Was nehmen Sie, meine Herren?«

»Scotch mit Eis«, antwortete Levinson prompt; er hatte verstanden, daß er einen Drink bekommen würde, ob er wollte oder nicht, und schob gehorsam den Aktenordner beiseite, den er gerade hatte aufschlagen wollen.

»Für mich dasselbe«, meinte Pearson und folgte Matts unausgesprochenen Anordnungen, indem er sich entspannt in seinem Stuhl zurücklehnte, als habe er alle Zeit dieser Welt.

An Stuart gewandt, fragte Matt: »Und was möchten Sie trinken?«

»Perrier«, antwortete er knapp. »Mit einer Scheibe Limone, wenn Sie das haben.«

»Haben wir.«

Matt blickte Meredith an, die aber nur den Kopf schüttelte und sagte: »Ich möchte nichts, danke.«

»Würdest du mir dann helfen, die Drinks zu tragen?« konterte er, entschlossen, eine Gelegenheit zu finden, mit ihr unter vier Augen zu sprechen.

Die Bar bestand aus einem tiefen Halbkreis, der vollständig mit vertikalen Spiegeln ausgekleidet und in eine Wand eingelassen war. Matt trat hinter die Theke und war damit außer Sichtweite der Anwälte. Meredith jedoch blieb eisern auf der anderen Seite der Theke stehen und blickte wie hypnotisiert auf das geschliffene Glas, das die tanzenden Lichter der spiegelnden Kristalle reflektierte. Matt entfernte den Deckel des Eiskübels und gab Eis in fünf hohe Gläser, dann zog er den Stöpsel aus einer Kristallkaraffe und goß Scotch in drei Glaser und Wodka in das vierte. Mit einem Blick auf den Kühlschrank, der sich auf seiner Seite unter der Theke befand, sagte er wie beiläufig: »Würdest du mir bitte ein Perrier herausgeben?«

Sie nickte, und er beobachtete, wie sie widerstrebend um die Bar herum auf seine Seite trat, um an den Kühlschrank zu kommen. Peinlich seinen Blick meidend, nahm sie eine Flasche Perrier und eine Limone heraus, legte beides auf die Theke und wollte sich wieder umdrehen. »Meredith«, sagte Matt leise und legte, um sie aufzuhalten, seine Hand leicht auf ihren Arm, »warum kannst du mich nicht anschauen?«

Sie fuhr bei seiner Berührung zusammen, und er ließ ihren Arm los, aber dann hob sie ihren Blick zu seinem, und im gleichen Moment fiel der größte Teil ihrer Spannung von ihr ab. Sie brachte sogar ein leichtes Lächeln zustande, als sie gestand: »Ich weiß selber nicht genau warum, aber ich finde diese ganze Geschichte einfach fürchterlich peinlich.«

»Geschieht dir ganz recht«, neckte er in dem Versuch, sie abzulenken. »Hat dir noch nie jemand gesagt, daß man einen Mann nicht einfach allein im Bett liegen läßt und mir nichts, dir nichts verschwindet, ohne mehr als einen Zettel zurückzulassen? Da muß er sich nämlich fragen, ob man ihn noch genügend respektiert.«

Sie bemühte sich, ein Kichern zu unterdrücken, aber er hatte es schon bemerkt und grinste zurück. »Einfach so wegzufahren war wirklich dumm«, gab sie zu, und keinen von beiden wunderte es, daß sie sich – unabhängig davon, wie lange die Trennung gedauert hatte oder wie unangenehm die Umstände auch immer waren – sofort wieder wunderbar verstanden und ohne Mühe ins Gespräch kamen. »Ich kann es dir nicht erklären. Ich weiß selber nicht, warum ich es getan habe.«

»Aber ich glaube, daß ich es weiß«, sagte Matt. »Hier, trink das.« Er reichte ihr ein Glas mit Wodka. Als sie ablehnen wollte, schüttelte er den Kopf. »Das wird dir helfen, das Kommende etwas leichter zu ertragen.« Er wartete, bis sie einen Schluck getrunken hatte, und dann sprach er aus, was er ihr unter vier Augen hatte sagen wollen. »Ich möchte dich jetzt um einen Gefallen bitten.«

Meredith registrierte den plötzlichen Ernst in seiner Stimme und blickte ihm direkt in die Augen. »Was für einen Gefallen?«

»Erinnerst du dich, wie du mich auf der Farm darum gebeten hast, Frieden zu schließen?«

Sie nickte; sie erinnerte sich mit schmerzlicher Genauigkeit daran, wie sie neben seinem Bett gestanden und gefühlt hatte, wie seine Hand sich um ihre schloß.

»Ich möchte dich jetzt um dasselbe bitten – eine Art Friedensvertrag, einen Waffenstillstand, von dem Zeitpunkt an, wo meine Anwälte zu sprechen anfangen, solange, bis du dieses Zimmer verläßt.«

Unruhig und besorgt aus Gründen, die sie nicht nennen konnte, stellte sie langsam ihr Glas ab und versuchte, in seinen Zügen zu lesen. »Ich verstehe nicht ganz.«

»Ich bitte dich, den Bedingungen meines Angebotes zuzuhören und, gleichgültig wie …«, Matt machte eine kurze Pause und suchte nach einem passenden Wort, wie ihr seine Bedingungen vermutlich vorkommen würden. *Ungeheuerlich? Schamlos? Unverschämt?* – »… gleichgültig wie *ungewöhnlich* dir meine Bedingungen erscheinen mögen, im Gedächtnis zu behalten, daß ich ehrlich glaube, daß das, was ich vorhabe, das beste für uns beide ist. Meine Anwälte werden dir die legalen Alternativen nennen, für den Fall, daß du mein Angebot ablehnst, und du wirst dir vielleicht zunächst in die Ecke gedrängt vorkommen. Aber ich bitte dich, nicht gleich aufzustehen oder uns drei zum Teufel zu schikken, ganz gleich wie wütend du wirst. Außerdem möchte ich dich im Anschluß an die Besprechung um fünf Minuten unter vier Augen bitten, damit ich dich von meinem Vorschlag überzeugen kann. Wenn mir das nicht gelingt, kannst du mich gern zum Teufel jagen und nach Hause gehen. Bist du damit einverstanden?«

Merediths Besorgnis erreichte einen neuen Höchststand, obwohl er sie doch nur darum gebeten hatte, ruhig zu bleiben und zuzuhören.

»Auf der Farm war ich mit deinen Bedingungen einverstanden«, ermahnte er sie sanft. »Ist es zuviel verlangt, jetzt dasselbe von dir zu erwarten?«

Unfähig, sich der ruhigen Überzeugungskraft seines Arguments zu entziehen, schüttelte Meredith langsam den Kopf. »Ich denke, nein. In Ordnung, ich bin einverstanden. Friede«, sagte sie und bemerkte dann zu ihrer Überraschung, daß Matt ihr die Hand entgegenstreckte, so wie sie ihm auf der Farm ihre entgegengestreckt hatte. Ihr Herz machte einen unerklärlichen kleinen Sprung, als sie ihre Hand in seine legte und seine Finger sich fest darum schlossen.

»Danke«, sagte er.

Es traf sie wie ein Blitz, daß sie genau dasselbe zu ihm gesagt hatte. Verblüfft, daß dieser Augenblick auf der Farm ihm offenbar ebenso ergreifend erschienen war wie ihr, versuchte sie zurückzulächeln und wiederholte dabei seine damalige Antwort: »Bitte.«

Als Farrell Meredith an ihren Platz begleitet und die Drinks verteilt hatte, sagte Pearson: »Matt, sollen wir jetzt anfangen?« Die Sitzordnung war Stuart von dem Moment an seltsam erschienen, als er den Sitzungsraum betrat: Pearson hatte sich am Kopfende des Konferenztisches niedergelassen, wo normalerweise Matts Platz gewesen wäre. Links von ihm saß Meredith, neben ihr Stuart. Levinsons Platz war zu Pearsons Rechten, und jetzt ging Farrell um den Tisch herum und setzte sich neben Levinson. Stuart, der auch für solche Kleinigkeiten stets ein Auge hatte, überlegte, ob Farrell absichtlich Pearson den exponierten Platz angewiesen hatte, damit Meredith eher diesen als ihn selbst für das verantwortlich halten würde, was sie zu hören bekommen sollte. Entweder das, entschied Stuart und beobachtete, wie Farrell seinen Stuhl schräg stellte und die Beine übereinanderschlug, oder Farrell wollte Meredith die ganze Zeit über unauffällig im Blickfeld haben, was nicht möglich gewesen wäre, wenn er am Kopfende gesessen hätte.

Einen Augenblick später begann Pearson zu sprechen, und was er sagte, war so unerwartet, so unlogisch, daß Stuart in mißtrauischem Erstaunen die Brauen zusammenzog. »Im vorliegenden Fall gilt es eine Menge verschiedener

Punkte zu berücksichtigen«, sagte er, zu Stuart gewandt, der aber sofort merkte, daß alle Formulierungen so gewählt waren, daß sie eine möglichst große emotionale Wirkung auf Meredith ausüben sollten. »Wir haben hier ein Ehepaar, das vor elf Jahren einen Bund eingegangen ist, den *heiligen* Bund der Ehe. Beide wußten damals, daß eine Heirat nichts ist, was man leichtfertig oder …«

Hin- und hergerissen zwischen Ärger und Belustigung, unterbrach Stuart ihn. »Sie können sich die Wiederholung der Hochzeitszeremonie sparen, Bill. Das haben die beiden schon vor elf Jahren gehört. Deshalb sind wir ja schließlich hier.« Er wandte sich an Matt, der müßig einen goldenen Füllfederhalter zwischen den Fingern rollte und sagte: »Meine Klientin ist nicht daran interessiert, was Ihre Anwälte von der gegebenen Situation halten. Was wollen Sie und was bieten Sie? Kommen wir doch endlich zur Sache.«

Anstatt sich auf Stuarts provokante Bemerkung einzulassen, warf Matt nur einen kurzen Seitenblick zu Pearson und wies ihn mit einem kaum merklichen Nicken an, auf Stuarts Wunsch einzugehen.

»Wie Sie wünschen«, sagte Pearson und legte seine wohlwollende Vermittlerrolle ab. »Die Lage ist folgende: Unser Klient hat mehr als ausreichend Ursache für eine äußerst dringliche Klage gegen den Vater Ihrer Klientin. Aufgrund von Philip Bancrofts *unbilliger* Einmischung in die Ehe unseres Klienten wurde unserem Klienten sein Recht vorenthalten, an der Beisetzung seines Kindes teilzunehmen, wurde ihm sein Recht vorenthalten, seiner Ehefrau nach dem Tod des gemeinsamen Kindes beizustehen und von ihr Beistand zu erhalten, und wurde er fälschlicherweise glauben gemacht, daß sie eine Scheidung von ihm fordere. Kurz: Ihm wurden elf Jahre Ehe vorenthalten. Darüber hinaus hat Mr. Bancroft sich auch der Beeinträchtigung von Mr. Farrells Geschäften schuldig gemacht, indem er illegalerweise versuchte, den Bauausschuß von Southville zu beeinflussen. Dies sind berechtigte Anschuldigungen, die jederzeit vor einem Gericht zur Anklage gebracht werden könnten …«

Stuart warf einen Blick auf Farrell, der Meredith beobachtete, die, zunehmend blasser werdend, ihrerseits Pearson anstarrte. Verärgert, weil sie völlig unerwartet solchen Bemerkungen ausgesetzt wurde, wandte Stuart sich an Pearson: »Wenn jeder verheiratete Mann seine angeheirateten Verwandten wegen Einmischung verklagen könnte, wären die Gericht so überlaufen, daß unter einer Wartezeit von fünfzig Jahren kein Fall zur Verhandlung käme. Man wird Sie bei Gericht auslachen.«

Pearson blickte ihn mit herausfordernd hochgezogenen Brauen an. »Das wage ich zu bezweifeln. Bancrofts Beeinträchtigung war böswillig und außerordentlich schwerwiegend; ich denke, keine Jury würde zögern, Mr. Bancroft wegen unentschuldbarer Handlungen von erstaunlicher Böswilligkeit zu verurteilen. Und das, noch bevor wir Bancrofts illegalen Versuch angesprochen hätten, die Mitglieder des Bauausschusses von Southville zu beeinflussen. Unabhängig davon jedoch«, fuhr er fort und hob eine Hand, um Stuart zu beschwichtigen, »ob wir gewinnen würden oder nicht, würde die Anklage alleine ausreichen, eine Menge unerfreulicher Publicity heraufzubeschwören – Publicity, die nicht nur Mr. Bancroft persönlich schaden würde, sondern sehr wahrscheinlich auch Bancroft & Company. Es ist allgemein bekannt, daß Mr. Bancroft ernstlich krank ist, und es steht natürlich auch zu befürchten, daß ein solcher Prozeß und die damit einhergehende Publicity seiner Gesundheit weiter abträglich wären.«

In Meredith stiegen Angst und Panik auf, am schlimmsten aber traf sie im Moment das Gefühl, verraten und betrogen worden zu sein. Sie war zur Farm hinausgefahren, um Matt die Wahrheit über ihr Baby und das Telegramm ihres Vaters zu erzählen, und jetzt drohte er damit, genau diese Informationen gegen sie zu verwenden. Bei Pearsons folgenden Worten ließ ihre Anspannung jedoch etwas nach. »Ich habe das alles erwähnt, Miss Bancroft, nicht um Sie zu erschrekken oder um Ihnen Sorgen zu bereiten, sondern lediglich, um Sie auf die Fakten aufmerksam zu machen und um Ihnen unsere Ausgangslage zu verdeutlichen. Mr. Farrell ist gewillt, alles Erwähnte zu übergehen und auf seine Rechte Ihrem Vater gegenüber für alle Zeiten zu verzichten ... sofern Sie zu einigen simplen Konzessionen bereit sind. Stuart«, sagte er und händigte Stuart und Meredith je eine Kopie eines zweiseitigen Dokuments aus, »das mündliche Angebot, daß ich Ihnen jetzt unterbreiten werde, ist in diesem Papier detailliert festgelegt, und um Ihre Zweifel an Mr. Farrells Ernsthaftigkeit von vornherein auszuschalten, kann ich Ihnen versichern, daß er sich bereit erklärt, das Dokument im Anschluß an diese Besprechung zu unterzeichnen. Eine Auflage gibt es jedoch, und die wäre, daß Ihre Klientin das Angebot akzeptiert oder abgelehnt hat, bevor sie uns heute verläßt. Sollte sie es ablehnen, ist es ab sofort ungültig, und wir sehen uns dann gezwungen, noch vor Ende der Woche gerichtlich gegen Philip Bancroft vorzugehen. Möchten Sie ein paar Minuten hineinschauen, bevor ich es zusammenfasse?«

Stuart, der das Papier, ohne auch nur einen Blick darauf zu werfen, auf den Tisch geschleudert hatte, lehnte sich in seinem Stuhl zurück und betrachtete seinen Gegner mit einem verächtlichen Lächeln. »Ich würde den Inhalt viel lieber von *Ihnen* hören, Bill. Bis heute habe ich Ihren Sinn für Dramatik nie richtig erkannt. Der einzige Grund, warum ich noch immer hier bin, ist der, daß ich es einfach nicht fertig bringe, das Theater zu verlassen, bevor ich nicht den letzten Akt gesehen habe.«

Auf ein kurzes Nicken von Matt hin trat jetzt Levinson in Aktion und sagte mit versöhnlicher Stimme: »Vielleicht wäre es besser, wenn *ich* zusammenfasse, was in diesem Dokument steht.«

»Ich bin mir da nicht so sicher«, entgegnete Stuart schleppend, aber forsch. »Sind Sie die zweite Besetzung oder der Hauptdarsteller?«

»Der Hauptdarsteller«, erwiderte der ältere Mann ungerührt. »Ich habe das Papier ausgearbeitet.«

Levinson richtete seine Aufmerksamkeit jetzt auf Meredith und begann lächelnd: »Wie mein Partner soeben erklärt hat, Miss Bancroft: Wenn Sie mit den Bedingungen Ihres Ehemannes einverstanden sind, ist er gewillt, jegliche Anklagepunkte gegen Ihren Vater fallenzulassen; darüber hinaus bietet er Ihnen in diesem Dokument jedoch noch wesentlich mehr: Er bietet Ihnen eine großzügige Schenkung – oder eine einmalige Unterhaltszahlung, wenn Ihnen dieser Ausdruck lieber ist – in Höhe von fünf Millionen Dollar.«

Das gab den Ausschlag. Zu der alarmierenden Unruhe, die Meredith schon die ganze Zeit empfand, kam ein gelinder Schock; sie blickte Stuart an und fragte: »Einverstanden mit was? Was geht hier eigentlich vor?«

»Es ist nur ein Spiel«, beruhigte Stuart sie. »Zuerst jagen sie dir Angst ein und drohen mit allen möglichen für den Fall, daß du nicht mitspielen willst. Und jetzt erzählen sie, was du gewinnen kannst, wenn du ihr Spiel mitmachst.«

»Ein Spiel? Was für ein *Spiel?*«

»Das heben sie sich bis zuletzt auf.«

Ihre Augen auf sein Gesicht gerichtet, nickte Meredith, nahm sich zusammen und wandte sich dann Levinson zu, wobei sie sich alle Mühe gab, an Matt vorbeizublicken. »Fahren Sie fort, Mr. Levinson«, sagte sie und hob ihr Kinn, um sich den Anschein von Mut und Ruhe zu geben.

»Zusätzlich zu der Fünf-Millionen-Dollar-Schenkung«, sagte Levinson, »wird Ihr Ehemann ein gewisses Grundstück in Houston für die Summe von zwanzig Millionen Dollar an Bancroft & Company verkaufen.«

Meredith hatte das Gefühl, als drehe sich alles, und endlich wandte sie den Kopf und blickte Matt an. Ihre Miene spiegelte Verwirrung, Dankbarkeit und Bedenken. Ohne mit der Wimper zu zucken, hielt er ihrem Blick stand, während Levinson hinzufügte: »Wenn Sie dem Vorschlag Ihres Ehemannes zustimmen, wird er außerdem eine Erklärung unterzeichnen, auf Grund deren die in diesem Staat bei unüberbrückbaren Differenzen gültige gesetzliche Trennungsfrist von zwei Jahren auf einen Zeitraum von sechs Monaten herabgesetzt werden kann.«

Stuart tat dieses Zugeständnis mit einem Achselzucken ab. »Wir benötigen keine diesbezügliche Erklärung von Mr. Farrell, um die Wartezeit bis zur Scheidung herabsetzen zu lassen. Im Gesetzbuch ist ganz klar festgelegt, daß die Wartezeit auf sechs Monate verkürzbar ist, wenn das Ehepaar zwei Jahre lang nicht in eheähnlicher Gemeinschaft gelebt hat und unüberbrückbare Differenzen bestehen. Diese beiden haben elf Jahre lang nicht zusammengelebt!«

Levinson lehnte sich zurück, und Meredith hatte eine üble Vorahnung, worauf er abzielte, als er sagte: »Sie haben das letzte Wochenende zusammen verbracht.«

»Na und?« erwiderte Stuart. »Im Sinne des Paragraphen haben sie *nicht* eheähnlich zusammengelebt. Sie haben lediglich im gleichen Haus übernachtet. Kein Richter dieser Welt würde auf einer zweijährigen Wartezeit bestehen, nur weil die beiden zwei Tage unter demselben Dach verbracht haben. Was sie mit Sicherheit nicht getan haben, war eheähnlich zusammenzuleben.«

Tödliches Schweigen war die Antwort.

Levinson hob eine Augenbraue und blickte Stuart unverwandt ins Gesicht. Stuart, der wieder wütend wurde, schaute Farrell an: »Sie waren zusammen in einem Haus, nicht in einem Bett konstatierte er.« Farrell entgegnete nichts. Stattdessen drehte er sich um und blickte ruhig, aber ostentativ zu Meredith hinüber.

Da wußte Stuart, was es geschlagen hatte. Er wußte es, noch bevor er sich umwandte und das verräterische Schimmern in Merediths Augen und die verlegene Röte sah, die in ihre blassen Wangen stieg, während sie den Blick senkte und auf ihre Hände starrte. Trotz der unzusammenhängenden Gedanken, die ihm durch den Kopf gingen, hob er die Schultern und sagte mit betonter Gleichgültigkeit: »Also gut, sie haben miteinander geschlafen. Was soll's? Ich wiederhole trotzdem – welchen Grund sollte Ihr Klient haben, auf einer längeren Wartezeit zu bestehen? Warum eine unvermeidliche Scheidung unnötig hinauszögern?«

»Weil«, Levinsons Stimme klang sachlich, »Mr. Farrell

nicht davon überzeugt ist, daß eine Scheidung wirklich unvermeidlich ist.«

Stuarts Lachen kam von Herzen. »Das ist doch lächerlich!«

»Mr. Farrell sieht das anders. Er ist zu allen angesprochenen Konzessionen – die Fünf-Millionen-Dollar-Schenkung, das Grundstück in Houston, die Zurückhaltung der Klage gegen Philip Bancroft sowie die Erklärung betreffs einer Verkürzung der Wartefrist – bereit, und zwar im Austausch gegen eine einzige Konzession Ihrerseits.«

»Was für eine Konzession?«

»Er will eine Woche für jedes Ehejahr, das ihm vorenthalten wurde. Elf Wochen. Elf Wochen mit seiner Ehefrau, damit sie sich besser kennenlernen können ...«

Meredith stützte die Hände auf den Tisch, stand halb auf und starrte Matt an: »Du willst *waaas?*«

»Definieren Sie bitte genauer, wie er sie besser kennenzulernen gedenkt«, schnappte Stuart, überzeugt davon, daß die Phrase unverhohlene sexuelle Untertöne enthielt.

»Ich glaube, das können die beiden unter sich ausmachen ...«, begann Levinson, aber Merediths wütende Stimme unterbrach ihn.

»O nein, das können sie nicht!« Sie stand auf, und ihre Augen blitzten vor Wut, als die Matt anfuhr: »Du hast mich im Verlauf dieser Besprechung nackten Drohungen und unbeschreiblicher Erniedrigung ausgesetzt. Kein Grund, jetzt damit aufzuhören! Gehen wir nur ins Detail, damit alles zusammen mit deinen anderen Angeboten schriftlich festgehalten werden kann. Erzähl ihnen nur ganz genau, wie du vorhast, mich besser kennenzulernen. Das ist glatte Erpressung, also stell deine Forderungen, du – du Bastard!«

Matt blickte die Anwälte an. »Lassen Sie uns bitte allein.«

Meredith jedoch kümmerte es inzwischen nicht mehr, wer was hörte, und sie warnte die Anwälte: »Setzen Sie sich!« Jetzt war ihr alles egal. Sie saß in der Falle. Nie hatte sie erwartet, daß Matt derart perverse Forderungen stellen würde. Wenn sie die nächsten elf Wochen nicht mit ihm schlafen würde, wollte er ihren Vater vor Gericht zerren und ihn dadurch vermutlich umbringen. Erst in diesem Moment entdeckte sie die grauhaarige Sekretärin, die leise hereingekommen war, sich auf eines der Sofas gesetzt hatte und eifrig Notizen machte. Wie ein in die Enge getriebenes Tier sah Meredith ihre einzige Chance im Angriff. Die Handflächen auf die Tischplatte gestützt, blitzte sie Matt verächtlich und haßerfüllt an. »Alle werden hierbleiben, während du deine obszönen Bedingungen stellst. Wenn du mich nicht zur Befriedigung deiner Begierden bekommst, wirst du meinen Vater durch deine Anklage umbringen – darauf läuft es doch hinaus, oder? Also fang an und erzähl deinen Anwälten hier, wie du es haben willst! Erzähl ihnen, wie oft und wo und auf welche Weise, du Mistkerl! Allerdings – du wirst mir Quittungen ausstellen, du Bastard!«

Ihr Blick fiel auf die Sekretärin. »Unterhalten Sie sich gut? Schreiben Sie nur alles ganz genau mit! Dieser Kerl, für den Sie arbeiten, wird uns jetzt aufzählen, wie er seinen Spaß haben will, wie oft ...«

Plötzlich waren alle in Bewegung. Matt sprang auf und lief mit Riesenschritten um den Tisch; Levinson versuchte, ihn am Ärmel zu fassen, griff aber ins Leere; Stuart schob seinen Stuhl zurück und wollte Meredith hinter sich ziehen, aber Meredith schüttelte ihn ab. »Laß mich los!« warnte sie Stuart, bevor sie zu Matt herumwirbelte und ihn mit geballten Fäusten anfauchte: »Bastard! Los, nenn endlich deine Bedingungen. Wie *oft* willst du es – wie ...« Matt griff im selben Moment nach ihr, in dem Meredith ausholte und ihm mit der offenen Hand eine Ohrfeige versetzte, die seinen Kopf zur Seite warf.

»Hör auf!« befahl er und packte sie an den Oberarmen, aber sein Blick galt Stuart, der auf sie beide stürzte.

»Mistkerl!« stieß sie hervor, die Augen auf Matt gerichtet. »Du Bastard, dir hab' ich vertraut!«

Matt zog sie an sich und schüttelte gleichzeitig Stuart ab. »Hör mir zu!« sagte er knapp. »Ich verlange doch nicht, daß du mit mir schläfst! Verstehst du? Alles, was ich will, ist eine Chance, verdammt nochmal! Nur eine elfwöchige Chance!«

Alles war auf den Füßen. Und alles erstarrte, selbst Meredith hörte auf, sich zu wehren, aber sie zitterte am ganzen Leib und bedeckte ihr Gesicht mit den Händen. Mit einem Seitenblick auf ihre Zuschauer befahl Matt scharf: »Verschwinden Sie endlich.«

Levinson und Pearson begannen, ihre Unterlagen zusammenzupacken, aber Stuart blieb, wo er war, und beobachtete Meredith. »Ich gehe nirgendwohin, bevor Sie meine Mandantin nicht losgelassen haben und sie mir sagt, daß ich gehen soll.«

Matt war klar, daß er es ernst meinte, und da Meredith aufgehört hatte, gegen ihn anzukämpfen, ließ er seine Arme fallen und griff in die Tasche, um ihr sein Taschentuch zu geben.

»Meredith?« sagte Stuart unsicher. »Soll ich draußen warten oder willst du, daß ich hierbleibe? Bitte sag es mir.«

Über alle Maßen beschämt darüber, daß sie die falschen Schlüsse gezogen und solche eine unwürdige Szene gemacht hatte, und unglaublich wütend, weil sie zu beidem provoziert worden war, griff sie ungnädig nach Matts Taschentuch.

»Was sie im Moment will«, erklärte Matt in dem Versuch, die ganze Situation durch etwas Humor aufzulockern, »ist, mir noch einen Schlag zu verpassen ...«

»Ich kann für mich selbst sprechen!« sagte Meredith, tupfte sich Augen und Nase und trat einen Schritt zurück. »Bleib hier, Stuart.« Sie hob ihre feuchten, ärgerlichen, mißtrauischen Augen zu Matt und sagte: »Du wolltest dies alles legal und förmlich. Erzähl meinem Anwalt, was du mit einer Chance für uns meinst, weil ich es offensichtlich nicht verstehe.«

»Ich würde es lieber unter vier Augen tun.«

»Nun«, sagte sie mit einem hochmütigen Blick, dessen Wirkung jedoch durch die Tränen getrübt wurde, die noch an ihren Wimpern hingen, »das ist wirklich bedauerlich! Du bist derjenige, der darauf bestanden hat, dies alles heute und in Anwesenheit deiner Anwälte abzuklären! Du hättest mir das alles ersparen und es ein andermal mit mir in Ruhe durchsprechen können ...«

»Ich habe gestern bei dir angerufen, um eben das zu tun«, korrigierte er sie. »Du hast mir durch deine Sekretärin ausrichten lassen, daß ich nur über deinen Anwalt mit dir verkehren könne.«

»Du hättest es ein zweites Mal probieren können!«

»Wann? Nachdem du in Mexiko oder Reno oder sonstwo warst, um dich von mir scheiden zu lassen?«

»Und ich hatte *recht*, das zu versuchen«, sagte sie zornig. Matt verbiß sich ein Lächeln: Sie war einfach wunderbar, hatte bereits ihre Fassung zurückgewonnen.

»Meredith«, sagte Matt. »Würdest du deinen Anwalt wenigstens bitten, in meinem Büro zu warten? Er kann von dort aus alles sehen, aber er braucht nicht unbedingt noch mehr zu hören.«

»*Ich* habe nichts mehr zu verbergen«, sagte sie wutentbrannt. »Können wir das jetzt endlich zum Abschluß bringen? Was genau willst du von mir?«

»In Ordnung«, sagte Matt, setzte sich auf eine Ecke des Konferenztisches und verschränkte die Arme vor der Brust. »Ich will, daß wir eine Chance haben, uns in den nächsten elf Wochen besser kennenzulernen.«

»Und wie hast du dir das konkret vorgestellt?« wollte sie wissen.

»Auf die übliche Art – wir werden zusammen essen gehen, ins Theater gehen ...«

»Wie oft?« unterbrach sie, zorniger blickend als vorher.

»Darüber habe ich noch nicht nachgedacht.«

»Ich bin sicher, du warst zu sehr damit beschäftigt, deine Erpressungsstrategien auszuarbeiten und dir zu überlegen, wie du am besten mein Leben ruinieren kannst!«

»Viermal die Woche!« schnappte Matt als Antwort auf ihre Frage. »Und ich versuche nicht, dein Leben zu ruinieren!«

»Welche Wochentage?« gab sie zurück.

Sein Ärger verschwand, und er konterte mit einem weiteren Lächeln. »Freitag, Samstag, Sonntag und – Mittwoch«, entgegnete er nach kurzem Nachdenken.

»Ist dir der Gedanke gekommen, daß ich eine Karriere und einen Verlobten habe?«

»Ich habe nicht vor, deine Karriere zu durchkreuzen. Dein Verlobter wird allerdings elf Wochen lang etwas zurückstehen müssen.«

»Das ist ihm gegenüber nicht fair!« rief Meredith.

»Ende der Diskussion!«

Seine harten Worte, der barsche Tonfall und seine unfreundliche Miene sprachen Bände, und Meredith bemerkte endlich, daß nichts, was sie sagte oder tat, ihn von seiner Absicht abbringen konnte. Sie war offenbar sei neuestes Ziel für eine unfreiwillige Geschäftsübernahme. »All das Schlimme, was man über dich hört – es ist wahr, wie?«

»Das meiste davon, ja.« Er sah aus, als habe sie ihn wieder geschlagen.

»Es ist dir egal, ob du jemanden verletzt, wenn es darum geht, deinen Willen durchzusetzen, nicht wahr?«

Seine Miene wurde hart. »Nicht in diesem Fall.«

Sie ließ die Schultern sinken, ihre gespielte Tapferkeit verließ sie. »Warum tust du mir das an? Was habe ich dir getan – absichtlich, meine ich –, daß du versuchst, mein Leben kaputt zu machen?«

Matt überlegte, was er ihr antworten sollte, ohne daß sie ihn auslachte oder noch wütender wurde. »Sagen wir einfach, ich glaube, daß zwischen uns etwas ... eine gewisse Anziehungskraft besteht, und ich möchte herausfinden, wie tief sie reicht.«

»Mein Gott, ich kann das einfach nicht glauben!« rief sie und rang die Hände. »Zwischen uns ist absolut *nicht!* Nichts verbindet uns außer einer fürchterlichen Vergangenheit.«

»Und dem letzten Wochenende«, vermerkte er unverblümt.

Meredith verbarg ihren Verdruß hinter den ärgerlichen Worten: »Das war – das war *Sex!*«

»Sonst nichts?«

»Das mußt du doch wissen!« gab sie zurück, griff nach ihrem Mantel, legte ihn über den Arm und ließ Matt im Konferenzraum zurück, ohne ihm auch nur einen Blick zuzuwerfen. »Gehen wir«, sagte sie zu Stuart in der Absicht, Matt zumindest ein paar Minuten lang glauben zu machen, daß sie sein Ultimatum leichthin verwerfe ... wider besseres Wissen hoffend, daß er sie zurückrufen und sagen würde, er hätte nur geblufft und würde ihrem Vater oder ihr etwas Derartiges nie antun.

Aber hinter ihr blieb alles still.

Matts Sekretärin war offenbar nach Hause gegangen, und als Stuart die Verbindungstür zwischen den beiden Büros geschlossen hatte, blieb Meredith stehen und sagte mit erstickter Stimme: »Kann er das meinem Vater wirklich antun, womit er droht?«

Verärgert über alles mögliche, unter anderem darüber, wie Meredith hier unnötig unter Druck gesetzt wurde, seufzte Stuart. »Wir können ihn nicht daran hindern, die Klagen einzureichen und deinen Vater vor Gericht zu bringen. Ich glaube nicht, daß er außer Rache viel dabei gewinnen kann, aber davon ganz unabhängig steht der Name deines Vaters noch vor dem ersten Prozeßtermin ganz bestimmt in allen Schlagzeilen. Wie geht es ihm gesundheitlich?«

»Nicht gut genug, um einen derartigen Streß auszuhalten.« Sie senkte den Blick auf die Dokumente, die er in der Hand hielt, dann sah sie ihm in die Augen. »Enthalten sie irgendwelche Lücken, die wir für uns verwenden könnten?«

»Nicht eine einzige. Aber auch keine Fallen, falls dir das eine Beruhigung ist. Sie sagen ganz schlicht und einfach das aus, was Levinson und Pearson mündlich verkündet haben.« Er legte die Papiere auf den Schreibtisch der Sekretärin, damit Meredith sie lesen konnte, aber sie schüttelte nur den Kopf, vermied jeden unnötigen Blick auf das Geschriebene und setzte, einen von Miss Sterns Stiften benutzend, ihren Namen unter die Urkunden.

»Gib sie ihm und laß ihn unterschreiben«, sagte sie, den Stift beiseite werfend, als sei er schmutzig. »Und paß auf, daß dieser ... das dieser Verrückte die Wochentage nachträgt, die er genannt hat, und alle Änderungen abzeichnet. Und formuliere es so, daß er einen Tag, den er verpaßt hat, nicht nachholen kann!«

Stuart mußte darüber fast lächeln, aber er schüttelte den Kopf, als sie ihm die Papiere in die Hand drücken wollte. »Wenn dir nicht mehr an den fünf Millionen und dem Houstoner Grundstück gelegen ist, als du dir da drinnen hast anmerken lassen, glaube ich nicht, daß du dich darauf einlassen mußt. Er blufft, was deinen Vater angeht.«

Ein Hoffnungsschimmer ging über ihr Gesicht. »Wie kommst du darauf?«

»Eine Ahnung; ein Riecher.«

»Auf was basierend?«

Stuart dachte an den Ausdruck ehrlicher Zärtlichkeit auf Matts Gesicht. Er dachte daran, wie er ausgesehen hatte, als sie ihn schlug, und an das Verständnis, mit dem er sie anschließend behandelt hatte. Und obwohl Stuart anfänglich gedacht hatte, Farrell hätte eine Art elfwöchige Orgie im Sinn, war er nun überzeugt, daß der Mann von dieser Auslegung seines Vorschlags ehrlich überrascht war. Meredith gegenüber beschränkte Stuart sich aber auf etwas Konkreteres: »Wenn er wirklich rücksichtslos genug ist, um deinen Vater so etwas anzutun, warum macht er dir dann gleichzeitig so verdammt großzügige Angebote? Warum erpreßt er dich nicht einfach mit der Drohung, deinen Vater anzuklagen, um dich zum Nachgeben zu bewegen?«

»Ich nehme an, er denkt, daß er mehr davon hat, wenn ich weniger Widerstand leiste. Außerdem glaube ich, daß er will, daß ich – und mein Vater – merken, daß er mit solchen Summen um sich werfen kann, ohne auch nur mit der Wimper zu zucken. Stuart, mein Vater hat ihn furchtbar erniedrigt, als er sechsundzwanzig war, und er versucht immer noch, ihm das Leben schwer zu machen! Ich kann mir vorstellen, was Matt für einen Haß auf ihn hat.«

»Trotzdem bin ich bereit, jede Wette einzugehen, daß dieser Mann nichts gegen deinen Vater unternehmen wird, ganz gleich, ob du auf seinen Vorschlag eingehst oder nicht.«

»Ich würde dir gerne glauben«, sagte sie, jetzt etwas ruhiger. »Du mußt mir nur einen einzigen vernünftigen Grund dafür nennen, und wir werden hier hinausmarschieren und dieses Papier in den Müll werfen.«

»Was ich sage, klingt vielleicht ein bißchen ... Nun, ich glaube nicht, daß er irgend etwas tun würde, was dich verletzt.«

Sie lachte – ein kurzes, bitteres Lachen und schüttelte energisch den Kopf. »Unsinn – das glaube ich nicht. Aber versuche Matt wenigstens zu überreden, daß er diesen Handel und unsere Heirat geheimhält. Er wird sich vermutlich nicht darauf einlassen – das würde ihm den halben Spaß verderben, aber ich versuch es wenigstens.«

»Werde ich.«

Nachdem sie gegangen war, schrieb Stuart die besprochene Zusatzvereinbarungen unter die Dokumente, dann richtete er sich auf. Anstatt höflich an die Tür zu Farrells Büro zu klopfen, machte er sie auf. Als er sah, daß Farrell nicht hier war, ging er leise in Richtung auf den Konferenzraum, weil er hoffte, ihn vielleicht bei irgend etwas zu überraschen – bei einem Gesichtsausdruck, einer Geste –, was ihm einen Hinweis auf die wahren Gefühle dieses Mannes geben könnte.

Die Jalousetten waren hochgezogen, und Farrell stand, einen Drink in der Hand, an der Fensterfront und starrte verbittert auf die nächtliche Skyline. Er wirkte, so stellte Stuart mit einer gewissen Befriedigung fest, wie ein Mann, der gerade eine ungeheure Niederlage erlitten hatte und sich verzweifelt bemühte, damit fertig zu werden. Wie er so mit gesenkten Kopf dastand und das Glas in seiner Hand betrachtete, wirkte er geradezu einsam und traurig. Dann hob er das Glas und kippte den Inhalt hinunter, als wolle er damit einen bitteren Geschmack hinabspülen. In diesem

Moment redete Stuart ihn an: »Hätte ich klopfen sollen?« Farrell fuhr herum, und in diesem kurzen Augenblick unerwarteter Überraschung glaubte Stuart, ungeheure Erleichterung zu sehen – vielleicht war es aber auch nur ungeheure Befriedigung? Farrell hatte sich zu rasch wieder unter Kontrolle, um Genaueres feststellen zu können. Es war relativ leicht gewesen, Farrell einzuschätzen, solange Meredith anwesend war – jetzt bemerkte Stuart nur, daß er mißtrauisch auf die Papiere in seiner Hand blickte. Dann ging er zur Bar.

»Ich wollte mir gerade noch einen Drink einschenken«, sagte Farrell und zeigte keinerlei Interesse an den unterschriebenen Dokumenten. »Darf ich Ihnen auch einen anbieten, oder sollen wir gleich zum Geschäftlichen kommen?«

Es klang, als ob es ihm vollkommen gleichgültig wäre, was Stuart antwortete, aber Stuart ergriff die Gelegenheit, um etwas mehr über die Gefühle dieses Mannes Meredith gegenüber herauszufinden. »Der geschäftliche Teil wird nicht viel Zeit in Anspruch nehmen«, sagte er und folgte ihm zur Bar. »Ich nehme Ihr Angebot auf einen Drink gerne an.«

»Noch ein Perrier?« fragte Farrell und trat in den spiegelverkleideten Halbkreis.

»Bourbon«, sagte Stuart knapp. »Pur.«

Das brachte ihm einen zweifelnden Blick von Farrell ein. »Wirklich?«

»Würde ich einen cleveren, rücksichtslosen Finanzmagnaten wie Sie anlügen?« antwortete Stuart trocken.

Farrell war ihm einen sarkastischen Seitenblick zu und griff nach der Bourbon-Karaffe. »Sie würden den Teufel persönlich anlügen, wenn es Ihrem Klienten nützt.«

Überrascht und leicht verstört darüber, daß Farrell der Wahrheit recht nahe gekommen war, stellte Stuart seinen Aktenkoffer ab und legte die Papiere auf die Theke. »Ich nehme an, daß Meredith das unterschrieben hat?« fragte Farrell wie beiläufig.

»Sie hat ein paar Bedingungen hinzugefügt«, erwiderte Stuart. Da er Farrell genau beobachtete, konnte er die kaum wahrnehmbare Anspannung seines Gegenübers erkennen. »Sie wollte, daß die Tage, die Sie vereinbart haben, genannt sind, und sie wollte sichergestellt wissen, daß Sie einen verpaßten Termin nicht nachholen können.«

Farrells Spannung ließ sichtlich nach, und trotz der schwachen Beleuchtung sah Stuart, wie ein amüsiertes Lächeln seine grauen Augen streifte. Oder war es doch Stolz? Ihm blieb keine Zeit, das nachzuprüfen, denn Farrell stand abrupt auf, ging zum Konferenztisch hinüber und kehrte mit einem goldenen Füllfederhalter zurück, den er dort liegengelassen hatte. Als er die Unterschriftsseite aufschlug, wo Stuart die zusätzliche Vereinbarungen festgelegt hatte, und die Kappe des Füllers abzog, fügte Stuart hinzu: »Sie werden sehen, daß sie Sie auch bittet, daß Sie weder diese Ehe noch dieses Abkommen irgend jemand gegenüber erwähnen.«

Farrells Augen wurden schmal, aber gerade als Stuart seinen Mund aufmachen wollte, blickte Farrell auf das Papier, zeichnete rasch alle drei Forderungen ab, unterschrieb dann das Ganze und schob es Stuart über den Tisch zu. »War Geheimhaltung Ihre Idee«, fragte er, »oder die von Meredith?«

»Merediths«, antwortete Stuart, und dann juckte es ihn, Farrells Reaktion auf etwas anderes zu hören, und er fügte ruhig hinzu: »Wenn sie *meinen* Rat befolgt hätte, hätte sie das ganze Abkommen in den Papierkorb geworfen.«

Farrell lehnte sich zurück und studierte Stuart mit zermürbender Intensität und etwas, das direkt aussah wie Respekt. »Wenn sie das getan hätte, hätte sie die Gesundheit ihres Vaters und seinen guten Ruf riskiert.«

»Sie hätte überhaupt nichts riskiert«, widersprach Stuart schlankweg. »Sie haben doch nur geblufft.« Der andere Mann hob die Brauen, aber er sagte nichts, so daß Stuart nachstieß. »Was Sie machen, verstößt gegen die guten Sitten und ist höchst fragwürdig. Entweder sind Sie ein hundsgemeiner Scheißkerl, oder Sie sind verrückt – oder Sie lieben sie. Ja, verdammt«, fuhr er leise lachend fort. »Ich habe recht – Sie *sind* in sie verliebt. Und aus diesem Grund würden Sie nie etwas tun, was sie verletzt, also auch nie ihren Vater verklagen.«

Sein Jackett zurückschlagend, steckte Farrell die Hände in die Hosentaschen und verdarb Stuart die rechte Freude an seinem Triumph, indem er seine Schlußfolgerung bedenkenlos akzeptierte. »Sie *glauben* das, aber Sie sind sich nicht sicher genug, um Meredith zu sagen, sie könne mich beruhigt auf die Probe stellen. Sie sind sich nicht einmal sicher genug, um das Thema mit ihr nochmals zu erörtern, und selbst wenn Sie sich völlig sicher wären, würden Sie immer noch zögern, es zu tun.«

»Tatsächlich?« konterte Stuart, innerlich lächelnd, und überlegte bereits, was er Meredith erzählen sollte und wie er es anstellen würde. »Wie kommen Sie darauf?«

»Weil«, Farrells Stimme hinter seinem Rücken klang ruhig und sicher, »weil Sie sich seit dem Augenblick, in dem Sie festgestellt haben, daß Meredith letztes Wochenende mit mir geschlafen hat, über gar nichts mehr völlig im klaren sind – und schon gar nicht darüber, was sie für mich empfindet.«

Er ging zu seinem Büro, um Stuart höflich hinauszubegleiten.

Plötzlich erinnerte Stuart sich an den unerfindlichen Ausdruck in Merediths Gesicht, als sie dastand und Farrells Hand hielt. Seine wachsende Unsicherheit hinter einem gleichgültigen Achselzucken verbergend, sagte er: »Ich bin ihr Anwalt – es ist meine Aufgabe, ihr zu sagen, was ich glaube, auch wenn es nur eine Ahnung ist.«

»Sie sind aber auch ihr Freund, und Sie können in diesem Fall nicht objektiv urteilen. Deshalb werden Sie hin und her überlegen und sich schließlich dafür entscheiden, den Dingen ihren Lauf zu lassen. Schließlich hat sie nichts zu verlieren, und auch wenn bei der ganzen Sache nichts herauskommt, ist sie hinterher um fünf Millionen Dollar reicher.«

Verärgert über Farrells exakte psychologische Definition der Sachlage, blickte Stuart sich suchend nach etwas um, was einen Kontrahenten aus der Ruhe bringen könnte. Sein Blick fiel auf das gerahmte Porträt einer jungen Frau, das auf dem Schreibtisch stand. »Haben Sie vor, dieses Bild da stehen zu lassen, solange Sie um Ihre Frau werben?«

»Sicher.«

Irgend etwas an der Art, wie er das sagte, ließ Stuart seine ursprüngliche Meinung revidieren, es handle sich um eine Freundin oder Geliebte von Farrell. »Wer ist sie?« fragte er unverblümt.

»Meine Schwester.«

Farrell beobachtete ihn mit gleichbleibender nervtötender Ruhe, so blieb Stuart nichts übrig, als mit einem Achselzukken eine absichtliche Offensive zu starten. Er sagte: »Sehr hübsches Lächeln. Und gar keine so üble Figur.«

»Ich werde den letzten Satz ignorieren«, sagte Farrell, »und schlage vor, daß wir vier zusammen essen gehen, wenn sie das nächste Mal in Chicago ist. Sagen Sie bitte Meredith, daß ich sie morgen abend um halb acht abhole. Sie können meine Sekretärin anrufen und ihre Adresse durchgeben.«

Auf diese Art endgültig entlassen, nickte Stuart und öffnete die Tür, dann ging er hinaus und zog sie hinter sich ins Schloß. Draußen begann er sich zu fragen, ob er Meredith nicht doch warnen sollte, ihr raten sollte, so schnell wie möglich die Flucht vor Farrell zu ergreifen, ob sie ihn nun unbewußt liebte oder nicht. Der Mann war wie eine Maschine - unnachgiebig, kühl, sachlich, kompromißlos und durch nichts aus der Ruhe zu bringen. Nicht einmal eine Beleidigung seiner Schwester lockte diesen Bastard aus seiner Reserve.

Auf der anderen Seite der Verbindungstür ließ Matthew Farrell sich schwer in seinen Sessel fallen, lehnte den Kopf zurück und schloß die Augen. »Jesus Christus!« flüsterte er und atmete tief und unendlich erleichtert auf. »Danke.«

Das war das erste gebetsähnliche Wort seit über elf Jahren. Und es war der erste erleichterte Atemzug seit über zwei Stunden.

35

»Wie ist es bei Farrell gelaufen?« fragte Parker im gleichen Moment, in dem er Merediths Wohnung betrat, um sie zu einem Abendessen auszuführen, von dem er geglaubt hatte, es werde ein Dinner zur Feier ihrer baldigen Scheidung. Sein Lächeln schwand, als sie sich das Haar aus der Stirn strich und nur stumm den Kopf schüttelte. »Meredith, was ist passiert?« fragte er und legte seinen Hände auf ihre Arme.

»Ich glaube, es ist besser, du setzt dich«, warnte sie.

»Ich bleibe lieber stehen«, entgegnete er und schaute bereits betrübt drein.

Als sie ihm zehn Minuten später alles erzählt hatte, und er nicht mehr betrübt, sondern wütend – und zwar auf sie. »Und das hast du unterschrieben?«

»Was blieb mir übrig?« rief Meredith. »Ich hatte doch nichts gegen ihn in der Hand. Er hatte alle Karten, und er hat das Ultimatum gestellt. So schlimm ist es nun ja auch wieder nicht«, sagte sie, versuchte zu lächeln und ihn zu trösten. »Ich habe in den letzten paar Stunden darüber nachgedacht, und es ist doch eigentlich nichts weiter als eine gewisse Unbequemlichkeit – ein Störfaktor. Ich meine, wenn man es objektiv betrachtet.«

»Ich bin verdammt objektiv, und ich sehe es völlig anders«, sagte Parker unwirsch.

Unglücklicherweise fühlte Meredith sich so überreizt, so schuldig, daß sie nicht realisierte, daß Parker sich vermutlich weniger ärgern würde, wenn ihr bei dem Gedanken, mit Matt auszugehen, weniger wohl wäre. »Schau«, sagte sie mit einem aufmunternden Lächeln, »selbst wenn ich irgendwohin geflogen wäre, um mich scheiden zu lassen, hätten wir trotzdem nicht so schnell heiraten können, weil erst noch die Besitzfrage hätte geregelt werden müssen. Das läuft ganz unabhängig voneinander. So wie es jetzt aussieht, haben wir in sechs Monaten alles endgültig hinter uns.«

»Richtig«, schnappte Parker wutentbrannt. »Und drei von diesen sechs Monaten wirst du mit Farrell verbringen!«

»Ich habe dir doch gesagt, daß er ausdrücklich jede Intimität ausgeschlossen hat. Und – und du und ich, wir können immer noch fast die Hälfte jeder Woche zusammensein.«

»Wie großzügig von diesem verdammten Mistkerl!«

»Du siehst das Ganze falsch!« warnte Meredith, die mit einiger Verspätung endlich bemerkte, daß alles, was immer sie sagte, ihn nur noch wütender machte. »Er tut das, um es meinem Vater heimzuzahlen, nicht weil er mich will!«

»Erzähl mir doch keinen Unsinn, Meredith! Farrell ist nicht schwul, und er ist auch nicht blind, und er wird alles von dir nehmen, was er nur irgendwie kriegen kann. Wie du mir dreimal während deines Vortrags über das Treffen selbst erzählt hast, haben die Anwälte dieses Bastards wiederholt darauf hingewiesen, daß Farrell sich als dein Ehemann ansieht! Und weißt du, was ich am allerschlimmsten an dem Ganzen finde?«

»Nein«, sagte sie und fühlte Tränen der Enttäuschung in sich aufsteigen, »aber ich schlage vor, du sagst es mir – sofern du es fertigbringst, das zu tun, ohne vulgär und anmaßend zu ...«

»*Ich* bin vulgär und anmaßend? Farrell macht dir einen solchen Antrag, und *ich* bin derjenige, der vulgär und anmaßend ist? Ich werde dir sagen, was ich am schlimmsten und schmerzlichsten und am widerlichsten finde und was mich rasend macht – das ist, daß dir das Ganze überhaupt nichts auszumachen scheint! Er bietet dir fünf Millionen Dollar, damit du dich viermal die Woche mit ihm im Heu wälzt, und ich bin vulgär? Das macht wieviel – hunderttausend Dollar oder so pro ...«

»Wenn du alles ganz präzise und genau nehmen willst«, fuhr Meredith dazwischen, deren Erschöpfung und Frustriertheit sich zunehmend in Wut verwandelten, »dann mußt du zugeben, daß er genaugenommen mein Ehemann ist!«

»Und was bin ich, genaugenommen – ein unliebsames Anhängsel?«

»Nein, du bist mein Verlobter.«

»Und wieviel hast du vor, mir in Rechnung zu stellen?«

»Verschwinde, Parker.« Sie sagte es ruhig. Und sie meinte es ernst.

»Wunderbar.« Er griff seinen Mantel, den er über eine Stuhllehne geworfen hatte, und Meredith zog sich, mit den Tränen kämpfend, den Verlobungsring vom Finger.

»Hier«, sagte sie heiser und hielt in ihm auf der flachen Hand hin, »vergiß den nicht.«

Parker blickte auf den Ring, und sein Zorn war fast völlig verraucht. »Behalte ihn bitte vorläufig«, sagte er. »Wir sind beide zu wütend, um klar denken zu können. Nein, etwas stimmt nicht, und das ist es auch, was mich verrückt macht. Ich bin rasend vor Wut, und du versuchst, mir das ganze als gottverdammten Jux zu verkaufen!«

»Herrgott, ich habe doch bloß versucht, alles etwas weniger dramatisch zu sehen, damit du dich nicht so aufregst.«

Er zögerte unsicher, dann nahm er ihre Hand und schloß ihre Finger über dem Ring. »Hast du das wirklich, Meredith, oder machst du dir das nicht nur selber vor? Ich habe das Gefühl, die ganze Welt stürzt ein, und du – mit den nächsten drei Monaten vor dir – nimmst es leichter als ich. Ich denke, wir sollten uns vielleicht eine Zeitlang nicht sehen, bis du dir darüber klar geworden bist, wie wichtig ich dir wirklich bin.«

»Und ich denke«, konterte Meredith, »du solltest einen Teil dieser Zeit damit verbringen, darüber nachzudenken, warum du mir nicht ein bißchen Verständnis entgegenbringen konntet, anstatt das Ganze als sexuellen Angriff auf dein Privateigentum zu sehen!«

Daraufhin ging er und zog die Tür hinter sich zu, während Meredith aufs Sofa sank. Die Welt, die noch vor wenigen Tagen so herrlich und wunderschön schien, war um sie herum zusammengebrochen – wie jedesmal, wenn sie in Matthew Farrells Nähe kam.

36

»Es tut mir leid, Sir, aber Sie können hier nicht parken«, sagte der Portier, als Matt vor Merediths Apartmenthaus aus seinem Wagen stieg.

In Gedanken schon bei dem bevorstehenden ersten Rendezvous mit seiner Frau, drückte Matt dem Mann eine Hundert-Dollar-Note in die behandschuhte Rechte und ging mit langen Schritten weiter auf den Eingang zu.

»Ich werde Ihren Wagen für Sie im Auge behalten, Sir!« rief ihm der Portier nach.

Das überdimensionierte Trinkgeld war gleichzeitig als Entgeld für zukünftige Dienste gedacht, und das wußte der Portier auch. Im Augenblick war Matt sich zwar noch nicht ganz sicher, welche Dienste er in Zukunft von ihm erbitten würde müssen, aber sich bei Merediths Portier einzuschmeicheln schien ihm in jedem Fall eine lohnende Investition.

Der Wachmann in der Lobby überprüfte die Gästeliste, fand Matts Name darauf und nickte höflich. »Miss Bancroft – Apartment 505«, sagte er. »Ich klingle nach oben durch, damit sie weiß, daß Sie unterwegs sind. Der Lift ist gleich hier vorne rechts.«

Meredith war so verspannt, daß ihre Hände zitterten, während sie sich mit den Fingern durchs Haar fuhr, damit es duftiger wirkte. Sie trat ein paar Schritte vom Spiegel zurück, betrachtete die hellgrüne Seidenbluse und den passenden Wollrock, die sie anhatte, und rückte den schmalen Goldgürtel zurecht, der ihre Taille betonte. Dann knipste sie ein Paar große goldene Quadrate an ihre Ohren und streifte einen goldenen Armreif über. Ihr Gesicht war ungewöhnlich blaß, also trug sie noch etwas mehr Rouge auf. Sie wollte gerade auch noch die Lippen nachziehen, als der Summer zweimal ertönte; der Lippenstift glitt ihr aus den zittrigen Fingern und hinterließ einen koralleroten Strich auf dem polierten Holz ihres Schminktisches. Als ob sie nicht gehört hätte, daß Matt auf dem Weg nach oben war, hob sie den Lippenstift auf, um ihn zu benutzen, änderte dann aber abrupt ihre Meinung, drehte ihn zurück, steckte die Verschlußkappe darauf und ließ ihn in ihre Handtasche fallen. Sich für Matthew Farrell hübsch zu machen, der es nicht einmal der Mühe wert befunden hatte, ihr mitzuteilen, wohin sie gehen würden, damit sie sich entsprechend anziehen konnte, war mehr als überflüssig. Sollte er außerdem tatsächlich vorhaben, sie zu verführen, dann war es umso besser, je schlechter sie aussah.

Ihre wackligen Knie ignorierend, ging Meredith zur Tür, riß sie auf, machte sich nicht die Mühe, ihre Augen höher als bis zu seiner Brust zu heben, und sagte wahrheitsgemäß: »Ich hatte gehofft, daß du dich verspätest.«

Diese unfreundliche Begrüßung war nicht schlimmer, als Matt erwartet hatte, aber sie sah so verdammt schön aus in dieser smaragdgrünen Aufmachung mit dem glänzenden, offenen Haar, daß er sich zusammenreißen mußte, um nicht laut aufzulachen und sie in seine Arme zu ziehen. »Auf wieviel Verspätung hattest du denn gehofft?«

»Ungefähr drei Monate.«

Da lachte er, ein tiefes, kehliges Lachen, das Merediths Kopf ein paar Zentimeter nach oben schnellen ließ, aber noch immer konnte sie ihn nicht in die Augen sehen. »Schön, daß du dich schon jetzt so gut amüsierst«, bemerkte sie bissig, während sie auf ein Paar sehr breite Schultern unter einem hellbeigen Cashmeremantel, einem braunen Jakkett und einem cremefarbenen Hemd blickte, das gegen seinen gebräunten Hals hell abstach.

»Du siehst bezaubernd aus«, sagte er leise, ihre Sticheleien ignorierend.

Ohne ihn anzusehen, drehte Meredith sich auf dem Absatz um und ging zum Garderobenschrank, um sich einen Mantel zu holen. »Da du nicht die Höflichkeit besessen hast, mir mitzuteilen, wohin wir gehen«, sagte sie in den Schrank hinein, »wußte ich nicht, was ich anziehen soll.«

Matt hatte sie nicht informiert, weil er wußte, daß sie sofort Streit anfangen würde, wenn sie es erfuhr. So sagte er nur: »Du hast genau das Richtige an.«

»Danke, das ist ungeheuer informativ«, entgegnete Meredith. Sie nahm einen Mantel aus dem Schrank, drehte sich um und prallte gegen seine Brust. »Hättest du etwas dagegen,mir freundlichst aus dem Weg zu gehen?«

»Ich helfe dir in den Mantel.«

»Hilf mir bloß nicht!« rief sie, trat zur Seite und zerrte an ihrem Mantel. »Hilf mir bloß nie wieder! Ich verzichte auf deine Hilfe!«

Seine Hand schloß sich um ihren Oberarm und zog sie sanft, aber unnachgiebig herum. »Wird es so den ganzen Abend über sein?«

»Nein«, erwiderte sie bitter, »das ist der *angenehme* Teil.«

»Ich weiß, wie verärgert du bist ...«

Meredith hatte plötzlich keine Angst mehr, ihm in die Augen zu sehen. »Nein, das weißt du nicht!« sagte sie, und ihre Stimme bebte vor Zorn. »Du glaubst, daß du es weißt, aber du kannst es dir auch nicht im entferntesten vorstellen!« Sie vergaß ihren ursprünglichen Vorsatz, den ganzen Abend über nichts zu sagen und ihn so zu Tode zu *langweilen*, und fuhr ihn an: »Du hast mich in deinem Büro gebeten, dir zu vertrauen, und dann hast du alles, was ich dir über die Vergangenheit erzählt habe, gegen mich benutzt! Glaubst du ehrlich, daß du am Dienstag mein Leben kaputtmachen und am Mittwoch hier hereinmarschieren kannst, als ob überhaupt nichts geschehen wäre, du – du herzloser Heuchler!«

Matt blickte in ihre wütenden Augen und überlegte einen Moment lang ernsthaft, aber zu ihr sagen sollen: »Ich liebe dich.« Aber nach dem, was gestern passiert war, würde sie ihm nicht glauben – und wenn sie ihm doch glauben sollte, dann würde sie es gegen ihn verwenden und ihre Vereinbarung nicht länger einhalten. Und das konnte er nicht zulassen. Also nahm er ihren Mantel und hielt ihn ihr hin. »Ich weiß, daß du mich jetzt für einen herzlosen Heuchler hältst, und ich mache dir auch keinen Vorwurf daraus. Aber bitte sei wenigstens so fair, dich daran zu erinnern, daß vor elf Jahren *nicht ich* der Bösewicht war.« Sie steckte ihre Arme in die Mantelärmel und wollte sich wortlos abwenden, aber er legte seine Hände auf ihre Schultern, drehte sich herum und wartete darauf, daß sie ihren ärgerlichen Blick zu ihm hob. »Du kannst mich für das hassen, was ich jetzt tue«, sagte er ruhig, aber bestimmt, »das muß ich akzeptieren, aber hasse mich nicht für das, was in der Vergangenheit passiert ist. Ich war genauso Opfer der Intrigen deines Vaters wie du!«

»Du warst auch damals schon herzlos!« sagte Meredith, während sie seine Hände abschüttelte und nach ihrer Tasche griff. »Du hast dir kaum die Mühe gemacht, mir aus Südamerika zu schreiben.«

»Ich habe dir Dutzende von Briefen geschrieben«, sagte er, ihr die Tür aufhaltend. Ironisch fügte er hinzu: »Und ich habe sogar über die Hälfte davon abgeschickt. Und ausgerechnet du hast beim besten Willen keinen Grund, dich in dieser Hinsicht zu beschweren«, fuhr er fort, während sie den mit Teppichboden ausgelegten Gang entlanggingen. »In all den Monaten hast du mir gerade sechsmal geschrieben!«

Meredith beobachtete schweigend, wie er seine Hand hob, um den Knopf für den Fahrstuhl zu drücken, und dachte nach. Vermutlich log er, was die Briefe anging. Andererseits war da diese Stimme in ihrem Hinterkopf, die sie an jenen Telephonanruf aus Venezuela erinnerte, als er etwas gesagt hatte, was sie damals als Kritik an ihrem Schreibstil aufgefaßt hatte. *Du bist keine große Briefschreiberin, wie ...?*

Bevor der Arzt ihr Ruhe verordnet hatte, war sie mit ihren Briefen an Matt selbst zu dem Hausbriefkasten am Ende der Ausfahrt gegangen, aber jeder – ihr Vater, ein Bediensteter – hätte die Briefe anschließend wieder entfernen können, bevor der Postbote kam, um sie mitzunehmen. Die fünf Briefe, die sie von Matt erhalten hatte, waren gekommen, während sie sich in der Nähe des Briefkastens herumtrieb, um die Post vom Briefträger persönlich in Empfang zu nehmen. Vielleicht hatte Matt nur die Briefe bekommen, die sie dem Briefträger persönlich in die Hand gedrückt hatte?

Ein schlimmer Verdacht stieg in ihr auf, und unwillkürlich sah sie Matt an, unterdrückte jedoch den Impuls, ihm weitere Fragen wegen der Briefe zu stellen. Die Türen des Aufzugs öffneten sich, und er führte sie durch die Lobby hinaus auf die Straße, wo ein metailic-brauner Rolls-Royce wie ein poliertes Juwel im Licht der Straßenlaterne schimmerte.

Meredith ließ sich auf die cognacbraunen Lederpolster fallen und blickte starr durch die Windschutzscheibe nach vorne, während Matt den Wagen anließ und sich in den fließenden Verkehr einordnete. Der Rolls war traumhaft, aber sie hätte sich eher die Zunge abgebissen, bevor sie etwas Positives über sein Auto gesagt hätte, und außerdem war sie in Gedanken noch immer bei den Briefen.

Augenscheinlich galt dasselbe für Matt, weil er, als sie an der nächsten roten Ampel hielten, fragte: »Wie viele Briefe hast du nun eigentlich wirklich von mir bekommen?«

Sie versuchte, nicht zu antworten, wollte ihn einfach ignorieren, aber obwohl sie sich bei einem offenen Streitgespräch in der Regel beherrschen konnte, fiel ihr ein schmollendes Schweigen einfach zu schwer. »Fünf«, sagte sie klipp und klar und starrte auf ihre behandschuhten Hände.

»Wie viele hast du geschrieben?« bohrte er weiter.

Sie zögerte, dann antwortete sie achselzuckend. »Am Anfang habe ich dir fast täglich geschrieben, später, als du nie zurückschriebst, nur noch ein bis zweimal die Woche.«

»Ich habe dir Dutzende von Briefen geschickt«, sagte er mit Nachdruck. »Und nehme an, daß dein Vater unsere Post abgefangen hat. Die fünf, die du bekommen hast, sind ihm offensichtlich entgangen.«

»Das spielt doch jetzt keine Rolle mehr.«

»Wirklich nicht?« sagte er mit beißender Ironie. »Mein Gott, wenn ich daran denke, wie ich auf Post von dir gewartet habe und wie ich mich fühlte, als nie etwas kam!«

Die Intensität seiner Stimme überraschte sie fast genauso wie die Worte, die er äußerte. Sie sah ihn erstaunt an, weil er damals nie auch nur die kleinste Andeutung gemacht hatte, daß sie ihm menschlich irgend etwas bedeutete. Im Bett, ja, aber nicht außerhalb. Das gedämpfte Licht der Armaturenbeleuchtung ließ die harten Konturen seines Gesichts etwas weicher erscheinen, beleuchtete vor allem den gutgeformten Mund und das energische Kinn. Plötzlich drehte sich die Uhr um elf Jahre zurück, und sie saß neben ihm in dem Porsche und sah zu, wie der Wind sein volles, dunkles Haar zerzauste, wie sein gutaussehendes Gesicht und seine unverblümte Sinnlichkeit sie gleichzeitig anzogen und abstießen. Nach einigen Minuten sagte sie schließlich: »Ist es zuviel verlangt, wenn ich frage, wo du mich hinbringst?«

Sie sah, daß er lächelte, weil schließlich doch sie das Schweigen gebrochen hatte. »Wir sind schon da«, sagte er, schaltete den Blinker ein und bog in die Tiefgarageneinfahrt unter seinem Apartmenthaus ein.

»Ich hätte wissen müssen, daß du das versuchst«, brach es aus ihr heraus, und sie bereitete sich darauf vor, sobald er hielt, aus dem Auto zu springen und notfalls zu Fuß nach Hause zu laufen.

»Mein Vater will mit dir reden«, sagte Matt ruhig und lenkte den Rolls in eine Parklücke direkt neben dem Aufzug, zwischen eine Limousine mit kalifornischen Kennzeichen und ein nachtblaues Jaguar-Cabriolet, das so neu war, daß es noch eine Zollnummer hatte. Widerwillig einverstanden, mit nach oben zu kommen, wenn sein Vater da war, stieg Meredith aus.

Matts bulliger Chauffeur öffnete ihnen die Tür, und hinter ihm kam Patrick Farrell schon die Stufen zum Foyer herauf, ein aufrichtiges Lächeln im Gesicht.

»Hier ist sie«, teilte Matt seinem Vater mit grimmigem Humor mit, »geliefert wie bestellt und wie ich es dir gesagt habe – gesund, munter und verdammt sauer auf mich.«

Patrick streckte strahlend seine Arme nach Meredith aus, und sie begrüßte ihn, ohne Matt auch nur eines Blickes zu würdigen. Den Arm um ihre Schulter gelegt, drehte er sie zu dem Chauffeur. »Meredith«, sagte er, »das ist Joe O'Hara. Ich glaube, ihr beide seid euch noch nie offiziell vorgestellt worden.«

Meredith brachte ein schwaches, verlegenes Lächeln zustande, als sie an die beiden Szenen dachte, deren Zeuge der Chauffeur gewesen war. »Guten Abend, Mr. O'Hara.«

»Es ist mir eine Ehre, Sie kennenzulernen, Mrs. Farrell.«

»Ich heiße Bancroft«, entgegnete Meredith fest.

»Richtig«, sagte er und grinste Matt herausfordernd an.

Sie setzten sich, und der Abend nahm einen Verlauf, wie ihn Meredith nicht erwartet hatte. Die Stunden vergingen. Das Verständnis, das ihr der Vater Matts entgegenbrachte, beruhigte sie, und als sie sich schließlich verabschiedete, schwankte sie mehr denn je zwischen Ablehnung und Zuneigung.

Joe brachte sie nach Hause, und während der Fahrt war sie sich nur über eines im klaren: Irgendwie war es, als seien sie und Matt dazu geschaffen, Freunde zu sein. Sie konnte ihn beim besten Willen nicht wirklich hassen.

Seufzend stand sie in ihrer Wohnung, dreht das Licht aus und ging in ihr Schlafzimmer. Sie wollte gerade ihrer Bluse ausziehen, als sich die Worte, die er ihr beim Abschied zugeflüstert hatte und die sie sich verzweifelt zu verdrängen bemühte, wieder in ihren Hinterkopf schlichen: *Wenn du wieder mit mir ins Bett gehst, lege ich dir die Welt zu Füßen. Aber wenn du mit mir zusammenlebst, werde ich dir das Paradies schenken. Alles, was du dir erträumst. Ich gehöre allerdings auch dazu. Es ist ein Pauschalangebot.*

37

»Morgen, Matt«, sagte Joe, als Matt am nächsten Morgen um Viertel nach acht im Fond der Limousine Platz nahm, dann blickte er beunruhigt auf die zusammengefaltete Zeitung in Matts Hand und fügte hinzu: »Ist – ist alles in Ordnung? Mit dir und dieser Frau, meine ich?«

»Nicht ganz«, erwiderte Matt trocken. Die *Chicago Tribune*, die er gewöhnlich morgens auf der Fahrt ins Büro zu lesen pflegte, ungeöffnet neben sich, streckte Matt seine langen Beine aus und blickte aus dem Seitenfenster. Ein leichtes Lächeln umspielte seine Lippen, als die Limousine sich in den Verkehr einreihte und seine Gedanken zu Meredith wanderten. Mehrere Minuten vergingen, bevor Matt auffiel, daß sein Wagen heute morgen nicht die gewohnten gewagten Überholmanöver machte. Verwirrt blickte er auf und sah, wie Joe ihn durch den Rückspiegel beobachtete. »Hast du was?« fragte Matt.

»Nein, warum?«

»Du hast eben die Chance verpaßt, den Lieferwagen da zu schneiden.« Wortlos wandte Joe seine Aufmerksamkeit der Straße zu, und Matts Gedanken kehrten wieder zu Meredith zurück. Als sie bei Haskell's ankamen und in die Tiefgarage einbogen, mußte Matt sich zwingen, an die Arbeit des bevorstehenden Tages zu denken.

»Guten Morgen, Eleanor«, sagte er grinsend, als er durch das Büro seiner Sekretärin kam. »Sie sehen heute morgen sehr gut aus.«

»Guten Morgen«, brachte sie verblüfft hervor. Gemäß ihrem allmorgendlichen Ritual folgte sie ihm in sein Büro und stellte sich, Notizblock in der einen, die Post und Telephonmitteilungen in der anderen Hand, neben seinem Schreibtisch auf. Matt bemerkte, wie ihr Blick von der Zeitung abprallte, als er sie auf seinen Schreibtisch warf, aber sein Interesse galt gänzlich dem dicken Bündel Telephonnotizen, die sie in der Hand hielt. »Wer hat alles angerufen?«

»Presseleute«, antwortete sie mit Abscheu und begann, die Notizen durchzublättern. »Die *Tribune* hat viermal angerufen, die *Sun-Times* dreimal. UPI habe ich auf die Warteliste gelegt, und die Leute von Associated Press warten unten in der Lobby zusammen mit den Reportern der regionalen Fernseh- und Radiosender. Alle vier großen TV-Stationen haben angerufen, außerdem auch CNN. Die Zeitschrift *People* möchte ein Interview mit Ihnen, der *National Tattler* wollte eines mit mir – sie sagen, sie ›wollen die Geschichte aus der Perspektive einer Sekretärin‹. Da habe ich aufgelegt.

Außerdem kamen zwei anonyme Anrufe, die sie als homosexuell hinstellten, und einer von Miss Avery, die Ihnen ausrichten läßt, daß Sie ein elender, betrügerischer Bastard sind. Tom Anderson hat angerufen und wollte wissen, ob er irgend etwas für sie tun kann, und die Wachen in der Lobby unten wollten Verstärkung, um die Presseleute davon abzuhalten, das Haus zu stürmen.« Sie hielt inne und blickte ihn an. »Das habe ich bereits erledigt.«

Mit gerunzelter Stirn überlegte Matt, welches von Intercorps jüngsten Geschäften wohl eine solche öffentliche Aufruhr verursacht haben könnte. »Was ist passiert, wovon ich nichts weiß?«

Sie deutete mit dem Kopf auf die zusammengefaltete Zeitung auf Matts Schreibtisch. »Haben Sie denn heute noch nicht die Zeitung gelesen?«

»Nein«, sagte Matt und griff nach der *Tribune*, »aber wenn gestern abend irgend etwas wichtiges passiert ist, hätte Anderson mich zu Hause angerufen ...« Er blickte auf die Titelseite der Zeitung und erstarrte augenblicklich: Photos von Meredith, ihm selbst und Parker Reynolds starrten ihm entgegen, unter der fetten Überschrift:

FALSCHER RECHTSANWALT GESTEHT BETRUG AN BERÜHMTEM KLIENTEN

Er riß die Zeitung hoch und überflog mit zusammengekniffenen Lippen den anschließenden Artikel.

> Gestern abend hat die Polizei von Belleville, Illinois, Stanislaus Spyzhalski, 45, festgenommen, der wegen Betruges und unerlaubter Ausübung des Rechtsanwaltsberufes auf der Fahndungsliste stand. Laut Polizeibericht hat Spyzhalski gestanden, in den letzten fünfzehn Jahren mehrere hundert Klienten betrogen zu haben, indem er richterliche Unterschriften auf Dokumenten fälschte, die nie registriert wurden. Darunter sei auch ein Scheidungsurteil, das er vor gut zehn Jahren ausgestellt habe, nach-

dem er mit der Scheidung der Ehe zwischen Warenhaus-Erbin Meredith Bancroft und ihrem angeblichen Ehemann, dem Industrie-Magnaten Matthew Farrell beauftragt worden sei. Meredith Bancroft, deren bevorstehende Hochzeit mit dem Bankier Parker Reynolds vor kurzem bekanntgegeben wurde ...

Fluchend blickte Matt auf und überschlug rasch die möglichen Konsequenzen dieser Geschichte, dann schaute er seine Sekretärin an und begann, ein Feuerwerk von Instruktionen zu erteilen: »Verbinden Sie mich mit Pearson & Levinson, dann suchen Sie meinen Piloten. Rufen Sie Joe O'Hara im Auto an, er soll unten auf weitere Instruktionen warten, und dann verbinden Sie mich mit meiner Frau.«

Sie nickte und ging. Matt las weiter:

Offiziellen Quellen zufolge wurde die Polizei durch einen Bürger von Belleville auf Spyzhalski aufmerksam, der beim zuständigen Gericht des St. Clair County eine Kopie seiner Eheannulierung anfordern wollte. Die Polizei von Belleville hat bereits einige Akten Spyzhalskis beschlagnahmt, den Rest seiner Unterlagen will der Verdächtige bei der morgigen Verhandlung selbst vorlegen. Weder Farrell noch Bancroft oder Reynolds waren heute abend für die Presse erreichbar ... Details der angeblichen Scheidung Bancroft-Farrell liegen noch nicht vor, aber ein Sprecher der Polizeibehörde von Belleville sagte, daß Spyzhalski, der keine Reue zeigt und sich selbst verteidigen will, die fehlenden Beweise morgen vorlegen wird ...

Matts Herz setzte aus, als er daran dachte, was passieren würde, wenn die Details ihrer Scheidung an die Öffentlichkeit gelangten. Meredith hatte die Scheidung mit der Begründung böswilligen Verlassens und seelischer Grausamkeit eingereicht. Das würde, wenn die Presse davon Wind bekam, seine stolze junge Frau hilflos und schwächlich aussehen lassen. Und das war mit Sicherheit alles andere als nützlich für die Interimspräsidentin eines bedeutenden Unternehmens, die hoffte, diesen Posten endgültig einzunehmen, wenn ihr Vater sich zur Ruhe setzte.

Die Titelgeschichte wurde auf Seite drei fortgesetzt, und Matt blätterte ungeduldig um und knirschte mit den Zähnen, als er sah, was dort gedruckt stand. Unter der fetten Überschrift *Menage à Trois?* war ein Photo, das Meredith und Parker beim Tanzen auf irgendeiner Wohltätigkeitsveranstaltung in Chicago zeigte, und ein ähnliches Bild von Matt – mit einer Rothaarigen im Arm auf einem Wohltätigkeitsball in New York. Darunter stand ein Artikel, der mit einem Bericht darüber begann, wie Meredith vor einigen Wochen auf dem Opernbenefiz Matt geschnitten hatte, und den sich dann auf die Details ihrer beider Privatleben stürzte. Matt drückte den Knopf der Sprechanlage im selben Moment, in dem Eleanor in sein Büro zurückkam. »Was zum Teufel ist mit meinen Telephonaten?« fragte er unwirsch.

»Pearson und Levinson werden nicht vor neun Uhr im Büro erwartet«, zählte sie auf. »Ihr Pilot ist gerade auf Probeflug mit dem neuen Motor, aber er ruft zurück, sobald er gelandet ist, was in circa zwanzig Minuten der Fall sein dürfte. Joe O'Hara ist mit dem Wagen wieder auf dem Weg hierher. Ich habe ihm gesagt, er soll in der Tiefgarage warten, um die Reporter in der Lobby zu umgehen ...«

»Was ist mit meiner Frau?« unterbrach Matt, ohne zu bemerken, daß dies bereits das zweite Mal innerhalb der letzten fünf Minuten war, daß er sie so genannt hatte.

Sogar Eleanor wirkte angespannt. »Ihre Sekretärin sagt, sie ist noch nicht im Büro, und auch wenn sie da wäre, würde sie nicht mit Ihnen sprechen. Sie sollten sich mit Ihrem Anwalt in Verbindung setzen.«

»Das ist überholt«, bemerkte Matt kurz. Er fuhr sich mit der Hand über den Nacken und massierte geistesabwesend seine verspannten Muskeln. Er mußte Meredith erreichen, bevor die Presse sie in die Finger bekam. »Wie hat ihre Sekretärin geklungen, als Sie mit ihr sprachen – klang es so, als sei alles normal?«

»Sie klang ausgesprochen gestreßt.«

»Das heißt, daß sie dieselben Anrufe bekommen hat wie Sie heute morgen.« Matt stand auf, nahm seinen Mantel und ging zur Tür. »Die Anwälte und der Pilot sollen mich bei Meredith im Büro anrufen«, befahl er. »Und informieren Sie unsere PR-Abteilung. Sie soll die Presse hier festhalten und sie ja nicht gegen uns aufbringen. Sie sollen besonders freundlich sein und sagen, daß wir heute nachmittag – um eins – ein Statement abgeben. Ich rufe von Merediths Büro aus an und gebe Bescheid, wo die Presseerklärung stattfinden wird. In der Zwischenzeit könnten sie ihnen einen Brunch oder sowas hinstellen, damit sie besänftigt sind.« Die Hand auf der Klinke, blieb er noch einmal stehen, um ihr eine letzte Instruktion zu geben. »Rufen Sie Parker Reynolds an. Er wird ebenfalls von der Presse umzingelt sein. Sagen Sie ihm, er soll mich in Merediths Büro anrufen, und in der Zwischenzeit soll er der Presse *genau* das gleiche erzählen wie wir hier.«

Um 8:35 Uhr trat Meredith aus dem Aufzug und eilte in ihr Büro. Sie war froh, sich auf die Arbeit stürzen und dadurch die Gedanken an Matt aus ihrem Kopf verbannen zu können, die sie die halbe Nacht wachgehalten und dann hatten verschlafen lassen. Hier wenigstens würde sie ihre persönlichen Probleme vergessen und sich aufs Geschäft konzentrieren können.

Gerade hatte sie hinter ihrem Schreibtisch Platz genommen und ihren ersten Schluck Kaffee getrunken, als Lisa in ihr Büro gestürmt kam, beide Arme voll Zeitungen. »Mer, es tut mir so leid!« rief sie. »Ich habe alle Zeitungen aufgekauft, die der verdammte Stand unten dahatte, damit er keine mehr verkaufen kann. Ich weiß nicht, wie ich dir sonst helfen könnte!«

»Mir helfen?« fragte Meredith mit einem erstaunten Lächeln.

Lisa blieb der Mund offen stehen, und sie drückte die Zeitungen fester an sich, so als ob sie sie vor ihr verstecken wollte. »Du hast die Morgenzeitung noch nicht gesehen, oder?«

Ganz allmählich wanderte leise Panik ihr Rückgrat hinauf. »Nein. Ich habe verschlafen und hatte keine Zeit dafür. Warum? Was ist los?«

Mit sichtlichem Widerwillen legte Lisa zögernd den Stoß Zeitungen auf Merediths Schreibtisch. Meredith riß ihren Blick von Lisas blaßem Gesicht los, sah auf die Zeitungen und stand augenblicklich auf. »Oh, mein Gott!« keuchte sie, während ihre Augen über das Gedruckte flogen. Sie stellte die Kaffeetasse ab, beugte sich über das Blatt und zwang sich, das Ganze in Ruhe zu lesen. Als sie damit fertig war, blickte sie Lisa an. In ihren Augen stand die blanke Panik. »Oh, mein Gott«, flüsterte sie noch einmal.

Beide fuhren erschrocken zusammen, als Phyllis die Tür aufriß und auf sie zueilte. »Ich war beim Sicherheitsdienst unten«, sagte sie und raufte sich mit den Fingern das kurze Haar. »An den Haupteingängen haben sich die Reporter gedrängt, und als sie dann auch zum Personaleingang kamen, hat Mark Braden sie hereingelassen und alle ins Auditorium gebeten. Die Telephonleitungen laufen heiß. Die meisten Anrufer waren Journalisten, aber es haben auch zwei Vorstandsmitglieder angerufen, die Sie sofort zu sprechen wünschen, und außerdem hat Mr. Reynolds dreimal und Mr. Farrell einmal angerufen. Mark Braden will Instruktionen. Und ich auch!«

Meredith versuchte, sich zu konzentrieren, aber sie zitterte innerlich und ihr war übel. Früher oder später würde ein Reporter die Gründe für ihre überstürzte Heirat mit Matt herausfinden. Irgend jemand würde reden – ein Dienstbote, ein Pfleger aus dem Krankenhaus –, und die ganze Welt würde erfahren, daß sie eine dumme, schwangere achtzehnjährige Braut gewesen war, die man aus Anständigkeit geheiratet hatte. Ihr Stolz und ihre Privatsphäre waren gleichermaßen dabei, in Stücke gerissen zu werden. Andere Leute machten Fehler und verstießen gegen die Regeln, dachte sie bitter, und wurden nie erwischt. Aber nicht sie – sie mußte für alles bezahlen, immer und immer wieder.

Plötzlich dämmerte ihr auch, was alle denken mußten, wenn dieser schamlose sogenannte Rechtsanwalt die Details ihrer Scheidung enthüllte. Das Zimmer begann, sich um sie zu drehen. Sie holte tief Luft. Weil ihr Vater sich nicht mit einem so harmlosen Scheidungsgrund wie unüberbrückbare Differenzen hatte zufriedengeben wollen, würde sie nicht nur als dummer Teenager dastehen, sondern auch noch als erbarmungswürdiges Opfer böswilligen Verlassens und seelischer Grausamkeiten gelten!

Und Parker – lieber Himmel, Parker war ein angesehener Bankier, und die Presse würde ihn in den ganzen Schlamassel mit hineinziehen.

Und dann dachte sie plötzlich an Matt und was dies für ihn bedeuten mußte, und ihr wurde noch übler. Wenn die Presse erfuhr, daß er seine hilflose schwangere kleine Frau seelischen Grausamkeiten ausgesetzt und sie dann böswillig verlassen hatte, würde sein Ruf für alle Zeiten dahin sein ...

»Meredith, bitte – sagen Sie mir, was ich tun soll.«

Phyllis flehende Stimme schien aus weiter Ferne zu kommen. »Das Telephon auf meinem Schreibtisch klingelt ununterbrochen.«

Lisa hob die Hand. »Geben Sie ihr ein bißchen Zeit zum Überlegen – sie hat die Zeitung erst in dem Moment gesehen, in dem Sie hereingekommen sind.«

Meredith sank auf ihren Stuhl und schüttelte den Kopf in der Hoffnung, dadurch klarere Gedanken fassen zu können. Sie wußte, daß sie etwas unternehmen mußte – irgend etwas. Da ihr nicht Besseres einfiel, sagte sie langsam: »Wir werden genauso vorgehen; als ob es etwas Geschäftliches wäre ... Informieren Sie die Zentrale, alle Anrufe abzufangen und die der Reporter in die PR-Abteilung weiterzuleiten.« Sie schluckte. »Bitten Sie Mark Braden, alle Reporter die noch kommen, gleichfalls ins Auditorium zu führen.«

»Ja, aber was sollen die PR-Leute den Journalisten *erzählen?*«

Ihren Blick zu Phyllis' Gesicht hebend, gestand Meredith: »Ich weiß es noch nicht. Sagen Sie einfach, sie müßten noch etwas Geduld haben …« Sie verstummte, da jemand an die Tür klopfte, und alle drei drehten sich um, als die Empfangsdame ihren Kopf hereinsteckte und ängstlich sagte: »Es tut mir sehr leid, Sie zu stören, Miss Bancroft, aber Mr. Farrell ist hier, und er – er besteht darauf, mit Ihnen zu sprechen. Ich glaube nicht, daß er ein Nein als Antwort akzeptiert. Soll ich von hier aus den Sicherheitsdienst anrufen?«

»Nein!« befahl Meredith und bereitete sich darauf vor, Matts gerechtfertigten Wutausbruch zu begegnen. »Phyllis, würden Sie ihn bitte hereinholen?«

Matt, der genau beobachtet hatte, in welches Büro die Empfangsdame gegangen war, wartete geduldig an der Rezeptionstheke. Endlich kam eine junge Frau auf ihn zu. »Mr. Farrell«, sagte die attraktive Brünette Ende Zwanzig und brachte es fertig, ihrem unsicheren Lächeln zum Trotz sehr sicher zu klingen. »Ich bin Phyllis Tishler, die Sekretärin von Miss Bancroft. Ich bedaure, daß Sie warten mußten. Würden Sie bitte mitkommen?«

Matt mußte sich zurückhalten, um sie nicht zu überholen. Zusammen gingen sie zu Merediths Büro, wo Phyllis ihm die Tür aufhielt und beiseite trat. Zu jeder anderen Zeit hätte der Anblick, der sich ihm hier bot, Matt sehr stolz gemacht: Hinter einem feudalen Schreibtisch am anderen Ende eines ebenso prächtigen wie vornehmen und gediegenen Büros sitzend, wirkte Meredith Bancroft mit ihrem aufgesteckten blonden Haar wie eine junge Königin, die besser auf einen Thron als auf einen schwarzen Ledersessel gepaßt hätte – eine momentan sehr blasse und besorgt dreinschauende Königin. Seine Augen von ihr losreißend, blickte er die Sekretärin an und übernahm unbewußt sofort das Kommando. »Ich erwarte zwei Anrufe«, informierte er sie kurz, »stellen Sie sie sofort durch. Allen anderen Anrufern sagen Sie, wir wären in einer *Budget*-Sitzung und möchten nicht gestört werden. Und lassen Sie ja niemanden hier herein!«

Phyllis nickte und verließ hastig den Raum, während Matt

auf Meredith zuging, die langsam aufstand und auf seine Seite des Schreibtisches herüberkam. Mit dem Kopf auf die Rothaarige weisend, die vor dem Fenster stand und ihn mit unverhohlener Faszination anstarrte, fragte Matt: »Wer ist sie?«

»Lisa Pontini«, antwortete Meredith abwesend, »eine gute Freundin. Laß sie hierbleiben. Warum sind wir in einer Budget-Sitzung?«

Matt erinnerte sich, Lisas Pontinis Namen vor langer Zeit aus Merediths Mund vernommen zu haben. Er unterdrückte das Bedürfnis, Meredith in seine Arme zu ziehen und zu trösten – was sie, wie er wußte, beides nicht schätzen würde –, lächelte statt dessen zuversichtlich und versuchte, einen witzigen Tonfall anzuschlagen: »Es wird den Angestellten eine Zeitlang über die Peinlichkeit und Brisanz der Sache hinwegtäuschen, wenn sie glauben, daß wir uns hier mit dem denkbar langweiligsten aller alltäglichen Geschäftsthemen befassen. Kannst du dir etwas Langweiligeres vorstellen als eine Budget-Sitzung?« Sie bemühte sich, über seine humorvolle Logik zu lächeln, konnte es aber nicht, und als Matt das merkte, fuhr er ernsthafter fort: »Mit ein bißchen Glück kommen wir mit ein paar Kratzern und ohne bleibende Schäden aus der Sache heraus. Wirst du mir vertrauen und das tun, worum ich dich bitte?«

Meredith starrte ihn an. Sie konnte nur mit Mühe fassen, daß er nicht gekommen war, um sie und ihren Vater für diese Katastrophe zur Verantwortung zu ziehen, sondern daß er ihr ganz im Gegenteil beistehen und helfen wollte. Langsam strafften sich ihre Schultern, und ihr Selbstbewußtsein und Denkvermögen kehrten zurück. Mit einem kurzen Nikken sagte sie: »Ja. Was soll ich tun?«

Anstelle einer Antwort lächelte Matt, stolz darüber, wie schnell und tapfer sie sich wieder gefaßt hatte. »Bravo«, sagte er leise. »Geschäftsführer lassen sich niemals unterkriegen.«

»Sie bluffen«, schloß sie und versuchte erneut zu lächeln.

»Richtig.« Er grinste und wollte gerade weitersprechen,

als der Summer der Sprechanlage ertönte. Meredith hob ab, horchte und hielt ihm dann den Hörer hin. »Meine Sekretärin sagt, David Levinson ist auf Leitung eins und jemand namens Steve Salinger auf Leitung zwei.«

Anstatt danach zu greifen, fragte Matt: »Hat das Telephon einen Lautsprecher?« Sie merkte, daß er sie mithören lassen wollte, lehnte sich über den Tisch und schaltete durch Knopfdruck Mikrophon und Lautsprecher ein. Sobald sie das getan hatte, drückte er den blinkenden Knopf der zweiten Leitung. »Steve«, sagte er, »ist der Lear startklar?«

»Sicher, Matt. Ich habe eben einen kleinen Probeflug gemacht, und der Vogel fliegt einwandfrei.«

»Gut, bleib dran.« Matt legte diesen Anruf auf Warten, nahm die andere Leitung und sagte ohne jede Einleitung zu Levinson: »Haben Sie die Zeitungen gesehen?«

»Ja, und Bill Fearson hat sie auch gesehen. Das ist eine echte Schweinerei, Matt, und vermutlich steht das Schlimmste noch bevor. Gibt es etwas, was wir für Sie tun können?«

»Ja. Fliegen Sie nach Belleville und stellen Sie sich Ihrem neuen ›Klienten‹ vor, und dann schauen Sie, daß Sie den Hund gegen Kaution freibekommen.«

»Was?«

»Sie haben schon richtig gehört. Stellen Sie die nötige Kaution und überreden Sie ihn, daß er Ihnen als seinem Anwalt alle Unterlagen übergibt. Sobald er das getan hat, veranlassen Sie alles Nötige, damit unser Scheidungsurteil auf keinen fall der Presse in die Finger kommt – sofern der Mistkerl wirklich noch eine Kopie davon hat. Wenn nicht, dann unternehmen Sie etwas, das ihn überzeugt, daß es besser ist, alle Details zu vergessen.«

»Was für Details? Mit welcher Begründung wurde die Scheidung eingereicht?«

»Als ich meine Ausfertigung des verdammten Dings damals erhielt, war ich nicht zurechnungsfähig, aber ich erinnere mich vage, daß es auf böswilliges Verlassen und seelische Grausamkeit lautete.« Er sah Meredith an, und seine Stimme wurde sanfter: »Erinnerst du dich an irgendwelche weiteren Details – irgendwas, das für einen von uns sonst noch peinlich sein dürfte?«

»Da war dieser Scheck über zehntausend Dollar, den mein Vater ausgestellt hat, um dich auszuzahlen.«

»Was für ein Scheck? Davon weiß ich nichts, und in meinen Unterlagen ist davon auch bestimmt nichts erwähnt.«

»In meiner Kopie des Scheidungsurteils steht, daß du den Empfang der Summe bestätigt hast.«

Levinson, der alles mitgehört hatte, gab sich keine Mühe, die Ironie in seiner Stimme zu verbergen. »Ist ja großartig! Die Presse wird sich das Maul darüber zerreißen, was Ihre Frau wohl so Schlimmes an sich hatte, daß Sie, der damals keinen Pfennig besaß, es trotz ihres Geldes nicht mit ihr aushalten konnten.«

»Seien Sie kein Esel!« unterbrach Matt ihn, bevor Levinson noch mehr sagen konnte, was Meredith kränken würde. »Sie werden mich als Mitgiftjäger hinstellen, der seine Frau sitzengelassen hat. Außerdem ist diese ganze Spekuliererei überflüssig, wenn Sie nach Belleville fliegen und Spyzhalski unter Kontrolle haben, bevor er morgen auspacken kann.«

»Das dürfte gar nicht so einfach sein. Den Zeitungsmeldungen zufolge besteht er darauf, sich selbst zu verteidigen. Sieht aus, als wäre er ein Spinner, der nur darauf aus ist, vor Gericht eine große Show für die Presse abzuziehen.«

»Dann belehren Sie ihn eines Besseren!« schnappte Matt. »Lassen Sie den Gerichtstermin verschieben und schaffen Sie ihn aus der Stadt, damit die Reporter ihn nicht finden können. Danach kümmere ich mich selber um den Bastard.«

»Wenn er Unterlagen hat, müssen sie früher oder später dem Gericht als Beweis ausgehändigt werden. Und man muß auch seine anderen Opfer benachrichtigen.«

»Darüber können Sie später mit dem zuständigen Staatsanwalt sprechen«, sagte Matt kurz. »Mein Flugzeug wartet in Midway auf Sie. Rufen Sie mich an, wenn Sie alles erledigt haben.«

»In Ordnung«, sagte Levinson.

Ohne sich zu verabschieden, beendete Matt das Gespräch

und wandte sich wieder an seinen Piloten. »Machen Sie alles fertig, um im Lauf der nächsten Stunde nach Belleville, Illinois zu fliegen, Sie werden zwei Passagiere haben. Auf dem Rückflug werden es drei Passagiere sein, und einen davon werden Sie bei einer Zwischenlandung absetzen. Die beiden werden ihnen sagen, wo.«

»Okay.«

Als er aufgelegt hatte, blickte Meredith ihn an. Sie war von seinen Methoden und der Geschwindigkeit seiner Entscheidungen fast ein wenig benommen. »Was«, fragte sie mit einem unsicheren Lachen, »hast du weiter mit Spyzhalski vor?«

»Überlaß da nur mir. Ruf jetzt lieber Parker Reynolds an. Noch haben wir das nicht überstanden.«

Gehorsam wählte Meredith Parkers Nummer. Sobald er abhob, wurde klar, daß auch er die Sache nicht leicht nahm. »Meredith, ich habe die ganze Zeit versucht, dich zu erreichen, aber man hat mich nicht durchgestellt.«

»Es tut mir alles so furchtbar leid«, sagte sie, zu besorgt, um daran zu denken, daß der Lautsprecher und das Mikrophon noch immer angeschaltet waren. »Ich kann dir gar nicht sagen, *wie* leid.«

»Es ist ja nicht deine Schuld«, entgegnete er mit einem gequälten Seufzer. »Im Augenblick müssen wir nur entscheiden, wie wir uns verhalten. Ich werde mit gute Ratschlägen geradezu bombardiert. Dieser arrogante Mistkerl, den du geheiratet hast, hat doch tatsächlich seine Sekretärin bei mir anrufen und mir ausrichten lasen, wie ich mich zu verhalten habe. Seine *Sekretärin!* Dann haben die Mitglieder meines Vorstands beschlossen, daß ich öffentlich bekanntgeben soll, von alledem nichts gewußt zu haben ...«

»Bloß nicht!« unterbrach Matt wütend.

»Wer zum Teufel hat da etwas gesagt?« wollte Parker wissen.

»Ich, und ich bin der arrogante Mistkerl, den sie geheiratet hat«, schnappte Matt und blickte mit schmalen Augen auf Lisa Pontini, die plötzlich vor Lachen fast in die Knie ging und sich die Hand vor dem Mund halten mußte. »Wenn Sie eine derartige Erklärung abgeben, wird es aussehen, als ob Sie Meredith den Haien zum Fräß vorwerfen.«

»Ich habe nicht die Absicht, etwas Derartiges zu tun«, konterte Parker ärgerlich. »Meredith und ich sind verlobt.«

Dankbarkeit erfüllte Meredith, als sie dies hörte. Sie hatte halbwegs erwartet, daß er ihre Verlobung lösen wollte, und doch stellte er sich jetzt, da es hart auf hart ging, an ihre Seite. Unbewußt lächelte sie zärtlich das Telephon an.

Matt sah ihr Lächeln, und seine Miene wurde hart, aber er konzentrierte sich auf das anstehende Problem. »Heute um ein Uhr«, informierte er Parker und gleichzeitig auch Meredith, »werden Sie, Meredith und ich eine gemeinsame Pressekonferenz abhalten. Wenn die Details unseres Scheidungsurteils jemals an die Öffentlichkeit geraten, wird Meredith als verlassene Ehefrau und Opfer seelischer Grausamkeiten dastehen.«

»Das ist mir klar«, bemerkte Parker bissig.

»Gut«, erwiderte Matt sarkastisch. »Dann sollten Sie auch in der Lage sein, dem restlichen Teil meines Vorschlags zu folgen: Während der Pressekonferenz werden wir drei ein einträchtiges Bild abgeben. Wir müssen davon ausgehen, daß die Details der Scheidung früher oder später ans Licht kommen und ihnen deshalb schon von vornherein die Brisanz nehmen.«

»Wie?«

»Indem wir uns gemeinsam zeigen und uns wie die allerbesten Freunde benehmen, die einander – und vor allem Meredith – aufs Herzlichste zugetan sind. Ich will, daß alle anwesenden Journalisten das heute nachmittag so deutlich mitbekommen, daß sie für Wochen genug von uns haben und uns nicht weiter belästigen. Ich will, daß sie beim Verlassen des Konferenzsaals davon überzeugt sind, daß wir drei ein Herz und eine Seele sind.« Matt machte eine kurze Pause, sah Meredith an und sagte: »Wo können wir die ganze Reportermeute versammeln? Der Aktionärssaal von Intercorp ist nicht sehr groß ...«

»Aber unser Auditorium ist groß genug«, sagte Meredith rasch. »Es ist bereits für das traditionelle Krippenspiel dekoriert und durchaus repräsentativ.«

»Haben Sie mitgehört?« wollte Matt von Parker wissen.

»Ja!«

»Dann kommen Sie so schnell wie möglich her, damit wir eine Erklärung vorbereiten können«, befahl Matt und legte umgehend auf. Er blickte Meredith an, und die Art, wie sie ihn anlächelte, entschädigte ihn fast für das Gefühl der Eifersucht, das an ihm genagt hatte, seit sie Parkers Stimme gehört hatte. In ihren Augen stand Bewunderung, Dankbarkeit und ein bißchen Wehmut. Und sehr große Besorgnis.

Er wollte ihr gerade etwas Ermunterndes sagen, als Lisa Pontini plötzlich auf ihn zukam. Ihre Augen blitzten vor Vergnügen. »Ich habe mich immer gefragt, wie Sie Meredith dazu gebracht haben, alle Vorsicht über Bord zu werfen und mit Ihnen ins Bett zu gehen, schwanger zu werden und Ihnen fast nach Südamerika zu folgen – und das alles innerhalb nur weniger Tage. Jetzt verstehe ich es. Sie sind kein Tycoon, Sie sind ein regelrechter *Taifun!*«

Matt grinste sie an und erwiderte ihren festen Händedruck. Lisa Pontini war ihm außerordentlich sympathisch.

38

Auf Matts Rat hin hatte Meredith alle Mitglieder der Geschäftsleitung sowie alle leitenden Angestellten eingeladen, an der Pressekonferenz teilzunehmen, um so möglichen Spekulationen unter den Mitarbeitern von Bancroft's vorzubeugen. Von den Managern würden sie alles Wissenswerte aus erster, respektive zweiter Hand erfahren. Um die Presse milde zu stimmen hatte Meredith befohlen, die Feinkost-Abteilung von Bancroft's radikal zu plündern und den über 150 Journalisten, die jetzt im Auditorium Platz genommen hatten, internationale Delikatessen und teure Weine vorzusetzen.

Während sie neben der Bühne mit den beiden Männern wartete, die ihr zu Hilfe geeilt waren, fühlte sich Meredith nicht nur dankbar, sondern seltsamerweise fast wohl. Vergessen war der Handel, den Matt ihr aufgezwungen hatte, vergessen war der Streit, den sie vor zwei Tagen mit Parker gehabt hatte. Das einzige, was im Augenblick zählte, war, daß beide Männer ihr beistehn und helfen wollten. In dem Versuch, einen Anfall von Nervosität zu unterdrücken, blickte sie auf Matt. Er stand kaum zwei Meter von Parker entfernt und überflog noch einmal die Erklärung, die sie zusammen ausgearbeitet hatten, deren größter Teil jedoch von ihm stammte. Parker tat genau das gleiche, und Meredith kannte den Grund dafür: Beide Männer vermieden absichtlich jegliche Konversation miteinander, ja, sie wollten sich nicht einmal ansehen. In ihrem Büro waren sie sich mit zivilisierter Kühle begegnet, während sie die genauen Formulierungen der Erklärung diskutiert hatten, die Bancroft's PR-Chef jetzt gleich verlesen würde, aber ihre gegenseitige Abneigung war deutlich erkennbar gewesen. Beide hatten sich darauf geeinigt, der Presse ein Bild freundschaftlicher Eintracht vorzuspielen, aber Meredith war nicht sicher, ob sie zu einer überzeugenden Darstellung fähig sein würden, da sie sich so offensichtlich nicht ausstehen konnten.

Abrupt sank der Geräuschpegel im Auditorium, die Bühnenbeleuchtung ging an, ein Mikrophon quietschte, und Merediths Puls begann zu rasen. Sie war jetzt zu aufgeregt, um sich auf irgend etwas anderes als die kommenden Minuten zu konzentrieren. »Meine Damen und Herren«, sagte Bancroft's PR-Chef. »Bevor Miss Bancroft, Mr. Reynolds und Mr. Farrell herauskommen, um Ihnen zusätzliche Fragen zu beantworten, haben sie mich gebeten, die folgende Erklärung vorzulesen, die alle ihnen bekannten Fakten zu dem Ereignis enthält, das Sie heute hierher geführt hat. Die Erklärung lautet wie folgt: ›Vor drei Wochen hat Mr. Reynolds zum ersten Mal Unkorrektheiten in dem Scheidungsurteil bemerkt, das von einem gewissen Stanislaus Spyzhalski ausgestellt worden war. Im sofortigen Anschluß daran trafen sich Miss Bancroft und Mr. Farrell, um den Fall zu besprechen ...‹«

Als die Erklärung sich ihrem Ende näherte, legten Parker und Matt ihre Kopien davon weg und gingen auf Meredith zu, um sie in ihre Mitte zu nehmen.

»Bist du bereit?« fragte Parker. Sie nickte und strich nervös den Kragen ihres rosa Wollkleides glatt. »Du siehst wunderbar aus«, beruhigte er sie, aber Matt runzelte die Stirn über ihre besorgte Miene.

»Entspann dich«, warnte er. »Wir sind die Opfer, nicht die Übeltäter, also laß dir nicht anmerken, wie verkrampft du bist, sonst hören die da draußen nicht auf, nachzubohren, weil sie glauben, daß wir etwas zu verbergen haben. Sei ganz natürlich und lächle. Denk dran, Meredith«, fügte er eindringlich hinzu, während sie zitternd Luft holte, »ich kann das nicht alleine durchziehen! Ich brauche deine Hilfe!«

Diese Bemerkung aus dem Mund eines Mannes, der alle Hindernisse, die sie ihm in letzter Zeit in den Weg gelegt hatte, bravourös beiseite geräumt hatte, erschien Meredith so absurd, daß sie unwillkürlich lachen mußte – während sie noch einen Augenblick vorher vor Angst, ihr geheiligtes Privatleben öffentlich breitgetreten zu sehen, am liebsten gestorben wäre. »Braves Mädchen. Ganz meine Meredith!« sagte er und grinste sie anerkennend an.

»Zum Teufel, das ist sie nicht«, schnappte Parker, während der PR-Chef die letzten Worte las und dann ihre Namen nannte: ihr Stichwort, um auf die Bühne zu kommen.

Ein Gewitter greller Blitzlichter empfing sie, und die Spotlights der Fernsehteams verfolgten ihren Weg zu dem aufgestellten Mikrophon. Wie vorher vereinbart, eröffnete Matt das Interview, aber Meredith war überrascht über die humorvolle Art, mit der er die Sache anging: »Wir freuen uns sehr, Sie hier bei unserer kleinen Stegreif-Gala begrüßen zu dürfen, meine Damen und Herren. Wenn wir gestern gewußt hätten, daß Sie heute hier sein würden, hätten wir ein paar Zirkuselefanten und Clowns herbestellt, um dem Ereignis gerecht zu werden.« Er wartete, bis die Lacher verstummt waren, dann fuhr er fort: »Wir haben nur fünf Minuten Zeit, also sollten die Fragen kurz und prägnant sein. Ich persönlich hätte ja jede Menge Zeit für Sie«, scherzte er und machte erneut eine Pause, um das Gelächter verklingen zu lassen, »aber Meredith muß einige Kaufhäuser leiten und Parker hat am Nachmittag wichtige Sitzungen.«

Seine absichtliche Verwendung von Parker und Merediths Vornamen verursachte einen Moment erstaunten Schweigens, aber das erwartete laute Durcheinander aller möglichen Fragen brach schon eine Sekunde später über sie herein – die lauteste kam von einem CBS-Reporter, der ganz vorne saß: »Mr. Farrell, warum wurde Ihre Ehe mit Miss Bancroft geheimgehalten?«

»Wenn Sie fragen, warum *Sie* damals nichts davon gewußt haben«, antwortete Matt geschickt, »dann lautet die Antwort, daß weder Meredith noch ich damals so im Zentrum des öffentlichen Interesses standen.«

»Mr. Reynolds«, rief ein Mitarbeiter der *Chicago Sun-Times*, »Wird Ihre Heirat mit Miss Bancroft verschoben werden?«

Parker lächelte kurz und frostig. »Wie Sie der Erklärung, die verlesen wurde, entnommen haben, werden Meredith und Far … und Matt«, er korrigierte sich augenblicklich und versuchte, Matt freundlich anzulächeln, »zunächst eine legale Scheidung einreichen. Natürlich wird unsere Hochzeit solange aufgeschoben, bis das erledigt ist. Andernfalls würde Meredith sich ja der Bigamie schuldig machen.«

Das Wort *Bigamie* war ein Fehler, und Meredith spürte, wie sehr Parker sich darüber ärgerte, daß es ihm herausgerutscht war. Sie spürte auch, wie die entspannte Stimmung unter den Journalisten, die Matt zu schaffen gewußt hatte, sich in eine geschäftsmäßig-gespannte verwandelte. Auch die Fragen klangen nun anders. »Mr. Farrell, haben Sie und Miss Bancroft inzwischen einen neue Scheidung eingereicht?« wollte ein Reporter wissen. »Wenn ja, mit welcher Begründung und wo?«

»Nein«, sagte Matt ruhig. »Das haben wir nicht.«

»Warum nicht?« hakte eine Frau vom Radiosender WBBM nach. Matt grinste und setzte eine gespielt verdrossene Miene auf: »Mein Vertrauen in Scheidungsanwälte ist im Moment nicht gerade auf dem Höchststand. Wissen Sie einen, den Sie mir empfehlen könnten?«

Meredith wußte, wie hart er darum kämpfte, die Atmosphäre heiter zu halten, und als die nächste Frage auf sie abgefeuert wurde, schwor sie sich, ihr Bestes zu geben, um ihm beizustehen. »Miss Bancroft«, rief ein Mann von *USA Today*, »wie fühlen Sie sich denn in Anbetracht dieser Situation?« Sie sah, daß Matt sich vorbeugte und die Frage abfangen wollte, trat aber selbst nach vorn. »Um die Wahrheit zu sagen«, sagte sie und setzte unbewußt ihr gewinnendstes Lächeln auf, »ich habe mich nicht mehr so *auffällig* gefühlt, seit ich in der sechsten Klasse bei einem Stück über Ernährungslehre mitmachen und als Backpflaume verkleidet auf die Bühne mußte.«

Ihre unerwartete Antwort rief unter den Zuhörern lautes Gelächter hervor, aber Matts spontane Reaktion löste ein weiteres Gewitter von Blitzlichtern aus, da er seinen Kopf umwandte und mit einem strahlenden, stolzen Grinsen auf Meredith hinuntersah.

Als nächstes kam die Frage, die Meredith besonders gefürchtet hatte: »Mr. Farrell, mit welcher Begründung haben Sie beide damals die Scheidung eingereicht?«

»Wir sind nicht ganz sicher«, neckte Matt die Reporterin und schenkte ihr ein entwaffnendes Lächeln. »Wir haben festgestellt, daß die Papiere, die wir von Spyzhalski erhielten, nicht übereinstimmen.«

»Miss Bancroft, bitte«, rief eine Journalistin der *Tribune*, und als Meredith sie anblickte, sagte sie: »Würden Sie uns erzählen, warum Ihre Ehe damals in die Brüche ging?« Meredith wußte, daß dies eine Frage war, die Matt ihr nicht abnehmen konnte, aber in der Verzweiflung kam ihr der rettende Einfall: In einem, wie sie hoffte, amüsierten Tonfall sagte sie reuevoll: »Damals schien mir ein Leben mit Mr.

Farrell einfach zu … langweilig.« Als alle lachten, fuhr sie etwas ernsthafter fort: »Ich war ein Mädchen aus der Großstadt, und Matt mußte wenige Wochen nach unserer Hochzeit in den südamerikanischen Dschungel. Wir hatten keine gemeinsamen Perspektiven.«

»Sehen Sie vielleicht jetzt die Möglichkeit einer gemeinsamen Zukunft mit Mr. Farrell?« fragte ein Reporter von NBC.

»Natürlich nicht«, antwortete Meredith automatisch.

»Nach all den Jahren – das ist lächerlich«, fügte Parker hinzu.

»Mr. Farrell?« hakte derselbe Reporter nach. »Würden Sie uns diese Frage bitte beantworten?«

»Nein«, entgegnete Matt ungerührt.

»Ist das ihre Antwort, oder wollen Sie darauf nicht antworten?«

»Nehmen sie es, wie Sie es wollen«, erwiderte Matt mit einem leichten Lächeln, das seine Augen nicht erreichte, dann nickte er einem anderen Reporter zu, damit der seine Frage stellte. Die Fragen kamen nun schnell und gnadenlos, aber die schlimmsten waren bereits gestellt worden, und Meredith ließ der Lärm seltsamerweise auf einmal kalt. Wenige Minuten später blickte Matt in die Runde und sagte: »Unsere Zeit ist leider gleich um. Wir hoffen, daß wir alle Ihre Fragen beantworten konnten. Parker«, wandte er sich mit einer bewunderswert gespielten Freundlichkeit an ihn, »möchtest du noch etwas hinzufügen?«

Parker erwiderte sein Lächeln. »Ich glaube, daß alles Nötige bereits gesagt wurde, Matt. Ich denke, wir können jetzt Schluß machen und Meredith wieder an ihre Arbeit zurückkehren lassen.«

»Bevor Sie gehen«, rief eine Frau laut und ignorierte den Versuch, die Konferenz zu beenden, »möchte ich noch sagen, daß Sie – alle drei – die Sache außerordentlich konziliant handhaben. Vor allem Sie, Mr. Reynolds, da Sie ja völlig unbeteiligt in das Ganze hineingeraten sind. Man würde doch eigentlich erwarten, daß Sie Mr. Farrell gegenüber nicht gerade freundschaftliche Gefühle hegen. Schließlich ist er daran schuld, daß Sie Ihre Hochzeit mit Miss Bancroft verschieben müssen.«

»Ich sehe keinen Grund, der gegen eine Feindschaft zwischen uns spricht«, sagte Parker mit dem Lächeln eines Haifischs. »Matt Farrell und ich sind zivilisierte Leute, und wir – alle drei – sind Opfer unglücklicher Umstände. Glücklicherweise ist unser Problem ebenso leicht wie rasch lösbar. Eigentlich kann man das Ganze als eine Art Geschäftsvertrag betrachten, der nicht ordnungsgemäß aufgesetzt wurde und nun neu ausgehandelt werden muß.«

Lisa wartete neben der Bühne, griff nach Merediths Hand und umarmte sie. »Komm mit nach oben«, flüsterte Meredith, die hoffte, daß Lisas Anwesenheit Matt und Parker vielleicht ein etwas zivilisierteres Benehmen abringen würde. Während sie in einem Aufzug zusammen mit Kunden nach oben fuhren, hörten sie, wie eine Frau hinter ihnen eine andere anstieß. »Das ist Meredith Bancroft mit ihrem Ehemann und ihrem Verlobten. Gleich zwei Männer – ist das nicht toll? Und das ist Matthew Farrell, der Ehemann. Er geht immer mit Filmstars aus!«

Meredith wurde schon beim ersten Satz rot, aber keiner von ihnen sprach ein Wort, bis sie glücklich in Merediths Büro angekommen waren. Dann brach Lisa das Schweigen, indem sie Meredith erneut umarmte und lachend sagte: »Du warst einfach toll, Mer! Phantastisch!«

»So weit würde ich nicht gehen«, antwortete Meredith dünn.

»Doch, ganz bestimmt! Ich konnte es einfach nicht fassen, daß du erzählt hast, wie du dich in der sechsten Klasse als Backpflaume verkleiden mußtest. Das entspricht so ganz und gar nicht deiner üblichen Nüchternheit.« Zu Matt gewandt, fuhr sie fort: »Sie haben einen ausgezeichneten Einfluß auf sie.«

»Wirst du nicht dafür bezahlt, daß du in der Dekoabteilung arbeitest?« schnappte Parker.

Lisa, die unzählige Überstunden machte und einen Großteil ihrer Freizeit dem Kaufhaus widmete, ohne dafür einen Cent zu kassieren, zuckte nur die Schultern. »Ich arbeite sowieso viel mehr, als ich müßte.«

Parker trat einen Schritt vor und gab Meredith einen Kuß auf die Wange. Er lächelte sie an und sagte: »Bis Samstag abend dann.«

Matt gab Meredith zwei Sekunden, um ihm abzusagen, als sie aber zögerte, blickte er Parker an und erklärte kurz: »Ich fürchte, das geht nicht.«

»Ich bitte Sie, Farrell! Sie können alle Samstage der nächsten elf Wochen haben, aber dieser gehört mir. Zufällig ist es Merediths dreißigster Geburtstag, und wir haben schon vor Wochen ausgemacht, daß wir bei Antonio's feiern.«

Zu Lisa gewandt, sagte Matt: »Haben Sie Samstag schon etwas vor?«

»Nichts, was ich nicht absagen könnte«, antwortete Lisa überrascht.

»Schön, dann gehen wir zu viert aus«, entschied er. »Aber nicht zu Antonio's. Dort ist zu viel los, und man wird uns sofort erkennen. Ich werde etwas Passendes aussuchen.«

Außerordentlich verärgert darüber, daß Meredith Parker nicht abgesagt hatte, nickte er höflich und ging. Parker folgte ihm auf dem Fuß.

39

Um halb fünf am nächsten Nachmittag blickte Matt vom Konferenztisch auf, wo er mit drei von seinen Geschäftsführern eine Besprechung abhielt, und griff nach dem Telefon. »Wenn es kein Notfall ist«, sagte er zu Eleanor, bevor sie ihm den Grund für ihre Störung nennen konnte, »dann will ich nichts davon hören, bevor ich hier nicht fertig bin.«

»Miss Bancroft ist am Apparat«, sagte sie mit einem süffisanten Lächeln in der Stimme. »Stellt das in Ihren Augen einen Notfall dar?«

»Ja«, sagte er, aber als er Merediths Anruf entgegennahm, war er nicht besonders höflich. Er hatte sie gestern später am Nachmittag nochmals angerufen, um ihr zu sagen, daß Spyzhalski unter Kontrolle und an einem sicheren Ort sei, wo die Presse ihn nicht finden könne. Ihre Sekretärin hatte ihn darüber informiert, daß sie die nächsten Stunden in Besprechungen sein werde, und um sie nicht im Ungewissen zu lassen, hatte Matt bei der Sekretärin eine sorgfältig formulierte Nachricht für sie hinterlassen. Als Meredith sich nicht die Mühe machte, ihn abends zurückzurufen, hatte er sich gefragt, ob sie vielleicht zu beschäftigt damit sei, den glimpflichen Ausgang mit Reynolds im Bett zu feiern. Schon die ganze Woche hatte ihn die Möglichkeit verfolgt, daß sie noch immer mit ihrem Verlobten schlief. Vergangene Nacht hatte ihn dieser Gedanke bis in die frühen Morgenstunden hinein wachgehalten. Mit einem kurzen entschuldigenden Blick auf die Männer am Konferenztisch hob Matt den Hörer ab.

»Matt«, sie klang gestreßt, »ich weiß, daß heute dein Abend ist, aber ich habe um fünf noch eine Besprechung, und ich stecke bis zum Hals in Arbeit.«

»Auf die Gefahr hin, unflexibel zu wirken«, sagte er kühl und bitter, »Abmachung ist Abmachung.«

»Ich weiß«, erwiderte sie mit einem erschöpften Seufzer. »Aber ich muß nicht nur länger hierbleiben, sondern auch zu Hause noch arbeiten und morgen früh wieder ins Büro kommen. Ich habe wirklich weder Zeit, groß auszugehen, noch mich mit dir zu streiten«, fügte sie in einem Anflug trockenen Humors hinzu.

Sein Ton ließ erkennen, daß er nicht kompromißbereit war: »Was schlägst du vor?«

»Ich hatte gehofft, daß du mich vielleicht hier abholst, und daß wir dann irgendwo in der Nähe essen gehen. Nichts Besonderes halt.«

Matts Ärger verschwand, aber um ihr nicht einen Präzedenzfall für flüchtige Treffen in aller Öffentlichkeit zu bieten, fügte er freundlich, aber fest hinzu: »In Ordnung. Ich habe selber einen Haufen Arbeit. Ich bringe einen Teil davon mit, und nach dem Essen können wir einen ruhigen, arbeitsamen Abend zusammen verbringen – bei dir oder bei mir?«

Sie zögerte. »Versprichst du mir, daß wir wirklich arbeiten? Ich meine, ich will nicht, daß du … daß ich …«

Seine Lippen verzogen sich zu einem Lächeln, während sie unsicher verstummte. Offensichtlich hatte sie wirklich dringende Arbeit, und offensichtlich befürchtete sie gleichermaßen, daß er versuchen würde, sie ins Bett zu bekommen. »Wir werden arbeiten«, versprach er.

Ihre Erleichterung machte sich in einem lachenden Seufzer Luft. »Okay. Warum holst du mich nicht gegen sechs hier ab? Gleich gegenüber ist ein recht gutes Lokal. Danach können wir zu mir fahren.«

»In Ordnung«, sagte er, gerne bereit, seinen Terminplan dem ihren anzupassen, solange sie nicht versuchte, ihm aus dem Weg zu gehen.

Nachdem er sich abends mühsam seinen Weg durch die Käufermassen gebahnt hatte, die um sechs Uhr das Erdgeschoß des Kaufhauses bevölkerten, um ihre Weihnachtsbesorgungen zu tätigen, atmete Matt erleichtert auf, als er in Merediths Etage aus dem Lift stieg und von relativer Ruhe umgeben war. Rechts im Flur machten zwei Sekretärinnen Überstunden, aber die Empfangsdame und alle anderen waren bereits nach Hause gegangen. Am anderen Ende des teppichbelegten Ganges stand die Tür von Merediths Büro offen, und er sah, daß eine Reihe von Leuten bei ihr war. Der Schreibtisch ihrer Sekretärin war aufgeräumt, der Computer abgeschaltet, und so zog Matt seinen Mantel aus und setzte sich, anstatt im Empfangsbereich zu warten, auf die Ecke von Phyllis' Schreibtisch und freute sich über diese unerwartete Gelegenheit, zuzusehen, wie Meredith arbeitete und welche Dinge ihren Tagesablauf bestimmten. Alles, was sie betraf, faszinierte ihn. Hatte ihn schon immer fasziniert.

Ohne Matts Ankunft bemerkt zu haben, ging Meredith mit jedem der Geschäftsführer die entsprechenden Bereiche durch. Ruhig und sachlich gab sie Anweisungen, hielt mit anerkennenden Worten nicht zurück, gab einigemale aber auch ihrer Unzufriedenheit Ausdruck.

Zufrieden, alle Tagesordnungspunkte abgehandelt zu haben, sah Meredith sich nach einer Viertelstunde in der Runde um und lächelte warm. »Das dürfte soweit alles sein. Wir sind dabei, das Grundstück für das Projekt in Houston zu kaufen, und hoffen, im Juni mit den Bauarbeiten anfangen zu können. Ich wünsche Ihnen allen ein schönes Wochenende.«

Als die Geschäftsführer sich erhoben, ging Matt zu einem Sofa im Empfangsbereich und nahm eine Zeitschrift zur Hand, als ob er darin gelesen hätte. Er war so verdammt stolz auf sie, auf die Art, wie sie die Sitzung geleitet hatte, daß er sich das Grinsen nicht verbeißen konnte. Das einzige, was ihm nicht gefallen und ihn nicht beeindruckt hatte, war, wie sie mit einem der Geschäftsführer, Gordon Mitchell, umgegangen war. Er hatte sich sehr aufsässig verhalten, und Matts Ansicht nach wäre ein härteres Vorgehen angebracht gewesen, um ihn hier und jetzt in seine Schranken zu weisen. Die Vizepräsidenten verließen nach und nach Merediths Büro und gingen, sich voneinander verabschiedend, ohne weiter auf Matt zu achten an ihm vorbei. Matt legte die Zeitschrift beiseite und kehrte zu Merediths Tür zurück, blieb aber kurz vorher stehen, weil er bemerkte, daß zwei Männer noch bei ihr im Büro geblieben waren. Und das, was sie ihr zu sagen hatten, schien Meredith sehr zu bedrücken.

Hin und her gerissen zwischen Schuldgefühlen und Neugier, nahm Matt wieder seinen alten Platz auf dem Sekretärinnenschreibtisch ein, nur stand er diesmal, den Mantel über dem Arm, so da, daß sie ihn sehen konnte.

Ohne bemerkt zu haben, wie spät es geworden war, las Meredith das Memo, das Sam Green ihr gerade ausgehändigt hatte. Es zeigte, daß die Anzahl der Bancroft's-Aktien, die an der Börse aufgekauft wurden, in den letzten Wochen kontinuierlich angestiegen war und inzwischen beängstigende Ausmaße angenommen hatte. »Was schließen Sie daraus?« fragte sie den erfahrenen Anwalt.

»Ich sage das nur sehr ungern«, antwortete er, »aber ich habe heute einige Nachforschungen angestellt – an der Wall Street geht das Gerücht um, daß jemand uns aufkaufen will.«

Meredith bemühte sich nach Kräften, diese Nachricht ruhig und gelassen aufzunehmen, aber innerlich wurde ihr bei dem Gedanken an einen Übernahmeversuch regelrecht übel. »Aber doch nicht jetzt. Das würde doch überhaupt keinen Sinn ergeben. Warum sollte eine andere Kaufhauskette oder ein anderes Unternehmen uns zu einem Zeitpunkt übernehmen wollen, wo wir aufgrund unserer Expansionspläne bis über beide Ohren verschuldet sind?«

»Zum einen, weil wir es uns im Moment nicht leisten könnten, einen Übernahmeversuch abzuwehren – wir haben einfach nicht genug Geld, um einen langen, ernsthaften Kampf durchzustehen.«

Meredith wußte das bereits, aber sie schüttelte trotzdem den Kopf und sagte: »Es scheint mir trotzdem unwahrscheinlich. Alles, was sie bekommen würden, wäre ein Haufen Schulden.« Aber sie und Sam wußten beide, daß Bancroft & Company als langfristige Investition ein sehr guter Kauf war. »Wie lange wird es dauern, bis Sie herausgefunden haben, wer unsere Aktien kauft?«

»Vermutlich einige Wochen; aber wir bekommen die Namen nur, wenn der Käufer seine neu erworbenen Aktionärsrechte auch tatsächlich in Anspruch nimmt. Wenn die Aktien in den Händen der Börsenmakler bleiben, werden wir die Identität der Aktienbesitzer nie erfahren.«

»Können Sie eine Liste mit den Namen der neuesten Aktionäre aufstellen, die wir kennen?«

»Natürlich«, sagte er und ging, Meredith allein mit Mark Braden zurücklassend. Was sie mit dem Chef der Sicherheitsabteilung zu besprechen hatte, war sicher streng vertraulich, und deshalb stand Meredith auf, um die Tür zu schließen. Ihr Blick fiel von der Uhr, die zwanzig Minuten nach sechs zeigte, auf die hochgewachsene Figur unter der Tür, und ihr Herz machte bei seinem Anblick unwillkürlich einen kleinen Sprung. »Wie lange wartest du schon?« fragte sie Matt, während sie auf ihn zuging.

»Nicht lange.« Da er sie nicht hetzen wollte, zumal sie anscheinend noch zu arbeiten hatte, fügte er hinzu: »Ich warte hier, bis du fertig bist.«

Meredith überlegte einen Moment, ob irgendein Grund bestünde, Matt aus dem Gespräch auszuschließen, das sie mit Mark über Gordon Mitchell führen wollte. Da ihr keiner einfiel, lächelte sie ihn an und sagte: »Du kannst hereinkommen, aber bitte mach die Tür zu.« Matt kam ihrer Bitte nach, und nachdem Meredith die beiden Männer einander vorgestellt hatte, wandte sie sich an Mark. »Sie haben Gordons anmaßende Haltung jetzt schon öfter erlebt. Er ist vollkommen verändert. Was meinen Sie?«

Mark warf einen unsicheren Seitenblick auf Matt, aber als Meredith ihm zunickte, sagte er geradeheraus: »Ich glaube, daß er in die eigene Tasche wirtschaftet.«

»Das sagen Sie schon länger, aber haben Sie denn auch nur einen einzigen Beweis dafür, daß er von irgend jemand Provision kassiert?«

»Nein.« Er wirkte frustriert. »Er hat sich keine extravaganten Spielzeuge wie Boote oder Flugzeuge und, soweit ich feststellen konnte, auch keine Immobilien gekauft. Er hat eine Geliebte, aber die gibt es schon seit Jahren. Er, seine Frau und die Kinder leben eigentlich genauso wie immer. Kurz: Es gibt keinerlei Hinweis darauf, daß er ein luxuriöseres Leben führt als früher. Und er hat auch keine teuren Hobbies oder Gewohnheiten wie Drogen oder Glücksspiel.«

»Vielleicht ist er wirklich unschuldig«, sagte Meredith, aber sie glaubte es selber nicht.

»Er ist nicht unschuldig, aber vorsichtig und ungeheuer clever«, argumentierte Mark. »Er ist lange genug im Einzelhandel tätig, um zu wissen, wie genau wir Großhändler und Einkäufer überprüfen, ob nicht doch irgendeine Art von Provision den Besitzer wechselt. Er verwischt seine Spuren, aber ich gebe nicht auf und werde weitersuchen«, versprach Mark und verabschiedete sich mit einem kurzen Nicken auch von Matt.

»Es tut mir leid«, sagte Meredith, während sie ihren Aktenkoffer mit den Papieren belud, die sie heute abend zu Hause benötigen würde. »Ich hatte nicht bemerkt, wie lange die Sitzung gedauert hat.«

»Es war interessant, dabei zuzuhören«, sagte er, und sie warf ihm einen überraschten Seitenblick zu, während sie mit einem Klick die Schlösser ihres Aktenkoffers schloß.

»Wie lange hast du mitgehört?«

»Ungefähr zwanzig Minuten.«

»Irgendwelche Fragen?« neckte sie ihn, aber die Wärme seines Lächelns, die herrliche Unverfrorenheit seiner grauen Augen verunsicherten sie derart, daß sie hastig wegblickte und ihren Kopf abgewandt hielt.

»Eigentlich nur eine«, sagte Matt und beobachtete interessiert, wie sie ihm auswich.

»Was willst du wissen?« fragte sie, während sie auf ihn zuging, intensiv damit beschäftigt, einen imaginären Fussel von ihrem Mantel fortzuschnipsen.

»Wie lange willst du dich mir denn eigentlich noch entziehen?«

Seine Direktheit verblüffte sie, und sie starrte ihn einen Moment an, dann aber warf sie ihm einen amüsierten, hochmütigen Blick zu, der es ihm verdammt schwer machte, sie nicht an sich zu ziehen und zu küssen. »Genau so lange, bis du aufhörst, mir alles vorzuschreiben.«

»Ich habe den Eindruck, es fängt an, dir zu gefallen«, bemerkte Matt und musterte sie von der Seite.

Meredith starrte auf den beleuchteten Abwärtspfeil der Aufzugsanzeige, dann aber lächelte sie und sagte ehrlicher als sie eigentlich vorgehabt hatte: »Ich war immer gern mit dir zusammen, Matt. Was mir diesmal nicht gefällt, sind deine Hintergedanken.«

Im Erdgeschoß verließen sie den Aufzug, um sich durch die Käufermassen einen Weg zu dem Restaurant zu bahnen, das gleich gegenüber auf der anderen Straßenseite lag. Dort ging es noch schlimmer zu als in Merediths Kaufhaus. Das Lokal war vollgestopft mit Leuten, die sich nach Erledigung ihrer Weihnachtseinkäufe ein frühes Abendessen gönnten, und man mußte mit einer längeren Wartezeit rechnen, bis man überhaupt einen Sitzplatz bekam. »Was meinst du, sollen wir warten?« fragte ihn Meredith. Noch bevor sie zu Ende gesprochen hatte, ging ein Murmeln durch die Menge, die mit ihnen im Vorraum des Restaurants stand. Eine Frau reckte den Hals. »Entschuldigen Sie«, sagte sie zu Meredith, blickte dabei aber Matt an, »sind Sie nicht Meredith Bancroft?« Ohne auf eine Antwort zu warten, sagte sie gleich anschließend zu Matt: »Dann sind *Sie* Matthew Farrell!«

»Nein«, sagte Matt kurz, und der Druck, mit dem er Meredith am Arm faßte, um sie zum Gehen zu bewegen, war völlig überflüssig.

»Wir können zu mir fahren und eine Pizza kommen lassen«, sagte sie, als sie in der Tiefgarage vor ihrem Wagen standen.

40

Auf dem Fußboden vor dem offenen Kamin in ihrer Wohnung machten sie ein Picknick – aßen Pizza und tranken Wein dazu. Als sie aufgegessen hatten, schenkte Matt den restlichen Wein ein, bevor sie sich an die Arbeit machten, die sie sich beide mitgebracht hatten. Während er sich nach vorn lehnte und nach seinem Weinglas griff, beobachtete er verstohlen, wie sie, die Arme um die angezogenen Knie geschlungen, ins Feuer starrte.

»Ich glaube, wir sollten jetzt endlich anfangen zu arbeiten«, sagte sie schließlich. »Es ist gleich dreiviertel neun.«

Widerwillig rollte Matt sich auf die Seite, stand auf und half ihr, die Überreste der Mahlzeit wegzuräumen. Dann ging er zum Sofa hinüber, öffnete seinen Aktenkoffer und nahm einen dreißigseitigen Vortrag heraus, den er lesen mußte.

Gegenüber von ihm setzte Meredith sich auf einen chintzbezogenen Sessel und packte ihre eigene Arbeit aus. Trotz ihrer ungezwungenen Fröhlichkeit während des ganzen Essens beunruhigte seine Nähe sie und ließ sie innerlich vibrieren. Matt hier zu haben, selbst wenn er sich so sanft benahm, war alles andere als nervenberuhigend.

Unauffällig schaute sie zu ihm hinüber. Er saß ihr gegenüber auf dem Sofa, die Ärmel seines Hemdes ein Stück hochgekrempelt und den linken Knöchel auf dem rechten Knie ... Während sie ihn ansah, setzte er eine Lesebrille mit dünnem Goldrand auf, öffnete den Aktenordner auf seinem Schoß und begann, die darin enthaltenen Papiere zu studieren.

Er spürte, daß sie ihn beobachtete, blickte auf und sah, daß sie überrascht seine Brille anstarrte. »Überanstrengung der Augen«, erklärte er leichthin, dann senkte er wieder den Kopf und wandte seine Aufmerksamkeit dem Dokument zu.

Meredith bewunderte seine Fähigkeit, sich umgehend und völlig auf etwas konzentrieren zu können. Heute abend gelang ihr das nicht. Sie starrte in das offene Feuer und dachte über das nach, was Sam Green ihr erzählt hatte. Von dort wanderten ihre Gedanken zu der Bombendrohung in der New Orleans-Filiale, dem Problem mit Gordon Mitchell und dem gestrigen Anruf von Parker, der ihr mitgeteilt hatte, daß er einen anderen Geldgeber für den geplanten Landkauf in Houston suchen müsse. All das ging ihr im Kopf herum, und so vergingen fünfzehn Minuten, zwanzig, eine halbe Stunde.

Matts Stimme riß sie aus ihren Überlegungen. »Möchtest du darüber sprechen?«

Sie fuhr herum und sah, daß er sie beobachtete. Der Vertrag, in den er vertieft gewesen war, lag unbeachtet auf seinem Schoß. »Nein«, sagte sie automatisch. »Es ist wahrscheinlich auch gar nichts. Wenigstens nichts, was dich auch nur im mindesten interessieren würde.«

»Warum läßt du es nicht darauf ankommen?« bot er ihr in demselben beruhigenden Tonfall an.

Er wirkte so kompetent, so entschlußkräftig und unbesiegbar, daß Meredith beschloß, sein Angebot anzunehmen. Sie lehnte den Kopf an den Rücken ihres Sessels und schloß kurz die Augen. Ihre Stimme aber klang unsicher. »Ich habe ein ganz seltsames – denkbar schlechtes – Gefühl«, gestand sie, hob den Kopf und blickte ihm offen in die Augen, »daß irgend etwas vor sich geht oder passieren wird. Und was immer es ist, es ist ganz furchtbar.«

»Kannst du die Ursache deiner Unruhe ausmachen?«

»Ich hatte erwartet, daß du über das, was ich eben gesagt habe, lachst«, gestand sie.

»Es ist überhaupt nicht zum Lachen, wenn du tatsächlich etwas ahnst, das du zunächst nur unbewußt registrierst. Instinkt ist etwas sehr Wichtiges, das man auf gar keinen Fall unterschätzen sollte. Andererseits könnte dein Gefühl auch streßbedingt sein oder vielleicht mit meiner Rückkehr in dein Leben in Verbindung stehen.«

Sie zuckte zusammen, schüttelte dann aber den Kopf, weil dies nicht der Grund für ihre momentane Unruhe war. »Ich glaube nicht, daß es streßbedingt ist oder mit dir zusammenhängt. Aber irgendwie kann ich einfach nicht genau sagen, was mich irritiert.«

»Versuch dich zu erinnern, wann es angefangen hat – wann genau du es zum ersten Mal gefühlt hast. Ich meine nicht, wann du zum ersten Mal darüber nachgedacht hast, sondern früher, bei welcher Gelegenheit du plötzlich das Gefühl hattest, daß etwas nicht stimmt, daß etwas dich ein wenig verwirrt oder ...«

Seine letzten Worte führten sie zu dem Moment zurück, in dem ihr Vater ihr gesagt hatte, daß sie Interimspräsident werden würde, aber nur, weil Gordon Mitchell den Posten abgelehnt habe. Sie erzählte Matt davon, er erwog es und sagte dann: »Okay. Gut. Das war dein Instinkt, der dich gewarnt hat, weil Mitchell nicht so reagiert hat, wie man es erwarten sollte. Dein Instinkt hat dich nicht getäuscht. Du siehst ja, was inzwischen passiert ist: Er ist ein Geschäftsführer geworden, dem du nicht vertrauen kannst, einer, der vermutlich Schmiergelder annimmt. Darüber hinaus widerspricht er dir vor den Augen der ganzen Geschäftsleitung.«

»Du gibst sehr viel auf deinen Instinkt, nicht wahr?« fragte sie erstaunt.

»Du hast keine Ahnung«, sagte er wahrheitsgemäß, »*wie viel* ich darauf gebe.«

Meredith dachte nochmals über alles nach und sagte schließlich: »Die Ursache für meine Angst vor einem bevorstehenden Desaster ist wahrscheinlich gar nicht so schwer zu finden. Erstens hatten wir a Montag eine Bombendrohung in dem Geschäft in New Orleans. Das ist unsere jüngste Filiale, und die Einnahmen decken gerade erst die Ausgaben. Ich habe persönlich für die Kredite gebürgt. Wenn New Orleans anfängt, Verlust zu machen, werden die Einnahmen aus den anderen Häusern das natürlich abdecken.«

»Warum machst du dir dann Sorgen?«

»Weil«, sie seufzte, »wir so schnell expandiert haben, daß unser Schuldenberg immens hoch ist. Uns blieb keine Wahl – Bancroft's mußte auf Expansionskurs gehen, um mit den anderen großen Warenhausketten konkurrieren zu können; andernfalls wären wir sehr bald völlig aus dem Rennen gewesen. Das Problem liegt darin, daß wir nicht genügend finanzielle Reserven haben, um uns über Wasser zu halten, wenn plötzlich mehrere unserer Filialen Verlust machen.«

»Könntet ihr es euch denn nicht borgen, falls das wirklich passiert?«

»Nein. Wenigstens wäre es nicht so einfach. Wir sind jetzt schon bis über beide Ohren verschuldet; anders hätten wir unsere Expansion nicht finanzieren können. Aber da ist noch etwas anderes, über das ich mir Sorgen mache.« Da er sie nur erwartungsvoll ansah und nichts sagte, fuhr sie fort: »Jeden Tag werden mehr von unseren Aktien an der Börse gehandelt. Ich habe es in den letzten Monaten schon in der Zeitung verfolgt, aber ich hatte geglaubt, daß viele Anleger uns als gute, langfristige Geldanlage ansähen, was wir ja auch sind. Aber«, sagte sie und mußte tief Luft holen, bevor sie die folgenden Worte über die Lippen brachte, »Sam Green, unser Anwalt, befürchtet, daß die Aktien sich deshalb so gut verkaufen, weil jemand versucht, Bancroft's zu übernehmen. Sam hat gute Kontakte zur Wall Street, und dort munkelt man offenbar, daß jemand uns aufzukaufen versucht. Parker hat schon im Oktober ein ähnliches Gerücht gehört, aber damals haben wir nicht weiter darauf geachtet. Es könnte aber tatsächlich wahr sein. Auf jeden Fall wird es Wochen dauern, bis wir die Namen aller Käufer erfahren. Aber selbst das muß uns nicht unbedingt weiterbringen. Wenn ein Unternehmen vorhat, eine Übernahme geheimzuhalten, werden sie unsere Aktien nicht in ihrem eigenen Namen kaufen.« Sie verstummte und blickte ihn ironisch an. »Aber du weißt ja selbst, wie so etwas gemacht wird, oder etwa nicht?«

Er zog eine Braue hoch und zwinkerte ihr vergnügt zu. »Kein Kommentar.«

»Eine Firma, die ihr vor einigen Monaten übernehmen wolltet, hat euch fünfzig Millionen bezahlt, nur damit ihr sie in Frieden laßt. Dazu wären wir nicht in der Lage, und wir haben momentan nicht einmal genug Geld, um gegen eine Übernahme zu kämpfen. Mein Gott«, schloß sie kläglich, »ich glaube, ich könnte es nicht ertragen, wenn Bancroft's nur noch ein Teil eines riesigen Multikonzerns wäre.«

»Aber es gibt Möglichkeiten, sich davor zu schützen.«

»Ich weiß, und der Vorstand diskutiert seit zwei Jahren darüber, aber sie haben bislang nicht das geringste unternommen.« Ruhelos stand sie auf und stocherte im Feuer herum.

Hinter ihr fragte Matt: »Ist das alles, worüber du dir Gedanken machst, oder gibt es da noch mehr?«

»Noch mehr?« Sie lachte schmerzlich und richtete sich auf. »Da gibt's noch mehr, aber was mich am meisten beunruhigt, ist daß irgendwie alles auf einmal zu passieren scheint, und das gibt mir irgendwie das Gefühl, daß sich alles gegen uns verschworen hat. Da ist diese Angst vor einer feindlichen

Übernahme, die Bombendrohungen, und jetzt kann Parker uns das Geld für Houston nicht leihen, und deshalb müssen wir auch noch mit einem anderen Kreditor verhandeln.«

»Warum kann er es euch nicht leihen?«

»Weil Reynolds Mercantile momentan selbst in Geldverlegenheiten ist und bereits hochverschuldeten Kreditnehmern keine weiteren großen Summen zur Verfügung stellen kann. Es würde mich nicht wundern, wenn der arme Parker sich bereits darüber Gedanken macht, ob Bancroft's die bereits bestehenden Kredite auch pünktlich zurückzahlen kann.«

»Er ist groß genug«, sagte Matt kurz und begann, die Papiere in seinen Aktenkoffer zu packen, »um damit fertig zu werden. Wenn er dir mehr Geld geliehen hat, als er sich leisten kann, dann ist es seine Schuld, und er muß die Verluste anderweitig abdecken.« Wann immer sie Reynolds erwähnte, fraß sich die Eifersucht schmerzhaft in sein Herz. Dies war keine Ausnahme, und seine Laune verschlechterte sich augenblicklich. »Was du jetzt brauchst, ist eine ordentliche Portion Schlaf«, sagte er. Meredith stellte fest, daß seine Stimme plötzlich hart klang und daß er sich zum Gehen fertigmachte. Erstaunt über seinen abrupten Aufbruch, schalt sie sich, ihren ganzen seelischen Müll bei ihm abgeladen zu haben, und begleitete ihn zur Wohnungstür.

Unter der Tür drehte er sich um. »Um wieviel Uhr treffen wir uns morgen abend hier?«

»Halb acht?« schlug sie vor.

»Gut.«

Er ging auf den Gang hinaus, und Meredith trat unter die Tür. »Wegen morgen abend«, sagte sie, »da es mein Geburtstag ist, möchte ich dich um einen Gefallen bitten.«

»Der wäre?« fragte er und stellte seinen Aktenkoffer ab, um in den Mantel zu schlüpfen.

»Daß ihr, du und Parker, miteinander redet – kein eisiges Schweigen, so wie vor der Pressekonferenz. Einverstanden?«

Damit hatte sie ihren heißgeliebten Parker einmal zu oft erwähnt. Matt nickte, setzte zum Sprechen an, zögerte, trat dann aber einen Schritt auf sie zu und sprach es aus: »Da wir gerade von Reynolds sprechen«, sagte er mit trügerischer Ruhe, »schläfst du eigentlich noch mit ihm?«

Ihr blieb der Mund offen, und sie fragte barsch: »Was soll das heißen?«

»Das heißt, daß ich annehme, daß du mit ihm geschlafen hast, weil ihr ja schließlich verlobt wart, und ich frage, ob du es noch immer tust.«

»Wer zum Teufel glaubst du eigentlich, daß du bist?«

»Dein Ehemann.«

Aus irgendeinem Grund schlug ihr bei diesem Wort das Herz bis zum Hals, zumal seine Stimme entschieden endgültig geklungen hatte. Auf der Suche nach dem nächstbesten Halt schloß sich ihre Hand um den Türknauf. Er sah ihre Reaktion und fügte leise lächelnd hinzu: »Klingt gar nicht so schlecht, wenn man sich einmal daran gewöhnt hat.«

»O doch«, erwiderte sie rebellisch. Dabei klang es wirklich gar nicht so übel.

Sein Lächeln verschwand. »Dann möchte ich dich mit einem anderen Wort bekanntmachen, das einen noch schlechteren Klang hat. Wenn du noch immer mit Reynolds schläfst, dann ist das nämlich *Ehebruch.*«

Meredith gab der Tür einen Schubs, der sie knallend hätte ins Schloß fallen lassen, hätte Matt nicht seinen Fuß dazwischen gestellt und sie gleichzeitig an den Schultern gepackt und zu sich auf den Flur herausgezogen. Sein Mund senkte sich auf ihren in einem Kuß, der ebenso besitzergreifend wie zärtlich war, und er zog sie eng an sich. Dann wurde sein Kuß sanfter, mit leicht geöffneten Lippen streifte er über die ihren, so zart, daß dieser Berührung noch schwerer zu widerstehen war als der vorigen. »Ich weiß, daß du mich zurückküssen willst, ich kann es fühlen«, flüsterte er ihr ins Ohr. »Warum gibst du dem Impuls nicht nach? Ich bin mehr als willig und stehe ganz zu deiner Verfügung ...«

Zu ihrem namenlosen Entsetzen verflog ihr Ärger bei seinen neckenden Worten, und sie wußte nicht, ob sie kichern oder seinem Vorschlag folgen sollte.

»Überlege doch nur, wie schuldig du dich fühlen wirst, wenn ich auf dem Heimweg ums Leben komme, und du hast mich so fortgeschickt«, fuhr er leise fort, während sein Mund sich ganz allmählich wieder in Richtung auf ihre Lippen zubewegte.

Nahe daran, wirklich loszulachen, öffnete Meredith den Mund, um eine entsprechend geistreiche oder, besser noch, angemessen sarkastische Bemerkung zu machen, aber im selben Augenblick, als sie dies tat, schloß er ihre Lippen mit seinen. Seine Hand hielt ihren Kopf von hinten, so daß sie nicht ausweichen konnte, während sein anderer Arm ihren Rücken hinabglitt, um ihr Becken fest gegen seines zu drükken. Und Meredith war verloren. Von Kopf bis Fuß an ihn gepreßt, völlig in Besitz seiner Hände und seines Mundes, schmolz ihr Widerstand allmählich dahin. Ihre gegen seine Brust gedrückten Fäuste lösten sich, ihre Hände fuhren unter dem Mantel seine Brust hinauf, ihre Finger spreizten sich wie von selbst, um seine Wärme zu spüren. Seine Zunge streichelte die ihre, während sein Mund sie unerbittlich zwang, ihren noch weiter zu öffnen, und plötzlich begrüßte Meredith den Vorstoß seiner Zunge und küßte ihn heiß zurück, mit all der Verzweiflung und der Verwirrtheit, die in ihrem Inneren tobten. Sobald sie dies tat, verstärkte sich der Druck seines Armes, sein Kuß wurde härter, hungriger, und Meredith spürte, wie sein Verlangen, seine Begierde sich in ihrem eigenen Körper auszubreiten begann.

Von blanker Panik erfaßt, entzog sie ihm erst ihren Mund und dann ihren ganzen Körper. Sie trat zurück unter die Tür, schwer atmend und die Hände zu Fäusten geballt.

»Wie konntest du auch nur daran *denken,* mit Parker ins Bett zu gehen, wenn du mich so küßt?« wollte er wissen, und seine Stimme enthielt eine leise Anklage.

Meredith schaffte es, ihm einen wütenden Blick zuzuwerfen. »Wie konntest du nur dein Versprechen brechen, dich heute abend neutral und unpersönlich zu verhalten?«

»Wir sind nicht in deiner Wohnung«, stellte er klar, und seine Fähigkeit, alles und jedes so zu drehen, daß es in sein

Konzept paßte, gab ihr den Rest. Sie trat einen weiteren Schritt zurück, erwog einen Moment, ihm die Tür vor der Nase zuzuknallen, entschied sich dann aber kurzerhand dafür, sie mit einem nachdrücklichen Schnappen zu schließen.

Sobald sie sich in der Sicherheit ihrer eigenen vier Wände befand, lehnte sie sich jedoch mit dem Rücken gegen die Tür und ließ niedergeschlagen den Kopf sinken. Allein die Tatsache, daß er sie erpreßt und zu diesem Abkommen gezwungen hatte, würde für jede auch nur einigermaßen selbstbewußte Frau mit Rückgrat Grund genug sein, ihm drei kurze Monate lang zu widerstehen. Aber nicht für sie, dachte sie wutentbrannt und entfernte sich von der Tür. Nicht für sie. Sie hatte nicht einmal drei Tage durchgehalten! Was ihn betraf, besaß sie überhaupt kein Rückgrat; sie war Wachs in seinen Händen. Voller Selbstverachtung ging Meredith zum Sofa und nahm unterwegs Parkers Bild zur Hand, das auf dem Beistelltisch stand. Er blickte sie aus dem Rahmen an, lächelnd, gutaussehend, verläßlich, gewissenhaft. Außerdem liebte er sie! Er hatte es ihr Dutzende von Malen gesagt. Matt nicht – nicht ein einziges Mal! Aber hinderte sie das irgendwie daran, ihren Stolz, ihre Selbstachtung Matthew Farrell vor die Füße zu legen? Nein, dachte sie bitter, vermutlich nicht. Nicht, wenn es so weiterging.

Sie sank aufs Sofa und starrte in die Flammen. Dabei dachte sie an etwas, das er gestern im Beisein seines Vaters zu ihr gesagt hatte: *Ich werde dir das Paradies schenken. Alles, was du dir erträumst. Wir werden eine Familie gründen. Wir werden Kinder haben ... Ich möchte sechs, aber ich bin auch mit einem zufrieden.*

Wenn sie ihm erzählte, daß sie keine Kinder mehr bekommen könne, würde ihn das vielleicht von seinem Vorhaben abbringen. In dem Moment, in dem ihr das bewußt wurde, kam es Meredith vor, als würde ihr Herz in tausend Stücke brechen, und diese Reaktion machte sie nur noch wütender auf sich selbst und auf ihn. »Verdammter Mistkerl!« schimpfte sie ihn laut. »Ich hasse dich, weil du mich so verwundbar machst.«

Er wollte wahrscheinlich gar keine Familie. Es ging ihm lediglich um den Reiz des Neuen, darum, eine Weile mit ihr zusammenzuleben. Im Bett würde sie ihn binnen weniger Tage langweilen, dessen war sie sich sicher. Matt war ein ganz und gar sinnlicher Mensch; er hatte mit Filmstars und exotischen Mannequins geschlafen. Meredith dagegen pflegte ihre Sexualität zu verdrängen und war beschämend unbeholfen. Vor elf Jahren schon hatte sie sich so gefühlt. Nach ihrer Scheidung hatte es zwei Jahre gedauert, bis sie in dieser Hinsicht wieder ein bißchen Selbstvertrauen aufgebaut hatte und bis sie in der Lage war, wenigstens etwas Leidenschaft zu empfinden. Lisa war der Ansicht, das einzige Heilmittel sei, mit jemand anderem zu schlafen, und Meredith hatte es versucht. Sie war mit dem Leichtathletik-Crack der Universität, der sie monatelang bearbeitet hatte, ins Bett gegangen, und es war eine einzige Katastrophe gewesen. Noch jetzt konnte sie seine höhnischen Bemerkungen hören, und sie zuckte dabei zusammen: *Komm schon, Mädchen, lieg doch nicht da wie ein Bügelbrett, tu was für mich ... Was zum Teufel ist denn bloß mit dir los ... Wie kann jemand so verführerisch aussehen wie du und dabei so eiskalt sein?* Als er dann versucht hatte, zur Sache zu kommen, war sie irgendwie ausgerastet, hatte gegen ihn angekämpft, ihre Kleider gepackt und war davongelaufen. Sex, das wußte sie jetzt, war nichts für sie.

Parker war ihr einziger weiterer Liebhaber gewesen, und er war ganz anders – zärtlich, lieb, stellte keine Anforderungen. Aber auch er war im Bett von ihr enttäuscht. Er hatte es nie offen ausgesprochen, aber sie spürte es.

Meredith legte die Füße hoch, den Kopf auf die Sofalehne und starrte an die Decke. Sie würde nicht weinen, obwohl ihr die Tränen schon in den Augen standen. Wegen Parker hätte sie sich nie auch nur halb so elend fühlen können. Niemals. Nur Matt konnte ihr das antun. Und trotzdem wollte sie ihn.

Diese Erkenntnis traf sie unvorbereitet. Sie erschrak; das durfte nicht sein. Aber es war so.

Binnen weniger Tage hatte Matt sie soweit gebracht, daß sie völlig geschlagen ihre Niederlage eingestand. Tränen der Scham und der Erniedrigung quollen ihr aus den Augen. Er mußte nicht einmal »Ich liebe dich« sagen, um sie dazu zu bringen, ihre ganzen Zukunftspläne hinzuwerfen.

Auf der anderen Seite des Zimmers schlug die antike Standuhr zehn. Für Meredith läutete sie das Ende einer ruhigen und friedlichen Zeit ein.

Matt manövrierte den Rolls an zwei LKWs vorbei, die seine Spur blockierten, dann griff er nach dem Autotelefon. Die Uhr auf dem Display zeigte kurz nach zehn, aber das hielt ihn nicht davon ab, seinen Anruf zu tätigen. Peter Vanderwild hob nach dem zweiten Läuten ab. »Mein Besuch in Philadelphia war ein voller Erfolg, Sir«, berichtete er Matt, von der irrigen Annahme ausgehend, dieser habe ihn deswegen angerufen.

»Das ist jetzt unwichtig«, sagte Matt ungeduldig. »Ich will wissen, ob es sein kann, daß irgend jemand davon Wind bekommen hat, daß wir Bancroft's Aktien aufkaufen – daß das irgendwie bis zur Wall Street durchgedrungen ist?«

»Unmöglich. Ich habe alle Vorkehrungen getroffen, daß Geheimhaltung gewährleistet ist. Die Aktien steigen beständig, also wird es für uns auch immer teurer.«

»Ich glaube, daß da noch jemand anderer seine Finger im Spiel hat«, sagte Matt kurz. »Finden Sie heraus, wer das verdammt nochmal ist!«

»Jemand anderer will tatsächlich Bancroft's übernehmen?« wiederholte Vanderwild ungläubig. »Ich hatte das ursprünglich auch angenommen, aber warum nur? Bancroft's ist im Moment eine miserable Geldanlage, wenn man nicht gerade persönliche Gründe hat, so wie Sie.«

»Peter«, warnte Matt, »halten Sie sich aus meinen Privatangelegenheiten heraus, oder wollen Sie demnächst wieder Stellenanzeigen lesen?«

»Ich habe das nicht so gemeint – ich meine, ich lese Zeitungen – es tut mir leid …«

»In Ordnung«, unterbrach Matt. »Finden Sie heraus, ob an den Gerüchten etwas dran ist, daß jemand anderer mitmischt, und wenn das stimmt, dann will ich wissen, wer zum Teufel das ist.«

Der Luxusliner hob und senkte sich träge über die hohen Wellen des Atlantik. Philip Bancroft empfand diese gleichbleibende Bewegung als das Langweiligste, was er je hatte erdulden müssen. Er saß am Kapitänstisch zwischen einer Senatorengattin und einem Ölmann aus Texas und hörte mit vorgetäuschtem Interesse der Frau zu, die mit ihm sprach. »Übermorgen nachmittag werden wir schon wieder an Land gehen können«, sagte sie. »Genießen Sie die Seereise auch so sehr?«

»Ungemein«, log er und blickte verstohlen auf seine Armbanduhr, die unter dem Ärmel seines Smokingjacketts hervorlugte. In Chicago war es zweiundzwanzig Uhr. Dort könnte er jetzt im Fernsehen die Nachrichten anschauen oder im Country Club mit Freunden beim Kartenspiel sitzen, wenn er nicht auf diesem schwimmenden Hotel gefangengehalten würde.

»Werden Sie Freunde besuchen, wenn wir in Italien sind?« fragte sie.

»Ich habe dort keine Freunde«, erwiderte Philip. Trotz der nervenzerrüttenden Langeweile fühlte er sich von Tag zu Tag besser, kräftiger. Sein Arzt hatte recht gehabt – es war wirklich nötig gewesen, für einige Zeit alle Sorgen hinter sich zu lassen.

»Keine Freunde in Italien?« wiederholte sie in dem verzweifelten Versuch, die einseitige Unterhaltung aufrechtzuerhalten.

»Nein. Nur eine Exfrau«, antwortete Philip geistesabwesend.

»Oh. Werden Sie sie besuchen?«

»Kaum«, erwiderte Philip, und dann erst bemerkte er entsetzt, daß er soeben die Frau erwähnt hatte, die er vor so vielen Jahren aus seinem Haus und aus seinem Leben verbannt hatte. Diese aufgezwungene Ruhe bekam ihm scheinbar doch nicht so gut. Offensichtlich begann sein Verstand darunter zu leiden.

41

Von dem Moment an, da Matt vorgeschlagen hatte, ihren Geburtstag zu viert zu feiern, hatte Meredith schwerwiegende Zweifel über den Verlauf des Abends gehegt, aber als Parker und Lisa kurz hintereinander eintrafen und alle beide sich ungeheuer vergnügt gaben, hoffte sie doch, daß es vielleicht kein Desaster werden würde. »Herzlichen Glückwunsch zum Geburtstag, Mer. Und alles, alles Gute«, sagte Lisa, umarmte sie fest und überreichte ihr eine witzig verpackte Schachtel. »Herzlichen Glückwunsch«, sagte auch Parker und drückte ihr ein kleines, aber schweres längliches Päckchen in die Hand. »Farrell ist noch nicht da?« fügte er, sich umblickend, hinzu.

»Nein, aber es gibt Wein, und in der Küche stehen Hors d'œuvres. Ich war gerade dabei, ein Tablett herzurichten.«

»Ich mache das fertig und bringe dann alles herein«, bot Lisa an. »Ich bin am Verhungern.« Ihr pflaumenfarbenes, mit zahllosen Fransen besetztes Seidenkleid verschwand in der Küche.

Mißmutig wandte Parker sich an Meredith: »Warum muß sie sich immer so verrückt anziehen? Warum trägt sie nicht irgend etwas Normales?«

»Weil sie etwas ganz Besonderes ist«, sagte Meredith mit einem entschiedenen Lächeln. »Außerdem finden die meisten Männer Lisa einfach umwerfend.«

»Das, was *du* anziehst, gefällt mir einfach besser«, sagte er und musterte anerkennend ihr goldverbrämtes rotes Bolerojäckchen, unter dem sie ein schulterfreies rotes Cocktailkleid trug, das ihre schmale Taille betonte und am Saum leicht gekräuselt war. Ohne weiter auf ihre Bemerkung über Lisa einzugehen, lächelte er sie an und sagte: »Warum machst du nicht mein Geschenk auf, bevor Farrell kommt?«

Aus dem silberglänzenden Papier wickelte sie ein blaues Samtetui, in dessen seidenverkleidetem Inneren ein traumhaftes Diamanten/Saphir-Armband lag. Meredith nahm es vorsichtig heraus. »Es ist wunderschön«, flüsterte sie, während sich ein eisernes Band um ihr Herz legte. Tränen traten ihr in die Augen und ließen die glitzernden Juwelen verschwimmen. Und in diesem Augenblick wußte sie es – wußte sie, daß sie weder das Armband noch Parker behalten durfte. Sie hatte Parker in Gedanken und in ihrem Herzen bereits betrogen. Den Kopf hebend, zwang sie sich, Parkers erwartungsvollem Blick zu begegnen und hielt ihm das Armband entgegen. »Es tut mir so leid«, sagte sie mit erstickter Stimme. »Es ist wundervoll, aber ich – ich kann es nicht annehmen, Parker.«

»Warum nicht?« setzte er an, aber er kannte die Antwort bereits, hatte diesen Augenblick kommen sehen. »So ist das also«, sagte er barsch. »Farrell hat gewonnen.«

»Nicht ganz«, sagte sie ruhig, »aber gleichgültig, was zwischen Matt und mir passiert, ich könnte dich trotzdem nicht heiraten. Nicht jetzt. Du verdienst mehr als eine Frau, die offensichtlich nicht in der Lage ist, ihre Gefühle für einen anderen Mann zu kontrollieren.«

Nach einem Moment eisigen Schweigens sagte er: »Weiß Farrell, daß du unsere Verlobung löst?«

»Nein!« erklärte sie und wirkte ein wenig verwirrt. »Und es wäre mir auch lieber, wenn er es nicht erfährt. Er würde dann nur noch hartnäckiger.«

Wiederum zögerte er, dann aber nahm er ihr das Armband aus der Hand und schloß es um ihr Handgelenk. »Ich gebe noch nicht auf«, sagte er mit einem grimmigen Lächeln. »Ich betrachte es nur als momentanen Rückschlag. Ich hasse diesen Mistkerl von ganzem Herzen.«

Es klingelte. Parker blickte auf und sah Lisa, die mit einem Tablett in der Hand unter der Küchentür stand. »Wie lang stehst du schon da und lauschst?« fragte er barsch, während Meredith ging, um Matt in die Wohnung zu lassen.

»Nicht lang«, sagte sie, und der Klang ihrer Stimme kam ihm ungewöhnlich milde vor. »Möchtest du ein Glas Wein?«

»Nein«, sagte er bitter. »Ich möchte eine ganze Flasche.«

Anstatt sich an seiner Niederlage zu weiden, schenkte sie ein Glas voll ein und brachte es ihm. Ihr Blick war plötzlich sanft und irgendwie strahlend.

Matt kam herein, und Meredith schien es, als ob ihre ganze Wohnung unter seiner Ausstrahlung vibrieren müsse. »Herzlichen Glückwunsch«, sagte er und lächelte sie an. »Du siehst einfach zauberhaft aus.« Und Meredith bekam weiche Knie, während er seine Augen über sie wandern ließ – von dem goldblonden Kopf bis hinunter zu den Spitzen ihrer roten Pumps.

Sie sagte »Danke« und versuchte zu übersehen, wie atemberaubend gut er in dem grauen Anzug mit Weste, dem strahlend weißen Hemd und der konservativ gestreiften Krawatte aussah. Lisa unternahm den ersten Schritt, die Atmosphäre aufzulockern. »Hallo, Matt«, sagte sie und strahlte ihn an. »Sie sehen heute abend mehr wie ein Bankier aus als Parker.«

Widerwillig drückten sich die beiden Männer die Hände. »Lisa haßt Bankiers«, sagte Parker, Matts Hand loslassend, und ging zu der Weinflasche hinüber. Er schenkte sich das Glas voll und schüttete es hinunter. »Was ist, Farrell«, fuhr er dann fort und vergaß seine sonst so guten Manieren, »heute ist Merediths Geburtstag. Lisa und ich haben dran gedacht. Wo ist *Ihr* Geschenk?«

»Ich habe es nicht mit hierhergebracht.«

»Sie meinen, Sie haben es vergessen?«

»Ich meine, daß ich es nicht hierher mitgebracht habe.«

»Warum gehen wir nicht endlich?« fuhr Lisa dazwischen. Wie Meredith hatte sie den Wunsch, die beiden Männer möglichst rasch woanders hinzubringen – am besten in ein möglichst volles und lautes Restaurant, wo sie sich nicht miteinander anlegen konnten. »Meredith kann mein Geschenk später auswickeln.«

Matts Limousine wartete vor dem Haus. Lisa stieg zuerst ein, und Meredith setzte sich neben sie, um so von vornherein eventuelle Streitigkeiten unter den Männern auszuschalten, wer wo sitzen würde. Der einzige, der nicht verspannt wirkte, war Joe O'Hara, der die allgemeine Unsicherheit dadurch noch verstärkte, daß er grinsend »Guten Abend, Mrs. Farrell« sagte.

Zwei Flaschen Dom Pérignon standen in silbernen Eiskübeln neben dem Getränkefach des Wagens. »Wie wär's mit einem Schluck Champagner? Ich würde ...«, begann Lisa, aber im selben Moment setzte sich die Limousine mit einem ungeheuren Vorwärtsruck in Bewegung, der sie in die Polster zurückwarf und nach Luft schnappen ließ.

»Jesus Maria!« rief Parker, den derselbe Ruck nach vorn schleuderte, da er gegenüber den beiden Damen Platz genommen hatte. »Ihr verrückter Fahrer hat soeben vier Spuren auf einmal überquert und außerdem eine rote Ampel überfahren!«

»Er weiß genau, was er tut«, erwiderte Matt, der extrem laut sprechen mußte, um das dröhnende Hupen verärgerter Autofahrer zu übertönen. Keiner von ihnen bemerkte, daß ein alter Chevrolet ihnen mit gleichem Tempo folgte und in verzweifelter Eile immer dann die Spuren wechselte, wenn O'Hara es tat. Während sich die Limousine dem Expressway näherte, hob Matt eine Flasche Champagner aus dem Eisbehälter und ließ den Korken knallen. »Herzlichen Glückwunsch zu deinem dreißigsten Geburtstag«, sagte er und überreichte Meredith das erste Glas. »Ich bedaure wirklich, daß ich die letzten elf verpaßt habe ...«

Das Restaurant, das Matt ausgewählt hatte, war Meredith völlig unbekannt, aber es gefiel ihr auf den ersten Blick. Es hieß Manchester House und war nach Art eines englischen Pubs eingerichtet, hatte Butzenscheiben und eine dunkle Holztäfelung. Eine große Lounge erstreckte sich über die gesamte Breite des Hauses und war von den kleinen, gemütlichen Speisezimmern durch efeubewachsene Spaliere abgetrennt. In der Lounge waren eine Menge Leute versammelt, darunter eine Gruppe von etwa zwanzig Männern und Frauen, die hier ihre Weihnachtsfeier abhielten. Nach den Lachsalven zu schließen, die von ihrem Tisch und auch von der Bar herkamen, war die Stimmung vorzüglich.

»Das wäre der letzte Ort, den ich ausgesucht hätte, um Merediths Geburtstag zu feiern«, stichelte Parker und blickte Matt verächtlich an, während sie sich setzten.

Da Matt um Merediths willen keinen Streit haben wollte, nahm er sich zusammen und erwiderte nur kurz: »Ich könnte mir auch etwas Besseres denken, aber da wir in Ruhe essen wollen, mußte es ein relativ dunkles und abgelegenes Lokal sein.«

»Komm, Parker, es wird bestimmt lustig«, versprach Meredith, und es gefiel ihr wirklich – die englische Atmosphäre und die nicht zu laute Musik, für die eine Live-Band sorgte.

»Die Band ist nicht schlecht«, stimmte Lisa zu und lehnte sich vor, um die Musiker besser sehen zu können. Eine Sekunde später bekam sie große Augen, als Matts Chauffeur die Lounge betrat und an der Bar Platz nahm. »Matt«, lachte sie ungläubig, »ich glaube, Ihr Chauffeur hat soeben beschlossen, nicht länger draußen in der Kälte zu warten, sondern hier ein Bier zu trinken.«

Ohne den Kopf in seine Richtung zu wenden, sagte Matt: »Joe trinkt Cola, kein Bier, wenn er arbeitet.«

Ein Ober erschien, um ihre Getränkewünsche entgegenzunehmen, und Meredith sah keinen Grund, Lisa zu erzählen, daß Joe gleichzeitig als Leibwächter fungierte – zumal sie das selbst am liebsten vergessen hätte.

Nachdem er ihre Bestellung aufgenommen hatte, kehrte der Ober an die Bar zurück und wollte gerade seine Order an den Barkeeper weiterleiten, als ein kleingewachsener Mann mit einem ausgebeulten Trenchcoat neben ihn trat und sagte: »Willst du dir 'n leichten Hunderter verdienen, Mann?«

Der Ober fuhr herum. »Wie?«

»Laß mich einfach 'ne Weile hier hinter dem Spalier stehen.«

»Warum?«

»Weil an einem der Tische da ein paar wichtige Gäste sitzen und ich meine Kamera unter dem Mantel habe.« Er streckte ihm seine Hand entgegen, in der neben dem Presseausweis einer bekannten Boulevardzeitung eine säuberlich gefaltete Hundert-Dollar-Note lag.

»Passen Sie auf, daß Sie keiner sieht«, sagte der Ober und steckte das Geld ein.

Am Kassa-Pult griff der Besitzer des Restaurants zum Telefon und wählte die Privatnummer von Noel Jaffe, einem bekannten Restaurantkritiker. »Noel«, sagte er und drehte sich ein wenig zur Wand, damit die soeben neu ankommenden Gäste nicht mithören konnten, »hier ist Alex vom Manchester House. Sie erinnern sich, daß ich Ihnen versprochen habe, mich eines Tages dafür zu revanchieren, daß Sie mein Restaurant in Ihrer Kolumne so positiv besprochen haben? Jetzt raten Sie mal, wer heute abend hier ist.«

Jaffe lachte, als Alex ihm erzählte, von wem er sprach. »Vielleicht sind sie ja wirklich so gute Freunde, wie es auf der Pressekonferenz schien.«

»Heute abend mit Sicherheit nicht«, flüsterte Alex etwas lauter. »Der Verlobte zieht eine Miene wie sieben Tage Regenwetter, und er hat auch schon ganz ordentlich gebechert.«

Nach einer kurzen Pause sagte Jaffe: »Ich komme gleich mit einem Fotografen vorbei. Reservieren Sie uns einen Tisch, von dem aus wir alles beobachten können, ohne selbst gesehen zu werden.«

»Geht in Ordnung. Bitte denken Sie nur daran, in ihrem Artikel den Namen meines Restaurants fett hervorzuheben und die Adresse dazuzuschreiben.«

Alex legte auf, aber der Gedanke, auf diese Art kostenlose Werbung für sein Lokal zu erhalten, veranlaßte ihn, noch weitere Radio- und Fernsehsender anzurufen.

Als der Ober die zweite Runde Drinks brachte – für Parker

den dritten –, hatte Meredith besorgt festgestellt, daß Parker zu schnell und zu viel trank. Das alleine wäre kein Grund zur Besorgnis gewesen, aber er hatte es nur allzu offensichtlich auf Matt abgesehen und erging sich in zahllosen Sticheleien und Geschichten über Dinge, die Meredith und er zusammen erlebt oder gemeinsam unternommen hatten. Viele seiner Sätze begannen mit: »Erinnerst du dich ...«

Meredith erinnerte sich nicht immer, aber sie konnte nicht umhin zu bemerken, daß Matt allmählich ärgerlich wurde.

Matt wurde nicht allmählich ärgerlich, er tobte innerlich vor Wut. Drei Viertelstunden hatte er zuhören müssen, wie Reynolds Geschichten zum Besten gab, deren einziger Zweck war, Matt klarzumachen, daß er für immer und ewig gesellschaftlich weit unter Meredith und Reynolds stehen würde, ganz gleich, wieviel Geld er besaß. Unter anderem erzählte er, wie Merediths Tennisschläger bei einem gemeinsamen Doppel im Country Club zerbrochen war ... wie sie bei irgendeinem verdammten Gesellschaftsball ihre Halskette hatte fallen lassen ... und wie sie kürzlich zusammen ein Polospiel besucht hatten.

Als er auf eine Wohltätigkeitsauktion zu sprechen kam, bei der Meredith und er gemeinsam mitgewirkt hatten, stand Meredith abrupt auf. »Ich gehe mir die Nase pudern«, sagte sie, Parker absichtlich ins Wort fallend. Lisa erhob sich gleichfalls. »Ich komme mit.«

Sobald sie im Vorraum der Damentoilette angekommen waren, stützte Meredith sich mit beiden Händen auf das Waschbecken. Sie wirkte völlig gebrochen. »Das ertrage ich nicht länger«, sagte sie zu Lisa. »Ich hätte nicht gedacht, daß es heute abend so schlimm wird.«

»Soll ich so tun, als ob mir schlecht ist, damit sie uns nach Hause bringen müssen?« sagte Lisa grinsend, während sie sich vorbeugte und ihren Lippenstift frisch auftrug. »Erinnerst du dich, wie du das für mich getan hast, als wir – in Bensonhurst – zu viert ausgegangen sind?«

»Parker würde es nicht einmal kümmern, wenn wir beide

ohnmächtig umfielen«, sagte Meredith gereizt. »Er ist viel zu sehr damit beschäftigt, Matt zu provozieren, sich auf einen Streit mit ihm einzulassen.«

Lisa hielt in ihrer Bewegung inne und warf Meredith einen ärgerlichen Seitenblick zu. »Matt tut sein Möglichstes, ihn auf die Palme zu bringen!«

»Er sagt doch kein einziges Wort!«

»Genau das ist es ja. Matt sitzt da, genüßlich in seinen Stuhl zurückgelehnt, und beobachtet Parker, als ob er ein bezahlter Clown wäre! Parker ist nicht gewohnt, zu verlieren, und er hat dich verloren. Und Matt sitzt da und strahlt schadenfroh, weil er weiß, daß er gewonnen hat.«

»Ich kann das einfach nicht glauben«, brachte Meredith wutschnaubend hervor. »Seit Jahren läßt du an Parker kein gutes Haar und kritisierst ihn, obwohl er recht hat. Und jetzt auf einmal, wo er unrecht hat und betrunken ist, verteidigst du ihn! Außerdem: Matt hat überhaupt nichts gewonnen. Und er ist *nicht* schadenfroh. Es sieht vielleicht so aus, als ob er sich über Parkers Mätzchen amüsiert, aber das tut er nicht! Du kannst mir glauben, er ist verdammt wütend – wirklich wütend, weil Parker alles tut, um ihn als gesellschaftlichen Außenseiter, als – Emporkömmling hinzustellen.«

»Das ist *deine* Ansicht«, sagte Lisa derart indigniert, daß Meredith überrascht zurücktrat. Ihr Erstaunen wandelte sich in Schuldgefühle, als Lisa nachschob: »Ich verstehe beim besten Willen nicht, wie du jemals einen Mann hast heiraten wollen, für den du nicht das geringste Mitgefühl empfindest!«

Der Ober hatte Matt gerade mitgeteilt, daß sie jetzt zum Essen Platz nehmen könnten, und Matt sah über seine Schulter, wie Lisa und Meredith aus der Damentoilette kamen und sich ihren Weg durch die überfüllte Lounge bahnten.

Parker hatte aufgehört, ihm Geschichten über Meredith und sich zu erzählen und war statt dessen dazu übergegangen, Matt dadurch in Verlegenheit zu bringen, daß er ihm detaillierte Fragen über seine Vergangenheit stellte und die Antworten dann genüßlich kommentierte. »Sagen Sie, Farrell«, sagte er so laut, daß alle Umstehenden mithören mußten, »wo haben Sie studiert? Ich hab's glatt vergessen.«

»Indiana State University«, antwortete Matt schneidend und beobachtete Meredith und Lisa.

»Ich habe in Princeton studiert.«

»Na und?«

»Es interessiert mich einfach. Wie steht's mit Sport? Haben Sie in irgendeiner Mannschaft gespielt?«

»Nein«, sagte Matt bissig, schob seinen Stuhl zurück und stand auf, damit sie alle vier zu ihrem Tisch im Speisesaal gehen konnten, sobald die beiden Damen da waren.

»Was haben Sie in Ihrer Freizeit gemacht?« bohrte Parker weiter, schob seinen Stuhl zurück und stand ebenfalls auf – ein wenig unsicher allerdings.

»Ich habe gearbeitet.«

»Wo?«

»In einem Stahlwalzwerk und als Automechaniker.«

»Ich habe Polo gespielt und auch ein bißchen geboxt. Und« – er musterte Matt abfällig von Kopf bis Fuß – »ich war derjenige, der Meredith zum erstenmal geküßt hat.«

»Und ich habe als erster mit ihr geschlafen«, gab Matt zurück, über alle Maßen gereizt. Er blickte weiterhin auf Meredith und Lisa, die keine drei Meter mehr entfernt waren.

»Sie Mistkerl!« fauchte Parker und holte aus, um Matt einen Kinnhaken zu versetzen.

Matt bemerkte es rechtzeitig genug, um dem Schlag auszuweichen. Instinktiv hob er seinen linken Arm zur Dekkung und schlug mit seiner Rechten zu. Dann passierte alles auf einmal: Frauen kreischten, Männer sprangen von ihren Stühlen auf, Parker ging zu Boden, und weiße Blitzlichter erhellten den ganzen Raum. Lisa schimpfte Matt einen Bastard, Matt drehte sich zu ihr um, und eine zarte Faust traf sein Auge im gleichen Moment, in dem Meredith sich zu Parker hinabbeugte, um ihm aufzuhelfen. Matt holte automatisch aus, um zurückzuschlagen, realisierte, daß es Lisa war, die ihn getroffen hatte, und hielt in der Bewegung inne, aber sein Ellbogen traf auf etwas Weiches direkt hinter ihm, und Meredith schrie auf. Joe drängte sich durch die Menschenmenge, und Matt packte Lisas Handgelenke, um diese Wildkatze daran zu hindern, weiter auf ihn einzuschlagen, während immer mehr Fotografen scheinbar aus dem Nichts auftauchten und wie wild knipsten. Mit seiner freien Hand riß Matt Meredith von Parker weg, der immer noch flach auf dem Rücken lag, und schubste sie auf Joe zu. »Bring sie hier raus!« schrie er und versuchte, sie mit dem eigenen Körper so gut wie möglich vor den Kameras zu decken. »Bring sie heim!«

Plötzlich fühlte Meredith sich hochgehoben und durch die schreiende Menge in Richtung auf die Pendeltür getragen, die zur Küche führte. »Da ist ein Hinterausgang«, murmelte Joe und schleppte sie vorbei an verblüfften Köchen, die über ihren dampfenden Töpfen standen, zur Hintertür, die er mit der Schulter aufstieß. Dann waren sie draußen in der eiskalten Nacht. Ohne auf den Parkwächter zu achten, riß er die Fondtür der Limousine auf, um sie hinein und auf den Boden zu schubsen. »Bleiben Sie unten!« rief er, bereits die Tür hinter ihr zuschlagend und um den Wagen herum zur Fahrertür hechtend.

Halb benommen sah Meredith den blauen Teppichboden des Wagens einen Zentimeter vor ihrer Nase. Das konnte alles einfach nicht wahr sein! Sie setzte sich auf und versuchte gerade auf den Sitz zu klettern, als die Limousine mit einem Satz losfuhr. Der Cadillac raste mit quietschenden Reifen aus dem Parkplatz auf die Straße und nahm die nächste Kurve auf zwei Rädern, was Meredith wieder zurück auf den Boden schleuderte. An den Fenstern flogen gelbe und rote Ampeln vorbei, während der Wagen die eine Straße hinauf und die nächste wieder hinunter jagte. Jetzt erst fiel ihr auf, daß sie nicht auf Lisa gewartet hatten.

Meredith rappelte sich hoch und streckte seufzend den Kopf durch einen Spalt der gläsernen Trennscheibe, da Matts Chauffeur sie anders nicht zu hören schien. »Joe!« rief sie ihm flehend zu, während er den großen Wagen haarscharf an einem Lkw vorbeizog. »Bitte! Ich habe Angst!«

»Machen Sie sich nur mal keine Sorgen, Mrs. Farrell«, sagte er und grinste sie durch den Rückspiegel an. »Uns erwischt keiner. Und selbst wenn sie uns folgen, können sie uns nix anhaben. Ich hab' meine kleine Freundin dabei!« Als sie ihn verständnislos anblickte, schlug er seinen dunklen Mantel auf, und sie starrte mit vor Entsetzen geweiteten Augen auf den Revolver, den er in einem professionellen Halfter trug.

»Oh, mein Gott«, stöhnte sie, ließ sich zurück in die Polster fallen und dachte an Lisa. In ihrer augenblicklichen Verfassung war es ihr relativ gleichgültig, ob Matt und Parker die Nacht im Gefängnis verbringen würden, aber um Lisa machte sie sich Sorgen. Meredith hatte gesehen, daß Parker als erster zum Schlag ausgeholt hatte, und ihr war klar, daß er derjenige war, der diese Auseinandersetzung angezettelt hatte. Aber sie hatte auch gesehen, daß Parker sein Ziel verfehlte und war keineswegs geneigt, Matt zu vergeben, daß er, der nüchtern war, einen armen betrunkenen Kerl zum Gespött des ganzen Lokals machte. Sie selbst war von Matts Ellbogen am Auge getroffen worden, und die Gegend um ihr rechtes Auge fühlte sich seltsam an.

Wenige Minuten später fuhr sie beim Klingeln des Autotelefons zusammen. »Für Sie!« rief Joe fröhlich. »Es ist Matt. Sie sind raus aus dem Restaurant. Alles in Ordnung. Er will mit Ihnen reden.«

Die Nachricht, daß Matt sie jetzt anzurufen wagte, jetzt, nach allem, was er ihr angetan hatte, gab ihr den Rest. Sie riß den Hörer von der Gabel, die in die Seitenwand des Wagens eingelassen war, und hielt ihn ans Ohr. »Joe hat gesagt, daß es dir gut geht«, setzte Matt an, und seine tiefe Stimme klang gedämpft. »Ich habe deinen Mantel und ...« Meredith hörte den Rest seines Satzes nicht mehr. Sehr langsam, sehr entschieden und mit ungeheurer Befriedigung hängte sie ein.

Zehn Minuten später trat Matts Chauffeur vor ihrem

Apartmenthaus voll in die Bremsen und brachte den Wagen leicht schleudernd zum Stehen. Er sprang heraus, noch bevor der Cadillac völlig zum Stillstand gekommen war, und hielt Meredith die Fondtüre auf. Befriedigt grinsend verkündete er: »Wir sind da, Mrs. Farrell, gesund und munter.«

Meredith ballte ihre Rechte zur Faust.

Aber dreißig Jahre zivilisierten Benehmens und guter Erziehung ließen sich nicht so leicht vergessen, und so holte sie einmal tief Luft, stieg mit zittrigen Knien aus dem Wagen und wünschte ihm höflich guten Abend. Sie betrat das Haus neben Joe, der darauf bestand, sie zu begleiten, und jedermann in der Lobby starrte sie mit großen Augen an – der Pförtner, der Wachmann und mehrere Mitbewohner, die wohl von einem frühen Abendessen heimkehrten. »G-guten Abend, Miss Bancroft«, stotterte der Wachmann, dem der Mund offen blieb.

Meredith vermutete, daß sie einen sicherlich sehenswerten Anblick bieten mußte. Sie hob den Kopf und ignorierte es. »Guten Abend, Terry«, erwiderte sie mit einem bezaubernden Lächeln, während sie ihren Arm von Joes beschützendem Griff losriß.

Als sie wenige Augenblicke später ihre Wohnung betrat und sich im Dielenspiegel sah, erstarrte sie jedoch vor Schreck. Ihre Augen weiteten sich, sie schluckte und brach in hysterisches Gelächter aus. Ihr Haar hing auf der einen Seite völlig glatt herab, während die andere aussah, als sei sie mit einem elektrischen Mixer in Berührung gekommen. Das Bolerojäckchen lag halbzerfetzt nur mehr über einer Schulter, und ihre Schuhe waren völlig aufgeweicht. »Wirklich sehr hübsch«, begrüßte sie sarkastisch ihr Spiegelbild und schloß dann die Wohnungstüre hinter sich.

»Ich sollte jetzt wirklich nach Hause gehen«, sagte Parker und rieb sich behutsam das schmerzende Kinn. »Es ist gleich elf.«

»Die Presseleute werden vor deiner Wohnung Spalier stehen«, sagte Lisa bestimmt. »Du kannst über Nacht hierbleiben, wenn du willst.«

»Was ist mit Meredith?« fragte er wenige Minuten später, als sie aus der Küche zurückkam und ihm eine weitere Tasse Tee brachte.

Lisa fühlte einen schmerzhaften Stich in ihrer Brust, als er die Frau erwähnte, die ihn nicht liebte und die darüber hinaus die letzte Frau auf der Welt war, in die er verliebt sein sollte. »Parker«, sagte sie sanft. »Es ist vorbei.«

Er hob den Kopf und blickte sie im gedämpften Licht der Stehlampe an. »Ich weiß«, sagte er düster.

»Das ist doch nicht das Ende der Welt«, fuhr Lisa fort und setzte sich neben ihn. Nicht zum erstenmal bemerkte Parker den rotgoldenen Schimmer ihres Haares. »Eure Beziehung war für euch beide sehr bequem – aber weißt du, was nach ein paar Jahren aus Bequemlichkeit wird?«

»Nein. Was?«

»Langeweile.«

Ohne darauf zu antworten, trank er seinen Tee aus und stellte die Tasse ab. Dann blickte er sich in ihrem Wohnzimmer um, weil er sich irgendwie scheute, sie anzusehen. Der Raum war eine eklektizistische Kombination aus modern und antik, mit ungewöhnlichen Kunstobjekten dazwischen. Er war wie sie – gewagt, faszinierend, beunruhigend. Auf einem verspiegelten postmodernen Sockel stand eine Aztekenmaske, daneben ein mit pfirsichfarbenem Leder bezogener Ohrensessel und neben diesem wiederum ein großer Korb mit prächtigem Efeu. Der Spiegel über dem Kaminsims präsentierte sich im modernen amerikanischen Stil, die Porzellanfigurinen auf dem Sims dagegen waren englischen Ursprungs. Unruhig und keineswegs Herr der Lage, erhob sich Parker und ging zum Kamin hinüber, um die Figurinen zu bewundern. »Sie sind wirklich wundervoll«, sagte er ernst. »Siebzehntes Jahrhundert, nicht wahr?«

»Ja«, antwortete Lisa leise.

Er kam zurück, blieb direkt vor ihr stehen und blickte zu ihr herunter, dabei aber sorgsam bemüht, nicht auf das tiefe pflaumenfarbene V ihres Kleides zu sehen. Dann stellte er die Frage, die ihn schon die ganze Zeit quälte: »Warum hast du Farrell geschlagen, Lisa?«

Lisa erschrak und stand schnell auf, um die leere Tasse in die Küche zu tragen. »Ich weiß es nicht«, log sie, verärgert darüber, daß seine Anwesenheit in ihrer Wohnung, seine lang ersehnte Nähe, ihre Stimme zittern ließ.

»Du kannst mich nicht ausstehen, und trotzdem hast du mich wie ein erzürnter Racheengel verteidigt«, bohrte Parker weiter. »Warum?«

Lisa schluckte und überlegte, was sie antworten sollte; ob sie die Frage mit einer witzigen Bemerkung über seine allzu offensichtliche Hilfsbedürftigkeit übergehen oder ob sie alles riskieren und ihm die Wahrheit sagen sollte, bevor ihn sich eine andere Frau schnappte. Er war verwundert, und er wollte eine Erklärung, aber ihr Instinkt sagte ihr, daß jetzt keinesfalls der richtige Zeitpunkt für eine Liebeserklärung war. »Wie kommst du darauf, daß ich dich nicht ausstehen kann?«

»Mach keine Witze«, meinte er sarkastisch. »Du hast keine Gelegenheit ausgelassen, mir sehr beredt mitzuteilen, was du von mir und meinem Beruf hältst.«

»Ach das«, sagte sie. »Das – das habe ich doch nur gesagt, um dich zu ärgern.« Sie wich dem Blick seiner strahlend blauen Augen aus und ging in Richtung Küche. Bestürzt bemerkte sie, daß er ihr mit dem Teetablett folgte.

Er blieb hartnäckig. »Warum?« fragte er wieder und wollte eigentlich wissen, warum sie auf Matt losgegangen war.

»Warum ich dich ärgern wollte?«

»Nein. Aber damit kannst du ja anfangen.«

Lisa zuckte die Schultern und beschäftigte sich auffallend konzentriert damit, die Teeutensilien wegzuräumen und die Spüle blankzupolieren. Ihre Gedanken arbeiteten fieberhaft. »Warst du mal in irgendein Mädchen verknallt und hast versucht, ihre Aufmerksamkeit auf dich zu lenken?«

»Ja.«

Sie schluckte hörbar, aber es war bereits zu spät, um

kehrtzumachen, also fuhr sie fort: »Ich weiß nicht, wie ihr Kinder aus vornehmen Familien es angestellt habt, aber bei uns war es meistens so, daß ein Junge einen Stock nach mir geworfen oder mich sonstwie fürchterlich geärgert hat. Das hat er deshalb gemacht«, schloß sie schmerzlich, »weil er keine bessere Methode wußte, auf sich aufmerksam zu machen. Nach dem Motto: Was sich liebt, das neckt sich.«

Sie hielt sich mit beiden Händen an der Arbeitsplatte fest und wartete darauf, daß er hinter ihr etwas sagte. Als er beharrlich schwieg, holte sie noch einmal ganz tief Luft, fixierte die Wand vor sich und fuhr fort: »Kannst du dir eigentlich vorstellen, was ich für Meredith empfinde? Alles, was ich bin und was ich habe – alles Gute in meinem Leben – verdanke ich nur ihr. Sie ist der wertvollste, der gütigste Mensch, den ich kenne. Ich liebe sie mehr als meine eigenen Schwestern. Parker«, ihre Stimme brach, »kannst du dir vorstellen, wie ... wie entsetzlich es ist, in einen Mann verliebt zu sein, der deiner liebsten Freundin einen Heiratsantrag macht?«

Endlich sprach Parker, er klang überrascht und ungläubig: »Ich glaube, ich bin irgendwo ausgeflippt, ich bin stockbesoffen und habe Halluzinationen«, sagte er. »Wenn ich morgen früh wieder zu mir komme, wird irgendein gottverdammter Psychotherapeut alles über diesen Traum wissen wollen. Nur damit ich dann keine falschen Angaben mache – willst du mir erzählen, daß du in mich *verliebt* bist?«

Lisas Schultern bebten vor verzweifeltem Lachen. »Du warst wirklich sehr dumm, es nicht zu bemerken.«

Seine Hände legten sich auf ihre Schultern. »Lisa, um Himmels willen ... ich weiß nicht, was ich sagen soll. Es tut mir leid ...«

»Sag gar nichts!« rief sie. »Und auf gar keinen Fall, daß es dir *leid* tut!«

»Was soll ich denn tun?«

Sie legte ihren Kopf in den Nacken, die Tränen rannen ihr übers Gesicht, und sie wandte sich verzweifelt an die Küchendecke: »Wie konnte ich mich nur in einen Mann verlieben, der derart fantasielos ist?«

Der Druck auf ihre Schultern verstärkte sich, und sie ließ sich widerwillig von ihm herumdrehen. »Parker«, sagte sie, »an einem Abend wie heute, wenn zwei Menschen sehr trostbedürftig sind, und wenn sie zufällig ein Mann und eine Frau sind, liegt die Antwort da nicht auf der Hand?«

Ihr Herzschlag setzte aus, als er darauf nichts sagte – dann aber begann ihr Puls zu rasen, als seine Finger ihr Kinn berührten und als er ihr Gesicht zu seinem emporhob. »Es könnte eine sehr *schlechte* Idee sein«, meinte er und blickte hinunter auf ihre tränenverhangenen Wimpern.

»Das Leben besteht aus lauter Risiken«, entgegnete sie, und jetzt erst bemerkte Parker, daß sie gleichzeitig lachte und weinte. Und dann dachte er gar nichts mehr, denn Lisas Arme schlangen sich um seinen Hals, und er erhielt plötzlich den süßesten, sinnlichsten Kuß seines Lebens ... einen Kuß, der ihn fast automatisch dazu trieb, seine Arme um sie zu legen und sie fest und eng an sich zu ziehen. Lisa erwiderte diesen Druck und ging noch einen Schritt weiter, um ihn gänzlich aus seiner Reserve zu locken. Und dann war er nicht mehr aufzuhalten ...

42

In ihren Bademantel gehüllt, saß Meredith in ihrem Wohnzimmer vor dem Fernseher. Auf den meisten Regionalsendern liefen die Sonntag-Vormittag-Cartoons, und sie ging mit einem kontinuierlichen Drücken auf den Programmknopf der Fernbedienung darüber hinweg. Was sie suchte, war ein Sender, der die Spätnachrichten des gestrigen Abends wiederholte, so daß sie sich noch einmal den Folterqualen dessen aussetzen konnte, was die ganze regionale Presse vermutlich genüßlich auszuschlachten gewußt hatte. Auf dem Sofa neben ihr lag die Sonntagszeitung mit der sensationellen Schlagzeile und Bildern von der Schlägerei auf der Titelseite. Die *Tribune* hatte einen besonders witzigen Aufhänger für die Geschichte gewählt, indem sie Parkers Bemerkung aus der Pressekonferenz wörtlich zitierte und sie direkt oberhalb der Fotos von dem Kampf abdruckte:

> Matt Farrell und ich sind zivilisierte Leute, und wir sind Opfer unglücklicher Umstände. Glücklicherweise ist unser Problem ebenso leicht wie rasch lösbar. Eigentlich kann man das Ganze als eine Art Geschäftsvertrag betrachten, der nicht ordnungsgemäß aufgesetzt wurde und nun neu ausgehandelt werden muß.

Darunter stand die reißerische Überschrift:

Farrell und Reynolds
bei der »Neuaushandlung eines Vertrages«

Wiederum darunter befanden sich die Bilder: Parker zum Schlag gegen Matt ausholend; Matts Faust auf Parkers Kinn; Parker auf dem Boden mit Meredith halb über ihm gebeugt.

Meredith nippte an ihrem Kaffee während sie zusah, wie der Nachrichtensprecher dic wichtigsten nationalen Neuigkeiten verlas und dann an seine Kollegin von der Regionalredaktion übergab: »Janet«, sagte er und grinste die Frau neben sich an. »Ich habe gehört, daß es heute abend Neuigkeiten im Fall des Trios Bancroft-Farrell-Reynolds gibt.«

»Das ist tatsächlich der Fall, Ted«, erwiderte sie, und voll zur Kamera hin gewandt, fuhr sie mit einem belustigten Ton in der Stimme fort: »Die meisten von Ihnen werden sich an die Pressekonferenz erinnern, bei der Parker Reynolds, Matthew Farrell und Meredith Bancroft sich wie eine kleine glückliche Familie präsentierten. Nun, heute abend waren sie zusammen im Manchester House zum Dinner, und es sieht so aus, als habe es einen kleinen Familienkrach gegeben. Und zwar, liebe Zuschauer in Form eines richtigen, handfesten Faustkampfes! Es trat an Parker Reynolds gegen Matthew Farrell, Ehemann gegen Verlobten; Princeton University gegen Indiana State; altes Geld gegen neues ...« Sie machte eine kurze Pause, um über ihren eigenen Witz zu lachen, dann sagte sie ironisch: »Sie wollen wissen, wer gesiegt hat? Überlegen Sie gut, auf wen Sie wetten wollen – wir waren live dabei und haben alles für Sie aufgezeichnet.«

Ein Bild von Parker, zum Kinnhaken gegen Matt ausholend, flimmerte über den Bildschirm, gefolgt von einem anderen, auf dem Matt Parker zu Boden schickte.

»Wenn Sie Ihr Geld auf Matt Farrell gesetzt haben, liebe Zuschauer, dann haben Sie gewonnen«, schloß sie lachend. »Der zweite Platz geht übrigens an Miss Lisa Pontini, eine Freundin von Miss Bancroft, die, wie wir aus zuverlässiger Quelle erfahren haben, gleich im Anschluß an die soeben gezeigten Aufnahmen einen rechten Haken bei Matt Farrell landete. Miss Bancroft blieb nicht lange genug, um dem Sieger zu gratulieren oder den Verlierer zu trösten. Sie verließ den Schauplatz noch vor Ende des Kampfes in Matt Farrells Limousine. Die drei Kombattanten folgten ihr später in einem Taxi und ...«

»Mist!« sagte Meredith laut und drückte verärgert den Aus-Knopf der Fernbedienung. Dann stand sie auf, ging ins Schlafzimmer, ließ sich auf ihr Bett sinken und wählte zum wiederholten Male Lisas Nummer. Sie hatte schon gestern abend versucht, sie zu erreichen, aber entweder ging Lisa nicht ans Telefon, oder sie war nicht zu Hause. Dasselbe galt für Parker, den Meredith ebenfalls anzurufen versucht hatte.

Nach dem fünften Läuten hob jemand ab – es war Parker, und für den Bruchteil einer Sekunde war Meredith wie gelähmt. »Parker?« stotterte sie.

»Mmmm«, sagte er.

»Bist du ... ist alles in Ordnung?«

»Mir geht es gut«, murmelte er. Es klang, als sei er die ganze Nacht aufgewesen und erst vor kurzem fest eingeschlafen. »Nur übernächtigt.«

»Oh, das tut mir leid. Ist Lisa in der Nähe?«

»Mmmm«, sagte er wieder, und eine Sekunde später murmelte Lisa schläfrig in den Hörer: »Werisda?«

»Ich bin's, Meredith«, antwortete sie, und im gleichen Moment traf sie die Erkenntnis, daß beide dicht nebeneinander schlafen mußten, sonst wäre Lisa nicht sofort nach Parker am Apparat gewesen. Lisa hatte zwei Telefone in ihrer Wohnung. Eines in der Küche und eines neben dem Bett. Und sie schliefen bestimmt nicht in der Küche. Der Schock ließ sie aufspringen. »Seid – seid ihr im Bett?« entfuhr es ihr, bevor sie sich unter Kontrolle hatte.

»Mmmm-hmmm.«

Meredith wußte Bescheid. Sie hielt sich am Kopfteil fest, da sich alles um sie zu drehen begonnen hatte. »Tut mir leid, daß ich euch aufgeweckt habe«, brachte sie mühsam heraus und legte auf.

Die ganze Welt stand kopf – und sie war mittendrin. Nichts war mehr so, wie es sein sollte. Ihre beste Freundin lag im Bett mit ihrem Verlobten. Und ebenso schockierend empfand sie die Tatsache, daß sie sich nicht einmal betrogen oder niedergeschlagen fühlte – nur benommen.

Eine Stunde später nahm Meredith ihren Schlüsselbund, setzte eine große dunkle Sonnenbrille auf und verließ ihre Wohnung. Sie würde ins Büro fahren und arbeiten. Das war das einzige, was sie noch einigermaßen unter Kontrolle hatte. Matt hatte sich nicht die Mühe gemacht, sie anzurufen, und das hätte sie eigentlich wundern sollen – aber Meredith war inzwischen so weit, daß sie sich über gar nichts mehr wunderte. Die Türen des Fahrstuhls öffneten sich im unteren Parkgeschoß ihres Apartmenthauses, und sie ging auf den für sie reservierten Parkplatz zu. Die Autoschlüssel in der Hand, umrundete sie einen Stützpfeiler und blieb entsetzt stehen.

Ihr Auto war weg.

Ihr Auto war weg, und jemand anderer hatte bereits ein neues Jaguar-Cabriolet auf ihren Parkplatz gestellt.

Jemand hatte ihr Auto gestohlen! Jemand hatte ihren Parkplatz gestohlen!

Das gab den Ausschlag. Jetzt hatte sie es endgültig satt. Sie starrte den blankpolierten dunkelblauen Jaguar an und mußte sich plötzlich zurückhalten, um nicht in hysterisches Gelächter auszubrechen. Am liebsten hätte sie dem Schicksal eine lange Nase gemacht. Es gab nichts, aber auch gar nichts mehr, was ihr das Schicksal jetzt noch antun konnte! Sie würde zurückschlagen – sie würde aufs Ganze gehen.

Auf dem Absatz kehrt machend, ging Meredith zum Lift zurück, drückte energisch den Knopf zum Erdgeschoß und ging dann schnurstracks zum diensthabenden Wachmann. »Robert«, sagte sie, »auf meinem Parkplatz – L 12 – steht ein blauer Jaguar. Bitte lassen Sie ihn abschleppen. Sofort.«

»Aber das ist wahrscheinlich nur ein neuer Mieter, der aus Verseh...«

Meredith hob den Hörer von seinem Telefon und drückte ihn ihm in die Hand. »Also«, sagte sie, und ihre Stimme klang gefährlich gereizt, »rufen Sie jetzt die Werkstatt in der Lyle Street an, und lassen Sie diesen Wagen abschleppen. Ich will ihn in fünfzehn Minuten nicht mehr hier sehen!«

»In Ordnung, Miss Bancroft. In Ordnung. Kein Problem.«

In der Absicht, mit einem Taxi ins Büro zu fahren und von dort aus die Polizei anzurufen und ihr Auto als gestohlen zu melden, marschierte Meredith durch die Türen der Lobby. Draußen fuhr gerade ein Taxi vor, und sie lief darauf zu, blieb dann aber abrupt stehen, als sie die Horde Reporter sah, die vor dem Haus lauerte. »Miss Bancroft – wegen gestern abend ...!« rief einer, und zwei Fotografen knipsten sie durch die Glastür hindurch. Ohne zu bemerken, daß es sich bei dem sonnenbebrillten Mann, der aus dem Taxi stieg, um Matt handelte, machte Meredith auf dem Absatz kehrt, lief zurück zum Aufzug und stürzte wieder in ihre Wohnung.

Sie hatte gerade den Telefonhörer von der Gabel gehoben, um ein Taxi an den Lieferanteneingang zu bestellen, als jemand an ihre Wohnungstür klopfte. In dem Zustand leichter geistiger Verwirrung, in dem sie sich momentan befand, machte Meredith die Tür auf, ohne vorher zu fragen, wer da sei ... und starrte auf Matt, in dessen dunklen Brillengläsern sie ihr eigenes Spiegelbild erkannte. »Guten Morgen«, sagte er und lächelte zögernd.

»Glaubst du das wirklich?« erwiderte sie und ließ ihn herein.

»Was meinst du damit?« fragte Matt und versuchte, hinter ihren riesigen runden braunen Brillengläsern einen Blick auf ihre Augen zu werfen, um ihre Stimmung besser abschätzen zu können.

»Ich meine damit«, antwortete sie, »daß ich, wenn dies ein *guter* Morgen ist, den morgigen am besten gar nicht mehr erleben möchte.«

»Du bist nur etwas verstimmt«, folgerte er.

»Ich?« sagte sie sarkastisch und deutete auf ihre Brust. »Ich, verstimmt? Nur weil ich mich nicht mehr aus dem Haus trauen kann und weder in die Nähe einer Zeitung oder eines Radios und Fernsehers kommen darf? Warum sollte mich denn *das* verstimmen?«

Matt verbiß sich ein Grinsen. Sie sah es. »Trau dich bloß nicht, jetzt zu lachen«, drohte sie ungnädig. »Das ist nämlich alles nur deine Schuld. Immer wenn du in meine Nähe kommst, passieren mir die unglaublichsten Dinge!«

»Was ist denn passiert?« fragte er mit lachender Stimme und bezähmte sein Verlangen, sie in seine Arme zu ziehen.

Sie schlug die Hände zusammen.

»Die ganze Welt steht kopf! In der Arbeit geschehen Dinge, die noch *nie* vorher passiert sind – ich muß mit Bombendrohungen fertig werden, und der Kurs unserer Aktien schwankt ganz gewaltig. Heute früh wurde mir bereits das Auto gestohlen, jemand anderer hat meinen Parkplatz mit Beschlag belegt – und ich habe entdeckt, daß meine beste Freundin und mein ehemaliger Verlobter die Nacht zusammen verbracht haben!«

Er lachte leise. »Und du glaubst, daß *alles* das meine Schuld ist?«

»Nun, wie erklärst du es?«

»Kosmische Strömungen?«

»Eine kosmische Katastrophe meinst du wohl!« korrigierte

sie und sah in ihrem Zorn so hinreißend aus, daß Matts Schultern vor Lachen zu beben begannen. »Ist das alles?«

»Nein. Da ist noch eine Kleinigkeit, die ich bisher nicht erwähnt habe.«

»Und die wäre?«

»Das ...«, verkündete sie triumphierend und nahm ihre Sonnenbrille ab. »Ich habe ein blaues Auge. Ein Veilchen. Ein – ein ...«

Hin und her gerissen zwischen Lachen und Bedauern, hob Matt seinen Finger und berührte zart den winzigen blauen Fleck am äußeren unteren Lidrand. »Das«, sagte er mitleidig grinsend, »das verdient die Bezeichnung Veilchen oder blaues Auge gar nicht; es ist nur ein Mäuschen.«

»Fantastisch«, sagte sie. »Ich habe soeben einen neuen Ausdruck gelernt!«

Ohne auf ihre spitze Bemerkung einzugehen, musterte Matt den gut abgedeckten kleinen blauen Fleck mit nachdenklicher Bewunderung. »Man sieht es kaum. Was hast du zum Abdecken benutzt?«

»Make-up«, antwortete sie, verwundert über seine Frage. »Warum?«

Lachend nahm Matt seine Sonnenbrille ab. »Meinst du, du könntest mir ein bißchen was leihen?«

Meredith schnappte nach Luft, als sie ein praktisch identisches Mal unter seinem Auge erblickte, und auf einmal wandelten sich ihre Gefühle in absolute Heiterkeit. Sie sah das Grinsen, das um seine Mundwinkel spielte, und begann zu kichern. Bald lachte sie so, daß ihr die Tränen über die Wangen liefen, und Matt stimmte in ihr Gelächter ein. Als er nach ihr griff und ihren bebenden Körper an sich zog, ließ sie sich gegen ihn fallen und lachte noch unbändiger.

Matt zog sie näher und vergrub sein lachendes Gesicht in ihrem seidigen Haar; ihre Heiterkeit erfüllte ihn mit tiefer Freude. Trotz seiner noch vor wenigen Minuten gezeigten Nonchalance war ein Großteil der Dinge, deren sie ihn angeklagt hatte, tatsächlich wahr. Er mußte zugeben, daß er ihr Leben wirklich völlig auf den Kopf gestellt hatte.

Als ihr Lachanfall etwas vorüber war, lehnte Meredith sich entspannt in seinen Armen zurück. »Hast du«, fragte sie, ein weiteres ununterdrückbares Kichern verschluckend, »deine – Maus von Parker?«

»Wenn es nur so wäre«, scherzte Matt. »Die Wahrheit ist aber, daß deine Freundin Lisa mich mit einem rechten Haken erwischt hat. Wie bist du zu deinem gekommen?«

»Das warst du.«

Sein Lächeln verschwand. »Das ist nicht wahr.«

»Doch.« Sie nickte nachdrücklich. »Du hast mich mit deinem Ellbogen getroffen, als ich mich gebückt habe, um Parker aufzuhelfen. Wenn es heute passiert wäre, würde ich allerdings mit beiden Füßen auf ihm rumtrampeln!«

Matts Lächeln verbreiterte sich vor Freude. »Wirklich? Warum?«

»Ich hab's dir doch erzählt«, sagte sie und holte ein wenig zittrig Luft. »Heute früh habe ich bei Lisa angerufen, um zu fragen, wie sie alles überstanden hat, und sie lagen zusammen im Bett.«

»Ich bin entsetzt!« sagte er. »Ich hätte ihr einen besseren Geschmack zugetraut!«

Meredith biß sich auf die Lippen, um nicht über diese Bemerkung zu lachen. »Es ist wirklich schrecklich, weißt du – meine beste Freundin im Bett mit meinem Verlobten.«

»Es ist eine Unverschämtheit!« erklärte Matt entrüstet.

»Genau das ist es«, stimmte sie zu.

»Du mußt dich unbedingt rächen.«

»Das ist nicht möglich.« Ihr Kichern erstickte fast ihre Worte.

»Warum nicht?«

»Weil«, ein neuer Heiterkeitsausbruch raubte ihr die Luft. »Lisa *hat* keinen Verlobten!« Wieder warf sie sich lachend in seine Arme, überwältigt von ihrer eigenen Albernheit. Matts Stimme wurde dunkel und suggestiv: »Ich weiß, wie du dich trotzdem rächen kannst.«

»Wie?« Sie lachte vergnügt.

»Du könntest statt dessen mit mir ins Bett gehen.«

Sie erstarrte und trat hastig einen Schritt zurück. Zwar lächelte sie noch, aber diesmal mehr aus Verlegenheit. »Ich – ich muß die Polizei anrufen wegen meinem Auto«, sagte sie, um das Thema zu wechseln, und ging rasch auf ihren Schreibtisch zu. Im Vorbeigehen sah sie aus dem Fenster. »Ach, gut. Da ist ja der Abschleppwagen«, plapperte sie heiter und hob den Hörer ab, um die Polizei zu benachrichtigen. »Ich habe dem Wachmann gesagt, er soll den Wagen von meinem Parkplatz abschleppen lassen.«

Ein seltsamer Ausdruck flog über sein Gesicht, und als er die Hand ausstreckte und die Gabel niederdrückte, um ihren Anruf bei der Polizei zu unterbinden, betrachtete sie ihn mißtrauisch. Doch anstatt sie in seine Arme zu ziehen, wie sie es erwartet hatte, nahm er ihr nur den Hörer aus der Hand und fragte milde: »Welche Nummer hat der Sicherheitsdienst hier im Haus?«

Sie nannte sie ihm und sah verwundert zu, wie er wählte.

»Hier spricht Matt Farrell«, sagte er zu dem Wachmann. »Bitte gehen Sie hinunter in die Garage und sagen Sie dem Abschleppdienst, daß sie den Wagen meiner Frau da stehen lassen sollen, wo er ist.« Als der Wachmann einwandte, daß Miss Bancrofts Wagen ein BMW sei, während auf ihrem Parkplatz ein blauer Jaguar stünde, sagte Matt: »Ich weiß. Der Jaguar ist ein Geburtstagsgeschenk.«

»Ein *was*?« Meredith verschlug es den Atem.

Er legte auf und drehte sich zu ihr um. Um seinen Mund spielte ein leises Lächeln, aber Meredith konnte nicht zurücklächeln – sie war wie erschlagen von dem Wert seines Geschenks; wie gelähmt bei der Erkenntnis, daß es nichts gab, was er nicht für sie tun würde, und wie versteinert vor Schreck, als sie den verräterischen Sprung bemerkte, den ihr Herz gemacht hatte, als er ganz ruhig und selbstverständlich die Worte »meine Frau« ausgesprochen hatte. Völlig verwirrt fragte sie: »Wo ist mein eigenes Auto?«

»Auf dem Parkplatz des Nachtwächters, eine Etage tiefer.«

»Aber – aber wie hast du es in Gang bekommen? Ich meine, auf der Farm hast du gesagt, daß die Alarmanlage sofort losginge und es fahruntauglich machen würde, wenn du versuchen solltest, es ohne Schlüssel zu starten.«

»Für Joe O'Hara war das kein Problem.«

»Ich *wußte* es, als ich den Revolver sah: Der Kerl ist ein – Gangster.«

»Nein, das ist er nicht«, entgegnete Matt trocken. »Er kennt sich nur verdammt gut mit Autos aus.«

»Ich kann den anderen Wagen unmöglich annehmen …«

»Doch, Darling«, sagte er, »du *kannst*.«

Meredith spürte, daß es wieder um sie geschehen war – diese Anziehungskraft, die sein Körper und seine Stimme auf sie ausübten, dieses Flattern in ihrem Inneren, wenn er sie Darling nannte. Sie wich einen Schritt zurück und sagte mit zittriger Stimme: »Ich – ich fahre jetzt ins Büro.«

»Das glaube ich nicht«, erwiderte Matt leise.

»Was meinst du damit?«

»Ich meine, daß wir etwas Wichtigeres zu tun haben.«

»Und das wäre?«

»Ich werde es dir zeigen«, versprach er heiser. »Im Bett.«

»Matt, bitte, tu mir das nicht an …«, flehte sie, hob die Hand, um ihn abzuwehren und wich zwei weitere Schritte zurück.

Er folgte ihr, Schritt für Schritt. »Wir wollen einander. Wir haben einander doch schon immer gewollt.«

»Matt, hör mir zu. Bleib stehen und hör mir zu. Bitte!«

Erstaunt über die furchtsame Verzweiflung, die aus ihrer Stimme klang, machte Matt halt.

»Du hast gesagt, du willst Kinder«, platzte sie heraus, »und ich kann keine mehr kriegen – es wäre zu gefährlich.«

Er antwortete umgehend: »Dann adoptieren wir welche.«

»Was ist, wenn ich keine Kinder will?« konterte sie.

»Dann adoptieren wir keine.«

»Ich habe nicht die Absicht, meine Karriere aufzugeben …«

»Das erwarte ich doch gar nicht.«

»Gott, du machst es einem wirklich nicht einfach!« rief sie. »Und ich rede auch gar nicht über Kinder. Ich werde dir nie genügen, das *weiß* ich.«

Seine Augen wurden groß. »Wie bitte?«

»Ich habe schon einmal versucht, dir zu erklären, wie – wie ich mich fühle, wenn wir miteinander schlafen. Matt«, sie erstickte fast an ihren Worten, »die Leute – Männer, meine ich – halten mich für ... frigide. Sogar im College war das bekannt. Ich glaube zwar nicht, daß ich das wirklich richtig bin, aber ich bin nicht – nicht wie die meisten Frauen.«

»Sprich weiter«, bestärkte er sie, als sie verstummte, aber in seinen Augen erschien ein seltsames Leuchten.

»Im College, zwei Jahre, nachdem du weg warst, habe ich versucht, mit einem Jungen zu schlafen, und es war furchtbar. Für ihn auch. Die anderen Studentinnen gingen mit allen möglichen Jungen ins Bett und hatten Spaß dabei, aber ich nicht. Ich konnte es einfach nicht.«

»Nach all dem, was du durchgemacht hast«, sagte Matt, so erleichtert, daß er kaum seine Stimme unter Kontrolle halten konnte, »ist das wirklich kein Wunder. Das wäre bei jeder anderen genau dasselbe gewesen.«

»Das dachte ich zunächst auch, aber das war es nicht. Parker ist bestimmt kein unbeholfener, sexbesessener College-Junge, aber ich weiß, daß auch er mich für – für langweilig hält. Parker hat das nicht so viel ausgemacht, aber bei dir ist das etwas anderes.«

Schwach vor Erleichterung, sagte Matt leise: »Ich glaube, diese Hürden können wir gleich hier überwinden. Das, was ich über Kinder gesagt habe, ist mein Ernst. Dasselbe gilt für deine Karriere. Und außerdem kann ich dir versichern« – er lächelte sie liebevoll an –, »daß du mir alles geben kannst, was ich will; in jeder Hinsicht.«

Hilflos seiner dunklen Stimme, dem sinnlichen Blick seiner wunderbaren Augen verfallen, sah Meredith zu, wie er langsam sein Sportjackett auszog und es lässig über die Sofalehne warf. Der Hintersinn seiner Handlung entging ihr freilich, da das, was er sagte, sie völlig in Bann hielt. »Was deine sogenannte Frigidität angeht, ist das einfach absurd. Die Erinnerung daran, wie es war, mit dir zu schlafen, hat mich noch jahrelang verfolgt. Und wenn du glaubst«, fuhr er ernsthaft fort, »daß du die einzige bist, die sich über die Stunden, die wir im Bett verbracht haben, Gedanken gemacht hat, dann habe ich interessante Neuigkeiten für dich, Darling. Es gab Zeiten, da habe ich mich unfähig gefühlt. Ganz gleich, wie oft ich mir vorgenommen hatte, mich zusammenzunehmen, dich stundenlang zu lieben und uns beide ganz langsam zum Höhepunkt hinzuführen – ich konnte es einfach nicht durchhalten, weil du mich so verrückt gemacht hast.«

Matt sah die leichte Röte auf ihren Wangen, einen Beweis, daß seine Worte sie nicht kalt gelassen hatten. »Jetzt steht unserer Ehe nur noch eines im Wege.«

»Was?«

»Dein Gefühl, daß du unfähig bist und ...?«

»Ungeschickt«, half sie aus, abgelenkt durch die Art, in der er gemächlich seine Krawatte abstreifte. »Und ... und minderwertig.«

»Ich kann mir vorstellen, wie unangenehm das für dich sein muß«, ging er mit gespieltem Ernst auf sie ein. »Ich denke, darum müssen wir uns als nächstes kümmern.« Er begann, sein Hemd aufzuknöpfen.

»Was machst du da?« wollte sie mit schreckgeweiteten Augen wissen.

»Ich ziehe mich aus.« Seine Stimme war heiser vor Zärtlichkeit, und er streckte seine Arme nach ihr aus. »Komm mit mir ins Bett, Darling. Ich verspreche dir, daß du danach nie wieder die geringsten Zweifel über dich oder mich haben wirst.«

Meredith zögerte, dann lief sie geradewegs in seine Umarmung hinein.

Im Schlafzimmer tat Matt alles, um sein Versprechen einzulösen: Er ließ sie Champagner trinken, um sich zu entspannen; er sagte ihr, daß jeder Kuß und jede Liebkosung, die sie genoß, ihn ganz genauso verrückt machte. Dann stellte er seinen Körper einer Frau, deren bloße Stimme ihn erregte, als Studienobjekt zur Verfügung. Und schließlich machte er keinerlei Versuche, seine Reaktionen auf alles, was sie mit ihm machte, zu verbergen. Auf diese Art verbrachte Matt die folgenden zwei Stunden seines Lebens unter fast unerträglichen Qualen, Qualen der Leidenschaft, die seine Frau, nachdem sie ihre Schüchternheit einmal überwunden hatte, nach bestem Wissen und Können immer mehr auf die Spitze trieb.

»Aber ich bin mir immer noch nicht völlig sicher, ob du *das* magst«, flüsterte sie und berührte mit den Lippen das harte, geschwollene Zeichen seiner Männlichkeit.

»Bitte tu das nicht«, keuchte Matt mit letzter Kraft.

»Du magst es nicht?«

»Du siehst doch, wie sehr ich es mag.«

»Warum willst du dann, daß ich damit aufhöre?«

»Wenn du weitermachst, wirst du den Grund in wenigen Sekunden erfahren.«

»Magst du *das?*« Ihre Zunge glitt über seine Brustwarzen, und er hielt den Atem an, um ein Stöhnen zu unterdrücken.

»Ja«, brachte er schließlich mit halberstickter Stimme hervor. Er streckte die Arme nach oben und hielt sich mit beiden Händen am Kopfteil des Bettes fest, während sie sich auf ihn setzte und sich zu bewegen begann. Entschlossen, sie diesmal alles machen zu lassen, biß er die Zähne zusammen. »Das hat man nun davon, wenn man sich in eine Karrierefrau verliebt, anstatt in ein hübsches kleines Dummchen«, scherzte er, so benommen vor Leidenschaft, daß er nicht mehr darauf achtete, was er sagte. »Ich hätte wissen müssen, daß eine Karrierefrau immer oben sein will ...«

Es dauerte einen Moment, bis er realisierte, daß sie mitten in ihrer Bewegung erstarrt war.

»Wenn du jetzt aufhörst, Darling, werde ich, glaube ich, auf der Stelle sterben.«

»Was?« flüsterte sie.

»Bitte, hör jetzt nicht auf, oder ich mache weiter, ganz gleich, was ich versprochen habe«, keuchte er und hob bereits sein Becken, um höher und tiefer in ihre enge, feuchte Wärme einzudringen.

»Du bist in mich *verliebt?*«

Er schluckte, seine Stimme war rauh vor Erregung und Belustigung: »Was zum Teufel glaubst denn du, worum es hier eigentlich geht?« Obwohl der Raum verdunkelt war, sah er die Tränen in ihren Augen schimmern.

»Schau mich bitte nicht so an«, flehte er, ließ das Kopfteil los und zog sie zu sich herunter. »Nicht weinen. Es tut mir leid, daß ich das gesagt habe«, flüsterte er und küßte sie in hilfloser Verzweiflung, weil er dachte, daß sie nicht hören wollte, was er empfand. »Ich hatte nicht vor, es dir schon so bald zu sagen.«

»So bald?« wiederholte sie grimmig, und ihre Schultern bebten vor Weinen und Lachen. *»So bald?«* schluchzte sie gebrochen. »Ich habe fast mein halbes Leben lang darauf gewartet, daß du mir sagst, daß du mich liebst.« Ihre tränennasse Wange an seine Brust gepreßt und immer noch innig mit ihm verbunden, flüsterte sie: »Ich liebe dich, Matt.«

In dem Moment, in dem sie das aussprach, kam Matt ungewollt in ihr zu seinem Höhepunkt; zitternd, bebend drückte er sie mit aller Kraft an sich, seine Finger gruben sich in ihren Rücken, und er verbarg sein Gesicht an ihrem Hals – hilflos und doch voll Kraft, weil sie endlich die heißersehnten Worte ausgesprochen hatte.

Ihr Körper straffte sich, sie hielt ihn ganz fest in sich. »Ich habe dich immer geliebt«, flüsterte sie, »und ich werde dich immer lieben.«

Der Höhepunkt, der fast vorüber war, verlängerte sich auf magische Weise, ihre beiden Körper zuckten lange. Nicht Reize oder Techniken hatten diese höchste Lust ausgelöst, sondern Worte. Ihre Worte.

Meredith drehte sich in Matts Arme, kuschelte sich enger an ihn, befriedigt und glücklich.

In New Orleans betrat ein gutgekleideter Mann eine der Umkleidekabinen des mit Käufern überfüllten Kaufhauses Bancroft & Company. In der rechten Hand trug er einen Anzug, den er vom Ständer genommen hatte, in der linken eine große Tüte von Saks Fifth Avenue, in der sich ein kleiner Plastiksprengkörper befand. Fünf Minuten später verließ er die Umkleidekabine, nurmehr den Anzug in der Hand, den er auf den Ständer zurückhängte.

In Dallas ging eine Frau mit einer Louis Vuitton-Handtasche und einer Tragetüte von Bloomingdale's in eine der Damentoiletten von Bancroft & Company. Als sie wieder herauskam, hatte sie nur ihre Handtasche dabei.

In Chicago fuhr ein Mann im Aufzug zur Spielwarenabteilung des Stammhauses von Bancroft's hinauf, beladen mit Päckchen von Marshall Field's. Ein kleines Päckchen steckte er zwischen die Bretter des Knusperhäuschens, vor dem die Kinder Schlange standen, um sich auf den Knien eines weißbärtigen Nikolaus fotografieren zu lassen.

In Merediths Wohnung, mehrere Meilen entfernt, sah Matt einige Stunden später auf seine Uhr, dann stand er auf und half Meredith, die Reste ihres Dinners wegzuräumen, das sie, nachdem sie erneut übereinander hergefallen waren, vor dem offenen Kamin verzehrt hatten. Sie hatten eine Probefahrt mit Merediths neuem Wagen unternommen und am Heimweg bei einem kleinen italienischen Restaurant angehalten und zwei Portionen Pizza mitgenommen, weil sie alleine sein wollten.

Meredith räumte gerade die letzten Teller in die Spülmaschine, als er leise hinter sie trat. Sie fühlte seine Nähe wie eine magnetische Kraft, noch bevor er seine Hand um ihre Taille legte und sie mit dem Rücken an sich zog. »Glücklich?« fragte er leise und hauchte einen Kuß auf ihre Schläfe.

»Sehr glücklich«, flüsterte sie lächelnd.

»Es ist gleich zehn Uhr.«

»Ich weiß.« Ihr Lächeln verschwand, da sie ahnte, was jetzt als nächstes kommen würde – und sie hatte recht.

»Mein Bett ist größer als deines. Und meine Wohnung auch. Ich kann veranlassen, daß morgen früh der Möbelwagen vor der Tür steht.«

Tief Atem holend, drehte sie sich in seinen Armen um und

legte ihre Hand an seine Wange, um ihre Ablehnung weniger kraß erscheinen zu lassen. »Ich kann nicht mit dir zusammenziehen – noch nicht.«

Unter ihren Fingern fühlte sie, wie sein Kiefer sich verspannte. »Kannst du nicht oder willst du nicht?«

»Ich kann nicht.«

Er nickte, als ob er ihre Antwort akzeptieren würde, ließ aber seine Arme fallen. »Bitte verrate mir, warum du glaubst, daß du nicht kannst.«

Meredith steckte die Hände in die tiefen Taschen ihres Morgenmantels, trat einen Schritt zurück und begann dann mit ihrer Erklärung. »Erstens habe ich letzte Woche neben Parker gestanden, als er öffentlich erklärt hat, daß wir heiraten würden, sobald die Scheidung durch wäre. Wenn ich jetzt mit dir zusammenziehe, dann wird Parker wie der letzte Trottel dastehen und ich wie eine dumme Ziege, die nicht weiß, was sie will – oder wie ein Flittchen, das so hohl und eitel ist, daß sie mit dem nächstbesten Sieger eines Faustkampfes abzieht.«

Sie wartete darauf, daß er ihr widersprach oder zustimmte. Statt einer Antwort lehnte er sich mit der Hüfte gegen den hinter ihm stehenden Tisch und betrachtete sie mit unbewegter Miene. Meredith erkannte, daß er die öffentliche Meinung derart gering schätzte, daß ihre Bedenken ihm irrelevant vorkommen mußten. Also brachte sie ein anderes, gewichtigeres Problem zur Sprache: »Matt, ich wollte eigentlich nicht darüber sprechen, aber mit neunzig Prozent Wahrscheinlichkeit werde ich in den nächsten Tagen vor den Vorstand beordert und wegen dieses Skandals zur Rede gestellt. Verstehst du denn nicht, in was für einer verzweifelten Lage ich bin? Bancroft & Company ist eine alteingesessene und ehrwürdige Institution; die Mitglieder des Vorstands sind extrem konservativ. Sie waren von Anfang an nicht dafür, daß ich das Präsidentenamt übernehme. Vor ein paar Tagen habe ich vor ihnen gestanden und erklärt, daß wir uns kaum kennen und daß keinerlei Aussicht auf eine Versöhnung bestünde. Wenn ich jetzt gleich mit dir zusammenziehe, ist meine Glaubwürdigkeit als Führungskraft dahin.«

Matts Miene ließ vermuten, daß er glaubte, sie wolle ihn nur hinhalten. Und seine nächsten Worte bestätigten diese Vermutung und zeigten, daß ihm das alles ganz und gar nicht gefiel.

»Früher oder später, Meredith, wirst du das Risiko eingehen müssen, mir völlig zu vertrauen. Bis dahin machst du mir und dir selbst nur etwas vor. Du kannst das Schicksal nicht dadurch beeinflussen, daß du am Rand stehenbleibst und nur ab und zu einen kleineren Betrag auf ein sicheres Feld setzt. Entweder du springst mit beiden Beinen ins Leben hinein und riskierst alles, oder du läßt das Spielen ganz bleiben. Und wenn du nicht spielst, dann kannst du auch nicht gewinnen.«

Diese Philosophie mochte einiges für sich haben, aber sie erschreckte sie, und außerdem paßte sie viel eher zu Matt als zu ihr.

»Wie wär's mit einem Kompromiß?« schlug sie vor und schenkte Matt ein einfach unwiderstehliches Lächeln. »Ich werde hineinwaten, aber ein Weilchen im Seichten bleiben, bis ich mich daran gewöhnt habe.«

Nach einem langen Moment nickte er. »Wie lange?«

»Nicht zu lange.«

»Und was soll ich tun, während du überlegst, wie weit du dich hineinwagst? Soll ich warten, bis dein Vater dich wieder davon überzeugt hat, daß ich nichts für dich bin und daß du die Scheidung doch noch durchziehen sollst?«

»Ich bin stark genug, um mich gegen meinen Vater durchzusetzen«, sagte sie mit einer derartigen Überzeugungskraft, daß er lächeln mußte. »Ich mache mir über etwas ganz anderes Sorgen: ob du versuchen wirst, ihm auf halbem Wege entgegenzukommen – um meinetwillen?«

Sie hatte erwartet, daß er – um ihretwillen – zustimmen würde, aber sie hatte die Tiefe von Matts Haß unterschätzt, denn er schüttelte den Kopf. »Er und ich haben zuerst noch eine alte Rechnung zu begleichen, und das werde ich auf meine Weise erledigen.«

»Er ist krank, Matt«, warnte sie, und ein Gefühl kommenden Unheils machte sie zittern. »Er kann nicht mehr viel Streß verkraften.«

»Ich werde versuchen, daran zu denken«, antwortete Matt unverbindlich. Sein Gesichtsausdruck wurde etwas weicher, und er wechselte das Thema: »Also, wer schläft heute nacht wo?«

»Meinst du, daß die Reporter, die gesehen haben, wie du angekommen bist, noch draußen stehen?«

»Ein oder zwei ganz hartnäckige bestimmt.«

Sie biß sich auf die Lippen, weil sie nicht wollte, daß er ging, aber sie wußte, daß er nicht bleiben konnte. »Dann kannst du nicht über Nacht bleiben, wie?«

»Allem Anschein nach nicht«, sagte er und betonte es so, daß sie sich vorkam wie ein kläglicher Feigling.

Matt sah, wie ihre Augen sich vor Besorgnis verdunkelten, und gab nach. »In Ordnung, ich werde heimfahren und alleine schlafen. Schließlich tue ich fast alles, was du willst, wenn du mich so anlächelst.« Dann aber kehrte er abrupt zu seinem gewohnten, weniger zahmen Selbst zurück, indem er hinzufügte: »Ich bin zwar bereit, unsere Beziehung geheimzuhalten, wenn dir so sehr daran gelegen ist, aber ich bestehe darauf, daß du so viel Zeit wie möglich mit mir verbringst, und das bedeutet, daß wir auch ab und zu über Nacht zusammenbleiben. Ich werde dir einen Parkplatz in der Tiefgarage meines Apartmenthauses reservieren lassen. Wenn es sein muß, stelle ich mich sogar jedesmal an den Vordereingang und rede mit den gottverdammten Journalisten, um sie abzulenken, während du hineinfährst.«

Bei dem Gedanken an die verhaßten Presseleute schaute er so unglücklich drein, daß sie mit übertriebener Dankbarkeit sagte: »*Das* würdest du für mich tun? Nur für mich?«

Anstatt zu lachen, nahm er die Frage ernst und zog sie eng an sich. »Du hast ja keine Ahnung«, sagte er heftig, »wie *viel* ich für dich tun würde!« Sein Mund senkte sich auf ihren zu einem glühenden, verzehrenden Kuß, der ihr nicht nur den Atem, sondern auch jegliches Denkvermögen raubte. Als er damit fertig war, hing sie fast willenlos an ihm. »Da du jetzt fast genauso unglücklich darüber bist wie ich, daß wir heute nacht jeder alleine schlafen«, sagte er mit grimmigem Humor, »werde ich machen, daß ich rauskomme, bevor die Reporter da draußen doch noch heimgehen und in jedem Fall schreiben, daß wir die Nacht miteinander verbracht haben.«

Als er gegangen war, schloß Meredith die Tür, lehnte sich mit dem Rücken dagegen und lächelte verträumt. Auf ihren Lippen spürte sie noch den Druck seines letzten stürmischen Kusses. Während er sie küßte, hatte er mit den Händen ihr Haar zerzaust, aber sie hatte kein Bedürfnis, es jetzt glattzustreichen; ihre Wangen glühten. Sie fühlte sich ganz wie eine Frau, die sehr gründlich geliebt worden war und es immens genossen hatte. Und alles war wahr.

Ihr Lächeln vertiefte sich, als sie an die leidenschaftlichen, liebevollen Dinge dachte, die er ihr gesagt hatte; fast hörte sie noch seine tiefe Stimme ...

Ich liebe dich, hatte er geflüstert ...

Ich werde nie zulassen, daß irgend jemand dir weh tut ...

Du hast ja keine Ahnung, was ich alles für dich tun würde!

Vierzig Meilen nordöstlich von Belleville, Illinois, kam ein weiteres Polizeifahrzeug mit quietschenden Reifen hinter jenen zum Stehen, die bereits an einem bewaldeten Stück der wenig befahrenen Landstraße parkten und mit ihren blauroten Blinklichtern die Dunkelheit durchbrachen. Am nächtlichen Winterhimmel kreiste ein Polizeihubschrauber, dessen Suchscheinwerfer rastlos über die Fichten wanderte, um den Suchtrupps und Hundeführern, die den Hain nach weiteren Indizien durchkämmten, die Arbeit zu erleichtern. In einem flachen Graben nahe der Straße hockte ein Kriminalkommissar neben der Leiche eines Mannes im mittleren Alter. Mit erhobener Stimme, um das laute Geräusch des Hubschraubers zu übertönen, rief er den zuständigen Sheriff zu sich. »Sie verschwenden hier nur Ihre Zeit, Emmett. Rufen Sie die Suchtrupps zurück. Selbst bei Tageslicht würden die im

Wald nichts finden. Dieser Mann wurde aus einem fahrenden Auto geworfen und rollte dann hierher.«

»Da liegt was!« rief Emmett triumphierend. Der Strahl seiner Taschenlampe war auf etwas gefallen, das im Straßengraben lag. Er bückte sich und hob es auf.

»Ich sage Ihnen, irgend jemand hat diesen Kerl hier totgeprügelt und ihn dann hier aus einem Fahrzeug geworfen.«

»Sehen Sie her«, sagte der Sheriff und trat zu ihm. »Ich hab' da was gefunden. Ich habe eine Brieftasche gefunden.«

Der Kriminalkommissar deutete mit dem Kopf auf den Toten. »Seine?«

»Schau'n wir mal«, erwiderte der Sheriff und leuchtete mit seiner Taschenlampe auf das Foto in dem Führerschein, dann bückte er sich und schlug die Decke zurück, unter der die Leiche lag, um die Gesichtszüge zu vergleichen. »Seine!« verkündete er stolz. Wiederum den Führerschein anleuchtend, sagte er: »Er hat einen dieser fremdländischen Namen, die man kaum aussprechen kann. Stanislaus ... Spyzhalski.«

»Spyzhalski?« fragte der Kommissar. »Ist das nicht der falsche Rechtsanwalt, den sie drunten in Belleville geschnappt haben?«

»Bei Gott, ja. Da haben Sie recht.«

43

Den Aktenkoffer in der einen Hand und den Cashmeremantel über dem Arm, blieb Matt neben dem Schreibtisch der Sekretärin stehen, die ihn damals vor Merediths Besuch beim Herrichten seines Büros beraten hatte. »Guten Morgen, Mr. Farrell«, sagte sie.

Verärgert über die beleidigte Feindseligkeit in ihrem Ton und ihrer Miene beschloß Matt, sie demnächst in eine andere Etage versetzen zu lassen. Anstatt sie freundlich zu fragen, ob sie ein angenehmes Wochenende verlebt habe, wie er es ursprünglich vorgehabt hatte, sagte er nun kühl: »Eleanor Stern hat mich heute morgen zu Hause angerufen, daß sie krank ist. Würden Sie sie bitte vertreten?« Es war ein Befehl, keine Bitte, und beide wußten das.

»Ja, natürlich, sehr gerne«, erwiderte Joanna Simons und lächelte ihm vergnügt ins Gesicht, so daß Matt sich schon fragte, ob er sie wohl falsch eingeschätzt habe.

Joanna wartete, bis Haskells neuer – und unerwünschter – Präsident in seinem Büro verschwunden war, dann rannte sie rasch zur Rezeption hinüber. Diese Gelegenheit, für Farrell direkt zu arbeiten, stellte einen unverhofften Glücksfall dar. »Val«, flüsterte sie der Empfangsdame zu, »hast du noch den Namen und die Nummer von dem Reporter vom *Tattler*, der hier angerufen hat und Informationen über Farrell wollte?«

»Ja, warum?«

»Weil«, Joanna lächelte triumphierend, »Farrell mir eben gesagt hat, daß ich heute die alte Ziege vertreten soll. Das heißt, ich habe die Schlüssel zu ihrem Schreibtisch.«

Sie blickte sich kurz um, um sicherzugehen, daß die anderen Sekretärinnen, deren Schreibtische in einem weiten Halbrund um die Rezeption standen, anderweitig beschäftigt waren. Die wenigsten teilten ihre Abneigung gegen Matthew Farrell. »Was wollte der Reporter genau wissen?«

»Er hat gefragt, ob Farrell hier beliebt ist, und ich habe ihm gesagt, daß viele von uns ihn nicht ausstehen können«, sagte Valerie. »Dann wollte er wissen, ob Meredith Bancroft hier oft anriefe oder ob sie herkäme. Vor allem schien ihn zu interessieren, ob sie wirklich so freundschaftlich miteinander umgehen, wie es auf der Pressekonferenz schien. Außerdem hat er gesagt, daß sie sehr gut zahlen, wenn wir mehr darüber herausfinden. Wieviel sie zahlen, weiß ich allerdings nicht.«

»Das ist mir auch gleich. Ich täte das sogar umsonst«, sagte Joanna bitter. »Er wird mir ihren Schreibtisch aufsperren müssen, und vielleicht auch die Aktenschränke. In einem davon müssen die Unterlagen über die Besprechung mit den Anwälten abgelegt sein.«

Als Joanna in Eleanor Sterns Büro zurückkam, stellte sie fest, daß Farrell bereits den Schreibtisch seiner Sekretärin aufgesperrt hatte, aber die Aktenschränke waren nach wie vor verschlossen. Eine kurze, gründliche Durchsuchung des Schreibtisches verlief erfolglos. »Verdammt«, fluchte sie leise und drehte ihren Stuhl herum, so daß sie durch die Verbindungstür in Farrells Büro blicken konnte. Er stand da und blickte auf die Computerbildschirme hinter seinem Schreibtisch. Vermutlich überprüft er gerade, wieviel Millionen er heute wieder verdient hat, dachte sie mit wachsendem Haß auf den Mann, der sich nicht einmal ihren Namen merken wollte ... der ihren Chef gefeuert und ihnen den Urlaub gekürzt hatte.

Joanna lehnte sich noch ein Stück weiter zurück, so daß sie die Vorderseite seines Schreibtisches einsehen konnte. An der mittleren Schublade steckten seine Schlüssel. Die Schlüssel zu den Aktenschränken würden entweder mit an dem Bund hängen oder in einer seiner Schreibtischschubladen liegen.

»Guten Morgen«, sagte Phyllis und folgte Meredith in ihr Büro. »Hatten Sie ein schönes Wochenende?« fragte sie, biß sich dann aber sofort auf die Lippen und hätte sich am liebsten selbst für ihre Frage geohrfeigt. Während sie die Schlösser ihres Aktenkoffers öffnete, warf sie ihrer Sekretärin einen kurzen, fröhlichen Seitenblick zu. »Wie glauben *Sie* denn, daß es war?«

»Wäre *aufregend* das passende Wort?« äußerte Phyllis und erwiderte ihr Lächeln.

Meredith dachte an die Stunden mit Matt, die Dinge, die er ihr gesagt und was er mit ihr getan hatte, und ein heißer Schauer durchflutete ihren Körper. »Ich würde sagen, dieser Ausdruck ist angemessen«, antwortete sie und hoffte, daß ihre Stimme nicht zu verträumt klang. Mühsam verdrängte sie das Wochenende aus ihrem Kopf und zwang sich, an die Arbeit zu denken, die erledigt werden mußte, bevor sie Matt abends wiedersehen konnte. »Hat heute früh schon jemand angerufen?«

»Ja. Nolan Wilder. Er möchte möglichst bald zurückgerufen werden.«

Meredith erstarrte. Nolan Wilder war der Vorstandsvorsitzende, und sie zweifelte nicht daran, daß er anrief, um eine Erklärung über das Debakel von Samstag abend zu verlangen. Bei Tageslicht betrachtet, war das eigentlich eine Unverschämtheit, da Wilders eigene Scheidung so häßlich gewesen war, daß es ganze zwei Jahre gedauert hatte, bis endgültig Gras darüber gewachsen war. »Verbinden Sie mich bitte mit ihm.«

Eine Minute später gab Phyllis durch: »Wilder ist auf Leitung eins.«

Nach einem kurzen Moment der Sammlung hob Meredith den Hörer ab und sagte mit einer Stimme, die gute Laune ebenso wie Entschlossenheit ausdrückte: »Guten Morgen, Nolan. Was gibt's?«

»Das wollte ich Sie gerade fragen«, sagte er in jenem kühlen, ironischen Ton, den er während der Vorstandssitzungen gebrauchte und den Meredith besonders verabscheute. »Das ganze Wochenende über haben mich Mitglieder des Vorstands angerufen und wollten von mir eine Erklärung über den Vorfall von Samstag abend. Ich sollte Sie nicht ermahnen müssen, daran zu denken, daß Bancroft's Image, die Würde unseres Firmennamens, der Grundstock unseres Erfolges ist.«

»Ich glaube kaum, daß mir das jemand sagen muß«, erwiderte Meredith und bemühte sich, mehr amüsiert als verärgert zu klingen. »Es ist …« Sie unterbrach sich, als Phyllis mit schreckverzerrtem Gesicht zur Tür hereingestürmt kam.

»MacIntire aus New Orleans ist auf Leitung zwei. Es ist ein Notfall!«

Warten Sie bitte einen Moment, Nolan«, sagte Meredith, »ich bekomme gerade einen dringenden Anruf.« Zutiefst beunruhigt drückte Meredith den Knopf für Leitung zwei. MacIntires Stimme klang hektisch. »Wir hatten hier soeben wieder eine Bombendrohung, Meredith. Der Anruf ging vor wenigen Minuten im Polizeirevier ein. Angeblich explodiert die Bombe in genau sechs Stunden. Ich habe angeordnet, das Kaufhaus zu räumen, und der Bombensuchtrupp ist schon unterwegs. Wir gehen entsprechend dem Evakuierungsplan vor, genau wie letztes Mal. Ich denke, der Anrufer ist derselbe Irre wie damals.«

»Das ist anzunehmen«, sagte sie und strengte sich an, Ruhe zu bewahren. »Sobald alles vorbei ist, stellen Sie mir bitte eine Liste mit den Namen derjenigen Personen zusammen, die einen Grund haben könnten, uns so etwas anzutun. Lassen Sie den Chef Ihrer Sicherheitsabteilung die Leute auflisten, die beim Ladendiebstahl erwischt worden sind, und die Kreditabteilung soll jeden heraussuchen, dem innerhalb der letzten sechs Monate eine Kundenkarte verweigert wurde. Mark Braden, der unserer Sicherheitsabteilung vorsteht, wird morgen zu Ihnen hinunterfliegen und mit Ihren Leuten zusammenarbeiten. Jetzt machen Sie aber, daß Sie rauskommen – nur für den Fall, daß es doch keine leere Drohung war.«

»In Ordnung«, sagte er zögernd.

»Rufen Sie mich an, sobald Sie wissen, wo Sie nachher zu erreichen sind, und geben Sie die Nummer durch, damit wir in Verbindung bleiben können.«

»Klar«, sagte er. »Meredith«, fügte er hinzu, »es tut mir wirklich furchtbar leid. Ich weiß beim besten Willen nicht, warum dieses Haus plötzlich ein Zielobjekt ist. Ich versichere Ihnen, wir tun unser Möglichstes, um alle Kunden zufriedenzustellen und …«

»Adam«, unterbrach sie ihn energisch, »machen Sie, daß Sie aus dem Haus rauskommen!«

»Okay.«

Meredith legte auf und drückte den Knopf für die Leitung, auf der Wilder wartete. »Nolan«, sagte sie. »Ich habe jetzt keine Zeit, um über eine Vorstandssitzung zu sprechen. In New Orleans ist soeben schon wieder eine Bombendrohung eingegangen.«

»Das bringt uns noch um das gesamte Weihnachtsgeschäft«, prophezeite er wütend. »Halten Sie mich auf dem laufenden, Meredith. Sie wissen, wo Sie mich erreichen.«

Meredith murmelte eine unverbindliche Zusage, dann begann sie zu handeln. Mit Blick auf ihre Sekretärin, die erwartungsvoll unter der Tür stand, sagte sie: »Lassen Sie den Notfallcode ausrufen. Stellen Sie mir nur die wichtigsten Gespräche durch, und die bitte ins Konferenzzimmer.«

Als Phyllis gegangen war, stand Meredith auf und begann, im Zimmer auf und ab zu laufen; es mußte einfach falscher Alarm sein. Über die Lautsprecheranlage ertönte der Notruf – dreimal kurz und dreimal lang –, der alle Abteilungsleiter umgehend in das Konferenzzimmer neben Merediths Büro beorderte.

Die Mitglieder der Geschäftsleitung versammelten sich dort nach und nach, nur Mark Braden kam, dem Notfallplan zufolge, direkt in ihr Büro. »Was ist los, Meredith?«

Meredith erstattete ihm Bericht, und er fluchte gewaltig. Als sie ihm erzählt hatte, welche Anweisungen sie MacIntire erteilt hatte, nickte er. »Ich fliege noch heute hin. Das Geschäft in New Orleans hat einen ausgezeichneten Sicherheitschef. Zusammen mit der Polizei müßten wir wirklich in der Lage sein, etwas Handfestes herauszufinden.«

Die Atmosphäre im Konferenzzimmer war zum Zerreißen gespannt. Nervös und neugierig standen alle in Grüppchen beisammen.

Anstatt am Kopf des Konferenztisches Platz zu nehmen, ging Meredith in die Mitte des Raumes, wo sie von allen besser gesehen und gehört werden konnte. »In New Orleans ist eine weitere Bombendrohung eingegangen«, eröffnete sie die Besprechung. »Der Bombensuchtrupp ist bereits unterwegs. Da dies bereits die zweite innerhalb weniger Tage ist, müssen wir mit einem verstärkten Interesse der Presse rechnen. Niemand, ich wiederhole: niemand wird irgendwelche Statements abgeben. Verweisen Sie alle Anfragen der Medien an die Public Relations-Abteilung.« Sie wandte sich dem Leiter der PR-Abteilung zu: »Ben, bitte kommen Sie im Anschluß an diese Sitzung in mein Büro, damit wir eine Erklärung ausarbeiten können, und ...« Sie verstummte, da das Telefon auf dem Konferenztisch läutete. »Entschuldigen Sie«, sagte sie und hob ab.

Der Geschäftsführer der Filiale in Dallas klang völlig aufgelöst: »Wir haben eine Bombendrohung, Meredith! Der Anrufer hat der Polizei gesagt, daß die Bombe in genau sechs Stunden hochgeht. Der Bombensuchtrupp ist unterwegs, und wir sind dabei, das Geschäft zu räumen.« Automatisch gab Meredith ihm die gleichen Anweisungen wie vorher dem Geschäftsführer der Filiale in New Orleans, dann legte sie auf und blickte sich langsam in der Runde um. »Wir haben eine weitere Bombendrohung – diesmal in Dallas. Der Anruf ging, genau wie in New Orleans, bei der Polizei ein, und der Anrufer hat gesagt, daß die Bombe in sechs Stunden explodieren wird.«

Nervös und aufgeregt redete alles durcheinander, dann wurde es jedoch plötzlich still, weil das Telefon erneut klingelte. Das bloße Geräusch ließ Meredith zusammenfahren, ihr blieb fast das Herz stehen, aber sie griff nach dem Hörer und hob ihn ans Ohr. »Miss Bancroft«, hörte sie eine energische Stimme, »hier spricht Captain Mathison vom First District. Wir haben soeben einen anonymen Anruf von einem Mann erhalten, der sagte, daß in sechs Stunden in Ihrem Kaufhaus eine Bombe hochgehen wird …«

»Bleiben Sie dran«, sagte Meredith. Ihr verstörter Blick suchte Mark Braden, und dann streckte sie ihm den Hörer entgegen. »Mark, es ist Captain Mathison.«

Wie gelähmt vor Schmerz und Wut wartete sie, bis Mark aufgelegt hatte, und sich an die schweigende Gruppe im Konferenzraum wandte: »Meine Damen und Herren«, sagte er, und seine Stimme verriet seine Wut, »wir haben eine Bombendrohung gegen dieses Geschäft und werden genauso vorgehen, wie Ihnen vom Feueralarm her bekannt ist. Sie alle wissen, was Sie zu tun haben und was Sie Ihren Leuten sagen müssen …«

Keine zehn Minuten später war Meredith der einzige Mensch in der Verwaltungsetage. Am Fenster stehend, lauschte sie den näherkommenden Sirenen und beobachtete, wie immer mehr Feuerwehrfahrzeuge und Polizeiautos in die Michigan Avenue einbogen. Obwohl sie den leitenden Geschäftsführern der anderen beiden Kaufhäuser empfohlen hatte, diese schnellstmöglich zu verlassen, hatte sie selbst nicht die Absicht, dem Stammhaus den Rücken zu kehren, wenn sie nicht dazu gezwungen würde. Für sie war dieses Kaufhaus ein lebendiges Wesen, es verkörperte ihre Herkunft ebenso wie ihre Zukunft; sie weigerte sich, es im Stich zu lassen. Nicht einen Augenblick lang glaubte sie daran, daß wirklich irgendwo eine Bombe versteckt sei, aber die Drohungen waren kaum weniger schlimm, reichten sie doch aus, dem Unternehmen nicht wiedergutzumachende Verluste zuzufügen. Wie die meisten großen Kaufhäuser setzte Bancroft's in der Vorweihnachtszeit über vierzig Prozent seiner jährlichen Bruttoeinnahmen um.

»Es wird schon alles gutgehen«, sagte sie sich selbst und wandte sich vom Fenster ab. Dann dämmerte ihr, daß Matt vielleicht aus dem Radio erfahren hatte, was passiert war. Um ihn nicht unnötigen Ängsten auszusetzen, griff sie zum Telefon und rief ihn an. Irgendwie beruhigte sie der Gedanke, daß er besorgt sein würde.

Matt war nicht besorgt, sondern geriet völlig außer Fassung, als sie ihm erzählte, was los war. »Mach, daß du aus dem Gebäude rauskommst, Meredith«, befahl er. »Ich meine das ernst, Darling. Leg sofort auf und verlaß das Kaufhaus auf dem schnellsten Wege!«

»Ich denke nicht dran«, sagte sie und lächelte über seinen Kommandoton. Er liebte sie, und sie liebte es, seine Stimme zu hören, ganz gleich ob er Darling sagte oder Befehle erteilte. »Es ist blinder Alarm, Matt, genauso wie das letzte Mal in New Orleans.«

»Wenn du nicht sofort das Gebäude verläßt«, warnte er, »dann komme ich rüber und hole dich eigenhändig raus.«

Sie blieb fest: »Ich kann nicht weg, bevor ich nicht hundertprozentig weiß, daß wirklich *alle* in Sicherheit sind. In weniger als einer halben Stunde müßte das Gebäude geräumt sein. Dann gehe ich auch.«

Matt seufzte bitter. »Okay«, sagte er, stand auf und begann in seinem Büro auf und ab zu laufen. »Aber ruf mich sofort an, wenn du draußen bist, weil ich vorher keine ruhige Sekunde haben werde.«

»In Ordnung«, versprach sie. Mehr aus Scherz fügte sie hinzu: »Mein Vater hat sein Funktelefon hiergelassen. Willst du die Nummer – nur für den Fall, daß die Spannung zu groß wird?«

»Natürlich will ich die Nummer!«

Meredith öffnete den Schreibtisch, nahm das Telefon heraus und nannte sie ihm.

Als sie aufgelegt hatten, war Matt zu nervös, um einfach herumzusitzen. Er raufte sich das dunkle Haar und ging zum Fenster hinüber, wo er vergeblich versuchte, in der Masse der Wolkenkratzer das Dach ihres Gebäudes zu erkennen. Sie war von Natur aus so vorsichtig, daß er kaum glauben konnte, daß sie darauf bestand, in dem verdammten Kaufhaus zu bleiben. Das hätte er nicht von ihr erwartet. Da fiel ihm ein, daß er über das Radio vielleicht erfahren konnte, was zwölf Blocks von hier – und auch in Merediths anderen Geschäften – passierte. Er hatte keines in seinem Büro, aber er glaubte sich zu erinnern, bei Tom Anderson ein Radio gesehen zu haben.

Sofort wandte er sich vom Fenster ab und eilte in das Büro seiner Sekretärin. »Ich bin bei Tom Anderson«, sagte er, »Anschluß 4114. Wenn Meredith Bancroft anruft, stellen Sie den Anruf sofort dorthin durch. Ist das klar? Es ist ein Notfall«, warnte er sie und wünschte bei Gott, Eleanor Stern wäre da.

»Völlig klar, Sir«, sagte sie. Matt bemerkte ihren feindseligen Ton nicht. Er machte sich zu große Sorgen um Meredith, machte sich zu große Sorgen, um daran zu denken, seinen Schlüsselbund vom Schreibtisch abzuziehen.

Joanna wartete, bis die Lifttüren sich hinter ihm geschlossen hatten, dann drehte sie sich um und holte seine Schlüssel. Der dritte, den sie probierte, paßte, und sie sperrte alle Aktenschränke auf. Die Unterlagen über Meredith Bancroft waren feinsäuberlich mit ihrem Namen versehen und standen ganz ordentlich unter B. Mit vor Aufregung feuchten Händen nahm Joanna den Ordner heraus und öffnete ihn. Ganz oben lagen einige stenografierte Notizen, die zu entziffern sie sich nicht die Zeit zu nehmen traute – und ein zweiseitiger, maschinengeschriebener Vertrag mit der Unterschrift von Meredith Bancroft. Die Bedingungen des Vertrages ließen Joannas Augen groß werden, und ihre Lippen verzogen sich zu einem hämischen Grinsen. Der gleiche Mann, den die Zeitschrift *Cosmopolitan* als einen der zehn begehrtesten Junggesellen Amerikas aufführte – der Mann, der mit Filmstars und weltberühmten Fotomodellen ausging und dem die Frauen nur so nachliefen –, eben dieser Mann mußte seiner eigenen Ehefrau fünf Millionen Dollar zahlen, nur um sie über einen Zeitraum von elf Wochen hinweg viermal die Woche sehen zu können. Außerdem mußte er ihr ein gewisses Grundstück in Houston, das sie offenbar wollte, zu den günstigsten Konditionen verkaufen ...

»Wo ist dein Radio?« fragte Matt ohne weitere Umschweife, als er in Tom Andersons Büro stürmte. Er sah es auf dem Fensterbrett stehen und stellte es an. »Überall bei Bancroft's sind Bombensuchtrupps unterwegs. Sie haben alle drei Kaufhäuser evakuiert«, sagte er zusammenhanglos. Am vergangenen Dienstag, nach der turbulenten Besprechung mit Meredith, hatten die beiden zusammen zu Abend gegessen, und Matt hatte Tom alles über ihre Beziehung erzählt. Jetzt warf er seinem Freund einen verzweifelten Blick zu. »Meredith weigert sich, das verdammte Kaufhaus zu verlassen!«

Tom lehnte sich erschrocken in seinem Stuhl nach vorn: »Mein Gott! Warum denn?«

Matt erklärte es ihm und berichtete auch, was zwischenzeitlich passiert war. So verging die Zeit, bis Merediths Anruf, daß sie das Gebäude verlassen hatte, in Toms Büro durchgestellt wurde. Matt sprach noch mit ihr, als der Nachrichtensprecher im Radio bekanntgab, daß in der New Orleans-Filiale von Bancroft & Company gerade ein Sprengkörper entdeckt worden sei und daß man dabei sei, ihn zu entschärfen. Matt war es, der ihr diese Neuigkeit berichten mußte. Innerhalb der nächsten Stunde wurde eine weitere Bombe in dem Geschäft in Dallas entdeckt; die dritte fand man in der Spielzeugabteilung des Chicagoer Stammhauses.

44

Eine Hand auf dem schmiedeeisernen Gartentor, stand Philip vor der malerischen kleinen Villa, in der Caroline Edwards Bancroft seit nunmehr fast dreißig Jahren lebte. An einen felsigen Hügel geschmiegt, blickte das Anwesen auf den tief unten liegenden Hafen hinab, wo sein Schiff am frühen Morgen vor Anker gegangen war. In liebevoll gepflegten Beeten, Terrakottatöpfen und -schalen standen im milden Licht des späten Nachmittags zahllose Pflanzen in üppiger Blüte. Der ganze Ort strahlte Ruhe und Schönheit aus, und Philip vermochte es sich nicht vorzustellen, daß seine frivole Filmstar-Exehefrau in solch relativer Abgeschiedenheit zufrieden und glücklich sein konnte.

Das Haus hatte Dominic Arturo ihr geschenkt, der Italiener, mit dem sie lange vor ihrer Hochzeit eine Affäre gehabt hatte – das wußte er, und nun nahm er an, daß sie ihre nicht unbeträchtliche Scheidungsabfindung bis auf den letzten Cent durchgebracht hatte, sonst würde sie kaum hier leben. Das große Aktienpaket, das ihren Anteil an Bancroft & Company ausmachte, brachte zwar Dividenden, aber sie durfte die Aktien an niemand anderen verkaufen als an ihn. Das Recht der Stimmausübung nahm sie wahr, stimmte aber immer gemäß der Empfehlung des Vorstands. Das wußte Philip, weil er sich all die Jahre über die Mühe gemacht hatte, ihre Stimmabgabe zu überprüfen. Jetzt, da er vor dem Tor stand und auf das Haus blickte, war er fast sicher, daß sie gezwungen war, mit dem Dividendenertrag auszukommen, weil er sich nicht vorstellen konnte, daß irgend etwas außer akuter Geldknappheit seine leichtlebige Frau dazu bringen könnte, in derartiger Isolation zu leben.

Er nahm die Hand von dem schwarzen Eisengitter. Eigentlich hatte er gar nicht herkommen wollen, aber dann hatte diese dumme Person am Kapitänstisch ihn auf den Gedanken gebracht, und es war ihm nicht gelungen, diese Idee wieder aus seinem Kopf zu vertreiben.

Nun jedoch, da er gesehen hatte, wie Caroline lebte, beschloß er, auf ein Wiedersehen mit ihr zu verzichten. Seltsamerweise war es so etwas wie Mitleid, was ihn davon abhielt, den Hof zu betreten und an die Tür zu klopfen: Er wußte, wie eitel sie war, und er wußte, daß ihr Ego darunter leiden würde, wenn er sie unter solchen Umständen wiedersah. Die Frau, die hier lebte, mußte ein Eremitendasein führen, eine Art Einsiedlerin sein, die ihre letzten Jahre damit zubrachte, hinunter auf den Hafen zu blicken und ab und zu in das nahegelegene Bauerndorf zum Einkaufen zu gehen.

Aus einer seltsamen Sehnsucht nach lang vergessenen Träumen heraus, ließ Philip die Schultern hängen und wandte sich zum Gehen. Der schmale gewundene Pfad, der den steilen Hang hinunter zum Hafen führte, lag noch in der Sonne. »Du bist einen weiten Weg gekommen, nur um wieder umzudrehen, Philip«, sagte eine unvergeßliche Stimme.

Sein Kopf fuhr herum, und er sah sie – unter einem Baum zu seiner Linken, einen Korb mit Blumen am Arm. Sie stand vollkommen ruhig.

Dann kam sie langsam auf ihn zu, ihr Schritt war immer noch stolz, das blonde Haar hatte sie unter einem bunten Bauerntuch versteckt, das ihr unerwartet gut stand. Sie war nicht geschminkt, das sah er, als sie näher kam, und sie sah wesentlich älter aus, aber – irgendwie – lieblicher. Die Rastlosigkeit war aus ihrem Gesicht verschwunden, und an ihre Stelle war eine ruhige und ernsthafte Zufriedenheit getreten, die sie in ihrer Jugend nie besessen hatte. Seltsamerweise war sie Meredith jetzt ähnlicher als damals, als sie in Merediths jetzigem Alter gewesen war. Und sie hatte immer noch fantastische Beine.

Er starrte sie an, fühlte, daß sein unzuverlässiges Herz ein ganzes Stück schneller schlug als gewöhnlich und wußte nicht, was er tun sollte. »Du bist älter geworden«, sagte er schließlich unverblümt.

Sie antwortete mit einem leisen Lachen und entgegnete ohne jede Bitterkeit: »Wie nett von dir, mir das zu sagen.«

»Ich war zufällig in der Gegend ...« Er deutete mit dem Kopf auf sein Schiff, das im Hafen lag, merkte, wie banal seine Worte klangen, und blickte sie zornig an, weil sie anscheinend über seine Verlegenheit lachte.

»Was hat dich so weit von deinem Geschäft weggeführt?« fragte sie, legte ihre Hand auf das Gartentor, machte es aber nicht auf.

»Ich habe mich beurlauben lassen. Mein Herz macht mir zu schaffen.«

»Ich weiß, daß du krank gewesen bist. Ich lese noch immer die Chicagoer Zeitungen.«

»Darf ich hereinkommen?« fragte Philip unbeabsichtigt, und dann erinnerte er sich plötzlich, daß immer Männer um sie gewesen waren. »Oder erwartest du Besuch?« fügte er mit unüberhörbarem Sarkasmus hinzu.

»Es ist direkt beruhigend zu wissen, daß manche Dinge sich nie ändern«, bemerkte sie trocken. »Die ganze Welt verändert sich, aber du bist immer noch genau derselbe – genauso eifersüchtig und mißtrauisch wie je.« Sie öffnete das Tor, und er folgte ihr den Weg zum Haus hinauf, bereute aber bereits, überhaupt hergekommen zu sein.

Die Villa hatte Steinfußboden, auf dem bunte Teppiche lagen und große Vasen mit Blumen aus ihrem Garten standen. Sie deutete mit dem Kopf auf einen Stuhl in dem kleinen Raum, der ihr offenbar als Wohnzimmer diente. »Kann ich dir etwas zu trinken anbieten?« Er nickte, setzte sich aber nicht, sondern ging statt dessen zu dem großen Fenster und blickte auf den Hafen hinunter. Dort blieb er stehen, bis er sich umdrehen mußte, um das Glas Wein in Empfang zu nehmen, das sie ihm hinhielt. »Geht es dir – gut?« fragte er lahm.

»Sehr gut.«

»Ich bin überrascht, daß Arturo dir nicht etwas Besseres als das hier geschenkt hat. Dieses Haus ist ja kaum mehr als eine Hütte.« Sie sagte nichts, und das brachte Philip dazu, auf ihren letzten Liebhaber zu sprechen zu kommen, den, wegen dem er sich hatte scheiden lassen. »Spearson hat es nie zu etwas gebracht, hast du das gewußt, Caroline? Er verdient sich seinen Lebensunterhalt nach wie vor damit, anderer Leute Pferde zu trainieren und Reitstunden zu geben.«

Es war unglaublich, aber sie lächelte daraufhin nur und schenkte sich selbst ein Glas Wein ein. Schweigend trank sie einen Schluck und studierte ihn über den Rand des Glases hinweg mit ihren großen blauen Augen. Ohne mit der Wimper zu zucken, erwiderte Philip ihren Blick, obwohl er sich dabei kindisch vorkam.

»Du bist doch sicher noch nicht fertig?« fragte sie nach einer Weile. »Du hast doch sicher noch weitere Vorwürfe parat, die du mir ins Gesicht schleudern kannst?«

Philip holte tief Luft, legte den Kopf in den Nacken und seufzte. »Es tut mir leid«, sagte er wahrheitsgemäß. »Ich weiß nicht, warum ich dich so angegriffen habe. Was du tust, geht mich schließlich überhaupt nichts an.«

Sie lächelte, dasselbe ernste, gelassene Lächeln, das ihn so sehr aus der Ruhe brachte. »Du hast mich angegriffen«, sagte sie, »weil du immer noch nicht die Wahrheit begriffen hast.«

»Was für eine Wahrheit?« fragte er sarkastisch.

»Dennis Spearson hat unsere Ehe nicht kaputt gemacht, Philip, und auch Dominic hat es nicht getan. Du ganz allein warst es.«

Ärger blitzte aus seinen Augen, und sie schüttelte den Kopf und fuhr leise fort: »Du konntest nichts dafür. Du bist wie ein verschüchterter kleiner Junge, der eine Angst davor hat, daß man ihm etwas oder jemanden wegnimmt, und der sich aus lauter Furcht davor, daß so etwas passieren könnte, selber alles kaputtmacht. Du fängst damit an, den Menschen, die du liebst, Restriktionen aufzuerlegen, Restriktionen, die sie nicht einhalten können, und wenn sie dann endlich gegen eine davon verstoßen haben, fühlst du dich hintergangen und betrogen und wirst wütend. Dann rächst du dich auf deine Weise an ihnen – an denselben Menschen, die du dazu getrieben, *gezwungen* hast, dich zu verletzen, und weil du kein kleiner Junge, sondern ein sehr reicher und mächtiger Mann bist, ist deine Rache gegen diese angeblichen Sünder fürchterlich. Dein Vater hat im Grunde mit dir genau dasselbe gemacht.«

»Wer hat dir denn diesen psychologischen Unsinn eingeredet – irgendein Klapsdoktor, mit dem du ein Verhältnis hattest?« kritisierte er sie schonungslos.

»Ich habe Jahre damit zugebracht, Bücher über Psychologie zu lesen, um das herauszufinden«, erwiderte sie, ihm ernst ins Gesicht blickend.

»Und jetzt willst du mir einreden, daß das der Grund dafür war, daß unsere Ehe in die Brüche ging? Daß du unschuldig warst und daß ich durch irrationale Eifersucht und Besitzgier alles kaputtgemacht habe?« fragte er und stürzte sein Glas Wein hinunter.

»Ich werde dir gerne die ganze Wahrheit erzählen, wenn du glaubst, daß du sie ertragen kannst.«

Philip blickte sie mit gerunzelter Stirn an. Ihre unerschütterliche Ruhe und die leise Schönheit ihres Lächelns brachten ihn völlig aus dem Konzept. Mit Mitte Zwanzig war sie umwerfend schön gewesen. Jetzt, Mitte Fünfzig, hatte sie Fältchen um die Augen und auch auf der Stirn, doch ihr Gesicht hatte an Charakter gewonnen und wirkte seltsamerweise ansprechender als früher. Und gewinnender. Und entwaffnend.

Ihre nächste Frage riß Philip aus seinen Gedanken, und er blickte sie überrascht an. »Weißt du, warum ich dich geheiratet habe, Philip?«

»Ich nehme an, es ging dir um die finanzielle Absicherung und um die gesellschaftliche Stellung, die ich dir bieten konnte.«

Sie lachte leise und schüttelte den Kopf. »Du unterschätzt

und degradierst dich selbst. Dein Aussehen und deine Manieren haben mich fasziniert und ich war in dich verliebt, aber ich hätte dich nie geheiratet, wenn da nicht noch etwas gewesen wäre.«

»Was war das?« fragte Philip wider seinen eigenen Willen.

»Ich hatte geglaubt«, gestand sie traurig, »ich hatte wirklich und wahrhaftig geglaubt, daß ich dir auch etwas bieten könnte – etwas, das du dringend gebraucht hast. Weißt du, was das war?«

»Ich habe keine Ahnung.«

»Ich hatte geglaubt, daß ich dir Lebensfreude beibringen könnte, daß ich dir zeigen könnte, wie man lacht und wie man das Leben genießt.«

Schweigen hing über dem Raum, dann blickte sie ihn durch ihre dichten Wimpern hindurch an, und in ihrer Stimme war ein seltsamer Klang, als sie fragte: »Hast du je gelernt, wie man lacht, Darling?«

»Nenn mich nicht so!« Philip schrie fast, aber in seiner Brust begannen sich Gefühle zu regen, die er nicht wahrhaben wollte – die er jahrzehntelang erfolgreich unterdrückt hatte. Er knallte sein leeres Glas auf den Tisch. »Ich gehe jetzt besser.«

Sie nickte. »Bedauern ist etwas höchst Unangenehmes. Je eher du gehst, desto eher wirst du dir wieder einreden können, daß du damals vor dreißig Jahren doch recht gehabt hast. Aber wenn du bleibst – wer weiß, was dann passieren könnte?«

»Nichts würde passieren«, sagte er, und er bezog es darauf, mit ihr ins Bett zu gehen, erschrak aber im selben Augenblick darüber, daß er an so etwas überhaupt gedacht hatte.

»Goodbye«, sagte sie leise. »Ich würde dich gerne bitten, Meredith von mir zu grüßen, aber das wirst du nicht machen, nicht wahr?«

»Nein.«

»Sie braucht es auch nicht«, sagte Caroline mit einem gewinnenden Lächeln. »Nach allem, was ich über sie gelesen habe, ist sie ein bemerkenswerter und wundervoller

Mensch. Und« – dies fügte sie mit sichtlichem Stolz hinzu – »ob es dir gefällt oder nicht, sie hat doch einiges von mir. Sie *kann* lachen.«

Philip starrte sie völlig entgeistert an. »Was meinst du damit: Nach allem, was du gelesen hast? Wovon sprichst du?«

Caroline deutete mit dem Kopf auf einen Stapel Chicagoer Zeitungen und lachte kehlig. »Ich meine, wie sie damit fertig wird, mit Matthew Farrell verheiratet und gleichzeitig mit Parker Reynolds verlobt zu sein ...«

»Woher zum Teufel weißt du das?« explodierte Philip und wurde totenblaß.

»Es steht in allen Zeitungen ...«, begann Caroline, dann stockte sie und sah zu, wie er hektisch die Zeitungen durchblätterte. Sein ganzer Leib schien vor Zorn zu vibrieren, als er das Blatt in der Hand hielt, das über die Verhaftung von Stanislaus Spyzhalski berichtete, und entsetzt blickte er auf die Titelseite mit den Fotos von Meredith, Matt und Parker. Er feuerte die Zeitung auf den Boden und griff nach der nächsten, in der Ausschnitte aus der Pressekonferenz abgedruckt waren und die ein Bild enthielt, auf dem Matt liebevoll Meredith angrinste. In einer weiteren Zeitung fand er einen Bericht über die Bombendrohung in dem Geschäft in New Orleans und ließ sie aus den Fingern gleiten. »Vor elf Jahren hat er mich gewarnt, daß er es tun würde«, flüsterte er halb erstickt, mehr zu sich selbst gewandt als zu ihr. »Er hat mich gewarnt, und jetzt *macht* er es!« Dann hob er seinen Blick zu Caroline, und seine Augen blitzten vor Zorn. »Wo ist dein Telefon?«

45

Matt lief unruhig in seiner Wohnung auf und ab, als Meredith abends gegen sieben Uhr ankam – eine halbe Stunde später als ausgemacht. Er riß die Tür auf, zog sie in seine Arme und sagte wütend: »Verdammt nochmal, wenn du dich verspätest und überall Bomben hochgehen, dann ruf mich wenigstens an, um mir zu sagen, daß es dir gut geht!« Er hielt sie ein Stück weg, war versucht, sie zu schütteln, bereute seinen Ausbruch aber augenblicklich, als er bemerkte, wie erschöpft sie aussah.

»Es tut mir leid«, sagte sie. »Ich hatte nicht gedacht, daß du dir solche Sorgen machst.«

»Bei allem, was dich betrifft, bin ich eben überempfindlich«, sagte er und lächelte, um seine barsche Begrüßung wiedergutzumachen. Er führte sie quer durch die Wohnung und die Stufen hinauf zu dem kleineren Wohnraum, weil es dort am gemütlichsten und weil der Blick aus dem Eckfenster besonders schön war.

»Ich war fast den ganzen Nachmittag auf der Polizei«, erklärte sie, während sie auf dem Ledersofa Platz nahm, »und habe versucht den zuständigen Leuten alle möglichen Informationen zu geben, damit wir die Bombenleger möglichst bald finden können. Als ich daheim war, um mich umzuziehen, hat Parker angerufen, und wir haben fast eine Stunde lang miteinander telefoniert.«

Ihre Gedanken schweiften ab, zurück zu dem Gespräch mit Parker. Keiner von beiden hatte die Tatsache erwähnt, daß er die Nacht bei Lisa verbracht hatte. Parker war kein Lügner, und daß er von sich aus keine Erklärung anbot, war für Meredith Bestätigung genug, daß die Nacht nicht platonisch verlaufen war. Es war ein komisches Gefühl, sich die beiden zusammen vorzustellen – seltsam und doch irgendwie fast gut, weil Meredith sie beide liebte.

Bevor er auflegte, hatte Parker ihr noch viel Glück gewünscht, aber er hatte zweifelnd geklungen, so als sei er nicht überzeugt davon, daß sie mit Matt glücklich werden könne. Über Matt hatte er nur wenig gesagt – nur daß er bedauerte, die Schlägerei mit ihm angefangen zu haben. »Das einzige, was ich noch mehr bedaure«, hatte Parker trocken gesagt, »ist, daß ich ihn verfehlt habe.«

Der Rest ihres Gesprächs war geschäftlich gewesen, und dieses Thema war wenig erfreulich.

Sich zusammenreißend, sagte sie: »Tut mir leid, wenn ich geistesabwesend scheine. Der heutige Tag war einfach unglaublich.«

»Möchtest du mir davon erzählen?«

»Eigentlich kann man es in wenigen Worten zusammenfassen«, entgegnete sie und zog die Knie an. »Unsere Aktien sind heute nachmittag um drei Punkte gefallen.«

»Sie werden wieder steigen, sobald die Sache mit den Bombendrohungen in Vergessenheit geraten ist«, meinte Matt.

Sie nickte und fuhr fort: »Heute früh hat mich der Vorstandsvorsitzende angerufen. Er verlangt eine Erklärung wegen der Schlägerei von Samstag abend. Ich habe gerade mit ihm gesprochen, als der erste Anruf wegen der Bombendrohung einging, deshalb haben wir unsere Unterhaltung kurzfristig abgebrochen.«

»Die Bombendrohungen werden sie eine Zeitlang ablenken.«

Matts Blick ausweichend, starrte sie aus dem Fenster, und er merkte, daß ihr noch etwas anderes auf der Seele lag. »Was macht dir denn sonst noch Sorgen?«

Sein nachdrücklicher Ton verriet ihr, daß er wirklich interessiert war, alles zu hören. Sie fühlte sich mehr als elend, als sie ihn endlich anblickte und es aussprach: »Könnte ich für die Finanzierung des Grundstückes in Houston noch etwas mehr Zeit bekommen? Parker hatte einen neuen Kreditgeber für uns, da seine Bank uns das Geld ja nicht leihen kann. Als dieser Geldgeber von den Bombendrohungen hörte, hat er Parker angerufen und abgesagt. Angeblich wollen sie abwarten und sehen, was in den nächsten paar Monaten mit Bancroft's passiert.«

»Das war ja reizend von Reynolds, daß er dir das ausgerechnet heute präsentiert hat«, sagte Matt sarkastisch.

»Er hat mich angerufen, um sich zu erkundigen, ob mit mir alles in Ordnung ist, und um sich für Samstag abend zu entschuldigen. Der Rest – das wegen dem Geld – kam nur zufällig auf, weil wir morgen einen Termin mit dem neuen Geldgeber gehabt hätten. Parker mußte mir ja schließlich sagen, daß der Termin abgesagt worden ist ...« Auf den penetranten Ton ihres Piepsers hin verstummte Meredith und nahm das Gerät aus ihrer Handtasche, die sie neben das Sofa gelegt hatte. Sie blickte auf die Nachricht auf dem Display und ließ dann frustriert seufzend ihren Kopf gegen die Sofalehne fallen. »Genau das hat mir zur Krönung dieses Tages noch gefehlt.«

»Was ist los?«

»Es ist mein Vater«, seufzte sie und blickte Matt zögernd an. Als sie ihren Vater erwähnte, war die Wärme aus seinen Augen gewichen, und er wirkte gereizt. »Mein Vater will, daß ich ihn anrufe. Es ist zwei oder drei Uhr früh in Italien. Entweder will er mitten in der Nacht einfach mal nachfragen, wie es mir geht, oder er hat endlich eine Zeitung gesehen. Darf ich von hier aus telefonieren?«

Ihr Vater war in Rom auf dem Flughafen und wartete auf einen Rückflug nach Chicago. Seine Stimmung war unbeschreiblich. »Was in drei Teufels Namen machst du bloß?« tobte er, sobald die Vermittlung sie durchgestellt hatte.

»Bitte, beruhige dich«, fing Meredith an, aber er ließ sich nicht beruhigen.

»Hast du den Verstand verloren?« donnerte er. »Ich lasse dich für ein paar Wochen allein, und schon steht unser Name in allen Zeitungen neben dem dieses Bastards, und wir haben Bombendrohungen ...«

Das Thema Matt vorerst ausklammernd, versuchte Meredith ihn betreffend der jüngsten Bombendrohungen zu beruhigen. »Es ist alles in Ordnung, alle drei Bomben wurden gefunden und entschärft, und niemand ist verletzt ...«

»*Drei!*« brüllte er. »Drei Bomben? Wovon redest du?«

»Wovon hast *du* denn gesprochen?« fragte sie, aber zu spät.

»Ich habe von dem falschen Alarm in New Orleans gesprochen«, sagte er, und sie spürte, daß er sich nur mühsam unter Gewalt hatte. »Drei Bomben wurden gefunden? Wann? Wo?«

»Heute. In New Orleans, in Dallas und hier.«

»Was ist mit dem Umsatz?«

»Das Unvermeidliche«, sagte sie und bemühte sich, nicht negativ zu klingen. »Wir mußten für einen Tag schließen, aber wir werden es wieder aufholen. Ich bin gerade dabei, eine neue Art von Sonderverkauf zu erfinden – die Werbeabteilung plädiert für ›Bomben-Verkauf‹«, versuchte sie zu scherzen.

»Was ist mit unseren Aktien?«

»Sie waren heute bei Börsenschluß um drei Punkte gefallen.«

»Und Farrell?« Seine Stimme klang zorniger denn je. »Was ist mit ihm? Du hältst dich gefälligst von ihm fern! Keine Pressekonferenzen mehr – gar nichts!«

Er sprach so laut, daß Matt mithören konnte, und Meredith blickte ihn hilfesuchend an, aber anstatt sie aufmunternd anzulächeln wartete Matt darauf, daß sie ihrem Vater widersprechen würde, und als sie das nicht umgehend tat, drehte er sich auf dem Absatz um und ging, ihr den Rücken zuwendend, zu der Fensterfront.

»Hör mir bitte zu«, flehte Meredith ihren Vater an. »Es hat überhaupt keinen Sinn, wenn du dich darüber so aufregst, daß du wieder einen Herzanfall bekommst.«

»Sprich nicht mit mir als ob ich ein halbvertrottelter Krüppel wäre!« drohte er, aber es klang erschöpft, und sie war sicher, daß er nur deshalb eine kurze Pause machte, weil er eine Pille schluckte. »Ich warte auf eine Antwort wegen Farrell!«

»Okay. In Ordnung. Sprechen wir jetzt darüber, wenn du das unbedingt willst.« Sie machte eine Pause und überlegte verzweifelt, wie sie am besten vorgehen sollte. Am klügsten war es wohl, wenn sie ihm zunächst einmal schonend beibrachte, daß sie sein doppeltes Spiel von damals durchschaut hatten. Also begann sie damit. »Ich weiß, daß du mich liebst, Dad, und ich bin sicher, du hast damals vor elf Jahren das getan, was du für das Beste gehalten hast ...« Er schwieg eisern, also fuhr sie vorsichtig fort: »Ich spreche von dem Telegramm, das du an Matt geschickt hast, daß ich eine Abtreibung gehabt hätte. Ich habe davon erfahren ...«

»Wo zum Donnerwetter bist du jetzt im Moment?« fragte er mißtrauisch.

»Ich bin bei Matt in der Wohnung.«

Seine Stimme vibrierte vor Wut und vor etwas anderem, das Meredith wie Furcht vorkam. Wie blanke Panik. »Ich bin schon auf dem Heimweg. Mein Flugzeug geht in drei Stunden von hier ab. Halte dich von ihm fern! Vertraue ihm nicht! Du kennst diesen Mann nicht!« Dann wurde er wieder sarkastisch: »Schau, daß du die Firma aus dem Bankrott heraushältst, bis ich zurück bin.«

Er knallte den Hörer auf die Gabel, und Meredith legte nachdenklich auf. Dann blickte sie Matt an, der ihr immer noch den Rücken zuwandte.

Jetzt wandte er den Kopf. »Seit Tagen überlege ich mir, was er tun wird, wenn er zurückkommt und herausfindet, daß du bei mir bleiben willst. Eben ist es mir eingefallen.«

»Was meinst du?«

»Dein Vater wird seinen Trumpf ausspielen. Er wird dich vor die Wahl stellen: ihn oder mich; Bancroft & Company samt Präsidentenamt – oder nichts, wenn du dich für mich entscheidest. Und ich bin mir nicht sicher«, fügte er mit einem ernsten Seufzer hinzu, »welchen Weg du vorziehen wirst.«

Meredith war zu erschöpft, zu ausgelaugt, um sich mit einem Problem zu befassen, das sich ihr noch gar nicht stellte. »Soweit wird es nicht kommen«, sagte sie, weil sie ehrlich glaubte, ihren Vater mit der Zeit dazu bringen zu können, Matt zu akzeptieren. »Ich bin alles, was er hat, und auf seine Weise liebt er mich.«

Matt blickte zweifelnd in ihre großen, besorgten blauen Augen, lächelte schließlich aber beruhigend, legte den Arm um sie und zog sie an sich.

Es war Mitternacht, als er sie zu ihrem Wagen hinunterbegleitete. Erschöpft von dem anstrengenden Tag und wunderbar entspannt und müde von den letzten anderthalb Stunden in seinem Bett, ließ Meredith sich auf den Fahrersitz des Jaguar fallen. »Bist du sicher, daß du wach genug bist, um nach Hause zu fahren?« fragte er, die Hand auf der offenen Fahrertür.

»Ich hoffe doch«, sagte sie lächelnd und drehte den Zündschlüssel. Die Heizung und das Radio stellten sich an, während der Motor zum Leben erwachte.

»Freitag abend gebe ich eine Party für die Mitwirkenden von *Phantom of the Opera*«, sagte er. »Es kommen eine Menge Leute, die du kennst. Meine Schwester wird auch hier sein, und ich dachte, ich lade deinen Anwalt ein. Die beiden würden ein schönes Paar abgeben.«

Als er zögerte, irgendwie ängstlich, zog Meredith ihn auf: »Wenn das eine Einladung war, dann lautet die Antwort ja.«

»Ich wollte dich nicht als Gast einladen.«

Peinlich berührt und verwirrt starrte Meredith auf das Lenkrad. »Oh.«

»Ich wollte dich bitten, als meine Gastgeberin zu fungieren, Meredith.«

Da wurde ihr klar, was der Grund für sein Zögern gewesen war. Er bat sie um etwas, das einer halböffentlichen Bekanntgabe gleichkam, daß sie ein Paar waren. Sie blickte in seine zwingenden grauen Augen und lächelte hilflos. »Abendgarderobe?«

»Ja, warum?«

»Weil« – sie sah ihn fröhlich an – »weil es sehr wichtig ist, daß die Gastgeberin richtig gekleidet ist.«

Halb lachend, halb seufzend zog Matt sie aus dem Wagen und in seine Arme, um sie voller Dankbarkeit und Erleichterung zu küssen.

Der Kuß dauerte noch an, als der Nachrichtensprecher im Radio verkündete, daß in einem Straßengraben in der Nähe von Belleville, Illinois, die Leiche von Stanislaus Spyzhalski entdeckt worden war, der sich unberechtigterweise als Rechtsanwalt ausgegeben hatte und eine Menge Klienten, darunter Matthew Farrell und Meredith Bancroft, betrogen hatte.

Meredith zuckte zusammen und starrte Matt entsetzt an. »Hast du das gehört?«

»Es war heute schon ein paarmal in den Nachrichten.«

Seine völlige Gleichgültigkeit und die Tatsache, daß er ihr nicht früher davon erzählt hatte, kamen Meredith ein wenig komisch vor, aber sie war zu erschöpft, um sich jetzt darüber weitere Gedanken zu machen. Außerdem spürte sie Matts Lippen zu intensiv auf den ihren.

46

Intercorps eigene Detektei Inquest hatte ihren Hauptsitz in Philadelphia und wurde von einem ehemaligen CIA-Agenten namens Richard Olsen geleitet.

Olsen wartete bereits neben der Rezeption, als Matt am nächsten Morgen um halb neun aus dem Aufzug stieg. »Schön, Sie zu sehen, Matt«, sagte er, während sie sich zur Begrüßung die Hände schüttelten.

»Ich bin sofort für Sie da«, versprach Matt. »Ich muß nur ein kurzes Telefonat führen, bevor wir anfangen.«

Matt schloß die Tür seines Büros hinter sich, setzte sich an den Schreibtisch und wählte die Privatnummer des Präsidenten einer großen Chicagoer Bank. »Hier ist Matt«, sagte er ohne weitere Begrüßungsformalitäten. »Reynolds Mercantile wird Bancroft's den Kredit nicht geben, wie wir bereits erwartet haben. Auch der andere Kreditgeber, den sie für B & C vorgeschlagen hatten, hat einen Rückzieher gemacht.«

»Die Wirtschaftslage ist unsicher, und viele Geldgeber sind vorsichtig geworden«, bemerkte der Bankier. »Außerdem sind in diesem Quartal bereits zwei Mega-Kreditnehmer von Reynolds Merc pleite gegangen. Das heißt, daß sie auf der Suche nach Bargeld sind.«

»Das ist mir alles bekannt«, erwiderte Matt ungeduldig. »Was ich wissen will, ist, ob die Bombendrohungen ausgereicht haben, um B & C für sie zu einem Risikofaktor zu machen und ob Reynolds vielleicht anfängt, einen Teil der B & C-Anleihen zu verkaufen.«

»Sollen wir uns erkundigen?«

»Tun Sie es noch heute«, befahl Matt.

»Auf dieselbe Art wie beim letzten Mal?« hakte der Bankier nach. »Wir kaufen die B & C-Anleihen im Auftrag von Collier Trust, und Sie werden sie uns innerhalb der nächsten sechzig Tage abnehmen.«

»Genau.«

»Können wir Reynolds gegenüber den Namen Collier erwähnen? Oder wird er ihn mit Ihnen in Verbindung bringen?«

»Collier war der Mädchenname meiner Mutter«, sagte Matt. »Kein Mensch wird ihn mit mir in Verbindung bringen.«

»Wenn diese Bombendrohungen vorbei sind und keinen größeren Schaden für die Geschäfte von B & C angerichtet haben«, fügte der Bankier hinzu, »könnte es durchaus sein, daß wir daran interessiert sind, die Anleihen selbst zu behalten.«

»Wenn es soweit ist, können wir darüber reden und dann die Bedingungen aushandeln«, erklärte Matt, aber ihm ging es momentan um etwas anderes. »Sobald Sie Reynolds angeboten haben, ihm die B & C-Kredite abzunehmen, lassen Sie ihn unbedingt wissen, daß der Trust auch das anstehende Projekt in Houston für Bancroft's finanzieren will. Sorgen Sie dafür, daß er Meredith Bancroft umgehend anruft und ihr das sagt. Ich will, daß sie weiß, daß ihr das Geld jederzeit zur Verfügung steht.«

»Wir werden das erledigen.«

Nachdem er aufgelegt hatte, bat Matt Richard Olsen in sein Büro. Mit schlecht verhohlener Ungeduld wartete er, bis Olsen seinen Mantel abgelegt hatte, und noch bevor der Mann gegenüber von ihm Platz genommen hatte, stellte

Matt die Frage, die ihn am dringlichsten beschäftigte: »Was weiß die Polizei über die Bombenanschläge?«

»Nicht besonders viel«, antwortete Olsen, während er seinen Aktenkoffer aufschloß und einige Unterlagen herausnahm. »Die zuständigen Beamten haben jedoch ein paar interessante Schlüsse gezogen, und ich auch.«

»Lassen Sie hören.«

»Zunächst einmal glaubt die Polizei, daß die Bomben entdeckt werden sollten, bevor sie explodierten – eine These, die sich daraus ergibt, daß die Anrufe sehr frühzeitig eingingen und daß die Sprengkörper so versteckt waren, daß man sie leicht finden konnte. Die Bomben selbst waren Profi-Arbeit. Ich habe das Gefühl, daß wir es hier nicht mit einem Geistesgestörten zu tun haben, der sich für irgendein echtes oder eingebildetes Unrecht rächen will, das ihm in einem Bancroft's-Kaufhaus widerfahren ist. Wenn die Polizei recht hat – und das glaube ich –, dann wollte der Täter weder den Kaufhäusern selbst Schaden zufügen, noch irgendwelche Menschen verletzen, die sich darin aufhielten. Wenn das stimmt, dann bleibt als einzig logisches Motiv, daß jemand Bancroft's finanzielle Verluste zufügen wollte, indem er die Käufer vertrieb. Ich habe gehört, daß der Umsatz auch in den anderen Filialen von B & C gestern gewaltige Einbußen erlitt und daß ihre Aktien schon beträchtlich gefallen sind. Jetzt ist die Frage, wer so etwas beabsichtigen könnte, und warum.«

»Ich weiß es nicht«, sagte Matt und bemühte sich, nicht frustriert zu klingen. »Ich habe Ihnen ja schon gestern am Telefon gesagt, daß das Gerücht kursiert, irgendein Konzern – außer meinem – plane, sie zu übernehmen. Wer immer das ist, kauft seit Monaten still und heimlich ihre Aktien auf. Als ich ins Spiel kam und gleichzeitig anfing, B & C zu kaufen, stiegen die Kurse beträchtlich. Ich vermute, daß dieser Konzern mit Hilfe der Bombendrohungen entweder mich aus dem Rennen werfen will – die Gewinne von Bancroft's sind ja um einiges gesunken –, oder aber einfach versucht, dadurch den Aktienkurs zu senken.«

»Haben Sie irgendeine Vermutung, welcher Konzern das sein könnte?«

»Nicht die geringste. Aber ganz gleich, wer es ist, es geht hier bestimmt nicht um kurzfristige Gewinne. B & C ist momentan eine denkbar schlechte Geldanlage.«

»Ihnen ist das wohl egal.«

»Mir geht es hier nicht um Profite«, erwiderte Matt.

Olsen war nicht umsonst für seine Direktheit berüchtigt. »Warum kaufen Sie dann die Aktien?« Als seine Frage nicht beantwortet wurde, hob Olsen die Hände. »Ich suche nach einem Motiv, das nichts mit Profiten zu tun hat, Matt. Wenn ich Ihres kenne, hilft mir das bei der Suche nach einem ähnlichen Motiv, und das bringt uns vielleicht weiter.«

»Mein ursprüngliches Motiv war Rache an Philip Bancroft«, sagte Matt, dem die Aufklärung dieses Falles noch wichtiger erschien als die Wahrung seiner Privatsphäre.

»Gibt es noch jemand – sehr reichen –, der sich gleichfalls an ihm rächen will?«

»Woher zum Teufel soll ich das wissen«, sagte Matt, stand auf und begann, unruhig auf und ab zu laufen. »Er ist ein arroganter Mistkerl. Ich bin bestimmt nicht sein einziger Feind.«

»Okay. Wenigstens haben wir jetzt eine Spur. Wir werden nach einem Feind von Philip Bancroft suchen, der sich an ihm rächen will und über genügend finanzielle Mittel verfügt, um sich eine so langfristige Geldanlage wie B & C leisten zu können.«

»Das klingt absolut lächerlich.«

»Nicht unbedingt, wenn Sie in Betracht ziehen, daß kein Konzern, dem es allein um Profite geht, Bombendrohungen anwenden würde, um seine Beute zu zermürben.«

»Trotzdem klingt es lächerlich«, argumentierte Matt. »Früher oder später wird so etwas publik, und dann wird man den betreffenden Konzern der Bombendrohungen verdächtigen.«

»Einer Sache verdächtigt zu werden bedeutet überhaupt nichts, solange es keine Beweise gibt«, stellte Olsen klar.

Auch am Nachmittag machten sämtliche Bancroft's-Häuser so gut wie keinen Umsatz, und Meredith versuchte, nicht auf die Computergraphiken der Bildschirme zu blicken. Mark Braden mußte jeden Augenblick aus New Orleans zurückkommen, und seit einigen Stunden wartete sie auch darauf, daß ihr Vater wie ein Berserker hereingestürmt käme. Phyllis' Ankündigung, daß Parker am Telefon sei, schien ihr eine willkommene Ablenkung von ihren derzeitigen Sorgen. Er hatte schon am Vormittag einmal angerufen, um sie aufzumuntern, und sie nahm an, daß er sich diesmal wieder aus einem ähnlichen Grund meldete.

»Hallo, junge Frau«, sagte Parker, und seine Stimme klang fröhlich. »Wie wär's zur Abwechslung mal mit einer guten Neuigkeit?«

»Ich bin mir nicht sicher, ob ich weiß, wie man mit so was umgeht, aber du kannst es ja mal probieren«, erwiderte sie lächelnd.

»Ich habe Geldgeber gefunden, die euch die Hypothek für das Grundstück in Houston geben und die außerdem das ganze dortige Projekt vorfinanzieren wollen, sobald ihr soweit seid. Sie kamen heute morgen wie vom Himmel gesandt in mein Büro spaziert.«

»Das ist wirklich eine gute Nachricht«, sagte Meredith, aber ihr Enthusiasmus sank, als sie daran dachte, wie sie bei den momentanen Umsätzen ihre Schulden zurückzahlen sollte, wenn die Geschäfte nicht bald wieder besser wurden.

»Du klingst nicht gerade begeistert«, sagte Parker.

»Ich mache mir Sorgen wegen der miserablen Umsätze in allen unseren Häusern«, gestand sie. »Ich sollte das dem Bankier von Bancroft & Company nicht erzählen, aber er ist ja schließlich auch mein Freund.«

»Ab morgen«, sagte Parker etwas zögerlich, »bin ich nur noch dein Freund.«

Meredith erstarrte in ihrem Stuhl. »Was soll das heißen?«

»Wir brauchen Bargeld«, gab er seufzend zu, »also verkaufen wir unsere Kredite an dieselben Investoren, die euch das Geld für das Houstoner Projekt leihen. Ihr werdet von jetzt an eure Rückzahlungen an den Collier Trust leisten.«

Meredith runzelte nachdenklich die Stirn. »An wen?«

»An eine Gesellschaft namens Collier Trust. Sie sind Kunden der Criterion Bank, gleich bei dir um die Ecke, und Criterion bürgt für sie. Collier Trust ist eine private Gesellschaft, die über große Barmittel verfügt und auf der Suche nach lohnenden Investitionen ist. Um völlig sicherzugehen, habe ich sie selbst überprüfen lassen. Die Gesellschaft ist solide und absolut korrekt.«

Meredith fühlte sich leicht verunsichert. Noch vor wenigen Wochen schien alles so sicher und absehbar – Reynolds Mercantiles Verbindung mit Bancroft & Company zum Beispiel, aber auch ihr Privatleben. Jetzt war alles in Bewegung geraten, und sie hatte keine Ahnung, wie es enden würde. Sie bedankte sich bei Parker für die Vermittlung des neuen Kreditgebers, aber nachdem sie aufgelegt hatte, machte sie sich noch einige Gedanken über Collier Trust. Sie hatte noch nie davon gehört, und doch kam ihr der Name irgendwie bekannt vor.

Eine Minute später kam Mark Braden in ihr Büro, unrasiert und mit einer grimmigen Miene. »Ich komme direkt vom Flughafen, wie Sie gewünscht haben«, entschuldigte er sein Aussehen. Er zog seinen Mantel aus und warf ihn über einen Stuhl, als draußen vor der Tür überraschte Stimmen laut wurden: »Sie sind schon zurück, Mr. Bancroft? Herzlich willkommen, Mr. Bancroft!« Meredith stand auf und wappnete sich für die Konfrontation mit ihrem Vater, die sie mit Bangen erwartet hatte.

»Also, was ist los?« fing Philip an, die Bürotür hinter sich zuschlagend. »Das verdammte Flugzeug hatte einen Triebwerkschaden, sonst wäre ich schon vor Stunden hier gewesen.« Sofort das Kommando übernehmend, ging er direkt auf Mark Braden zu: »Was haben Sie über die Bombendrohungen herausgefunden? Wer steckt dahinter? Warum sind Sie nicht in New Orleans – das Geschäft dort scheint doch das Hauptziel zu sein!«

»Ich komme im Augenblick aus New Orleans zurück, und wir haben bislang nichts Handfestes herausgefunden«, begann Mark geduldig, verstummte aber, als Philip direkt zu den Computerbildschirmen hinter dem Schreibtisch marschierte und die aktuellen Verkaufszahlen abfragte. »Guter Gott!« flüsterte er, sobald die Ergebnisse über die Monitore flimmerten, und erblaßte unter seiner erst kürzlich erworbenen Bräune. »Das ist ja noch schlimmer, als ich befürchtet hatte.«

»Es wird schon morgen wieder aufwärts gehen«, versicherte Meredith zuversichtlich, während er ihr geistesabwesend einen verspäteten Begrüßungskuß auf die Wange hauchte. »Im Moment bleiben die Kunden noch weg, aber sobald die Bombendrohungen aus der Presse verschwunden sind, kommen sie wieder.« Sie stand auf und wollte ihm den Platz hinter dem Schreibtisch räumen, aber überraschenderweise bedeutete er ihr geistesabwesend, dort sitzen zu bleiben, und nahm selbst auf einem Besucherstuhl Platz.

»Am besten fängst du mit dem Tag meiner Abreise an«, sagte er. »Setzen Sie sich, Mark. Bevor ich Ihre Theorien höre, soll Meredith mir die Fakten schildern. Ist der Grundstückskauf in Houston schon abgeschlossen?«

Meredith erstarrte, als er ausgerechnet dieses Projekt erwähnte, dann sah sie Mark an. »Würden Sie bitte ein paar Minuten draußen warten, Mark, bis ich meinem Vater ...«

Sie wartete, bis Braden die Tür hinter sich geschlossen hatte, dann ging sie um den Schreibtisch herum auf seine Seite. »Wenn wir über Houston sprechen, dann heißt das, daß wir über Matt sprechen. Bist du bereit mir zuzuhören, ohne gleich loszubrüllen?«

»Du hast verdammt recht damit, daß wir über Farrell reden müssen! Aber zuerst will ich das Geschäftliche abgeklärt haben ...«

Eine innere Stimme sagte Meredith, daß jetzt der richtige Zeitpunkt war, um ihm alles zu erzählen, auch ihr jetziges Verhältnis zu Matt – jetzt, wo er durch geschäftliche Probleme abgelenkt war und Braden draußen wartete, um seine

Neuigkeiten loszuwerden. So würde er seine Tobsuchtsanfälle in Grenzen halten müssen. »Du hast gesagt, daß du alles hören willst, was passiert ist. Ich werde mich kurz fassen und chronologisch vorgehen, damit es nur ein paar Minuten dauert, aber du wirst verstehen müssen, daß Matt mit einem Teil davon direkt zu tun hat.«

»Schieß los«, befahl er mißmutig.

»In Ordnung«, sagte sie und griff nach ihrem Terminkalender, um nichts zu vergessen. Während sie darin blätterte, sagte sie: »Wir haben versucht, das Grundstück in Houston zu kaufen, aber während wir noch in Verhandlungen waren, hat jemand anderes es uns weggeschnappt.« Sie blickte ihm in die Augen und sagte betont ruhig: »Intercorp hat es gekauft ...«

Er stand halb auf, und in seinen Augen blitzten Zorn und Entsetzen. »Setz dich wieder hin und behalte die Ruhe«, warnte sie ihn leise. »Intercorp hat es für zwanzig Millionen gekauft und wollte es uns für dreißig Millionen weiterverkaufen. Matt hat das getan«, hob sie hervor, »als Retourkutsche dafür – daß durch deine Einflußnahme sein Bauantrag in Southville abgelehnt wurde. Darüber hinaus hatte er vor, dich, Senator Davies und die Mitglieder des Bauausschusses vor Gericht zu bringen.« Da Philip blaß wurde, fügte sie schnell hinzu: »Aber das ist inzwischen alles erledigt. Matt wird niemanden verklagen und uns das Grundstück für die ursprünglichen zwanzig Millionen überlassen.«

Sie beobachtete ihn in der Hoffnung, ein Zeichen dafür zu finden, daß er Matt gegenüber jetzt etwas milder gesonnen sei, aber alles, was sie sah, war Haß und Verärgerung. Erneut wandte sie ihre Aufmerksamkeit ihrem Terminkalender zu, froh darüber, daß das nächste Thema nichts mit Matt zu tun hatte: »Sam Green hat herausgefunden, daß die Nachfrage nach unseren Aktien in letzter Zeit gewaltig zugenommen hat. Das hat den Kurs ein ganzes Stück hochgetrieben, inzwischen ist er wegen der Bombendrohungen allerdings wieder gefallen, wie du weißt. Eigentlich müßten wir noch heute erfahren, wer die neuen Aktionäre sind und wieviel Anteile sie inzwischen besitzen ...«

»Hat Sam zufälligerweise das Wort *Übernahme* gebraucht?« fragte er hart.

»Ja«, antwortete Meredith zögernd und blätterte ihren Kalender um, »aber wir sind davon abgekommen, weil Bancroft's im Moment ein ausgesprochen unrentables Übernahmeobjekt darstellen würde.«

Die folgenden Minuten berichtete sie ihm kurz alles andere, was sich während seiner Abwesenheit ereignet hatte, bis hin zu Parkers Anruf von heute morgen, daß sie nun einen neuen Geldgeber hätten. »Soweit das Geschäftliche«, sagte sie und musterte ihn scharf, ob er sich auch nicht zu sehr darüber aufrege. Er saß wie versteinert in seinem Stuhl, aber seine Gesichtsfarbe war wieder normal. »Kommen wir jetzt zum Privaten – insbesondere zu Matthew Farrell.« Sie formulierte die nächste Frage bewußt provokant: »Fühlst du dich wirklich in der Lage, dieses Thema jetzt zu diskutieren?«

»Ja«, schnappte er.

»Als ich herausfand, daß er das Land in Houston gekauft hatte, fuhr ich zu seiner Wohnung, um ihn zur Rede zu stellen. Matt war nicht zu Hause. Statt dessen traf ich seinen Vater an, der mir riet, mich ja von Matt fernzuhalten, und der mich beschuldigte, vor elf Jahren Matts Leben ruiniert und sein Kind abgetrieben zu haben.« Philip knirschte mit den Zähnen, aber Meredith fuhr ruhig fort: »Anschließend bin ich auf die Farm gefahren, um mich mit Matt auszusprechen, und gemeinsam fanden wir heraus, was du uns alles angetan hattest. Als ich später darüber nachdachte«, fuhr sie mit einem traurigen Lächeln fort, »habe ich erkannt, daß du offensichtlich versucht hattest, mich vor einem Mann zu beschützen, den du für einen – einen Mitgiftjäger hieltest. Trotzdem hättest du dich nicht einmischen dürfen. Ich habe ihn geliebt und bin nie völlig über den Schmerz hinweggekommen zu glauben, daß er mich und das Baby sitzengelassen hatte. Im Endeffekt hast du mir so wesentlich mehr weh getan, als er es je hätte tun können. Aber ich weiß, daß du es bestimmt nur gut gemeint hast«, fügte sie hinzu und versuchte, in seiner steinernen Miene zu lesen.

Als er sich weder rührte noch etwas sagte, erzählte Meredith weiter: »Eine Woche, nachdem ich Matt auf der Farm gesprochen hatte, wurde dieser falsche Rechtsanwalt, den du engagiert hattest, verhaftet und begann, Namen seiner Klienten zu nennen, was wiederum zu einem riesigen Presserummel rund um Matt, Parker und mich führte. Matt hat ihn aus dem Gefängnis holen lassen, weil er damit drohte, weitere Einzelheiten bekanntzugeben, und dann haben wir drei eine gemeinsame Pressekonferenz abgehalten. Wir haben versucht, die Sache als nicht weiter ernst darzustellen und ein einträchtiges Bild abzugeben. Unglücklicherweise sind wir dann letzten Samstag zu viert zum Essen gegangen, um meinen Geburtstag zu feiern. Parker hat dabei viel zu viel getrunken und ... und dann kam es zu dieser Schlägerei, was uns wiederum auf die Titelseiten brachte. Immerhin muß man feststellen«, fügte sie hinzu, verzweifelt bemüht, dem Ganzen etwas Witziges abzuringen, »daß unser Umsatz in den Tagen, die auf die Pressemeldungen folgten, besonders anstieg, was sicherlich der Publicity zu verdanken ist.«

Ihr Vater verzog keine Miene. Als er dann endlich sprach, bebte seine Stimme vor ungläubiger Verärgerung. »Du hast deine Verlobung mit Parker gelöst?«

»Ja.«

»Wegen Farrell?«

»Ja.« Sanft, aber absolut überzeugt sagte sie: »Ich liebe ihn.«

»Dann bist du verrückt!«

»Und er liebt mich.«

Das schließlich brachte ihn auf die Beine. Er grinste verächtlich. »Dieses Monster liebt dich nicht und will dich nicht einmal – ihm geht es ausschließlich darum, sich an *mir* zu rächen!«

Sein Tonfall war ebenso verletzend wie seine Worte, aber

Meredith gab nicht nach. »Matt hat Verständnis dafür, daß ich in den nächsten Wochen noch nicht mit ihm zusammenleben kann – nicht, nachdem ich unten im Auditorium öffentlich verkündet habe, daß wir uns kaum kennen und daß keine Aussicht auf eine Versöhnung bestehe.« Ruhig, aber entschlossen kam sie zum Ende: »Ihr beide werdet also lernen müssen, miteinander auszukommen. Ich will nicht so tun, als ob Matt nicht mehr wütend auf dich wäre, aber er liebt mich, und um meinetwillen wird er dir mit der Zeit vergeben und sogar versuchen, sich mit dir anzufreunden ...«

»Hat er dir das tatsächlich so gesagt, Meredith?« Philips Frage triefte vor Spott.

»Nein«, mußte sie zugeben, »aber ...«

»Dann werde ich dir erzählen, was er *mir* vor elf Jahren gesagt hat«, zischte er, die Fäuste auf den Schreibtisch gestützt. »Dieser Bastard hat mich gewarnt – er hat mich in meinem eigenen Hause bedroht –, daß er mich aufkaufen und umbringen würde, wenn ich versuchen würde, mich zwischen ihn und dich zu drängen. Damals besaß er keine tausend Dollar, es war also eine leere Drohung, aber das ist es heute weiß Gott nicht mehr!«

»Was hast du damals getan, um ihn derart zu reizen?« wollte Meredith wissen, obwohl sie die Antwort bereits kannte.

»Ich will dir nicht verschweigen, daß ich ihn bestechen wollte, dich zu verlassen, und als er sich weigerte, das Geld zu nehmen, wollte ich ihn schlagen.«

»Und hat er zurückgeschlagen?« fragte sie, wohl wissend, daß Matt etwas Derartiges nie tun würde.

»So dumm war er nicht! Wir befanden uns schließlich in meinem Haus, und ich hätte die Polizei gerufen. Er wußte, daß du von deinem Großvater mehrere Millionen erben würdest, und er hatte vor, sich alles unter den Nagel zu reißen. Er hat mir *gedroht*, daß er mich aufkaufen würde, und jetzt ist es soweit!«

»Das war eine leere Drohung«, sagte Meredith langsam

und versuchte, sich an Matts Stelle zu versetzen, um sich vorzustellen, wie er sich gefühlt haben mußte. »Was hast du erwartet? Daß er dasteht und einfach zusieht, wie du ihn erniedrigst? Er hat genausoviel Stolz wie du, und er ist ganz genauso dickköpfig. Deshalb könnt ihr zwei euch nämlich nicht ausstehen.«

Bei so viel Naivität fiel ihm der Kiefer herunter, und er starrte sie sprachlos an; sein Ärger schien verflogen. »Meredith«, sagte er, und seine Stimme klang fast zärtlich, »du bist eine außerordentlich kluge junge Frau, aber was Farrell angeht, bist du nach wie vor ein leichtgläubiger Dummkopf! Du sitzt hier und zählst mir eine ganze Serie dramatischer Ereignisse auf, die alle direkt mit unserem Geschäft zu tun haben. Und trotzdem bist du offenbar nicht einmal auf den *Gedanken* gekommen, daß sie *alle,* auch die Bombenanschläge, mit Matthew Farrells Wiedereintritt in unser Leben zu tun haben!«

»Bitte, mach dich nicht lächerlich!« sagte sie entsetzt.

»Wir werden sehen, wer sich hier lächerlich macht«, warnte er böse und lehnte sich über den Schreibtisch, um den Knopf der Sprechanlage zu drücken. »Schicken Sie Braden herein. Und bitten Sie Sam Green und Allen Stanley, ebenfalls sofort herzukommen.«

Sobald die Leiter der Rechts- und der Finanzabteilung eingetroffen waren, trat Philip in Aktion. »Wir werden uns hier nichts vormachen«, sagte er streng. »Ich werde alle meine Karten offen auf den Tisch legen, aber nichts von dem, was hier gesprochen wird, dringt nach draußen. Ist das klar?«

Die drei Männer nickten, und Philip wandte sich an Braden. »Welche Theorie haben Sie betreffend der Bombendrohungen?«

»Die Polizei ist der Ansicht«, erklärte Mark, »und ich stimme voll und ganz zu, daß die Bomben keinen handfesten Schaden anrichten sollten. Ganz im Gegenteil sogar, denn sie waren so versteckt, daß man sie leicht finden konnte. Es scheint, daß wer auch immer dahintersteckt, den Kaufhäusern selbst keinen Schaden zufügen wollte. Es ist abstrus«, sagte er frank und frei heraus.

»Das finde ich nicht«, höhnte Philip. »In meinen Augen ist das absolut logisch!«

»Wieso?« fragte Braden und starrte ihn verwundert an.

»Ganz einfach! Stellen Sie sich vor, Sie planten die Übernahme einer Warenhauskette, und Sie wollten deren Aktien so günstig wie möglich kaufen, ohne dem Wert des Unternehmens zu schaden – weil Sie es ja schließlich selbst besitzen wollen. Ist es dann nicht logisch, Bomben einzusetzen, ohne sie tatsächlich explodieren zu lassen?«

In dem folgenden betroffenen Schweigen wandte er sich an Sam Green. »Ich will eine Liste mit den Namen all derjenigen – Personen, Firmen, Institutionen –, die innerhalb der letzten zwei Monate Bancroft-Aktien gekauft haben.«

»Meredith hat das bereits in Auftrag gegeben«, sagte Sam Green. »Ich müßte morgen früh alle nötigen Informationen haben.«

»Aber gleich morgen früh!« befahl Philip, dann richtete er sich an Braden. »Ich will, daß Sie Matthew Farrell gründlich durchchecken und mir alle, und ich meine *alle* Informationen beschaffen, die es über ihn gibt.«

»Es wäre leichter, wenn Sie mir sagen würden, welche Art von Informationen Sie besonders interessiert«, sagte Mark.

»Zunächst einmal will ich die Namen jedes einzelnen Unternehmens, an dem er mehrheitlich beteiligt ist, und sämtliche Namen, unter denen er Geschäfte macht. Ich will alles über seine finanzielle Situation wissen, wo er sein privates Geld liegen hat, wie er es angelegt hat und unter welchen Namen. Ich will Namen. Mit Sicherheit hat er Trusts gebildet – besorgen Sie mir die *Namen.*«

Meredith wußte bereits, was er mit diesen Namen vorhatte; er würde sie mit denen vergleichen, die auf der Liste der neuen Aktionäre standen, mit deren Aufstellung Sam beauftragt war.

»Allen«, sprach Philip den Leiter der Finanzabteilung an, »Sie arbeiten mit Sam und Mark zusammen. Ich will aber sicher sein können, daß außer Ihnen dreien kein Mensch erfährt, was wir vorhaben.«

Nachdem die Männer gegangen waren, sah Meredith verärgert zu, wie er sich vorbeugte, nach einem Briefbeschwerer griff und ihn so in der Hand drehte, als würde er sich plötzlich schämen, sie anzusehen. Was er sagte, verschlug ihr die Sprache. »Wir beide, du und ich, haben eine Menge Differenzen gehabt«, begann er zögernd. »Wir sind uns oft in die Haare geraten, und meistens war es meine Schuld. Auf diesem Schiff hatte ich viel Zeit, und ich habe über das nachgedacht, was du mir gesagt hast: daß ich nicht wolle, daß du einmal Präsident wirst und daß ich dich nicht« – er machte eine Pause und räusperte sich –, »daß ich dich nicht lieben würde. Aber das stimmt nicht.« Er blickte sie unsicher an, dann fixierte er wieder den Briefbeschwerer und gestand: »Als ich in Italien war, habe ich deine Mutter für einige Stunden besucht.«

»Meine *Mutter?*« wiederholte Meredith erstaunt.

»Wir haben uns nicht gerade versöhnt oder so«, stellte er rasch klar, als ob er sich verteidigen müsse. »Eigentlich haben wir uns sogar gestritten. Sie hat mir vorgeworfen, daß ich mich falsch verhalten hätte ...« Er verstummte, und aus seinem gedankenverlorenen Gesichtsausdruck schloß Meredith, daß er diese Möglichkeit ernsthaft in Erwägung zog. Bevor sie jedoch ihrer Überraschung Ausdruck verleihen konnte, fuhr er fort: »Deine Mutter hat da etwas gesagt, etwas, worüber ich auf dem Heimflug nachgedacht habe.«

Er holte tief Luft und blickte Meredith in die Augen. »Sie hat mir vorgeworfen, daß ich eifersüchtig bin und die Menschen, die ich liebe, einzusperren versuche. Sie sagte, ich würde ihnen unfaire Restriktionen auferlegen, weil ich Angst hätte, sie zu verlieren. Vielleicht habe ich das bei dir in der Vergangenheit tatsächlich getan.«

Meredith fühlte ein Gefühl der Freude aufsteigen, aber seine nächsten Worte waren eiskalt und direkt. »Meine momentanen Gefühle für Farrell haben jedoch nicht das geringste mit Eifersucht zu tun. Er legt es darauf an, alles, was ich aufgebaut habe, zu zerstören, und das alles soll ja einmal dir gehören. Ich werde das nicht zulassen. Ich werde alles, *alles* tun, um ihn aufzuhalten. Und das meine ich ernst.«

»Mein Gott, du irrst dich, was Matt angeht!«

»Ich hoffe, ich irre mich nicht, was *dich* angeht«, unterbrach er, »Denn ich vertraue darauf, daß du ihm nicht verrätst, daß wir hinter ihm her sind, damit er seine Spuren verwischen kann.« Er stand auf, griff nach seinem Mantel und sah plötzlich alt und müde aus. »Ich bin erschöpft. Ich gehe jetzt nach Hause und ruhe mich aus. Morgen komme ich wieder herein, aber ich werde vorerst das Konferenzzimmer als Büro benutzen. Ruf mich an, wenn Braden schon vorher irgend etwas Wichtiges herausfindet.«

»Das mache ich«, sagte sie, fügte jedoch entschlossen hinzu: »Aber ich will, daß du mir etwas versprichst.«

Die Hand auf der Türklinke, drehte er sich um. »Was soll ich dir versprechen?«

»Ich will, daß du dich, sollte Matt unschuldig sein, nicht nur in aller Form bei ihm entschuldigst, sondern daß du dich dann auch ehrlich um seine Freundschaft bemühen wirst! Außerdem will ich dein Ehrenwort, daß du Mark und Sam und alle anderen, bei denen du ihn schlechtgemacht hast, davon in Kenntnis setzt, daß du dich in ihm getäuscht hast.« Philip versuchte, das achselzuckend als völlig abwegige Idee abzutun, aber Meredith war entschlossen, diesen Handel durchzusetzen. »Ja oder nein?«

»Ja«, sagte er bissig.

Nachdem er gegangen war, sank Meredith in ihren Stuhl. Keine Sekunde lang glaubte sie, daß es etwas gäbe, wovor sie Matt warnen müßte, aber sie fühlte sich nicht wohl bei dem Gedanken, stillschweigend bei einem Komplott gegen ihn mitzuwirken. Gleichzeitig war sie tief betrübt von dem Eingeständnis ihres Vaters, daß er sie liebte und daß er ihre Arbeit würdigte. Am meisten jedoch bewegte sie die Hoffnung, daß Matt, wenn alle Unklarheiten beseitigt waren und ihr Vater sich bei ihm entschuldigt hatte, großzügig genug sein würde, die Entschuldigung anzunehmen. Die Möglichkeit, daß diese beiden Männer, die sie liebte, wenn schon nicht Freunde, so doch wenigstens keine Feinde mehr sein könnten, war ihr sehnlichster Wunsch.

Allem Optimismus und Vertrauen zum Trotz blieb ihr eine Sache, die ihr Vater erwähnt hatte, im Gedächtnis und ließ ihr keine Ruhe. Abends traf sie sich mit Matt zum Dinner in der dunklen Ecke eines kleinen Restaurants. Als er sie über die Konfrontation mit ihrem Vater ausfragte, antwortete sie wahrheitsgemäß, ließ jedoch den absurden Verdacht ihres Vaters, daß Matt hinter den Bombenanschlägen stecke und die Übernahme von Bancroft's plane, unerwähnt. Dies war ihr Zugeständnis an ihren Vater, ihre Gegenleistung für sein Versprechen, sich zu entschuldigen, falls er sich irrte. Absichtlich aber wartete sie mit der Frage, die ihr auf dem Herzen lag, bis sie in ihrer Wohnung waren und einander geliebt hatten. Sie wartete, weil sie nicht wollte, daß ihre Frage wie eine Anklage oder wie eine Beschuldigung klang.

Neben ihr im Bett, stützte Matt sich auf einen Ellbogen und fuhr mit seinem Finger zärtlich über ihre Wange. »Komm mit zu mir nach Hause«, flüsterte er. »Ich habe dir das Paradies versprochen, aber ich kann es dir nicht schenken, solange wir nicht zusammenleben und nur halb verheiratet sind.«

Meredith lächelte ihn geistesabwesend an, aber das war genug, um ihn spüren zu lassen, daß ihr etwas anderes im Kopf herumging.

Er nahm ihr Kinn zwischen Daumen und Zeigefinger, so daß sie ihn ansehen mußte. »Was hast du?« fragte er leise.

Sorgsam darauf achtend, unverfänglich zu klingen, gestand sie: »Mein Vater hat da etwas gesagt.«

Seine Miene wurde hart, als sie ihren Vater erwähnte. »Was hat er gesagt?«

»Er hat mir erzählt, daß du ihm vor Jahren gedroht hast, du würdest ihn aufkaufen und umbringen, wenn er versuchen würde, sich zwischen uns zu stellen. Du hast das doch nicht wirklich gesagt, oder?«

»Doch«, antwortete er knapp, dann fügte er etwas milder hinzu: »Ich habe das gesagt, als dein Vater versucht hat, mich erst mit Geld und dann mit Gewalt dazu zu bringen, dich zu verlassen. Daraufhin habe ich ihm dann selber gedroht.«

»Aber du hast es nicht so gemeint, oder?« fragte sie und blickte ihn flehend an.

»Damals habe ich es so gemeint. Alles, was ich sage, meine ich ernst«, flüsterte er, während sein Mund sich zu einem langen, tiefen Kuß auf ihren senkte. »Aber manchmal«, murmelte er, seine Lippen federleicht über ihre Wange streifend, »ändere ich meine Meinung ...«

Merediths Miene heiterte sich auf, und sie zog seinen Kopf zu ihrem herunter und streichelte zärtlich seine Wange.

47

Als sie am nächsten Morgen die Zeitung hereinholte, die vor ihrer Wohnungstüre lag, ließ sie die Schlagzeile fast in die Knie gehen:

MATTHEW FARRELL IM MORDFALL STANISLAUS SPYZHALSKI VERHÖRT

Mit klopfendem Herzen hob sie die Zeitung auf und las die Titelgeschichte. Sie begann mit einer Wiederholung aller bekannten Tatsachen über den falschen Anwalt, der ihnen ungültige Scheidungspapiere ausgehändigt hatte, und endete mit der Aussage, daß Matt gestern nachmittag zur Sache vernommen worden war.

Mit blankem Entsetzen starrte Meredith auf den letzten Satz. Matt war gestern vernommen worden. *Gestern.* Und er hatte es nicht nur verschwiegen, er hatte sich auch noch so verhalten, als ob alles völlig normal und in Ordnung sei! Bestürzt und fassungslos über diesen unwiderlegbaren Beweis seiner Fähigkeit, jegliche Emotionen vor ihr zu verbergen, selbst sie hinters Licht zu führen, ging sie langsam in ihre Wohnung zurück, um sich fertig zu machen. Sie würde ihn vom Büro aus anrufen.

Lisa lief bereits unruhig auf und ab, als Meredith ihr Büro betrat. »Meredith, ich muß mit dir reden«, platzte sie heraus, sobald die Tür geschlossen war.

Meredith blickte ihre Jugendfreundin an, und ihr zögerndes Lächeln zeigte deutlich ihre zwiespältigen Gefühle. »Ich warte schon lange darauf, daß du das endlich tust.«

»Wie meinst du das?«

Meredith schaute ihr direkt ins Gesicht. »Ich meine wegen Parker.«

Dies schien Lisa regelrecht aus dem Konzept zu bringen. »Parker? O Gott, ich wollte wirklich mit dir darüber reden, aber ich hatte einfach Angst davor. Meredith«, flehte sie und hob hilflos die Hände, ließ sie aber gleich wieder fallen, »ich weiß, du mußt mich für ein hinterlistiges Miststück und eine ganz gemeine Lügnerin halten, weil ich mich in deiner Gegenwart so oft über ihn mokiert habe, aber ich schwöre, ich habe es nicht getan, um dich davon abzuhalten, ihn zu heiraten. Ich habe mich wirklich ernsthaft bemüht, ihn mir aus dem Kopf zu schlagen. Und, verdammt nochmal, du warst doch gar nicht richtig in ihn verliebt – schau nur, wie schnell du zu Matt zurückgekehrt bist.« Ihre gespielt selbstsichere Fassade begann abzubröckeln. »Mer, bitte, hasse mich nicht! Bitte! Meredith«, sagte sie mit gebrochener Stimme, »ich liebe dich mehr als meine eigenen Schwestern, und ich habe mich ehrlich dafür gehaßt, daß ich den Mann liebte, den du wolltest ...«

Auf einmal waren sie wieder zwei Schulmädchen, die sich gestritten hatten und die sich jetzt auf dem Schulhof von St. Stephen's gegenüberstanden. Lisa sah sie an, Tränen standen in ihren schönen Augen, und die Hände hingen ihr hilflos herab. »Bitte«, flüsterte sie. »Hasse mich nicht.«

Meredith holte tief Luft. »Ich kann dich nicht hassen«, sagte sie und lächelte unsicher. »Ich liebe dich auch, und *ich* habe keine anderen Schwestern ...« Mit einem erleichterten Schluchzer warf Lisa sich in Merediths Arme.

Dann aber räusperte Lisa sich und wurde abrupt ernst. »Eigentlich bin ich nicht heraufgekommen, um über Parker zu sprechen. Ich wollte dich fragen, was die Polizei gestern von Matt gewollt hat. Ich habe die Morgenzeitung gelesen, und ich« – sie mied Merediths Blick und sah sich im Zimmer um – »und ich, nun, ich glaube, ich bin heraufgekommen, damit du mich beruhigst. Ich meine, glaubt die Polizei, daß Matt hinter dem Mord an Spyzhalski steckt?«

Meredith unterdrückte einen Wutanfall und sagte betont ruhig: »Warum sollte sie? Glaubst du vielleicht, daß er etwas damit zu tun hat?«

»Nein, natürlich nicht«, protestierte Lisa kläglich, schüttelte den Kopf und verließ nach einem Abschiedswinken das Zimmer.

Meredith ging kopfschüttelnd zu ihrem Schreibtisch hinüber und verdrängte die schlimmen Gedanken. »Hör auf damit!« schalt sie sich selbst. »Du läßt dich durch die falschen Verdächtigungen der anderen noch selber verunsichern!«

Um sechs Uhr abends wurde es ihr allerdings zusehends schwer gemacht, ihre Loyalität Matt gegenüber aufrechtzuerhalten. »Hier sind die ersten beiden Beweisstücke, Meredith«, verkündete ihr Vater stolz, während er zusammen mit Mark Braden hereinkam und ihr zwei Akten auf den Schreibtisch knallte.

Beunruhigt schob Meredith den Entwurf des Werbeetats beiseite, den sie gerade durchgesehen hatte, blickte in die verbitterten Mienen der beiden Männer und griff nach den Papieren. Die erste Akte enthielt Marks ausführlichen Bericht über Matts Geschäfte. Mark hatte die Namen aller Firmen, die Matt besaß, und aller Unternehmen, an denen er mehrheitlich beteiligt war, mit Rotstift umkringelt. Es waren mehrere Dutzend. Acht davon hatten zusätzlich ein dickes rotes Kreuz bekommen. Sie blickte auf den anderen Bericht, auf dem die Namen der Leute, Institutionen und Firmen aufgelistet waren, die in letzter Zeit ein größeres Paket Bancroft-Aktien erworben hatten, und ihr Herz setzte einen Moment lang aus: Die acht rot angekreuzten Namen der einen Akte fanden sich auch auf der Liste der neuen Großaktionäre. Wenn man alle zusammenrechnete, hatte Matt bereits ein gigantisches Aktienpaket an B & C-Anteilen, von denen kein einziger in seinem eigenen Namen oder in dem von Intercorp gekauft worden war.

»Das ist nur der Anfang«, sagte ihr Vater. »Die Liste der Aktionäre ist nicht auf dem neuesten Stand, und der Bericht von Mark ist noch nicht komplett. Gott weiß, wieviel weitere Anteile er inzwischen gekauft hat und auf was für Namen. Als der Kurs unserer Aktien stieg, beschloß Farrell offensichtlich, ein paar Bomben legen zu lassen, damit er sie billiger bekäme. Also«, sagte er und stützte sich mit den Handflächen auf den Schreibtisch, »siehst du jetzt endlich ein, daß er hinter allem steckt, was mit uns passiert?«

»Nein!« konterte sie heftig, aber ihr war selbst nicht ganz klar, ob sie damit seiner Frage widersprach oder sich ganz einfach weigerte, etwas Derartiges in Betracht zu ziehen. »Das beweist noch gar nichts – außer daß er Aktien von uns gekauft hat. Und dafür könnte er alle möglichen Gründe haben. Vielleicht hält er Bancroft's für eine gute langfristige Geldanlage!« Sie stand auf, und ihre Knie zitterten, aber sie blickte den beiden Männern gefaßt ins Gesicht: »Es heißt jedenfalls noch lange nicht, daß er Bomben legen und Leute ermorden läßt!«

»Wie konnte ich je auf die Idee kommen, daß du Verstand besitzt!« Philip klang wütend und frustriert. »Dem Mistkerl gehört bereits das Grundstück in Houston, das wir wollen, und Gott weiß, wieviel von unserem Unternehmen er sich inzwischen angeeignet hat! Er hat schon jetzt mehr als genug Anteile, um sich selbst in den Vorstand zu wählen ...«

»Es ist schon spät«, unterbrach Meredith, aber ihre Stimme war alles andere als ruhig, während sie eine Menge Papiere in ihren Aktenkoffer packte. »Ich fahre nach Hause und versuche, dort weiterzuarbeiten. Du und Mark, ihr könnt diese – diese Hexenjagd ohne mich fortsetzen!«

»Halte dich von ihm fern, Meredith!« rief ihr Vater ihr nach, als sie schon auf dem Weg zur Tür war. »Wenn du es nicht tust, wird es am Ende noch so aussehen, als ob du mit ihm unter einer Decke steckst. Bis spätestens Freitag haben wir genug Beweismaterial beisammen ...«

Meredith ließ die beiden stehen und zog die Tür hinter sich zu. Irgendwie brachte sie es fertig, allen Mitarbeitern, denen sie auf dem Weg zur Tiefgarage begegnete, lächelnd einen schönen Abend zu wünschen. Aber als sie sich auf den Sitz des Wagens, den Matt ihr geschenkt hatte, fallen ließ, war ihre mühsam aufrechterhaltene Selbstbeherrschung dahin. Die Hände um das Lenkrad verkrampft, starrte sie auf die Betonwand vor sich und begann am ganzen Leib zu zittern. Sie sagte sich immer wieder, daß sie sich völlig unnötig Sorgen mache, weil Matt eine logische, einleuchtende Erklärung für alles haben würde, und allmählich ließ das Zittern nach. Sie ließ den Jaguar an und beschloß, sofort zu ihm zu fahren.

Joe O'Hara öffnete ihr und führte sie zur Bibliothek. Unter der Tür blieb sie stehen; schon allein der Anblick von Matt vermittelte ihr Kraft und Zuversicht. Er saß auf einem Ledersofa, las in einigen Schriftstücken und machte sich zwischendurch Notizen an den Rand. Auf dem Couchtisch vor ihm stapelten sich ganze Berge von Akten. Er blickte auf, sah sie, und bei seinem plötzlichen warmen Lächeln machte ihr Herz einen kleinen Sprung. »Heute muß mein Glückstag sein«, sagte er, stand auf und kam ihr entgegen. »Ich dachte, du hättest heute keine Zeit für mich – hattest du nicht gesagt, daß du heute arbeiten mußt und außerdem einmal richtig Schlaf brauchst? Ich fürchte aber«, fügte er mit einem breiten Grinsen hinzu, »daß ich nicht hoffen darf, daß du ein paar Koffer mitgebracht hast?«

Meredith lachte, aber es klang unsicher, und er blickte sie prüfend an. »Warum habe ich das Gefühl«, fragte er, »daß du an etwas ganz anderes denkst?«

»Weil du offenbar viel mehr instinktive Menschenkenntnis besitzt als ich.«

Seine Hände strichen ihre Arme entlang nach unten, dann ließ er sie los und trat, die Stirne runzelnd, ein paar Schritte zurück. »Was willst du damit sagen?«

»Ich will damit sagen, daß ich nicht halbwegs so gut darin bin, deine Gedanken zu erraten«, erwiderte Meredith heftiger als geplant. Er würde ihr ein paar Fragen beantworten müssen.

»Warum gehen wir nicht ins Wohnzimmer? Dort ist es gemütlicher, und du kannst mir genau erklären, was du mit deiner Bemerkung gemeint hast.«

Meredith nickte und folgte ihm, aber sie war zu nervös, um sich hinzusetzen, und zu verspannt, um ihm ihre Anschuldigungen ins Gesicht zu sagen. Verzweifelt ließ sie ihren Blick im Zimmer umherwandern ... vorbei an den gerahmten alten Fotografien seiner Schwester und seiner Eltern, die auf einem geschmackvollen Marmor-Beistelltisch standen, vorbei an dem ledernen Fotoalbum, das daneben lag. Matt spürte ihre Anspannung und blieb gleichfalls stehen. Als er sprach, klang er verwirrt, aber auch ein wenig kurz angebunden. »Was hast du?«

Verblüfft über seinen Tonfall, drehte sie sich abrupt zu ihm um und sagte ihm direkt, was sie beschäftigte. »Warum hast du mir gestern abend nicht erzählt, daß die Polizei dich wegen Spyzhalski verhört hat? Wie konntest du die halbe Nacht mit mir verbringen, ohne dir nur im geringsten anmerken zu lassen, daß du unter – unter Mordverdacht stehst?«

»Ich habe dir nichts davon gesagt, weil du momentan wirklich genug andere Sorgen hast. Zweitens vernimmt die Polizei eine ganze Reihe von Spyzhalskis ehemaligen ›Klienten‹, und ich stehe *keineswegs* unter Mordverdacht.« Er sah ihre Erleichterung, aber auch die Ungewißheit, die sie zu verbergen suchte, und sein Blick wurde hart. »Oder doch?«

»Oder doch was?«

»Oder stehe ich doch unter Mordverdacht – in deinen Augen?«

»Nein, natürlich nicht!« In einer nervösen Mischung aus Unsicherheit und Sorge strich sie sich hektisch das Haar aus der Stirn und mied wieder seinen Blick. Sie haßte sich selbst für das Mißtrauen, das sie einfach nicht losließ. »Es tut mir leid, Matt. Ich hatte einen ganz furchtbaren Tag.« Sie drehte sich um und musterte ihn intensiv, ganz genau auf seine Reaktion achtend als sie sagte: »Mein Vater ist überzeugt davon, daß jemand versucht, Bancroft's zu übernehmen.« Seine Miene blieb unverändert, unlesbar. Reserviert? »Er glaubt, daß derjenige, der unsere Aktien aufkauft, auch für die Bombenanschläge verantwortlich ist.«

»Es könnte sein, daß er recht hat«, sagte er, und sein kühler, abgehackter Ton waren Zeichen genug, um sie wissen zu lassen, daß er merkte, daß sie ihn verdächtigte, und daß er sie dafür verachten würde. Sie kam sich wirklich erbärmlich vor und schaute wieder weg. Ihr Blick fiel auf die gerahmte Fotografie seiner Eltern, die sich an ihrem Hochzeitstag anlächelten. Ein ähnliches Bild war in einem der Fotoalben gewesen, die sie auf der Farm eingepackt hatte. Die Fotos ... die Namen, die darunter standen ... *Die Namen.* Der Mädchenname seiner Mutter war COLLIER. Der Collier Trust hatte alle Kredite von Bancroft & Company aufgekauft. Wenn sie nicht so viele andere Dinge im Kopf gehabt hätte, wäre ihr diese Namensgleichheit schon früher aufgefallen.

Sie blickte Matt scharf ins Gesicht, während der Schmerz sich ihr wie tausend Messer in die Brust bohrte. »Deine Mutter war eine geborene Collier, nicht wahr?« sagte sie und erkannte ihre eigene Stimme kaum wieder. »Du steckst hinter dem Collier Trust, oder nicht?«

»Ja«, sagte er und beobachtete sie, so als ob er ihre Reaktion beim besten Willen nicht verstünde.

»Oh, mein Gott!« rief sie und trat einen Schritt zurück. »Du kaufst unsere Anteile, und du hast alle unsere Kredite und Hypotheken aufgekauft! Was hast du vor – uns die Darlehen zu kündigen und Bancroft's zu schlucken, sobald wir mit einer Zahlung in Verzug geraten?«

»Das ist doch lächerlich«, sagte er eindringlich und ging auf sie zu. »Meredith, ich wollte dir doch nur helfen.«

»Wie?« schrie sie, verschränkte schützend die Arme vor der Brust und beeilte sich, aus seiner Reichweite zu kommen. »Indem du unsere Kredite aufkaufst – indem du unsere Aktien aufkaufst?«

»Durch beides ...«

»Du lügst!« sagte sie, und auf einmal fiel es ihr wie Schuppen von den Augen: »Noch an dem Tag, als wir zusammen essen waren, hast du angefangen, unsere Aktien aufzukaufen – gleich nachdem du herausgefunden hattest, daß mein Vater für die Ablehnung deines Bauantrages verantwortlich war. Ich habe die Daten gesehen. Du hast keineswegs versucht, mir zu *helfen!*«

»Nein, damals nicht«, antwortete er mit ehrlicher Verzweiflung. »Die ersten Aktienpakete habe ich in der Absicht gekauft, genügend Anteile für einen Sitz im Vorstand zu bekommen oder sogar einen Mehrheitsanteil zu erreichen.«

»Und seitdem kaufst du jede einzelne Aktie, die auf dem Markt zu haben ist«, fauchte sie. »Nur sind sie jetzt wesentlich günstiger, nicht wahr, weil der Kurs unserer Papiere seit den Bombendrohungen ein ganzes Stück gefallen ist! Sag mir die Wahrheit«, forderte sie mit bebender Stimme, »sag mir nur dieses eine Mal die Wahrheit! Hast du Spyzhalski umbringen lassen? Steckst du hinter diesen Bombendrohungen?«

»Nein, verdammt nochmal!«

Zitternd vor Wut und Verzweiflung, ignorierte sie seinen Protest. »Die erste Bombendrohung fand in derselben Woche statt, in der wir uns zum Lunch trafen und wo du von der Einmischung meines Vaters erfahren hast! Ist das nicht ein etwas merkwürdiger Zufall?«

»Ich habe damit *nichts* zu tun«, sagte er heftig. »Hör mir zu! Wenn du die ganze Wahrheit hören willst, werde ich sie dir erzählen.« Sein Ton wurde milder. »Willst du mir bitte zuhören, Darling?«

Ihr verräterisches Herz begann heftig zu schlagen, als er

sie mit seiner dunklen Stimme Darling nannte und als sie den innigen Ausdruck seiner grauen Augen sah. Sie nickte, aber sie wußte, daß sie ihm niemals mehr würde völlig glauben können, nicht, nachdem er schon so viel vor ihr geheimgehalten hatte.

»Ich habe bereits gestanden, daß ich eure Aktien anfänglich deshalb gekauft habe, um mich an deinem Vater zu rächen. Später, nachdem wir zusammen auf der Farm waren, ist mir klargeworden, wieviel dir das Kaufhaus bedeutet, ich wußte aber auch schon damals, daß dein Vater alles Menschenmögliche versuchen würde, um dich davon abzuhalten, wieder mit mir zusammenzuleben. Tatsächlich befürchtete ich, daß er dich früher oder später vor die Wahl stellen würde: ihn oder mich. Bancroft & Company samt Präsidentenposten oder nichts, wenn du dich für mich entscheiden solltest. Ich beschloß also, weiter B & C-Aktien zu kaufen, damit er das nicht tun konnte – ich wollte soviel Einfluß im Vorstand gewinnen, daß er keine Möglichkeit mehr gehabt hätte, dir das Präsidentenamt wegzunehmen.«

Meredith starrte ihn an, aber ihr Vertrauen war erschüttert, weil er dies und alles andere vor ihr geheimgehalten hatte. »Und warum wolltest du mir deine ach so *noblen* Beweggründe nicht anvertrauen?« fragte sie und blickte ihn verächtlich an.

»Ich wußte nicht, wie du darauf reagieren würdest.«

»Und gestern hast du zugesehen, wie ich mich zum Narren gemacht und dir von unserem neuen Kreditgeber Collier Trust erzählt habe – während du Collier Trust bist.«

»Ich hatte Angst, daß du es als mildtätige Geste mißverstehen würdest!«

»So dumm bin ich nicht«, konterte sie, aber ihre Stimme zitterte, und sie kämpfte mit den Tränen. »Es war keine mildtätige Geste, es war ein brillanter taktischer Schachzug! Du hast meinem Vater gedroht, du würdest ihn eines Tages aufkaufen, und jetzt tust du es! Mit Hilfe von ein paar Bomben und meiner unwissentlichen Kooperation.«

»Ich weiß, daß es so aussieht ...«

»Weil es so ist!« schrie sie. »Von dem Tag an, da ich auf die Farm kam, um dir zu erzählen, was vor elf Jahren wirklich passiert ist, hast du alles, was ich dir gesagt habe, schamlos ausgenutzt. Du hast mich angelogen …«

»Nein, das habe ich nicht!«

»Du hast mich absichtlich in falschem Glauben gelassen, und das ist dasselbe! Deine Methoden sind ausnahmslos unehrenhaft, und trotzdem soll ich dir glauben, daß deine Motive die allernobelsten sind? Bedaure, das kann ich nicht!«

»Tu uns das nicht an«, sagte er, und seine Stimme war heiser vor Ärger und Verzweiflung, weil er spürte, daß er dabei war, sie zu verlieren. »Du siehst alles, was ich getan habe, durch den Schleier elfjährigen Mißtrauens.«

Ein Teil von Meredith war geneigt, ihm zu glauben. Aber sie war sich nicht sicher. Was sie sicher wußte, war, daß ein falscher Rechtsanwalt, der ihm im Weg gestanden hatte, jetzt tot war, und daß ihr Vater, der sich ihm gleichfalls in den Weg gestellt hatte, sehr bald nur noch eine Marionette sein würde, die an Matts finanziellen Fäden tanzte. Und dasselbe traf auch auf sie zu. »Beweise es mir!« schrie sie, einem hysterischen Anfall nahe. »Ich will Beweise!«

Seine Miene versteinerte sich. »Ich muß dir beweisen, daß ich kein Brandstifter und kein Mörder bin, willst du das damit sagen? Und wenn ich keinen Beweis dafür erbringen kann, dann nimmst du das Schlimmste an?«

Zerrüttet von der Wahrheit seiner Worte, blickte sie ihn an und hatte dabei das Gefühl, das Herz im Leib würde ihr zerspringen. Als er weitersprach, hatte die Erregung seine Stimme noch dunkler gefärbt. »Du brauchst nichts weiter zu tun, als mir ein paar Wochen lang zu vertrauen, nur solange, bis die Behörden die Schuldigen gefunden haben.« Er streckte ihr seine Hand entgegen. »Vertrau mir, Darling«, sagte er zärtlich.

Aber die Ungewißheit nagte an ihr. Meredith blickte auf seine ausgestreckte Hand, aber sie konnte sich nicht rühren. Die Bombendrohungen paßten einfach zu gut in seine Pläne … und die Polizei hatte auch nicht *alle* Klienten von

Spyzhalski vernommen, denn zu ihr war kein Beamter gekommen ...

»Gib mir entweder deine Hand«, sagte er, »oder mach jetzt endgültig Schluß, damit unser Elend ein Ende hat.«

Meredith wollte ihre Hand in seine legen und ihm vertrauen, aber sie brachte es nicht fertig. »Ich kann nicht«, flüsterte sie gebrochen. »Ich möchte so gern, aber ich kann es nicht!« Seine Hand fiel bleischwer herunter, und sein Gesicht wurde ausdruckslos. Unfähig, seinen Blick zu ertragen, wandte sie sich zum Gehen. Ihre Finger schlossen sich um die Autoschlüssel in ihrer Tasche, die Schlüssel zu dem Wagen, den er ihr geschenkt hatte. Sie zog sie heraus und hielt sie ihm hin. »Es tut mir leid«, sagte sie und gab sich alle Mühe, nicht zu zittern. »Von Leuten, mit denen meine Firma geschäftlich zu tun hat, darf ich keine Geschenke annehmen, die mehr als fünfundzwanzig Dollar wert sind.«

Er blieb unbeweglich stehen und weigerte sich, ihr die Schlüssel aus der Hand zu nehmen. Meredith hatte das Gefühl, als stürbe etwas in ihrem Inneren ab. Sie legte die Schlüssel auf den Tisch und floh. Unten auf der Straße winkte sie ein Taxi heran.

Die Verkaufszahlen in Dallas, New Orleans und Chicago erholten sich erstaunlich schnell, und schon am nächsten Morgen waren sie auf dem alten Stand. Meredith fühlte sich erleichtert, als sie die jüngsten Umsätze auf den Computerbildschirmen in ihrem Büro beobachtete, aber es kam keine rechte Freude darüber auf. Vor elf Jahren, als sie glaubte, Matt verloren zu haben, hatte sie sich elend und verzweifelt gefühlt. Aber das war nichts verglichen mit den Qualen, die sie jetzt litt – denn vor elf Jahren hatte sie dem Lauf der Ereignisse hilflos gegenübergestanden. Diesmal trug sie die Verantwortung dafür, es war ganz allein ihre Entscheidung gewesen, und sie wurde das furchtbare Gefühl nicht los, einen grauenhaften Fehler begangen zu haben. Dieses Gefühl änderte sich auch nicht, als Sam Green ihr einen neuen Bericht brachte, aus dem hervorging, daß Matt noch wesentlich mehr Anteile an Bancroft & Company besaß, als sie ursprünglich angenommen hatten.

Zweimal ließ sie Mark Braden bei den zuständigen Polizeidienststellen in Dallas, New Orleans und Chicago anrufen, hoffend, daß irgendwo ein Hinweis auf den Täter entdeckt worden sei und daß man nur vergessen habe, ihr davon Mitteilung zu machen. Sie hoffte und wartete verzweifelt auf irgend etwas, das eine Änderung ihrer Meinung begründen und einen Anruf bei Matt rechtfertigen würde, aber nichts geschah.

Den Rest des Tages brachte sie irgendwie hinter sich. Als sie abends nach Hause kam, lag die Nachmittagsausgabe der Zeitung vor ihrer Wohnungstür, und ohne auch nur den Mantel auszuziehen, blätterte Meredith sie hektisch durch – in der Hoffnung, daß die Polizei einen neuen Verdächtigen im Fall Spyzhalski habe, aber es stand nichts darin. Sie schaltete den Fernseher an, aus dem gleichen Grund – und mit dem gleichen Resultat.

Niedergeschlagen und mutlos stellte Meredith den Fernseher ab, blieb aber davor sitzen. In ihrem Hinterkopf hörte sie Matts tiefe Stimme, qualvoll vertraut: *Früher oder später mußt du das Risiko eingehen und mir vollständig vertrauen, Meredith … Wenn du mit mir zusammenziehst, schenke ich dir das Paradies. Alles, was du dir erträumst. Ich gehöre allerdings dazu. Es ist ein Pauschal-Angebot …*

Die Erinnerung brach ihr fast das Herz, und sie überlegte, was Matt wohl gerade tat und ob er darauf wartete, daß sie ihn anriefe. Dann wurde ihr klar, daß er weder jetzt noch jemals ihren Anruf erwartete. Die Wahl, vor die er sie gestern abend gestellt hatte, war endgültig gewesen: *Gib mir entweder deine Hand oder mach jetzt endgültig Schluß, damit unser Elend ein Ende hat.*

Als sie ihn gestern abend stehengelassen hatte, war ihr nicht klar gewesen, daß ihre Entscheidung eine unwiderrufliche war, daß er nicht die geringste Absicht hatte, ihr eine weitere Chance zu geben, zu ihm zurückzukehren, wenn – sobald – seine Unschuld erwiesen war. Das realisierte sie erst jetzt. Sie hätte es schon gestern bemerken müssen. Aber sie wußte nicht, ob sie selbst unter diesen Umständen in der Lage gewesen wäre, ihm ihre Hand zu geben, ihm vollständig zu vertrauen. Die Umstände sprachen gegen ihn. Alles sprach gegen ihn.

Endgültig …

48

Um fünf Uhr am folgenden Nachmittag wurde Meredith in den Sitzungssaal beordert, wo seit mehreren Stunden der Vorstand tagte, der sich zu einer kurzfristig einberufenen Sondersitzung zusammengefunden hatte. Als sie den Raum betrat, war sie überrascht zu sehen, daß der Platz am Kopfende des Tisches offensichtlich für sie freigehalten worden war. Sie versuchte, sich von den kalt und grimmig blickenden Gesichtern, das ihres Vaters eingeschlossen, nicht einschüchtern zu lassen und nahm Platz. »Guten Tag, meine Herren.« Eine einzige freundliche Stimme war unter den eisigen Begrüßungsworten herauszuhören. Sie gehörte dem alten Cyrus Fortell. »Guten Tag, Meredith«, sagte der alte Herr. »Ich muß feststellen, daß du heute wieder besonders hübsch aussiehst.«

Meredith sah elend aus, und sie wußte es, aber sie warf ihm einen dankbaren Blick zu, obwohl sie normalerweise jegliche Komplimente in derartigen Sitzungen verabscheute.

Sie hatte erwartet, daß diese Sondersitzung zum Teil mit Matt zu tun haben würde und daß man Erklärungen von ihr hören wollte, aber sie hatte auch angenommen, daß noch andere Punkte auf der Tagesordnung stünden. So traf es sie völlig unerwartet, als der Vorsitzende, der rechts von ihr saß, mit dem Kopf auf eine Unterschriftenmappe deutete, die vor ihr auf dem Tisch lag, und sagte: »Wir haben diese Dokumente vorbereitet, so daß Sie sie nur noch zu unterschreiben brauchen. Nach Ende der Sitzung werden wir sie an die zuständigen Stellen weiterleiten. Lesen Sie sie kurz durch. Da die meisten von uns bei der Ausformulierung mitgewirkt haben, besteht kein Grund, daß wir sie nochmals ansehen.«

»Ich habe sie nicht gesehen«, protestierte Cyrus und öffnete seine Dokumentenmappe gleichzeitig mit ihr.

Im ersten Augenblick konnte Meredith nicht fassen, was sie da sah, und als sie es schließlich begriff, wurde ihr fast übel. Das erste Dokument war eine offizielle Beschwerde an die Börsenaufsicht, in der stand, daß sie persönlich Kenntnis davon habe, daß Matthew Farrell absichtlich Bancroft & Company-Aktien manipuliere und daß er Insider-Informationen, die er von ihr erhalten habe, dazu benutzt hätte, seine Transaktionen zu tätigen. Die Beschwerde endete mit einer Aufforderung an die Börsenaufsicht, Farrell deswegen zu überprüfen. Das zweite Papier war an das FBI und an die zuständigen Polizeidienststellen in Dallas, New Orleans und Chicago adressiert und enthielt die Mitteilung, daß sie glaube, Grund zu der Annahme zu haben, daß Matthew Farrell für die Bombendrohungen in den Bancroft & Company-Filialen dieser Städte verantwortlich sei. Auch das dritte Dokument war an die Polizei gerichtet. Darin stand, daß sie Grund zu der Annahme habe, daß Farrell die Verantwortung für den Mord an Spyzhalski trage und auf ihr Recht als Ehefrau zur Aussageverweigerung verzichte.

Meredith blickte auf die Sätze, die sorgfältig formulierten, belastenden Halbwahrheiten, die bösartigen Anschuldigungen, und begann am ganzen Leib zu zittern. Eine innere Stimme sagte ihr, daß sie eine Närrin gewesen war, weil sie jemals geglaubt hatte, daß auch nur ein Körnchen Wahrheit an all diesen Gemeinheiten war, deren ihr Mann bezichtigt wurde. Der Nebel aus hilflosem Mißtrauen, der ihre Sicht auf die Dinge in den letzten beiden Tagen getrübt hatte, wich mit einem Mal, und plötzlich lag alles glasklar vor ihr: ihre Fehler, die Beweggründe der Vorstandsmitglieder und die Wut ihres Vaters.

»Unterschreiben Sie, Meredith«, sagte Nolan Wilder und schob ihr seinen Kugelschreiber zu.

Unterschreiben Sie.

Meredith traf ihre Entscheidung, ihre endgültige Wahl – vielleicht sogar eine Wahl, für die es bereits zu spät war. Sie stand sehr langsam auf. »Unterschreiben?« wiederholte sie verächtlich. »Ich werde nichts dergleichen tun!«

»Wir hatten gehofft, daß Sie diese Chance nutzen würden, sich selbst von jedem Verdacht der Beihilfe reinzuwaschen, die Wahrheit ans Tageslicht zu bringen und Farrell der Gerechtigkeit auszuhändigen«, sagte Wilder eisig.

»Wenn es Ihnen wirklich um Wahrheit und Gerechtigkeit zu tun ist«, sagte Meredith, stützte sich mit beiden Händen auf die Tischplatte und blickte sich in der Runde um, »dann werde ich Ihnen die Wahrheit erzählen. Matthew hat absolut nichts mit den Bombendrohungen zu tun, er hat nichts mit dem Mord an Spyzhalski zu tun, und er hat auch nicht gegen die Richtlinien der Börsenaufsicht verstoßen. Die Wahrheit ist«, betonte sie mit unverhohlener Verachtung, »daß Sie alle schreckliche Angst vor ihm haben. Verglichen mit seinen Triumphen sind Ihre geschäftlichen Erfolge minimal, und der Gedanke, ihn als Hauptaktionär hier in dieser Runde zu haben, erscheint Ihnen unerträglich, weil Sie sich dadurch Ihrer eigenen Bedeutungslosigkeit bewußt würden! Sie alle sind eitel und ängstlich, und wenn Sie ernstlich geglaubt haben, daß ich diese Papiere unterschreiben werde, dann sind Sie außerdem auch noch sträflich dumm!«

»Ich schlage vor, daß Sie Ihre Entscheidung nochmals sorgfältig überdenken, Meredith«, warf ein anderes Vorstandsmitglied ein, dessen Miene nach ihren Worten zu Eis geworden war. »Entweder Sie handeln im Interesse von Bancroft & Company und unterschreiben diese Papiere – was als Interimspräsident dieses Unternehmens Ihre Pflicht ist –, oder Sie zwingen uns zu der Annahme, daß Sie tatsächlich auf der Seite eines Feindes unseres Unternehmens stehen.«

»Sie reden von meiner Verpflichtung Bancroft's gegenüber und befehlen mir im gleichen Satz, diese Papiere zu unterschreiben?« wiederholte sie, und plötzlich hätte sie am liebsten laut herausgelacht vor Freude darüber, daß sie die richtige Entscheidung getroffen hatte. »Ihre Inkompetenz grenzt an Geisteskrankheit, wenn Sie nicht in Betracht gezogen haben, was Matthew Farrell mit diesem Unternehmen anstellen wird, um sich für diesen Schmutz und Schund« – sie deutete auf die Dokumente – »zu revanchieren. Er wird Bancroft's und *Sie alle* in die Tasche stecken; aber zuerst einmal wird er Sie *verklagen!*« schloß sie stolz.

»Das Risiko gehen wir ein. Unterschreiben Sie.«

»Nein!«

Ohne zu bemerken, daß immer mehr Vorstandsmitglieder sichtlich Zweifel an der Richtigkeit von Wilders Vorgehen gegen Farrell hegten, blickte dieser sie an und sagte kalt: »Es scheint, als ob Ihre fehlgeleiteten Gefühle Sie daran hindern, im besten Interesse dieser Gesellschaft zu handeln. Entweder Sie reichen hier und jetzt Ihren Rücktritt ein, oder Sie zeigen uns, daß ich unrecht habe, indem Sie diese Papiere unterschreiben.«

Meredith blickte ihm direkt ins Gesicht. »Fahren Sie zur Hölle!«

»Ein Punkt für dich, Mädchen!« hörte sie den alten Cyrus das betretene Schweigen brechen, das sich über den Raum gelegt hatte. »Ich habe immer gewußt, daß du mehr hast als nur fantastische Beine!« Aber Meredith hörte den zweiten Teil kaum noch, sie war bereits auf dem Weg nach draußen und schlug die Tür hinter sich zu. Knallte die Tür zu, hinter der all ihre früheren Hoffnungen und Träume lagen.

Matts fröhliche Worte fielen ihr wieder ein, während sie zu ihrem Büro zurückging. Sie hatte ihn gefragt, was er tun würde, wenn er durch seinen Vorstand unqualifiziertem Druck ausgesetzt wäre, und er hatte geantwortet: *Ich würde ihnen sagen, sie könnten mich mal.* Bei dem Gedanken daran mußte sie fast lachen. Sie hatte nicht ganz dieselben Worte gebraucht, aber sie entschied stolz, daß das, was sie gesagt hatte, in etwa auf das gleiche hinauslief. Heute abend fand Matts Party statt, und sie mußte sich beeilen, heimzukommen und sich umzuziehen. Als sie ihr Büro betrat, klingelte das Telefon auf dem Schreibtisch. Da Phyllis bereits nach Hause gegangen war, hob sie automatisch ab.

»Miss Bancroft«, ertönte eine kühle, arrogante Stimme aus dem Hörer, »hier spricht William Pearson, Mr. Farrells Anwalt. Ich habe mehrfach versucht, Stuart Whitmore zu erreichen, aber da er mich bisher nicht zurückgerufen hat, nehme ich mir die Freiheit, Sie direkt anzurufen.«

»Das ist schon in Ordnung«, sagte Meredith und klemmte den Hörer zwischen Ohr und Schulter, während sie ihren Aktenkoffer öffnete und anfing, ihre persönlichen Sachen einzupacken. »Weshalb rufen Sie an?«

»Mr. Farrell hat uns beauftragt, Sie davon in Kenntnis zu setzen, daß er auf den Rest der elfwöchigen Vereinbarung verzichtet. Er hat uns weiterhin beauftragt, Sie davon in Kenntnis zu setzen, daß Sie innerhalb der nächsten sechs Tage die Scheidung einreichen sollen; andernfalls werden wir am siebten Tag in seinem Namen die Scheidung einreichen.«

Meredith hatte heute mehr Nötigungen und Drohungen anhören müssen, als sie zu ertragen bereit war. Pearsons bedrohlicher, autokratischer Ton war der Tropfen, der das Faß zum Überlaufen brachte. Sie hielt den Hörer in einige Entfernung, blickte ihn wütend an – sagte dann vier prägnante Worte in Pearsons Ohr und knallte den Hörer auf die Gabel.

Erst als sie sich hingesetzt hatte, um eine rasche Rücktrittserklärung und Kündigung zu schreiben, wurde ihr die volle Bedeutung von Pearsons Anruf bewußt, und ihr Siegesrausch wich wachsender Panik. Sie hatte bereits zu lange gewartet. Er wollte die Scheidung. Sofort. Nein, das konnte nicht wahr sein, redete sie sich verzweifelt ein und schrieb schneller. Sie unterschrieb Rücktrittserklärung und Kündigung und stand auf. Dann blickte sie noch einmal auf das Papier, und zum zweiten Mal innerhalb weniger Augenblicke überkam sie panikartige Furcht vor der Realität. In diesem Moment betrat ihr Vater ihr Büro, und ihr wurde endgültig klar, daß sie sich von allem abwandte. Sogar von ihrem Vater.

»Tu das nicht«, sagte er barsch, als sie ihm das Kündigungsschreiben zuschob.

»Du hast mich dazu gezwungen. Du hast sie überredet, diese Papiere aufzusetzen, und du hast mich ihnen zum Fraß vorgeworfen. Du hast mich dazu gezwungen, eine Wahl zu treffen.«

»Und du hast dich für Farrell und gegen mich und dein rechtmäßiges Erbe entschieden.«

Meredith stützte ihre feuchten Handflächen auf die Schreibtischplatte. »Es bestand keine Notwendigkeit, mich vor eine solche Entscheidung zu stellen, Daddy«, sagte sie, derart außer sich, daß sie ihn plötzlich wieder so nannte wie als kleines Mädchen. »Warum mußtest du mir das antun? Warum mußtest du mich so in Stücke reißen? Warum läßt du es nicht zu, daß ich dich *und* ihn liebe?«

»Darum geht es hier gar nicht«, sagte er ärgerlich, aber er ließ plötzlich die Schultern hängen, und seine Stimme klang fast verzweifelt. »Er ist schuldig, aber du willst das einfach nicht wahrhaben. Eher glaubst du, daß ich schuldig bin, schuldig der Eifersucht, der Manipulation und Rache ...«

»Weil«, unterbrach Meredith ihn, »es wahr ist. Du bist schuldig. Du liebst mich nicht. Nicht genug, um zu wollen, daß ich glücklich werde. Und das ist keine Liebe, das ist egoistisches Besitzdenken.« Sie ließ die Schlösser ihres Aktenkoffers zuschnappen, griff nach ihrer Handtasche und ihrem Mantel und ging auf die Tür zu.

»Meredith, tu es nicht!« rief er, als sie bereits an ihm vorbei war.

Sie blieb stehen, drehte sich um und blickte durch tränennasse Augen auf sein unnachgiebiges, hartes Gesicht. »Leb wohl«, sagte sie laut. »Daddy«, flüsterte sie noch.

Auf dem Weg zum Lift hielt Mark Braden sie an; mit einem strahlenden Grinsen zog er sie zur Seite. »Ich muß sofort mit Ihnen sprechen. Kommen Sie mit in mein Büro. Gordon Mitchells Sekretärin ist dort und heult sich die Seele aus dem Leib. Jetzt habe ich Mitchell! Wir hatten recht – der Dreckskerl kassiert tatsächlich Provisionen.«

»Das sind vertrauliche Geschäftsinformationen«, sagte sie leise, »und ich arbeite nicht mehr hier.«

Er sah sie entsetzt an, und seine Bestürzung war so echt, daß es Meredith noch schwerer fiel, ihre Fassung zu bewahren. Dann sagte er nichts weiter als ein verbittertes: »Ich verstehe.«

Sie versuchte zu lächeln. »Ich bin sicher, das tun Sie.« Als sie sich zum Gehen wandte, legte er seine Hand auf ihren Arm und hielt sie zurück. Zum ersten Mal in den fünfzehn Jahren, die er Bancroft's Interessen hütete, brach Mark Braden seine eigenen Vorschriften; er gab geheime Informationen an jemand anderen als den zuständigen Geschäftsführer weiter. Er tat es, weil er fand, daß sie ein Recht darauf hatte, es zu erfahren. »Mitchell hat von verschiedenen Lieferanten beträchtliche Summen kassiert. Einer davon zwang ihn durch Erpressung dazu, das Präsidentenamt abzulehnen.«

»Und seine Sekretärin hat es herausgefunden und ihn angezeigt?«

»Nicht direkt«, erklärte Mark sarkastisch. »Sie weiß es schon seit einigen Wochen. Die beiden haben ein Verhältnis, und er hat sein Versprechen, sie zu heiraten, nicht eingelöst.«

»Und deshalb hat sie ihn angezeigt«, schloß Meredith.

»Nein. Sie ist zu mir gekommen, weil er ihr heute früh den jährlichen Leistungsbericht gegeben hat, auf dem er ihre Arbeit als ›befriedigend‹ eingestuft hat. Können Sie sich das vorstellen?« schnaubte Mark. »Der Vollidiot stuft ihre Leistungen als befriedigend ein, und außerdem weigert er sich plötzlich, sein Versprechen einzulösen, sie zur Einkäuferin zu befördern. *Deshalb* hat sie ihn angezeigt. Sie hatte sich schon damit abgefunden, daß er sie nicht heiraten würde, aber sie war verdammt scharf darauf, Einkäuferin zu werden.«

»Danke, daß sie es mir erzählt haben«, sagte sie und drückte einen freundschaftlichen Kuß auf seine Wange. »Ich hätte mir ewig Gedanken gemacht.«

»Meredith, ich möchte, daß Sie wissen, wie leid ...«

»Nicht«, sagte sie und schüttelte den Kopf, weil sie Angst hatte, ihre Selbstbeherrschung zu verlieren, wenn jemand ihr jetzt etwas Nettes sagte. Sie warf einen Blick auf ihre

Armbanduhr, drückte den Abwärts-Knopf des Aufzugs und sah dann Mark an. Lächelnd erklärte sie: »Ich muß zu einer außerordentlich wichtigen Party, und ich bin schon sehr spät dran. Ehrlich gesagt, ich werde ein uneingeladener, unwillkommener Gast sein ...« Die Türen des Fahrstuhls öffneten sich, und sie trat hinein. »Drücken Sie mir die Daumen«, fügte sie hinzu, während die Türen zugingen.

»Das mache ich«, sagte er traurig.

Matt stand vor dem Spiegel und band seine schwarze Smokingfliege mit derselben kühlen, effektiven Gleichgültigkeit, mit der er in den letzten beiden Tagen alles getan hatte. Noch vor wenigen Tagen hatte er davon geträumt, daß Meredith heute abend an seiner Seite stehen und mit ihm zusammen die Gäste begrüßen würde. Aber das war vorbei. Er würde sie endgültig aus seinen Gedanken verbannen, er würde sich nicht erlauben, an sie zu denken, sich an sie zu erinnern oder irgend etwas zu empfinden. Er hatte sie sich aus dem Herzen gerissen, und diesmal war es für immer. Pearson damit zu beauftragen, die Scheidung voranzutreiben, war der erste, schmerzhafteste Schritt gewesen. Was danach kam, würde einfacher sein.

»Matt ...«, unterbrach sein Vater seine Gedanken und betrat mit sorgenvoll gerunzelter Stirn den Ankleideraum, »unten ist jemand, der dich sprechen will. Ich habe dem Wachpersonal gesagt, daß sie die Dame herauflassen sollen. Sie sagt, sie sei Caroline Bancroft – Merediths Mutter –, und sie muß unbedingt mit dir reden.«

»Schick sie weg. Mit jemand, der den Namen Bancroft trägt, habe ich nichts zu besprechen.«

»Ich habe sie heraufkommen lassen, weil sie mit dir über die Bombendrohungen in den Kaufhäusern reden will. Sie sagt, sie weiß, wer dahintersteckt.«

Matt erstarrte einen Moment lang, dann zuckte er gleichgültig die Schultern und griff nach seinem schwarzen Smokingjackett. »Sie soll die Polizei informieren, wenn sie etwas weiß.«

»Zu spät. Ich habe sie bereits reingelassen. Sie ist hier.«

Fluchend drehte Matt sich um und sah, daß sein Vater die Frau tatsächlich mit an die Schlafzimmertür gebracht hatte. Für den Bruchteil einer Sekunde traf ihn ihre Ähnlichkeit mit Meredith, während er die schlanke blonde Frau anblickte, die ihre Unsicherheit hinter einer Maske kühler Entschlossenheit verbarg. Die Ähnlichkeit reichte aus, um in ihm das dringende Bedürfnis zu wecken, sie eigenhändig hinauszuwerfen, weil er ihren Anblick nicht ertragen konnte.

»Mir ist klar, daß Sie eine Party geben und daß ich Sie störe«, sagte sie vorsichtig und ging langsam an Patrick vorbei auf Matt zu, »aber ich bin gerade erst aus Rom eingetroffen und hatte keine andere Wahl, als direkt hierherzukommen. Wissen Sie, erst im Flugzeug ist mir aufgegangen, daß Philip sich vermutlich weigern wird, mich zu empfangen, und ich habe keine Ahnung, wo Meredith wohnt.«

»Woher zum Teufel wissen Sie, wo ich wohne?« fragte er barsch.

»Sie sind Merediths Ehemann, nicht wahr?«

»Ich bin dabei, ihr *Ex*-Ehemann zu werden«, stellte er unversöhnlich klar.

»Oh«, sagte Caroline und musterte den kalten, unnahbaren Mann, den ihre Tochter geheiratet hatte, mit unverhohlener Neugier. »Es tut mir leid, das zu hören. Aber um Ihre Frage zu beantworten: Ich lese in Italien die Chicagoer Zeitungen, und in einer der letzten Ausgaben war ein großer Artikel über diese Wohnung und das Gebäude, in dem sie sich befindet.«

»Okay«, schnappte Matt ungeduldig. »Jetzt, da Sie mich gefunden haben und hier eingedrungen sind – was wollten Sie mir erzählen?«

Bei seinem unwirschen Ton fuhr sie leicht zusammen, dann aber lächelte sie plötzlich. »Man merkt, daß Sie mit Philip zu tun gehabt haben. Eine Menge Leute reagieren aggressiv auf jeden, der seinen Namen trägt.«

Das kam der Wahrheit so nahe, daß es Matt ein kurzes,

grimmiges Lächeln abrang. »Warum sind Sie hergekommen?« fragte er, und diesmal klang es fast höflich.

»Philip war letzte Woche in Italien«, sagte sie und begann, ihren dunkelroten Wollmantel aufzuknöpfen und den Schal abzulegen. »Von dem, was er gesagt hat, weiß ich, daß er glaubt, daß Sie für die Bomben verantwortlich sind, die in den Kaufhäusern gefunden wurden, und daß er außerdem glaubt, daß Sie Bancroft & Company aufkaufen wollen. Aber er irrt sich.«

»Wie schön zu hören, daß es tatsächlich jemand gibt, der das für möglich hält«, sagte Matt sarkastisch.

»Ich halte es nicht für möglich, ich weiß es.« Unbeeindruckt von seiner unfreundlichen Haltung und entschlossen, ihn von der Wahrheit zu überzeugen, begann Caroline, schneller zu sprechen: »Mr. Farrell, ich besitze einen nicht unbeträchtlichen Anteil an B & C, und vor einem guten halben Jahr hat mich Charlotte Bancroft – sie war die zweite Frau von Philips Vater – angerufen. Sie fragte mich, ob ich Lust hätte, es Philip heimzuzahlen, daß er mich aus Merediths Leben ausgeschlossen hat und sich von mir scheiden ließ. Charlotte ist Präsidentin von Seaboard Industries in Florida«, fügte sie erklärend hinzu.

Matt erinnerte sich, daß Meredith ihre Stiefgroßmutter erwähnt hatte. »Sie hat das Unternehmen von ihrem Mann geerbt«, sagte er, wider Willen ins Gespräch gezogen.

»Ja, und sie hat es zu einem einflußreichen Konzern ausgebaut, zu dem zahlreiche Firmen gehören.«

»Und?« fragte er, als sie zögerte.

Caroline blickte ihn an und versuchte, seine Stimmung einzuschätzen, aber er schien völlig emotionslos. »Und jetzt«, fuhr sie fort, »bereitet sie sich darauf vor, ihrem Unternehmen auch Bancroft & Company einzuverleiben. Sie hat mich gefragt, ob sie mit meinem Stimmanteil rechnen könne, sobald sie selbst genügend Aktien besäße, um einen Mehrheitsanteil zu haben. Sie haßt Philip, obwohl sie nicht weiß, daß ich ihren Grund dafür kenne.«

»Ich bin sicher, er hat ihr ausreichend Veranlassung dazu

gegeben«, stellte Matt fest, wandte sich ab und schlüpfte in sein Jackett. Die Türglocke ging pausenlos, und aus den Wohnräumen drang die gedämpfte Unterhaltung der ankommenden Gäste in das Ankleidezimmer.

»Sie haßt Philip«, fuhr Caroline unbeirrt fort, »weil sie Philip haben wollte, nicht seinen Vater, und sie hat wirklich alles versucht, um ihn in ihr Bett zu bekommen, auch noch, nachdem sie bereits mit seinem Vater verlobt war. Er hat sie permanent abgewiesen, und eines Tages ist er sogar noch weiter gegangen. Er hat Cyril – seinem Vater – erzählt, daß sie eine ganz gewöhnliche geldgierige Schlampe sei, die Cyril nur seines Geldes wegen heiraten wolle, aber auf ihn – Philip – scharf sei. Das war die Wahrheit«, sagte sie düster, »aber Philips Vater war in sie vernarrt. Er hat Philip beschimpft, ihm aber schließlich geglaubt und seine Hochzeit abgesagt. Charlotte, die Cyrils Sekretärin gewesen war, mußte Jahre warten, bis er sie schließlich doch noch heiratete. Auf jeden Fall habe ich Charlotte vor ein paar Monaten gesagt, daß ich es mir überlegen würde, bei einem Übernahmeversuch zu ihren Gunsten zu stimmen. Aber nachdem ich Zeit hatte, darüber nachzudenken, habe ich mich anders entschieden. Philip ist ein jähzorniger Dickkopf, aber Charlotte ist wahrhaft böse. Sie hat überhaupt kein Herz. Vor einigen Wochen hat sie mich erneut angerufen und mir erzählt, daß jemand anderer gleichfalls angefangen habe, B & C-Anteile aufzukaufen und daß dadurch der Kurs gestiegen sei.«

Matt wußte, daß er dafür verantwortlich war, sagte aber nichts und ließ sie weitersprechen. »Charlotte geriet in Panik. Sie sagte, daß sie irgend etwas unternehmen würde, damit die Preise wieder fielen, und dann wolle sie zuschlagen. Das nächste, was ich hörte, war, daß in den Kaufhäusern Bomben gefunden wurden, die das Weihnachtsgeschäft von B & C ruinierten und den Kurs in den Keller fallen ließen.«

Sie hatte Matt die fehlenden Teile des Puzzles geliefert – das Motiv für die sorgfältig versteckten Bomben, die den Kaufhäusern selbst keinen Schaden zufügen sollten; das Motiv für die Übernahme eines Unternehmens, das kurzfristig keinerlei Profit machen würde. Charlotte Bancroft hatte die Motive, und sie verfügte über die finanziellen Mittel, ein hochverschuldetes Unternehmen aufzukaufen und dann solange zu warten, bis B & C wieder Gewinn abwerfen würde.

»Sie müssen das der Polizei melden«, sagte er und ging zu dem Telefon, das neben seinem Bett stand.

Sie nickte. »Rufen Sie jetzt dort an?«

»Nein. Ich rufe einen Mann namens Olsen an, der gute Kontakte zur hiesigen Polizei hat. Er wird Sie morgen dorthin begleiten und dafür sorgen, daß man Sie nicht wie eine Spinnerin behandelt oder, schlimmer noch, Sie zum neuesten Tatverdächtigen stempelt.«

Caroline stand völlig ruhig da, aber ihre Miene zeigte Erstaunen darüber, daß er eine Nummer in Philadelphia wählte und einen Mann namens Olsen mit der ersten Morgenmaschine nach Chicago beorderte – nur um ihr einen unangenehmen Gang zu erleichtern. Sie revidierte ihre ursprüngliche Meinung, daß er der unnahbarste Mann sei, dem sie je begegnet war, und gelangte zu der Ansicht, daß er einfach mit Leuten, die den Namen Bancroft trugen, nichts mehr zu tun haben wollte – eingeschlossen Meredith, der kühlen Art nach zu schließen, mit der er darüber gesprochen hatte, demnächst ihr Exehemann zu sein. Nachdem er aufgelegt hatte, schrieb er zwei Telefonnummern auf einen Notizblock neben dem Telefon und riß den Zettel ab. »Hier ist Olsens Privatnummer. Rufen Sie ihn irgendwann heute abend an und sagen Sie ihm, wo Sie sich mit ihm treffen wollen. Die zweite Nummer ist meine, für den Fall, daß Sie irgendwelche Probleme haben.« Er wandte sich ihr wieder zu, und die Feindseligkeit, die er ihr gegenüber bislang an den Tag gelegt hatte, war verschwunden. »Meredith hat mir erzählt, daß Sie im Filmgeschäft waren. Die Truppe von *Phantom of the Opera* ist heute abend hier, und außerdem sind weitere hundertfünfzig Leute eingeladen, von denen Sie sicher einige kennen. Wenn Sie hierbleiben möchten, wird mein Vater Sie herumführen und vorstellen.«

Die Party war bereits in vollem Gange, als sie den Wohnbereich betraten. »Ich möchte niemandem vorgestellt werden«, sagte sie rasch, »und ich habe keinerlei Bedürfnis, meine Bekanntschaft mit den Mitgliedern der Chicagoer Gesellschaft zu erneuern.« Sie zögerte und beobachtete die schwarzgekleideten Ober, die an traumhaft gekleidete Frauen und Männer in Frack und Smoking Getränke verteilten. »Aber ich – ich würde trotzdem gern ein bißchen bleiben«, sagte sie mit einem plötzlichen strahlenden Lächeln, das sie wie fünfunddreißig anstatt fünfundfünfzig aussehen ließ. »Früher habe ich für Partys wie diese gelebt. Es würde mir Spaß machen, ein wenig herumzugehen und darüber nachzudenken, warum ich sie jemals so wundervoll fand.«

»Lassen Sie es mich wissen, wenn Sie es herausgefunden haben«, sagte er, und seine Stimme ließ erkennen, daß er dem ganzen Trubel noch gleichgültiger gegenüberstand als sie.

»Warum geben Sie denn eine Party, wenn Sie sie nicht mögen?« fragte sie mit einem unsicheren Lächeln und wunderte sich erneut über diesen seltsamen, faszinierenden Mann, den ihre Tochter geheiratet hatte.

»Die Einkünfte der morgigen Vorstellung gehen wohltätigen Zwecken zu«, sagte er achselzuckend.

Matt begleitete sie an den Rand der Menge, wo seine Schwester in ein angeregtes Gespräch mit Stuart Whitmore verwickelt war, und stellte sie einfach als Caroline Edwards vor. Whitmore und seine Schwester verstanden sich prächtig, das bemerkte er und wünschte, er hätte sie nicht miteinander bekanntgemacht. Dann wollte er sich entfernen, um seiner Funktion als Gastgeber nachzukommen, als Caroline ihn leicht am Arm faßte und aufhielt. »Ich werde nicht lange bleiben«, sagte sie, »und möchte mich gleich verabschieden.«

Matt nickte, zögerte, und dann überwand er sich und erwähnte Meredith – um ihrer Mutter willen. »Stuart Whitmore ist ein alter Freund Ihrer Tochter und gleichzeitig ihr Rechtsanwalt«, informierte er Caroline. »Wenn Sie irgendwie das Gespräch auf sie bringen, wird er bestimmt von ihr erzählen. Nur für den Fall, daß es Sie interessiert.«

»Danke«, sagte sie stockend. »Es interessiert mich sehr.«

Als Meredith die Lobby von Matts Apartmenthaus betrat, überlegte sie, ob es klug oder verrückt war, mitten in seine Party hineinzuplatzen und ihm vor den Augen zahlloser Leute zu begegnen – vor allem jetzt, wo er derart wütend war, daß er auf einer sofortigen Scheidung bestand.

In der verzweifelten Hoffnung, ihn dadurch zu beeindrukken, hatte sie ihr verführerischstes Cocktailkleid angezogen – einen rückenfreien Traum aus schwarzem Chiffon mit Spaghettiträgern und einem tiefen V-Ausschnitt, der mit feinen Blüten- und Blattmustern aus winzigen schwarzen Perlen umstickt war. Da sie heute abend besonders gut aussehen wollte, hatte sie fast eine Stunde damit verbracht, verschiedene Frisuren auszuprobieren. Schließlich hatte sie sich entschlossen, ihr Haar lose auf die Schultern fallen zu lassen. Zwar hätte zu dem eleganten Kleid eigentlich auch eine elegante Frisur gehört, aber so getragen machte ihr Haar sie jugendlicher, unschuldiger – und stimmte Matt hoffentlich milder. Hätte sie geglaubt, daß das helfen würde, hätte sie sich dafür sogar Zöpfe geflochten!

Der uniformierte Wachmann in der Lobby überprüfte seine Liste, und Meredith atmete erleichtert auf, als sie sah, daß Matt ihren Namen nicht hatte streichen lassen. Ihre Knie zitterten und ihr Puls raste, als sie mit dem Lift zum Penthouse hinauf fuhr.

Unter der Tür erwartete sie die laute Fröhlichkeit der Party, und sobald sie die Treppen des Foyers hinunterging, drehten sich zahlreiche Köpfe nach ihr um. Viele Leute verstummten, um die Unterhaltung sofort mit neuem Gesprächsstoff fortzusetzen; immer wieder hörte sie ihren Namen. All dies ignorierend, ließ sie ihren suchenden Blick über den vollen Wohnraum und das Eßzimmer wandern, bis sie ihn endlich auf dem erhöhten Podium auf der anderen Seite des Penthouses entdeckte: Ihr Herz begann wie wild zu schlagen, als sie Matt dort stehen sah, die ihn umgebende Gruppe überragend. Mit zitternden Knien ging sie auf ihn zu.

Während sie die Stufen zu dem Podium hinaufstieg, konnte sie die Gesichter der Leute sehen, mit denen er sich unterhielt. Stanton Avery, der auf Matts anderer Seite stand, blickte auf und erkannte sie. Er sagte etwas zu Matt – warnte ihn anscheinend, daß sie hier sei, weil Matt sich abrupt zu ihr umdrehte. Das Glas auf halbem Wege zum Mund, starrte er sie so eiskalt und feindselig an, daß Meredith für den Bruchteil einer Sekunde mitten in der Bewegung innehielt. Aber sie zwang sich, weiterzugehen.

Wie auf ein unausgesprochenes Stichwort hin, vielleicht auch aus Höflichkeit, zogen sich die Leute, die um ihn herumgestanden hatten, zurück und ließen sie beide allein auf dem Podest. Meredith wartete, hoffte, daß er etwas sagen, etwas tun würde. Nach einem Moment, der ihr wie eine Ewigkeit schien, nickte er kurz mit dem Kopf und sagte ein einziges Wort – ihren Namen – in einem eisigen Tonfall. »Meredith.«

Laß dich von deinem Instinkt leiten, hatte er ihr vergangene Woche geraten, und Meredith versuchte jetzt, seinem Rat von damals zu folgen. »Hallo«, sagte sie hilflos und blickte ihn flehend an, aber Matt hatte nicht das geringste Interesse, ihr irgendwie entgegenzukommen. »Du wunderst dich wahrscheinlich, daß ich hergekommen bin.«

»Nicht besonders.«

Das saß, und es tat verdammt weh, aber wenigstens schien es, als werde er ihr zuhören, und ihr sechster Sinn sagte ihr, daß sie ihm nicht völlig gleichgültig war. Sie lächelte unsicher. »Ich bin gekommen, um dir etwas zu erzählen.« Ihre Stimme zitterte vor Nervosität, und sie wußte, daß er es bemerkte, aber weder sagte er ein Wort, noch ermutigte er sie durch irgendeine Geste. Meredith nahm all ihren Mut zusammen, holte tief Luft und begann: »Heute nachmittag wurde ich zu einer Sondersitzung des Vorstands gerufen. Die Vorstandsmitglieder wollten, daß ich ein paar eidesstattliche Versicherungen und formelle Beschuldigungen unterschreibe – Anklagen, die dich für Spyzhalskis Tod, die Bomben und dafür verantwortlich machen, daß du dein Verhältnis mit mir dazu benutzt hast, illegalerweise Kontrolle über B & C zu erlangen.«

»Ist das alles?« fragte er sarkastisch.

»Nicht ganz«, erwiderte Meredith. »Aber das war das Wesentliche.«

»Und – was hast du ihnen geantwortet?« fragte er gleichgültig.

Meredith erschien diese Frage als ein winziger Hinweis auf noch vorhandenes Interesse, als rettender Strohhalm, nach dem sie gierig griff.

»Ich habe ihnen das gesagt«, äußerte sie mit stolz erhobenem Kinn, »was du mir geraten hattest, ihnen in einem solchen Fall zu sagen!«

Seine Miene blieb unverändert. »Du hast ihnen gesagt, sie können dich mal?«

»Nein, nicht ganz«, sagte sie reuig. »Ich habe ihnen gesagt, sie sollen sich zum Teufel scheren.«

Er sagte kein Wort, und ihr wurde das Herz schwer – bis sie es plötzlich sah: das amüsierte Glitzern in seinen wunderbaren Augen, das kaum erkennbare Zucken seiner Mundwinkel. »Und dann«, fuhr sie fort, während die Hoffnung sie wie ein warmer Sonnenstrahl erfüllte, »dann rief dein Anwalt an, um mir mitzuteilen, daß ich innerhalb der nächsten sechs Tage die Scheidung einreichen solle und daß er, wenn ich das nicht täte, sie am siebten Tag in deinem Namen einreichen würde. Und ich habe ihm gesagt …«

Wieder versagte ihre Stimme, aber diesmal half Matt bereitwillig aus: »Und du hast auch ihm gesagt, daß er sich zum Teufel scheren soll?«

»Nein, *ihm* habe ich gesagt, daß er mich mal kann!«

»Das hast du?«

»Ja.«

Er wartete darauf, daß sie weitersprach. Als sie schwieg, blickte er tief in ihre Augen und drängte leise: »Und?«

»Und jetzt würde ich am liebsten eine Reise machen«, sagte sie. »Ich – ich werde sehr viel Freizeit haben.«

»Du hast dich beurlauben lassen?«

»Nein, ich habe gekündigt.«

»Aha«, sagte er, aber seine Stimme war plötzlich sanft, fast zärtlich, und ihr kam es vor, als würde sie in der Tiefe seiner Augen ertrinken. »Was für eine Reise hattest du dir vorgestellt, Meredith?«

»Wenn du mich noch mitnehmen willst«, sagte sie und schluckte fast schmerzhaft, »hatte ich daran gedacht, daß ich gerne das Paradies kennenlernen würde.«

Er sagte nichts und rührte sich nicht, und einen fürchterlichen Augenblick lang dachte Meredith, daß sie sich geirrt, daß sie sich nur eingebildet hatte, daß er noch etwas für sie empfände.

Und dann sah sie, daß er seine Hand nach ihr ausstreckte.

Freudentränen liefen ihr über die Wangen, als sie ihre Hand in seine legte, als sie spürte, wie seine Finger sich fest um ihre schlossen. Abrupt zog er sie in seine Arme und drückte sie so fest an sich, daß ihr die Luft wegblieb.

Seine breiten Schultern schützten sie vor neugierigen Blikken, als er ihr Gesicht zu seinem hob. »Ich liebe dich!« flüsterte er leidenschaftlich, und im nächsten Augenblick verschloß er ihren Mund mit einem glühenden, verzehrenden Kuß. Ein Blitzlicht explodierte irgendwo, als ein Fotograf seine Kamera zückte, ein anderer folgte, und noch einer. Irgend jemand fing an zu klatschen, und das Klatschen verstärkte sich zu einem donnernden Applaus, einem Applaus, in den sich Lachen mischte – und er küßte sie immer noch.

Meredith bemerkte von alldem nichts. Sie küßte ihn mit Inbrunst zurück, verging in seiner Umarmung, vergaß die Welt um sich herum ... bemerkte nicht das Klatschen, nicht das Lachen, nicht die grellen Blitzlichter der Kameras. Sie hatte ihr Reiseziel schon fast erreicht.

49

Ein Lächeln auf den Lippen, erwachte Meredith am nächsten Morgen in Matts Bett und ließ in Gedanken wohlig noch einmal den vergangenen Abend an sich vorbeiziehen.

Gemeinsam hatten sie sich unter die Gäste gemischt, gemeinsam die gutmütigen Witze über sich ergehen lassen, warum ihr Kuß denn gar so lange gedauert habe. Und sie hatte es genossen, die Rolle der Gastgeberin zu spielen. Aber später, als alle Gäste gegangen waren, hatte sie es noch tausendmal mehr genossen, im Bett ihre Rolle als seine Ehefrau zu spielen. Vertrauen und die Übernahme von Verpflichtungen, so entschied sie noch im Halbschlaf, wirkten sich offenbar auch auf das Liebesleben aus, denn von der stürmischen Art und Weise, auf die sie sich in der vergangenen Nacht geliebt hatten, war alles Vorhergegangene in den Schatten gestellt worden.

Durch die halbgeschlossenen Jalousien fielen einzelne Sonnenstrahlen ins Zimmer, und sie drehte sich auf den Rücken und öffnete ganz langsam die Augen. Matt hatte ihr vor einer Weile einen zärtlichen Abschiedskuß gegeben und gesagt, er ginge rasch zum Bäcker, um für ihr Frühstück einzukaufen. Er hatte ihr eine Tasse Kaffee auf den Nachttisch gestellt, und nachdem sie sich ausgiebig gestreckt und gereckt hatte, richtete sie sich auf und lehnte sich genüßlich gegen die Kissen.

Sie hatte gerade den ersten Schluck getrunken, als Matt ins Zimmer kam – in der Hand eine Tüte mit verlockend duftendem Inhalt, unter dem Arm eine zusammengefaltete Zeitung und auf dem Gesicht einen seltsamen Ausdruck der Anspannung. »Guten Morgen«, sagte sie und lächelte ihn an, während er sich zu einem Kuß über sie beugte. »Was ist das?« fügte sie hinzu, mit dem Kopf auf die Boulevardzeitung deutend.

»Das ist der *Tattler*«, sagte er. »Ich habe ihn beim Bäcker liegen sehen. Irgendwie«, fügte er zaudernd hinzu, während er ihr das Blatt hinhielt, »haben sie von unserer Elf-Wochen-Abmachung erfahren und das Ganze entsprechend ihrem Stil ausgeschlachtet.« Er sah zu, wie sie nach der Zeitung griff und war auf einen sehr verständlichen Wutausbruch gefaßt.

Merediths Blick blieb auf der reißerischen Schlagzeile haften:

ERBIN FORDERT VON EHEMANN 113 000 DOLLAR PRO LIEBESNACHT

»Zuerst wußte ich gar nicht, wie sie auf diese Summe gekommen sind«, sagte Matt. »Dann ist es mir aber eingefallen: Sie haben vier Tage pro Woche mal elf Wochen genommen und dann die fünf Millionen, die ich dir versprochen habe, durch diese Zahl geteilt. Es tut mir leid«, sagte er. »Wenn es irgendwie in meiner Macht läge, würde ich …«

Plötzlich hielt sie die Zeitung vors Gesicht und begann so herzhaft zu lachen, daß seine Entschuldigungen untergingen. Lachend fiel sie in die Kissen zurück, und ihr Heiterkeitsausbruch erfüllte den Raum: »Einhundertdreizehntausend Dollar«, brachte sie mühsam heraus, während ihre Schultern vor Lachen bebten. Matt grinste erst erleichtert und dann zärtlich. Tatsächlich – sie fand sich mit einer verabscheuungswürdigen Tatsache ab und verwandelte sie in etwas Witziges, etwas, das sie nicht verletzen konnte.

»Habe ich dir eigentlich jemals gesagt«, flüsterte er heiser, während er sich über sie beugte und seine Hände auf ihre bebenden Schultern legte, »wie stolz ich auf dich bin?«

Sie schüttelte, noch immer lachend, den Kopf. »Bist du ganz sicher«, flüsterte sie, während sie ihre Arme um seinen Hals schlang und ihn zu sich herabzog, ahnend, daß er vorhatte, sie jetzt sofort erneut zu lieben, »daß du dir das leisten kannst?«

»Ich glaube schon, daß mein Etat dazu ausreicht«, versuchte er sie zu necken, aber seine Hand zitterte, als er ihr voller Zuneigung die goldblonden Haare aus dem Gesicht strich.

»Ja, aber – da ich das jetzt als *festen Job* angenommen habe, bekomme ich da auch regelmäßige Gehaltserhöhungen über die hundertdreizehntausend hinaus?« kicherte sie und hielt sein Gesicht zwischen ihren Händen. »Außerdem die üblichen Sozialleistungen, Krankenversicherung, Altersversorgung und so weiter?«

»Aber selbstverständlich«, versprach er und küßte ihre Handfläche.

»Oh, nein!« stöhnte sie. »Damit beförderst du mich geradewegs in die höchste Steuerklasse.«

Ihr Ehemann verbarg sein lachendes Gesicht an ihrem Hals, und Meredith drehte sich in seinen Armen. Die nächste Stunde verbrachten sie damit, sich gegenseitig geradewegs auf die höchsten Gipfel der Lust zu befördern.

50

Das Hauptthema der regionalen Sonntagabendnachrichten war die Verhaftung von Ellis Ray Sampson, der des Mordes an Stanislaus Spyzhalski angeklagt wurde. Amtlichen Quellen aus dem St. Clair County zufolge war Spyzhalski nicht, wie ursprünglich angenommen, von einem seiner betrogenen »Klienten« umgebracht worden, sondern von dem jähzornigen Ehemann einer Frau aus Belleville, mit der er ein Verhältnis gehabt hatte. Mr. Sampson, der sich freiwillig gestellt und gestanden hatte, Spyzhalski zusammengeschlagen zu haben, schwor jedoch, daß der angebliche Anwalt noch am Leben gewesen sei, als er ihn in den Straßengraben befördert hatte. Da der Autopsiebericht darauf hinwies, daß Spyzhalski in derselben Nacht auch einen Herzinfarkt erlitten hatte, war es sehr wohl denkbar, daß man die Anklage von Mord auf Totschlag reduzieren würde.

Matt und Meredith schauten die Nachrichten gemeinsam an. Mit unüberhörbarem Sarkasmus in der Stimme stellte Matt fest, daß Sampson eigentlich eine Goldmedaille verdiente, weil er die Welt von einem menschlichen Parasiten befreit hätte. Meredith, die aus eigener Erfahrung wußte, wie man sich als Opfer von Spyzhalski fühlte, sagte, sie hoffe, daß man die Anklage herabsetzen und daß die Staatsanwaltschaft milde mit Sampson verfahren würde.

Matt schickte Pearson und Levinson nach Belleville, um dafür zu sorgen.

Am folgenden Dienstag wurden Charlotte Bancroft, Präsidentin von Seaboard Industries, und ihr Sohn Jason von der Polizei in Palm Beach, Florida, zu einer Reihe von Bombenanschlägen und Börsenmanipulationen gegen Bancroft & Company vernommen. Beide stritten jede Beteiligung daran sowie jegliches Interesse an einer Übernahme von Bancroft & Company ab. Mittwoch erschien Caroline Edwards Bancroft als freiwillige Zeugin vor einem Schwurgericht in Florida und beeidigte ihre Aussage, daß Charlotte Bancroft geplant habe, Bancroft & Company zu übernehmen, und daß Charlotte außerdem ihr gegenüber einen Plan erwähnt hatte, um den Kurs der B & C-Aktien zu senken.

Auf den südlich von Kuba gelegenen Cayman-Inseln, wo er mit seinem Liebhaber Urlaub machte, las Joel Bancroft, ehemals Vorstandsmitglied und Leiter der Finanzabteilung von Seabord Industries, über die Anhörung seiner Mutter und seines Bruders. Er hatte seinen Posten vor sechs Monaten niedergelegt, weil sie ihn angewiesen hatte, Scheinkonten und -depots unter falschen Namen zu eröffnen, auf die ein betrügerischer Börsenmakler, der auf ihr Geheiß hin mit dem Kauf von B & C-Anteilen begonnen hatte, diese dann transferieren würde.

Am Strand liegend, den Blick auf das türkisblaue Meer gerichtet, dachte Joel über seine Mutter nach, deren Racheplan gegen Philip Bancroft in den letzten dreißig Jahren zu einer fixen Idee geworden war. Dann wanderten seine Gedanken zu seinem Bruder, der ihm – wie auch seine Mutter – nie verschwiegen hatte, wie sehr er Joel dafür verachtete, schwul zu sein. Nach ein paar Stunden intensiven Nachdenkens hatte er eine Entscheidung getroffen und griff zum Telefon.

Am darauffolgenden Tag wurden Charlotte und Jason Bancroft festgenommen und aufgrund eines anonymen Anrufes, in dem die Polizei über diverse verhängnisvolle Einzelheiten und besonders die betrügerischen Depots informiert worden war, einer ganzen Reihe illegaler Handlungen angeklagt. Charlotte leugnete, von den falschen Depots auch nur gewußt zu haben. Jason, der sie eröffnet und auf Anweisung seiner Mutter auch den Hersteller der Bomben entlohnt hatte, befürchtete plötzlich und sicherlich nicht unbegründet, daß seine Mutter ihn in die Rolle des Sündenbocks drängen würde. Um ihr zuvorzukommen, bot er an, als Kronzeuge gegen sie auszusagen, sofern ihm selbst Straferlaß zugesichert würde.

Nicht ohne Grund um das Firmenimage besorgt, ernannte der Vorstand von Seaboard Industries Joel Bancroft zum Präsidenten und leitenden Geschäftsführer.

In Chicago verfolgte Meredith das Geschehen in den Nachrichten, und der sehnsüchtige Schmerz, der sie jedesmal überfiel, wenn Bancroft & Company genannt wurde, überwog bei weitem den Schock, den sie erhalten hatte, als sie erfuhr, daß Charlotte und Jason für die Taten verantwortlich waren, deren sie Matt verdächtigt hatte.

Neben ihr auf dem Sofa sitzend sah Matt die Trauer, die ihren Blick immer dann verdüsterte, wenn jemand Bancroft & Company erwähnte. Er griff nach ihrer Hand und drückte sie liebevoll und fest. »Hast du dir schon überlegt, was du mit deiner ganzen Freizeit anfangen willst?«

Meredith wußte, daß er eine neue Karriere für sie im Auge hatte, die sie anstelle derjenigen verfolgen könnte, die sie bei Bancroft's aufgegeben hatte, als sie sich auf seine Seite schlug, und fürchtete jetzt, daß ihre Antwort ihn verärgern und ängstigen würde.

»Ja, ich habe es mir überlegt – und ich wünsche mir sehr, daß du zustimmst.«

»Sag es mir, ich bin mit allem einverstanden.«

Sie zögerte, während ihr Daumen langsam über den goldenen Ehering strich, den er am Finger trug, dann hob sie die Augen und traf seinen Blick. »Ich möchte versuchen, noch einmal ein Baby zu bekommen.«

Er reagierte genauso heftig, wie sie befürchtet hatte. »Nein. Unmöglich. Du warst nicht bereit, es zu riskieren, wenn du Parker geheiratet hättest, und du wirst es nicht wegen mir riskieren!«

»Parker wollte keine Kinder«, konterte sie. »Und du hast gesagt«, erinnerte sie ihn mit samtener Stimme, »du wärest mit allem einverstanden. Und ich wünsche mir ein Baby von dir.«

Unter anderen Umständen hätte der flehende Blick ihrer aquamarinblauen Augen ihn dahinschmelzen lassen, aber sie hatte ihm einmal erzählt, daß die Gefahr einer zweiten Fehlgeburt sehr groß und damit ihre Gesundheit, wenn nicht gar ihr Leben gefährdet sei. Er wußte, daß sie beim ersten Mal fast gestorben wäre, und der Gedanke daran, ein solches Risiko einzugehen, kam überhaupt nicht in Frage. »Das darfst du mir nicht antun«, flehte er.

»Es gibt Gynäkologen, die sich auf solche Problemschwangerschaften spezialisiert haben. Gestern war ich in der Bücherei und habe mich darüber informiert. Es gibt neue Medikamente und neue Behandlungsformen und …«

»Nein!« unterbrach er kurz. »Nein! Du kannst mich um alles bitten, aber nicht darum. Ich könnte die Sorge um dich nicht ertragen. Und das meine ich ernst.«

»Wir werden ein andermal darüber reden«, sagte sie, und das Lächeln, das um ihre Mundwinkel spielte, war ebenso reizend wie entschlossen.

»Ich werde meine Meinung nicht ändern …«, begann er.

Er wollte weitersprechen, aber just in diesem Moment verkündete der Nachrichtensprecher im Fernsehen, daß sie nun einen Nachtrag zu dem jüngst durch die Presse gegangenen Fall Bancroft & Company senden würden, und Merediths Aufmerksamkeit galt voll und ganz dem Bildschirm. »Philip A. Bancroft«, sagte der Nachrichtensprecher, »hat heute nachmittag eine Pressekonferenz abgehalten, um zu den Berichten Stellung zu nehmen, daß seine Tochter, Meredith Bancroft, aufgrund ihrer Verbindung mit dem Industriemagnaten Matthew Farrell aus ihrem Amt als geschäftsführender Präsident von B & C entlassen worden sei.«

Angst verstärkte den Druck von Merediths Fingern auf

Matts Hand, als das ernste, grimmig dreinblickende Gesicht ihres Vaters auf der Mattscheibe erschien. Steif hinter dem Vortragspult im Bancroft's-Auditorium stehend, verlas er eine vorformulierte Erklärung:

»Als Antwort auf die zahlreichen Berichte, daß meine Tochter aufgrund ihrer Ehe mit Matthew Farrell ihr Amt als Interimspräsident von B & C niedergelegt hat, will der Vorstand, darunter auch ich, hiermit nachdrücklich klarstellen, daß derartige Behauptungen nicht der Wahrheit entsprechen. Meine Tochter verbringt längst überfällige Flitterwochen mit ihrem Ehemann, und wir erwarten sie nach deren Beendigung hier auf ihrem Posten zurück.« Er legte eine kurze Pause ein und schaute direkt in die Kamera. Nur Meredith bemerkte, daß es keine Erklärung war, die er hier abgab, sondern daß er einen *Befehl* erteilte. Daß er *ihr* einen Befehl erteilte.

Sie war bereits halb auf den Beinen vor Überraschung, als er sich einem zweiten Thema zuwandte, das die ganze Woche über Chicagos Zeitungen erfüllt hatte: »Als Antwort auf die zahlreichen Pressemeldungen, daß zwischen Matthew Farrell und mir eine langjährige Feindschaft bestehe, will ich hiermit eindeutig klarstellen, daß ich bisher leider keine Gelegenheit hatte, meinen« – er schluckte hörbar – »meinen, äh, Schwiegersohn besser kennenzulernen.«

Meredith fuhr zusammen, als sie merkte, was ihr Vater hier tat. »Matt«, rief sie und packte ihn aufgeregt und ungläubig am Arm, »er *entschuldigt* sich bei dir!« Matt warf ihr einen zweifelnden Blick zu, der sich augenblicklich in zögernde Erheiterung verwandelte, als Philip Bancroft fortfuhr: »Wie allgemein bekannt ist, waren Matt Farrell und meine Tochter vor vielen Jahren einige Wochen lang verheiratet. Diese Heirat endete, wie wir alle glaubten, in einer unglücklichen und voreiligen Scheidung. Jetzt jedoch, da sie sich wieder versöhnt haben, bleibt mir nur zu sagen, daß es mir nicht anders geht, als es jedem Vater ginge, der einen Mann von Farrells Kaliber in der Familie hat, daß es mir also«, er unterbrach sich, räusperte sich erneut und blickte mit finsterer Miene direkt in die Kamera. Widerwillig, aber nachdrücklich fuhr er schließlich fort: »... daß es mir eine *Ehre* ist, Matthew Farrell als Schwiegersohn zu haben!«

Meredith starrte auf die Mattscheibe, wo jetzt die Baseballergebnisse durchgegeben wurden, dann hörte sie auf zu lachen und blickte ihren Mann an. »Ich hatte ihm das Versprechen abgenommen, daß er sich öffentlich bei dir entschuldigt, sobald sich herausstellte, daß du unschuldig bist.« Mit einer unbewußt bittenden Geste legte sie ihre Handfläche an seine Wange. »Könntest du dich nicht vielleicht doch überwinden, die Vergangenheit zu vergessen und versuchen, dich mit ihm anzufreunden?«

Bei sich dachte Matt, daß nichts, was Philip Bancroft tat, die soeben im Fernsehen verlesene Botschaft inbegriffen, das sühnen konnte, was er ihnen beiden in der Vergangenheit angetan hatte, und daß nichts auf der Welt ihn dazu bringen würde, sich mit ihm anzufreunden. Er erwog, ihr das zu sagen, aber als er in die schimmernden blauen Augen seiner Frau blickte, brachte er es nicht übers Herz. »Ich könnte es versuchen«, sagte er statt dessen. Da sie ihn noch immer zweifelnd ansah, fühlte er sich verpflichtet, ihr tatsächlich zu versichern: »Das war eine sehr schöne Rede, die er da gehalten hat.«

Das gleiche dachte auch Caroline Edwards-Bancroft. Sie saß Philip im Wohnzimmer des Hauses gegenüber, in dem sie einst mit ihm gelebt hatte. Als der Sender zu den Sportnachrichten überging, schaltete sie den Videorekorder ab und nahm die Kassette heraus, auf der sie seine Presseerklärung aufgenommen hatte. »Philip«, sagte sie, »das war eine sehr schöne Rede.«

Er reichte ihr ein Glas Wein, blickte sie aber zweifelnd an. »Wie kommst du auf die Idee, daß Meredith das auch so empfinden wird?«

»Weil ich es an ihrer Stelle täte.«

»Natürlich würdest du das tun. Du hast die Rede schließlich geschrieben!«

Caroline trank bedächtig einen Schluck Wein und sah zu, wie er im Zimmer auf und ab lief.

»Meinst du, sie hat es gesehen?« fuhr er sie an.

»Wenn sie es nicht gesehen hat, kannst du ihr ja diese Videokassette bringen. Am besten wäre es freilich, wenn du jetzt gleich zu ihr fahren und Matt und sie bitten würdest, es anzuschauen, während du dort bist.« Caroline nickte. »Ja, genau das solltest du tun.«

Er wurde bleich. »Nein, das könnte ich nicht. Sie haßt mich wahrscheinlich, und Farrell wird mich rauswerfen. Er ist kein Dummkopf. Er weiß, daß ein paar Worte meine Fehler nicht wiedergutmachen können. Eine Entschuldigung von mir wird er nicht akzeptieren.«

»Doch, das wird er«, sagte sie leise, »weil er sie liebt.«

Als er zögerte, drückte Caroline ihm die Videokassette in die Hand und sagte fest: »Je länger du damit wartest, desto schwerer wird es für euch alle. Fahr jetzt zu ihnen, Philip.«

Die Hände in die Hosentaschen gesteckt, seufzte Philip. »Caroline«, sagte er mürrisch, »würdest du mitkommen?«

»Nein«, sagte sie und erschrak innerlich bei dem Gedanken, zum ersten Mal ihrer Tochter gegenüberzustehen. »Außerdem geht mein Flugzeug in drei Stunden.«

Seine Stimme wurde sanft, und sie blickte auf zu dem Mann, in den sie sich vor mehr als dreißig Jahren verliebt hatte. »Du könntest mitkommen, und ich stelle dich unserer Tochter vor.«

Ihr Herzschlag setzte einen Moment lang aus, als er *unsere Tochter* sagte, dann merkte sie, was er damit bezweckte und schüttelte den Kopf. Lachend sagte sie: »Du bist der raffinierteste Mann, den ich kenne.«

»Ich bin auch der Mann, den du geheiratet hast«, bemerkte er und schenkte ihr eines seiner seltenen Lächeln. »Irgendwelche guten Eigenschaften muß ich folglich gehabt haben.«

Caroline schloß die Augen und versuchte, seine Worte und die Stimme ihres Herzens zu ignorieren, aber beides zusammen war zu viel. »Ruf sie vorher an«, sagte sie zittrig. »Ich habe nicht vor, nach dreißig Jahren ohne Voranmeldung plötzlich in ihr Leben zu platzen. Und sei nicht überrascht, wenn sie mich nicht sehen will«, fügte sie hinzu, nahm den Zettel aus ihrer Handtasche, auf den Matt ihr seine Telefonnummer geschrieben hatte, und gab ihn Philip.

»Wahrscheinlich will sie weder dich noch mich sehen«, sagte er. »Und ich kann es ihr nicht einmal verübeln.«

Er ging zum Telefonieren in das Nebenzimmer und kam so rasch zurück, daß Caroline sicher war, Meredith habe einfach aufgelegt. Sie war bitter enttäuscht und sehr traurig.

»Was hat sie gesagt«, rang sie sich schließlich ab, da Philip kein Wort über die Lippen brachte.

Er räusperte sich, als ob er einen Kloß im Hals hätte, und seine Stimme klang seltsam heiser: »Sie hat ja gesagt.«

51

Meredith trat aus dem Gebäude, in dem ihr Gynäkologe seine Praxis hatte, und unterdrückte mit Mühe den Impuls, wie ein Schulmädchen auf dem Gehsteig herumzuhüpfen. Sie hob ihren Blick zum Himmel, ließ die milde Herbstluft ihr Gesicht umfächeln und lächelte zu den Wolken hinauf. »Danke«, flüsterte sie.

Es hatte fast ein Jahr gedauert und mehrere ausführliche Gespräche mit ihren Ärzten erfordert, um Matt davon zu überzeugen, daß eine Schwangerschaft für Meredith, wenn sie sich an die Vorschriften der Ärzte hielt und einen Teil der Schwangerschaft ruhen würde, nicht mehr Risiken in sich barg als für jede andere Frau. Weitere neun Monate hatte es gedauert, bis sie die Worte zu hören bekam, die ihr Arzt soeben ausgesprochen hatte: »Herzlichen Glückwunsch, Mrs. Farrell. Sie sind schwanger.«

Einer plötzlichen Eingebung folgend, überquerte sie die Straße und kaufte in einem Blumengeschäft einen riesigen Strauß Rosen; dann spazierte sie langsam zurück und überraschte Joe, der mit dem Wagen auf sie wartete, damit, daß sie aus einer anderen Richtung kam. Sie machte die Fondtür auf und setzte sich in die weichen Polster.

Joe legte seinen Arm auf die Rückenlehne und drehte sich zu ihr um. »Was hat der Doc gesagt?«

Meredith strahlte ihn an, und ihr Gesicht leuchtete.

Ein breites Lächeln trat auf Joes Gesicht. »Matt wird sich wahnsinnig freuen!« sagte er voraus. »Und er wird sich furchtbar Sorgen machen!« Er drehte sich wieder um und startete die Limousine.

Meredith war darauf gefaßt, in die Polster zurückgeworfen zu werden, wenn er wie gewohnt mit dem Wagen lospreschte, aber Joe ließ dreimal die Gelegenheit aus, sich in den vorbeifließenden Verkehr zu drängeln. Erst als einen Block weit kein Auto zu sehen war, fuhr er endlich an, und zwar so langsam und vorsichtig, als ob er einen Babywagen schieben würde. Meredith lachte laut.

Matt wartete bereits auf sie, nervös vor der Fensterfront des Wohnraumes auf und ab laufend. Er raufte sich die Haare und verfluchte sich dafür, daß er ihr überhaupt erlaubt hatte, den Versuch einer neuen Schwangerschaft zu wagen. Er wußte, daß sie glaubte, daß es nun endlich soweit wäre. Aber er hoffte fast, daß sie sich irrte, weil er nicht wußte, wie er mit seiner Angst fertig werden würde, sollte sie wirklich ein Kind erwarten.

Als die Wohnungstür aufging, fuhr er herum und beobachtete sie, wie sie, eine Hand hinter dem Rücken, auf ihn zukam. »Was hat der Arzt gesagt?« fragte er fast barsch, weil er die Ungewißheit nicht länger ertrug.

Sie zog einen Strauß langstieliger roter Rosen hinter dem Rücken hervor und hielt sie ihm entgegen. Ihr Lächeln war heller und strahlender als die Sonne. »Herzlichen Glückwunsch, Mr. Farrell. Wir sind schwanger!«

Er riß sie in seine Arme, und die Rosen fielen unbeachtet zu Boden. »Lieber Gott, hilf uns«, flüsterte er heiser.

»Das wird er, Darling«, versicherte sie ihm und küßte sein angespanntes Gesicht.

EPILOG

»Ich hab' doch gesagt, daß wir's rechtzeitig schaffen«, sagte Joe O'Hara, als er die Limousine mit quietschenden Reifen vor dem Stammhaus von Bancroft & Company zum Stehen brachte. Ausnahmsweise hatte Matt einmal nichts gegen seinen selbstmörderischen Fahrstil einzuwenden, denn Meredith hatte es eilig, zu einer wichtigen Vorstandssitzung zu kommen. Sie hatten in der Schweiz Skiurlaub gemacht, und ihr Flugzeug aus Italien, wo sie ihre Rückreise unterbrochen hatten, um Philip und Caroline zu besuchen, war mit dreistündiger Verspätung gelandet.

»Hier«, sagte Matt zu O'Hara und drückte dem Chauffeur den Aktenkoffer mit Merediths Besprechungsunterlagen in die Hand, den dieser mit zum Flughafen gebracht hatte. »Du nimmst Merediths Aktentasche, und ich nehme Meredith.«

»Waaas?« fragte Meredith und griff nach den Krücken, die sie benutzen mußte, bis ihr verstauchter Knöchel wieder ganz in Ordnung war.

»Du hast keine Zeit, den ganzen Weg zum Fahrstuhl zu humpeln«, sagte Matt und hob sie hoch.

»Das geht doch nicht«, protestierte Meredith lachend. »Du kannst mich doch nicht so durch das ganze Kaufhaus tragen!«

»Du wirst schon sehen«, war seine grinsende Antwort.

Und er tat es.

Die Kunden drehten sich nach ihnen um und starrten ihnen mit offenem Mund nach. Eine Frau mittleren Alters, die an einer Kasse der Kosmetikabteilung stand, stieß ihre Freundin an: »Das sind doch Meredith Bancroft und Matthew Farrell?«

»Das kann nicht sein«, widersprach eine andere Kundin. Meredith versteckte ihren Kopf an Matts Schulter, und ihre Schultern bebten vor verlegenem Lachen, als die Frau fortfuhr: »Im *Tattler* stand, daß sie sich scheiden lassen! Sie will Kevin Costner heiraten, und Matt Farrell ist mit irgendeiner Filmschönheit in Griechenland.«

Am Lift angekommen, hob Meredith ihren lachenden Blick zu Matt. »Du solltest dich schämen«, neckte sie, »schon wieder ein Filmstar!«

»Kevin Costner?« konterte er, die Brauen herausfordernd hochgezogen. »Ich wußte nicht einmal, daß du Kevin Costner magst!«

In Merediths Büro stellte er sie wieder auf die Füße, damit sie auf eigenen Beinen in den Sitzungssaal humpeln konnte.

»Lisa und Parker haben gesagt, daß sie mit dem Baby hierherkommen. Nachher gehen wir dann zusammen Mittag essen«, sagte sie und blickte ein wenig besorgt auf den leeren Flur hinaus.

»Ich warte hier auf sie«, versprach Matt und gab ihr den Aktenkoffer.

Wenige Minuten später stand Lisa in der Tür, ein Baby auf dem Arm. »Parker hat uns unten abgesetzt«, sagte sie. »Er parkt noch den Wagen und kommt in wenigen Minuten nach.«

»Du siehst ausgesprochen schwanger aus, Mrs. Reynolds«, zog Matt sie grinsend auf, aber sein Blick ruhte auf dem sechs Monate alten Baby, das sie in den Armen trug. Er nahm es ihr ab und hielt es hoch.

»Ich sehe nach, wo Parker bleibt«, sagte Lisa.

Nachdem sie gegangen war, blickte Matt auf das kleine Mädchen, das in die Welt zu setzen Meredith ihr Leben riskiert hatte.

In diesem Augenblick machte Marissa die Augen auf und begann zu weinen. Mit einem zärtlichen Lächeln streichelte Matt sanft ihre zarte Wange. »Schschsch, Liebling«, flüsterte er. »Zukünftige Präsidenten bedeutender Unternehmen weinen nicht – das ist schlecht für das Firmenimage. Frag deine Mami«, riet er ihr.

Sie wurde ruhig, und einen Augenblick später lächelte sie ihn an und gurgelte etwas, das ausgesprochen tiefsinnig klang. »Ich wußte es!« sagte er und grinste zurück. »Tante Lisa hat dir zusammen mit Onkel Parker Italienisch beigebracht!«

Da er noch etwas Zeit hatte, bevor die Vorstandssitzung vorüber war, ging Matt mit seiner Tochter in den elften Stock, um ihr seine Lieblingsabteilung zu zeigen. Es war eine neue Abteilung, die Meredith in allen Filialen von Bancroft's eingerichtet hatte: Hier standen alle möglichen Waren aus aller Welt zum Verkauf – von edlem Schmuck bis zu handgefertigtem Spielzeug. Nur eines hatten die hier angebotenen Artikel gemeinsam: Sie mußten Merediths Ansprüchen genügen – mußten selten und auserwählt schön und wertvoll sein –, um das neue Logo tragen zu dürfen, das sich bereits einen Namen gemacht hatte, weil es für Qualität und Perfektion stand.

Marissa auf dem Arm, blickte Matt auf das Warenzeichen, das auch den Eingang zu dieser besonderen Abteilung zierte, und wie jedesmal, wenn er davorstand, schlug ihm das Herz höher. Das Logo zeigte zwei Hände: die eines Mannes, der nach der Hand einer Frau griff; ihre Finger berührten sich bereits.

Meredith hatte der Abteilung den Namen *Paradies* gegeben.